Grandes Esperanças

www.editorapedaletra.com.br
(11) 3733-0404 / 3687-7198

Projeto gráfico: **Quatria Comunicação**

Equipe editorial
André Cerino - Capa
Felipe Fiuza – Diagramação
Júlia Dip Z. Massariolli - Tradução
Marcelo Paradizo Serra e Thaís Coimbra - Revisão

Tradução integral da obra *Grandes Esperanças*, de Charles Dickens. Título original: *Great Expectations.*

Dados Internacionais de Catalogação na Publicação (CIP)
Angélica Ilacqua CRB-8/7057

Dickens, Charles, 1812-1870.
Grandes Esperanças / Charles Dickens ; tradução de Júlia Dip Z. Massariolli. -- Brasil : Pé da Letra, 2021.
888 p. ; 16 x 23 cm

ISBN 978-65-5888-422-4
Título original: Great Expectations

1. Ficção inglesa I. Título II. Massariolli, Júlia Dip Z.

21-4853 CDD 823

Índice para catálogo sistemático:

1. Ficção inglesa

Grandes Esperanças

CHARLES DICKENS

PÉ da letra

Capítulo 1

Uma vez que meu sobrenome é Pirrip, e meu nome de batismo Philip, minha língua infantil não era capaz de produzir as duas partes muito além ou mais explicitamente que Pip. Portanto, eu chamava a mim mesmo por Pip e passei a ser chamado por Pip também.

Digo que o sobrenome de meu pai era Pirrip por conta de sua lápide e de minha irmã, Sra. Joe Gargery, que se casou com o ferreiro. Como nunca conheci meu pai ou minha mãe, e nunca vi qualquer retrato deles (uma vez que viveram muito antes da fotografia), minha imaginação inicial sobre sua aparência originava-se, sem lógica alguma, de suas lápides. O formato das letras na lápide de meu pai causava-me a estranha ideia de que se tratava de um homem robusto, forte, escuro com cabelos encaracolados. Pelo caráter e pela inclinação das palavras na inscrição "Aqui também jaz Georgiana, esposa do Supracitado", eu tirei a infantil conclusão de que minha mãe era sardenta e que não tinha boa saúde.

Dos cinco pequenos losangos em pedra, cada um deles medindo em torno de um pé e meio de comprimento, dispostos em uma fileira retinha ao lado do túmulo, consagrados à memória de meus cinco irmãozinhos, que desistiram de tentar viver, cedo demais para tanto lutar, fui levado a crer diligentemente que todos eles haviam nascido de barriga para cima com as mãos nos bolsos das calças e que nunca as haviam tirado de lá em toda sua existência.

A nossa área era pantanosa, descendo o rio, para dentro, onde o rio fazia uma curva, a vinte milhas do mar. Minha primeira lembrança mais vívida e plena sobre a identidade das coisas parece-me ter surgido no fim de uma tarde fria memorável. Nesse momento, descobri sem sombra de dúvidas que esse lugar sombrio cheio de erva daninha era o cemitério, e que Philip Pirrip, falecido nessa paróquia, e também Georgiana, esposa do Supracitado, estavam mortos e enterrados. E que Alexander, Bartolomeu, Abraham, Tobias e Roger, filhos pequenos do casal mencionado, também se encontravam mortos e enterrados. E que aquela vastidão escura e extensa para além do cemitério, interceptada por fossos e montículos e portões, onde aqui e ali se viam gados pastando, era o pântano, e que a linha baixa e escura mais à frente era o rio, e que o covil selvagem e distante de onde soprava o vento era o mar, e que aquele pequeno pacote trêmulo tornando-se cada vez mais assustado e ameaçando chorar era Pip.

"Pare com o barulho!", gritava uma voz pavorosa, e um homem surgia por entre os túmulos ao lado do pórtico da igreja. “Fique quieto, seu pequeno demônio, senão vou cortar seu pescoço!”

Um homem assustador, todo vestido de cinza, com grandes correntes nas pernas. Um homem sem chapéu, com os sapatos partidos, com um pano velho envolvendo sua cabeça. Um homem encharcado, e coberto por lama, e machucado por pedras, e cortado por lascas de pedras, e ferido por ervas daninhas, e machucado por plantas espinhosas, que mancava, e tremia, e fazia caras, e rosnava, cujos dentes batiam ao que ele agarrava meu queixo.

“Ah! Não corte meu pescoço, senhor”, eu implorei, apavorado. “Por favor, não faça isso, senhor.”

“Diga-nos qual é o seu nome!”, disse o homem. “Ande logo!”

“Pip, senhor.”

“Mais uma vez”, disse o homem, encarando-me. “Fale!”

“Pip. Pip, senhor.”

“Mostre-nos onde vive”, disse o homem. “Aponte para o lugar!”

Apontei para onde ficava nossa vila, na margem plana entre os amieiros e as árvores podadas, a uma milha ou mais da igreja.

O homem, depois de olhar para mim por um momento, virou-me de cabeça para baixo e esvaziou meus bolsos. Não havia nada dentro deles além de um pedaço de pão. Quando a igreja voltou para seu lugar – uma vez que o homem era tão brusco e forte que deixou tudo de ponta-cabeça para mim, de modo que vi o campanário abaixo de meus pés – quando a igreja voltou para seu lugar, digo, eu estava sentado sobre uma lápide alta, tremendo, enquanto ele comia o pão vorazmente.

“Seu pequeno covarde”, disse o homem, lambendo os lábios, “que bochechas gordas você tem”.

Creio que eram gordas, embora eu fosse bastante mirrado para minha idade na época, e nada forte.

"Que droga que não posso comê-las", disse o homem, balançando a cabeça de maneira ameaçadora, "e imagine se eu não tenho a intenção de fazer isso!"

Expressei minhas esperanças de que ele não fizesse aquilo com sinceridade, e segurei com força a pedra da lápide onde ele havia me colocado, parcialmente para me sustentar ali, e parcialmente para que eu não chorasse.

"Agora, olha aqui!", disse o homem. "Onde está sua mãe?"

"Ali, senhor!", eu disse.

Ele estremeceu, correu rapidamente e parou, olhando por sobre seu ombro.

"Ali, senhor!", expliquei, tímido. "Aqui também jaz Georgiana. É minha mãe!"

"Oh!", ele disse, voltando. "E aquele é seu pai juntamente à sua mãe?"

"Sim, senhor", eu disse. "Ele também. Falecido nesta paróquia."

"Ah!", ele então considerou. "Com quem você vive, supondo que você continue a viver, o que ainda não decidi se permitirei."

"Com minha irmã, senhor, Sra. Joe Gargery, esposa de Joe Gargery, o ferreiro, senhor."

"Ferreiro, é?", disse ele. E olhou para suas pernas. Depois de olhar para as pernas e para mim diversas vezes, aproximou-se da lápide, pegou-me pelos braços e inclinou-me para trás até onde conseguia para que seus olhos pudessem penetrar poderosamente nos meus, e para que os meus pudessem olhar os dele impotentemente.

"Olhe aqui", ele disse, "a questão é sobre se vou deixar você viver. Sabe o que é uma lixa?"

"Sim, senhor."

"E sabe o que são mantimentos?"

"Sim, senhor."

Após cada pergunta, ele me inclinava mais um pouco para causar uma sensação ainda maior de desamparo e perigo.

"Arranje-me uma lixa." Inclinou-me novamente. "E arranje-me mantimentos." Inclinou-me novamente. "Traga-os para mim." Inclinou-me novamente. "Ou arrancarei seu coração e seu fígado." Inclinou-me novamente.

Sentia-me apavorado e tão tonto que me agarrei usando minhas duas mãos e disse: "Se o senhor fizesse a gentileza de me deixar na vertical, senhor, talvez eu não me sentisse enjoado e pudesse lhe ser mais útil".

Ele me deu uma chacoalhada de ponta-cabeça, fazendo a igreja virar sobre seu próprio galo dos ventos. E então segurou-me pelos braços, na vertical, sobre a lápide, e colocou as seguintes condições:

"Traga-me, amanhã cedo, aquela lixa e os mantimentos. Traga-me tudo isso naquela Fortificação ali à frente. Se fizer isso, e não ousar dizer qualquer palavra ou sinalizar ter visto uma pessoa como eu, ou qualquer pessoa, deixo-o viver. Se fracassar ou se repetir minhas palavras em qualquer lugar, mesmo que seja alguma besteira, arrancarei seu coração e seu fígado e os assarei para depois comer. Olhe, não estou sozinho, como pode ser que pense. Há um jovem escondido comigo, comparado ao qual eu seria considerado um anjo. Esse jovem faz o que digo. Tem um jeito bem peculiar de chegar em um menino e ao seu coração e fígado.

Seria em vão, para um menino, tentar se esconder desse jovem de quem lhe falo. O menino pode trancar sua porta, deitar-se em sua cama quentinha, cobrir-se, puxar as roupas sobre a cabeça, pode crer que está confortável e seguro, mas o jovem mover-se-á furtivamente e o rasgará por inteiro. Estou impedindo que esse jovem o machuque nesse momento com grande dificuldade. Acho muito difícil mantê-lo longe de você. Bem, o que me diz?"

Disse-lhe que arranjaria a lixa e pequenas porções de comida que eu conseguisse, e que o encontraria na Fortificação, cedinho.

"Diga que Deus acabará com a sua vida se não o fizer!", disse o homem.

Fiz o que me pedia, e ele me colocou no chão.

"Bem", ele continuou, "lembre-se do acordo, e lembre-se do jovem, agora vá para casa!"

"Boa-boa noite, senhor", eu gaguejei.

"Muito boa!", ele respondeu, olhando de relance para a planície gelada e úmida.

"Queria ser um sapo. Ou uma enguia!"

Ao mesmo tempo, abraçou seu próprio corpo, trêmulo, com os dois braços, agarrando a si mesmo, como se quisesse se manter unido, e mancou em direção ao muro da igreja. Enquanto eu partia pelas ervas daninhas e pelos arbustos que delimitavam os montículos verdes, ele olhou dentro de meus olhos inocentes como se se esquivasse das mãos dos mortos, que se esticavam cuidadosamente para fora dos túmulos a fim de contorcer seu calcanhar e puxá-lo para dentro.

Quando chegou ao muro baixo da igreja, escalou-o, como um homem cujas pernas encontravam-se dormentes e duras, e então virou-se para me procurar. Quando percebi que se virava, voltei meu rosto em direção à minha casa, e fiz o melhor que podia com minhas pernas. Mas, logo depois, olhei sobre meus ombros e o vi caminhando em direção ao rio, ainda envolto por seus dois braços e buscando, com os pés doloridos por entre as grandes pedras caídas no pântano aqui e ali, o lugar certo para pisar quando chovia ou quando a maré subia.

O pântano era somente uma linha negra horizontal no momento em que olhei para ele. E o rio era apenas outra linha horizontal, longe de ser tão amplo ou escuro. E o céu apenas uma fileira de linhas vermelhas e zangadas misturadas a linhas densas e negras. À margem do rio, mal pude discernir as únicas duas coisas pretas em toda aquela perspectiva que pareciam estar em pé. Uma delas era o farol que guiava os marinheiros, como um tonel desmanchado sobre um poste, um objeto que se tornava mais feio à medida que você se aproximava dele, e o outro, uma forca, com algumas correntes penduradas que haviam, outrora, enforcado um pirata. O homem mancava em direção ao segundo objeto, como se fosse o pirata ressuscitado, descendo novamente para se pendurar. Levei um susto ao pensar nisso. E quando vi que o gado levantava a cabeça para fitá-lo, questionei-me se ele pensava o mesmo. Olhei à minha volta procurando pelo homem terrível, mas não encontrei mais seus sinais. Agora eu estava apavorado de novo e corri para casa desenfreadamente.

Capítulo II

Minha irmã, a Sra. Joe Gargery, era mais de vinte anos mais velha que eu e havia estabelecido grande reputação entre os vizinhos pelo fato de ter me criado "com as próprias mãos". Necessitando, na época, descobrir o que aquela expressão significava, e sabendo que suas mãos eram duras e pesadas, sendo hábito aplicá-las sobre o marido e sobre mim, supus que Joe Gargery e eu havíamos sido ambos criados com suas próprias mãos.

Não era uma mulher bela minha irmã. E eu tinha a impressão ligeira de que havia forçado Joe Gargery a se casar com ela com as próprias mãos. Joe era um homem claro, tinha cachos loiros margeando seu rosto tranquilo, e seus olhos tinham um tom de azul tão incerto que por vezes pareciam ter se misturado com a parte branca. Ele tinha boa índole, bom humor, era dócil, brincalhão e muito bem-quisto – uma espécie de Hércules no que diz respeito à sua força e também franqueza.

Minha irmã, a Sra. Joe, tinha cabelos e olhos negros, e sua pele era tão avermelhada que eu, às vezes, imaginava se era possível que ela usasse um ralador de noz-moscada em vez de sabonete para se lavar. Era alta e magra, e sempre usava um avental de tecido grosso amarrado em seu corpo com duas voltas. Ela também tinha um peitilho quadrado na frente, preso por alfinetes e agulhas. Para ela, usar esse avental era uma grande virtude e, ao mesmo, tempo uma repreensão forte contra Joe. Embora eu não veja razão para que ela o usasse tanto assim ou por que motivo, uma vez que ela o usava, não deveria tirá-lo todos os dias de sua vida.

A ferraria do Joe ficava adjacente à nossa casa, que era uma casa de madeira, assim como tantas no interior, a maior parte delas, na época. Quando eu corri para casa vindo do cemitério, a ferraria estava fechada, e Joe estava sentado sozinho na cozinha. Como Joe e eu éramos companheiros em sofrimento e, consequentemente, confidentes, Joe compartilhou comigo uma confidência assim que eu levantei a tranca da porta e olhei para ele, que estava de frente para a porta, sentado no canto da lareira.

"A Sra. Joe saiu uma dúzia de vezes para procurá-lo, Pip. E ainda não voltou, completando treze saídas, portanto."

"É mesmo?"

"Sim, Pip", respondeu Joe; "e você sabe o que é pior? Tickler está com ela".

Diante dessa notícia estarrecedora, passei a torcer o único botão em meu colete sem parar e olhei com gravidade para o fogo. Tickler era uma vara com cera na ponta, já gasta de tanto bater em meu corpo.

"Ela se sentou", disse Joe, "e ela se levantou, agarrou Tickler e saiu correndo. Foi isso que ela fez", disse Joe, atiçando o fogo lentamente com o atiçador por entre as barras mais baixas, olhando para ele; "ela saiu correndo, Pip."

"Faz tempo que ela saiu, Joe?" Eu sempre o tratei como uma espécie de criança mais velha, nada além do que um igual.

"Bem", disse Joe, olhando para cima para o relógio holandês, "dessa última vez, faz uns cinco minutos, Pip. Ela está chegando. Fique atrás da porta, meu velho, e segure a toalha no meio".

Acatei seu conselho. Minha irmã, Sra. Joe, escancarando a porta, e logo encontrando uma obstrução atrás dessa, imediatamente adivinhou o motivo e usou Tickler para averiguar melhor. Acabou me atirando – era comum que eu fizesse a vez de um míssil conjugal – para cima de Joe, que, feliz em ter-me consigo em qualquer situação, me colocou na lareira e barrou minha saída com sua perna enorme.

"Por onde você andou, seu macaquinho?", disse a Sra. Joe, batendo o pé no chão. "Diga-me imediatamente o que andou fazendo para me deixar tão apavorada e preocupada ou tiro você desse canto em cinquenta Pips, e ele em quinhentos Gargerys."

"Só fui até o cemitério", eu disse, sentado em meu banquinho, chorando exasperado.

"Cemitério!", repetiu minha irmã. "Se não fosse eu, você já estaria no cemitério há muito tempo e lá teria ficado. Quem o criou com as próprias mãos?"

"Você", eu respondi.

"E por que o fiz? Eu gostaria de saber", exclamou minha irmã.

Eu choraminguei: "Não sei".

"Eu é que não sei!", disse minha irmã. "Não faria isso novamente! Disso eu sei. Posso dizer com certeza que nunca tirei este avental desde que você nasceu. Já é ruim o suficiente ser esposa de um ferreiro (ainda mais sendo ele um Gargery) sem ser sua mãe."

Meus pensamentos dispersaram daquela pergunta enquanto eu olhava o fogo, inconsolável. Pois o fugitivo lá fora no pântano, com a perna nos grilhões, o misterioso jovem, a lixa, a comida e a promessa pavorosa que me forçaria a cometer um roubo dentro de casa elevaram-se diante de mim pelas brasas de vingança.

"Ah!", disse a Sra. Joe, colocando Tickler em seu lugar. "Cemitério, verdade! Vocês dois podem dizer cemitério." Um de nós, aliás, não havia dito nada. "Vocês vão me levar para o cemitério um dia desses, e, ah, que belíssimo par farão sem mim!"

Enquanto ela se ocupava de arrumar as coisas para o chá, Joe espiou-me por entre sua perna, como se mentalmente avaliasse a mim e a ele mesmo e calculasse que tipo de par faríamos de fato, sob as dolorosas circunstâncias anunciadas. Depois disso, sentou-se cofiando seus cachos e bigode de seu lado direito, seguindo a Sra. Joe com seus olhos azuis, como sempre fazia em momentos de tormenta.

Minha irmã tinha um jeito vigoroso de cortar o pão com manteiga para nós que nunca variava. Primeiro, com a mão esquerda, ela apertava bem o pão contra o avental – na parte onde às vezes se encontrava um alfinete, e às vezes uma agulha, que depois acabávamos enfiando na boca. E então pegava um pouco de manteiga (não muita) com uma faca e espalhava sobre o pão, como um boticário, como se estivesse fazendo gesso – usando os dois lados da faca com destreza rústica, arrematando e moldando a manteiga em volta da casca. Depois disso, limpava a faca finalmente na beirada do reboco e serrava um círculo bem grosso, que ela, para finalizar, antes de separar do restante do pão, cortava em duas partes, das quais Joe pegava uma, e eu a outra.

Naquela ocasião em questão, embora eu estivesse faminto, não me atrevi a comer minha fatia. Eu sentia que devia haver algo guardado para meu pavoroso conhecido e seu jovem companheiro, ainda mais pavoroso. Eu sabia que o gerenciamento da Sra. Joe era dos mais rígidos, e que minhas buscas furtivas resultariam em nada no armário. Portanto, decidi colocar meu pedaço de pão com manteiga em uma das pernas de minhas calças.

Percebi que a força de vontade que precisei fazer para realizar meu objetivo era terrível. Era como se eu tivesse que decidir entre pular do telhado de uma casa ou mergulhar em profundezas sem fim. E ficou ainda mais difícil pelo fato de Joe não saber. Em nossa já mencionada camaradagem no sofrimento, e sendo o bom companheiro que era para mim, era um hábito noturno para nós comparar a maneira como mordíamos nossos pães, silenciosamente colocando-os lado a lado para a admiração do outro de vez em quando – o que fazia com que nos empenhássemos ainda mais. Nessa noite, Joe convidou-me diversas vezes, mostrando-me seu pedaço de pão, que ia ficando cada vez menor, para começar nossa competição amistosa. Mas me encontrou, em todas as vezes, com minha caneca de chá amarela sobre um joelho e o pão com manteiga sobre o outro. Finalmente, considerei, por desespero, que aquilo que eu contemplava precisava ser feito. E que era melhor que o fizesse da maneira menos improvável nas devidas circunstâncias. Aproveitei-me de um momento em que Joe havia acabado de olhar para mim, e coloquei o pão com manteiga dentro da calça.

Joe estava evidentemente incomodado com o que supunha ser o motivo da perda de meu apetite e deu uma mordida, pensativo, em seu pão, de maneira que não parecia estar com vontade. Mastigou o pão por mais tempo que o normal, pensativo, e então engoliu como se engolisse um comprimido. Estava prestes a dar outra mordida, já com a cabeça ajeitada no ângulo certo, quando seu olhar caiu sobre mim, e ele notou que meu pão não estava mais ali.

A admiração e a consternação com que Joe parou no momento de sua mordida e fitou-me eram evidentes demais para escapar à observação de minha irmã.

"O que foi agora?", ela disse, rapidamente, abaixando sua xícara.

"Ah, você sabe!", resmungou Joe, balançando a cabeça em minha direção com o semblante sério. "Pip, meu velho! Você vai fazer mal a si mesmo. Isso vai grudar em algum lugar. Você não pode tê-lo mastigado, Pip."

"O que foi agora?", repetiu minha irmã, mais bruscamente ainda que antes.

"Se você conseguir colocar alguma coisa para fora, Pip, eu sugiro que o faça", disse Joe, perplexo. "Modos são modos, mas a sua saúde está acima de tudo."

Nesse momento, minha irmã estava bastante desesperada e se lançou sobre Joe, pegando-o pelos bigodes e batendo sua cabeça contra a parede por um tempo, enquanto eu continuava sentado em meu canto, com ar de culpado.

"Talvez agora você fale o que está havendo", disse minha irmã, ofegante. "Seu porco empacado."

Joe olhou para ela de maneira impotente. Depois mordeu seu pão de maneira também impotente e olhou novamente para mim.

“Sabe, Pip”, disse Joe, depois de dar a última mordida em seu pão, falando em tom de confidência, como se estivéssemos sozinhos, “você e eu somos sempre amigos, e eu seria a última pessoa a dedurá-lo, a qualquer momento. Mas...”, ele moveu sua cadeira e olhou para o chão entre nós, e então olhou para mim novamente – “devorar a comida dessa maneira estranha!”

“Ele devorou a comida, foi isso?”, exclamou minha irmã.

“Você sabe, meu velho”, disse Joe, olhando para mim, e não para a Sra. Joe, ainda mastigando seu último pedaço de pão, “eu devorava minha comida também quando tinha a sua idade – frequentemente – e quando menino nós costumávamos comer assim. Mas eu nunca havia visto você comer assim, Pip, e é um alívio que você não tenha caído morto.”

Minha irmã veio rapidamente até mim e puxou-me, dizendo nada além de palavras tenebrosas: “Venha tomar o seu remédio”.

Algum médico bruto havia ressuscitado o alcatrão naqueles dias como se fosse um bom medicamento, e a Sra. Joe sempre tinha um pouco no armário, crível de sua virtude, que equivalia a seu sabor horrível. Nos melhores dos tempos, muito desse elixir era-me administrado como uma opção restauradora, tanto que eu tinha total consciência de andar por aí cheirando a cerca nova. Nessa noite em especial, a urgência de meu caso exigia um quartilho da mistura, que foi derramada em minha garganta para meu maior conforto, enquanto a Sra. Joe segurava minha cabeça embaixo do braço, como se seguraria uma bota ao usar uma calçadeira. Joe escapou com metade de um quartilho, mas foi obrigado a engolir aqui (para seu grande incômodo, enquanto mascava e meditava diante do fogo), “porque ficara enjoado”. Julgando a mim mesmo, devo dizer que ele certamente experimentou um pouco de enjoo depois, como nunca havia experimentado antes.

A consciência é algo terrível quando acusa um homem ou um menino. Mas quando, no caso do menino, aquele fardo secreto coopera com outro fardo secreto guardado em suas calças, trata-se de (como eu posso testemunhar) uma grandíssima punição. A consciência pesada de que eu haveria de roubar a Sra. Joe – nunca imaginei que fosse um dia roubar o Joe, pois nunca pensei em qualquer propriedade da casa como pertencendo a ele – unida à necessidade de sempre manter uma mão sobre o pão com manteiga quando eu me sentava ou quando eu era enviado à cozinha ou para fazer qualquer tarefa fora de casa, quase me enlouqueceu. E então, como os ventos do pântano causaram um clarão no fogo, pensei ter ouvido a voz lá fora, do homem com os grilhões na perna que me havia feito prometer, afirmando que não poderia e não haveria de passar fome até amanhã, mas que precisava comer imediatamente. Em outros momentos, pensava, "e se o jovem que estava com tanta dificuldade em se conter para não colocar as mãos em mim se rendesse à impaciência constitucional ou errasse a hora e achasse que deveria arrancar-me o coração e o fígado hoje à noite em vez de amanhã?". Se algum dia os cabelos de alguém já se arrepiaram de pavor, foi isso que aconteceu com os meus. Mas, talvez, isso nunca tenha acontecido a ninguém realmente.

Era véspera de Natal, e eu deveria mexer o pudim para o dia seguinte usando um pau de cobre das sete às oito de acordo com o relógio holandês. Tentei realizar minha tarefa com o peso em minha perna (o que me fez pensar novamente sobre o homem com os grilhões na perna), e achei a tendência de o pão escorregar até meu tornozelo bem difícil de controlar. Livrei-me felizmente e coloquei aquela parte de minha consciência em meu quarto no sótão.

"Escute!", eu disse, quando acabei de mexer o pudim e me aquecia pela última vez perto da lareira antes de me mandarem ir dormir. "Isso é um tiroteio, Joe?"

"Ah!", respondeu Joe. "É outro condenado que fugiu."

"O que isso significa, Joe?", eu disse.

A Sra. Joe, que sempre se encarregava das explicações, disse, de maneira ríspida: "Fugiu. Fugiu". Administrava a definição como se fosse alcatrão.

Enquanto a Sra. Joe sentava-se com a cabeça pendente à sua costura, perguntei a Joe, mexendo a boca, sem fazer nenhum som: "O que é um condenado?". Joe respondeu-me da mesma forma, mas sua resposta era tão elaborada que a única palavra que fui capaz de compreender foi "Pip".

"Um condenado fugiu ontem à noite", Joe disse, em voz alta, "depois do pôr do sol. E atiraram para adverti-lo. Agora parece que estão avisando mais uma vez".

"Quem está atirando?", eu perguntei.

"Que diabos de menino", interveio minha irmã, fazendo uma careta para sua costura, "como você pergunta. Pare de perguntar, e ninguém mentirá para você".

Isso não foi muito respeitoso de sua parte, pensei, insinuar que ela deveria mentir para mim se eu fizesse perguntas. Mas ela nunca era muito educada, a menos que tivesse visita.

Nesse momento, Joe atiçou minha curiosidade grandemente, tomando muito cuidado para abrir bem a boca e dizer, sem nenhum som, uma palavra que me pareceu ser "emburrada". Dessa forma, naturalmente apontei para a Sra. Joe e fiz com a boca: "ela?". Mas Joe não compreendeu nada e novamente abriu bem a boca dizendo uma palavra mais enfática ainda. Mas não pude compreender nada.

"Sra. Joe", eu disse, como última tentativa, "eu gostaria de saber – se você não se importar – de onde vem o tiro?"

"Deus abençoe esse menino!", exclamou minha irmã, como se não quisesse dizer exatamente aquilo, mas sim o oposto. "Dos Hulks!"

"Ah-h!", eu disse, olhando para Joe. "Hulks!"

Joe tossiu de maneira reprovadora, como se quisesse dizer "Bem, eu lhe avisei".

"E, por favor, o que é Hulks?", eu disse.

"Esse menino é assim!", exclamou minha irmã, apontando para mim com a agulha e com a linha, balançando a cabeça. "Você responde uma pergunta dele, e ele vem com outras tantas imediatamente. Hulks são navios-prisões, depois dos alagadeiros." Nós sempre usamos esse nome para nos referirmos aos pântanos em nossa região.

"E por que será que essas pessoas são aprisionadas lá?", eu disse, de maneira geral, com desespero silencioso.

Isso foi demais para a Sra. Joe, que se levantou imediatamente. "Vou lhe dizer uma coisa, carinha", ela disse. "Não o criei com minhas próprias mãos para importunar as pessoas. Eu me sentiria culpada e não orgulhosa, se tivesse feito assim. As pessoas são enviadas aos Hulks porque matam, e porque roubam, e falsificam, e fazem todo tipo de coisas ruins, e sempre começam fazendo perguntas. Agora vá para a cama!"

Nunca podia levar uma vela comigo para a cama e, quando fui subindo as escadas no escuro, com a cabeça latejando – por conta do dedal da Sra. Joe, que usou minha cabeça de tambor para acompanhar suas últimas palavras – senti-me terrivelmente ciente da grande conveniência que os Hulks seriam para mim. Ficava claro que eu estava indo nesse caminho. Comecei com as perguntas, e agora ia roubar a Sra. Joe.

Desde aquela época, que está bem longe de mim agora, eu frequentemente pensava que poucas pessoas conhecem os segredos que pairam na mente de um jovem com medo. Não importa o quão irracional seja o medo, contanto que seja medo. Eu sentia muito medo do jovem que queria pegar meu coração e meu fígado. E sentia pavor em relação ao meu conhecido com a perna nos grilhões. Eu sentia medo de mim mesmo, de quem se tinha arrancado uma promessa terrível. Não sentia esperança de libertação por parte de minha todo-poderosa irmã, que me repelia a todo momento. E temo em pensar, no segredo de meu terror, o que eu teria feito se me tivesse sido exigido.

Se eu consegui cair no sono à noite, foi somente para imaginar a mim mesmo flutuando pelo rio durante uma correnteza muito forte em direção aos Hulks. O fantasma de um pirata me chamava por um megafone quando eu passava pela estação onde se localizava a forca, dizendo que era melhor que eu viesse à margem e que fosse enforcado logo, sem delongas. Sentia medo de dormir, mesmo que sentisse vontade, pois sabia que logo que a manhã desse seus primeiros sinais, eu precisaria roubar a despensa. Não era possível fazê-lo durante a noite, pois não podia conseguir acender uma vela facilmente, para isso eu precisaria de uma lasca de pedra e aço, e faria tanto barulho quanto o próprio pirata balançando suas correntes.

Assim que a grande mortalha de veludo que podia ser vista de minha janela passou a ficar cinza, levantei-me e desci as escadas. Cada tábua do piso e cada rachadura de cada uma delas me interpelavam: "Pega ladrão!" e "Acorde, Sra. Joe!". Na despensa, que continha muito mais mantimentos do que de hábito por conta da estação do ano, fiquei bastante alarmado com uma lebre pendurada pelos pés, que acreditei ter piscado para mim quando me virei. Não havia tempo para certificar-me, para escolher, para nada, não havia tempo a perder. Peguei um pouco de pão, uma casca de queijo, aproximadamente meio pote de carne moída (que amarrei dentro de meu lenço junto com o pão da noite anterior), um pouco de conhaque de uma moringa (que decantei em uma garrafa de vidro que eu havia usado secretamente para fazer aquele fluido intoxicante, água de alcaçuz espanhol, em meu quarto: diluindo o conteúdo da moringa com uma jarra do armário da cozinha), um osso de pernil com muito pouca carne e uma linda torta de porco redonda. Eu estava quase saindo sem a torta, mas fiquei tentado em subir em uma prateleira para olhar o que havia debaixo de um prato de barro cuidadosamente colocado em um cantinho, encontrei a torta, e a peguei com a esperança de que não fosse usada tão cedo e de que, dessa forma, não dariam sua falta.

Havia uma porta na cozinha para a ferraria. Destranquei e destravei a porta, e peguei uma lixa das ferramentas de Joe. Coloquei as trancas de volta como as havia encontrado, abri a porta pela qual havia entrado na noite anterior, fechei-a e corri em direção ao pântano nebuloso.

Capítulo III

Era uma manhã de geada e umidade. Eu havia visto a umidade pairando do lado de fora de minha pequena janela, como se um duende tivesse passado a noite inteira ali chorando, usando a janela como um lencinho. Agora eu via a mesma umidade sobre os arbustos desfolhados e na grama esparsa, como uma espécie de teia de aranha mais grossa, pendurada pelos galhos e pelas lâminas da grama. A cada grade e a cada portão, a umidade estava pegajosa, e a névoa do pântano tão densa que a seta de madeira do poste indicando a direção de nosso vilarejo – uma direção nunca experimentada, uma vez que nunca havia estado ali – tornara-se invisível a mim até que chegasse muito perto dela. Então, olhando para cima, vendo-a pingar, parecia, à minha consciência angustiada, um fantasma conduzindo-me aos Hulks.

A névoa estava ainda mais densa próximo ao pântano, tanto que em vez de eu correr em direção às coisas, eram elas que corriam em minha direção. Era uma sensação muito desagradável para minha consciência pesada. Os portões, os diques e suas margens surgiam repentinamente à minha frente por entre a névoa, como se gritassem: "Um menino trazendo uma torta de porco que não lhe pertence! Segurem-no!". O gado surgiu à minha frente de repente, fitando-me e soltando vapor de suas narinas: "Olá, ladrãozinho!". Um boi preto, com um peitilho de pelo branco – que até mesmo havia, para minha consciência desperta, um ar um tanto clerical – fixou-me com seu olhar de maneira tão obstinada e movia sua cabeça embotada de um modo tão acusatório enquanto eu me movia, que cheguei a dizer-lhe, chorando: "Não pude evitar, senhor! Não foi para mim que peguei!". Com isso, ele abaixou a cabeça, soltou uma nuvem de fumaça pelas narinas e desapareceu com um coice, abanando o rabo.

Todo esse tempo, eu ia em direção ao rio, mas embora caminhasse depressa não conseguia aquecer meus pés, aos quais o frio úmido parecia cravar-se do mesmo modo que os grilhões de ferro cravavam-se à perna do homem que eu precisava encontrar. Eu conhecia o caminho para a Fortificação muito bem, pois eu já havia estado lá em um domingo com Joe, e Joe, sentando-se sobre um velho canhão, havia me contado que quando eu fosse seu aprendiz, regularmente, nós nos divertiríamos bastante ali! Porém, com a confusão causada pela névoa, reparei que havia caminhado demasiadamente à direita, e, portanto, deveria tentar voltar à margem do rio, onde se encontravam pedras soltas sobre a lama e estacas demarcando a linha da maré. Chegando até ali prontamente, acabava de cruzar o dique que eu sabia localizar-se muito próximo à Fortificação, e acabava de escalar o monte além do dique, quando vi o homem sentado em minha frente. Suas costas estavam viradas para mim, e seus braços estavam cruzados. Ele balançava a cabeça em sono profundo.

Pensei que ficaria mais satisfeito se eu chegasse munido de seu café da manhã, então me aproximei e toquei seu ombro. Imediatamente o homem pulou, e não era o mesmo homem, mas outro homem!

E ainda assim esse homem também estava vestido com um tecido grosso cinza, e trazia grilhões em sua perna. Ele era coxo e rouco, e frio, e tudo o mais que o outro homem era, exceto que seu rosto se distinguia do outro e trazia um chapéu de feltro chato de aba larga e copa curta. Tudo isso eu vi em um breve momento, pois era tudo o que eu tinha para ver: xingou-me, tentou me bater – foi um golpe fraco que não me atingiu e quase o derrubou, pois o fizera tropeçar – e então correu em direção à névoa, tropeçando duas vezes mais, até que o perdi.

"É o homem jovem!", pensei, sentindo meu coração disparar quando o identifiquei. Ouso dizer que poderia ter sentido meu fígado doer também, se eu soubesse onde se localizava.

Logo cheguei à Fortificação, e ali estava o homem certo – com os braços em volta do corpo, mancando para a frente e para trás, como se tivesse permanecido assim a noite toda, abraçando e mancando – esperando por mim. Estava certamente morrendo de frio. Eu meio que esperava que ele caísse duro em minha frente e morresse congelado. Seus olhos pareciam tão famintos também que quando lhe entreguei a lixa e ele a colocou sobre a grama, ocorreu-me que poderia tê-la tentado comer se não tivesse visto a trouxinha que eu trazia.

Não me virou de ponta-cabeça dessa vez para pegar o que eu trazia, permitindo que eu ficasse ereto enquanto eu abria a trouxinha e esvaziava meus bolsos.

"O que há na garrafa, menino?", ele perguntou.

"Conhaque", eu disse.

Já estava enfiando a carne moída na boca de maneira bastante peculiar – mais como um homem que a estivesse guardando em algum lugar violenta e apressadamente do que um homem que a estivesse comendo – mas parou para beber um pouco. Tremia o tempo todo de maneira tão violenta que era já muita coisa conseguir manter o gargalo da garrafa entre os dentes sem mordê-lo.

"Acho que você está doente", eu disse.

"Concordo bastante com você, menino", ele respondeu.

"Esse lugar é ruim", eu disse a ele. "Você fica se deitando pelo pântano, e isso faz muito mal para você. Pode causar reumatismo também."

"Vou comer meu café da manhã antes que me matem então", ele falou. "Eu faria o mesmo ainda que depois estivesse destinado a ser enforcado naquela forca bem ali em frente. Acabarei com meus tremores até lá, aposto com você."

Estava devorando a carne moída, a carne de porco, o pão, o queijo e a torta de porco, tudo de uma só vez: olhava para a névoa desconfiado enquanto isso, de vez em quando pausando – até mesmo parava de mastigar – para escutar. Algum som real ou imaginado, algum tinido no rio ou a respiração de uma fera ali no pântano assustara-o, e ele disse, subitamente:

"Você não é um traidor dos infernos? Não trouxe ninguém consigo?"

"Não, senhor! Não!"

“Nem pediu para ninguém seguir você?”

“Não!”

“Bem”, ele disse, “acredito em você. Você não seria nada além de um feroz filhote de cão de guarda, se neste momento de sua vida pudesse ajudar a caçar um verme miserável à beira da morte como este pobre verme miserável!”.

Algo estalou em sua garganta como se tivesse um relógio dentro dele que agora fosse bater as horas. Cobriu seus olhos com sua manga esfarrapada.

Sentindo pena de sua desolação e acompanhando-o largar a torta gradualmente, atrevi-me a dizer: “Fico feliz que tenha gostado”.

“Disse algo?”

“Disse que fico feliz que tenha gostado.”

“Obrigado, meu garoto. Gostei.”

Eu costumava observar nosso cachorro grande comer sua comida, e agora notava uma semelhança inegável entre sua maneira de comer e a do homem. O homem dava mordidas fortes e bruscas, exatamente como o cachorro. Engolia, ou melhor ainda, devorava cada mordida de maneira voraz. E olhava para os lados enquanto comia, como se imaginasse que algo perigoso poderia acontecer em todas as direções para privarlhe de sua comida. Estava completamente perturbado com isso para apreciar a comida com tranquilidade ou para ter alguém que o acompanhasse sem mostrar os dentes para a visita. Em todos esses pontos ele era muito parecido com o cachorro.

“Receio que não vai deixar sobrar nada para ele”, eu disse, tímido, depois de um silêncio durante o qual hesitei quanto à cortesia desse comentário. “Não dá para conseguir mais nada de onde trouxe isso.” Foi a certeza desse fato que me impeliu a oferecer-lhe a dica.

"Deixar sobrar nada para ele? Quem é ele?", quis saber meu amigo, interrompendo a mastigação da casca da torta.

"O homem jovem. De quem me disse. Que estava escondido com você."

"Oh, ah!", foi sua resposta acompanhada de uma espécie de risada sarcástica. "Ele? Sim, sim! Ele não quer comida alguma."

"Pensei que ele olhou como se quisesse", respondi.

O homem parou de comer e olhou para mim com intenso escrutínio e surpresa.

"Olhou? Quando?"

"Agora mesmo."

"Onde?"

"Ali", eu disse, apontando. "Bem ali, onde o encontrei dormindo e achei que fosse você."

O homem agarrou-me pelo colarinho e fitou-me de tal maneira que comecei a pensar que sua primeira ideia sobre cortar meu pescoço tivesse voltado à tona.

"Vestido como você, sabe, só que usava um chapéu", eu expliquei, tremendo. "E... e...", eu estava muito ansioso para agir de maneira delicada, "e com o mesmo intuito para precisar de uma lixa. Não ouviu o canhão ontem à noite?".

"E depois houve tiros?", ele perguntou para si mesmo.

"Estranho não ter certeza disso", eu disse, "pois ouvimos os tiros lá de casa, e fica longe, além de que estava tudo fechado".

"Ora, escute uma coisa!", ele disse. "Quando um homem encontra-se sozinho nestes campos, com a cabeça tonta e o estômago vazio, padecendo de frio e de fome, não ouve nada a noite toda, além de tiros e vozes chamando-o. Ele vê soldados com seus casacos vermelhos, iluminados pelas tochas que carregam consigo, cercando-o. Ouve seu número sendo chamado, ouve vozes que o desafiam, ouve o barulho dos mosquetes, ouve as ordens: 'Preparar! Apontar! Cerquem-no já, homens!' e é obrigado a levantar os braços – e não há nada! Ora, se eu vi um grupo de busca ontem à noite – aproximando-se em ordem, malditos, com seu marchar – vi centenas. E quanto ao tiroteio: Ora, vi a névoa tremeluzir com o canhão, e logo amanheceu. Mas esse homem", ele havia falado todo o resto como se tivesse se esquecido de minha presença ali. "Percebeu alguma coisa nele?"

"Seu rosto estava todo machucado", eu disse, lembrando-me de coisas que mal sabia que lembrava.

"Não aqui?", exclamou o homem, batendo na bochecha esquerda sem piedade com a palma da mão.

"Sim, aí!"

"Onde ele está?", enfiou um pouco do que restara da comida na parte interna de seu casaco cinza. "Mostre-me para que direção foi. Hei de caçá-lo como um cachorro. Malditos grilhões em minha perna dolorida! Passe-me a lixa, garoto."

Eu indiquei a direção em que a névoa havia ocultado o outro homem, direção essa para a qual ele olhou por um instante. Mas ele estava abaixado na grama molhada, lixando seus grilhões como um louco, sem se importar comigo ou com sua própria perna, que tinha uma velha ferida sangrando, mas que ele tratava como se não sentisse mais nada além da lixa. Eu passei a sentir muito medo dele novamente, agora que ele trabalhava de forma tão violenta e apressada, e estava com muito medo de permanecer mais tempo longe de casa. Disse-lhe que precisava ir, mas ele nem me notou, então achei que a melhor coisa a fazer era escapulir. Na última vez que o vi, sua cabeça estava curvada sobre o joelho, e ele trabalhava arduamente nos grilhões, reclamando de maneira impaciente sobre as correntes e a perna. Na última vez que o ouvi, parei em meio à névoa para escutá-lo, e ainda ouvia a lixa.

Capítulo IV

Eu tinha grandes esperanças de encontrar um agente policial na cozinha, esperando para me capturar. Mas não só não havia nenhum agente policial por lá como ninguém havia descoberto nada sobre o roubo. A Sra. Joe estava extremamente ocupada aprontando a casa para as comemorações do dia, e Joe havia sido colocado no degrau da porta da cozinha para evitar que atrapalhasse a Sra. Joe com a pá – um objeto para o qual seu destino sempre o conduzia, mais cedo ou mais tarde, quando minha irmã decidia fazer uma limpeza vigorosa no chão.

"E onde você se meteu?", foi o cumprimento natalino da Sra. Joe, quando eu e minha consciência chegamos.

Eu disse que havia ido escutar o coral de Natal. "Ah! Que bom!", observou a Sra. Joe. "Poderia ter feito coisa pior." Sem nenhuma dúvida, pensei.

"Talvez se eu não fosse a esposa do ferreiro, e (o que é a mesma coisa) uma escrava a quem nunca é concedido tirar o avental, eu poderia ter ido escutar o coral de Natal", disse a Sra. Joe. "Eu gosto bastante de corais de Natal, e esse é o maior motivo para que eu nunca escute nenhum."

Joe, que tinha se atrevido a entrar na cozinha depois de mim quando a pá de lixo fora retirada, passou as costas da mão pelo nariz com ar conciliatório e, depois que a Sra. Joe lançou-lhe um olhar breve, cruzou os dois dedos indicadores secretamente de maneira que eu pudesse vê-los, como nosso código que indicava que a Sra. Joe estava brava. Esse estado de humor era tão normal que Joe e eu frequentemente, durante semanas a fio, ficávamos em relação a nossos dedos como imponentes guerreiros, em relação a suas pernas.

Nosso almoço prometia naquela tarde, consistindo em um pernil com legumes e um par de galinhas recheadas assadas. Uma bela torta de carne moída havia sido feita na manhã anterior (o que explicava o porquê de a carne moída ter passado desapercebida) e o pudim estava quase pronto. Esses longos preparativos traziam como consequência o fato de privarmo-nos de nosso café da manhã sem cerimônia, "porque não vou", disse a Sra. Joe – "porque não vou causar um rebuliço lavando tudo agora, considerando tudo o que preciso fazer diante de mim, essa é a verdade!".

Então nós recebemos nossas fatias de pão como se fôssemos duas mil tropas em uma marcha obrigatória em vez de um homem e um menino em casa. E entornamos grandes goles de leite e água, com o semblante de quem pedia desculpas, de uma jarra sobre o aparador. Nesse ínterim, a Sra. Joe instalou as cortinas brancas e fixou um babado florido ao longo da lareira para substituir o antigo, e descobriu a mobília da pequena sala, que nunca era descoberta em qualquer outra ocasião, mas passava o resto do ano na escuridão e no frio do papel-alumínio, que também se estendia aos quatro pequenos poodles sobre a lareira, cada um com o focinho preto e uma cesta de flores na boca, em pares. A Sra. Joe era uma dona de casa muito asseada, mas era impecável em tornar sua limpeza mais desconfortável e inaceitável que a própria sujeira. A limpeza aproxima-se da santidade, e algumas pessoas fazem o mesmo a respeito de sua religião.

Minha irmã, por ter muito o que fazer, ia à igreja indiretamente, isto é, Joe e eu íamos. Em seu traje de trabalho, Joe era um ferreiro típico bem apessoado. Em seu traje de domingo, parecia mais um espantalho, em sua melhor forma, do que qualquer outra coisa. Nada do que ele vestia então lhe servia ou parecia pertencer-lhe. E tudo que ele vestia roçava-lhe a pele. Nessa ocasião festiva em questão, ele surgiu de seu quarto, quando os sinos alegres tocavam, o perfeito retrato da infelicidade, em um terno de domingo penitente. Em meu caso, creio que minha irmã deve ter imaginado que eu era um delinquente juvenil que um agente policial de resguardo havia capturado (em meu aniversário) e entregado a ela para que fosse tratado de acordo com a majestade ultrajada da lei. Sempre fui tratado como se eu tivesse pedido para nascer, em oposição ao que ditavam à razão, à religião e à moralidade, e contra os argumentos dissuasivos de meus melhores amigos. Mesmo quando era levado ao alfaiate para ganhar novas roupas, esse era obrigado a fazê-las ao estilo das que se usava em um reformatório e de maneira a jamais possibilitar qualquer um de meus membros livremente.

O fato de Joe e eu irmos à igreja, portanto, deve ter sido um espetáculo comovente para as mentes piedosas. Ainda assim, o que eu sofri lá fora não era nada comparado ao que eu sofri lá dentro. Os terrores com que era acometido sempre que a Sra. Joe se aproximava da despensa, ou fora da sala, só podem ser comparados ao remorso com que minha mente lidava com o que minhas mãos haviam feito. Sob o peso de meu segredo perverso, ponderei com dúvida sobre a igreja ser poderosa o suficiente para proteger-me da vingança do jovem horrível, se eu o revelasse à instituição. Concebi a ideia de que o momento em que os proclamas fossem lidos, e o clérigo dissesse "Que fale agora!", seria aquele em que eu deveria me levantar e propor um colóquio privado na sacristia. Estou longe de ter certeza de que não teria chocado nossa pequena congregação apelando à tal medida extrema, mas por ser Natal e não domingo.

O Sr. Wopsle, o sacristão da igreja, viria jantar conosco. E o Sr. Hubble, o fabricante de carroças, e a Sra. Hubble, e o Tio Pumblechook (tio de Joe, mas de quem a Sra. Joe apropriara-se), que era um produtor de grãos rico na cidade mais próxima, que dirigia sua própria charrete. O almoço estava marcado para uma e meia. Quando Joe e eu chegamos em casa, encontramos a mesa posta, a Sra. Joe vestida, o almoço pronto, e a porta da frente destrancada (ao contrário do que acontecia em qualquer outro dia) para que a companhia entrasse e tudo fosse esplêndido. E ainda nem uma palavra sobre o roubo.

A hora chegou, sem trazer consigo qualquer alívio a meus sentimentos, e a companhia chegou. O Sr. Wopsle, além de um nariz romano e uma testa calva enorme e lustrosa, tinha a voz grossa, da qual estranhamente se orgulhava. De fato, era entendido entre seus conhecidos que se lhe fosse considerada apenas sua cabeça, poderia realizar o sermão da igreja. Ele mesmo admitia que se a igreja fosse "aberta", isto é, competitiva, não perderia as esperanças de deixar sua marca impressa. Pelo fato de a igreja não ser "aberta", ele era, como mencionei, nosso sacristão. Mas punia os améns de maneira terrível, e quando lia o salmo – sempre lendo o verso completo – ele olhava para a congregação toda, primeiro, como se quisesse dizer "Vocês escutaram meu amigo lá em cima. Façam-me o favor de darem sua estima com estilo!"

Abri a porta para a visita – fazendo de conta que era nosso costume abrir aquela porta – primeiro para o Sr. Wopsle, depois para o Sr. e a Sra. Hubble, e por último para o Tio Pumblechook. Observação: eu não tinha permissão para chamá-lo de tio, sob as mais severas penas.

"Sra. Joe", disse o Tio Pumblechook, um homem grande, vagaroso, de meia-idade, que respirava com dificuldade, a boca parecia um peixe, os olhos parados, e o cabelo loiro ficava espetado na cabeça, fazendo-o parecer estar sempre sufocado, e que naquele momento conseguiu falar "Trouxe-lhe, como uma lembrança de Natal – trouxe-lhe, senhora, uma garrafa de vinho xerez – e trouxe-lhe, senhora, uma garrafa de vinho do porto".

Todo Natal ele dizia as mesmas palavras, como se fossem completa novidade, carregando as duas garrafas como se fossem dois halteres. Todo Natal, a Sra. Joe respondia, como fazia agora: "Oh, Ti-o Pum-ble-chook! Que atencioso de sua parte!". Todo Natal, ele intervinha, como fazia agora: "Não é nada além do que você merece. E, agora que estão todos animados, como vai esse pequeno que não vale nada?", referindo-se a mim.

Almoçamos nesse contexto na cozinha, e terminamos, com as nozes, as laranjas e as maçãs, na sala, que era uma mudança tal qual a de Joe quando tirava o traje de trabalho para vestir o traje de domingo. Minha irmã estava excepcionalmente animada nesse dia e, de fato, mais cortês na companhia da Sra. Hubble do que em qualquer outra. Lembro que a Sra. Hubble era uma pessoa pequena, cacheada, pontiaguda, vestida de azul-celeste, que tinha a atitude convencionalmente juvenil, pois se casara com o Sr. Hubble – não sei em que período remoto – quando era mais jovem que eu. Lembro-me do Sr. Hubble como um homem durão e corcunda, que cheirava a serragem, com pernas extraordinariamente separadas uma da outra: tanto que quando eu era bem pequeno, sempre enxergava campos baldios entre elas quando ele se aproximava de nossa porta.

Em meio a essa boa companhia eu deveria me sentir, mesmo que não tivesse roubado a despensa, em posição de falsidade. Não porque eu estivesse espremido em um ângulo agudo da toalha, com a mesa batendo em meu peito, e com o cotovelo pumblechookiano invadindo meu olho, ou porque não tivesse permissão para falar (eu não queria falar), ou porque precisava me contentar com as pontas descascadas das coxas das aves, e com as extremidades obscuras da carne do porco das quais, quando vivo, não se envaidecia nem um pouco. Não, eu não me importaria com nada disso, se eles me deixassem em paz. Mas eles não me deixavam em paz. Pareciam considerar uma oportunidade perdida se deixassem de direcionar a conversa a mim, de vez em quando, e focar o assunto em mim. Era como se eu fosse um pequeno touro em uma arena espanhola tocado por tais aguilhões morais.

Tudo começou quando nos sentamos para almoçar. O Sr. Wopsle fez uma oração com entonação teatral – o que parece para mim agora como uma mistura religiosa do Fantasma em Hamlet com Ricardo III – e concluiu com a aspiração bastante apropriada de que nós deveríamos ser verdadeiramente gratos. Com isso, minha irmã fitou-me, dizendo baixinho, com a voz recriminadora: "Está escutando? Seja grato".

"Principalmente", disse o Sr. Pumblechook, "seja grato, garoto, àqueles que lhe criaram com as próprias mãos".

A Sra. Hubble balançou a cabeça e, contemplando-me com um pressentimento pesaroso de que eu não resultaria em boa coisa, perguntou: "Por que é que os jovens nunca são gratos?" Esse mistério moral pareceu excessivo para a visita, até que o Sr. Hubble o resolveu, dizendo: "São vícios naturais". Todos então murmuraram "Verdade!" e olharam para mim de maneira bastante incômoda e invasiva.

A posição e a influência de Joe eram mais suaves (se é que é possível) quando havia visita comparado a quando estávamos a sós. Mas ele sempre me ajudava e confortava quando podia, da maneira dele, e ele sempre o fazia na hora do almoço dando-me molho de carne, quando havia. Como havia demasiado molho nesse dia, Joe derramou, nesse ponto, cerca de meio quartilho em meu prato.

Um pouco depois durante o almoço, o Sr. Wopsle avaliou o sermão com severidade, e sugeriu – no caso hipotético habitual de a igreja ser "aberta" – que tipo de sermão teria feito. Depois de privilegiá-los com alguns tópicos daquele discurso, observou que considerava o assunto do dia um chavão, mal escolhido, o que era menos perdoável, acrescentou, quando havia tantos assuntos "correndo por aí".

"Verdade, mais uma vez", disse o Tio Pumblechook. "Você acertou em cheio, senhor! Tantos assuntos correndo por aí para aqueles que sabem capturar a atenção. É isso que é desejável. Um homem não precisa ir muito longe para encontrar um assunto se estiver pronto com suas ideias." O Sr. Pumblechook adicionou, depois de um momento de reflexão: "Veja a carne de porco por si só. Já é um assunto! Se procura um assunto, veja a carne de porco!".

"É verdade, senhor. Há muitos ensinamentos morais para os jovens", respondeu o Sr. Wopsle – e eu já sabia que ele iria me colocar no assunto antes mesmo de dizê-lo; "que podem ser extraídos daquele texto".

"Escute isso", disse-me minha irmã, fazendo uma observação grave.

Joe ofereceu-me mais um pouco de molho.

"O suíno", continuou o Sr. Wopsle, com sua voz grave, apontando com a faca para minha face enrubescida, como se estivesse mencionando meu nome de batismo – "o suíno era o companheiro dos pródigos. A gula do suíno era colocada diante de nós como um exemplo para os jovens". (Achei isso muito adequado de sua parte, pois havia elogiado o porco por ser tão tenro e suculento.) "O que é detestável em um porco é ainda mais detestável em um menino."

"Ou menina", sugeriu o Sr. Hubble.

"É claro, ou menina, Sr. Hubble", assentiu o Sr. Wopsle, bastante irritadiço, "mas não temos nenhuma menina presente".

"Além do mais", disse o Sr. Pumblechook, virando-se bruscamente para mim, "pense no quanto se deve ser grato. E se tivesse nascido um perdedor?".

"Ele é, tanto quanto uma criança pode sê-lo", disse minha irmã enfaticamente.

Joe ofereceu-me mais um pouco de molho.

"Bem, quero dizer um perdedor de quatro patas", disse o Sr. Pumblechook. "Se tivesse nascido assim, estaria aqui agora? Não."

"A menos dessa forma", disse o Sr. Wopsle, balançando a cabeça com os olhos no prato.

"Mas não quis dizer dessa forma, senhor", retorquiu o Sr. Pumblechook, que detestava ser interrompido. "Quero dizer aproveitando a vida com os mais velhos e mais sábios, e desenvolvendo-se por meio de seus diálogos, se esbaldando no luxo. Estaria fazendo isso? Não, não estaria. E qual teria sido seu destino?", voltando-se para mim outra vez. "Teria sido vendido por tantos xelins quanto o mercado estabelecesse pelo artigo, e Dunstable, o açougueiro, o teria pegado quando ainda estivesse no feno, e o teria levado embaixo de seu braço esquerdo, e com o braço direito teria levantado a bata para puxar um canivete de seu bolso, derramando seu sangue e, assim, tirando-lhe a vida. Não teria sido criado por mão alguma. Nem um pouco!"

Joe ofereceu-me mais molho, mas fiquei receoso em aceitar.

"Ele deu bastante trabalho a você, senhora", disse a Sra. Hubble, solidarizando-se à minha irmã.

"Trabalho?", repetiu minha irmã; "trabalho?", e então deu início a uma lista medonha de doenças causadas por mim, e de todos os atos de insônia que havia cometido, e de todos os lugares altos de onde havia despencado, e de todos os lugares baixos onde eu havia me enfiado, e de todos os ferimentos que havia causado a mim mesmo, e de todas as vezes que ela desejara que eu morresse, mas que eu havia recusado.

Acho que os romanos devem ter irritado muito uns aos outros, com seus narizes. Talvez tenham se tornado essas pessoas inquietas que eram por conta disso. De qualquer forma, o nariz romano do Sr. Wopsle irritava-me tanto que durante a discriminação de minha má conduta eu teria adorado puxá-lo até que ele gritasse. Mas tudo o que eu havia sido capaz de controlar até então não era nada comparado aos sentimentos horríveis que me dominaram quando a pausa que seguia a lista de minha irmã foi interrompida, e todos olharam para mim (minha consciência disso era dolorosa) com indignação e repugnância.

"Ainda assim", disse o Sr. Pumblechook, conduzindo a conversa discretamente de volta ao tema do qual haviam desviado, "Porco – considerando que esteja cozido – é gostoso, não é?".

"Beba um pouco de conhaque, tio", disse minha irmã.

Oh, céus, até que enfim! Ele diria que estava fraco, ele diria que estava fraco, e seria meu fim! Segurei forte à perna da mesa por baixo da toalha, com as duas mãos, e esperei por meu destino.

Minha irmã foi pegar a moringa, voltou com a moringa, e serviu o conhaque a ele: ninguém mais aceitou. O homem brincava com o copo – levantou-o, examinou-o contra a luz, abaixou-o novamente – adiando meu terror. Nesse tempo todo, a Sra. Joe e Joe arrumavam a mesa de maneira rápida para servir a torta e o pudim.

Eu não tirava os olhos dele. Sempre segurando forte a perna da mesa com as mãos e os pés, vi a criatura miserável dedilhar o copo distraído, e então levantá-lo, jogar a cabeça para trás e entornar o conhaque. Logo em seguida, a visita foi acometida de pânico indescritível, pois ele se levantou rapidamente, girando várias vezes em uma terrível dança convulsiva, tossindo, correndo em direção à porta. Então pudemos vê-lo pela janela, tentando cuspir e expectorar o líquido violentamente, fazendo as piores caretas possíveis, parecendo fora de si.

Segurei-me com firmeza, enquanto a Sra. Joe e Joe corriam em direção a ele. Eu não sabia como havia causado aquilo, mas estava certo de que o havia matado de alguma forma. Em meu pavor, foi um alívio quando o trouxeram de volta e, olhando para a visita a seu redor como se tivessem discordado dele, despencou em sua cadeira com uma grande arfada: "Alcatrão!"

Eu havia enchido a garrafa com alcatrão. Sabia que ele pioraria aos poucos. Movi a mesa, como um médium dos tempos atuais, pela força com que me agarrava a ela sem perceber.

"Alcatrão!", gritou minha irmã, espantada. "Ora, como o alcatrão foi parar aí?"

Contudo, tio Pumblechook, que se postava todo-poderoso naquela cozinha, não ouvia nada, não escutava sobre o assunto, apenas acenava com a mão, pedindo gim e água quente. Minha irmã, que tinha entrado em um estado alarmantemente meditativo, precisou despertar para buscar o gim, a água quente, o açúcar e a casca de limão e misturá-los. Por enquanto, pelo menos, eu estava a salvo. Ainda segurava a perna da mesa, mas a agarrava agora com o fervor da gratidão.

Pouco a pouco, acalmei-me o suficiente para soltar a perna da mesa e comer um pedaço do pudim. O Sr. Pumblechook comeu um pouco do pudim. Todos comeram. Assim que a sobremesa terminou, e o Sr. Pumblechook começou a responder à genial influência do gim com água, comecei a pensar que eu deveria dar o dia como concluído, quando minha irmã disse a Joe: "Pratos limpos para comer o prato frio".

Agarrei-me de novo à perna da mesa, com muita força, como se ela fosse minha companheira de vida e de alma.

Previ o que estava para acontecer, e senti que dessa vez de fato estaria perdido.

"Vocês precisam provar", disse minha irmã, dirigindo-se à visita com efusiva cortesia – "vocês precisam provar, para arrematar, o presente encantador e delicioso do Tio Pumblechook!".

Eles precisam! Eles não perdiam por esperar para prová-lo!

"Fiquem sabendo", disse minha irmã, levantando, "é uma torta, uma torta de porco saborosa".

A visita murmurou alguns elogios. Tio Pumblechook, consciente de que servia bem a seus semelhantes, disse – animadamente, considerando-se as circunstâncias: "Bem, Sra. Joe, esforçaremo-nos ao máximo, vamos à torta".

Minha irmã foi buscá-la. Ouvi seus passos dentro da despensa. Vi o Sr. Pumblechook mexer sua faca. Vi o apetite despertar mais uma vez nas narinas romanas do Sr. Wopsle. Ouvi o Sr. Hubble comentar que "um pouco de torta de porco saborosa se sobrepõe acima de qualquer coisa e não faz mal algum", e ouvi Joe dizer: "Você também comerá um pouco, Pip". Nunca estive certo de ter pronunciado um grito estridente de terror apenas em espírito ou de tê-lo feito fisicamente. Sentia que não podia aguentar mais.

Precisava fugir. Soltei a perna da mesa, e disparei a correr.

Mas não passei da porta de casa, pois ali encontrei um grupo de soldados com seus mosquetes, um dos quais segurava um par de algemas em minha direção, dizendo: "Aqui está você, cuidado, vamos!"

Capítulo V

A aparição de uma fileira de soldados com seus mosquetes carregados tilintando em nossa porta fez com que nossa visita levantasse da mesa perplexa, e resultou em a Sra. Joe voltando à cozinha com as mãos vazias, parando de repente e olhando com espanto, lamentando-se: "Minha nossa senhora, o que houve com a torta?!".

O sargento e eu estávamos na cozinha quando a Sra. Joe parou espantada, e com isso recuperei em parte meus sentidos. O sargento que havia falado comigo, agora olhava as pessoas à sua volta, segurando, em sua mão direita, as algemas estendidas de maneira convidativa, e a mão esquerda pousada em meu ombro.

"Com licença, senhoras e senhores", disse o sargento, "mas mencionei à porta a esse belo jovem" (o que ele não havia feito), "que venho em nome do rei e procuro o ferreiro".

"E, por favor, o que gostaria com ele?", interveio minha irmã, rapidamente ressentida pelo simples fato de procurarem-no.

"Senhora", respondeu o sargento cortês, "falando por mim mesmo, eu deveria responder, que honra e prazer em conhecer sua bela esposa! Pelo rei, digo-lhe que é para que realize uma pequena tarefa".

Isso foi considerado bastante cortês da parte do sargento, tanto que o Sr. Pumblechook exclamou de maneira audível: "Novamente muito bem!".

"Veja, ferreiro", disse o sargento, que havia, enquanto isso, identificado Joe, "houve um acidente com essas algemas, creio que a fechadura está com problema, e os fechos não funcionam bem. Como são necessárias para uso imediato, poderia dar uma olhada nelas?".

Joe passou os olhos nas algemas e afirmou que para que o trabalho fosse feito seria necessária sua forja o que levaria cerca de duas horas, e não uma. "Sim? Então poderia tratar disso nesse momento, ferreiro?", perguntou o sargento informalmente, "por ser um serviço para a majestade. E se meus homens puderem lhe dar uma mão de alguma forma estarão à disposição". Assim, chamou seus homens, que entraram na cozinha marchando, um atrás do outro, e empilharam suas armas em um canto. E ficaram a postos, como os soldados costumam fazer. Ora com os braços cruzados diante de seu corpo, ora se apoiando em um joelho ou um ombro, afrouxando o cinto ou a algibeira, ora abrindo a porta para cuspir com vontade no quintal.

Tudo isso eu vi sem perceber que via devido à agonia da apreensão que sentia. Mas ao começar a notar que as algemas não eram para mim, que os militares tinham coisas mais importantes de que se ocupar com a torta, recobrei mais um pouco de meu juízo.

"Saberia me dizer as horas?", perguntou o sargento, dirigindo-se ao Sr. Pumblechook, como um homem cujo poder justificava a conclusão de que saberia as horas.

"Um pouco mais de duas e meia."

"Não é tão ruim", disse o sargento, refletindo. "Mesmo que fosse necessário parar por aqui perto de duas horas, farei isso. A que distância crê que estamos do pântano aqui perto? Não mais de uma milha, acredito?"

"Precisamente a uma milha", disse a Sra. Joe.

"Será suficiente. Chegaremos por lá perto do anoitecer. Um pouco antes de anoitecer, de acordo com as ordens que recebi. Vai dar certo."

"Condenados, sargento?", perguntou o Sr. Wopsle, de maneira natural.

"Sim!", respondeu o sargento, "dois. Acredita-se bastante que ainda estão pelo pântano, e não tentarão fugir de lá antes de anoitecer. Alguém por aqui viu alguma coisa?".

Todo mundo, exceto eu, disse que não, com firmeza. Ninguém lembrou de mim.

"Bem!", disse o sargento, "encontrar-se-ão presos em um círculo, espero, mais cedo do que imaginam. Agora, ferreiro! Não sei se você está pronto, mas sua majestade está".

Joe havia tirado o casaco, o colete e a gravata, trocando-os por seu avental, e entrou na ferraria. Um dos soldados abriu as janelas de madeira, outro acendeu o fogo, o outro ocupou-se dos foles, e o restante posicionou-se ao redor da chama, que logo passou a crepitar. Joe começou então a martelar e a tinir, martelar e tinir, e nós todos assistíamos.

O interesse da iminente perseguição não só absorveu a atenção geral mas deixou minha irmã bastante generosa. Ela pegou um jarro de cerveja do barril para os soldados e convidou o sargento para beber um copo de conhaque. Mas o Sr. Pumblechook manifestou-se, rapidamente: "Dê-lhe um pouco de vinho, senhora. Garanto que não há alcatrão no vinho". Então o sargento agradeceu-lhe e disse que como preferia uma bebida sem alcatrão, ficaria com o vinho, se desse no mesmo. Quando recebeu o vinho, o sargento brindou à saúde de sua majestade e ao Natal, e virou toda a bebida de uma vez, estalando os lábios ao fim.

"Dos bons, não é, sargento?", disse o Sr. Pumblechook.

"Vou dizer uma coisa", respondeu o sargento: "Suspeito que esse vinho foi fornecido por você".

O Sr. Pumblechook respondeu com uma gargalhada: "Sim? Por quê?".

"Porque", interveio o sargento, dando um tapinha no ombro do outro, "você é um homem que sabe discernir o que é bom do que não é".

"Acha mesmo?", disse o Sr. Pumblechook, gargalhando outra vez. "Beba mais uma taça!"

"Com você. É uma honra", respondeu o sargento. "Para cima, para baixo – para o centro, para dentro – Tim-tim, a melhor melodia das taças! À sua saúde. Que você viva mil anos, e que nunca seja um juiz pior do que é no presente momento de sua vida!"

O sargento virou a taça outra vez e parecia pronto para mais uma. Percebi que o Sr. Pumblechook, em sua hospitalidade, pareceu esquecer-se de que o vinho havia sido um presente, mas pegou a garrafa da Sra. Joe e aceitou fazer as honras com grande alegria. Até eu bebi uma taça. E estava tão à vontade com o vinho que ele mesmo pediu a outra garrafa e a distribuiu com a mesma generosidade quando a primeira acabou.

Ao observá-los em volta da ferraria, alegrando-se tanto, pensei no terrível molho para o almoço que meu amigo fugitivo no pântano simbolizava. Eles não haviam se divertido nem metade antes que o sargento movimentasse nossa ceia. E agora, quando todos estavam ansiosos para capturar os "dois vilões", e quando os foles pareciam rugir pelos fugitivos, o fogo parecia brilhar por eles, a fumaça, apressar-se em busca deles, Joe a martelar e tinir por eles, e todas as sombras turvas na parede pareciam tremeluzir por eles em ameaça como a chama subia e descia, e as fagulhas vermelhas ardentes caíam e morriam, a pálida tarde lá fora quase parecia, em minha imaginação ingênua e pesarosa, tornar-se pálida por causa deles, pobres miseráveis.

Por fim, o trabalho de Joe foi concluído, e batidas e tinidos cessaram.

Quando Joe pegou seu casaco, reuniu coragem para propor que alguns de nós deveríamos acompanhar os soldados para ver o que aconteceria com a busca. O Sr. Pumblechook e o Sr. Hubble recusaram, sob o pretexto de que havia os cachimbos e as damas, mas o Sr. Wopsle disse que iria se Joe fosse. Joe disse que concordava, e que me levaria também, se a Sra. Joe aprovasse. Nós jamais teríamos permissão para ir, se não fosse pela curiosidade da Sra. Joe em descobrir tudo sobre o caso e como acabaria. Assim, apenas estipulou: "Se trouxer o menino para casa com a cabeça estourada por um mosquete, não conte comigo para consertá-la".

O sargento pediu licença às damas e despediu-se do Sr. Pumblechook como se fosse um velho amigo, embora eu duvidasse de que ele não estava exagerando os méritos daquele cavalheiro sob aquelas circunstâncias áridas, como quando havia certa umidade. Seus homens reposicionaram seus mosquetes e saíram. O Sr. Wopsle, Joe e eu recebemos ordens estritas para mantermo-nos no fim da fila e para não dizer nada até que chegássemos ao pântano. Quando estávamos todos lá fora no ar gelado, movendo-nos continuamente em direção ao nosso objetivo, eu traiçoeiramente sussurrei a Joe: "Espero, Joe, que não os encontremos". E Joe sussurrou a mim: "Eu daria um xelim para que eles fugissem, Pip".

Não vimos ninguém do vilarejo por ali, uma vez que estava frio e o tempo parecia hostil, o caminho, assustador, a marcha, difícil, a escuridão aumentava, e as pessoas preferiam ficar dentro de casa próximas à lareira comemorando a data. Alguns rostos apareciam pelas janelas iluminadas para nos espiar, mas ninguém saía. Passamos o poste com o dedo indicando a direção do local e continuamos direto para o cemitério. Chegando ali, paramos por alguns minutos quando o sargento sinalizou com a mão, enquanto dois ou três de seus homens dispersaram-se pelas tumbas e examinaram o pátio também. Voltaram sem ter encontrado nada, e então seguimos para o pântano aberto, passando pelo portão lateral do cemitério. Nesse momento, começou a chover granizo de maneira cortante com a ventania vindo do leste, e Joe colocou-me em suas costas.

Agora que estávamos afora pela vastidão desalentadora onde mal podiam pensar que eu estivera oito ou nove horas antes e visto ambos os homens escondendo-se, considerei, pela primeira vez, com demasiado medo, se caso os encontrássemos, meu condenado em particular suporia que eu havia trazido os soldados para lá. Tinha me perguntado se eu era um traidor, e dissera que eu deveria ser um feroz filhote de cão de guarda se me juntasse à busca contra ele. Será que ele acreditaria que eu era tanto um traidor quanto um cão de guarda agindo com sinceridade traidora e que o havia traído?

Não adiantava perguntar-me isso agora. Ali estava eu, nas costas de Joe, e ali estava Joe embaixo de mim, correndo pelos diques como um caçador, recomendando ao Sr. Wopsle que não tropeçasse em seu próprio nariz romano e que ficasse conosco. Os soldados estavam à nossa frente, fazendo uma fileira larga com grande espaço entre cada um dos homens. Estávamos indo pelo caminho de onde eu havia partido, do qual acabei me desviando por causa da névoa. Ou não havia mais névoa agora, ou o vento a havia dissipado. Sob a luz baixa do pôr do sol, o farol e a forca, o monte onde ficava a fortificação e a margem oposta do rio pareciam planos, apesar da cor cinzenta da água.

Com o coração martelando como um ferreiro nos ombros largos de Joe, olhei à minha volta, procurando por qualquer sinal dos fugitivos. Não vi ninguém, não ouvi ninguém. O Sr. Wopsle havia me assustado mais que uma vez com sua respiração barulhenta e difícil, mas eu já conhecia esses sons nesse momento e pude dissociá-los do objeto da busca. No começo, levei um susto, quando pensei ter ouvido o barulho da lixa, mas era só um sininho de ovelha. As ovelhas paravam de pastar e olhavam para nós timidamente. E o gado, com a cabeça em direção contrária ao vento e ao granizo, fitava-nos com braveza como se julgássemos ser ele o responsável pela intempérie.

Os soldados continuavam na direção da velha Fortificação, e seguíamos um pouco para trás, quando, de repente, tudo parou, pois ouvimos, através da ventania e da chuva, um longo grito. E novamente. Estava a certa distância a leste, mas era longo e alto. Não parecia haver dois ou mais gritos ao mesmo tempo – se é que se podia discernir qualquer coisa com aquela confusão de sons.

Assim, o sargento e os homens mais próximos falavam sussurrando, quando Joe e eu nos aproximamos. Depois de um tempo escutando, Joe (que era um bom juiz) concordou, e o Sr. Wopsle (que era um mau juiz) concordou. O sargento, um homem decidido, instruiu que não deveriam dar atenção ao som, mas que o rumo deveria ser alterado, e que seus homens deveriam encaminhar-se "imediatamente". Então nos inclinamos para a direita (onde se localizava o leste), e Joe foi tão ligeiro que precisei segurar-me mais firmemente em seus ombros.

Agora sim era uma aventura, e o que Joe chamou com as duas únicas palavras que dizia o tempo todo, "uma máquina". Descendo e subindo os aterros, escalando portões, arremessando-nos pelos diques, e quebrando os mais difíceis dos obstáculos: ninguém se importava para onde estava indo. Quando chegamos próximo de onde vinham os gritos, passou a ficar mais claro que se tratava de mais de uma voz. Por vezes, pareciam cessar por completo, e então os soldados paravam. Quando recomeçava, os soldados iam em sua direção ainda mais rapidamente que antes, e nós em sua retaguarda. Depois de um tempo, havíamos corrido tanto quanto podíamos ao ouvir uma voz gritando "Assassino!", e outra voz "Condenados! Fugitivos! Guardas! Eles estão por aqui!". Então, as duas vozes abafadas pareciam amalgamarem-se em uma luta, que logo começavam novamente. Quando chegamos a esse ponto os soldados correram como cervos, e Joe também.

O sargento correu na frente, e quando corremos o barulho parou, e dois de seus soldados corriam próximos a ele. Suas armas prontas e niveladas quando chegamos perto.

"Aqui estão os dois homens!", disse o sargento, arquejante, esforçando-se no fundo do dique. "Rendam-se os dois! Malditas bestas selvagens! Venham, um de cada vez!"

Havia água espirrando, lama voando, xingamentos e golpes para todos os lados, quando outros soldados entraram no dique para ajudar o sargento e arrastaram para fora, separadamente, meu condenado e o outro homem. Os dois sangravam e arfavam e xingavam e lutavam, mas é claro que os reconheci imediatamente.

"Veja bem!", disse meu condenado, limpando o sangue do rosto com suas mangas rasgadas, sacudindo os cabelos com os dedos: "Eu o peguei. E agora o entrego a vocês! Saiba disso!".

"Isso não quer dizer nada", disse o sargento, "não será grande coisa para você, meu caro, estando na mesma situação que ele. Algemas!".

"Não espero que nada de bom me aconteça. Não espero que nada melhor aconteça do que está acontecendo agora", disse meu condenado, com uma risada gananciosa. "Eu o peguei. Ele sabe disso. Já é o suficiente."

Dava para ver que o outro condenado estava furioso e, além do velho ferimento no lado esquerdo de seu rosto, parecia estar machucado e arrebentado por toda parte. Não conseguia recuperar o fôlego para falar até os dois estarem separados e algemados, apoiando-se em um soldado para que não caísse.

"Preste atenção, guarda – ele tentou me matar", foram suas únicas palavras.

"Tentei matá-lo?", disse meu condenado com desdém. "Tentei, e não consegui? Eu o peguei e o larguei, foi isso que fiz. Não só impedi que ele fugisse pelo pântano mas também o arrastei até aqui – o arrastei de volta por todo o caminho. É um cavalheiro, se me permitem, esse vilão. Agora, os Hulks terão seu cavalheiro de volta, por minha causa. Matá-lo? Para que matá-lo quando eu poderia fazer ainda pior e trazê-lo de volta?"

O outro ainda arfava: "Ele tentou, ele tentou me matar. Vocês são, são testemunhas".

"Olhe aqui!", disse meu condenado ao sargento. "Consegui sair sozinho do navio-prisão, armei, e pronto. Poderia ter me safado deste pântano gelado também – olhe para minha perna: não encontrará muitos restos de grilhões – se não tivesse descoberto que ele estava aqui. Deixá-lo fugir? Deixá-lo se beneficiar dos meios que eu encontrei? Deixá-lo mais uma vez usar me novamente? Mais uma vez? Não, não, não. Se eu tivesse morrido no fundo desse dique", fazendo um movimento enfático em direção ao dique com suas mãos algemadas, "eu o teria segurado com tanta força que o encontrariam em minhas mãos".

O outro fugitivo, que estava evidentemente apavorado pelo companheiro, repetia: "Ele tentou me matar. Eu estaria morto se vocês não tivessem chegado".

"Está mentindo!", disse meu condenado, enérgico. "Nasceu mentiroso, morrerá mentiroso. Olhe para ele, não está escrito em sua cara? Deixem que vire esses olhos em minha direção novamente. Desafio-o a fazê-lo!"

O outro, esforçando-se para reagir com um sorriso de desdém, sem conseguir, porém, fazer com que a boca se contorcesse em qualquer expressão, olhou para os soldados, e olhou para o pântano e para o céu, mas não conseguia de fato dirigir seu olhar para o interlocutor.

"Estão vendo?", continuou meu condenado. "Estão vendo que vilão ele é? Estão vendo esses olhos servis e errantes? Era como eles estavam quando fomos a julgamento juntos. Ele nunca olhou para mim."

O outro, sempre umedecendo os lábios secos e virando os olhos inquietos à sua volta, finalmente direcionou o olhar por um momento ao interlocutor, com as palavras: "Não ganho muito em olhar para você", olhando então em relance às mãos algemadas. Nesse momento, meu condenado tornou-se tão furioso que teria partido para cima do outro se não fosse bloqueado pelos soldados. "Não disse", falou o outro condenado então, "que ele me mataria se pudesse?". E qualquer pessoa podia ver que ele tremia de medo, e que de seus lábios surgiam flocos brancos peculiares, como neve fina.

"Chega dessa discussão", disse o sargento. "Acendam as tochas."

Quando um dos soldados, que carregava uma cesta em vez de uma arma, abaixou-se para abri-la, meu condenado olhou à sua volta pela primeira vez e me viu. Eu havia descido dos ombros de Joe na beira do dique quando paramos, e não havia me mexido desde então. Olhei para ele, ansioso, quando olhou para mim, mexi minhas mãos levemente e balancei a cabeça. Estava esperando que ele me visse para que eu pudesse tentar reforçar minha inocência. Não estava claro para mim que ele ao menos compreendera minha intenção, pois lançou-me um olhar que não compreendi, e foi tudo muito rápido. Mas se tivesse olhado para mim durante uma hora ou um dia jamais me lembraria de seu rosto mais atento do que naquele momento.

O soldado com a cesta logo acendeu três ou quatro tochas, pegou uma para si mesmo e distribuiu as outras. Já havia quase anoitecido, mas agora estava tudo bem escuro, e logo depois demasiadamente escuro. Antes de deixarmos aquele lugar, quatro soldados formando um círculo atiraram duas vezes para o alto. No momento, podíamos ver outras tochas acesas a alguma distância atrás de nós, e outras no pântano do outro lado do rio. "Tudo certo", disse o sargento. "Marchem."

Não havíamos chegado muito longe quando três canhões dispararam em nossa frente com o som que parecia que algo havia explodido dentro de meu ouvido. "Estão esperando-os a bordo", disse o sargento para meu condenado, "sabem que está chegando. Não se disperse, meu caro. Cerrem as fileiras."

Os dois homens foram levados separadamente, e cada um deles caminhava rodeado por um guarda diferente. Nesse momento, eu segurava a mão de Joe, e Joe carregava uma das tochas. O Sr. Wopsle queria voltar, mas Joe estava decidido a ver tudo até o fim, então seguimos com o grupo. O trajeto agora se encontrava razoavelmente bom, principalmente à beira do rio, com um obstáculo aqui e ali onde surgia um dique, com um moinho pequeno sobre ele e uma comporta coberta por lama. Quando olhei à minha volta, vi outras luzes vindo em nossa retaguarda. As tochas que carregávamos deixavam grandes marcas de fogo pelo trajeto, e podíamos vê-las, também, soltar fumaça e chamejar. Não via nada além do breu.

As nossas tochas aqueciam o ar sobre nós com suas chamas, e os dois prisioneiros pareciam agraciados, enquanto mancavam por entre os mosquetes. Uma vez que eles eram coxos, não podíamos caminhar rapidamente, e estavam tão esgotados que precisamos parar para descansarem duas ou três vezes.

Depois de mais ou menos uma hora de viagem, chegamos a uma cabana de madeira rústica e um desembarcadouro. Havia alguns guardas na cabana, que pediram a senha, e o sargento respondeu. Então, entramos na cabana, que cheirava a tabaco e cal. Havia um fogo luminoso, uma lamparina, um suporte de mosquetes, um tambor e um estrado de madeira baixo, como se fosse um torcedor de roupas imenso sem o motor, capaz de acomodar cerca de doze soldados de uma só vez. Três ou quatro soldados que se deitaram ali com seus grandes casacos não estavam muito interessados em nós, apenas levantavam a cabeça com um olhar sonolento e voltavam a dormir. O sargento fez uma espécie de relatório e escreveu alguma coisa em um registro, e então o condenado que eu chamo de outro condenado foi levado para fora para embarcar primeiro.

Meu condenado nunca olhou para mim, salvo uma vez. Enquanto estávamos na cabana, ele ficou diante do fogo, pensativo, alternando os pés sobre o guarda-fogo, olhando para eles pensativamente como se estivesse ressentido com eles por suas recentes aventuras. De repente, ele se virou ao sargento e observou:

"Eu gostaria de dizer algo sobre esta fuga. Pode ser que isso impeça que algumas pessoas se tornem suspeitas além de mim."

"Diga o que desejar", respondeu o sargento, olhando para ele friamente com os braços cruzados, "mas não precisa ser aqui. Terá oportunidades suficientes para falar sobre isso, e ouvir sobre isso antes que chegue ao fim, você sabe".

"Sim, mas isso é outra coisa, um assunto diferente. Um homem não pode morrer de fome, pelo menos, eu não posso. Apoderei-me de alguns mantimentos lá no vilarejo, dali para a frente – onde fica a igreja, perto do pântano."

"Você quer dizer que roubou", disse o sargento.

"E vou dizer de onde. Do ferreiro."

"Opa!", disse o sargento, fitando Joe.

"Opa, Pip!", disse Joe, fitando-me.

"Eram alguns restos de alimentos – só isso – um trago de bebida, e uma torta."

"Notou a falta de algum desses itens, ferreiro?", perguntou o sargento, em tom confidencial.

"Minha esposa sim, no momento exato em que você chegou. Sabia disso, Pip?"

"Então", disse meu condenado, virando os olhos a Joe de maneira melancólica, sem olhar para mim nem mesmo de relance – "então, você é o ferreiro, certo? Sinto lhe informar, eu comi sua torta".

"Deus sabe que a teria apreciado – contanto que fosse minha", respondeu Joe, com uma lembrança guardada da Sra. Joe. "Não sabemos o que foi que você fez, mas não o deixaríamos morrer de fome por causa disso, pobre criatura. Deixaríamos, Pip?"

Aquele estalo que eu havia percebido antes na garganta do homem se repetiu, e ele virou as costas. O barco havia retornado, e os guardas estavam prontos, então nós o seguimos até o desembarcadouro, que era feito de estacas brutas e pedras, e o vimos ser colocado dentro do barco, que era conduzido por uma tripulação de condenados como ele. Ninguém pareceu surpreso em vê-lo, ou interessado em vê-lo, ou contente em vê-lo, ou pesaroso em vê-lo, ou disse qualquer palavra, exceto alguém no barco que rugiu como se estivesse diante de cães: "Ao mar!", que era um sinal para que os remos fossem colocados sob a água. Através das luzes das tochas vimos o Hulk preto a pequena distância da lama da margem, como uma arca de Noé perversa. Restrito, imobilizado e ancorado por correntes enferrujadas enormes, o navio-prisão parecia, em meus olhos juvenis, estar acorrentado como os prisioneiros. Vimos o barco passando a seu lado, contorná-lo e desaparecer. E então os tocos das tochas foram arremessados ainda sibilantes na água e se apagaram, como se fosse o fim dele.

Capítulo VI

Meu estado de espírito em relação ao furto do qual eu havia sido tão inesperadamente exonerado não me impeliu de fazer uma confissão franca, mas eu esperava que houvesse algum resíduo positivo na situação.

Não me lembro de que eu senti algum peso na consciência em relação à Sra. Joe, quando o medo de ser descoberto foi tirado de minhas costas. Mas eu adorava Joe – talvez, naquela época, por nenhuma outra razão do que por deixar-me amá-lo – e, em relação a ele, minha consciência não permanecia serena com a mesma facilidade. Eu sempre pensava (principalmente quando o vi procurando por sua lixa pela primeira vez) que deveria contar a Joe toda a verdade. Ainda assim, não o fiz, porque eu desconfiava que se o fizesse, ele pensaria que eu era pior do que eu era de fato. O medo de perder a confiança de Joe, e de a partir daí sentar-me à lareira, à noite, no cantinho, fitando meu companheiro e amigo perdido para sempre prendia minha língua. Pensava comigo mesmo, de maneira mórbida, que se Joe soubesse, eu nunca mais o veria à lareira cofiando seu bigode claro sem imaginar se ele pensava nisso. Que se Joe soubesse, eu nunca mais poderia vê-lo olhar, ainda que casualmente, para a carne ou para o pudim do dia anterior à mesa sem imaginar se ele questionava se eu havia estado na despensa. Que se Joe soubesse e comentasse que a cerveja estava insípida ou espessa que chegava a suspeitar que continha alcatrão, em qualquer momento de nossa vida doméstica, me faria enrubescer por completo. Para resumir com uma palavra, eu era covarde demais para fazer o que eu sabia que era certo, assim como havia sido covarde demais para evitar fazer o que eu sabia que era errado. Eu não conhecia o mundo naquela época, e não pude imitar o exemplo de nenhum de seus habitantes em tal situação. Um gênio bastante ignorante, precisei descobrir a linha de conduta sozinho.

Como eu sentia sono logo que nos distanciamos do navio-prisão, Joe colocou-me em seus ombros e carregou-me para casa. Sua jornada deve ter sido penosa, pois o Sr. Wopsle, estando esgotado, estava com o humor tão péssimo que se a igreja fosse aberta ele provavelmente teria excomungado todos da expedição, a começar por Joe e por mim. Em sua capacidade secular, persistia em se sentar no chão úmido de tal maneira que quando tirou seu casaco para deixá-lo secar na cozinha, a evidência das circunstâncias em suas calças o teria levado à forca, se isso fosse considerado um crime capital.

Naquele momento, eu estava cambaleando pelo chão da cozinha como um pequeno alcoólatra, tendo sido colocado de volta ao chão depois de adormecer e ficar acordando com o calor, com as luzes e o falatório todo. Quando, dei por mim (com a ajuda de uma pancada forte nas costas de minha irmã, com a exclamação motivadora: “Isso! Já existiu um menino como você?”) encontrei Joe contando a eles sobre a confissão dos condenados, e toda a visita sugeria maneiras diferentes pelas quais ele havia entrado na despensa. O Sr. Pumblechook concluiu, depois de examinar com cuidado o local, que ele havia primeiro entrado pelo telhado da ferraria, depois pelo telhado da casa, e que então havia descido a chaminé da cozinha com uma corda feita com seus lençóis recortados em tiras, e como o Sr. Pumblechook era muito enfático e conduzia sua própria charrete – diferentemente de todos – ficou acordado que ele deveria estar certo. O Sr. Wopsle, na verdade, gritou um “Não!” bem energético com a maldade débil de um homem cansado, mas, como não tinha nenhuma teoria, ou casaco, ficou sendo café com leite – sem falar da fumaça que saía de trás dele, pois estava de costas para o fogo da cozinha para evaporar a umidade, o que não ajudava a lhe inspirar confiança.

Isso foi tudo o que ouvi naquela noite antes que minha irmã me pegasse com força, como se eu fosse uma ofensa sonolenta para a vista das visitas, e ajudasse-me a subir as escadas para a cama de maneira tão forte que parecia que eu vestia cinquenta pares de botas e que as arrastava comigo pelos degraus da escada. Meu estado de espírito, que já mencionei, piorou ao me levantar pela manhã, e durou por muito tempo depois de o próprio assunto ter morrido e deixado de ser mencionado, salvo em ocasiões especiais.

Capítulo VII

Quando ficava no cemitério lendo os nomes nas lápides de meus familiares, tinha bastante tempo para aprender a soletrá-los. Minha interpretação até mesmo dos significados mais simples nunca estava muito correta, pois eu lia "esposa do Supracitado" como uma referência à exaltação de meu pai por um mundo melhor, e se qualquer um de meus familiares falecidos fosse referido como "Abaixo" estou certo de que teria formado a pior das opiniões sobre aquele membro da família. Minhas noções sobre as posições teológicas a que o catecismo me sujeitou também não eram muito precisas, pois tenho a lembrança clara de que eu supunha que a declaração de que eu deveria "andar pelo mesmo caminho todos os dias de minha vida" obrigou-me a passar pelo vilarejo, desde casa, em uma só direção, sem nunca variá-la, passando pelo fabricante de carroças ou pelo moinho.

Quando eu já tivesse idade suficiente, deveria ser aprendiz na oficina de Joe, e até que eu pudesse assumir essa posição tão digna, não deveria ser o que a Sra. Joe chamava de "paparicado", ou (como digo agora) mimado. Dessa forma, eu não era apenas um auxiliar na ferraria, mas se algum vizinho por acaso precisasse de ajuda adicional para espantar os pássaros, recolher pedriscos ou fazer qualquer outro serviço, eu era o primeiro a ser empregado. Contudo, para que nossa posição superior não ficasse comprometida dessa forma, mantinha-se um cofrinho na prateleira da cozinha, dentro do qual, como todos sabiam bem, deveria ser colocado qualquer ganho que eu tivesse. Tenho a impressão de que esse dinheiro foi usado para a quitação da dívida pública, mas sei que não tinha esperanças em algum dia usufruir do dinheiro.

A tia-avó do Sr. Wopsle tinha uma escola noturna no vilarejo, isso quer dizer que era uma velha ridícula com recursos limitados e enfermidades ilimitadas. Ela costumava dormir das seis às sete toda noite, na presença de jovens que pagavam dois pence por semana cada um pela oportunidade enriquecedora de vê-la dormindo. Ela alugou um pequeno chalé, e o Sr. Wopsle usava o cômodo de cima, onde nós, alunos, costumávamos ouvir por acaso o Sr. Wopsle lendo em voz alta de maneira honrada e formidável, ocasionalmente batendo no teto. Acreditava-se que o Sr. Wopsle "testava" os alunos uma vez por trimestre. O que ele fazia nessas ocasiões era arregaçar as mangas, arrepiar os cabelos e nos passar um discurso de Marco Antônio sobre o corpo de César. A isso sempre se seguia a Ode à Paixão, de Collins, em que eu comparava o Sr. Wopsle com a Vingança, arremessando sua espada suja de sangue e então pegando o trompete que anunciava a guerra com um olhar fulminante. Eu ainda não havia, como aconteceu depois em minha vida, conhecido as Paixões e as comparado com Collins e Wopsle, para a grande desvantagem dos dois sujeitos.

A tia-avó do Sr. Wopsle, além de gerenciar essa instituição educacional, também mantinha, no mesmo cômodo uma pequena loja de conveniências. Ela não tinha ideia de seu estoque ou quanto custava qualquer coisa, mas havia um pequeno caderno de registros engordurado que ficava dentro da gaveta, que servia como catálogo de preços, e com esse oráculo, Biddy realizava todas as transações da loja. Biddy era a neta da tia-avó do Sr. Wopsle. Admito que eu mesmo nunca consegui compreender qual era a relação dela com o Sr. Wopsle. Ela era órfã como eu, e como eu também havia sido criada com as próprias mãos. Ela chamava a atenção, principalmente, eu pensava, em relação a suas extremidades, pois seu cabelo sempre estava desarrumado, suas mãos sempre sujas e seus sapatos sempre precisavam de remendo e saíam na parte de trás.

A interpretação dessa descrição é válida somente para os dias de semana. Aos domingos, ela ia à igreja arrumadinha.

Graças à minha situação de desamparo, e mais ainda pela ajuda de Biddy do que da tia-avó do Sr. Wopsle, esforcei-me para aprender o alfabeto como se fosse uma planta silvestre, preocupando-me e ferindo-me consideravelmente a cada letra. Depois disso, caí nas mãos daqueles nove ladrõezinhos, os nove números, que pareciam fazer algo diferente toda noite para disfarçarem-se e despistarem qualquer tipo de reconhecimento. Mas, no fim das contas, comecei a ler, escrever e calcular, na raça e em escala muito pequena.

Certa noite, estava sentado no canto da lareira com minha lousinha, extraindo grandes esforços para escrever uma carta para Joe. Acho que isso foi um ano depois de nossa aventura pelo pântano, pois parecia fazer muito tempo, era inverno e geava muito. Com um alfabeto no chão a meus pés para referência, consegui, em uma hora ou duas, produzir e cobrir a lousinha com a seguinte epístola:

"MEU QERIDO JO EU SPERO QE VOSE ISTEJA MUINTO BEM EU SPERO QE LOGO EU SEJA CAPAIS DE VOSE ME ENSINA JO I ENTAO VAI STAR TUDU BEM I QANDO EU APRENDE DI VOSE JO QE LEGAU PODI ACREDITA PIP."

Não havia necessidade qualquer para que eu me comunicasse com Joe por carta, uma vez que ele se encontrava sentado ao meu lado, e estávamos sozinhos. Mas enviei esse comunicado por escrito (com a lousinha e tudo) com minhas próprias mãos, e Joe o recebeu como se tratasse de um milagre da erudição.

"O que posso dizer, Pip, meu velho!", exclamou Joe, arregalando seus olhos azuis. "Que aluno excepcional! Não é?"

"Eu gostaria de ser", eu disse, olhando para a lousinha enquanto a segurava, desconfiando que a escrita estava um tanto torta.

"Ora, aqui há um J", disse Joe, "e um O perfeito! Aqui há um J e um O, Pip, e um J-O, Joe".

Nunca tinha ouvido Joe lendo nada em voz alta que fosse mais longo que esse monossílabo, e o havia observado na igreja no domingo anterior, quando segurei o livro de orações de cabeça para baixo sem querer, o que para ele parecia que estava tudo certo. Desejando aproveitar-me da ocasião para descobrir se ensinando Joe, eu precisaria começar do início, eu disse "Ah! Mas leia o resto, Jo".

"O resto, Pip?", disse Joe, olhando para o texto lentamente, com muita atenção: "Um, dois, três. Ora, tem três jotas, e três ós, e três jota-ós, Joes, Pip!".

Inclinei-me sobre Joe, e com a ajuda de meu dedo indicador li para ele a carta toda.

"Incrível!", disse Joe, quando terminei. "Você é verdadeiramente letrado."

"Como que se escreve Gargery, Joe?", perguntei, com superioridade modesta.

"Eu não preciso escrevê-lo", disse Joe.

"Mas supondo que precisasse?"

"Não é possível supor isso", disse Joe. "Apesar de eu gostar muitíssimo de ler, também."

"Verdade, Joe?"

"Muitíssimo. Dê-me", continuou Joe, "um bom livro, um bom jornal, e uma boa lareira diante da qual eu possa me sentar, não preciso de mais nada. Meu Deus!", ele continuou, depois de esfregar os joelhos por um momento: "Quando você vê um jota e um ó, e diz: "Finalmente, um jota-ó, Joe", que interessante que é ler!"

Interpretei disso que a educação de Joe, assim como o vapor, ainda era incipiente. Continuando o assunto, indaguei:

"Você não foi para a escola, Joe, quando tinha a minha idade?"

"Não, Pip."

"E por que não foi para a escola, Joe, quando tinha a minha idade?"

"Bem, Pip", disse Joe, pegando o atiçador da lareira, fazendo o que costumava fazer quando ficava pensativo, que era juntar o fogo entre as barras inferiores: "Vou lhe contar uma coisa. Meu pai, Pip, gostava de beber, e quando estava dominado pelo álcool batia com o martelo em minha mãe, sem qualquer piedade. Ela era a única pessoa em que ele batia, na verdade, exceto a mim. E me batia com uma vontade que só poderia ser comparada à vontade com que ele não batia em sua bigorna – você está me escutando e compreendendo, Pip?"

"Sim, Joe."

"O resultado disso é que minha mãe e eu fugimos de meu pai diversas vezes, e então minha mãe saía para trabalhar e dizia "Joe," ela dizia "se Deus quiser, você vai receber alguma educação, meu filho", e prometia que ela me colocaria na escola. Mas meu pai tinha algo bom no coração: não conseguia ficar longe de nós. Então, ele vinha acompanhado de muitas pessoas e fazia tal alarde à porta das casas onde estávamos que eles passaram a não mais se sentir obrigados a nos abrigar e a nos devolver a ele. E então ele nos levava para casa e nos batia novamente com o martelo. O que você vê, Pip", disse Joe, pausando seu movimento de atiçar o fogo, olhando para mim, "era um belo retrocesso em meu processo de instrução".

"Certamente, pobre Joe!"

"Embora, veja, Pip", disse Joe, com um movimento crítico ou dois com o atiçador na barra superior, "levando em conta tudo o que dizem, e fazendo justiça entre os homens, meu pai tinha um bom coração, você percebe?".

Eu não percebia. Mas não disse nada.

"Bem!", Joe continuou, "alguém precisa manter as coisas funcionando, Pip, ou as coisas não funcionam, sabe?".

Eu compreendia, e disse isso a ele.

"O resultado é que meu pai não foi contra eu ir trabalhar, então fui trabalhar com o que trabalho hoje, que era o que ele faria também, se tivesse continuado, e eu trabalhei muito, Pip, garanto a você. Com o tempo, passei a sustentá-lo, e o sustentei até que se fosse com um ataque de púrpura. E eu desejara colocar em sua lápide que independentemente de suas falhas, lembre-se, leitor, que ele tinha um bom coração."

Joe recitou esse dístico com tamanho orgulho e perspicácia que lhe perguntei se se tratava de uma composição sua.

"Eu compus", disse Joe, "eu mesmo. Em um momento. Foi como acertar uma ferradura de uma vez, com um só golpe. Eu nunca fiquei tão surpreso em minha vida toda – não podia atribuir à minha própria educação – para dizer a verdade, eu não acreditava mesmo que fosse minha própria educação. Como eu dizia, Pip, eram minhas intenções colocar essa lápide com esses dizeres, mas a poesia é custosa, não importa o tamanho, e então não foi feito. Sem contar os carregadores, todo o dinheiro que consegui juntar foi necessário para minha mãe. Sua saúde estava ruim, e ela não tinha boas condições. Não levou muito tempo para que ela o seguisse, pobrezinha, e finalmente ela pôde descansar".

Os olhos azuis de Joe encheram-se de lágrimas. Ele esfregou um deles, primeiro, e depois o outro, de maneira extremamente desagradável e incômoda, com a ponta redonda do atiçador.

"Foi muita solidão naquela época", disse Joe, "viver aqui sozinho, e acabei conhecendo sua irmã. Agora, Pip" – Joe olhou para mim intensamente como se soubesse que eu não iria concordar com ele – "sua irmã é uma bela mulher".

Não pude evitar desviar meus olhos para o fogo, com aparência óbvia de que eu não estava certo do que ele dissera.

"Não importa qual é a opinião da família, ou a opinião do mundo, a esse respeito, Pip, sua irmã é", Joe dava uma batidinha com o atiçador na barra superior a cada palavra que dizia, "uma bela mulher!".

Não consegui dizer nada melhor que "Fico feliz que você pense assim, Joe".

"Eu também", respondeu Joe, cativando-me. "Fico feliz por pensar assim, Pip. Um pouco vermelha ou um pouco ossuda aqui e ali, o que importa para mim?".

Observei, sagaz, que se não importava para ele, para quem importaria?

"Certamente!", assentiu Joe. "É isso. Você está certo, meu velho! Quando conheci sua irmã, falava-se muito sobre como ela o estava criando com as próprias mãos. Muito generoso da parte dela também, todo mundo dizia, e eu dizia o mesmo. Quanto a você", Joe continuou, com o semblante expressivo como se visse algo realmente desagradável, "se pudesse ter noção do quão pequeno, fraco e miúdo você era, você teria formado a opinião mais desprezível sobre si mesmo!".

Eu não estava gostando muito daquilo, e disse: "Não se importe comigo, Joe".

"Mas eu me importava com você, Pip", ele respondeu com carinho e simplicidade. "Quando pedi que sua irmã fosse minha companheira e quando perguntei a ela na igreja em tal ocasião se ela estava pronta para vir morar na ferraria, disse-lhe: 'E traga a pobre criança. Deus abençoe a pobre criança', eu disse à sua irmã, 'há lugar para ela na ferraria!'"

Desatei a chorar e a pedir perdão. Abracei o pescoço de Joe, que largou o atiçador para me abraçar e dizer: "Para sempre melhores amigos, não é, Pip? Não chore, amigo!".

Quando essa pequena interrupção terminou, Joe continuou:

"Bem, você vê, Pip, e cá estamos! Cá estamos! Agora, quando você me ajudar a aprender, Pip (e eu já lhe digo de antemão que eu sou muito burro, muito mesmo), não quero que a Sra. Joe veja muito do que fazemos. Precisamos fazer isso às escondidas, posso dizer. E por que às escondidas? Digo-lhe, Pip."

Havia pegado o atiçador novamente, sem o qual duvido que poderia continuar sua explanação.

"Sua irmã é dada ao governo."

"Dada ao governo, Joe?" Fiquei espantado, pois tinha uma vaga ideia (e receio que deva acrescentar, esperança) de que Joe havia se divorciado dela a favor dos Lordes do Almirantado, ou Tesouro.

"Dada ao governo", disse Joe. "Quero dizer o meu e o seu governo."

"Ah!"

"E ela não gostaria de ter estudantes em casa", Joe continuou, "especialmente eu, temendo que se eu fosse instruído poderia elevar-me. Como uma espécie de rebelde, você percebe?".

Estava pronto para retrucar com uma pergunta, e cheguei a dizer "Por que..." – quando Joe me interrompeu.

"Espere um pouquinho. Já sei o que vai dizer, Pip, espere um pouco! Não nego que sua irmã queira nos comandar às vezes. Não nego que ela nos derrube e que faça isso com força. Nesses momentos, quando sua irmã está enfurecida, Pip", Joe reduziu a voz a um sussurro e olhou de relance para a porta, "a franqueza me força a admitir que ela parece um carrasco".

Joe pronunciou essa palavra como se começasse com pelo menos doze cês maiúsculos.

"Por que não enfrento? Era essa a sua observação quando o interrompi, Pip?"

"Sim, Joe."

"Bem", disse Joe, passando o atiçador para a mão esquerda, para poder cofiar o bigode, e quando se dedicava a essa plácida ocupação eu já não tinha esperança de mais nada, "sua irmã é um gênio. Um gênio".

"O que quer dizer?" Perguntei, com esperança de que assumisse uma posição de defesa. Mas Joe estava mais pronto com sua definição do que eu esperava, e interrompeu meu raciocínio circular, respondendo-me com o olhar fixo: "Ela".

"E eu não sou um gênio", Joe continuou, quando havia desviado o olhar e voltado a cofiar-se. "E a última coisa, Pip – e isso quero lhe dizer com muita seriedade, meu velho – lembro tanto de minha velha mãe, uma mulher labutando e sendo escravizada e magoando-se sem jamais conseguir ter paz em seus dias mortais, que morro de medo de não fazer o que é certo por uma mulher, e prefiro errar para a direção oposta, e deixar que eu seja o incomodado. Quem me dera fosse somente eu o incomodado, Pip. Gostaria que não existisse nenhum Tickler para você, meu velho. Gostaria que as coisas só recaíssem sobre mim, mas esse é o jogo, Pip, espero que você faça um pouco de vista grossa."

Como eu era muito jovem, creio que desenvolvi uma nova admiração por Joe naquela mesma noite. Éramos iguais, afinal de contas, assim como havíamos sido no passado, mas, depois disso, quando me sentava olhando para Joe pensando nele, tinha uma nova sensação de me sentir consciente de que pensava nele no coração.

"Porém", disse Joe, levantando-se para reabastecer o fogo, "aqui está o relógio holandês avisando que já são quase oito horas, e que ela ainda não chegou em casa! Espero que a égua do tio Pumblechook não tenha se enfiado em um pedaço de gelo e afundado".

A Sra. Joe ia de vez em quando à feira com o tio Pumblechook para ajudá-lo a comprar coisas para casa que necessitavam de um julgamento feminino, uma vez que o tio Pumblechook era solteiro e não confiava em sua criada. Hoje era dia de feira, e a Sra. Joe havia então saído com o tio Pumblechook.

Joe acendeu o fogo e varreu o piso da lareira. Depois se dirigiu à porta para tentar ouvir a possível charrete chegando. Era uma noite seca e gelada, e o vento soprava com intensidade. O gelo no solo formava uma camada branca e rígida. Um homem morreria em uma noite como essa se estivesse no pântano. E então eu olhei para as estrelas, considerando o quão horrível seria para alguém virar o rosto para elas enquanto morria congelado, sem qualquer esperança por ajuda ou misericórdia na multitude cintilante.

"Aí vem a égua", disse Joe, "repicando como um carrilhão!".

O som de suas ferraduras sobre a estrada quase criava uma melodia quando ela se aproximou com um trote mais ligeiro que o habitual. Colocamos uma cadeira lá fora para o desembarque da Sra. Joe e atiçamos o fogo para que eles pudessem ver a luz através da janela. Também fizemos uma inspeção final na cozinha para que nada estivesse fora do lugar. Completando esses preparativos, eles chegaram, cobertos até os olhos. A Sra. Joe logo desembarcou, e, em seguida, o tio Pumblechook fez o mesmo, cobrindo a égua com um pano. Logo estávamos todos reunidos na cozinha, trazendo tanto ar gelado conosco que parecia afugentar todo o calor da lareira.

"Bom", disse a Sra. Joe, desagasalhando-se com pressa e animação, atirando seu gorro nas costas, pendurado pelos cordões, "se esse menino não se sentir grato esta noite, nunca haverá de se sentir, então!".

Tentei parecer tão grato quanto possível para um menino que se encontrava completamente ignorante quanto ao motivo para assumir tal expressão.

"Só espero", disse minha irmã, "que ele não se torne um paparicado. Mas tenho lá minhas dúvidas".

"Ela não é assim, senhora", disse o Sr. Pumblechook. "Ela não faria isso."

Ela? Olhei para Joe, somente movimentando os lábios e as sobrancelhas. "Ela?" Joe olhou para mim, somente movimentando os lábios e as sobrancelhas. "Ela?" Como percebeu que minha irmã o notara, passou as costas da mão pelo nariz com seu jeito conciliatório habitual nesse tipo de ocasião e olhou para ela.

"Bem?", disse minha irmã rispidamente. "Por que está pasmado? A casa por acaso está pegando fogo?"

"É que alguém aqui", Joe apontou, cordialmente, "mencionou ela".

"E ela é ela, suponho", interveio minha irmã. "A menos que chame Senhorita Havisham por ele. E duvido que até mesmo você ousaria fazê-lo".

"Senhorita Havisham, lá da cidade?", perguntou Joe.

"Há por acaso alguma Senhorita Havisham aqui no vilarejo?", respondeu minha irmã.

"Ela quer que esse menino aqui vá à casa dela brincar. E é claro que ele irá. E é bom que ele brinque lá", disse minha irmã, balançando a cabeça, insinuando que eu fosse gentil e animado, "senão o farei ser".

Eu havia ouvido falar da Senhorita Havisham da cidade – todo mundo a várias milhas dali havia ouvido falar da Senhorita Havisham da cidade – que era uma moça extremamente rica e desagradável, que morava em uma casa grande e sombria protegida de ladrões, e levava uma vida reclusa.

"Bem, com certeza!", disse Joe, atônito. "Não sei como ela conhece Pip!"

"Idiota!", exclamou minha irmã. "Quem foi que disse que ela o conhece?"

"Alguém aqui", Joe sugeriu cordialmente, "mencionou que ela quer que ele vá lá brincar".

"E ela não poderia perguntar ao tio Pumblechook se ele conhecia algum menino para ir brincar lá? Não seria minimamente possível que o tio Pumblechook possa ser seu inquilino, e que ele às vezes – não precisamos dizer a cada três meses ou seis, pois isso seria pedir demais de você – mas às vezes vá até lá para pagar o aluguel? E ela não poderia nesse caso perguntar ao tio Pumblechook se ele conhecia algum menino para ir brincar lá? E o tio Pumblechook não poderia, uma vez que é sempre tão atencioso e gentil conosco – ainda que você não pense nisso, Joseph", em um tom de reprovação profunda, como se ele fosse o mais cruel dos sobrinhos, "mencionar então esse menino, parado aí se exibindo" – o que eu solenemente declaro que não era verdade – "de quem sempre fui uma dedicada escrava?"

"É isso mesmo!", exclamou o tio Pumblechook. "Bem colocado! Muito bem apontado! Realmente muito bom! Agora, Joseph, você já sabe da situação."

"Não, Joseph", disse minha irmã, ainda com tom reprovador, enquanto Joe esfregava as costas da mão pelo nariz, cabisbaixo, "você ainda não sabe da situação – embora possa não pensar assim. Pode achar que sabe, mas não sabe, Joseph. Pois você não sabe que o tio Pumblechook, consciente de tudo o que nos diz respeito, e de que a sorte desse menino pode estar nessa visita à Senhorita Havisham, se ofereceu para levá-lo à cidade hoje à noite em sua própria charrete, acomodá-lo e levá-lo pessoalmente à Senhorita Havisham amanhã cedo. E Deus meu!", exclamou minha irmã, livrando-se de seu gorro em súbito desespero, "cá estou eu falando com totais tolos, fazendo o tio Pumblechook esperar, e a égua pegando um resfriado lá fora, e o menino coberto de fuligem dos pés à cabeça!".

E assim lançou-se em minha direção, como uma águia atacando um cordeiro, meu rosto espremeu-se entre as tinas de madeira, minha cabeça foi colocada embaixo de um recipiente de água e ensaboada, pressionada, golpeada, arranhada e raspada a ponto de me deixar quase louco. (Gostaria de fazer um comentário aqui que suponho conhecer melhor do que qualquer autoridade viva o efeito serrilhado de uma aliança de casamento passando sem piedade sobre o rosto humano.)

Quando meu ritual enfim terminou, fui vestido com tecido de linho limpo do tipo mais duro, como se fosse um pequeno delinquente com uniforme de juta, e fui enfiado em meu traje mais justo e pavoroso. Fui então entregue ao Sr. Pumblechook, que me recebeu com a formalidade de um xerife e despejou sobre mim o discurso que eu sabia que estava louco para fazer: "Garoto, seja sempre grato a todos os seus amigos, mas especialmente àqueles que o criaram com as próprias mãos!".

"Tchau, Joe!"

"Deus o abençoe, Pip, meu velho!"

Eu jamais havia sido separado dele antes, e seja por conta de meus sentimentos ou da água com sabão, não pude inicialmente ver as estrelas quando subi na charrete. Mas elas brilharam, uma a uma, sem iluminar o questionamento dos motivos pelos quais eu iria brincar com a Senhorita Havisham e do que esperavam de mim com isso.

Capítulo VIII

A propriedade do Sr. Pumblechook na High Street, via principal da cidade, tinha qualidade granulosa e farinácea, como se espera da propriedade de um comerciante de grão e de trigo; parecia a mim que ele devia ser um homem feliz tendo tantas gavetas em sua loja. E eu imaginava enquanto espiava uma ou duas gavetas das fileiras mais baixas e via, lá dentro, pacotinhos de papel marrom atados, se as sementes e bulbos de flores ali desejavam fugir daquelas gavetas e florescer.

Foi na manhã seguinte à minha chegada que fiz tal especulação. Na noite anterior, havia sido mandado imediatamente para a cama no sótão com o telhado inclinado que era tão baixo no canto onde a cama ficava que eu calculei que as telhas ficavam a trinta centímetros de distância de meu rosto. Na mesma manhã, descobri uma afinidade excepcional entre as sementes e o veludo de cotelê. O

Sr. Pumblechook usava veludo de cotelê, bem como seu funcionário. E, de alguma forma, havia um quê do cotelê na natureza das sementes, e um quê das sementes na natureza do cotelê, de tal forma que eu não conseguia distingui-los. A mesma oportunidade serviu-me para perceber que o Sr. Pumblechook parecia conduzir seu negócio olhando do outro lado da rua para o seleiro, que parecia gerenciar seu negócio olhando para o cocheiro, que parecia tocar a vida colocando as mãos dentro dos bolsos olhando para o padeiro, que, por sua vez, cruzava os braços e encarava o verdureiro, que ficava à porta de sua loja bocejando, olhando para o farmacêutico. O relojoeiro, vivia absorto sobre uma pequena mesa com uma lupa no olho, sempre inspecionado por um grupo de jaleco que o examinava através de sua vitrine, parecia ser provavelmente a única pessoa na High Street cuja atividade atraía sua atenção.

O Sr. Pumblechook e eu tomamos café da manhã às oito horas na sala atrás de sua loja, enquanto seu funcionário tomava uma xícara de chá e um bocado de pão com manteiga sobre um saco de ervilhas na parte da frente. Considerei o Sr. Pumblechook uma péssima companhia. Além de ter sido doutrinado pela ideia de minha irmã de que deveria impor em minha dieta um caráter vergonhoso e penitencial – além de me dar o máximo possível de migalhas de pão combinadas ao mínimo de manteiga possível e de adicionar tal quantidade de água quente em meu leite que seria honesto de sua parte ter deixado o leite de fora – seu diálogo consistia em nada além de aritmética. Quando lhe desejei um bom-dia gentilmente, ele respondeu, de maneira pomposa: "Sete vezes nove, garoto?" E como eu poderia ser capaz de responder, esquivo, em um lugar estranho, de estômago vazio? Eu estava faminto, mas antes de engolir qualquer coisa ele começou a desdobrar uma soma que durou a refeição inteira. "Sete?" "E quatro?" "E oito?" "E seis?" "E dois?" "E dez?" E por aí vai. E depois que cada número era descartado eu mal conseguia dar uma mordida ou gole, e ele já mandava outra, sentado tranquilamente sem precisar pensar em nada, comendo seu bacon e pão quente, enchendo (se me permitem a expressão) o bucho e se empanturrando.

Por essas razões, fiquei muito contente quando deram dez horas e saímos ao destino da Senhorita Havisham, embora eu não estivesse muito confortável quanto à maneira com que eu deveria comportar-me em sua casa. Depois de quinze minutos, chegamos à casa da Senhorita Havisham, que era revestida de tijolos velhos, sombria, e cercada por muitas barras de ferro. Algumas das janelas haviam sido preenchidas com paredes, e das que restaram todas as janelas do pavimento inferior tinham barras enferrujadas. Havia um pátio na frente da casa, também cercado, portanto foi necessário esperar, depois de tocar o sino, até que alguém viesse nos receber. Enquanto esperávamos ao portão, espiei lá dentro (até mesmo nesse momento o Sr. Pumblechook disse: "E catorze?" Mas eu fingi não o escutar), e vi que na lateral da casa havia uma grande cervejaria. Não havia nenhum movimento ali e, aliás, parecia estar fechada havia muito tempo.

Abriu-se uma janela, e uma voz muito firme perguntou: "De quem se trata?" Ao que meu condutor respondeu: "Pumblechook". A voz respondeu: "Está bem", e a janela fechou-se novamente. Uma moça atravessou o pátio, segurando algumas chaves.

"Esse", disse o Sr. Pumblechook, "é Pip".

"Esse é o Pip, é?", respondeu a moça, que era muito bonita e parecia ser muito orgulhosa de si, "entre, Pip".

O Sr. Pumblechook também estava entrando quando ela o intercedeu com o portão.

"Ah!", ela disse. "Gostaria de ver a Senhorita Havisham?"

"Se a Senhorita Havisham desejar ver-me", respondeu o Sr. Pumblechook, embaraçado.

"Ah!", disse a menina; "mas o fato é que ela não deseja vê-lo".

Ela disse aquilo de maneira tão conclusiva e inegociável que o Sr. Pumblechook, embora com sua dignidade em frangalhos, não pôde protestar. Mas olhou-me gravemente – como se eu tivesse feito algo a ele! – e partiu com as seguintes palavras reprovadoras: "Garoto! Que o seu comportamento aqui seja um crédito àqueles que o criaram com as próprias mãos!". Eu não estava livre do sentimento de apreensão de que ele voltaria para propor, através do portão: "E dezesseis?". Mas ele não voltou.

Minha jovem condutora trancou o portão e atravessou o pátio. Era pavimentado e limpo, mas havia mato crescendo em toda fissura. A edificação da cervejaria tinha uma pequena via de comunicação com o pátio, os portões de madeira dessa via encontravam-se abertos, toda a cervejaria também se encontrava aberta até seu muro alto, e tudo ali estava vazio e em desuso. O vento frio pareceu soprar ainda mais frio ali do que lá fora, e fazia um som agudo, como se uivasse para dentro e para fora das aberturas da cervejaria, como o som do vento no cordame de um navio ao mar.

Ela percebeu que eu olhava para a cervejaria, e disse: "Você poderia beber toda a cerveja forte que está sendo feita lá agora sem passar mal, garoto".

"Eu creio que poderia, senhorita", eu disse timidamente.

"É melhor não tentar fazer cerveja agora, pois ficaria azeda, garoto, você não acha?"

"Parece que sim, senhorita."

"Não que alguém tenha essa intenção", ela acrescentou, "pois já terminaram tudo, e o lugar ficará vazio como está até que se desfaça. Como a cerveja forte, já há o bastante nas adegas para afogar a Manor House".

"Esse é o nome desta casa, senhorita?"

"Um dos nomes, garoto."

"Ela tem mais de um nome, então, senhorita?"

"Mais um. Seu outro nome era Satis, que, em grego, ou latim, ou hebraico, ou talvez os três – o que é o mesmo para mim – quer dizer suficiente."

"Casa Suficiente", eu disse, "é um nome engraçado, senhorita".

"Sim", ela respondeu, "mas significava mais do que a palavra diz. Significava, quando a casa recebeu esse nome, que quem quer que fosse que tivesse essa casa não poderia desejar nada além dela. Acho que se satisfaziam com pouco naquela época. Mas não enrole, garoto".

Embora me chamasse de "garoto" com tanta frequência, e com tal displicência que se distanciava de um elogio, ela tinha cerca de minha idade. Parecia muito mais velha que eu, é claro, por ser uma moça, era bonita e confiante, e desprezava a mim como se tivesse vinte e um anos e fosse uma rainha.

Entramos na casa pela porta lateral, a grande entrada da frente da casa tinha duas correntes à sua frente – e a primeira coisa que reparei foi que os corredores eram todos escuros, e que ela deixara uma vela queimando ali. Pegou-a em sua mão e passamos por mais corredores e subimos uma escada, e tudo continuava muito escuro, apenas a vela nos iluminava.

Finalmente chegamos à porta de um cômodo, e ela disse: "Entre".

Eu respondi, mais por timidez do que por respeito: "Depois da senhorita".

A isso, ela respondeu: "Não seja ridículo, garoto, eu não vou entrar". E foi embora, desdenhosa, e – o que era pior – levou a vela consigo.

Isso era incômodo demais, e eu estava com um pouco de medo. Porém, a única coisa a ser feita era bater na porta, bati, e me falaram lá de dentro para que eu entrasse. Entrei, portanto, e descobri-me em um grande cômodo, bem iluminado com velas. Não havia qualquer vestígio de luz do dia ali. Era um quarto de vestir, como supus pelo tipo de mobília, embora, em grande medida, desconhecesse suas formas e uso. Mas o que era perceptível ali era uma mesa ornamentada com um espelho dourado, e isso eu imaginei a princípio ser o toucador de uma nobre dama.

Não posso dizer se eu teria identificado o objeto tão logo se não houvesse uma nobre dama sentada ali. Em uma poltrona, com um cotovelo descansando sobre a mesa, e a cabeça apoiada na mesma mão, sentava-se a dama mais esquisita que já vi ou que hei de ver.

Ela estava vestida com tecidos suntuosos – cetins, e rendas, e sedas – tudo branco. Seus sapatos eram brancos. E trazia um longo véu pendurado nos cabelos, e grinaldas nos cabelos, mas seus cabelos eram brancos. Algumas joias brilhantes reluziam em seu pescoço e nas mãos, e havia algumas outras joias brilhando sobre a superfície do toucador. Vestidos, menos esplêndidos que o vestido que ela usava, e baús abertos espalhavam-se a seu redor. Ela não havia acabado de se vestir, pois tinha só um sapato nos pés – o outro estava sobre o toucador, próximo à sua mão – seu véu estava maldisposto, o relógio e a corrente ainda não haviam sido colocados, e havia um pouco de renda para colocar no peitilho misturada aos ornatos, e um lencinho, e luvas, e algumas flores, e um Livro de Orações, tudo amontoado de forma confusa próximo ao espelho.

Não foi de uma vez só que vi todas essas coisas, embora eu tenha visto mais no primeiro momento do que se suporia. Mas vi que tudo no escopo de minha visão que deveria ser branco havia sido branco muito tempo antes e perdera seu lustro, parecia desgastado e amarelado. Vi que a noiva por baixo do vestido de noiva havia murchado, bem como o vestido, e como as flores, e não restara brilho algum além do brilho de seus olhos fundos. Vi que o vestido havia sido usado por um corpo mais arredondado de uma jovem mulher, e que a figura sobre a qual o vestido agora pendia, frouxo, havia se reduzido a pele e osso. Certa vez, fui levado à Exposição para ver uma figura de cera horrível que representava não sei que personagem jazendo no mais completo esplendor. Certa vez, fui levado a uma de nossas velhas igrejas do pântano para ver um esqueleto em meio às cinzas de um suntuoso vestido que havia sido desenterrado de uma cripta sob o chão da igreja. Agora, a figura de cera e o esqueleto pareciam ter olhos escuros que se moviam e olhavam para mim. Eu teria gritado, se pudesse.

"Quem está aí?", disse a dama ao toucador.

"Pip, senhorita."

"Pip?"

"O menino do Sr. Pumblechook, senhorita. Vim brincar."

"Aproxime-se. Deixe-me olhar para você. Chegue mais perto."

Foi então, quando me postei diante dela, esquivando-me de seu olhar, que me dei conta dos objetos à sua volta com maior detalhe, e vi que seu relógio de pulso estava parado em vinte para as nove, e um outro relógio do quarto também em vinte para as nove.

"Olhe para mim", disse a Senhorita Havisham. "Você não tem medo de uma mulher que não vê a luz do sol desde que você nasceu?"

Lamento em dizer que não tive medo de dizer-lhe a maior mentira contida em minha resposta: "Não".

"Sabe o que estou tocando aqui?", ela disse, estendendo as mãos, uma sobre a outra, do lado esquerdo do peito.

"Sim, senhorita." (Isso me fez pensar no jovem homem.)

"O que estou tocando?"

"Seu coração."

"Partido!"

Pronunciou a última palavra com um olhar ansioso, e grande ênfase, e um sorriso esquisito que continha um quê de orgulhoso. Depois, deixou as mãos ali por um pequeno espaço de tempo, e gradualmente as retirou como se as sentisse pesadas.

"Estou cansada", disse a Senhorita Havisham. Preciso distrair-me, e já estou farta dos homens e das mulheres. Brinque."

Acredito que até mesmo o leitor mais questionador concordará que ela não poderia obrigar um menino infeliz a fazer qualquer coisa no mundo que fosse mais difícil de ser feito que aquilo.

"Às vezes tenho a imaginação doentia", ela continuou, "e tenho a fantasia doentia de querer ver alguém brincar. Ora, ora!", dizia com um movimento impaciente dos dedos da mão direita, "brinque, brinque, brinque!".

Por um momento, com medo de que minha irmã repreender-me-ia em minha frente, tive o ímpeto desesperado de começar a caminhar em círculo pelo quarto como se fosse a charrete do Sr. Pumblechook. Mas tamanho foi meu sentimento de inadequação à imitação que desisti e fiquei diante da Senhorita Havisham de uma maneira que suponho ter sido considerada fruto de teimosia, visto que ela disse, quando havíamos nos olhado por um tempo:

"Então você é mal-humorado e teimoso?"

"Não, senhorita, sinto muitíssimo por você e por não ser capaz de brincar agora. Se reclamar de mim, terei problemas com minha irmã, então o faria, se conseguisse. Mas é tudo tão novo para mim aqui, tão estranho, tão belo e melancólico." Parei, com medo de que eu pudesse dizer, ou já tivesse dito, o bastante, e observamo-nos novamente.

Antes de falar outra vez, desviou os olhos de mim, e olhou para o vestido que usava e para o toucador e, finalmente, para si mesma no espelho.

"Tão novo para ele", ela murmurou, "tão velho para mim; tão estranho para ele, tão familiar para mim; tão melancólico para nós dois! Chame Estella".

Como ela continuava olhando para seu próprio reflexo, pensei que ainda falasse consigo mesma, e fiquei em silêncio.

"Chame Estella", ela repetiu, lançando-me um olhar. "Você é capaz de fazer isso. Chame Estella. À porta."

Postar-me no escuro em um corredor misterioso de uma casa desconhecida, gritando o nome de Estella para uma jovem dama arrogante que não podia ver ou ouvir, sentindo uma liberdade assustadora ao berrar seu nome, foi quase tão desagradável quanto ser ordenado a brincar. Mas Estella finalmente respondeu, e sua luz chegou ao corredor escuro como uma estrela.

Senhorita Havisham acenou para que ela chegasse mais perto e pegasse uma joia do toucador e experimentasse seu efeito sobre seu peito claro e jovem e seus belos cabelos castanhos. "Serão seus, um dia, minha querida, e você os usará também. Deixe-me ver você jogar cartas com esse menino."

"Com esse menino? Ora, é um menino proletário ordinário!"

Achei que ouvi a Senhorita Havisham responder – o que me parecia muito improvável – "E então? Poderá partir o coração dele."

"O que você sabe jogar, garoto?" Estella perguntou-me, com grandíssimo desdém.

"Nada além de Beggar My Neighbor, senhorita."

"Acabe com ele", disse a Senhorita Havisham a Estella. Então nos sentamos e jogamos cartas.

Foi aí que comecei a compreender que tudo no quarto havia parado, como os relógios, havia muito tempo. Percebi que a Senhorita Havisham colocara suas joias exatamente no mesmo lugar de onde as havia pegado. Enquanto Estella distribuía as cartas, olhei para o toucador novamente, e vi que o sapato que ali havia, outrora branco, agora amarelo, nunca havia sido usado. Abaixei o olhar para o pé que estava descalçado e vi que a meia de seda que estava colocada, outrora branca, agora amarela, estava rasgada pelo uso. Sem esse congelamento de todas as coisas, sem essa imobilidade de todos os objetos desbotados e deteriorados, nem mesmo o vestido de noiva murcho sobre o corpo desmoronado poderia ter me parecido tanto com vestimenta de sepulcro, ou o longo véu, como uma mortalha.

Então ela se sentou, como um cadáver, enquanto jogávamos cartas. Os babados e os adereços em seu vestido de noiva pareciam de papel rústico. Eu não sabia nada naquele tempo sobre as descobertas que acontecem às vezes de corpos enterrados nos tempos antigos, que se desfazem em pó no momento em que são revelados; mas passei a pensar muito, desde então, que ela deveria se parecer como alguém que viraria pó à luz natural.

"Ele chama o valete de jota, esse garoto!", disse Estella, com desprezo, antes de terminarmos a primeira partida. "E como suas mãos são ásperas! E as botas, grosseiras!"

Nunca havia pensado em sentir vergonha de minhas mãos antes desse dia, mas passei a considerá-las um tanto medíocres. Seu desprezo por mim foi tão forte que chegou a um ponto contagioso, e eu percebi.

Ela ganhou o jogo, e eu distribuí as cartas. Eu distribuí errado, como era de se esperar, quando percebi que ela me vigiava aguardando meu erro, e ela me condenou como se eu fosse um menino proletário desajeitado.

"Você não diz nada sobre ela", observou a Senhorita Havisham, olhando-me friamente. "Ela diz muitas coisas ruins sobre você, mas você não diz nada sobre ela. O que acha dela?"

"Não gosto de dizer", gaguejei.

Diga-me em meu ouvido", disse a Senhorita Havisham, curvando-se.

"Acho que é muito orgulhosa", respondi, sussurrando.

"Algo mais?"

"Acho que é muito bela."

"Algo mais?"

"Acho que é muito insolente." (Ela olhava para mim naquele momento com um olhar de aversão suprema.)

"Algo mais?"

"Acho que eu gostaria de ir para casa."

"E nunca mais vê-la, embora seja tão bela?"

"Não tenho certeza se gostaria de vê-la novamente, mas gostaria de ir para casa agora."

"Poderá ir em breve", disse a Senhorita Havisham, em voz alta. "Acabe o jogo."

Com exceção do sorriso estranho inicial, eu quase poderia ter certeza de que o rosto da Senhorita Havisham não era capaz de articular um sorriso. Havia assumido uma expressão vigilante e taciturna – desde que todas as coisas relacionadas a ela haviam se paralisado – e parecia que jamais conseguiria atenuá-la novamente. Seu peito estava caído, e assim ela ficava curvada, e sua voz estava desanimada, e assim ela falava baixo, com um embalo mortal que a dominara; de maneira geral, parecia que seu corpo e sua alma haviam despencado, por dentro e por fora, sob o peso de um golpe devastador.

Terminei o jogo com Estella, e ela me derrotou. Ela jogou as cartas sobre a mesa quando venceu, como se desprezasse as cartas por ter ganhado de mim.

"Quando o verei novamente aqui?", perguntou a Senhorita Havisham. "Deixe-me pensar."

Comecei a lembrá-la de que era quarta-feira, quando ela me interrompeu com o movimento impaciente dos dedos da mão direita, como havia feito antes.

"Ora, ora! Eu não sei nada sobre os dias da semana, não sei nada sobre as semanas do ano. Volte em seis dias. Escutou-me?"

"Sim, senhorita."

"Estella, acompanhe-o. Dê-lhe algo para comer, e deixe que perambule e dê uma volta enquanto come. Vá, Pip."

Segui a vela para o pavimento inferior, da mesma forma como a havia acompanhado na subida, e ela a colocou no mesmo lugar onde a havíamos encontrado. Até que abrisse a porta lateral, imaginei, sem pensar sobre o assunto, que devia ter anoitecido certamente. O raio forte de luz do dia me deixou extremamente confuso, e fez eu me sentir como se tivesse passado muitas horas no quarto estranho com a luz de velas.

"Você deve esperar aqui, garoto", disse Estella; desapareceu e fechou a porta.

Aproveitei a oportunidade de ficar sozinho no pátio para examinar minhas mãos ásperas e minhas botas ordinárias. Minha opinião a respeito desses acessórios não foi favorável. Nunca haviam me incomodado antes, mas me perturbavam agora, como apêndices vulgares. Estava determinado a questionar Joe sobre o porquê de ter me ensinado a chamar aquela carta de baralho com desenho de jota, se deveria ser chamada de valete. Desejei que Joe tivesse sido criado com mais refinamento, e então eu também teria sido.

Ela voltou com um pouco de pão e carne e um caneco de cerveja. Ela colocou o caneco sobre as pedras do quintal, e entregou-me o pão e a carne sem olhar para mim, com a mesma insolência que faria se eu fosse um cão castigado. Sentia-me tão humilhado, magoado, rejeitado, ofendido, zangado, arrependido – não consigo acertar a palavra certa para a dor que sentia – Deus sabe o que era de fato – que lágrimas começaram a brotar em meus olhos. No momento em que elas surgiram, a moça olhou para mim com um breve deleite por ter sido a causa delas. Isso me deu força para contê-las e para encará-la; e então ela se movimentou com desprezo – mas com a intuição, pensei, de ter-me causado tanta dor a ponto de ferir-me – e deixou-me.

Quando ela se foi olhei à minha volta em busca de um lugar para esconder o rosto, e coloquei-me atrás do portão da entrada da cervejaria, inclinei-me sobre minhas mangas no muro que havia ali e também a cabeça, e comecei a chorar. Ao chorar, chutei o muro e torci meus cabelos com força, tamanho o amargor de meus sentimentos, e a dor, que não tinha nome, que me acometia era tão pungente que precisaria de uma intervenção.

A criação de minha irmã fez-me sensível. Naquele pequeno universo em que as crianças vivem não importa quem as cria, não há nada tão percebido e sentido de maneira tão precisa quanto a injustiça. Pode ser a única injustiça a que a criança pode ser exposta, mas a criança é pequena, e seu universo é pequeno, e seu cavalinho de pau não precisa se elevar mais que alguns centímetros do chão, de acordo com sua escala, para que pareça um caçador irlandês ameaçador. Dentro de mim, eu havia sustentado, desde bebê, um conflito incessante com a injustiça. Eu havia aprendido, desde que aprendi a falar, que minha irmã, em sua coerção caprichosa e violenta, era injusta comigo. Eu havia estimado uma convicção profunda de que o fato de ter-me criado com as próprias mãos não lhe concedia o direito de puxar-me agressivamente. Através de todas as minhas punições, desgraças, jejuns e vigilância, além de outros atos punitivos, eu havia nutrido essa certeza; e por eu comungar tanto com esse sentimento, de maneira solitária e indefesa, eu em grande parte atribuo ao fato de que eu era moralmente tímido e muito sensível.

Livrei-me de meus sentimentos de mágoa na forma de chutes no muro da cervejaria e de puxões nos cabelos, e então enxuguei o rosto com minha manga e deixei as grades do portão. O pão e a carne estavam aceitáveis, e a cerveja estava tépida e borbulhante, e logo me senti mais animado para olhar à minha volta.

É certo que o local estava deserto até o pombal no canteiro da cervejaria, que havia ficado entortado por alguma ventania, e teria feito os pombos sentirem-se em alto-mar, se estivessem ali dentro no momento. Mas não havia pombo algum dentro do pombal, cavalo no estábulo, porco no chiqueiro, malte no depósito, cheiro de grãos e cerveja nos tonéis de cobre ou nos barris. Todos os usos e aromas da cervejaria poderiam ter evaporado com seu último fedor de fumaça. Em um canteiro anexo, havia a vastidão de tonéis vazios, que traziam certa lembrança azeda de dias melhores demorando-se a seu redor; mas era azedo demais para ser aceito como uma amostra da cerveja que ali estivera – e a esse respeito lembro-me de tais objetos solitários como iguais a outros.

Atrás da parte mais distante da cervejaria, havia um jardim malcuidado e um muro velho; não alto demais a ponto de que eu não pudesse escalá-lo e segurar-me por tempo suficiente para olhar o outro lado, e ver que o jardim malcuidado pertencia a uma casa, e que continha mato e ervas daninhas emaranhadas, porém havia uma trilha sobre trechos verdes e amarelos, como se alguém tivesse caminhado por ali algumas vezes, e vi que Estella afastava-se de mim até mesmo naquela situação. Mas ela parecia estar em todos os lugares. Pois quando cedi à tentação apresentada a mim pelos tonéis, e comecei a caminhar sobre eles, pude vê-la caminhando sobre eles no fim do canteiro de tonéis. Tinha as costas viradas para mim e segurava seus lindos cabelos castanhos em suas duas mãos, sem jamais olhar para os lados e desapareceu de meu campo de visão imediatamente. O mesmo aconteceu na própria cervejaria – refiro-me à grande e imponente edificação pavimentada em que costumavam produzir cervejas, onde ainda se encontravam os utensílios para sua fabricação. Quando entrei ali pela primeira vez, bastante angustiado com a escuridão, e detive-me perto da porta olhando a meu redor, a vi passar entre os antigos fornos e subir uma escada de ferro que dava para uma galeria lá no alto, como se estivesse indo para o céu.

Foi nesse lugar, e nesse momento, que algo sinistro aconteceu à minha imaginação. Achei estranho no momento, e achei mais estranho ainda logo depois. Virei meus olhos – um pouco ofuscados por encarar a luz fria lá em cima – em direção à grande viga de madeira próxima a meu lado direito em um canto baixo da edificação, e vi um vulto pendurado pelo pescoço. Um vulto de cor completamente branca amarelada, com só um sapato nos pés; e pendurado de modo que eu podia ver que os adornos envelhecidos do vestido eram como se feitos de papel rústico, e que o rosto era o rosto da Senhorita Havisham, com um movimento do semblante que parecia desejar chamar-me. No pavor de tal aparição e no pavor de estar certo de que o vulto não estava ali um momento antes, eu inicialmente passei a fugir dele, e depois corri em direção a ele. E meu pavor chegou a seu ápice quando não encontrei nenhum vulto ali.

Nada menos que a luz do céu alegre, a visão de pessoas passando para além das barras do portão do pátio e a influência revigorante do resto de pão e carne e da cerveja fizeram-me voltar à realidade. Até mesmo com esse auxílio, eu poderia não ter recobrado a consciência tão rapidamente quanto fiz, mas vi Estella aproximando-se com as chaves para tirar-me dali. Ela teria algum motivo razoável para olhar-me com desdém, pensei, se me visse apavorado; e eu não lhe daria tal satisfação.

Lançou-me um olhar triunfante ao passar por mim, como se se regozijasse pela aspereza de minhas mãos, pela simplicidade de minhas botas, e então abriu o portão e manteve-se segurando-o. Estava passando sem olhar para ela, quando ela me tocou com a mão como se zombasse de mim.

"Por que não chora?"

"Porque não quero."

"Quer, sim", ela disse. "Chorou até ficar quase cego, e está a ponto de chorar novamente agora."

Gargalhou desdenhosamente, empurrou-me para fora e trancou o portão. Fui de pronto à casa do Sr. Pumblechook e fiquei bastante aliviado em não o encontrar em casa. Assim, deixando um recado com o vendedor sobre o dia em que a Senhorita Havisham exigia minha visita novamente, parti a fim de caminhar quatro milhas até a ferraria, refletindo, enquanto caminhava, sobre tudo o que havia visto, e fixava-me no pensamento de que eu era um menino proletário comum; que minhas mãos eram ásperas, minhas botas, grosseiras; que eu havia me habituado de maneira desprezível a chamar o valete de jota; que eu era muito mais ignorante do que considerara na noite anterior, e, de maneira geral, que eu estava no caminho errado.

Capítulo IX

Quando cheguei em casa, minha irmã estava muito curiosa para saber tudo sobre a Senhorita Havisham e encheu-me de perguntas. E logo senti uma pancada na nuca e nas costas e fiquei com o rosto degradantemente pressionado contra a parede da cozinha por não responder a tais perguntas de maneira satisfatória.

Se o medo de não ser compreendido pode estar escondido no peito de outros jovens da forma como estava escondido no meu – o que considero provável, uma vez que não tenho uma razão especial para desconfiar que eu fosse abominável – essa é a resposta para muitas hesitações. Sentia-me convencido de que se eu descrevesse a Senhorita Havisham tal como meus olhos a haviam percebido, eu não seria compreendido. Não somente isso, mas eu me sentia convencido de que a Senhorita Havisham também não poderia ser compreendida, e embora ela fosse perfeitamente incompreensível a mim considerei uma impressão de que haveria algo de corrupto e traiçoeiro em apresentá-la diante da consideração da Sra. Joe como ela era de fato (sem contar a Senhorita Estella). Como consequência disso, disse o mínimo que pude, e assim acabei recebendo um solavanco na cabeça contra a parede da cozinha.

O pior de tudo isso foi que o velho tirano Pumblechook, consumido por uma curiosidade voraz em saber tudo o que eu tivesse visto ou ouvido, chegou desesperado em sua charrete na hora do chá para que lhe fossem divulgados os detalhes. E a mera visão da aflição com seus olhos de peixe e boca aberta, seus cabelos loiros espetados de curiosidade e seu colete subindo e descendo com aritmética morosa deixou-me perversamente reticente.

"Bem, garoto", Tio Pumblechook começou, tão logo havia se sentado na cadeira de honra perto do fogo. "Como foi lá na cidade?"

Respondi: "Muito bem, senhor", e minha irmã mostrou-me o punho fechado.

"Muito bem?" O Sr. Pumblechook repetiu. "Muito bem não é resposta. Conte-nos o que quer dizer com *muito bem*, garoto!"

Cal na testa endurece o cérebro a ponto de deixá-lo obstinado talvez. De qualquer forma, com cal da parede em minha testa, minha obstinação tornou-se inabalável. Refleti por um tempo, e então respondi como se tivesse tido uma nova ideia: "Eu quero dizer muito bem".

Minha irmã, com uma exclamação de impaciência, estava prestes a voar para cima de mim – eu não tinha qualquer esperança de ser defendido, uma vez que Joe estava ocupado na ferraria – quando o Sr. Pumblechook interveio, dizendo "Não!

Não perca sua paciência. Deixe esse rapaz comigo, senhora. Deixe esse rapaz comigo". O Sr. Pumblechook então me virou em sua direção, como se fosse cortar meu cabelo, e disse: "Primeiro (para organizar nossos pensamentos): quarenta e três pence?".

Calculei as consequências de responder "quatrocentas libras", e achando que a situação não me era favorável cheguei o mais próximo possível da resposta – que era algo em torno de oito pence. O Sr. Pumblechook então me colocou diante de minha tabela de conversão, mostrando-me que "doze pence equivalem a um xelim", até "quarenta pence equivalem a três xelins e quatro pence", e então, triunfante, perguntou, como se tivesse feito por mim: "Agora! Quanto é quarenta e três pence?" E eu respondi, depois de um longo momento de reflexão: "Não sei". E eu me sentia tão irritado que cheguei a duvidar se eu sabia realmente.

O Sr. Pumblechook mexeu a cabeça imitando um parafuso, como se quisesse arrancar-me a resposta assim, e disse: "Por acaso quarenta e três pence equivalem a sete xelins, seis pence e três centavos?".

"Sim!", eu disse. E embora minha irmã socasse minhas orelhas naquele momento foi muito satisfatório para mim ver que a resposta estragara sua brincadeira, interrompendo-o instantaneamente.

"Garoto! Como é a Senhorita Havisham?" O Sr. Pumblechook começou de novo quando havia se recuperado, cruzando os braços bem apertados sobre o peito, fazendo o movimento de parafuso com a cabeça novamente.

"Bem alta e morena", respondi.

"É verdade, meu tio?", minha irmã perguntou.

O Sr. Pumblechook piscou com um olho em consentimento, o que logo me fez deduzir que nunca havia visto a Senhorita Havisham, pois ela não era nada disso.

"Bom", disse o Sr. Pumblechook afetadamente. "É assim que se faz com ele! Estamos começando a descobrir o que queremos, creio eu, Senhora."

"Tenho certeza disso, tio", respondeu a Sra. Joe. "Gostaria que fosse assim sempre, você sabe lidar com ele tão bem."

"Agora, garoto! O que ela estava fazendo quando você chegou lá hoje?", perguntou o Sr. Pumblechook.

"Ela estava sentada", respondi, "em uma carruagem de veludo preto".

O Sr. Pumblechook e a Sra. Joe olharam um para o outro – como era de se esperar deles – e ambos repetiram: "Em uma carruagem de veludo preto?"

"Sim", eu disse. "E a Senhorita Estella – sua sobrinha, creio – serviu-lhe bolo e vinho pela janela da carruagem, em um prato de ouro. E nós todos comemos bolo e bebemos vinho nos pratos de ouro. E eu me sentei no assento traseiro da carruagem para comer o meu porque ela mandou."

"Havia mais alguém lá?", perguntou o Sr. Pumblechook.

"Quatro cães", eu disse.

"Grandes ou pequenos?"

"Gigantes", eu respondi. "E eles brigaram pelas costeletas de vitela que havia em uma cesta de prata."

O Sr. Pumblechook e a Sra. Joe olharam um para o outro novamente, em total espanto. Eu estava em absoluta agitação – uma testemunha imprudente sob tortura, e teria lhes falado qualquer coisa.

"Onde estava essa carruagem, pelo amor de Deus?", perguntou minha irmã.

"No quarto da Senhorita Havisham." Olharam-se novamente. "Mas não havia cavalos." Acrescentei essa ressalva salutar no momento em que rejeitava quatro corcéis com ricas selas de pano que eu havia sentido fortes desejos de arrear.

"Seria possível isso, tio?", perguntou a Sra. Joe. "O que o menino quer dizer?"

"Digo-lhe, Senhora", disse o Sr. Pumblechook. "Minha opinião é que se trata de uma liteira. Ela é frívola, sabe – muito frívola – frívola o suficiente para passar seus dias em uma liteira."

"Já a viu na liteira, tio?", perguntou a Sra. Joe.

"Como eu poderia", ele respondeu, confessando forçosamente, "se nunca a vi em toda minha vida? Jamais coloquei os olhos nela!".

"Nossa, tio! E no entanto falou com ela?"

"Ora, você não sabe", disse o Sr. Pumblechook, com irritação, "que quando estive lá, fui levado à sua porta, e a porta permaneceu entreaberta, e foi assim que nos comunicamos. Não me diga que não sabia disso, Senhora. De qualquer forma, o garoto foi lá brincar. De que brincaram, garoto?".

"Brincamos com bandeiras", respondi. (É preciso observar que fico espantado quando me lembro das mentiras que contei nessa ocasião.)

"Bandeiras!", repetiu minha irmã.

"Sim", eu disse. "Estella agitava uma bandeira azul, e eu agitava uma vermelha, e a Senhorita Havisham agitava uma com pequenas estrelas douradas espalhadas pela janela da carruagem. E então todos nós agitávamos nossas espadas e gritávamos hurra."

"Espadas!", repetiu minha irmã. "Onde arranjaram espadas?"

"No armário", eu disse. "E vi pistolas dentro do armário também – e geleia – e pílulas. E não havia luz do dia no quarto, só estava iluminado com velas."

"É verdade, Senhora", disse o Sr. Pumblechook, fazendo um aceno grave com a cabeça. "É assim que as coisas são lá, foi isso que eu mesmo vi lá." E então ambos me encararam, e eu, com uma demonstração óbvia de honestidade em minha fisionomia, os encarei, amarrotando a perna direita de minhas calças com a mão direita.

Se tivessem feito mais perguntas, sem sombra de dúvidas, eu teria me entregado, pois até mesmo naquele momento eu estava a ponto de mencionar que havia um balão no pátio, e teria arriscado a fazer essa declaração se não fosse a minha imaginação dividida entre tal fenômeno e um urso na cervejaria. Eles estavam tão ocupados, contudo, em discutir as maravilhas que eu já lhes havia contado, que eu escapei. O assunto ainda os detinha quando Joe entrou para tomar uma xícara de chá. A quem minha irmã, mais para o alívio de sua própria cabeça do que para a satisfação dele, contou minhas alegadas experiências.

Agora, quando vi Joe abrir seus olhos azuis e girá-los por toda a cozinha em completo assombro, fui tomado por arrependimento, mas somente em relação a ele – nem um pouco em relação aos outros dois. Em relação a Joe, e somente Joe, considerava a mim mesmo como um pequeno monstro, enquanto eles se sentaram debatendo o que aconteceria comigo com a amizade e o favor à Senhorita Havisham. Eles não tinham dúvidas de que a Senhorita Havisham "faria algo" para mim, as dúvidas pairavam quanto à forma que esse algo teria. Minha irmã estava inclinada a algo do tipo "propriedade."

O Sr. Pumblechook era a favor de uma boa recompensa por ter-me como aprendiz de algum ofício refinado – por exemplo, o comércio de milho e de grãos, digamos. Joe caiu na mais profunda desgraça perante os dois, oferecendo-lhes a genial sugestão de que eu poderia ser somente presenteado com um dos cães que brigaram pelas costeletas de vitela. "Se a cabeça de um tolo não pode expressar opiniões melhores do que isso", disse minha irmã, "e há trabalho esperando-o, é melhor ir fazê-lo". E então ele foi.

Depois que o Sr. Pumblechook havia partido, enquanto minha irmã estava lavando a louça, fui sorrateiramente até a ferraria para ficar com Joe, e mantive-me a seu lado até que ele terminasse o trabalho do dia. Então, eu disse: "Antes que o fogo se apague, Joe, gostaria de lhe contar uma coisa".

"É mesmo, Pip?", disse-me Joe, trazendo seu banquinho para perto da forja. "Conte. O que houve, Pip?"

"Joe", eu disse, pegando em sua manga enrolada, torcendo-a entre o dedo indicador e o polegar, "sabe tudo aqui sobre a Senhorita Havisham..."

"Se sei?", respondeu Joe. "Acredito em você! Incrível!"

"É uma coisa terrível, Joe. Não é verdade."

"Do que você está falando, Pip?", exclamou Joe, soltando o corpo em grande espanto. "Você não quer dizer que são..."

"Sim, é isso. São mentiras, Joe."

"Mas não tudo? Ora, é claro que você não quer dizer isso, Pip, que não havia uma carruagem com veludo preto?" Pois fiquei balançando a cabeça. "Mas pelo menos havia cães, Pip? Vamos lá, Pip", disse Joe, persuasivamente. "Se não havia costeletas de vitela, pelo menos havia cães?"

"Não, Joe."

"Um cão?", perguntou Joe. "Um filhote? Hein?"

"Não, Joe, não havia nada desse tipo."

Enquanto eu, sem esperanças, fixava meu olhar nos olhos de Joe, Joe contemplou-me com tristeza. "Pip, meu velho! Assim não dá, meu velho! Não! Aonde pretende chegar?"

"É terrível, Joe, não é?"

"Horrível?", exclamou Joe. "Pavoroso! O que deu em você?"

"Não sei o que deu em mim, Joe", respondi, largando a manga de sua camisa, sentando-me entre as cinzas a seus pés, cabisbaixo. "Mas preferia que você não tivesse me ensinado a chamar o valete de jota, e quem me dera minhas botas não fossem tão grossas ou minhas mãos tão ásperas."

E então eu disse a Joe que eu me sentia péssimo, que não conseguira explicar-me diante da Sra. Joe e Pumblechook, que eram tão grosseiros comigo, e que havia uma bela moça na casa da Senhorita Havisham que era inacreditavelmente orgulhosa, que havia dito que eu era ordinário, que eu sabia que era ordinário, e que desejava não ser, e que as mentiras haviam começado a partir disso de alguma forma, embora eu não soubesse como.

Era um caso de metafísica, pelo menos tão difícil para Joe quanto para mim. Mas Joe deixou a metafísica de fora da situação, e assim conseguiu vencê-la.

"Há uma coisa de que você pode ter certeza, Pip", disse Joe, depois de um tempo ponderando, "especificamente, que mentiras são mentiras. Não importa como aconteçam, não deveriam acontecer, e elas vêm de uma grande mentira e depois ficam surgindo. Não conte mais mentiras, Pip. Esse não é o caminho para deixar de ser ordinário, meu velho. E quanto a ser ordinário não entendi bem. Você é extraordinário em algumas coisas. Você é extraordinariamente pequeno. Da mesma forma, você é um aluno extraordinário".

"Não, sou ignorante e lento, Joe."

"Ora, veja a carta que você escreveu ontem à noite! Você escreveu em letra de forma, ainda! Eu já vi cartas – Ah! E escritas por cavalheiros! – que juro que não foram escritas em letra de forma", disse Joe.

"Não aprendi praticamente nada, Joe. Você me estima em demasia. É isso."

"Bem, Pip", disse Joe, "seja o que for, você precisa ser um aluno ordinário antes de se tornar um aluno extraordinário, creio! O rei sentado em seu trono, com a coroa na cabeça, não pode escrever as leis do Parlamento em letra de forma sem ter começado, quando era ainda um príncipe desconhecido, com o alfabeto. Ah!", acrescentou Joe, agitando a cabeça para enfatizar o significado, "e começou com o A, também, e foi galgando até o Z. E eu sei o trabalho que dá fazer isso, ainda que eu não possa dizer que também tenha feito isso".

Havia certa esperança nesse conselho sábio e senti-me encorajado.

"E quanto aos ordinários no que se refere a vocação e lucro", continuou Joe, reflexivo, "não poderia ser melhor ficar ao lado dos ordinários, em vez de sair para brincar com os extraordinários – o que me traz à memória que você mencionou uma bandeira, talvez?"

"Não, Joe."

"Lamento que não houvesse uma bandeira, Pip. Bom, seja isso verdade ou não, é algo que não se pode dizer agora sem enfurecer sua irmã, e é algo que não pode ser considerado intencional. Olhe aqui, Pip, digo-lhe isso como um amigo de verdade. O que esse amigo de verdade diz é o seguinte: se você não consegue ser extraordinário fazendo a coisa certa, você nunca conseguirá fazê-la pelo caminho da desonestidade. Então não conte mais mentiras, Pip, e viva bem e morra feliz."

"Você não está bravo comigo, Joe?"

"Não, velho. Mas lembrando que eles eram o que eu consideraria chocantes e audaciosos – falo dos cães brigando por costeletas de vitela – um amigo bem intencionado aconselharia, Pip, não os deixem entrar na sua cabeça quando for para a cama dormir. É isso, meu velho, e não faça mais isso."

Quando subi para meu pequeno quarto e fiz minhas orações, não me esqueci das recomendações de Joe, e ainda assim minha cabecinha encontrava-se em tamanho estado de perturbação e insatisfação que fiquei pensando por muito tempo já deitado sobre o quanto ordinário Estella consideraria Joe, um mero ferreiro, em quanto suas botas eram grossas, e suas mãos ásperas. Pensei em como Joe e minha irmã estavam sentados na cozinha e em como eu havia subido para o quarto, e no fato de a Senhorita Havisham e Estella nunca se sentarem em uma cozinha, estando tão acima do nível dos eventos ordinários. Adormeci lembrando do que eu "costumava fazer" quando estava na casa da Senhorita Havisham, como se tivesse passado semanas ou meses lá, em vez de horas, como se se tratasse de uma antiga lembrança, em vez de uma lembrança que surgira naquele mesmo dia.

Foi um dia memorável para mim, pois transformou-me. Mas é a mesma coisa com a vida de qualquer pessoa. Pense em um dia específico e pense em como ele poderia ter sido diferente. Você, que acabou de ler isso, faça uma pausa, e pense por um momento na longa corrente de ferro ou de ouro, nos espinhos ou nas flores, que nunca lhe teriam tocado, a não ser pela formação do primeiro elo em um dia memorável.

Capítulo X

A feliz ideia ocorreu-me um dia ou dois depois quando acordei: o melhor que eu podia fazer a respeito de tornar-me extraordinário era arrancar de Biddy tudo o que ela sabia. Para colocar essa brilhante ideia em prática, quando fui à casa da tia-avó do Sr. Wopsle à noite, mencionei a Biddy que eu tinha uma razão em particular para desejar melhorar na vida e que eu me sentiria muito grato se ela compartilhasse seus aprendizados comigo. Biddy, que era a mais amável entre as meninas, imediatamente aceitou e, de fato, começou a cumprir sua promessa cinco minutos depois.

O plano educacional ou curso estabelecido pela tia do Sr. Wopsle pode ser esclarecido da seguinte maneira. Os alunos comiam maçãs e colocavam palha nas costas uns dos outros, até que a tia-avó do Sr. Wopsle reunia suas energias e cambaleava em direção a eles com uma vara. Depois de receberem a punição com todas as marcas de escárnio quanto possível, os alunos faziam uma fila e, agitados, passavam um livro estropiado de mão em mão. O livro continha o alfabeto, algumas imagens e tabelas e uma pequena ortografia – isto é, continha antes de estropiado. Assim que o volume começou a circular, a tia-avó do Sr. Wopsle entrou como que em estado de coma, causado por sono ou por um ataque reumático. Os pupilos então organizaram entre si mesmos uma competição com o tema Botas, com o objetivo de determinar quem conseguia pisar mais forte sobre os dedos de quem. Esse exercício mental durou até que Biddy disparasse contra eles e lhes distribuísse três Bíblias desfiguradas (de maneira que pareciam ter sido mal cortadas com alguma ferramenta cega), mais ilegíveis em suas impressões do que qualquer literatura de curiosidades de que tomara conhecimento desde então, manchadas por completo por bolor, além de conterem várias amostras do universo dos insetos esmagadas por entre as páginas. Essa parte do curso era geralmente alegrada por vários combates individuais entre Biddy e os alunos insubmissos. Quando as brigas acabavam, Biddy distribuía várias páginas, e então todos líamos em voz alta o tanto que podíamos – ou até o que não podíamos – em coro pavoroso. Biddy conduzia com a voz aguda, estridente e monótona, e nenhum de nós tinha a menor noção do que líamos ou reverência pela leitura. Quando esse barulho terrível durara por um certo período de tempo, a tia-avó do Sr. Wopsle despertava e cambaleava até um menino qualquer e puxava-lhe as orelhas. Isso era compreendido como o término do curso no fim da tarde, e nós emergíamos ao ar livre com gritos de triunfo intelectual. É justo observar que não havia qualquer espécie de proibição contra o entretenimento de qualquer aluno com a lousa ou mesmo com a tinta das canetas (quando havia), mas não era muito fácil manter esse tipo de estudo no inverno por causa de a pequena loja de artigos variados onde as aulas aconteciam – e que também servia como acomodação para a tia-avó do Sr. Wopsle – ser mal-iluminada por uma vela comum fraquinha sem abafador.

Parecia para mim que levaria um tempo para me tornar extraordinário sob as circunstâncias mencionadas: contudo, decidi tentar, e naquela noite específica Biddy entrou em nosso acordo especial, compartilhando algumas informações de seu pequeno catálogo de preços, sob a rubrica do açúcar, emprestando-me, para copiar em casa, um D grande e antigo que ela havia copiado da manchete de algum jornal e que, eu supunha, até que me dissesse o que era, ser o desenho de uma fivela.

É claro que havia uma taverna no vilarejo, e é claro que Joe gostava de fumar seu cachimbo lá às vezes. Eu havia recebido ordens estritas de minha irmã para chamá-lo no Três Barqueiros Alegres, naquela noite, no caminho para casa, vindo da escola, e trazê-lo comigo por minha conta e risco. Dirigi-me, portanto, ao Três Barqueiros Alegres.

Havia um balcão do Barqueiros Alegres onde se encontrava uma lista de contas inacreditavelmente longa na parede escrita em giz ao lado da porta, que me pareciam nunca terem sido pagas. Estavam ali desde sempre, e cresciam mais do que eu. Mas havia uma boa quantidade de giz em nosso país, e talvez as pessoas não quisessem perder qualquer oportunidade de utilizá-los.

Por ser sábado à noite, percebi que o proprietário olhava para essas contas um tanto irritado, mas como meu negócio era com Joe e não com ele apenas lhe desejei uma boa-noite e entrei na sala comum no fundo do corredor, na qual havia um fogo grande e luminoso, onde Joe se encontrava fumando seu cachimbo em companhia do Sr. Wopsle e de um estranho. Joe cumprimentou-me como de hábito com "Alô, Pip, meu velho!", e no momento em que disse isso o estranho virou a cabeça e olhou para mim.

Era um homem com uma aparência misteriosa que eu jamais havia visto. Sua cabeça estava virada toda para um lado, e um de seus olhos estava meio fechado, como se estivesse tentando acertar algum alvo com um revólver misterioso. Ele tinha um cachimbo na boca, e o tirou, e, depois de soprar a fumaça com lentidão e olhar-me duramente enquanto isso, acenou com a cabeça. Então eu acenei também, e ele acenou de novo, e abriu espaço ao seu lado para que eu me sentasse.

Mas como eu estava acostumado a me sentar ao lado de Joe sempre que entrava naquele lugar disse-lhe "Não, obrigado, senhor", e sentei-me no espaço que Joe abriu para mim no banco do lado oposto. O homem estranho, após lançar um olhar para Joe, percebendo que sua atenção estava focada em outra coisa, acenou para mim outra vez quando eu já estava sentado, e esfregou sua perna – de um jeito muito esquisito.

"Você estava dizendo", disse o homem estranho, voltando-se para Joe, "que era um ferreiro".

"Sim. Eu disse mesmo", disse Joe.

"O que você bebe, Sr.?Você não me disse o seu nome, aliás."

Joe respondeu, e o homem estranho o chamou pelo nome. "O que você bebe, Sr. Gargery? Por minha conta. Para arrematar."

"Bem", disse Joe, "para dizer a verdade, não tenho o costume de beber por conta de ninguém".

"Hábito? Não", respondeu o estranho, "mas de vez em quando, e em um sábado à noite sim. Vamos lá! Diga o que deseja, Sr. Gargery".

"Não gostaria de ser uma companhia chata", respondeu Joe. "Rum."

"Rum", repetiu o estranho. "E o outro cavalheiro também gostaria de algo?"

"Rum", respondeu o Sr. Wopsle.

"Três copos de rum!", gritou o estranho, chamando o proprietário. "No capricho!"

"Esse outro cavalheiro", observou Joe, para apresentar o Sr. Wopsle, "é um cavalheiro que gostaria de conhecer. É nosso sacristão da igreja".

"Aha!", respondeu o estranho, rapidamente, inclinando os olhos para mim. "A solitária igreja, bem ali no pântano, repleta de túmulos à sua volta!"

"É isso mesmo", disse Joe.

O estranho, com uma espécie de grunhido de satisfação fumando seu cachimbo, colocou as pernas sobre o banco onde se sentava sozinho. Usava um chapéu de abas largas estilo viajante, e sob esse usava um lenço amarrado na cabeça como se fosse um boné: e assim não era possível ver seus cabelos. Quando ele olhou para o fogo, pensei ter percebido uma expressão de malícia, seguida por um meio sorriso nos lábios.

"Não conheço muito bem esse lugar, cavalheiros, mas parece ser uma terra solitária perto do rio."

"Como os pântanos costumam ser", disse Joe.

"Sem dúvida, sem dúvida. Vocês encontram ciganos, agora, ou andarilhos ou mendigos de alguma espécie por aqui?"

"Não", respondeu Joe, "nada além de um condenado foragido aqui e ali. E não é fácil encontrá-los. Não é, Sr. Wopsle?".

O Sr. Wopsle, com uma recordação majestosa de seu antigo vexame, assentiu, mas não parecia confortável.

"Parece-me que vocês andaram perseguindo algum desse tipo?", perguntou o estranho.

"Uma vez", respondeu Joe. "Não que nós os quiséssemos pegar, você entende, fomos só como acompanhantes, eu, o Sr. Wopsle e Pip; Não é, Pip?"

"Sim, Joe."

O estranho olhou para mim novamente – ainda inclinando os olhos, como se expressamente mirando em mim com um revólver invisível – e disse: "Esse aí é um tico de gente. Como se chama?".

"Pip", respondeu Joe.

"Pip é seu nome de batismo?"

"Não, não é de batismo."

"O sobrenome é Pip?"

"Não", disse Joe, "é uma espécie de nome de família que ele deu a si mesmo quando era bebê, e ficou sendo chamado assim".

"É seu filho?"

"Bem", disse Joe, pensativo, não que precisasse pensar sobre o assunto, é claro, mas porque essa era a maneira como se parecia pensar em tudo profundamente no Barqueiros Alegres quando se conversava fumando cachimbos – "bem, não. Não é".

"Sobrinho?", perguntou o homem estranho.

"Bem", disse Joe, parecendo refletir profundamente, "ele não é – não, não quero enganá-lo, ele não é – meu sobrinho".

"Mas que raios ele é seu então?", perguntou o estranho, de tal maneira que me pareceu desnecessariamente intensa.

O Sr. Wopsle interveio, como alguém que sabia tudo sobre relacionamentos, uma vez que sua profissão envolvia saber com que parentesco de uma mulher um homem não deveria contrair matrimônio, e explicou os laços que uniam Joe a mim.

Uma vez que conduzia a explicação, o Sr. Wopsle arrematou com uma passagem extremamente hostil de Ricardo III, e pareceu crer que havia feito tudo o que era necessário para explicar o assunto quando acrescentou: "É como diz o poeta".

E aqui eu posso comentar que quando o Sr. Wopsle se referia a mim achava necessário amarrotar meus cabelos e jogá-los sobre meus olhos. Não consigo compreender o porquê de todo mundo em sua posição que visitava nossa casa sempre me submeter a tal processo irritante sob circunstâncias semelhantes. Embora eu não me lembre de ter sido, em minha primeira infância, o assunto para comentários em nosso círculo familiar, mas algumas pessoas de mãos grandes tomavam essas atitudes oftálmicas para me tratar com indulgência.

Durante todo esse tempo, o homem estranho não olhava para ninguém além de mim, e olhava para mim como se estivesse determinado a atirar em mim e me derrubar. Mas não disse nada depois de sua observação "Mas que raios ele é seu então?", até que os copos de rum e água fossem servidos, quando, então, acabou por atirar, e que tiro extraordinário ele desfechou.

Não foi um comentário verbal, mas como uma pantomima, nitidamente dirigida a mim. Mexeu o rum e a água em seu copo como se apontasse para mim, e então experimentou o rum e a água. Mexeu e experimentou novamente, não usando a colher trazida a ele, mas com uma lixa.

Mas o fez sem que ninguém notasse a lixa, e quando terminou enxugou-a e guardou-a em seu bolso no peito. Eu sabia que era a lixa de Joe e sabia que era meu condenado no momento em que vi o instrumento. Sentei-me fitando-o, como se enfeitiçado. Mas agora ele se reclinava em seu banco, sem me notar, conversando principalmente sobre nabos.

Aos sábados à noite no vilarejo havia uma sensação gostosa de limpeza e de paz como se a vida se renovasse, o que estimulava Joe a atrever-se a ficar fora de casa por meia hora a mais comparando-se aos outros dias. Quando a meia hora e o rum com água de Joe se esgotaram, ele levantou-se para ir embora e pegou minha mão.

"Espere um momento, Sr. Gargery", disse o homem estranho. "Creio que tenho uma moeda de um xelim nova e lustrosa em meu bolso, e se a tiver de fato gostaria de dá-la a seu menino."

Procurou por entre várias moedinhas, colocou-a dentro de um papel amarrotado, dobrando-o, e entregou-a a mim. "Para você!", ele disse. "Mas veja! É só sua."

Agradeci, fitando-o além do que sugeriam as boas maneiras, segurando a mão de Joe com firmeza. Desejou boa-noite a Joe, desejou boa-noite ao Sr. Wopsle (que saiu conosco), e a mim, apenas o olhar de mira – não, não um olhar, pois o olho estava fechado, mas se pode fazer coisas inacreditáveis com um olho ao escondê-lo.

No caminho para casa, se eu estivesse com humor para conversar, a conversa teria partido apenas de mim, pois o Sr. Wopsle separou-se de nós à porta do Barqueiros Alegres, e Joe caminhou para casa com a boca escancarada para amenizar os vestígios do rum tanto quanto possível. Mas eu estava de certa maneira estupefato pelo retorno de minha antiga malfeitoria e de meu velho conhecido e não podia pensar em mais nada.

Minha irmã não estava de mau humor de todo quando adentramos a cozinha, e Joe aproveitou-se daquele momento quase inédito para contar sobre a moeda de xelim lustrosa. "É falsa, tenho certeza", disse a Sra. Joe, triunfante, "senão não a teria entregado ao menino! Vamos dar uma olhada".

Tirei o papel e provei que era uma moeda verdadeira. "Mas o que é isso?", disse a Sra. Joe, que soltou o xelim e pegou o papel. "Duas notas de uma libra?"

Não era nada além de duas notas de uma libra gordas que pareciam ter estado no mais íntimo contato com todo o comércio de gado no condado. Joe pegou seu chapéu e correu com as notas até o Barqueiros Alegres para devolvê-las ao dono. Enquanto isso, sentei-me em meu banquinho habitual e olhei para minha irmã com vaguidão, certo de que o homem não estaria mais lá.

Depois de algum tempo, Joe voltou, dizendo que o homem havia deixado a taverna, mas que ele, Joe, deixara um recado no Três Barqueiros Alegres a respeito das notas. Então minha irmã fechou bem as notas em um pedaço de papel, colocando-o sob algumas rosas secas em uma chaleira que ficava em cima de uma prensa na sala. E ali ficaram as notas, um pesadelo para mim, por muitas noites e dias.

Infelizmente, eu havia perdido o sono quando fui para a cama, pensando no homem estranho mirando em mim com seu revólver invisível e na sensação de culpa e vulgaridade que era conspirar secretamente com condenados – uma característica em minha carreira da qual eu havia antes me esquecido. Também fui perseguido pela lixa. Dominava-me o medo de que, quando eu menos esperasse, a lixa reapareceria. Persuadi-me a dormir pensando na visita à Senhorita Havisham na quarta-feira seguinte, e em meu sono vi a lixa aproximando-se, saindo de uma porta, incapaz de ver quem a segurava, e acordei com meus próprios gritos.

Capítulo XI

No horário marcado, voltei à casa da Senhorita Havisham e meu toque hesitante da campainha fez Estella aparecer. Trancou o portão depois que entrei, como fizera antes, e novamente conduziu-me pelo corredor escuro onde a vela ficava. Não havia me olhado até pegar a vela em sua mão, quando olhou por sobre seu ombro, dizendo, de maneira presunçosa: "Você vem por aqui hoje". E levou-me a uma parte totalmente diferente da casa.

Era um longo corredor que parecia atravessar todo o porão quadrado da Manor House. Atravessamos apenas um lado do quadrado, porém, e no fim ela parou, abaixou a vela e abriu a porta. Aqui havia luz do dia, e notei que me encontrava em um pequeno pátio pavimentado do lado oposto ao qual existia uma casa separada que parecia ter pertencido outrora ao gestor ou funcionário principal da extinta cervejaria. Havia um relógio na parede externa dessa casa. Como o relógio do quarto da Senhorita Havisham, e assim como o relógio da Senhorita Havisham estava parado às vinte para as nove.

Chegamos à porta, que estava aberta, e entramos em um cômodo escuro com o teto baixo, no fundo do primeiro pavimento. Havia mais pessoas no cômodo, e Estella disse-me, ao se juntar a elas: "Você deve ficar ali, garoto, até ser chamado". Caminhando até "ali", onde ficava a janela, permaneci "ali," muito desconfortável, aguardando.

A janela dava para o pior canto do jardim malcuidado, onde vi alguns talos de repolho rançosos e um arbusto que havia sido cortado em forma redonda muito tempo antes, como um pudim, e tinha nova folhagem na parte de cima, sua forma perdida, e de cor diferente, como se o pudim tivesse grudado na panela e queimado. Esse era meu pensamento por instinto, e eu contemplei o arbusto. Durante a noite, havia nevado levemente, e não tinha restado neve em qualquer lugar até onde eu soubesse, mas a neve não havia derretido completamente na sombra fria desse pequeno jardim, e o vento fazia pequenos redemoinhos com os flocos, lançando-os sobre a janela, como se me punisse por eu estar ali.

Percebi que minha chegada havia feito a conversa no cômodo cessar, e que seus outros ocupantes me olhavam. Não via nada no cômodo além da luminosidade do fogo no vidro da janela, mas senti minhas articulações petrificadas quando tive a consciência de que eu estava sendo rigorosamente observado.

Havia três damas no cômodo e um cavalheiro. Em menos de cinco minutos que eu ficara diante da janela, de alguma forma, eles me fizeram saber que eram todos bajuladores e trapaceiros, mas que cada um deles fingia não saber que os outros eram bajuladores e trapaceiros: porque a confissão de que ele ou ela soubesse sobre os outros seria a confirmação de que o eram também.

Todos eles tinham o aspecto apático e melancólico de quem espera o prazer alheio, e a moça mais falante precisava falar com rigidez para refrear um bocejo. Essa moça, cujo nome era Camilla, lembrava-me muito de minha irmã, com a diferença de que era mais velha, e (o que descobri quando olhei para ela) seus traços eram mais grosseiros. Na verdade, quando a conheci melhor passei a pensar que era um alívio o fato de que ela possuísse qualquer traço, uma vez que a seu rosto lhe faltava expressão e vivacidade.

"Pobre alma!", disse a moça, abruptamente, como fazia minha irmã. "Nenhum inimigo além dele mesmo!"

"Seria muito mais recomendável ser o inimigo de outra pessoa", disse o rapaz, "muito mais natural".

"Primo Raymond", observou a outra moça, "devemos amar o próximo".

"Sarah Pocket", respondeu Primo Raymond, "se um homem não é seu próximo, quem o será então?"

A Senhorita Pocket riu, e Camilla riu e disse (abafando um bocejo): "Que ideia!" Mas pensei ser uma ideia muito boa também. A outra moça, que ainda não havia se pronunciado, disse com gravidade e ênfase: "Muito verdadeiro!".

"Pobre alma!", disse Camilla que, depois de um tempo, continuou (eu sabia que eles todos me olhavam naquele momento), "ele é tão esquisito! Alguém acreditaria que quando a esposa de Tom morreu, ele foi incapaz de ver a importância de as crianças vestirem luto fechado? 'Deus Pai!', ele disse, 'Camilla, o que pode significar isso contanto que as pobres criaturas enlutadas estejam de preto?' Isso é típico de Matthew! Que ideia!".

"Ele tem qualidades, tem qualidades", disse o Primo Raymond. "Deus me livre deixar de valorizar suas qualidades, mas ele nunca teve e nunca terá qualquer senso de decoro."

"Você sabe que eu fui obrigada", disse Camilla – "Fui obrigada a me manter firme. Eu disse: 'ISSO NÃO VAI FUNCIONAR, pelo bem da família'. Eu lhe disse que sem o luto fechado a família cairia em desgraça. Briguei por isso do café da manhã até o jantar. Prejudiquei minha digestão. E finalmente ele disparou seu modo violento, e disse, com vigor: 'Então faça como você quiser'. Graças a Deus, isso sempre será um consolo para mim. E eu poderei saber que imediatamente saí na chuva e comprei tudo".

"Ele pagou por tudo, não pagou?", perguntou Estella.

"Não é essa a questão, minha queridinha, quem pagou por tudo", respondeu Camilla. "Eu comprei tudo. E eu penso nisso com frequência e com tranquilidade quando acordo no meio da noite."

O soar de um sino distante, combinado com o eco de algum grito ou chamado pelo corredor pelo qual eu havia passado, interrompeu a conversa, fazendo Estella dizer a mim: "Agora, garoto!". Quando me virei, todos olharam para mim com o mais intenso desdém, e, quando saí, ouvi Sarah Pocket dizer: "Bem, tenho certeza! E então?", ao que Camilla adicionou: "Já se viu coisa parecida? Que i-dei-a!".

Quando estávamos passando pelo corredor escuro com nossa vela, Estella parou, de chofre, e, virando-se, disse, com sua habitual maneira zombeteira, o rosto quase colado no meu:

"E então?"

"E então, senhorita?", eu respondi, quase caindo em cima dela, recuando.

Ela ficou olhando para mim e, naturalmente, eu fiquei olhando para ela.

"Eu sou bela?"

"Sim, acho que você é muito bela."

"Eu sou ofensiva?"

"Não tanto quanto foi da última vez", respondi.

"Não tanto quanto da última vez, então?"

"Não."

Ela se inflamou ao fazer a última pergunta, e deu um tapa com toda a força que possuía em meu rosto quando respondi.

"E agora?", ela disse. "Seu monstrinho medíocre, o que acha de mim agora?"

"Não quero dizer."

"Porque vai dizer lá em cima. É isso?"

"Não", eu disse, "não é isso".

"Por que não chora de novo, seu desgraçado?"

"Porque nunca mais vou chorar por sua causa", respondi. O que foi, suponho, a declaração mais falsa que já fiz, pois eu estava naquele exato momento chorando por causa dela por dentro, e sei muito bem a dor que ela me causou mais tarde.

Subimos as escadas depois desse episódio, e enquanto subíamos encontramos um cavalheiro tateando para descer.

"Quem é que está aqui?", perguntou o cavalheiro, parando para olhar para mim.

"Um menino", disse Estella.

Era um homem forte, de pele escura demais, com a cabeça grande demais e a mão enorme para combinar. Pegou meu queixo com sua mão grande e virou meu rosto para cima para olhar-me sob a luz da vela. Estava ficando prematuramente careca na parte de cima da cabeça, e suas sobrancelhas eram bastas, os pelos eriçados. Seus olhos eram bem profundos, além de desagradavelmente penetrantes e desconfiados. Usava uma corrente de relógio enorme, e podiam-se ver grandes pontos negros onde sua barba e bigode estariam se os tivesse deixado crescer. Não significava nada para mim, e não poderia ter previsto, à ocasião, que em algum dia significaria alguma coisa, mas tive a sorte de observá-lo bem.

"Menino da vizinhança? Hein?", ele disse.

"Sim, senhor", eu disse.

"O que o traz aqui?"

"Senhorita Havisham chamou-me, senhor", expliquei.

"Bem! Comporte-se. Tenho bastante experiência com meninos, e vocês são maus sujeitos. Agora, lembre-se!", ele disse, mordendo a parte de dentro do dedo indicador, franzindo o cenho para mim, "comporte-se!".

Com essas palavras, soltou-me – o que me deixou aliviado, pois sua mão cheirava a sabonete perfumado – e continuou descendo as escadas. Imaginei que talvez fosse médico, mas não, pensei, ele não podia ser médico, se fosse, teria um jeito mais calmo e persuasivo. Eu não dispus de muito tempo para pensar sobre o assunto, pois logo chegamos ao quarto da Senhorita Havisham, onde ela e tudo o mais estava exatamente da mesma forma de quando eu havia estado lá. Estella deixou-me parado perto da porta, e eu fiquei ali até a Senhorita Havisham, sentada à penteadeira, colocar os olhos em mim.

"Então!", ela disse, sem soar alarmada ou surpresa: "Os dias passam voando, não é?"

"Sim, senhorita. Hoje é..."

"Ora, ora, ora!", fez ela o movimento impaciente dos dedos. "Não quero saber. Está pronto para brincar?"

Fui obrigado a responder, um tanto confuso: "Creio que não, senhorita".

"Quer dizer que não quer jogar cartas novamente?", perguntou, com um olhar inquisitivo.

"Sim, senhorita, posso jogar, se desejar isso de mim."

"Já que esta casa parece-lhe velha e sombria, menino", disse a Senhorita Havisham, impaciente, "e você não quer brincar, que tal trabalhar?".

Eu poderia responder à pergunta com uma disposição melhor do que havia feito na pergunta anterior, e disse que me parecia muito bom.

"Então vá para o lado oposto no quarto", ela disse, apontando para a porta atrás de mim com a mão débil, "e espere ali até que eu chegue".

Cruzei o patamar das escadas e entrei no quarto que ela me indicara. Naquele quarto, também, não havia luz do dia, e o cheiro abafado era sufocante. Havia um fogo recém-aceso na grelha antiga e úmida, e estava mais perto de apagar do que aumentar, e a fumaça relutante que pairava no quarto parecia mais fria que o ar fresco – como a névoa em nosso pântano. Alguns tocos de vela sobre a prateleira da lareira iluminavam o quarto de maneira bem fraca, ou, seria mais expressivo dizer, espantavam levemente a escuridão. Era um quarto espaçoso, e me atrevo a dizer que havia sido belo um dia, mas tudo que se podia discernir ali estava coberto com poeira, bolor e caindo aos pedaços. O objeto que chamava mais atenção era uma mesa longa com uma toalha posta sobre ela, como se houvesse um banquete em preparação quando a casa e os relógios paralisaram todos ao mesmo tempo. Havia uma espécie de centro de mesa no meio da toalha. Estava tão repleto de teias de aranha que sua forma era impossível de se distinguir, e, quando olhei para a toalha amarelada da qual eu me lembro que as teias pareciam sair, como um cogumelo negro, vi aranhas de patas e corpo manchados correndo em direção às teias, para casa, e saindo delas também, como se algumas circunstâncias de importância pública tivessem acabado de acontecer na comunidade das aranhas.

Também escutei barulho de ratos atrás das divisórias, como se a mesma ocorrência tivesse a mesma importância a seus interesses. Mas os besouros negros não se deram conta de toda a agitação e moviam-se tateando o chão como se fossem idosos pesados, míopes e surdos, inimigos uns dos outros.

Essas criaturas rastejantes haviam fascinado minha atenção, e eu os seguia com os olhos de longe, quando a Senhorita Havisham colocou uma mão em meu ombro. Na outra mão, trazia uma bengala em T sobre a qual se apoiava, e assemelhava-se à bruxa daquele lugar.

"Isso", ela disse, apontando para a longa mesa com sua bengala, "é onde hei de permanecer deitada quando estiver morta. Eles virão visitar-me aqui".

Com um vago receio de que ela se deitasse na mesa e morresse naquele exato momento, a terrível realização da apavorante figura de cera da exposição, encolhi-me sob seu toque.

"O que acha que é isso?", ela me perguntou, apontando com a bengala, "aquilo, onde as teias estão?".

"Não saberia dizer, senhorita."

"É um grande bolo. Um bolo de noiva. O meu!"

Ela olhou à sua volta pelo cômodo de maneira irritada e, então, disse, inclinando-se sobre a mesa onde sua mão tremia sobre meu ombro: "Ora, ora, ora! Caminhe comigo, caminhe comigo!".

O que compreendi foi que o trabalho que eu tinha a fazer era caminhar com a Senhorita Havisham em volta do cômodo. Assim, passei a caminhar, e ela se apoiou em meu ombro, e passamos a caminhar a tal velocidade que mais pareceria uma imitação (baseada em meu primeiro impulso sob aquele teto) da charrete do Sr. Pumblechook.

Ela não era forte, fisicamente, e depois de algum tempo disse: "Mais devagar!" Contudo, caminhávamos a uma velocidade espasmódica e impaciente, e conforme caminhávamos tremia a mão que estava sobre meu ombro e mexia a boca, levando-me a acreditar que estávamos caminhando rápido porque seus pensamentos eram rápidos. Depois de um tempo, ela disse: "Chame Estella!", e então fui até o patamar das escadas e berrei o nome dela, como havia feito na ocasião anterior. Quando sua luz surgiu, voltei à Senhorita Havisham, e tornamos a caminhar em volta do cômodo.

Se Estella tivesse vindo como espectadora de nossa atividade, eu ter-me-ia considerado bastante insatisfeito, mas como trazia suas três damas e o cavalheiro que eu havia visto antes eu não sabia o que fazer. Com toda a minha educação, teria parado, mas a Senhorita Havisham fazia meu ombro tremer, e continuamos a caminhar – eu, com o semblante envergonhado de que pensassem que aquilo era ideia minha.

"Senhorita Havisham, querida", disse a Senhorita Sarah Pocket. "Como está bela!".

"Não estou", respondeu a Senhorita Havisham. "Estou amarelada e sou só ossos."

Camilla alegrou-se ao ver a Senhorita Pocket ser repelida, e murmurou, contemplando a Senhorita Havisham lamentosamente: "Pobre alma! Certamente não se esperaria que parecesse bem, pobrezinha. Que ideia!".

"E como está você?", perguntou a Senhorita Havisham a Camilla. Como estávamos próximos a Camilla naquele momento, eu teria parado de caminhar, naturalmente, porém a Senhorita Havisham não parava. Seguimos caminhando, e senti que Camilla considerara minha atitude detestável.

"Obrigada, Senhorita Havisham", ela respondeu. "Estou tão bem quanto seria de se esperar."

"Ora, o que há com você?", perguntou a Senhorita Havisham, demasiadamente brusca.

"Nada que valha a pena mencionar", respondeu Camilla. "Não desejo externalizar meus sentimentos, mas tenho pensado em você durante a noite mais do que de costume."

"Então não pense em mim", retorquiu a Senhorita Havisham.

"É muito fácil dizer isso!", observou Camilla, abafando o choro de maneira cortês, quando um tremor lhe subiu ao lábio superior, e suas lágrimas lhe escorriam pelo rosto. "Raymond é testemunha do quanto de gengibre e de sais aromáticos necessito tomar à noite. Raymond é testemunha dos tremores nervosos que tenho nas pernas. Engasgos e tremores nervosos, porém, não são grande novidade para mim quando penso com ansiedade nas pessoas que amo. Se eu pudesse ser menos afetuosa e sensível, teria uma melhor digestão e nervos de ferro. Tenho certeza disso. Mas quanto a não pensar em você durante a noite – que ideia!" E nesse momento caiu em prantos novamente.

O Raymond a que se referiu, compreendi ser aquele cavalheiro presente, e ela compreendi tratar-se da Sra. Camilla. Ele veio em seu socorro naquele momento, dizendo, com tom consolador e gentil: "Camilla, minha querida, já se sabe bem que seus sentimentos familiares estão acabando com você a ponto de deixá-la com uma perna mais curta que a outra".

"Não estou ciente de que", observou a moça séria, cuja voz eu havia escutado apenas uma vez, "pensar em alguém significa possuir direitos sobre essa pessoa, querida".

A Senhorita Sarah Pocket, que eu agora via como uma mulher um tanto seca, velha e de pele morena enrugada, com o rosto tão pequeno que parecia ser feito de pequenas cascas de noz, a boca grande tal como a de um gato sem bigodes, apoiou a posição da outra, dizendo: "Não, é verdade, querida. Hum-hum!".

"Pensar é muito fácil", disse a moça séria.

"O que pode ser mais fácil que isso, entende?", assentiu a Senhorita Sarah Pocket.

"Ah, sim, sim!", exclamou Camilla, cujos sentimentos agitados pareceram emergir de suas pernas para o peito. "Tudo isso é completamente verdadeiro! É uma fraqueza ser tão afetuosa, mas não consigo evitar. Não há dúvida de que minha saúde estaria muitíssimo melhor se não fosse assim, contudo não mudaria minha natureza, se pudesse. É a causa de muito sofrimento, mas é um consolo saber que a possuo quando acordo no meio da noite." Mais uma vez, seus sentimentos vinham à tona.

A Senhorita Havisham e eu não havíamos deixado de caminhar durante todo esse tempo, mantínhamo-nos rodando o cômodo sem parar, ora raspando pelas roupas das visitas, ora dando-lhes todo o espaço do cômodo.

"Veja só o Matthew!", disse Camilla. "Nunca mistura as relações naturais, nunca vem aqui ver como a Senhorita Havisham está! Prendi meu corpete no sofá e fiquei ali por horas e horas, com a cabeça inclinada e todo o cabelo para baixo, e meus pés, não sei onde..."

“Muito acima de sua cabeça, meu amor”, disse a Sra. Camilla.

“Fiquei naquele estado por horas e horas por causa da conduta estranha e inexplicável de Matthew, e ninguém sequer me agradeceu.”

“De fato, devo dizer que isso não me admira!”, interveio a moça séria.

“Viu, querida”, acrescentou a Senhorita Sarah Pocket (com a voz de um personagem levemente cruel), “a pergunta que devemos fazer a nós mesmos é quem você esperava que lhe agradeceria, meu amor?”.

“Sem esperar qualquer agradecimento ou coisa que o valha”, continuou Camilla. “Fiquei naquele estado por horas e horas, e Raymond é testemunha do quanto me engasguei e do quão ineficaz foi o gengibre, tanto que me ouviram da casa do afinador de piano na casa da frente, onde as pobres crianças enganadas acreditaram se tratar de pombas arrulhando ao longe... E agora ouvir as pessoas me dizerem...” Nesse momento, Camilla colocou a mão sobre a garganta e começou a sentir as novas combinações químicas que ali se formavam.

Quando esse mesmo Matthew foi mencionado, a Senhorita Havisham interrompeu-me e a si mesma e fitou a interlocutora. Essa mudança teve grande influência sobre a conclusão repentina da reação química de Camilla.

“Matthew virá ver-me finalmente”, disse a Senhorita Havisham, com aspereza, “quando eu estiver deitada sobre aquela mesa. Esse será seu lugar – ali”, batendo na mesa com a bengala, “em minha cabeça! E o seu será ali! E o de seu marido ali! E o de Sarah Pocket ali! E o de Georgiana ali! Agora todos já sabem sua posição quando vierem participar de meu banquete. Agora vão!”.

Na menção de cada nome, ela batia na mesa com a bengala em um lugar diferente. Agora ela dizia: "Caminhe comigo, caminhe comigo!". E nós caminhamos novamente. "Suponho que não haja nada a ser feito", exclamou Camilla, "apenas lhe obedecer e ir embora. Já é alguma coisa poder ver o objeto de seu amor e dever mesmo que por curto espaço de tempo. Vou pensar nisso com melancolia quando eu acordar no meio da noite. Desejo que Matthew tenha esse conforto, mas ele usa isso como um desafio. Estou determinada a não mostrar meus sentimentos, mas é muito difícil ouvir que você deseja banquetear às custas de suas relações – como se fosse um gigante – e ser mandada embora. Que ideia tola!".

A Sra. Camilla interveio e colocou a mão sobre o peito ofegante, afetando uma resistência de caráter artificial que eu supus ser o sinal da intenção de cair e engasgar quando fora de vista. Soprou um beijo com a mão a Senhorita Havisham e foi conduzida para fora. Sarah Pocket e Georgiana disputaram quem deveria ficar por último, mas Sarah era astuta demais para se deixar vencer, e caminhou furtivamente em volta de Georgiana com aquela evasão habilidosa que fez com que a segunda delas saísse primeiro. Sarah Pocket então fez que se despedia, dizendo "Deus a abençoe, querida Senhorita Havisham!", com um sorriso complacente em seu semblante de casca de noz pela fraqueza dos outros.

Enquanto Estella iluminava o caminho deles pelas escadas, a Senhorita Havisham ainda caminhava com a mão sobre meu ombro, mas cada vez mais vagarosa. Finalmente ela parou diante do fogo e disse, depois de resmungar e fitá-lo por alguns segundos:

"Hoje é meu aniversário, Pip."

Estava prestes a desejar-lhe felicidades quando ela levantou a bengala.

"Não permito que falem disso. Não permito que aqueles que estavam aqui agora mesmo ou qualquer outra pessoa falem disso. Eles vêm visitar-me nesse dia, mas não ousam falar disso."

É claro que não fiz mais qualquer tentativa de me referir à ocasião.

"Nesse dia do ano, muito antes de você nascer, esse monte de podridão", batendo com a bengala em T sobre a pilha de teias de aranha sobre a mesa, sem tocá-la, "foi trazida para cá. Elas e eu nos deterioramos ao mesmo tempo. Os ratos as roeram, e dentes mais afiados que os dentes dos ratos roeram a mim".

Ela abraçava a ponta da bengala enquanto olhava para a mesa, ela, em seu vestido outrora branco, todo amarelado e definhado, aquela toalha outrora branca, toda amarela e definhada, tudo em volta em estado de desintegração diante de qualquer toque.

"Quando a ruína estiver completa", ela disse, pálida, "e quando me deitarem morta, em meu vestido de noiva na mesa de noiva – o que será levado a cabo, e que será a maldição final contra ele – melhor seria se acontecesse nesse dia!"

Permaneceu olhando para a mesa como se visse seu corpo estendido. Eu continuei em silêncio. Estella voltou, e ela também se manteve em silêncio. Pareceu-me que ficamos assim por um longo tempo. No ar pesado do cômodo, e na escuridão profunda que penetrava nos cantos mais remotos, cheguei a imaginar, alarmado, que Estella e eu poderíamos começar a entrar em decomposição naquele momento.

Depois de um tempo, sem deixar seu estado de agonia aos poucos, mas, sim, de uma só vez, a Senhorita Havisham disse:

"Deixe-me ver vocês jogarem cartas, por que não começaram ainda?". Assim, voltamos a seu quarto e nos sentamos como antes. Fui derrotado, como antes. E novamente, como antes, a Senhorita Havisham seguiu-nos atentamente, chamou minha atenção para a beleza de Estella, e fez-me percebê-la mais ainda colocando suas joias no colo e nos cabelos de Estella.

Estella, de sua parte, também me tratava como antes, embora não falasse de maneira a me fazer inferior. Depois de jogarmos por volta de meia dúzia de partidas, um dia foi marcado para meu retorno, e fui levado para baixo para o pátio para ser alimentado da maneira como se alimenta um cão. Ali, também, fui deixado sozinho para perambular como quisesse.

Não tem muita importância saber se o portão naquele muro do jardim que eu havia escalado para espiar o outro lado na última ocasião estava aberto ou fechado dessa vez. Basta o fato de que não havia portão nenhum na ocasião anterior. E agora havia um. Como estava aberto, e como eu sabia que Estella havia levado os convidados por ali – pois havia voltado com as chaves na mão – passeei pelo jardim, e passeei por ele todo. A vegetação ali era bem selvagem, e havia plantação de melão e de pepino, que parecia em seu declínio ter produzido tentativas frágeis do desenvolvimento espontâneo de velhos chapéus e botas, com alguns espaços de ervas daninhas parecendo uma panela gasta.

Quando havia me cansado do jardim e de uma estufa sem nada além de uma parreira caída e algumas garrafas, percebi que estava em um canto deprimente que eu antes vira pela janela. Sem questionar por nenhum momento que a casa se encontrava vazia então, olhei para outra janela, e, para minha grande surpresa, percebi que eu trocava olhares com um jovem cavalheiro pálido com os olhos vermelhos e cabelos claros.

Esse jovem cavalheiro pálido logo desapareceu, e ressurgiu a meu lado. Ocupava-se de seus livros quando o vi encarando-me, e agora vi que estava coberto de tinta.

"Olá!", ele disse, "meu jovem!".

Sendo olá uma observação geral que eu percebia normalmente ser sua melhor resposta ela mesma, eu disse "Olá!", cortesmente omitindo "meu jovem".

"Quem o deixou entrar?", ele disse.

"A Senhorita Estella."

"Quem lhe deu permissão para perambular?"

"A Senhorita Estella."

"Venha lutar", disse o jovem e pálido cavalheiro.

Que mais podia eu fazer além de segui-lo? Pergunto-me isso com frequência desde então, mas o que mais poderia ter feito? Sua conduta era tão determinada, e eu estava tão perplexo que o segui, como se estivesse sob algum feitiço.

"Pare um minuto, porém", ele disse, virando-se antes de caminharmos muito. "Preciso lhe dar uma razão para lutar, também. Aqui está!" De uma maneira bastante irritante ele bateu uma mão na outra, jogou uma das pernas delicadamente para trás, puxou meu cabelo, bateu as mãos outra vez, abaixou a cabeça e lançou-a contra meu estômago.

O ato que tinha um quê de touro que acabei de mencionar, além de ser inquestionavelmente considerado um ataque à liberdade individual, era ainda mais desagradável depois de eu ter bebido cerveja e comido carne. Eu então me atirei contra ele, e quando ia atirar-me de novo ele disse:

"Aha! Você faria isso?", e começou a dançar andando para trás e para a frente de uma maneira bastante inusitada dentro de minha limitada experiência.

"Regras do jogo!", ele disse. Nesse momento, ele saltitou da perna esquerda para a perna direita. "Regras normais!" Nesse momento, saltitou trocando a perna direita pela esquerda. "Venha para o terreno e passemos às preliminares!" Agora ele abaixava-se indo para trás e para a frente, e fez todo tipo de coisa enquanto eu olhava para ele impotentemente.

Em segredo, sentia medo dele ao perceber que era tão ágil, mas me senti moral e fisicamente convencido de que sua cabeça com cabelos claros não poderia se lançar contra meu estômago, e de que eu tinha o direito de considerar o ato irrelevante quando minha atenção havia sido imposta como fora. Assim, o acompanhei sem dizer palavra para um cantinho do jardim, formado pela junção de duas paredes e protegido por um monte de lixo. Quando ele me perguntou se eu estava satisfeito com o terreno, e, quando respondi que sim, ele pediu licença para ausentar-se por um momento, e logo voltou com uma garrafa de água e uma esponja embebida em vinagre. "Disponível para o uso dos dois", ele disse, colocando esses objetos encostados no muro. E então começou a se despir, não só o casaco e o colete mas também tirou a camisa, de um jeito jovial, sério e sanguinário ao mesmo tempo.

Embora não parecessem muito saudáveis – tinha espinhas no rosto e erupções nos lábios – esses preparativos assustadores aterrorizaram-me. Julguei que tivesse minha idade, mas era muito mais alto, e tinha um jeito de conduzir-se que chamava a atenção. Para além disso, era um jovem que vestia um terno cinza (antes de despir-se para a luta), com cotovelos, joelhos, punhos e calcanhares consideravelmente precoces no que diz respeito a desenvolvimento.

Meu coração deu um salto quando o vi enquadrando-me com minúcia mecânica e avaliando minha anatomia como se estivesse meticulosamente escolhendo seu osso de preferência. Nunca fiquei tão surpreso em toda a minha vida como fiquei ao desfechar o primeiro golpe e o ver deitado com a barriga para cima, olhando para cima para mim com o nariz sangrando e o semblante encolhido.

Porém, logo estava em pé e, depois de passar a esponja em si mesmo demonstrando muita destreza, começou a enquadrar-me novamente. A segunda maior surpresa de toda a minha vida foi vê-lo deitado com a barriga para cima mais uma vez, olhando para mim com um olho roxo.

Sua coragem inspirou-me grande respeito. Ele não parecia ter força, e nunca me golpeou com força, e estava no chão na maior parte do tempo, mas se levantava em um momento, passava a esponja em seu corpo ou bebia um pouco de água, com a grande satisfação em apoiar a si mesmo de acordo com as convenções, e então vinha em minha direção com ar e jeito a fazer-me acreditar que afinal me acertaria. Ficou extremamente ferido, pois sinto registrar que quanto mais eu lhe batia, mais forte ficavam os golpes, mas ele se levantava quantas vezes fossem necessárias, até que, finalmente, ele caiu de mal jeito com a nuca contra o muro. Até mesmo depois dessa crise em nossas negociações, ele se levantou, girou algumas vezes, confuso, sem saber onde eu estava, mas, por fim, passou a esponja nos joelhos e alargou, ao mesmo tempo que dizia, ofegante: “Isso significa que você venceu”.

Ele parecia tão corajoso e inocente que, embora eu não houvesse proposto a luta, senti uma satisfação triste em vencer. É verdade, chego a ponto de achar que eu me considerei, ao me vestir, uma espécie de jovem lobo selvagem ou alguma fera selvagem. Porém, me vesti, limpando meu rosto sanguinolento de maneira sombria aos poucos, e disse: "Posso ajudá-lo?". E ele disse: "Não, obrigado". E eu disse: "Boa tarde". E ele: "Igualmente".

Quando voltei ao pátio, encontrei Estella esperando com as chaves. Mas ela não me perguntou onde eu havia estado nem o motivo de tê-la deixado esperando, e havia um rubor intenso em seu rosto como se algo tivesse acontecido e que a agradara. Em vez de ir direto ao portão, ela parou no corredor e acenou para mim.

"Venha aqui! Pode me beijar, se desejar."

Ela virou o rosto e eu beijei sua bochecha. Creio que teria feito qualquer coisa para beijar sua bochecha. Mas senti que o beijo fora concedido ao menino áspero ordinário como uma quantia de dinheiro, e que não valia nada.

Com os convidados do aniversário, o baralho e a luta, minha visita durou tanto que quando me aproximei de casa a luz no terreno de areia perto do pântano brilhava contra o céu escuro, e a fornalha de Joe lançava um caminho ígneo pela estrada.

Capítulo XII

Fiquei psicologicamente inquieto a respeito do jovem cavalheiro pálido. Quanto mais eu pensava sobre a luta, e lembrava-me do rapaz deitado com a barriga para cima em vários momentos com a fisionomia inchada e vermelha, mais certeza eu tinha de que algo aconteceria comigo. Sentia que o sangue do jovem cavalheiro pálido recairia em minha cabeça, e que a lei cuidaria de vingá-lo. Sem qualquer noção definida das penalidades que eu causara, estava claro para mim que os meninos do vilarejo não poderiam sair pisando duro por aí, destruindo as casas das pessoas respeitáveis ou atacando os jovens estudiosos da Inglaterra sem receberem algum tipo de punição. Durante alguns dias, fiquei dentro de casa e olhava para a porta da cozinha com a maior cautela e receio antes de sair para alguma tarefa, com medo de que os funcionários da Prisão Municipal me capturassem. O nariz do jovem cavalheiro pálido havia manchado minhas calças, e eu tentei me livrar da evidência de minha culpa, lavando-a no calar da noite. Eu havia cortado os nós de meus dedos nos dentes do jovem cavalheiro pálido, e revirei-me em minha imaginação para inventar maneiras incríveis de atribuir aquela circunstância condenatória quando fosse levado diante dos juízes.

Quando chegou o dia de retornar para a cena de meu ato de violência, meu medo atingiu seu ápice. Se os seguidores da justiça, especialmente enviados a Londres, estariam atrás dos portões de tocaia, se a Senhorita Havisham, preferindo se vingar pessoalmente por uma afronta ocorrida em sua casa, se elevaria com aquelas vestimentas mórbidas dela, sacaria um revólver e me mataria, se meninos subornados – um bando numeroso de mercenários – seriam contratados para me pegar na cervejaria, e me bateriam até que eu deixasse de existir – era uma grande prova à confiança que eu tinha na coragem do jovem cavalheiro pálido de modo que nunca o imaginei como um acessório a tais retaliações, elas sempre vinham em meus pensamentos como atos de seus parentes insensatos, estimulados pelo estado de seu rosto e pela compaixão indignada dos traços da família.

Porém, eu precisava ir à casa da Senhorita Havisham, e então eu fui. E pasme! Não aconteceu nada referente à luta anterior. Não foi aludida a nada de qualquer forma, e não havia vestígios de qualquer cavalheiro jovem e pálido por lá. Encontrei o mesmo portão aberto, explorei o jardim, e até olhei para as janelas da casa separada. Mas minha visão foi subitamente interrompida pelas persianas fechadas do lado de dentro, e a tudo faltava vida. Somente no canto onde a luta havia acontecido encontrei uma evidência da existência do jovem cavalheiro. Havia alguns traços de seu sangue naquele ponto, e eu os cobri com bolor para que ninguém pudesse ver.

No amplo patamar entre o quarto da Senhorita Havisham e o outro cômodo onde a mesa estava posta, vi uma cadeira de jardim – uma cadeira leve com rodas que podia ser empurrada. Havia sido colocada lá desde minha visita, e eu passei, naquele mesmo dia, a empurrar a Senhorita Havisham nessa cadeira (quando ela se cansava de caminhar com a mão sobre meu ombro) em volta de seu quarto, cruzando o patamar e em volta do outro cômodo.

Repetidamente, fazíamos esse passeio, e às vezes eles duravam três horas seguidas. De maneira insensata, menciono esses passeios como sendo numerosos porque ficou definido que eu deveria voltar dia sim, dia não ao meio-dia para essa tarefa e porque agora farei um resumo de um período de pelo menos oito ou dez meses.

Conforme passamos a nos acostumar um com o outro, a Senhorita Havisham conversava comigo, e fazia perguntas sobre o que eu estava aprendendo e o que gostaria de ser quando crescesse. Disse-lhe que me tornaria um aprendiz de Joe, como eu acreditava, e dei mais detalhes a respeito do fato de não saber nada e querer saber tudo, na esperança de que ela me oferecesse ajuda para atingir esse objetivo. Mas isso não aconteceu. Ao contrário, ela parecia preferir-me ignorante. Ela também nunca me deu qualquer dinheiro – ou qualquer coisa além de meu almoço diário – nem jamais estipulou que eu deveria ser pago por meus serviços.

Estella estava sempre por perto, sempre me deixava entrar e sair, mas nunca me disse que eu poderia beijá-la novamente. Às vezes, me tolerava friamente, às vezes tratava-me com condescendência, às vezes com familiaridade, às vezes dizia efusivamente que me odiava. A Senhorita Havisham me perguntava, com frequência, em um sussurro, ou quando estávamos sozinhos: "Ela não está cada vez mais bela, Pip?". E quando eu dizia que sim (certamente estava), parecia regozijar-se com sofreguidão. Além disso, quando jogávamos baralho, a Senhorita Havisham assistia, com satisfação mesquinha, o humor de Estella, fosse como fosse. E, às vezes, quando seu humor mudava e se tornava tão contraditório a ponto de me deixar confuso sobre o que dizer ou fazer, a Senhorita Havisham abraçava-a com generosa ternura, murmurando algo em seu ouvido que soava como "Parta o coração deles, meu orgulho e esperança, parta o coração deles e não tenha misericórdia!".

Havia uma música que Joe costumava cantarolar na ferraria, que era o refrão de Old Clem. Não era uma maneira muito cerimoniosa de se fazer homenagem a um santo padroeiro, mas creio que Old Clem tinha essa relação com os ferreiros. Era uma canção que imitava o som da batida do martelo sobre o ferro, e era apenas um pretexto lírico para mencionar o nome respeitado de Old Clem. Assim, você precisava bater com o martelo – Old Clem! Com uma pancada e um som – Old Clem! Bate, bate – Old Clem! Com um tinido em homenagem à cerveja – Old Clem! Assopre o fogo, assopre o fogo – Old Clem! Crepitando mais, voando mais alto – Old Clem! Um dia logo após o surgimento da cadeira, a Senhorita Havisham de repente me falou, com aquele movimento impaciente dos dedos: "Ora, ora, ora! Cante!". Fiquei surpreso por cantarolar essa cantiga enquanto a empurrava na cadeira.

De chofre, ela pegou tanto gosto que continuou cantando com a voz taciturna, como se cantasse enquanto dormia. Depois disso, virou um costume entre nós cantar enquanto eu a empurrava, e Estella frequentemente se unia a nós, embora o resultado da melodia em si fosse tão desanimado, mesmo quando éramos três, que fizesse menos barulho na antiga e lúgubre casa do que o sopro mais leve do vento.

O que eu poderia me tornar com tal entorno? Como meu caráter poderia deixar de ser influenciado por elas? É de se admirar que meus pensamentos estivessem atordoados, como meus olhos, quando eu saía para a luz natural dos cômodos amarelados e esfumaçados?

Talvez eu pudesse ter contado a Joe sobre o jovem cavalheiro pálido, se eu não tivesse revelado aquelas absurdas invenções que havia confessado anteriormente. Sob essas circunstâncias, senti que Joe dificilmente deixaria de discernir o jovem cavalheiro pálido como um passageiro apropriado para ser colocado em uma carruagem de veludo preto, portanto não lhe disse nada. Além do mais, aquele acanhamento a respeito do plano entre a Senhorita Havisham e Estella, que me havia acometido a princípio, ficou muito mais poderoso ao longo do tempo. Foi apenas em Biddy que coloquei total confiança, e contei tudo à pobre Biddy. Por que me foi natural fazê-lo, e por que Biddy se interessava profundamente por tudo o que eu lhe dizia, eu não sabia então, embora eu creia sabê-lo agora.

Enquanto isso, ocorriam reuniões de conselho na cozinha de casa, carregadas com agravamento quase insuportável a meu espírito já exasperado. Aquele idiota, Pumblechook, costumava visitar-nos à noite com o objetivo de discutir meu futuro com minha irmã, e eu realmente acredito (nesse momento com menos arrependimento do que deveria sentir) que se essas mãos pudessem ter tirado uma cavilha de sua charrete, elas o teriam feito. O miserável do homem era um sujeito de mente tão limitadamente impassível que ele não podia discutir meu futuro sem que eu estivesse diante dele – como se fosse me operar – e me arrastava de meu banquinho (geralmente pelo colarinho) onde eu ficava quietinho no canto e, colocando-me diante do fogo, como se fosse me cozinhar, começava dizendo: "Muito bem, Senhora, aqui está o garoto... Aqui está o garoto que você criou com as próprias mãos. Erga essa cabeça, garoto, e seja eternamente grato àqueles que fizeram tanto por você. Agora, Senhora, no que se refere a esse garoto...". E então bagunçava meus cabelos – o que, desde minha primeira lembrança, como já mencionei, rejeitei em minha alma que qualquer criatura fizesse – e me segurava diante dele pela manga – um espetáculo de imbecilidade somente equiparável a ele mesmo.

Então, ele e minha irmã juntavam-se fazendo especulações tão disparatadas sobre a Senhorita Havisham e sobre o que ela faria comigo e para mim, que eu costumava sentir vontade de – dolorosamente – explodir em lágrimas violentas, voar no pescoço de Pumblechook e enxovalhá-lo por completo. Nesses diálogos, minha irmã falava comigo como se estivesse moralmente arrancando um de meus dentes a cada palavra, enquanto Pumblechook, meu autoproclamado protetor, sentava-se inspecionando-me com um olhar depreciativo, como se fosse o arquiteto de meu destino que se visse engajado em um trabalho bastante não remunerável.

Joe não participava dessas discussões. Mas geralmente se dirigiam a ele, em seu desdobramento, pelo fato de a Sra. Joe perceber que ele não concordava que eu devesse abandonar a ferraria. Eu já tinha idade suficiente para ser aprendiz de

Joe, e quando Joe sentava-se com o atiçador de fogo entre os joelhos, pensativo, limpando as cinzas entre as barras inferiores, minha irmã interpretava aquele ato inocente como tão nítida oposição de sua parte, que ela se atirava em sua direção, tirava-lhe o atiçador das mãos, sacudia-o e o guardava em seu lugar. Havia um fim mais irritante ainda a cada uma dessas discussões. Subitamente, do nada minha irmã interrompia-se bocejando, olhava-me como se acidentalmente e atacava-me, dizendo: "Vamos! Já chega! Vá para a cama, já deu trabalho o suficiente esta noite!". Como se eu implorasse a eles para me aborrecerem.

Isso durou muito tempo, e parecia provável que continuássemos assim por muito mais, quando um dia a Senhorita Havisham parou de caminhar de repente, apoiando-se em meu ombro, e disse, com certa desaprovação:

"Você está ficando alto, Pip!"

Achei melhor sugerir, através de um olhar contemplativo, que isso se devia às circunstâncias sobre as quais eu não tinha qualquer controle.

Ela não disse mais nada no momento, mas depois de um tempo parou e examinou-me novamente, e passado um tempo mais uma vez. Depois disso franziu o cenho e mostrou-se melancólica. Em minha visita seguinte, quando havíamos concluído nossa atividade habitual, e eu a deixara diante de sua penteadeira, ela me mandou esperar com aquele movimento impaciente dos dedos:

"Diga-me o nome novamente daquele seu ferreiro."

"Joe Gargery, senhora."

"O mestre de quem você deveria ser aprendiz?"

"Sim, Senhorita Havisham."

"É melhor se tornar aprendiz dele logo. Acha que Gargery viria aqui com você e traria seu contrato?"

Disse-lhe que não tinha dúvida de que ele ficaria honrado com aquilo.

"Então peça que venha."

"Algum horário em especial, Senhorita Havisham?"

"Ora, ora! Não sei nada sobre horários. Peça que venha logo, e venha com você."

Quando cheguei em casa à noite e dei a notícia a Joe, minha irmã enfureceu-se como de hábito, mas em um nível um pouco mais alarmante do que qualquer outra vez. Perguntou a mim e a Joe se a considerávamos um capacho sob nossos pés, e como ousávamos usá-la dessa forma, e para que companhia nós achávamos que ela era boa o suficiente? Quando esgotou uma torrente de perguntas desse tipo, atirou um castiçal em Joe, caiu aos prantos soluçando espalhafatosamente, pegou a pá de lixo – o que era sempre um mau sinal – colocou seu avental de tecido grosso e começou a limpar tudo energeticamente. Não satisfeita com a limpeza a seco, pegou um balde e uma escova, e atirou-nos para fora da cama e do lar, deixando-nos tremendo no quintal. Eram dez horas da noite quando arriscamos entrar sorrateiramente, e então perguntei a Joe por que não havia se casado com uma escrava negra de uma vez? Joe não respondeu, pobre homem, só ficou parado cofiando a barba, olhando-me de maneira desanimada, como se pensasse que essa realmente seria uma boa pergunta.

Capítulo XIII

Foi uma provação para meus sentimentos, dois dias depois, ver Joe se vestindo com suas roupas de domingo para me acompanhar à casa da Senhorita Havisham. Porém, como ele achou necessário colocar seu terno completo, quem seria eu para dizer a ele que ele ficava muitíssimo melhor com sua roupa de trabalho? Principalmente porque eu sabia que o incômodo havia sido causado por minha causa, e que havia sido por mim que ele levantara o colarinho da camisa tão alto que seus cabelos ficaram levantados como um tufo de penas.

No café da manhã, minha irmã declarou sua intenção de ir à cidade conosco e ficar na casa do Tio Pumblechook para ser chamada quando "nós tivéssemos acabado nossos negócios com as finas damas" – um modo de colocar a questão, da qual Joe parecia inclinado a prever o pior. A ferraria ficou fechada o dia todo, e Joe escreveu em giz sobre a porta (como era habitual nas raras situações em que ele não estava no trabalho) simplesmente FORA, acompanhado por um desenho de uma seta supostamente indicando a direção que havia tomado.

Caminhamos até a cidade, minha irmã liderava o caminho com um grande gorro de pele de castor, carregando uma cesta como se fosse o Grande Selo da Inglaterra em palha trançada, um par de tamancos de madeira, um xale extra e um guarda-chuva, embora o dia estivesse belo e claro. Não sei dizer se esses artigos foram levados como penitência ou ostentação, mas eu acredito realmente que eram exibidos como artigos de propriedade – da mesma forma que Cleópatra ou qualquer dama soberana, em um momento de fúria, exibiria sua riqueza em um desfile ou procissão.

Quando chegamos à casa de Pumblechook, minha irmã entrou de uma vez e nos deixou. Como já era quase meio-dia Joe e eu fomos direto à casa da Senhorita Havisham. Estella abriu o portão como de hábito, e, no momento em que apareceu, Joe tirou o chapéu e ficou segurando-o pela aba com as duas mãos, pesando-o, como se tivesse um motivo urgente em seus pensamentos para crer que pesava meio quarto de uma onça.

Estella não deu importância a nenhum de nós, mas conduziu-nos pelo caminho que eu conhecia tão bem. Fui atrás dela, e Joe atrás de mim. Quando olhei para trás para Joe no longo corredor, ele ainda avaliava seu chapéu com muita cautela, e vinha atrás caminhando em passos largos nas pontas dos pés.

Estella disse que devíamos entrar, então puxei Joe pelo punho do casaco e o conduzi até a Senhorita Havisham. Ela estava sentada diante da penteadeira e olhou para nós imediatamente.

"Ah!", ela disse a Joe. "Você é o marido da irmã desse garoto?"

Eu jamais havia imaginado ver Joe tão diferente de si mesmo, parecendo um pássaro exótico, parado, mudo, com o tufo de penas arrufado, a boca aberta como se buscasse abocanhar uma minhoca.

"Você é o marido", repetiu a Senhorita Havisham, "da irmã desse garoto?".

Foi muito incômodo, mas, ao longo da conversa, Joe persistiu em dirigir-se a mim em vez de à Senhorita Havisham.

"O que quero dizer, Pip", Joe agora observava de maneira que expressava ao mesmo tempo argumentação violenta, confiança inflexível e grande cortesia, "é que quando me casei com sua irmã, eu era na época o que se pode chamar (se desejar) um homem solteiro".

"Muito bem!", disse a Senhorita Havisham. "E você criou o menino com a intenção de tê-lo como seu aprendiz, não é, Sr. Gargery?".

"Sabe, Pip", respondeu Joe, "nós dois sempre fomos amigos e tínhamos um acordo entre nós como uma brincadeira. Mas isso se você não tiver qualquer objeção ao negócio, Pip – se não tiver problemas com o escuro e a fuligem, ou coisas do tipo – nada que não fosse esperado, percebe?".

"O menino", perguntou a Senhorita Havisham, "alguma vez fez qualquer objeção? Ele gosta do ofício?".

"O que você já sabe muito bem, Pip", respondeu Joe, enfatizando seu anterior misto de argumentação, confiança e cortesia, "que isso é o que mais deseja em seu coração". (Vi subitamente brotando em seus pensamentos a ideia de adaptar seu epitáfio à ocasião, antes que ele exprimisse a palavra.) "E não houve objeções de sua parte, Pip, esse é o seu grande sonho!"

Foi em vão tentar fazê-lo compreender que deveria se dirigir à Senhorita Havisham. Quanto mais caras e gesticulações eu fazia para ele, mais reservado, argumentativo e cortês ele insistia em ser.

"Trouxe o contrato dele com você?", perguntou a Senhorita Havisham.

"Bem, Pip, você sabe", respondeu Joe, como se pouco razoável, "você mesmo me viu colocar o contrato dentro de meu chapéu, e portanto sabe que está aqui". E assim o tirou do chapéu e estendeu-o, não à Senhorita Havisham, mas a mim. Receio que eu tenha me sentido envergonhado de meu caro amigo – sei que me senti envergonhado – quando vi Estella parada atrás da cadeira da Senhorita Havisham, com os olhos risonhos de modo travesso. Peguei o contrato da mão de Joe e o entreguei à Senhorita Havisham.

"Você esperava", disse a Senhorita Havisham, examinando-o, "nenhuma recompensa pelo menino?".

"Joe!", eu protestei, pois ele não respondia. "Por que não responde?".

"Pip", respondeu Joe, interrompendo-me como se estivesse magoado, "o que quis dizer é que essa pergunta não exige nenhuma resposta entre nós dois, e você sabe que a resposta é um 'Não' redondo. Você sabe que é 'Não', Pip, e por que então haveria de dizê-lo?"

A Senhorita Havisham lançou-lhe um olhar como se compreendesse o que ele era de fato, mais do que eu julgara possível, vendo o que ele fazia, e pegou uma bolsinha da mesa que ficava a seu lado.

"Pip recebeu uma recompensa aqui", ela disse, "e aqui está. Há vinte e cinco guinéus dentro dessa bolsa. Entregue-os a seu mestre, Pip".

Como se estivesse completamente fora de si pelo espanto causado pela estranha figura e estranho cômodo, Joe, até mesmo nesse momento, insistiu em dirigir-se a mim.

"Isso é muito generoso de sua parte, Pip", Joe disse, "e assim o recebo e fico muito agradecido, embora não o tenha buscado, longe ou perto, ou em qualquer lugar. E agora, meu velho", disse Joe, provocando-me uma sensação, primeiro de calor e então de congelamento, pois sentia que aquela expressão familiar fora aplicada à Senhorita Havisham, "e agora, meu velho, a nosso dever! Que você e eu façamos o nosso dever, nós dois, por um e pelo outro, e por aqueles que nos presenteiam de maneira tão generosa... para a satisfação da mente... deles como nunca..." e aqui Joe mostrou que sentia que havia se atarantado com dificuldades assustadoras, até que triunfantemente se salvou com as palavras, "e de mim mesmo mais ainda!" Essas palavras soavam-lhe tão agradáveis e convincentes que ele ainda as repetiu.

"Adeus, Pip!", disse a Senhorita Havisham. "Acompanhe-os, Estella."

"Devo visitá-la novamente, Senhorita Havisham?", perguntei.

"Não. Gargery é seu mestre agora. Gargery! Uma palavra!"

E assim o chamando de volta enquanto eu caminhava até a porta ouvi-a dizer a Joe com a voz distinta e enfática: "O menino tem sido muito bom, e essa é sua recompensa. É claro que, como um homem honesto, não esperaria mais ou nada além disso".

Como Joe saiu do quarto eu jamais poderia dizer, mas eu sei que quando ele saiu ele passou a subir as escadas com firmeza em vez de descê-las e permaneceu surdo a qualquer protesto que eu fiz até que o alcancei e o segurei. Um minuto depois, estávamos do lado de fora do portão, que estava trancado, e

Estella desaparecera. Quando nos encontramos sozinhos à luz do dia novamente, Joe se encostou em uma parede e me disse: "Inacreditável!". E ali ficou, repetindo "Inacreditável", várias vezes, tanto que comecei a pensar que ele jamais voltaria ao normal. Depois de um tempo, ele estendeu seu comentário, dizendo "Pip, eu lhe garanto que isso é i-na-cre-di-TÁ-vel!" e assim, aos poucos, passou a ser capaz de conversar e caminhar.

Tenho motivos para pensar que o intelecto de Joe foi iluminado por esse encontro, e que em nosso caminho à casa de Pumblechook ele criou para ele um projeto sutil e profundo. Minha razão se deve ao que ocorreu na sala do Sr. Pumblechook: onde, assim que chegamos, minha irmã estava sentada conversando com aquele vendedor de grãos detestável.

"E então?", exclamou minha irmã, dirigindo-se a nós dois. "O que aconteceu com vocês? Imagino por que motivo aceitaram voltar a uma companhia pobre como a nossa, isso sim!"

"Senhorita Havisham", disse Joe, com o olhar fixo em mim, como se se esforçasse para lembrar, "foi muito categórica em que devíamos lhe transmitir – elogios ou cumprimentos, Pip?".

"Elogios", eu disse.

"Era o que eu achava", respondeu Joe, "seus elogios à Sra. J. Gargery".

"Fazem-me muito bem, certamente!", observou minha irmã, bastante satisfeita.

"E desejou", continuou Joe, fitando-me novamente, como se fizesse mais um esforço para se lembrar, "que o estado de sua saúde fosse tal que – permitisse, é isso, Pip?".

"Que ela tivesse esse prazer", acrescentei.

"De estar entre as damas", disse Joe. E inspirou profundamente.

"Bom!", exclamou minha irmã, lançando um olhar apaziguador ao Sr. Pumblechook. "Ela poderia ter tido a delicadeza de enviar essa mensagem antes, mas nunca é tarde. E o que ela deu a esse jovem irresponsável?".

"Ela deu", respondeu Joe, "nada".

A Sra. Joe estava prestes a interrompê-lo, mas Joe continuou.

"O que ela deu", disse Joe, "ela deu aos amigos dele. 'E por amigos', explicou, 'quero dizer às mãos de sua irmã, Sra. J. Gargery'. Essas foram suas palavras, 'Sra. J. Gargery'. Pode ser que ela não soubesse", acrescentou Joe, como se refletisse, "se era Joe ou Jorge". Minha irmã olhou para Pumblechook, que alisava os braços de sua poltrona de madeira e balançava a cabeça, concordando, como se já soubesse de tudo antes.

"E quanto recebeu?", perguntou minha irmã, rindo. Rindo de verdade!

"O que a presente companhia diria de dez libras?", perguntou Joe.

"Diríamos", respondeu minha irmã, secamente, "muito bom. Não é muito, mas está bom".

"É mais que isso, então", disse Joe.

O terrível impostor, Pumblechook, balançou a cabeça imediatamente, dizendo, ao esfregar os braços da poltrona: "É mais que isso então, Senhora".

"Ora, você não quer dizer", começou minha irmã.

"Sim, é isso, Senhora", disse Pumblechook, "mas espere um pouquinho. Continue, Joseph. Muito bem! Continue!"

"O que a presente companhia diria", continuou Joe, "de vinte libras?". "Belíssimo seria a palavra", respondeu minha irmã. "Muito bem, então", disse Joe, "é mais que vinte libras".

Aquele hipócrita miserável, Pumblechook, balançou a cabeça novamente, com uma gargalhada desdenhosa: "É mais que isso então, Senhora. Muito bom mais uma vez! Continue, Joseph!".

"Então para colocar um fim nisso", disse Joe, deliciando-se em entregar a bolsinha à minha irmã, "são vinte e cinco libras".

"São vinte e cinco libras, Senhora", ecoou o mais vulgar dos trapaceiros, Pumblechook, levantando-se para apertar-lhe a mão, "e não é nada além de seus méritos (como eu já disse quando pediram minha opinião), e desejo-lhe que desfrute desse dinheiro!"

Se o vilão tivesse parado aqui, sua situação já seria suficientemente péssima, mas ele piorou sua culpa querendo ficar com minha guarda, com uma condescendência que superava todos os seus atos hipócritas anteriores.

"Agora, veja, Joseph e esposa", disse Pumblechook, ao me pegar pelo braço, acima do cotovelo, "eu sou uma pessoa que vai até o fim daquilo que inicia. Esse menino precisa se tornar um aprendiz imediatamente. É assim que eu faço. Aprendiz imediatamente".

"Deus sabe, Tio Pumblechook", disse minha irmã (agarrando o dinheiro), "que somos eternamente gratos a você".

"Não se preocupe comigo, Senhora", respondeu o comerciante de grãos diabólico. "Um prazer é um prazer sempre. Mas esse menino, ele precisa se tornar um aprendiz. Eu disse que me encarregaria disso – para dizer a verdade."

A Justiça ficava na prefeitura da cidade, era muito acessível, e nós logo nos encaminhamos para lá para que eu me tornasse aprendiz de Joe na presença do magistrado. Eu digo que nos encaminhamos, mas eu fui empurrado por Pumblechook, exatamente como se eu tivesse roubado alguém ou incendiado um monte de palha. Na verdade, foi a impressão geral no tribunal que eu tinha feito alguma coisa errada, pois, conforme Pumblechook me empurrava à sua frente diante da multidão, ouvi algumas pessoas dizerem: "O que ele fez?", e outros "Ele é jovem, mas parece mau, não é?". Uma pessoa de aspecto afável e benevolente chegou até a me dar um panfleto decorado com uma figura em madeira de um jovem malvado com algemas de salsichas, intitulado PARA SER LIDO EM MINHA CELA.

A prefeitura era um lugar esquisito, pensei, com bancos mais altos do que aqueles da igreja – com as pessoas penduradas neles, olhando à sua volta – e com juízes poderosos (um deles de cabelos empoados) inclinando-se em sua cadeira, com os braços cruzados, ou mexendo no rapé, ou tirando um cochilo, ou escrevendo, ou lendo o jornal – e havia alguns retratos pretos brilhantes nas paredes, que meus olhos destreinados consideraram ser uma mistura de massa de bolo e gaze. Em um canto, meu contrato foi devidamente assinado e autenticado, e eu me tornei "aprendiz". O Sr. Pumblechook segurava-me o tempo todo como se estivesse nos conduzindo à forca, enquanto todas essas pequenas preliminares eram realizadas.

Quando saímos e nos livramos dos meninos que tinham ficado animados com a expectativa de me verem ser torturado em público, e que depois ficaram muito desapontados em saber que meus amigos estavam meramente me ajudando, voltamos à casa de Pumblechook. E lá minha irmã ficou tão animada com os vinte e cinco guinéus que nada a dissuadia de sairmos para jantar com aquele dinheiro caído do céu no Javali Azul, e que Pumblechook deveria ir com sua charrete buscar os Hubble e o Sr. Wopsle.

Ficou concordado que iríamos, e que dia melancólico eu tive. Pois, inexplicavelmente, parecia que na cabeça de todos os presentes, eu era uma excrescência naquela comemoração. E para piorar todos perguntavam, de vez em quando – isto é, quando não tinham mais nada para fazer – por que eu não estava me divertindo? E o que eu poderia fazer além de dizer que estava me divertindo – quando eu não estava!

Porém, eles eram adultos e tinham o jeito deles de se divertirem ao máximo. Aquele traiçoeiro do Pumblechook, exaltado como se fosse o benfeitor da situação toda, ficou na cabeceira da mesa. E quando se dirigia a eles sobre a questão de eu ter me tornado aprendiz e os felicitava demoniacamente sobre eu ser passível à prisão caso jogasse cartas ou tomasse bebidas alcoólicas fortes, ficasse fora de casa até tarde ou em má companhia, ou me permitisse outros caprichos que o tipo de meu contrato parecia contemplar como quase inevitável, me colocava em uma cadeira a seu lado para ilustrar seus comentários.

Minhas únicas lembranças além dessas a respeito da comemoração são que eles não me deixavam ir dormir, e sempre que me viam caindo acordavam-me e diziam que eu devia me divertir. E que muito tarde da noite o Sr. Wopsle recitou uma ode de Collins e largou sua espada manchada de sangue com tal efeito que um garçom se aproximou e disse: "Os comerciantes do andar de baixo mandam seus cumprimentos, mas não se trata dos Acrobatas Armados. Lembro também que eles estavam de excelente humor no caminho para casa e cantavam Oh, Lady Fair! O Sr. Wopsle fazia o baixo e, afirmando com a voz tremendamente potente (em resposta à chateação inquisitiva que conduz essa canção da maneira mais impertinente possível, querendo saber tudo sobre os assuntos pessoais de todo mundo) que ele era o homem com cachos brancos e que estava acima de todos os mais fracos peregrinos.

Finalmente, lembro que quando cheguei a meu pequeno quarto, eu estava realmente acabado, e tinha uma forte convicção de que jamais gostaria do ofício de Joe. Eu havia gostado antes, mas isso era passado.

Capítulo XIV

É algo muito triste sentir vergonha da própria casa. Pode ser que haja boa dose de perversa ingratidão nisso, e a punição pode ser vingativa e merecida, mas que é triste, isso eu posso garantir.

Minha casa nunca havia sido um lugar agradável para mim por causa do temperamento de minha irmã. Mas Joe a havia santificado, e eu acreditara naquilo. Acreditara que a sala de visita era o mais suntuoso salão; que a porta da frente era um misterioso portal do Templo do Estado, cuja abertura solene era precedida do sacrifício das aves assadas; acreditara na castidade da cozinha, ainda que não fosse um aposento grandioso; acreditara na ferraria como um caminho cintilante à virilidade e à independência. Dentro de apenas um ano tudo isso mudou. Agora era tudo grosseiro e ordinário, e eu não gostaria que a Senhorita Havisham e Estella vissem nada disso.

Quanto do estado de minha mente indelicada pode ter sido de minha própria responsabilidade, quanto era de responsabilidade da Senhorita Havisham, quanto de minha irmã? Agora não importa. A mudança aconteceu dentro de mim, a coisa estava feita. Bem ou malfeita, perdoável ou não perdoável, estava feita.

Certa vez, pareceu-me que quando eu arregaçasse minhas mangas e fosse para a ferraria, como aprendiz de Joe, eu deveria sentir-me distinto e feliz. Agora a realidade estava a meu alcance, e eu só sentia que eu estava sujo com o pó de carvão, e que havia um grande peso sobre minhas lembranças diárias a que a bigorna parecia uma pena. Houve ocasiões depois em minha vida (como suponho que aconteça com a maior parte das pessoas) em que senti por um tempo como se uma cortina houvesse caído sobre todo o interesse e o encanto das coisas, para me deixar ver apenas uma resistência enfadonha e nada mais. Essa cortina nunca pareceu tão pesada e vazia como quando vi o curso de minha vida se estender diante de mim em linha reta em direção ao novo trajeto como aprendiz de Joe.

Lembro que em um período posterior em minha vida eu costumava demorar-me no cemitério nas noites de domingo ao anoitecer comparando minha própria perspectiva com a vista do pântano varrido pelo vento, compreendendo alguma semelhança entre elas, pensando em quão plana e baixa ambas eram, e em como em ambas havia um caminho desconhecido e uma névoa escura até o mar. Senti-me tão deprimido no primeiro dia de trabalho como aprendiz quanto depois, mas fico contente em saber que nunca deixei transparecer nada a Joe enquanto meu contrato durou. É mais ou menos a única coisa relacionada a isso que me deixa contente.

Pois, embora envolva o que vou acrescentar, todo o mérito do que vou acrescentar deve ser dado a Joe. Não foi porque eu fui fiel, mas porque Joe o foi, que eu nunca fugi para ser soldado ou marinheiro. Não foi porque eu tinha uma grande noção de virtude em relação ao trabalho, mas porque Joe o tinha, que trabalhei com zelo tolerável contra a natureza. Não é possível saber quanto a influência de qualquer homem amável, honesto e diligente pode alcançar no mundo, mas é muito possível saber como isso nos influenciou, e eu sei muito bem que qualquer coisa boa que tenha acontecido enquanto aprendiz teve origem no mero contentamento de Joe, e não de meu descontentamento inquieto.

O que eu queria quem pode dizer? Como posso dizer se nunca soube? Meu medo era que, em algum momento infeliz, em que eu estivesse vivenciando minha natureza mais suja e ordinária, eu levantasse os olhos e visse Estella olhando para mim de uma das janelas de madeira da ferraria. Assombrava-me o medo de que ela iria, mais cedo ou mais tarde, encontrar-me, com o rosto e as mãos sujas, realizando a parte mais grosseira de meu trabalho, e sentiria-se triunfante e desdenhosa de mim. Normalmente, depois que escurecia, quando eu puxava os foles para Joe, nós cantávamos Old Clem, e quando a lembrança de cantá-la na casa da Senhorita Havisham trazia-me o rosto de Estella à mente ao olhar para o fogo, com seus belos cabelos esvoaçando pelo vento, e com os olhos desdenhosos – geralmente nesses momentos eu olhava para os vidros das janelas, já escuros, pela noite, como se fossem as janelas de madeira daqueles dias, e eu imaginava seu rosto se afastando, e acreditava que ela viera a meu encontro, finalmente.

Depois disso, quando íamos jantar, o lugar e a refeição pareciam-me mais singelos do que nunca, e eu me sentia mais envergonhado de minha casa do que nunca, e o podia sentir em meu coração ingrato.

Capítulo XV

Quando eu estava ficando grande demais para a sala da tia-avó do Sr. Wopsle, minha instrução sob a tutela daquela mulher disparatada chegou ao fim. Não, porém, até que Biddy tivesse compartilhado comigo tudo o que sabia, desde os preços contidos nos catálogos até uma canção cômica que ela havia, certa vez, comprado por meio tostão. Embora a única parte coerente da segunda parte da composição fossem as linhas de abertura.

Quando fui a Londres, senhores, tralalá, tralalá, não aproveitei tudo ao máximo, senhores? Tralalá, tralalá, tralalá.

Ainda assim, em meu desejo em ser mais sábio, memorizei essa letra com grande seriedade. Também não me lembro de ter questionado seus méritos, exceto que pensei (e ainda penso) que a quantidade de tralalás era um tanto exagerada. Em minha ânsia pelo conhecimento, fiz propostas ao Sr. Wopsle para que compartilhasse comigo um pouco de seu intelecto, o que ele gentilmente me concedeu. De fato, o que acabou acontecendo, porém, é que ele só me usou como uma espécie de figurante dramático, para poder contracenar com ele e abraçar e lamentar e intimidar e agarrar e bater de várias maneiras, e eu logo recusei aquele curso de instrução, embora não até que o Sr. Wopsle já tivesse, em sua fúria poética, me estropiado em grande medida.

O que quer que eu tenha aprendido, tentei compartilhar com Joe. Isso soa tão bem que eu não posso, em minha própria consciência, deixar passar sem explicações. Eu queria que Joe se tornasse menos ignorante e ordinário, que pudesse ter mais valor em minha companhia e ser menos sujeito às reprimendas de Estella.

A velha Fortificação no pântano era nosso local de estudo, e um pedaço de ardósia quebrado, como lousa, e um lápis escuro eram nossos instrumentos de estudo, aos quais Joe acrescentou um cachimbo e fumo. Eu nunca vi Joe se lembrar de qualquer coisa de um domingo para o outro, ou adquirir, sob minha tutela, qualquer conhecimento, por menor que fosse. Ainda assim, fumava seu cachimbo na Fortificação com o ar pra lá de sagaz que superava tudo – era um ar de erudição – como se ele considerasse que estava progredindo imensamente. Meu caro, espero que tenha mesmo.

Passávamos momentos agradáveis e silenciosos lá fora perto dos barcos passando no rio, e, às vezes, quando a maré estava baixa, como se pertencessem a navios afundados que ainda navegavam pelas profundezas. Sempre que ficava olhando os barcos que chamavam atenção no mar com suas velas brancas abertas, eu, de alguma forma, pensava na Senhorita Havisham e em Estella, e sempre que a luz incidia de maneira oblíqua, ao longe, por uma nuvem ou vela ou encosta de colina ou linha d'água, era a mesma coisa – a Senhorita Havisham, Estella, a casa sinistra e a vida sinistra pareciam ter algo a ver com tudo aquilo que era pitoresco.

Certo domingo, quando Joe, fumando seu cachimbo com imenso prazer, havia se considerado "a pessoa mais tediosa", e eu havia desistido de ensiná-lo naquele dia, deitei-me encostado à Fortificação com o queixo sobre a mão, lembrando dos traços da Senhorita Havisham e de Estella em tudo o que via, no céu, na água, até que, finalmente, resolvi mencionar um pensamento a respeito delas que persistia em minha cabeça.

"Joe", eu disse, "não acha que deveríamos fazer uma visita à Senhorita Havisham?".

"Bem Pip", respondeu Joe, refletindo. "Para quê?"

"Para que Joe? Para que serve uma visita?"

"Há visitas, talvez", disse Joe, "que são sempre uma questão subjetiva, Pip. Mas em relação a visitar a Senhorita Havisham, ela poderia achar que você deseja algo – espera algo dela".

"Não acha que eu poderia dizer que não espero nada, Joe?"

"Você poderia dizer isso, velho", disse Joe. "E ela poderia acreditar. E também não acreditar."

Joe sentiu, assim como eu, que estava levantando um bom argumento, puxando com força o fumo do cachimbo para impedi-lo de enfraquecer o argumento repetindo-o.

"Veja uma coisa, Pip", Joe continuou, assim que passou o perigo, "a Senhorita Havisham fez algo bom para você. Quando a Senhorita Havisham fez algo bom para você, chamou-me para dizer que aquilo era tudo".

"Sim, Joe. Eu a escutei."

"TUDO", Joe repetiu enfaticamente.

"Sim, Joe. Como eu disse, eu a escutei".

"O que quero dizer, Pip, é que pode ser que ela tenha querido dizer 'Acabe com isso!' ou 'Cada um no seu canto!' ou então 'Eu para o norte, e você para o sul!' ou ainda 'Mantenha distância!'"

Eu havia pensado naquilo também, e estava muito longe de confortar-me saber que ele havia pensado o mesmo, pois parecia tornar a ideia mais possível.

"Mas Joe..."

"Sim, meu velho."

"Aqui estou eu, indo bem em meu primeiro ano, e desde que me tornei aprendiz nunca agradeci à Senhorita Havisham ou me informei sobre ela, ou demonstrei que me lembro dela."

"É verdade, Pip e, a menos que você lhe ofereça um conjunto de quatro ferraduras – o que quero dizer é que um conjunto de ferraduras poderia não ser um presente aceitável, uma vez que não há nenhum casco."

"Eu não quis dizer esse tipo de lembrança, Joe, não quis dizer um presente."

Mas Joe ficou com a ideia do presente na cabeça e precisava colocar aquilo para fora. "Ou até", ele disse, "se alguém lhe ajudasse a arranjar uma nova corrente para a porta da frente, ou quem sabe uma ou duas dúzias de parafusos para uso geral, ou alguma coisa elegante, como um garfo para torradas para fazer seus bolinhos, ou uma grelha, caso ela queira fazer um peixe ou coisa do tipo".

"Eu não quis dizer presente de nenhum tipo, Joe", eu intervim.

"Bom", disse Joe, ainda tagarelando como se eu tivesse insistido no assunto, "se eu fosse você, Pip, eu não faria isso. Não faria. De que serviria uma corrente nova para a porta se ela já tem uma? E parafusos também podem ser enganosos.

E se fosse um garfo para torradas você escolheria um garfo de bronze, e isso não lhe daria qualquer crédito. E o mais extraordinário dos plebeus não poderia se mostrar extraordinário com uma grelha – porque uma grelha é uma grelha", disse Joe, resoluto em me impressionar, como se estivesse se esforçando para me afastar de uma ilusão fixa, "e você poderia tentar o que quisesse, mas uma grelha é só uma grelha, queira ou não queira, você não pode fazer nada".

"Meu querido Joe", exaltei-me, agarrando seu casaco, "não vá por esse caminho. Eu jamais pensei em dar um presente à Senhorita Havisham".

"Não, Pip", Joe assentiu, como se estivesse lutando por isso o tempo todo, "e o que lhe digo sobre isso é que você está certo, Pip".

"Sim, Joe, mas o que eu quis dizer era que como estamos tranquilos agora, se pudesse me dar meio dia de folga amanhã, eu acho que iria para a cidade para visitar a Senhorita Est... Havisham."

"Mas o nome dela", disse Joe, com seriedade, "não é Estavisham, Pip, a menos que ela tenha sido batizada novamente".

"Eu sei, Joe, eu sei. Equivoquei-me. O que acha, Joe?"

Resumindo, Joe achou que se eu achasse bom, ele acharia bom também. Mas ele foi categórico quanto a estabelecer que se eu não fosse recebido com cordialidade, ou se não fosse requisitado a repetir minha visita, uma vez que uma visita não tinha qualquer objetivo ulterior além de um simples gesto de gratidão por um favor recebido, então esse passeio experimental seria o último. Com essas condições, concordei.

Joe tinha um funcionário semanal cujo nome era Orlick. Ele fingia que seu nome de batismo era Dolge – claramente impossível – mas era um sujeito tão obstinado que creio que não tenha sido a presa dessa ilusão em particular, mas ele impusera, deliberadamente, aquele nome no vilarejo como uma afronta à compreensão de todos. Ele tinha os ombros largos e os membros hábeis, tinha a pele bem morena e nunca estava com pressa, sempre arrastava os pés. Ele nem mesmo parecia vir para o trabalho de propósito, mas chegava arrastando os pés como se chegasse por acidente, e quando ia ao Barqueiros Alegres para almoçar, ou ia embora à noite, arrastava-se, como Caim ou o Judeu Errante, como se não tivesse ideia de aonde estava indo ou intenção de sequer voltar. Ele se hospedava na casa do encarregado pela comporta no pântano, e nos dias de trabalho vinha se arrastando de sua habitação remota, com as mãos nos bolsos e o almoço amarrado frouxamente em uma trouxinha que trazia presa ao pescoço, balançando nas costas. Aos domingos ficava na maior parte das vezes deitado o dia todo nas comportas, e encostava-se nos montes de feno e no celeiro. Ele sempre se arrastava, como se embalado, com os olhos no chão, e, quando o abordavam ou perguntavam alguma coisa, levantava os olhos, olhava para cima de modo meio ressentido, meio confuso, como se o único pensamento que tivesse era que pensar era um fato bastante estranho e pernicioso.

Esse funcionário taciturno não gostava de mim. Quando eu era bem pequeno e tímido, deu a entender que o Diabo morava no canto escuro da ferraria e que ele o conhecia muito bem e também que era necessário alimentar o fogo uma vez a cada sete anos, com um menino vivo, e que eu podia então me considerar um combustível. Quando me tornei aprendiz de Joe, Orlick talvez tenha confirmado alguma suspeita de que eu tomaria seu lugar, e, assim, passou a gostar de mim ainda menos. Não que ele tenha dito alguma coisa ou feito alguma coisa abertamente hostil. Só percebi que ele sempre direcionava suas faíscas em minha direção, e que sempre que eu cantarolava Old Clem ele errava sua entrada.

Dolge Orlick estava no trabalho e presente, no dia seguinte, quando lembrei Joe sobre minha folga. Ele não disse nada no momento, pois ele e Joe tinham acabado de pegar uma barra de ferro quente, e eu estava com o fole, mas logo disse, inclinando seu martelo:

"Agora, mestre! É claro que você não vai atender a um favor somente de um de nós dois. Se o Jovem Pip vai tirar meio dia de folga, faça o mesmo pelo Velho Orlick." Suponho que ele tivesse cerca de vinte e cinco anos, mas ele geralmente falava de si como se fosse um idoso.

"Ora, o que você vai fazer com meio dia de folga se eu lhe der?", perguntou Joe.

"O que vou fazer! O que ele vai fazer? Farei tanto quanto ele", disse Orlick.

"Quanto a Pip, ele vai à cidade", disse Joe.

"Muito bem, então, quanto ao Velho Orlick, ele vai à cidade", interveio o digníssimo. "Os dois podem ir à cidade. Não é só um que pode ir à cidade."

"Não perca sua paciência", disse Joe.

"Perco, se eu quiser", resmungou Orlick. "As pessoas que vão à cidade! Agora, mestre! Vamos lá! Nada de favorecimentos nesta oficina. Seja homem!"

Uma vez que o mestre se recusou em discutir o assunto até que o funcionário estivesse com melhor humor, Orlick mergulhou dentro do forno, puxou uma barra de ferro quente, trouxe-a em minha direção como se fosse atirá-la sobre meu corpo, passou-a em volta de minha cabeça, colocou-a sobre a bigorna e martelou-a com força – como se fosse eu, pensei comigo mesmo, e as faíscas fossem meu sangue jorrando – e finalmente disse, quando se esgotou de tanto martelar, tornando-se quente, e o ferro frio, inclinando novamente o martelo:

"Agora, mestre!"

"Você está bem?", perguntou Joe.

"Ah! Está tudo bem", disse o Velho Orlick bruscamente.

"Então, como em geral você se dedica a seu trabalho como a maioria dos homens", disse Joe, "que todo mundo tire meio dia de folga".

Minha irmã estava parada em silêncio no quintal, ouvindo tudo – ela era uma espiã e ouvinte do tipo mais inescrupuloso que existe – e instantaneamente colocou a cabeça por uma das janelas.

"Bem típico de você, seu bobo!", disse a Joe, "dando folga a esses trambolhos ociosos. Você é um homem rico, seriamente, para desperdiçar salários assim. Queria eu ser o mestre dele!".

"Você seria o mestre de todos, se se atrevesse", retorquiu Orlick, com um sorriso maldoso.

("Deixe-a em paz", disse Joe.)

"Eu me equipararia a todos os idiotas e vadios", respondeu minha irmã, começando a se enfurecer. "E eu não poderia me equiparar aos idiotas sem me equiparar a seu mestre, que é o asno rei dos idiotas. E eu não poderia me equiparar aos vadios, sem me equiparar a você, que é entre os vadios o mais tenebroso e terrível que existe da Inglaterra à França. Ora!"

"E você é uma bruxa sórdida, Senhora Gargery", resmungou o funcionário. "E se isso é suficiente para torná-la a juíza dos patifes, então a senhora deve ser uma das melhores."

"Deixe-a em paz, por favor", disse Joe.

"O que você disse?", exclamou minha irmã, começando a gritar. "O que você disse?" O que aquele sujeito Orlick disse a mim, Pip? De que me chamou, na frente de meu marido? Ah! Ah! Ah!" Cada uma dessas exclamações era um grito, e é preciso observar algo sobre minha irmã, que é igualmente verdadeiro entre todas as mulheres violentas que já conheci, que a paixão não era nenhuma desculpa para ela, porque é inegável que em vez de se deixar levar pela paixão, ela consciente e deliberadamente fazia grandes esforços para chegar a esse ponto, e era tomada por uma cegueira furiosa, em estágios. "Qual foi o nome que ele me deu diante desse homem ultrajante que jurou defender-me? Ah! Segure-me! Ah!"

"Ah-h-h!", rosnou o funcionário, entre os dentes, "eu a seguraria, se fosse minha esposa. Segurá-la-ia debaixo da bomba de água, até que você se sufocasse".

("Já lhe disse, deixe-a em paz", disse Joe.)

"Ah! Só em ouvi-lo!", exclamou minha irmã, batendo uma palma da mão na outra, uma vez, e gritando ao mesmo tempo – que era o próximo estágio. "Só em ouvir os nomes de que está me chamando! Esse Orlick! Em minha própria casa! Eu, uma mulher casada! Com meu marido diante de mim! Ah! Ah!" Nesse momento, minha irmã, depois de ter um acesso de palmas e gritos, bateu com as mãos sobre o peito e nos joelhos, e então arremessou seu gorro, e puxou os cabelos – que eram os últimos estágios do acesso ao furor. Tendo chegado nesse momento à fúria completa com sucesso, correu até a porta, que, por sorte, eu havia trancado.

O que poderia o miserável do Joe fazer agora, depois de suas interrupções entre parênteses terem sido ignoradas, além de dirigir-se ao funcionário e perguntar qual era seu objetivo ao interferir entre ele e a Sra. Joe, e além disso se ele era homem o suficiente para enfrentá-lo? O Velho Orlick sentiu que a situação pedia nada menos que o enfrentar e posicionou-se em sua defensiva, e assim, sem fazer muito mais além de tirarem seus aventais chamuscados e queimados, partiram um para cima do outro, como dois gigantes. Porém, se qualquer homem naquela vizinhança pudesse enfrentar Joe, eu nunca o conheci. Orlick, como se não fosse o cavalheiro jovem pálido, logo estava entre o pó do carvão, e não tinha pressa para sair de lá. Então, Joe destrancou a porta e pegou minha irmã, que havia desmaiado e caído perto da janela (mas que havia assistido à luta antes, creio). Ela foi carregada para dentro de casa, colocada deitada, encorajada a ser reanimada, e não fez nada além de lutar e agarrar os cabelos de Joe. Depois pairaram aquela calma e aquele silêncio singulares, que sucedem todos os tumultos, e então, com a vaga sensação de que eu sempre me conectava com uma calmaria desse tipo – a saber, era domingo, e alguém havia morrido – subi as escadas para me vestir.

Quando desci novamente, encontrei Joe e Orlick varrendo, sem qualquer traço de preocupação além de um pequeno corte em uma das narinas de Orlick, que não era nem absurdo ou ornamental. Um jarro de cerveja havia sido trazido do Barqueiros Alegres, e eles o compartilhavam de maneira pacífica. A calmaria tinha um efeito sedativo filosófico sobre Joe, que me seguiu até a rua para dizer, com uma observação de despedida que poderia me ser benéfica: "Fúria, Pip, e calmaria, Pip: essa é a vida".

Que emoções absurdas me dominavam (pois achamos que os sentimentos que são muito sérios para um homem são bastante engraçados em um menino) quando percebi que me dirigia à casa da Senhorita Havisham novamente isso agora não importa, também como eu passei e repassei pelo portão várias vezes antes de decidir tocar a campainha. Nem como questionei se deveria ir embora sem tocar a campainha, nem como eu deveria ter ido sem qualquer sombra de dúvida, se tivesse tido tempo para tanto.

Senhorita Sarah Pocket veio ao portão. Não Estella.

"E então? Você aqui novamente?", disse a Senhorita Pocket. "O que deseja?"

Quando eu disse que vinha apenas para saber como a Senhorita Havisham estava, Sarah evidentemente deliberou se deveria ou não permitir que eu cumprisse minha intenção. Mas relutante em assumir essa responsabilidade deixou-me entrar, e depois de algum tempo trouxe-me a mensagem seca de que eu deveria "subir".

Tudo estava igualzinho, e a Senhorita Havisham estava sozinha.

"Bem?", ela disse, fixando os olhos em mim. "Espero que não deseje nada, certo? Pois não conseguirá nada."

"Certamente, Senhorita Havisham. Só gostaria que você soubesse que estou indo bem como aprendiz e que sou muito grato a você."

"Ora, ora!", fez o movimento com os dedos inquietos. "Venha de vez em quando. Venha no seu aniversário – Isso!", gritou de repente, virando em sua cadeira em minha direção: "Está procurando Estella? É?".

Eu de fato estava olhando à minha volta – procurava Estella, aliás – e gaguejei que esperava que ela estivesse bem.

"Está no exterior", disse a Senhorita Havisham, "recebendo as instruções que uma dama precisa, fora de alcance, mais bela que nunca, admirada por todos que a veem. Você sente que a perdeu?".

Havia um contentamento tão maligno na pronúncia de suas últimas palavras, que acabaram em uma gargalhada tão desagradável, que fiquei sem saber o que dizer a ela. Ela me poupou o trabalho de refletir mandando-me ir. Quando o portão foi fechado na minha cara por Sarah, do rosto de casca de noz, me senti mais insatisfeito que nunca com minha casa, meu ofício e com tudo o mais. E isso fora o que consegui com a visita.

Conforme vagava pela High Street, olhando desconsolado para as vitrines das lojas, pensando no que eu deveria comprar se fosse um cavalheiro, quem saiu de uma loja senão o Sr. Wopsle? Tinha nas mãos uma tragédia comovente de George Barnwell, na qual havia naquele exato momento investido seis centavos, com o objetivo de empilhar todas as palavras contidas ali na cabeça de Pumblechook, com quem estava indo tomar chá. Logo que me viu, pareceu considerar que fora Deus que colocara um aprendiz em seu caminho para participar da leitura, e então me segurou, e insistiu que eu o acompanhasse à casa de Pumblechook. Como eu sabia que em casa estaria triste, e como a noite estava escura e o caminho sombrio, e quase qualquer companhia na rua era melhor do que nenhuma, não resisti muito. Consequentemente, chegamos à casa de Pumblechook no momento em que a rua e as lojas estavam acendendo as luzes.

Como nunca assisti a nenhuma outra representação de George Barnwell, não sei quanto tempo seria razoável levar, mas sei muito bem que durou até as nove e meia daquela noite, e que quando o Sr. Wopsle chegou a Newgate achei que jamais iria para a forca, pois tornou-se muito mais lento do que qualquer período em sua carreira infame. Achei um exagero ele reclamar em ser cortado durante a floração, como se não estivesse soltando as folhas, uma a uma, desde o início de seu curso. Isso, porém, era mera questão de duração e monotonia. O que irritou foi a identificação do negócio todo com minha inofensiva existência. Quando Barnwell começou a ir mal, admito que me senti positivamente pesaroso, de maneira que Pumblechook fitou-me indignado. Wopsle, também, esforçou-se para apresentar-me em minha pior forma. Ao mesmo tempo feroz e sentimental, fui obrigado a matar meu tio sem qualquer circunstância mitigadora. Milwood vencia-me nas discussões em todas as ocasiões. Era pura obsessão da filha de meu mestre preocupar-se ao menos comigo, e tudo o que posso dizer para justificar minha dificuldade e conduta de procrastinação naquela manhã fatal é que eram dignas de minha fraqueza geral de caráter. Mesmo depois que eu havia sido enforcado com satisfação e Wopsle fechado o livro, Publechook fitou-me, balançou a cabeça e disse: "Cuidado, menino, cuidado!", como se fosse um fato sabido que eu contemplasse o assassinato entre família, contanto que eu pudesse induzir alguém a cometer a fraqueza de ser meu benfeitor.

Era uma noite muito escura quando tudo acabou e saí com o Sr. Wopsle para ir para casa. Para além da cidade, encontramos névoa densa que parecia úmida e espessa. A luz da barreira da estrada parecia um borrão, em um lugar diferente do habitual, aparentemente, e seus raios pareciam uma substância sólida cortando a neblina. Estávamos nos dando conta disso e dizendo como a névoa subia com uma mudança do vento de certa direção do pântano, quando nos deparamos com um homem, curvado sob o resguardo da edificação da barreira.

"Alô!", nós dissemos, parando. "É Orlick que está aí?"

"Ah!", ele respondeu, arrastando-se para fora. "Estava parado por um momento, vendo se arrumava companhia."

"Você está atrasado", observei.

Orlick respondeu, naturalmente: "Bem, e você está atrasado".

"Nós estávamos", disse o Sr. Wopsle, exaltado com seu desempenho anterior – "estávamos desfrutando de uma noite literária, Sr. Orlick".

O Velho Orlick resmungou, como se não tivesse nada a dizer sobre o assunto, e todos passamos a caminhar juntos. Perguntei a ele, depois de um tempo, se ele estava passando seu meio dia de folga pela cidade.

"Sim", ele disse, "a folga toda. Vim logo depois de você. Não o vi, mas creio que eu estava bem próximo a você. A propósito, o canhão está disparando novamente".

Nos Hulks?", perguntei.

"Sim! Há alguns pássaros que voaram das gaiolas. Os canhões estão disparando desde que anoiteceu, por aí. Você já vai ouvir um."

Realmente, não havíamos caminhado muitos metros quando uma explosão familiar chegou a nós, amortecida pela névoa, e continuou estrondosamente pela margem do rio, como se pressionando e ameaçando os fugitivos.

"Uma boa noite para sair em perseguição", disse Orlick. "Nós não saberíamos por onde começar para colocar um pássaro de volta à gaiola hoje à noite."

O assunto era sugestivo para mim, e pensei sobre isso em silêncio. O Sr. Wopsle, assim como o tio negligenciado da tragédia da noite, passou a meditar em voz alta em seu jardim de Camberwell. Orlick, com as mãos nos bolsos, arrastou-se pesadamente para o meu lado. Estava muito escuro, muito úmido, muito lamacento, e nós espirrávamos lama por todo lado. De vez em quando, o som do sinal do canhão nos chamava a atenção novamente, e mais uma vez continuava, como que zangado, pelo curso do rio. Mantive-me quieto com meus pensamentos. O Sr. Wopsle morreu tranquilamente em Camberwell, caçou demasiadamente em Boston Field, e sofreu um bocado em Glastonbury. Orlick às vezes resmungava: "Bate, bate... Old Clem! Com um tinido em homenagem à cerveja... Old Clem!". Pensei que andasse bebendo, mas não estava bêbado.

Assim, chegamos ao vilarejo. O trajeto pelo qual caminhamos nos levou a passar pelo Três Barqueiros Alegres, e ali o que nos surpreendeu – sendo onze horas da noite – foi o estado de grande agitação e a porta escancarada, com a luz insólita espalhada às pressas lá dentro. O Sr. Wopsle entrou para perguntar o que estava havendo (supondo que um condenado havia sido capturado), mas voltou correndo com grande afobação.

"Tem algo errado", ele disse, atropelando-se, "na sua casa, Pip. Vamos correr lá!".

"O que é?", perguntei, tentando alcançá-lo. Orlick fez o mesmo, a meu lado.

"Não pude compreender. Parece que a casa foi invadida na ausência de Joe Gargery. Supostamente por condenados. Alguém foi atacado e ferido."

Estávamos correndo rápido demais para conseguir falar mais que isso, e não paramos até chegar em nossa cozinha. Estava cheia de gente, o vilarejo todo estava lá dentro e pelo quintal. Havia um médico, e Joe, e um grupo de mulheres, todos no chão no meio da cozinha. Os espectadores desocupados abriram espaço ao me verem, e então tive consciência de que minha irmã – deitada ali sem consciência ou movimento no assoalho onde havia sido derrubada por um golpe tremendo na nuca, dado por uma mão desconhecida quando seu rosto estava voltado para o fogo – estava destinada a nunca mais ter um ataque de fúria enquanto esposa de Joe.

Capítulo XVI

Com a cabeça cheia de George Barnwell, inicialmente estava inclinado a acreditar que eu deveria ter algum tipo de participação no ataque à minha irmã, ou, para todos os efeitos, como seu parente mais próximo, considerado por todos como sob seu comando, eu era um objeto de suspeita mais legítimo que qualquer outra pessoa. Mas quando, à luz do dia da manhã seguinte, comecei a reconsiderar a questão e a escutá-la sendo discutida à minha volta, por todos os lados, analisei novamente a situação, o que era mais razoável.

Joe estivera no Três Barqueiros Alegres, fumando seu cachimbo, das oito e quinze até quinze para as dez. Enquanto ele estava lá, minha irmã estivera à porta da cozinha, e trocara cumprimentos de boa-noite com um trabalhador de uma fazenda que ia para casa. O homem não pôde ser mais preciso quanto ao horário em que a viu (ficou bem confuso quando tentou precisá-lo), mas deveria ser antes das nove. Quando Joe foi para casa às cinco para as dez, encontrou-a estendida no chão e imediatamente pediu ajuda. O fogo não tinha queimado muito mais que de hábito, e o pavio da vela não estava muito longo também, porém essa havia sido apagada.

Nada havia sido levado de qualquer parte da casa. E também, além do fato de a vela ter sido apagada – a vela estava sobre uma mesa entre a porta e minha irmã, e estava atrás dela quando ela estava voltada para o fogo e foi golpeada – não havia nenhuma desordem na cozinha, com exceção daquela que ela mesma havia causado ao cair e sangrar. Mas havia uma evidência notável ali. Ela havia sido golpeada com algo não cortante e pesado, na cabeça e na coluna. Depois dos golpes, algo pesado foi jogado sobre ela com considerável violência, quando ela estava deitada com o rosto no chão. E no chão, a seu lado, quando Joe a pegou, havia grilhões previamente lixados.

Joe, examinando os grilhões com olhos de ferreiro, declarou que pareciam ter sido lixados algum tempo antes. O protesto que chegou aos Hulks, e as pessoas juntando-se para examinar os grilhões corroboraram a opinião de Joe. Eles não sabiam dizer quando esses grilhões haviam deixado os navios-prisões e a quem sem dúvida pertenciam. Mas alegaram saber com certeza que aquelas algemas em particular não haviam sido usadas por nenhum dos dois condenados que haviam escapado na noite anterior. Além do mais, um desses dois já havia sido recapturado, e não havia se soltado de seus próprios grilhões.

Sabendo o que eu sabia, construí uma conclusão própria a esse respeito. Creio que os grilhões eram os grilhões de meu condenado – os grilhões que eu havia visto e ouvido-o lixar, no pântano, mas minha mente não o acusava de tê-los usado para essa finalidade. Porque eu acreditava que uma de duas outras pessoas havia se apossado dos grilhões e utilizado-os para esse ato cruel. Orlick ou o homem estranho que havia me mostrado a lixa.

Bem, quanto a Orlick, ele havia ido à cidade exatamente como nos contou quando o encontramos na comporta; ele fora visto pela cidade a noite toda, estivera em várias tavernas e teria voltado comigo mesmo e com o Sr. Wopsle. Não havia nada contra ele além da briga. E minha irmã havia brigado com ele, e com todo mundo, dez mil vezes. Quanto ao homem estranho, se ele tivesse voltado para recuperar suas duas notas de dinheiro não haveria qualquer tipo de disputa sobre elas porque minha irmã estava decidida a devolvê-las. Além disso, não havia ocorrido nenhuma discussão. O assaltante havia chegado tão silenciosa e subitamente que minha irmã foi ao chão antes mesmo que pudesse olhar à sua volta.

Foi horrível pensar que eu poderia ter fornecido a arma, ainda que sem querer, mas não, eu não conseguia pensar de outra forma. Sofri de maneira indescritível ao considerar e reconsiderar se deveria finalmente acabar com aquele feitiço de minha infância contando toda a história a Joe. Durante meses após o incidente, todos os dias eu resolvia que não contaria, e voltava a reconsiderar o assunto na manhã seguinte. A luta acabou, por fim – o segredo já envelhecera tanto e fazia tanto parte de mim que eu já não conseguia me livrar dele. Além do medo de que, eu tendo causado tanto estrago, agora seria mais provável do que nunca que o segredo afastasse Joe de mim, caso ele acreditasse na história; eu tinha medo também de que ele não acreditasse nela, mas cresse que se tratava, em vez disso, de uma invenção monstruosa, como a dos cachorros gigantes e suas costeletas de vitela.

Contudo, eu adiei a questão comigo mesmo, é claro – pois, de que serve hesitar entre o certo e o errado quando a coisa já está feita? – e resolvi fazer uma confissão completa se encontrasse uma nova oportunidade para ajudar a desvendar o caso.

Os policiais e os homens da Bow Street, de Londres – pois isso aconteceu depois da época da polícia de colete vermelho – ficaram trabalhando em minha casa por uma ou duas semanas, e fizeram mais ou menos a mesma coisa que as autoridades costumam fazer nesses casos, conforme eu havia ouvido ou lido. Eles capturaram diversas pessoas obviamente erradas, colocaram na cabeça ideias equivocadas, e persistiram na tentativa de encaixar as circunstâncias em tais ideias, em vez de tentar extrair as ideias das circunstâncias. Além disso, ficaram à porta do Barqueiros Alegres com olhares conhecedores e reservados que deixaram a vizinhança toda admirada, e tinham uma maneira misteriosa de segurar suas bebidas, como se isso fosse tão bom quanto capturar o culpado.

Mas não exatamente, pois nunca o capturaram.

Muito tempo depois que esses poderes constitucionais já haviam sido dispersados, minha irmã ainda estava na cama, muito doente. Sua visão havia sido afetada, e ela via objetos multiplicados à sua frente. Agarrava xícaras e taças imaginárias, em vez das reais. Sua audição também estava prejudicada, assim como a memória. Sua fala era ininteligível. Quando, finalmente, pôde ser levada para baixo, ainda era necessário deixar minha lousinha a seu lado, para que ela pudesse indicar por escrito aquilo que não poderia falando. Como ela era bem ruim em ortografia (deixando de lado sua caligrafia), e como

Joe também era um leitor ruim, complicações extraordinárias surgiram entre eles, então eu sempre era chamado para ajudar. O gerenciamento de receita, em vez do remédio, a substituição de poe por Joe, e batom por bacon estavam entre seus erros mais leves.

Contudo, seu temperamento melhorara imensamente, e agora ela era paciente. Uma incerteza trêmula das ações de seus membros logo se tornou uma parte de seu estado normal, e, depois, com intervalos de dois ou três meses, ela colocava a mão sobre a cabeça e permanecia em um estado de aberração melancólica durante cerca de uma semana.

Foi difícil encontrar uma acompanhante adequada para ela, até que algo conveniente aconteceu, nos causando alívio. A tia-avó do Sr. Wopsle abandonara seu longo hábito de viver, e Biddy passou a fazer parte de nossa casa.

Isso aconteceu cerca de um mês depois de minha irmã reaparecer na cozinha, quando Biddy veio a nós com uma pequena caixa salpicada que continha todos os seus pertences mundanos, e passou a abençoar a casa. Sobretudo, foi uma bênção a Joe, pois o pobre homem ficou terrivelmente deprimido com a constante perspectiva de sua esposa miserável, e havia se acostumado, enquanto a ajudava todas as noites a se virar para mim e dizer, com os olhos azuis cheios de lágrimas: "Uma mulher tão bela como era, Pip!". Uma vez que Biddy tomou as rédeas de maneira muitíssimo eficiente instantaneamente como se tivesse estudado desde a infância, Joe foi capaz, de certa forma, de apreciar a calmaria de sua vida, de ir até o Barqueiros Alegres de vez em quando, o que lhe fez bem. Era esperado que a polícia tivesse mais ou menos suspeitado do pobre Joe (embora ele não tivesse ciência disso), e que eles concordavam que ele era uma das pessoas mais sensíveis que já haviam conhecido.

O primeiro triunfo de Biddy em seu novo ofício foi solucionar uma dificuldade que tinha me esgotado por completo. Eu havia tentado, mas não conseguira nada. Tratava-se do seguinte: Por várias vezes, minha irmã havia traçado na lousinha um caractere que parecia um T diferente, e então com a maior avidez chamava a nossa atenção para isso, como se fosse algo especial que desejasse que notássemos. Em vão, eu havia tentado tudo o que começasse com a letra T, de telha até torrada e talco. Depois de um tempo, passou-me pela cabeça que o símbolo parecia-se mais com um martelo, e ao sussurrar vigorosamente a palavra no ouvido de minha irmã ela começou a martelar a mesa expressando total consentimento. Assim, trouxe-lhe todos os martelos, um após o outro, mas de nada serviu.

Então considerei uma muleta, no mesmo formato, peguei uma emprestada no vilarejo e, com bastante confiança, mostrei-a à minha irmã. Mas ela balançou a cabeça de tal forma que ficamos apavorados que ela, considerando seu estado de debilidade e esgotamento, pudesse deslocar o pescoço.

Quando minha irmã percebeu que Biddy era ágil em compreendê-la, esse sinal misterioso reapareceu na lousinha. Biddy olhou para ele pensativamente, ouviu minha explicação, olhou reflexiva para minha irmã, olhou pensativa para Joe (que era sempre representado na lousinha por sua inicial) e correu para a ferraria, seguida por Joe e por mim.

"Ora, é claro!", exclamou Biddy, exultante. "Vocês não percebem? É ele!"

Orlick, sem dúvida! Ela não consegue falar o nome dele, e só pode representá-lo com seu martelo. Dissemos a ele por que desejávamos que viesse até a cozinha, e ele abaixou seu martelo de imediato, enxugou o suor sobre as sobrancelhas com o braço, enxugou-se de novo em seu avental, e veio, arrastando-se, com os passos frouxos, que o distinguiam tão perfeitamente.

Confesso que esperava ver minha irmã denunciando-o e que fiquei decepcionado com o resultado diferente. Ela manifestou grande ansiedade em ser amigável com ele, e estava evidentemente contente com sua presença ali depois de um tempo, gesticulando para que lhe déssemos algo para beber. Ela viu seu semblante como se estivesse particularmente desejosa em se assegurar de que ele percebia suas intenções, mostrando todos os anseios de se reconciliar com ele, e havia no ar certa conciliação humilde em tudo o que fazia, como aquele tipo que vemos impregnar as crianças diante de um mestre rígido. Depois daquele dia, era raro que um dia passasse sem que ela desenhasse o martelo na lousinha, e sem que Orlick se arrastasse e permanecesse obstinadamente diante dela, como quem não soubesse mais do que eu o que deveria fazer.

Capítulo XVII

Agora eu havia me acostumado a uma rotina da vida de aprendiz, que não era alterada entre os limites do vilarejo e do pântano por qualquer circunstância mais notável que a chegada de meu aniversário e outra visita que fiz à Senhorita Havisham. Deparei-me com a Senhorita Sarah Pocket ainda encarregada pelo portão. Encontrei a Senhorita Havisham exatamente igual a como a havia deixado, e ela falou-me de Estella da mesma forma também, muito provavelmente com as mesmas palavras. A conversa não durou mais que poucos minutos, e ela me deu um guinéu quando eu estava indo embora e me disse para voltar em meu próximo aniversário. Já posso dizer que isso acabou virando um costume anual. Tentei declinar o guinéu na primeira ocasião, mas o resultado não foi muito bom, pois fez com que ela me perguntasse, zangada, se eu esperava mais. E então, e desde então, passei a aceitá-lo.

Tão imutáveis eram a enfadonha casa, a luz amarela no cômodo escuro, o espectro esmaecido na cadeira perto do vidro da penteadeira, que pensei que o fato de os relógios terem parado tivesse parado o tempo naquele lugar misterioso, e enquanto eu e tudo o mais ali fora envelhecia ela permanecia igual. A luz do dia nunca entrava na casa, conforme meus pensamentos e lembranças de lá. Isso me deixava confuso, e sob essa influência continuei odiando meu ofício e envergonhado de minha casa no fundo de meu coração.

Sem perceber, tornei-me consciente de uma mudança em Biddy, porém. Seus sapatos agora chegavam ao tornozelo, seus cabelos estavam mais brilhantes e arrumados, e suas mãos sempre limpas. Ela não era bonita – ela era comum, e não poderia ser como Estella – mas ela era agradável e íntegra, além de alegre. Não fazia mais de um ano que estava conosco (lembro-me de que ela tinha acabado de deixar o luto quando esse me ocorreu), quando observei certa noite que seus olhos eram curiosamente pensativos e atentos, olhos muito belos e muito bons.

Aconteceu quando levantei meus olhos de uma tarefa na qual estava absorto – escrevendo alguns trechos de um livro para melhorar duas coisas ao mesmo tempo como um tipo de estratagema – e vi Biddy observando o que eu fazia. Abaixei minha caneta, e Biddy parou sua costura, sem abaixá-la.

"Biddy", eu disse, "como você consegue? Ou eu sou muito idiota, ou você é muito esperta".

"Como eu consigo o quê? Não sei", respondeu Biddy, sorrindo.

Ela conseguia administrar a vida doméstica, magnificamente, aliás. Mas não foi isso que eu quis dizer, embora isso fizesse o que eu queria falar ainda mais surpreendente.

"Como você consegue, Biddy", eu disse, "aprender tudo o que eu aprendo e sempre se manter no mesmo nível que eu?". Eu estava começando a ficar bastante vaidoso em relação a meu conhecimento, pois gastara os guinéus de meu aniversário com isso, e guardei a maior parte do que sobrava para um investimento semelhante, embora eu não tenha dúvidas, agora, que eu mal sabia que pagava muito caro pelo que sabia.

"Eu também poderia muito bem lhe perguntar", disse Biddy, "como você consegue?"

"Não, porque quando chego da ferraria à noite, qualquer um pode ver que eu me concentro nos estudos. Mas nunca a vejo estudar, Biddy."

"Suponho que eu o contraia como uma tosse", disse Biddy, calmamente, e continuou costurando.

Continuando com minha ideia na cabeça, encostei-me em minha cadeira de madeira e olhei para Biddy costurando, absorta, com a cabeça inclinada para um lado, e comecei a achá-la uma menina extraordinária. Pois agora me lembro, ela era igualmente eficiente no que diz respeito aos termos usados em nosso ofício, e aos nomes dos diferentes trabalhos e de várias ferramentas. Resumindo, qualquer coisa que eu soubesse, Biddy sabia também. Em teoria, ela era uma ferreira tão boa quanto eu ou ainda melhor.

"Você é uma dessas pessoas, Biddy", eu disse, "que aproveita ao máximo toda oportunidade. Nunca tinha tido a oportunidade antes de vir para cá, e veja como já progrediu!".

Biddy olhou para mim por um instante, e continuou com a costura. "Fui sua primeira professora, contudo, não fui?", ela perguntou, sem parar de costurar.

"Biddy!" Exclamei, surpreso. "Ora, você está chorando!"

“Não estou, não”, disse, olhando para mim, rindo. “O que o fez achar isso?”

O que poderia ter me feito achar isso senão o brilho da lágrima que caía em sua costura? Fiquei sentado quieto, lembrando-me do burro de carga que Biddy havia sido até que a tia-avó do Sr. Wopsle superou aquele péssimo hábito de viver, hábito tão difícil para algumas pessoas perderem. Lembrei-me das circunstâncias irremediáveis que as havia rodeado naquela lojinha miserável e da escola noturna barulhenta, igualmente miserável, com o velho bando miserável de incompetentes que sempre precisava ser arrastado e carregado. Refleti que até mesmo naqueles tempos adversos havia a Biddy latente que agora se desenvolvia, pois, em meu primeiro desconforto e descontentamento, foi a ela que me voltei em busca de ajuda, como sempre. Biddy ficou sentada costurando em silêncio, derramando mais lágrimas, e enquanto eu olhava para ela e pensava em tudo isso ocorreu-me que talvez eu não tivesse sido suficientemente grato a Biddy. É possível que eu tivesse sido reservado demais, quando deveria tê-la apoiado mais (embora eu não use essa palavra precisamente em meus pensamentos) com minha confiança.

“Sim, Biddy”, observei, quando terminei minha reflexão, “você foi minha primeira professora, e isso em uma época em que jamais pensaríamos que ficaríamos juntos assim, nesta cozinha”.

“Oh, pobrezinha!”, respondeu Biddy. Era normal em sua beneficência transferir a observação para minha irmã, levantando-se e ocupando-se dela para cuidar de seu conforto, “isso é triste, mas é verdade!”.

“Bem!”, eu disse, “precisamos conversar um pouco mais, como antes. E preciso consultá-la um pouco mais, como antes.

Façamos uma caminhada tranquila pelo pântano no próximo domingo, Biddy, e tenhamos uma longa conversa".

Minha irmã nunca era deixada sozinha nessa época, mas Joe mais do que prontamente se encarregou de cuidar dela naquela tarde de domingo, e Biddy e eu saímos juntos. Era verão, e o tempo estava delicioso. Quando havíamos passado o vilarejo, a igreja e o cemitério, e nos encontrávamos no pântano, vendo a ponta das velas dos barcos que navegavam, comecei a misturar a Senhorita Havisham e Estella com aquilo tudo, de maneira peculiar a mim. Quando chegamos à margem do rio e nos sentamos ali, com as águas ondulando a nossos pés, tornando tudo aquilo ainda mais silencioso do que seria sem aquele som, resolvi que aquele era um bom momento e um bom lugar para confessar-me a Biddy.

"Biddy", eu disse, depois de pedir que guardasse segredo, "desejo ser um cavalheiro".

"Oh, eu não faria isso se fosse você!", ela respondeu. "Não acho que seria a resposta."

"Biddy", eu disse, com certa gravidade, "tenho razões especiais para desejar ser um cavalheiro".

"Você é quem sabe, Pip, mas não acha que é mais feliz como é?". "Biddy", exclamei, impaciente, "não sou nada feliz como sou. Não estou contente com minha profissão e com minha vida. Nunca gostei de nenhum dos dois desde que me tornei aprendiz. Não seja tola".

"Eu fui tola?", disse Biddy, levantando as sobrancelhas, com tranquilidade. "Lamento por isso, não era minha intenção. Só desejo que você tenha êxito e que esteja confortável."

"Bem, portanto, entenda de uma vez por todas que eu jamais estarei ou poderei estar confortável, além de miserável, aí está, Biddy! A menos que eu possa levar um tipo de vida diferente da vida que levo agora."

"É uma pena!", disse Biddy, balançando a cabeça com ar de sofrimento.

Bom, eu também pensava que era uma pena frequentemente, que, no tipo singular de luta que eu levava, eu estava um tanto inclinado a derramar lágrimas de vergonha e de angústia quando Biddy expressou seu sentimento e o meu próprio. Disse-lhe que estava certa, e eu sabia que era de se lamentar, mas que ainda assim não havia nada a ser feito.

"Se eu pudesse ter me adaptado", disse a Biddy, arrancando um pedaço de grama em meu alcance, da mesma forma como eu havia certa vez arrancado meus sentimentos pelos cabelos e os batido contra a parede da cervejaria – "se eu tivesse me adaptado e gostasse um pouco menos da ferraria em relação a quando era pequeno, sei que teria sido muito melhor a mim continuamente. Você e eu e o Joe não quereríamos mais nada, e Joe e eu poderíamos quem sabe ter nos tornado sócios quando eu terminasse meu aprendizado, e eu poderia até mesmo ficar com você, e poderíamos ter nos sentado nesse mesmo aterro em um belo domingo, em situação bem diferente dessa. Eu seria bom o suficiente para você, não seria, Biddy?"

Biddy suspirou e olhou para os barcos navegando, e respondeu: "Sim, não sou exigente demais". Isso soava longe de ser um elogio, mas eu sabia que ela tinha boas intenções.

"Em vez disso", eu disse, puxando mais grama, mastigando uma ou duas folhinhas, "veja como estou me saindo. Insatisfeito e incomodado, e o que significaria para mim ser áspero e ordinário, se ninguém tivesse me dito isso?"

Biddy virou o rosto subitamente em direção ao meu, olhou com muito mais atenção para mim do que mirara os barcos.

"Isso não é nem verdade nem muito respeitoso", ela comentou, direcionando o olhar para os barcos novamente. "Quem disse isso?"

Fiquei desconcertado, pois havia falado sem perceber exatamente para onde ia. Eu não podia voltar atrás agora, porém então respondi: "A bela jovem dama na casa da Senhorita Havisham, ela é mais bela do que qualquer dama que já existiu, eu a admiro infinitamente, e desejo ser um cavalheiro por sua causa". Tendo feito essa confissão lunática, comecei a jogar minha grama arrancada no rio, como se eu desejasse me atirar ali também.

"Você deseja ser um cavalheiro para magoá-la ou para conquistá-la?", Biddy me perguntou calmamente, depois de uma pausa.

"Não sei", respondi, triste.

"Porque, se for para magoá-la", Biddy continuou, "eu acho – mas você saberá melhor – que seria melhor não ligar nem um pouco para as palavras dela. E se for para conquistá-la acho – mas você saberá melhor – que não vale a pena conquistá-la".

Exatamente o que eu havia pensado, diversas vezes. Exatamente o que estava perfeitamente expresso a mim no momento. Mas como poderia eu, um pobre, confuso rapaz de um vilarejo evitar essa inconsistência incrível na qual os melhores e mais sábios homens caem todos os dias?

"Talvez seja tudo verdade", eu disse a Biddy, "mas eu a admiro infinitamente".

Em resumo, virei meu rosto nesse momento, e peguei um bom tufo de cabelo de cada lado da cabeça e os arranquei com violência.

Bem. O tempo todo sabendo que a loucura de meu coração era tão disparatada e equivocada que eu tinha bastante consciência de que me serviria muito melhor ao meu rosto se tivesse agarrado meus cabelos e batido minha cabeça nos pedregulhos como forma de me punir por ser tão idiota.

Biddy era a moça mais sábia de todas e não tentou convencer a mim continuamente. Colocou a mão, que era confortável, apesar do trabalho árduo, sobre minhas mãos, uma em cima da outra, e gentilmente as tirou de meus cabelos. E então ela acariciou meu ombro, enquanto eu chorava um pouco com o rosto escondido na manga de minha roupa – exatamente como eu havia feito no pátio da cervejaria – e me senti vagamente convencido de que havia sido maltratado por alguém ou por todo mundo, não sei dizer exatamente qual dos dois.

"Estou feliz com uma coisa", Biddy disse, "você ter sentido que podia confiar em mim, Pip. Estou feliz com outra coisa que é que você pode naturalmente confiar em mim sempre e farei de tudo para merecer. Se a sua primeira professora (nossa! Pobrezinha, com tanto para aprender!) fosse sua professora agora, ela acharia que sabe qual lição precisa ensinar. Mas seria uma lição difícil de aprender, e você já a superou, não adianta nada". Então, com um suspiro leve, Rose levantou-se da margem do rio e disse, com uma mudança fresca e agradável de sua voz: "Vamos andar mais um pouquinho ou ir para casa?".

"Biddy", exaltei-me, levantando-me e colocando o braço em volta de seu pescoço, dando-lhe um beijo: "Sempre lhe contarei tudo".

"Até que você se torne um cavalheiro", disse Biddy.

"Você sabe que nunca o serei, então será para sempre. Não que eu tenha qualquer oportunidade de lhe contar alguma coisa, pois você sabe tudo o que sei – como lhe disse em casa na outra noite”.

“Ah!”, disse Biddy, sussurrando, olhando para longe em direção aos barcos. E então repetiu, com a mesma mudança agradável de sua voz, como antes: “Vamos andar mais um pouquinho ou ir para casa?”.

Disse a ela que poderíamos caminhar mais um pouco, e assim fizemos, e a tarde de verão gradualmente se transformou em uma noite de verão, e estava muito bela. Comecei a considerar se eu não estava numa situação mais natural e íntegra, afinal, naquelas circunstâncias, do que ao jogar cartas com uma vela no quarto com os relógios parados, sendo desprezado por Estella. Achei que seria muito bom para mim se conseguisse tirá-la de meus pensamentos, com todo o resto de lembranças e fantasias, e pudesse trabalhar com determinação para saborear o que eu tinha de fazer, e concentrar-me naquilo, dar o melhor de mim. Perguntei a mim mesmo se eu realmente não sabia que se Estella estivesse a meu lado naquele momento em vez de Biddy, ela me faria sofrer? Fui forçado a admitir que eu sabia disso com certeza, e disse a mim mesmo: “Pip, como você é tolo!”.

Conversamos bastante enquanto caminhamos, e tudo o que Biddy dizia parecia correto. Biddy nunca era ofensiva, inconstante, ou uma Biddy hoje e outra amanhã. Ela só sentiria dor, e não prazer, em me causar sofrimento. Ela certamente preferiria partir seu próprio coração em vez do meu. Como era possível, então, que eu não gostasse mais dela entre as duas?

“Biddy”, eu disse, quando caminhávamos para casa, “eu gostaria que você me colocasse no caminho certo”.

“Quem me dera conseguir!”, disse Biddy.

“Se eu conseguisse me fazer apaixonar por você – você não se incomoda que eu fale tão abertamente com uma velha amiga?”

“Oh, querido, de maneira alguma!”, disse Biddy. “Não se preocupe comigo.”

“Se eu pudesse conseguir isso, seria a melhor coisa para mim.”

“Mas você jamais conseguirá, percebe?”, disse Biddy.

Não parecia tão improvável para mim naquela noite como pareceria se tivéssemos conversado sobre aquilo algumas horas antes. Então observei que não tinha tanta certeza daquilo. Mas Biddy disse que ela tinha, e disse isso com convicção. Em meu coração eu acreditava que ela estava certa, mas ainda assim me senti um tanto mal por ela ter tanta certeza quanto àquele ponto.

Quando chegamos perto do cemitério, precisávamos cruzar a barragem e passar por uma barreira perto do portão da comporta. Ali surgiu, do portão, ou dos juncos, ou do lodo (que estava bastante estagnado) o Velho Orlick.

“Olá!”, ele gritou, “aonde vocês dois estão indo?”.

“Para onde deveríamos estar indo, senão para casa?”

“Bem, então”, ele disse, “que eu seja amaldiçoado se não o vir em casa!”.

Essa punição era sua expressão de maldição hipotética favorita. Ele não atribuiu qualquer significado definido à palavra, até onde sei, mas a usou como se fosse seu nome de batismo falso com vistas a afrontar a natureza e transmitir a ideia de que algo era extremamente pernicioso. Quando eu era mais jovem, eu tinha a crença geral de que se ele me amaldiçoasse particularmente faria-o com um gancho afiado e torcido.

Biddy era adversa à ideia de tê-lo conosco, e disse a mim, em um cochicho: “Não o deixe vir conosco. Não gosto dele". Como eu também não gostava dele, tomei a liberdade de dizer que lhe agradecíamos, mas que não queríamos companhia para ir para casa. Ele reagiu a essa informação com uma gargalhada, e recuou, mas veio se arrastando logo atrás de nós.

Curioso para saber se Biddy desconfiava de que ele pudesse ter algum vínculo com o ataque que minha irmã nunca havia sido capaz de relatar, perguntei a ela por que motivo não gostava dele.

"Ah!", ela respondeu, lançando o olhar para trás, por cima do ombro na direção em que ele se arrastava atrás de nós, "porque receio, receio que ele goste de mim".

"Ele alguma vez lhe disse isso?", perguntei, indignado.

"Não", Biddy respondeu, olhando novamente por cima do ombro, "ele nunca me disse isso, mas ele dança para mim, sempre que percebe que estou olhando para ele.

Embora esse testemunho de afeição fosse novo e peculiar, não duvidei da exatidão de sua interpretação. Na realidade, fiquei extremamente furioso com a ideia de o Velho Orlick admirá-la, tão furioso quanto ficaria se a afronta se dirigisse a mim.

"Mas isso não faz diferença para você, você sabe", disse Biddy, calmamente.

"Não, Biddy, não faz diferença para mim, mas eu não gosto. Não aprovo."

"Eu também não", respondeu Biddy. "Embora isso não faça diferença para você."

"Exatamente", respondi. "Mas devo dizer que não me importaria, Biddy, se ele dançasse para você com seu próprio consentimento."

Fiquei vigilante em relação a Orlick depois dessa noite e sempre que as circunstâncias se mostravam favoráveis à sua dança para Biddy interpunha-me diante dele para esconder a demonstração. Ele havia criado raízes no estabelecimento de Joe por causa de minha irmã ter desenvolvido súbita afeição por ele. Se não fosse por isso, teria tentado fazê-lo ser despedido. Ele compreendeu e retribuiu às minhas boas intenções, como tive motivos para constatar depois.

E então porque minha cabeça ainda não estava confusa o suficiente até então, compliquei a situação cinquenta mil vezes ao pensar, em certos estados e épocas, que eu estava certo de que Biddy era melhor que Estella, e que a vida simples e honesta em que eu havia nascido não continha nada de que eu devesse me envergonhar, mas me oferecia meios suficientes de respeito próprio e felicidade. Em tais momentos, decidia-me conclusivamente que meu desamor pelo caro Joe e pela ferraria haviam chegado ao fim, e que eu crescia de maneira justa a tornar-me sócio de Joe e companheiro de Biddy – quando tudo em apenas um momento trazia a lembrança confusa da época de Havisham, que caía sobre mim como um míssil destrutivo e dispersava meu juízo novamente. Acabava com o juízo, que eu levara tanto tempo para resgatar. E com frequência, antes de tê-lo resgatado por completo, ele se dispersava por todas as direções com somente um pensamento, de que talvez a Senhorita Havisham fizesse minha fortuna quando meu aprendizado fosse concluído.

Se meu tempo havia acabado, teria me deixado ainda no ápice de minhas perplexidades, ouso dizer. Ele nunca acabou, porém. Fui trazido a uma conclusão prematura, como passo a relatar.

Capítulo XVIII

Era meu quarto ano como aprendiz de Joe. Era um sábado à noite. Havia um grupo reunido em volta da lareira no Três Barqueiros Alegres, atentos ao Sr. Wopsle, que lia o jornal em voz alta. Eu era parte desse grupo.

Um assassinato que causara grande comoção havia sido cometido, e o Sr. Wopsle tinha sangue até os olhos. Regozijava-se com todo e qualquer adjetivo hediondo na descrição e se identificava com todas as testemunhas do inquérito. Gemia levemente: "Para mim chega", como se fosse a vítima, e gritava com atrocidade: "Vou levar isso a cabo", como o assassino. Informou-nos sobre o testemunho médico, imitando com perfeição nosso médico local, e gritava e tremia, como o velho funcionário da comporta que tinha ouvido o ataque, a ponto de até mesmo imitar sua paralisia como se para sugerir dúvidas a respeito das faculdades mentais daquela testemunha. O médico-legista, nas mãos do Sr. Wopsle, tornou-se Timon de Atenas. O sacristão, Coriolano. Ele se divertia muitíssimo, e nós também nos divertíamos, deliciosamente à vontade. Nesse estado de aconchego chegamos ao veredito de assassinato doloso.

Só então tive ciência de um cavalheiro estranho encostado no banco em minha frente. Havia uma expressão de desdém em sua fisionomia, e ele mordia a lateral de seu dedo indicador ao acompanhar o conjunto de semblantes.

"Bem!", disse ao Sr. Wopsle, quando a leitura acabou, "resolveu tudo de acordo com a sua satisfação, creio?".

Todo mundo parou e olhou para ele, como se ele fosse o assassino. Ele olhou para todos fria e sarcasticamente.

"Culpado, certo?", ele disse. "Diga logo. Vamos!"

"Sr.", respondeu o Sr. Wopsle, "ainda que não tenha tido a honra de conhecê-lo, digo que é culpado". Com isso todos reunimos coragem para murmurar uma confirmação em uníssono.

"Sei que diz isso", disse o estranho. "Eu sabia que diria isso. Eu já sabia. Mas agora lhe faço uma pergunta. Você sabe, ou não sabe, que a lei da Inglaterra supõe que todo homem seja inocente até que se prove – se prove de fato – sua culpa?"

"Sr.", o Sr. Wopsle começou a responder, "como inglês, que sou, eu...".

"Vamos lá!", disse o estranho, mordendo seu dedo indicador na direção do Sr. Wopsle. "Não fuja da pergunta. Ou você sabe, ou não sabe. E então?"

Ele ficou parado com a cabeça e o corpo de lado, de maneira intimidadora e inquisitiva, e atirou o dedo indicador em direção ao Sr. Wopsle – como se para enfatizar seu domínio – antes de começar a mordê-lo novamente.

"Muito bem!", ele disse. "Sabe ou não sabe?"

"É certo que sei", respondeu o Sr. Wopsle.

"É certo que sabe. Então por que não falou antes? Agora lhe faço outra pergunta" – apropriando-se do Sr. Wopsle, como se tivesse algum direito sobre ele: "Você sabe que nenhuma dessas testemunhas foi reinquirida?".

O Sr. Wopsle começou: "Só posso dizer" – quando foi interrompido pelo estranho.

"O quê? Não vai responder à pergunta, sim ou não? Bem, vou tentar novamente". O dedo em riste outra vez. "Preste atenção. Você tem consciência ou não tem consciência de que nenhuma dessas testemunhas foi reinquirida? Vamos lá, só desejo ouvir uma palavra. Sim ou não?"

O Sr. Wopsle hesitou, e todos nós começamos a nutrir uma opinião um tanto pobre dele.

"Vamos!", disse o estranho. "Eu o ajudo. Você não merece ser ajudado, mas vou ajudá-lo. Olhe para o papel que tem em sua mão. O que é isso?"

"O que é isso?", repetiu o Sr. Wopsle, olhando para o jornal, confuso.

"Isso seria", continuou o estranho de sua maneira mais sarcástica e suspeita, "o papel impresso que você lia há pouco?"

"Sem dúvida."

"Sem dúvida. Agora, olhe para o papel e me diga se ele afirma precisamente que o prisioneiro disse de fato que todos os seus consultores legais o instruíram para que reservasse sua defesa?"

"Acabei de ler isso", o Sr. Wopsle alegou.

"Não importa o que você acabou de ler, senhor. Não estou perguntando o que você acabou de ler. Você poderia ler o Pai

Nosso de trás para a frente, se quisesse – e, talvez, já o tenha feito antes. Olhe para o papel. Não, não, não, meu amigo, não para o alto da coluna. Você é melhor que isso, olhe para baixo, para baixo." (Todos nós começamos a pensar no Sr. Wopsle como um homem evasivo.) "E então? Encontrou?"

"Aqui está", disse o Sr. Wopsle.

"Agora siga o trecho com os olhos, e diga-me se há aí a afirmação precisa de que o prisioneiro disse expressamente que foi instruído por todos os seus consultores legais para que reservasse sua defesa. Vamos lá! Está dizendo isso?"

O Sr. Wopsle respondeu: "Essas não são as palavras exatas".

"Não são as palavras exatas!", repetiu o cavalheiro amargamente. "Esse é o exato sentido?"

"Sim", disse o Sr. Wopsle.

"Sim", repetiu o estranho, olhando à sua volta para o resto das pessoas com a mão direita estendida em direção à testemunha, Wopsle. "E agora lhe pergunto sobre o que diz a consciência do homem que, com esse trecho diante de seus olhos, pode deitar sua cabeça no travesseiro depois de determinar como culpada uma criatura semelhante, que não fora ouvida."

Todos começamos a desconfiar que o Sr. Wopsle não era o homem que pensávamos que fosse, e que estávamos começando a descobri-lo.

"E o mesmo homem, lembrem-se", continuou o cavalheiro, com o dedo em riste para o Sr. Wopsle – "aquele mesmo homem pode ser convocado para fazer parte do júri nesse mesmo julgamento, e, tendo se comprometido, poderia voltar ao seio de sua família e deitar sua cabeça no travesseiro depois de jurar deliberadamente que julgaria o caso bem e verdadeiramente entre nosso soberano, o rei e o prisioneiro no tribunal, e daria um verdadeiro veredito de acordo com a prova, Deus o ajude!”.

Sentíamos todos profundamente convencidos de que o infeliz do Wopsle havia ido longe demais, e que era melhor que parasse por aí enquanto havia tempo.

O sujeito estranho, com ar de autoridade incontestável, e com o jeito expressivo de quem sabia de algum segredo sobre cada um de nós que acabaria conosco caso desejasse revelá-lo, deixou o banco onde estava e se colocou no espaço livre que havia entre os dois bancos, em frente ao fogo, onde ficou parado, com a mão esquerda no bolso, mordendo o dedo indicador da direita.

“De acordo com as informações que recebi”, ele disse, olhando à sua volta para nós, todos encolhidos diante dele: “tenho motivos para acreditar que há um ferreiro entre vocês, chamado Joseph – ou Joe – Gargery. Quem é o homem?”.

“Aqui está o homem”, disse Joe.

O homem estranho o chamou de lado, e Joe foi.

“Você tem um aprendiz”, continuou o estranho, “vulgarmente conhecido como Pip? Ele está aqui?”.

“Estou aqui!”, gritei.

O estranho não me reconheceu, mas eu o reconheci como o cavalheiro que eu havia conhecido nas escadas, durante minha segunda visita à Senhorita Havisham. Eu o havia reconhecido tão logo o vi sentado no banco olhando para nós, e agora que eu o confrontava com a mão sobre meu ombro podia analisar com mais detalhes sua cabeça grande, sua pele morena, seus olhos fundos, suas sobrancelhas espessas, a corrente enorme de seu relógio, os poros pretos da barba e do bigode, e até o cheiro de sabonete perfumado em sua mão.

"Gostaria de ter uma conversa a sós com vocês dois", ele disse, depois de me analisar à vontade. "Levará um tempo. Talvez seja melhor irmos para o seu local de residência. Prefiro não antecipar o assunto aqui. Poderão compartilhar com seus amigos muito ou pouco disso depois, não me interessa."

Em meio a um silêncio extraordinário, nós três saímos do Barqueiros Alegres, e em silêncio extraordinário chegamos em casa, caminhando. Enquanto caminhávamos, o sujeito estranho olhava às vezes para mim, e às vezes mordia a lateral de seu dedo. Quando nos aproximamos de casa, Joe se deu conta, vagamente, de que se tratava de uma ocasião grandiosa e formal, e passou à nossa frente para abrir a porta principal. Nossa conversa aconteceu na sala de visitas, iluminada por uma vela bem fraca.

Começou com o sujeito estranho se sentando à mesa, puxando a vela para si, e passando os olhos em algumas anotações que tirou do bolso. Ele então colocou o caderninho de bolso e puxou a vela para o lado, depois de olhar para Joe e para mim através da escuridão para se certificar de quem era quem.

"Meu nome", ele disse, "é Jaggers, e sou advogado em Londres. Sou muito conhecido. Tenho uma negociação incomum para fazer com vocês, e começo explicando que ela não partiu de mim. Se meu conselho tivesse sido requisitado, eu não estaria aqui. Não foi, e então vocês me veem aqui. O que preciso fazer como um agente confidencial de alguém, eu faço. Nem mais, nem menos".

Percebendo que não podia nos ver muito de onde estava sentado, levantou-se, colocou uma perna sobre o encosto de uma cadeira e se recostou nela, ficando assim com um pé no assento da cadeira e o outro pé no chão.

"Muito bem, Joseph Gargery, trago uma oferta para livrar-lhe desse jovem aprendiz. Não teria objeções quanto a cancelar seu contrato a seu pedido e pelo seu bem? Não exigiria nada para fazer isso?"

"Deus me livre querer alguma coisa para atrapalhar Pip", disse Joe, com o olhar fixo.

"Deus me livre é moralizador, mas não nesse caso", respondeu o Sr. Jaggers. "A pergunta é você pediria alguma coisa? Quer alguma coisa?"

"A resposta é", respondeu Joe, asperamente: "Não".

Pensei ter visto o Sr. Jaggers lançar um olhar a Joe, como se o considerasse um tolo por sua falta de interesse. Mas eu estava ofegante de tão perplexo entre extrema curiosidade e surpresa para ter certeza disso.

"Muito bem", disse o Sr. Jaggers. "Lembre-se da admissão que você fez, e não tente voltar atrás a partir de agora."

"Quem está tentando?", replicou Joe.

"Eu não disse que vai. Você tem cachorro?"

"Sim, tenho um cachorro."

"Lembre-se, então, que Vantajoso é um bom cachorro, mas que o Seguro é ainda melhor. Lembre-se disso, sim?", repetiu o Sr. Jaggers, fechando os olhos e balançando a cabeça em direção a Joe, como se o estivesse perdoando de alguma coisa. "Bem, voltando a esse jovem. A informação que eu gostaria de dar é que ele tem Grandes Esperanças."

Joe e eu perdemos o ar e nos entreolhamos.

"Fui instruído a comunicar-lhe", disse Jaggers, apontando o dedo para mim, "que ele se apossará de uma bela propriedade. Além disso, esse é o desejo do proprietário atual dessa propriedade, que ele seja imediatamente levado da esfera atual de sua vida e desse lugar, e que seja criado como um cavalheiro – em poucas palavras, como um jovem de grandes esperanças".

Meu sonho desenhava-se em minha frente. Minha imaginação mais maluca havia sido superada pela sensata realidade. A Senhorita Havisham ia me fazer afortunado em grande medida.

"Bem, Sr. Pip", continuou o advogado, "dirijo a você o restante do que tenho a dizer. Você precisa compreender, em primeiro lugar, que esse é o pedido da pessoa de quem recebi instruções para que você sempre use o nome Pip. Não poderá fazer qualquer objeção quanto a isso, arrisco dizer, sendo suas grandes esperanças dependentes dessa simples condição. Caso tenha alguma objeção, agora é a hora de se manifestar".

Meu coração batia tão rápido, e o zumbido em meus ouvidos era tão forte, que só consegui gaguejar que não tinha nenhuma objeção.

"Eu não pensaria que teria! Agora, é necessário que compreenda, em segundo lugar, Sr. Pip, que o nome de seu generoso benfeitor permanecerá confidencial, até que a pessoa deseje revelá-lo. Tenho permissão para dizer que é intenção da pessoa revelá-lo a você pessoalmente. Quando ou onde essa intenção será levada a cabo não posso dizer. Ninguém pode. Poderá levar anos, portanto. Agora, você deverá compreender muito bem que está absolutamente proibido de fazer qualquer pesquisa a esse respeito ou qualquer alusão ou referência, ainda que distante, a qualquer sujeito como sendo a pessoa em questão, e todos os tipos de comunicação deverão ser feitos a mim. Se você tiver desconfiança, guarde-a para si mesmo. Também não é necessário que você saiba as razões dessa proibição. Elas podem ser razões fortes e graves ou mero capricho. Isso não cabe a você questionar. As condições foram estipuladas. Sua aceitação e obediência é a única condição restante das quais me encarrego pela pessoa por quem fui instruído e por quem não sou responsável em nenhum outro aspecto. Essa pessoa é a pessoa da qual se originarão suas expectativas, e o segredo está selado apenas entre ela e eu. Novamente, não são condições tão difíceis a ponto de prejudicar a sua ascensão, mas se tiver alguma objeção este é o momento para dizê-la. Fale já!"

Mais uma vez, gaguejei, com dificuldade, que não tinha qualquer objeção.

"Eu não pensaria que teria! Bem, Sr. Pip, são essas as estipulações." Embora me chamasse de Sr. Pip e começasse a me tratar com mais deferência, ainda não conseguia se livrar daquele ar de suspeita ameaçadora, e mesmo agora ele, às vezes, fechava os olhos e estendia o dedo para mim enquanto falava, como se quisesse me fazer entender que sabia de todos os tipos de defeitos que eu tinha, e que os poderia mencionar quando desejasse. "Agora chegamos aos detalhes do acordo. Você precisa saber que, embora eu tenha usado o termo 'esperanças' mais de uma vez, você não será dotado somente de esperanças. Já tenho em minha posse uma quantia de dinheiro amplamente suficiente para sua educação adequada e sustento. Considere-me, por favor, seu tutor." Oh! Pois eu estava prestes a agradecer-lhe. "Já lhe digo que sou pago por meus serviços ou não poderia prestá-los. Considerou-se que você precisará ser educado melhor, de acordo com a sua nova posição, e você terá ciência da importância e da necessidade de desfrutar dessa oportunidade imediatamente."

Disse-lhe que sempre havia desejado aquilo.

"Não interessa o que sempre desejou, Sr. Pip", ele retrucou. "Não se desvie do assunto. Se deseja isso agora, já é suficiente.

Estamos entendidos sobre você estar pronto para ser colocado sob apropriada tutela? É isso?"

Gaguejei que sim, que estávamos.

"Bom. Agora, suas inclinações precisam ser levadas em conta. Não acho que seja prudente, saiba disso, mas é minha obrigação. Já ouviu falar sobre um tutor a quem prefira em relação a outro?"

Nunca havia ouvido falar de qualquer tutor além de Biddy e da tia-avó do Sr. Wopsle, então respondi que não.

"Há um certo tutor, que conheço um pouco, que creio que serviria para esse propósito", disse o Sr. Jaggers. "Não o recomendo, saiba disso, porque eu nunca recomendo ninguém. O cavalheiro a que me refiro é o Sr. Matthew Pocket.

Ah! Lembrei do nome imediatamente. Parente da Senhorita Havisham. O Matthew de quem o Sr. e a Sra. Camilla haviam falado. O Matthew que deveria ficar na cabeceira da mesa da Senhorita Havisham, quando ela estivesse estendida morta sobre a mesa com seu vestido de noiva.

"Conhece esse nome?", perguntou o Sr. Jaggers, olhando para mim de modo astuto, e então fechando os olhos enquanto aguardava minha resposta.

Minha resposta foi que eu havia ouvido falar em Matthew.

"Ah!", ele disse. "Já ouviu falar. Mas a questão é o que você acha dele?"

Eu disse ou pelo menos tentei dizer que estava muito grato a ele por sua recomendação.

"Não, jovem amigo!", ele interrompeu, balançando a cabeça muito lentamente. "Recorde-se!"

Sem me recordar, disse novamente que estava muito grato a ele por sua recomendação.

"Não, meu jovem amigo", ele me interrompeu, balançando a cabeça, franzindo o cenho e sorrindo ao mesmo tempo, "não, não, não, está muito bom, mas não será suficiente, você é jovem demais para me convencer. Recomendação não é a palavra, Sr. Pip. Tente outra".

Corrigindo-me, disse-lhe que estava muito grato a ele pela menção do Sr. Matthew Pocket.

"Assim está melhor!", exclamou o Sr. Jaggers.

E (eu acrescentei) gostaria muitíssimo de experimentar aquela tutoria.

"Bom. É melhor experimentar na casa dele. O caminho estará preparado para você, você poderá ver seu filho primeiro, que está em Londres. Quando irá a Londres?"

Eu disse (lançando o olhar a Joe, que continuava olhando, parado), que supunha que poderia partir imediatamente.

"Primeiro", disse o Sr. Jaggers, "você precisará de algumas roupas novas, e não deverão ser roupas de trabalho. Digamos em uma semana. Precisará de um pouco de dinheiro. Que tal vinte guinéus?".

Ele tirou uma grande bolsa, com grande tranquilidade e, depois de as contar sobre a mesa, empurrou-as em minha direção. Essa foi a primeira vez que tirou a perna de cima da cadeira. Sentava-se com as pernas abertas na cadeira ao me empurrar o dinheiro, e ficou balançando a bolsa olhando para Joe.

"E então, Joseph Gargery? Parece pasmo?"

"E estou!", disse Joe, certeiro.

"Ficamos entendidos que você não queria nada, certo?"

"Ficamos entendidos", disse Joe. "E está entendido. E será assim para sempre."

“Mas e se”, disse o Sr. Jaggers, balançando a bolsa de um lado para o outro – “e se estivesse em minhas instruções que eu deveria lhe dar um presente, como compensação?”

“Compensação pelo quê?”, Joe perguntou.

“Pela perda de seus serviços.”

Joe colocou sua mão sobre meu ombro com a delicadeza do toque de uma mulher. Tenho pensado nele com frequência desde então, como o martelo a vapor que pode tanto triturar um homem quanto dar pancadinhas em um ovo, em sua combinação de força e gentileza. “É difícil expressar com palavras o quanto Pip é completamente livre”, disse Joe, “para deixar seu serviço e buscar a honra e a sorte. Mas se acha que dinheiro pode compensar-me pela perda de um jovem filho... que chegou à ferraria... e se tornou meu melhor amigo!...”

Oh, caro Joe, que eu estava tão pronto para abandonar, e a quem havia sido tão ingrato, vejo-o em minha frente, com seu braço musculoso de ferreiro diante dos olhos, o peito largo subindo e descendo com a respiração, e a voz enfraquecendo. Oh, querido e fiel Joe, sinto o tremor amoroso de sua mão sobre meu braço, de maneira tão séria quanto seria o movimento da asa de um anjo.

Mas encorajei Joe naquele momento. Eu estava perdido nos labirintos de meu destino, e não conseguia retraçar os caminhos que havíamos trilhado juntos. Implorei a Joe que ficasse bem, pois (como ele disse) havíamos sido melhores amigos e (como eu disse) sempre o seríamos. Joe esfregou os olhos com sua mão livre, como se estivesse determinado a arrancá-los, mas não disse mais nada.

O Sr. Jaggers olhava a cena como alguém que via em Joe um caipira idiota, e em mim seu guardião. Quando acabou, ele disse, segurando na mão a bolsa que deixara de balançar:

"Muito bem, Joseph Gargery, aviso-lhe que esta é sua última chance. Sem meias-palavras comigo. Se desejar receber o presente hoje que estou instruído a dar a você, fale logo, e o receberá. Se ao contrário disso você desejar dizer..."

Nesse momento, para sua grande surpresa, foi interrompido por Joe, que passou a caminhar à sua volta com os punhos preparados para brigar, como se fosse um pugilista.

"O que quero dizer", exclamou Joe, "é que se você vem à minha casa pronto para lutar com touros e para me importunar, pois que venha! O que quero dizer é que, se for homem, pois venha! O que quero dizer é o que digo, digo e mantenho minha palavra!".

Puxei Joe, e ele imediatamente se aplacou. Apenas ficou olhando para mim, de maneira obsequiosa como uma advertência de censura a qualquer pessoa a quem pudesse interessar, de que ele não seria vencido e derrotado em sua própria casa. O Sr. Jaggers havia se levantado quando Joe começou a demonstração e recuara para perto da porta. Sem evidenciar qualquer intenção em voltar, ali mesmo fez seus comentários de despedida. Foram as seguintes palavras.

"Bem, Sr. Pip, creio que o quanto antes partir – uma vez que se tornará um cavalheiro – melhor. Deixemos para dentro de uma semana, e você receberá meu endereço por escrito muito em breve. Você poderá tomar um carro de aluguel na estação de Londres, e dirija-se diretamente a mim. Compreenda que eu não expresso qualquer opinião, de nenhum lado, sobre a missão de que fui encarregado. Sou pago para executá-la, e assim faço. Agora, compreenda isso, finalmente. Compreenda isso!"

Apontava o dedo para nós dois, e acho que teria continuado se não tivesse parecido achar que Joe poderia ser perigoso, e então partiu.

Algo veio à minha cabeça fazendo-me correr atrás dele, uma vez que ele estava indo ao Três Barqueiros Alegres, onde havia deixado sua charrete.

"Perdoe-me, Sr. Jaggers."

"Olá!", ele disse, virando-se, "o que houve?".

"Quero agir da maneira certa, Sr. Jaggers, e fazer o que você me instruiu. Então pensei que seria melhor perguntar. Haveria alguma objeção para que eu me despedisse de algum conhecido por aqui antes de partir?"

"Não", ele disse, olhando para mim como se não me compreendesse de fato. "Não quero dizer somente pelo vilarejo. Na cidade?" "Não", ele disse. "Nenhuma objeção."

Agradeci-lhe e corri de volta para casa, e soube que Joe já havia trancado a porta principal e desocupado a sala de visita, e estava sentado na cozinha, perto do fogo, com uma mão em cada joelho, olhando atentamente as brasas que queimavam. Eu me sentei também diante do fogo e fitei as brasas, e nada foi dito por um longo tempo.

Minha irmã estava em sua cadeira acolchoada no canto, Biddy costurava diante do fogo, Joe estava sentado próximo a Biddy, e eu me sentei no outro canto, próximo a Joe, na frente de minha irmã. Quanto mais eu olhava para a brasa reluzente, mais eu me sentia incapaz de olhar para Joe, quanto mais tempo ficássemos em silêncio, mais eu me sentia incapaz de falar.

Depois de um tempo, eu disse: "Joe, você contou a Biddy?".

"Não, Pip", respondeu Joe, ainda olhando para o fogo, segurando firme os joelhos, como se tivesse alguma informação confidencial que eles pretendessem levar embora, "deixei para você contar, Pip".

"Preferia que você contasse, Joe."

"Pip é um cavalheiro afortunado, então", disse Joe, "e Deus o abençoe!".

Biddy largou sua costura e olhou para mim. Joe segurou os joelhos e olhou para mim. Eu olhei para os dois. Depois de uma pausa, eles me parabenizaram entusiasticamente, mas havia um certo toque de tristeza em seu cumprimento, o que me deixou bastante magoado.

Resolvi impressionar Biddy (e através de Biddy Joe) com a grande obrigação que considerava que meus amigos tinham em não saber nada e não dizer nada sobre o causador de minha fortuna. Tudo seria esclarecido no tempo certo, observei, e enquanto isso nada deveria ser dito, a não ser que eu tinha grandes esperanças oriundas de um patrono misterioso. Biddy assentiu com a cabeça, olhando, pensativa, para o fogo, pegando seu trabalho de costura novamente, e disse que seria muito cuidadosa, e Joe, ainda aprisionando seus joelhos, disse: "Sim, sim, serei extremamente cuidadoso, Pip", e então cumprimentaram-me novamente, e passaram a expressar tanta admiração pelo fato de eu me tornar um cavalheiro, que me deixaram um tanto incomodado.

Biddy assumiu dificuldades infinitas para transmitir à minha irmã alguma ideia do que havia ocorrido. Como era de se prever, seus esforços fracassaram por completo. Ela riu e balançou a cabeça várias vezes e repetia depois de Biddy as palavras "Pip" e "Propriedade". Mas duvido que tivessem mais significado do que um grito de escolha, e eu não poderia ilustrar um cenário pior de sua condição mental.

Eu nunca teria acreditado nisso se não tivesse passado pela experiência, mas como Joe e Biddy voltaram a seu estado de tranquilidade senti-me bastante triste. Insatisfeito com minha sorte é claro que eu não poderia estar. Mas é possível que eu estivesse, mesmo sem ter consciência daquilo, insatisfeito comigo mesmo.

De qualquer forma, sentei-me com o cotovelo sobre o joelho, a mão segurando a cabeça, e olhei para o fogo, enquanto os dois falavam sobre minha partida e sobre o que fariam sem mim, e tudo o mais. E sempre que os via olhando para mim, embora agradáveis (e sempre olhavam para mim, principalmente Biddy), sentia-me ofendido: como se eles estivessem duvidando de mim de alguma forma. Embora Deus saiba que nunca o fizeram oralmente ou por escrito.

Nesses momentos eu me levantava e olhava pela porta, pois a porta da cozinha ficava aberta à noite e continuava aberta nas noites de verão para ventilar a casa. As próprias estrelas para as quais levantei o olhar, essas eu receio que considerava nada além de pobres e humildes por brilharem sobre os objetos rústicos por entre os quais passara em minha vida.

"Sábado à noite", eu disse, quando nos sentamos para jantar pão, queijo e cerveja. "Mais cinco dias, e então o dia que antecedia o grande dia! Vai chegar logo."

"Sim, Pip", observou Joe, cuja voz soava surda em seu caneco de cerveja. "Vai chegar logo."

"Logo, logo mesmo", disse Biddy.

"Andei pensando, Joe, que quando eu for à cidade na segunda-feira para encomendar minhas roupas novas, devo dizer ao alfaiate que as buscarei lá ou que as envie à casa do Sr. Pumblechook. Seria muito desagradável ser encarado por todas as pessoas aqui no vilarejo."

"O Sr. e a Sra. Hubble vão gostar de vê-lo em sua versão fina também, Pip", disse Joe, cortando seu pão meticulosamente com o queijo em cima, na palma de sua mão esquerda, lançando o olhar para meu jantar intocado como se lembrasse da época em que costumávamos comparar as fatias. "E também o Sr. Wopsle. E o pessoal do Barqueiros Alegres consideraria uma gentileza."

"É exatamente isso que eu não quero, Joe. Fariam um grande estardalhaço, uma situação tão grosseira e ordinária, que acho que eu não aguentaria."

"Ah, certamente, Pip!", disse Joe. "Se você não aguentaria..."

Nesse momento, Biddy perguntou-me, enquanto segurava o prato de minha irmã, sentada: "Já pensou em deixar o Sr. Gargery, sua irmã e eu vê-lo? Vai nos deixar vê-lo, não vai?"

"Biddy", respondi, um pouco triste, "você é tão sagaz que é difícil acompanhá-la".

"Ela sempre foi sagaz", observou Joe.

"Se tivesse esperado um pouco, Biddy, teria me ouvido dizer que eu traria as roupas aqui em uma noite – bem provavelmente na noite anterior à minha partida."

Biddy não disse mais nada. Perdoando-a generosamente, logo troquei cumprimentos carinhosos de boa-noite com ela e com Joe, e subi para a cama. Quando cheguei a meu pequeno quarto, sentei-me e o fitei por muito tempo, como um quartinho miserável que eu logo deixaria para trás para sempre, sendo elevado a uma posição superior. Era repleto de lembranças recentes também, e até mesmo naquele momento fiquei confuso, dividido entre ele e cômodos melhores para os quais me mudaria, assim como me sentira dividido entre a ferraria e a casa da Senhorita Havisham, Biddy e Estella.

O sol brilhava e incidia muito intensamente o dia todo sobre o telhado de meu sótão, e o quarto estava quente. Quando abri a janela e fiquei olhando para fora, vi Joe saindo lentamente pela porta escura, lá embaixo, respirar uma ou duas vezes, e então vi Biddy sair também, trazendo-lhe um cachimbo e fogo. Ele nunca fumava tão tarde, e isso parecia sugerir-me que buscava conforto por alguma razão.

Ele logo parou à porta exatamente abaixo de mim, fumando seu cachimbo, e Biddy também ficou ali, conversando baixinho com ele, e eu sabia que falavam de mim, pois ouvi meu nome mencionado por ambos em tom carinhoso mais de uma vez. Eu não gostaria de escutar mais, ainda que pudesse. Então deixei a janela e me sentei em uma cadeira perto da cama, sentindo-me pesaroso e estranho de que essa primeira noite de minha grande sorte fosse a mais solitária que já experimentara.

Olhando em direção à janela aberta, vi as espirais de fumaça vindo do cachimbo de Joe, e imaginei que fossem como uma bênção de Joe – não impostas ou exibidas a mim, mas impregnando o ar que compartilhávamos. Apaguei minha vela e me deitei na cama. A cama agora se tornara desconfortável, e eu nunca mais viria a dormir ali um sono tranquilo como antes.

Capítulo XIX

A chegada da manhã fez uma diferença considerável em minha perspectiva geral da vida e iluminou-a tanto que mal parecia a mesma. Aquilo que estava pesado em meus pensamentos, a consideração de que seis dias se interpunham entre mim e o dia da partida, pois eu não conseguia me livrar de uma apreensão de que algo poderia acontecer em Londres nesse meio-tempo, e que, quando chegasse lá, a encontraria totalmente decaída ou que deixaria de existir para sempre.

Joe e Biddy foram muito compreensivos e agradáveis quando falei de nossa separação que se aproximava. Mas apenas se referiam a isso quando eu mencionava. Depois do café da manhã, Joe trouxe meu contrato da estante da sala de visitas, e o queimamos, o que me fez sentir que era livre. Com toda a novidade de minha emancipação na cabeça, fui à igreja com Joe, e pensei que talvez o clérigo não tivesse lido aquilo sobre o homem rico e o reino dos ceús se soubesse o que estava acontecendo.

Depois de almoçarmos cedo, passeei sozinho, com a intenção de passar por todo o pântano de uma só vez. Ao passar pela igreja, senti (como havia sentido na missa da manhã) uma compaixão sublime pelas pobres criaturas destinadas a estarem ali, domingo após domingo, por toda a vida, para finalmente se deitarem na obscuridade dos pequenos montículos de grama. Prometi a mim mesmo que faria algo por eles um dia daqueles e esbocei um plano para servir um almoço com rosbife e pudim de ameixas, um quartilho de cerveja e um galão de clemência a todos os habitantes do vilarejo.

Se eu frequentemente pensara, com algo próximo à vergonha, em minha relação com o fugitivo que eu havia visto uma vez mancando por entre os túmulos, qual não foi meu pensamento nesse domingo em questão quando o local me lembrou aquele miserável, esfarrapado, tremendo, com seus grilhões e seus traços de criminoso! Meu conforto era que aquilo havia acontecido muito tempo antes e que ele havia sem dúvida sido levado embora dali, e que estava morto para mim, se é que não estava morto de fato.

Acabariam-se os terrenos baixos e úmidos, os diques e as barragens, os gados e os pastos – embora eles parecessem, de um jeito enfadonho, se comportar com um ar mais respeitoso agora, virando a cabeça para olharem tanto quanto possível para o proprietário de esperanças tão grandes – adeus, amigos monótonos de minha infância, doravante eu ia em direção a Londres e à grandeza, não para o trabalho geral de ferreiro e para vocês! Caminhei, exultante, até a velha Fortificação e, deitando-me ali para considerar se a

Senhorita Havisham tinha intenções de me casar com Estella, acabei adormecendo.

Quando acordei, fiquei muito espantado em encontrar Joe sentado a meu lado, fumando seu cachimbo. Ele me cumprimentou com um sorriso alegre quando abri os olhos, e disse:

"Sendo sua última vez aqui, Pip, achei uma boa ideia segui-lo."

"E, Joe, estou muito contente que tenha feito isso."

"Obrigado, Pip."

"Tenha certeza, caro Joe", continuei, depois de trocarmos um aperto de mão, "de que jamais me esquecerei de você".

"Não, não, Pip!", disse Joe, em tom acalentador, "estou certo disso. "Sim, sim, meu velho! Que você seja abençoado, só foi necessário que um homem colocasse isso na cabeça para ter certeza. Mas levou um bocado de tempo para isso, pois a mudança aconteceu de maneira tão abrupta, não é?"

De alguma forma, não me sentia totalmente contente com a certeza de que Joe sentia a meu respeito. Eu teria gostado de ver que ele traía alguma emoção, ou que ele tivesse dito "isso é seu mérito, Pip", ou algo do gênero. Assim, não fiz nenhum comentário à primeira observação de Joe, meramente respondendo à segunda de que as boas-novas de fato haviam acontecido de maneira súbita, mas que eu sempre havia desejado ser um cavalheiro, e com grande frequência especulara sobre o que fazer caso o fosse.

"Pensou?", disse Joe. "Incrível!"

"É uma pena agora, Joe", eu disse, "que você não tenha avançado um pouco mais com as nossas aulas, não é?".

"Bem, não sei", respondeu Joe. "Sou muito burro. Só posso ser chefe de meu próprio ofício. Sempre foi uma pena eu ser tão burro, mas não é mais agora do que antes, faz um ano, percebe?"

O que eu quis dizer era que quando eu conquistasse minha propriedade e fosse capaz de fazer algo por Joe, seria muito mais conveniente se ele tivesse melhor qualificação para que pudesse ascender. Ele era tão ingênuo a respeito disso, porém, que pensei que seria melhor falar isso a Biddy.

Então, depois que fomos para casa e bebemos chá, levei Biddy ao pequeno jardim na lateral de nossa rua e, depois de tentar adocicar seu humor, dizendo que jamais me esqueceria dela, disse que tinha um favor para pedir.

"Biddy, o que se passa é que", eu disse, "gostaria de pedir que você não perdesse qualquer oportunidade de ajudar Joe, um pouco".

"Ajudar Joe como?", perguntou Biddy, com o olhar meio fixo.

"Bem! Joe é uma pessoa querida – aliás, creio que ele é a pessoa mais benquista que já existiu – mas ocorre que ele é um pouco atrasado quando se trata de algumas coisas. Por exemplo, Biddy, no aprendizado e nas maneiras."

Embora eu olhasse para Biddy ao falar, e embora ela arregalasse seus olhos enquanto eu falava, ela não olhava para mim.

"Oh, suas maneiras! Elas não são boas o suficiente, então?", perguntou Biddy, puxando uma folhinha do pé de groselha.

"Minha querida Biddy, elas são suficientes aqui."

"Oh! São suficientes aqui?", interrompeu Biddy, olhando a folhinha bem de perto em sua mão.

"Escute... Mas caso levasse Joe a uma esfera elevada, como espero fazer quando conquistar minha propriedade, não lhe seria feita justiça."

"E você não acha que ele sabe disso?", perguntou Biddy.

Foi uma pergunta tão provocativa (uma vez que isso nunca me ocorrera, ainda que em pensamento distante), que eu disse, ríspido:

"Biddy, o que você quer dizer?"

Biddy, esfregando a folhinha até que ela se esfarelasse entre suas mãos – e o cheiro do pé de groselha desde então me lembra aquela noite no jardinzinho lateral – disse: "Você nunca considerou que ele pode ser orgulhoso?".

"Orgulhoso?", repeti, com ênfase arrogante.

"Oh! Existem muitos tipos de orgulho", disse Biddy, olhando bem para mim, balançando a cabeça, "orgulho não existe de um só jeito".

"E então? Por que parou?", perguntei.

"Não são todos do mesmo tipo", continuou Biddy. "Ele pode ser orgulhoso demais para deixar qualquer pessoa tirá-lo de seu lugar onde tem competência e atende bem e com respeito. Para dizer a verdade, acho que é. Embora isso soe atrevido de minha parte em dizê-lo, pois você deve conhecê-lo muito melhor do que eu."

"Bem, Biddy", eu disse. "Sinto muito mesmo em ver isso em você. Não esperava ver isso em você. Você é invejosa, Biddy, e rancorosa. Você está insatisfeita por causa de minha ascensão à fortuna, e você não consegue esconder".

"Se você tem coragem de pensar assim", respondeu Biddy, "pode dizer isso. Diga isso quantas vezes quiser, se tiver coragem de pensar assim".

"E se você tem coragem de ser assim, você quer dizer, Biddy", eu disse, em um tom virtuoso e superior, "não coloque esse fardo sobre mim. Sinto muitíssimo em ver isso, e é um... é um lado negativo da natureza humana. Eu tinha intenção mesmo de pedir a você que usasse quaisquer pequenas oportunidades que você pudesse encontrar depois de minha partida para melhorar o caro Joe. Mas depois disso não lhe peço nada.

Lamento muitíssimo em ver isso em você, Biddy", repeti. "É um, é um lado negativo da natureza humana."

"Repreenda-me ou concorde comigo", respondeu Biddy, "você poderá igualmente contar comigo para tentar fazer tudo o que estiver em meu poder, aqui, sempre. E independentemente da opinião que tenha de mim não fará diferença na lembrança que tenho de você. Embora um cavalheiro não deva ser injusto também", disse Biddy, virando a cabeça para o outro lado.

Novamente repeti, enfático, que se tratava de um lado negativo da natureza humana (em cujo sentimento, deixando de lado sua aplicação, tenho desde então tido razão para achar que estava certo), e caminhei pela pequena trilha distante de Biddy, e Biddy entrou em casa, e eu saí pelo portão do jardim e fiz uma caminhada deprimida até a hora do jantar, novamente achando muito triste e estranho que esta, a segunda noite de minha grande sorte, fosse tão solitária e insatisfatória como a primeira.

Contudo, mais uma vez a manhã iluminou minha visão, e eu estendi minha piedade a Biddy, e deixamos o assunto de lado. Eu havia colocado minhas melhores roupas e então fui à cidade o mais cedo que pude esperando encontrar as lojas abertas, e me postei diante do Sr. Trabb, o alfaiate, que estava tomando seu café da manhã na sala atrás da loja, e que não achava que valia a pena sair para me atender, mas preferiu pedir-me para entrar.

"Muito bem!", disse o Sr. Trabb, de uma maneira demasiado amigável. "Como você está e o que posso fazer por você?"

O Sr. Trabb havia fatiado seu pãozinho em três partes, como se fossem três almofadinhas, passava a manteiga entre as cobertas, e os fechava. Era um homem solteiro próspero, e sua janela aberta dava para um pequeno jardim próspero, um pomar próspero também, e havia um cofre de ferro próspero na parede ao lado de sua lareira, e eu não duvidava de que aquele monte de prosperidade também não estaria embalada em saquinhos dentro do cofre.

"Sr. Trabb", eu falei, "tenho algo desagradável a dizer porque parece que estou desejando me gabar, mas tomei posse de uma boa propriedade".

Ocorreu uma alteração no comportamento do Sr. Trabb. Esqueceu a manteiga na cama, levantou-se dela, e limpou seus dedos na toalha de mesa, exclamando: "Deus o abençoe!".

"Vou a Londres para encontrar meu guardião", eu disse, tirando casualmente alguns guinéus do bolso, olhando para eles. "Desejo um traje elegante, portanto. E desejo pagar por ele", acrescentei – senão, achei que apenas fingiria fazê-los, "com dinheiro de verdade".

"Meu caro senhor", disse o Sr. Trabb, curvando-se respeitosamente, braços abertos, tomando a liberdade de me tocar nas laterais dos dois cotovelos, "não me magoe dizendo isso. Posso cumprimentá-lo? Faria o obséquio de entrar na loja?".

O menino que era funcionário do Sr. Trabb era o menino mais atrevido de todo o interior. Quando entrei na loja, estava varrendo, e abrandou sua labuta varrendo tudo para cima de mim. Ainda estava varrendo quando deixei a loja com o Sr. Trabb, e ele bateu a vassoura em todos os cantos e obstáculos quanto possível para expressar (e eu compreendi bem) igualdade com qualquer ferreiro, vivo ou morto.

"Pare com o barulho", disse o Sr. Trabb, com dureza, "ou lhe arranco a cabeça! Sente-se, por favor, senhor. Bem, esse aqui", disse o Sr. Trabb, puxando um rolo de tecido, amarrando-o de maneira que ficasse solto pelo balcão antes de colocar sua mão por baixo dele para mostrar seu toque acetinado, "é um artigo muito fino. Posso recomendá-lo tendo em vista seu propósito porque é realmente superior. Mas pode examinar outros. Ei, você, me passe o número quatro!". (Disse ao menino, o olhar terrivelmente severo, prevendo o perigo de aquele marmanjo bater em mim com o tecido ao passar ou para mostrar algum outro indício de familiaridade.)

Em nenhum momento o Sr. Trabb tirou os olhos do menino até que ele tivesse colocado o tecido número quatro sobre o balcão e estivesse à distância segura novamente. Ele então ordenou que o outro trouxesse-lhe o número cinco e o número oito. "E não faça nenhuma gracinha", disse o Sr. Trabb, "ou você irá se arrepender, seu malandrinho, até o último dia de sua vida".

O Sr. Trabb então se curvou sobre o tecido número quatro e, de forma que expressava confiança um tanto deferencial, recomendou-o como um artigo leve para o verão, um artigo sem dúvida em voga entre a nobreza e a alta burguesia, um artigo que seria sempre uma honra para ele oferecer a um conterrâneo distinto (se pudesse se dirigir a mim como conterrâneo). "Você não vai trazer os números cinco e oito, seu vadio?", disse o Sr. Trabb ao menino, depois, "ou vou precisar chutá-lo daqui e os trazer eu mesmo?".

Escolhi os tecidos para o terno, com a ajuda do julgamento do Sr. Trabb, e entrei de volta na sala para que ele tirasse as medidas. Pois embora o Sr. Trabb já tivesse minhas medidas, e tivesse satisfeito com elas, disse, desculpando-se, que "elas não seriam suficientes naquelas circunstâncias, senhor – de jeito nenhum". Então o Sr. Trabb tirou minhas medidas e as calculou em sua sala, como se eu fosse uma propriedade, e ele, o mais distinto dos agrimensores, desdobrando-se tanto em trabalho que eu senti que nenhum traje poderia remunerá-lo por tanto. Quando finalmente acabou e agendou o envio dos artigos ao Sr. Pumblechook na quinta à noite, disse com a mão sobre a maçaneta da sala: "Senhor, eu sei que os cavalheiros de Londres não costumam ser clientes de alfaiates locais, mas se você pudesse me indicar de vez em quando como um cavalheiro da cidade, ficaria muitíssimo agradecido. Bom dia, senhor, muito obrigado... A porta!".

A última palavra foi atirada ao menino, que não tinha a menor ideia de seu significado. Mas o vi desabar quando seu patrão colocou as mãos em mim, e decididamente minha primeira experiência do incrível poder do dinheiro foi ver que ele podia arrasar moralmente o funcionário do Sr. Trabb.

Depois desse evento memorável, fui ao chapeleiro, ao sapateiro e ao camiseiro, e me senti bastante como o cachorro da Mãe Hubbard cujo traje exigia serviços de diferentes naturezas.

Também fui à estação e reservei meu assento para as sete horas na manhã de sábado. Não foi necessário explicar em todos esses lugares que eu havia me apoderado de uma bela propriedade, mas sempre que eu dizia algo do gênero ocorria que o comerciante em questão deixava de se distrair com o movimento da High Street, pela janela, e se concentrava em mim. Quando fiz todas as encomendas de que precisava, dirigi-me à casa de Pumblechook, e quando me aproximei de sua loja o vi parado à porta.

Esperava por mim extremamente impaciente. Ele havia saído cedo com a charrete, ido à ferraria e ouvido as boas-novas. Tinha preparado um lanche para mim na sala onde havia lido o Barnwell e também havia pedido a seu funcionário que "abrisse caminho" para que minha pessoa sagrada passasse.

"Meu querido amigo", disse o Sr. Pumblechook, pegando minhas duas mãos quando ele e eu tomávamos nosso lanche sozinhos. "Quero cumprimentá-lo pela boa fortuna. Muito merecido, muito merecido!"

Estava chegando ao ponto mais importante, e pensei que seria uma maneira sensata de se expressar da parte dele.

"E pensar", disse o Sr. Pumblechook, depois de olhar para mim com certo sarcasmo de admiração por um tempo, "que eu seria o humilde instrumento que o levara a isso, é uma recompensa de que me orgulho".

Naquele momento, implorei que o Sr. Pumblechook se lembrasse de que não deveria comentar ou sugerir nada a ninguém.

"Meu caro jovem amigo", disse o Sr. Pumblechook, "se me permite chamá-lo assim".

Murmurei "certamente", e o Sr. Pumblechook pegou-me pelas duas mãos novamente, exprimindo um movimento a seu colete que tinha aparência emotiva, embora desprezível. "Meu caro jovem amigo, confie em mim para fazer tudo o que puder durante sua ausência, para que Joseph não se esqueça... Joseph!", disse o Sr. Pumblechook, como se rogasse com compaixão. "Joseph! Joseph!" A seguir, balançou a cabeça e deu pancadinhas leves na testa para expressar sua falta de confiança em Joseph.

"Mas meu caro jovem amigo", disse o Sr. Pumblechook, "você deve estar faminto, deve estar exausto. Sente-se. Aqui está um frango que veio do Javali, aqui está uma língua que veio do Javali, aqui está uma coisinha ou outra que veio do Javali, que espero que goste. Mas será que eu", disse o Sr. Pumblechook, levantando-se novamente depois de um momento que havia se sentado, "vejo em minha frente aquele com quem sempre brinquei durante sua feliz infância? E eu posso... eu posso?".

Esse "eu posso" significava apertar minha mão. Consenti, e ele agiu fervoroso, e então se sentou novamente.

"Aqui está o vinho", disse o Sr. Pumblechook. "Vamos beber à sorte, e que ela sempre escolha seus favoritos com o mesmo julgamento! E ainda assim eu não posso", disse o Sr. Pumblechook, levantando-se novamente, "vê-lo diante de mim – e da mesma forma beber com ele – sem novamente expressar... eu posso... eu posso...?".

Eu disse que ele podia, e ele apertou minha mão outra vez e esvaziou o copo, virando-o de cabeça para baixo depois. Eu fiz o mesmo, e o vinho não teria subido mais rápido à minha cabeça nem mesmo que eu tivesse virado de cabeça para baixo antes de beber.

O Sr. Pumblechook me serviu asa de frango e a melhor parte da língua (e nada daquelas partes pouco nobres da carne de porco agora) e não deu a si mesmo nenhum tratamento especial em comparação.

"Ah! Aves, aves! Mal você pensaria", disse o Sr. Pumblechook, dirigindo-se à galinha no prato, "quando era um mísero passarinho, o que estava em seu destino. Mal pensaria que seria o lanche sob esse humilde teto para somente uma pessoa como... Chame isso de fraqueza, se quiser", disse o Sr. Pumblechook, levantando-se novamente, "mas eu posso? Eu posso?".

Passou a se tornar desnecessário repetir que podia, então ele o fez mesmo sem minha resposta. Como apertou minhas mãos tantas vezes sem se machucar com a faca, isso eu não posso responder.

"E sua irmã", ele continuou, depois de comer um pouco, "que teve a honra de criá-lo com as próprias mãos? É uma situação triste pensar que ela não esteja mais em capacidade de compreender essa honra. Eu posso..."

Percebi que estava prestes a se aproximar novamente, e o interrompi.

"Bebamos à saúde dela", eu disse.

"Ah!", exclamou o Sr. Pumblechook, encostando-se em sua cadeira, lânguido de tanta admiração, "é assim que você os reconhece, senhor!" – não sei quem era esse senhor, mas certamente não era eu, e não havia uma terceira pessoa presente – "é assim que se reconhece um sujeito nobre, senhor! Sempre complacente e sempre afável. Eu posso", disse o submisso Pumblechook, abaixando sua taça intocada apressadamente para se levantar de novo, "parecer estar sendo repetitivo para uma pessoa comum... mas eu posso?"

Quando trocamos um aperto de mão mais uma vez, sentou-se novamente e bebeu à saúde de minha irmã. "Que nunca fiquemos cegos", disse o Sr. Pumblechook, "a suas falhas de temperamento, mas espera-se que tivesse boas intenções", mais ou menos nesse momento, comecei a observar que ele estava ficando vermelho, e quanto a mim sentia o rosto todo como que imerso em vinho e ardendo.

Mencionei ao Sr. Pumblechook que desejava que minhas roupas novas fossem enviadas à casa dele, e ele ficou radiante por ter sido escolhido por mim.

Mencionei minha razão, que era para evitar olhares no vilarejo, e com isso ele foi aos céus. Não havia ninguém além dele mesmo, ele sugeriu, que valesse mais minha confiança, e... resumindo, ele podia? Então perguntou-me carinhosamente se eu me lembrava de nossas brincadeiras de somas quando menino e da ocasião em que fomos juntos para fazer-me aprendiz e, com efeito, de como sempre havia sido minha pessoa favorita e amigo eleito? Se eu tivesse bebido dez vezes mais taças de vinho do que eu tinha, eu ainda saberia que ele nunca havia tido esse tipo de relação comigo, e eu deveria, em meu coração, mais que tudo, ter repudiado a ideia. Ainda assim, lembro-me de me sentir convencido de que eu me sentira muito enganado em relação a ele, e que ele era sensato, hábil e um sujeito superior de bom coração.

Aos poucos ele passou a colocar tanta confiança em mim a ponto de pedir meu conselho a respeito de seus próprios negócios. Mencionou que havia uma oportunidade para uma grande fusão e monopólio de comércio de milho e sementes naquele local, caso pudesse ser expandido, como nunca havia acontecido antes naquela região ou em qualquer outra. O que faltava para a realização daquela grande fortuna ele considerava ser somente mais capital. Eram essas as duas palavras, mais capital. Agora parecia para ele (Pumblechook) que se aquele capital entrasse no negócio, através de um sócio comanditário, senhor, cujo sócio comanditário não teria de fazer nada além de chegar, ele mesmo ou seu representante, sempre que desejasse para analisar os registros – e visitar duas vezes por ano para coletar seus lucros de cinquenta por cento, isso parecia para ele que poderia ser uma oportunidade para um jovem cavalheiro de bom caráter e fortuna, o que chamaria sua atenção. Mas o que eu achava daquilo? Ele tinha grande confiança em minha opinião, então o que eu achava? Dei-lhe minha opinião. “Espere um pouco!” A grandeza e a clareza dessa perspectiva atingiram-no de tal maneira que ele não me perguntou mais se poderia apertar minha mão, mas disse que devia fazê-lo – e o fez.

Bebemos todo o vinho, e o Sr. Pumblechook prometeu diversas vezes que manteria Joe da melhor forma possível (não sei que forma era essa), e me prestaria serviços eficientes e constantes (não sei que serviços). Também me disse, pela primeira vez em toda a minha vida, e certamente depois de deixar esse segredo muitíssimo bem guardado, que ele sempre havia falado de mim: "Aquele menino não é um menino comum, e anotem o que estou dizendo, sua fortuna não será uma fortuna mediana". Disse com um sorriso lacrimoso que era algo especial em se pensar agora, e eu disse o mesmo. Finalmente, saí de lá com a vaga percepção de que havia algo de esquisito no pôr do sol, e notei que eu havia chegado à barragem sem perceber, como se estivesse dormindo.

Ali, fui despertado pelo Sr. Pumblechook chamando-me. Ele estava bem longe na rua ensolarada e fazia gestos expressivos para que eu parasse. Parei, e ele me alcançou, sem fôlego.

"Não, meu caro amigo", ele disse, quando recuperara a fala. "Não se eu puder evitar. Essa ocasião não poderá passar completamente sem a simpatia de sua parte. Eu posso, como um velho amigo e benfeitor? Eu posso?"

Apertamos a mão pela centésima vez pelo menos, e ele exigiu que um jovem carroceiro saísse de meu caminho com a maior indignação. Depois disso me abençoou, e ficou parado acenando até que eu passasse pela curva da estrada, e então entrei em um campo e tirei um longo cochilo sob um arbusto antes de continuar o caminho para casa.

Eu tinha pouca bagagem para levar comigo a Londres, pois pouco do pouco que eu possuía havia sido adaptado à minha nova posição. Mas comecei a arrumar as malas naquela mesma tarde, e peguei de maneira frenética coisas que eu sabia que precisaria na manhã seguinte, imaginando que não poderia perder nem um momento.

Então terça-feira passou, quarta-feira passou e quinta-feira passou. Na sexta-feira pela manhã fui à casa do Sr. Pumblechook para colocar minhas roupas novas e visitar a Senhorita Havisham. O próprio quarto do Sr. Pumblechook me foi cedido para que eu me vestisse, e estava decorado com toalhas limpas expressamente para a ocasião. Minhas roupas foram uma bela decepção, de fato. Provavelmente toda peça de roupa nova e ansiosamente aguardada deixa muito a desejar àquele que a veste. Mas depois que eu vestira meu terno novo por cerca de meia hora, e passara por uma imensidade de posturas na frente do pequeno espelho do Sr. Pumblechook, na inútil tentativa de ver minhas pernas, pareceu-me servir melhor. Como era uma manhã de feira em uma cidade vizinha a dez milhas de distância, o Sr. Pumblechook não estava em casa. Eu o havia informado sobre quando desejava partir, e não era provável que trocássemos mais um aperto de mãos antes de minha partida. Tudo estava acontecendo como deveria, e saí vestindo meu novo traje, completamente constrangido em passar pelo funcionário da loja e desconfiado de que depois de tudo aquilo eu me encontrava em desvantagem pessoal, de forma parecida ao que acontecia com o traje de domingo de Joe.

Fui à casa da Senhorita Havisham fazendo muitos desvios e toquei a campainha com certa dificuldade por causa dos longos dedos de minhas luvas. Sarah Pocket veio me receber no portão, e se chocou de maneira positiva ao me ver tão mudado, seu rosto de casca de noz também passou de marrom para verde e amarelo.

"Você?", ela disse. "Você? Minha nossa! O que deseja?"

"Estou partindo para Londres, Senhorita Pocket", eu disse, "e gostaria de me despedir da Senhorita Havisham".

Elas não me esperavam, pois a Senhorita Pocket me deixou trancado no pátio enquanto foi verificar se eu podia ser autorizado. Depois de um certo atraso, ela voltou e levou-me para cima, encarando-me o tempo todo.

Miss Havisham estava fazendo exercícios no cômodo da mesa longa, apoiando-se em sua bengala. O cômodo estava iluminado como outrora, e assim que ouviu o barulho de nossa entrada interrompeu-se e virou. Estava bem ao lado do bolo de noiva mofado.

"Não vá, Sarah", ela disse. "Muito bem, Pip?"

"Estou partindo para Londres, Senhorita Havisham, amanhã", eu disse, extremamente cauteloso com minhas palavras, "e pensei que a senhorita não se incomodaria de eu vir me despedir".

"Você está muito vistoso, Pip", ela disse, brincando com a bengala em minha volta, como se ela, a fada madrinha que havia me transformado, estivesse concedendo-me o último presente.

"Recebi uma grande fortuna desde a última vez que a vi, Senhorita Havisham", murmurei. "E fico muito grato, Senhorita Havisham!"

"Sim, sim!", ela respondeu, olhando com prazer para Sarah, desconcertada e invejosa. "Encontrei-me com o Sr. Jaggers. Soube disso, Pip. Então, parte amanhã?"

"Sim, Senhorita Havisham."

"E será adotado por uma pessoa rica?"

"Sim, Senhorita Havisham."

"Não sabe o nome da pessoa?"

"Não, Senhorita Havisham."

"E o Sr. Jaggers será seu guardião?"

"Sim, Senhorita Havisham."

Ela regozijou-se um tanto com essas perguntas e respostas. Sentia prazer muito intenso com o desânimo causado por ciúmes que sentia Sarah Pocket. "Muito bem!", ela continuou, "tem uma carreira promissora diante de você. Seja bom, faça por merecer, e obedeça às instruções do Sr. Jaggers". Ela olhou para mim, então olhou para Sarah, e o semblante de Sarah, inicialmente atento, se contorceu em um sorriso perverso. "Adeus, Pip! Você sempre será chamado de Pip, fique sabendo."

"Sim, Senhorita Havisham."

"Adeus, Pip!"

Esticou sua mão, e eu me ajoelhei e a levei a meus lábios. Não havia considerado como eu deveria me despedir dela. Pareceu-me natural no momento fazer aquilo. Ela olhou para Sarah Pocket com ar de triunfo em seus olhos sinistros, e então deixei minha fada madrinha, segurando em sua bengala com as duas mãos, parada no meio do cômodo escuro ao lado do bolo de noiva mofado coberto por teias.

Sarah Pocket conduziu-me pelas escadas, como se eu fosse um fantasma que deveria ser expulso dali. Ela ainda não se recuperara da mudança em minha aparência e parecia extremamente confusa. Eu disse "Adeus, Senhorita Pocket", mas ela apenas me fitava e não parecia ter percebido que eu havia falado. Fora da casa, voltei o mais rápido que pude à casa de Pumblechook, tirei minhas novas roupas, fiz uma trouxinha, voltei para casa vestindo minhas roupas velhas, carregando a trouxinha comigo, para falar a verdade, sentindo-me muito mais confortável, embora tivesse que a carregar.

E agora aqueles seis dias que deveriam ter passado tão lentamente haviam passado muito rápido e se esgotado, e o amanhã encarava-me com mais firmeza do que eu poderia encará-lo. Como as seis noites haviam minguado, reduzidas a cinco, a quatro, a três, a duas, dei cada vez mais importância à companhia de Joe e de Biddy. Nessa última noite, vesti minhas roupas novas para a satisfação deles e me sentei esplendoroso até a hora de ir dormir. Jantamos uma refeição quentinha na ocasião, inevitavelmente agraciada pela galinha assada, e um coquetel de ovos batido para finalizar. Estávamos todos muito desanimados e nada dispostos a fingir o contrário.

Eu partiria às cinco horas da manhã, carregando minha pequena valise, e dissera a Joe que gostaria de caminhar sozinho. Tenho receio, muito receio, de que esse propósito originou-se de meu senso de contraste entre mim e Joe, caso fôssemos juntos à estação. Fingira a mim mesmo que não havia nada disso em minha preferência, mas quando fui a meu quartinho na última noite senti-me compelido a admitir que poderia ser isso e senti o impulso de descer novamente e pedir a Joe que fosse comigo pela manhã. Não o fiz.

Por toda a noite, havia carruagens eu meu sono fragmentado indo equivocadamente a lugares que não eram Londres, amarradas a ora cachorros, ora gatos, ora porcos, ora homens, jamais a cavalos. Fantásticas viagens fracassadas ocuparam-me até o amanhecer, quando os pássaros cantaram. Então me levantei, vesti-me parcialmente, e sentei-me à janela para contemplar através dela pela última vez, e acabei adormecendo.

Biddy já estava ativa cedinho para preparar meu café da manhã, de que, embora eu não tenha dormido à janela por uma hora, pude sentir o cheiro vindo da cozinha quando despertei sobressaltado com a ideia terrível de que a manhã passara e já era tarde. Mas muito tempo depois disso e muito tempo depois de ouvir o tilintar das xícaras de chá eu já me encontrava pronto, buscava coragem para descer as escadas. Afinal, permaneci no quarto, destrancando e desatando minha pequena valise repetidamente para então trancá-la e atá-la de novo, até que Biddy me chamou para me avisar que eu estava atrasado.

Foi um café da manhã às pressas, sem qualquer sabor. Levantei-me da mesa, dizendo, com certa vivacidade, como se aquilo tivesse me ocorrido espontaneamente: “Muito bem! Suponho que chegou a hora de eu ir!”. E então beijei minha irmã, que ria, balançava a cabeça para a frente e para os lados em sua cadeira de sempre, beijei Biddy e passei os braços pelo pescoço de Joe. Depois peguei minha pequena valise e saí. O último deles que vi, quando depois de um tempo ouvi um barulho atrás de mim, a que me virei, foi Joe, atirando um velho sapato em minha direção, e Biddy atirando o outro. Parei, nesse momento, para fazer um aceno com o chapéu, e o querido Joe agitou o braço direito, musculoso, acima da cabeça, chorando de maneira rouca: “Rahhh!”. E Biddy levou o avental ao rosto.

Continuei caminhando à frente com passos largos, pensando que estava sendo mais fácil partir do que supunha, refletindo que não adiantaria atirar um sapato velho atrás da carruagem à vista de toda a High Street. Assobiei, como se partir não fosse nada demais. Mas o vilarejo estava muito tranquilo e silencioso, e a névoa se elevava com solenidade, como se quisesse exibir-me ao mundo, e eu tivesse sido tão ingênuo e pequeno ali, e tudo além dali fosse desconhecido e grande, que em dado momento suspirei fundo e debulhei-me em lágrimas. Eu estava próximo ao poste onde estava a seta que indicava a direção do vilarejo, e então coloquei a mão sobre ela, dizendo: "Adeus, meu velho e querido amigo!".

Deus sabe que nunca deveríamos sentir vergonha de nossas lágrimas, pois são como a chuva que lava a poeira ofuscante na terra, cobrindo nosso rijo coração. Senti-me melhor depois de chorar, mais pesaroso, mais consciente de minha própria ingratidão, mais gentil. Se eu tivesse chorado antes, teria Joe a meu lado naquele momento.

Fiquei tão contido por aquelas lágrimas e por seu retorno enquanto caminhava silenciosamente, que quando estava na carruagem, separado da cidade, deliberei, com dor no coração, se deveria sair no momento de trocar os cavalos, e voltar para casa, passar outra noite por lá e fazer uma melhor despedida. Trocamos, e eu não havia me decidido, e ainda refletia para meu conforto de que seria bastante possível sair e voltar para casa, quando trocássemos de novo. E enquanto eu estava ocupado com tais deliberações imaginei os traços exatos de Joe em um homem que vinha pela estrada em nossa direção, e meu coração passava a bater depressa, como se ele pudesse de fato estar ali!

Trocamos de cavalo outra vez, e outra ainda, e agora era tarde e longe demais para voltar. Então continuei. A névoa solene havia se elevado completamente agora, e o mundo surgia ali à minha frente.

ESTE É O FIM DA PRIMEIRA PARTE
DAS ESPERANÇAS DE PIP.

Capítulo XX

A viagem de nossa cidade até a metrópole levava cinco horas aproximadamente. Passava um pouco do meio-dia quando a carruagem de quatro cavalos da qual eu era passageiro enredou-se pelo trânsito confuso nas cercanias de Cross Keys, Wood Street, Cheapside, Londres.

Nós, britânicos, naquela época, havíamos determinado que era considerado um ato de traição duvidar de que tivéssemos e fôssemos os melhores em tudo: caso contrário, enquanto eu estava assustado com a imensidão de Londres, acho que teria duvidado um tanto se não era feia, tortuosa, estreita e suja.

O Sr. Jaggers havia devidamente me enviado seu endereço: Little Britain. E tinha escrito também em seu cartão: "Logo depois de Smithfield, próximo à estação". Contudo, um cocheiro, que parecia ter tantas capas para seu sobretudo engordurado quantos anos de vida, colocou-me em sua carruagem e encerrou-me ali, passando por obstáculos tão turbulentos que parecia levar-me a cinquenta milhas de distância. Entrar na boleia, de que me lembro ser decorada com uma capa verde-oliva manchada pelo tempo e com furos de traças, deu-lhe um bocado de trabalho. Era uma carruagem maravilhosa, com seis grandes coroas na parte externa, e umas coisas esfrangalhadas atrás para carregar não sei quantos criados, e uma trave abaixo deles, para evitar que criados amadores caíssem na tentação de subirem na carruagem.

Eu mal tive tempo de tirar proveito da carruagem e pensar como se assemelhava a um estábulo e ao mesmo tempo a uma loja de remendos, e de imaginar por que os bornais dos cavalos ficavam na parte de dentro da carruagem, quando percebi que o cocheiro estava descendo, como se estivéssemos prontos para parar. E paramos, depois de um momento, em uma rua deprimente, na frente de certo escritório, cuja porta estava aberta, onde estava pintado SR. JAGGERS.

"Quanto?", perguntei ao cocheiro.

E o cocheiro respondeu: "Um xelim, a menos que deseje pagar mais".

Naturalmente lhe disse que não desejava fazê-lo.

"Então é um xelim", observou o cocheiro. "Não quero causar nenhum problema. Conheço-o!" Fechou um olho, de maneira misteriosa, em direção ao nome do Sr. Jaggers, balançando a cabeça.

Quando pegou seu xelim, e havia, nesse momento, subido à boleia, e partido (o que parecia aliviá-lo), dirigi-me à frente do escritório com minha pequena valise na mão e perguntei se o Sr. Jaggers se encontrava em casa.

"Não está", respondeu o funcionário. "Está no tribunal neste momento. Estou falando com o Sr. Pip?"

Fiz que sim.

"O Sr. Jaggers pediu que aguardasse em sua sala. Não disse por quanto tempo, uma vez que precisa cuidar desse caso. Mas parece razoável dizer, considerando que seu tempo é valioso, que não chegará mais tarde do que o necessário."

Com essas palavras, o funcionário abriu a porta e conduziu-me a uma pequena sala nos fundos. Ali, encontramos um cavalheiro caolho, vestindo um terno que imitava veludo e calças nos joelhos, que limpou o nariz com a manga quando foi interrompido em sua leitura do jornal.

"Espere lá fora, Mike", disse o funcionário.

Comecei a dizer que esperava não estar interrompendo, quando o funcionário empurrou o cavalheiro para fora com a maior falta de cerimônia que já presenciei, atirando, então, seu chapéu de pele em sua direção, deixando-me sozinho.

A sala do Sr. Jaggers era iluminada apenas por uma claraboia, tornando o lugar deplorável. A claraboia, posicionada de maneira excêntrica como uma cabeça quebrada, e as distorcidas casas adjacentes pareciam que haviam se contorcido para me espiarem. Não havia muitos papéis ali, como esperaria encontrar. E havia alguns objetos estranhos espalhados, que não esperaria encontrar, como uma velha pistola enferrujada, uma espada em sua bainha, várias caixas e pacotes de aspecto esquisito e dois moldes de gesso medonhos sobre uma prateleira, de rostos peculiarmente inchados com o nariz franzido. A própria cadeira do Sr. Jaggers, de espaldar alto, era terrivelmente coberta de crina preta, com fileiras de pregos de cobre em sua volta, como se fosse um caixão. E eu imaginei que podia vê-lo ali sentado, inclinando-se sobre a cadeira, mordendo o dedo indicador na frente dos clientes. A sala era bastante pequena, e os clientes pareciam ter o hábito de se encostar na parede... A parede, especialmente em frente à cadeira do Sr. Jaggers, parecia ter marcas de gordura que pareciam contornos de ombros. Lembrei-me também de que o sujeito caolho havia se encostado contra a parede quando causei, sem querer, sua saída de lá.

Sentei-me na cadeira do cliente em frente à cadeira do Sr. Jaggers e fiquei fascinado pelo ambiente deprimente ali.

Lembrei-me de ter percebido que o funcionário tinha o mesmo ar de quem sabia de algo que deixasse todo mundo em desvantagem, assim como seu patrão. Fiquei pensando em quantos outros funcionários havia lá em cima e se todos eles julgavam ter o mesmo domínio pernicioso para com seus semelhantes. Fiquei pensando em qual seria a história de todo aquele entulho esquisito que existia pela sala, e em como aquilo tudo tinha chegado até ali. Fiquei pensando se os dois rostos inchados eram da família do Sr. Jaggers, e, se ele era tão desgraçado a ponto de ter dois parentes com tal aparência horrenda, o motivo pelo qual os havia colocado em posição elevada ali para receber poeira e moscas em vez de encontrar um lugar para eles em sua casa. É claro que eu nunca experimentara um dia de verão em Londres, e meu ânimo poderia estar sobrecarregado pelo ar quente e evacuado pela poeira e sujeira que cobria tudo ali. Mas me sentei e fiquei pensando enquanto esperava o Sr. Jaggers na pequena sala, até que não pude mais suportar os dois rostos de gesso sobre a prateleira acima da cadeira do Sr. Jaggers, então levantei-me e saí.

Quando disse ao funcionário que eu ia dar uma volta ao ar livre enquanto esperava, ele me aconselhou virar a esquina e então chegaria a Smithfield. Cheguei em Smithfield, e o lugar era indecente, imundo e engordurado, com sangue e espuma, que pareciam grudar em mim. Então corri dali o mais rápido que pude e, ao virar em uma rua, vi a grande cúpula preta da Catedral de Saint Paul destacando-se por trás de uma construção feia de pedra, que, de acordo com um sujeito ali parado, era o Presídio de Newgate. Seguindo o muro do presídio, encontrei a estrada coberta por palha para amortecer o barulho dos veículos que transitavam, e por isso e por causa da quantidade de pessoas paradas ali fedendo a destilados e cerveja deduzi que era dia de julgamento.

Enquanto olhava à minha volta, um oficial da justiça demasiadamente sujo e parcialmente bêbado me perguntou se eu gostaria de entrar para ver um julgamento, informando-me que poderia me colocar em um lugar na frente por meia coroa, e que dessa forma teria a visão completa do presidente da suprema corte com sua peruca e toga, mencionava esse personagem pavoroso como se fosse de cera, e então o oferecia mediante dezoito pence. Como recusei a proposta alegando ter um compromisso, ele foi muito gentil e me levou até o pátio para me mostrar onde ficavam as forcas, e também o local onde as pessoas eram chicoteadas publicamente, e então me mostrou a Porta dos Devedores, da qual acusados saíam para serem enforcados em seguida, tornando o medonho portal mais interessante fazendo-me entender que "quatro deles" sairiam por aquela porta, dois dias depois, às oito horas da manhã, para serem mortos sucessivamente. Isso era horrível, e causou-me uma impressão doentia de Londres, mais ainda porque o proprietário do Ministério da Justiça vestia (desde o sapato até as botas, incluindo até mesmo seu lenço de bolso) roupas emboloradas que evidentemente não haviam lhe pertencido desde sempre, a cujo fato relacionei, em minha cabeça, que ele havia comprado do carrasco por uma bagatela. Sob essas circunstâncias, vi-me livre dele com muito prazer por um xelim.

Voltei ao escritório para perguntar se o Sr. Jaggers já havia voltado, e ouvindo que ainda estava ausente fui dar outra volta. Dessa vez, passeei por Little Britain e entrei em Bartholomew Close, e agora me conscientizava de que outras pessoas estavam esperando o Sr. Jaggers, como eu. Havia dois homens de aparência misteriosa vadiando por Bartholomew Close, ocupando-se em enfiar seus pés nas rachaduras do pavimento enquanto caminhavam juntos, um dos dois dizendo para o outro, quando passaram por mim pela primeira vez: "Jaggers o faria se necessário fosse". Havia um grupo de três homens e duas mulheres parado em uma esquina, e uma das mulheres chorava dentro de seu xale, e a outra a consolava, dizendo, ao puxar seu próprio xale sobre os ombros: "Jaggers está a favor dele, Melia, e o que mais poderia querer?". Havia um pequeno judeu de olhos vermelhos que chegara ao pátio enquanto eu matava o tempo por ali, acompanhado por outro pequeno judeu que ele havia enviado para mandar alguma mensagem, e enquanto o mensageiro saiu observei esse judeu, que tinha o temperamento altamente irritável, quase dançando com ansiedade embaixo de um poste de luz, repetindo, freneticamente, as palavras: "Oh, Jaggerth, Jaggerth, Jaggerth! Todos os outros não prestam, dême Jaggerth!". Esses testemunhos sobre a popularidade de meu guardião causaram uma forte impressão em mim, e eu admirei e me pus a pensar mais que nunca.

Depois de um tempo, enquanto eu olhava para fora do portão de Bartholomew Close, onde ficava Little Britain, vi o Sr. Jaggers vindo em minha direção. Todos os outros que estavam esperando o viram no mesmo momento e causaram um agito à sua volta. O Sr. Jaggers, colocando uma mão sobre meu ombro, encaminhando-me a seu lado sem me dizer nada, dirigiu-se a seus seguidores.

Primeiramente, pegou os dois homens misteriosos.

"Bem, não tenho nada a dizer a vocês", disse o Sr. Jaggers, com o dedo em riste. "Não quero saber mais do que já sei. Quanto ao resultado, trata-se de algo imprevisível. Disse-lhes desde o início que era imprevisível. Vocês pagaram Wemmick?"

"Conseguimos o dinheiro hoje pela manhã, senhor", um deles disse, submisso, enquanto o outro analisava o rosto de Jaggers.

"Não estou perguntando quando conseguiram o dinheiro, ou onde, ou ao menos se o conseguiram. Wemmick recebeu?"

"Sim, senhor", disseram os dois homens, ao mesmo tempo.

"Muito bem, então podem ir. E agora chega!", disse o Sr. Jaggers, fazendo um gesto de dispensa com a mão para que ficassem para trás. "Se me disserem mais uma palavra, largo o caso."

"Nós pensamos, Sr. Jaggers" – um dos homens começou a dizer, tirando o chapéu.

"Foi isso que mandei não fazer", disse o Sr. Jaggers. "Você pensou! Eu penso por você, já lhe é suficiente. Se eu quiser falar com você, sei onde encontrá-lo. Não quero que você me encontre. Chega. Não quero ouvir uma palavra."

Os dois homens se entreolharam enquanto o Sr. Jaggers fazia o gesto com a mão, e humildemente recuaram e não disseram mais nada.

"Quanto a você!", disse o Sr. Jaggers, parando bruscamente, virando-se às duas mulheres com os xales, das quais os três homens haviam se afastado, resignados. "Oh! Amelia, certo?"

"Sim, Sr. Jaggers."

"E você se lembra", retorquiu o Sr. Jaggers, "que se não fosse por mim não estaria ou poderia estar aqui?".

"Oh, sim, senhor!", exclamaram ambas as mulheres ao mesmo tempo. "Deus o abençoe, senhor, bem sabemos!"

"Então por que", disse o Sr. Jaggers, "você vem aqui?".

"Meu Bill, senhor!", a mulher, queixosa, pedia.

"Agora, vou lhe dizer uma coisa!", disse o Sr. Jaggers. "De uma vez por todas. Se você não sabe que Bill está em boas mãos, eu sei. E se você vier aqui queixando-se a respeito de Bill farei de você e de seu Bill um exemplo, e o deixarei escapar por entre meus dedos. Vocês pagaram Wemmick?"

"Oh, sim, senhor!" Cada centavo."

"Muito bem. Então já fizeram tudo o que tinham de fazer. Digam mais uma palavra, uma palavrinha, e Wemmick lhes devolverá seu dinheiro."

Essa terrível ameaça fez com que as duas mulheres recuassem imediatamente. Não sobrou ninguém ali além do irritável judeu, que já havia levantado a barra do casaco do Sr. Jaggers e levado-a aos lábios diversas vezes.

"Não conheço esse homem!", disse o Sr. Jaggers, com o mesmo tom severo: "O que essa criatura quer?".

"Esssscute-me, Ssssenhor Jaggersss. Ssssou irmão de Habraham Latharuth".

"Quem é ele?", disse o Sr. Jaggers. "Largue meu casaco."

O litigante, beijando a bainha da roupa novamente, antes de soltá-la, respondeu: "Habraham Latharuth, sssussssspeito da placa."

"Você está muito atrasado", disse o Sr. Jaggers. "Estou representando a outra parte."

“Ssssanto pai, Ssssenhor Jaggerssss!”, exclamou o sujeito irritável, empalidecendo, “não diga que essstá contra Habraham Latharuth!”.

“Estou”, disse o Sr. Jaggers, “e já chega disso. Saia da minha frente”.

“Ssssenhor Jaggerssss! Ssssó um momentinho! Meu próprio primo foi ver o Ssssenhor Wemmick agora messsssmo, para lhe oferecccer qualquer negóccccio. Ssssenhor Jaggerssss! Sssssó um momentinho de verdade! Sssse tiver reccccebido da outra parte qualquer preççço ssssuperior! Dinheiro não é problema... Ssssenhor Jaggerssss... Ssssenhor!”

Meu guardião se livrou do litigante com completa indiferença, deixando-o dançando no pavimento como se estivesse em brasas. Sem qualquer outra interrupção, chegamos ao escritório, onde encontramos o funcionário e o homem de tecido que imitava volume com o chapéu de pelos.

“Aqui está Mike”, disse o funcionário, descendo de sua banqueta, aproximando-se do Sr. Jaggers de maneira confidencial.

“Oh!”, disse o Sr. Jaggers, voltando-se ao homem, que puxava um cacho de cabelo no meio da testa, como o touro de Cock Robin puxando o cordão do sino; “seu homem vem hoje à tarde. E então?”.

“Bom, Sr. Jaggers”, respondeu Mike, com a voz de quem sofria um resfriado geral, “depois de uma boa dose de encrenca, encontrei um, senhor, que acho que servirá”.

“O que ele está preparado para jurar?”

“Bom, Sr. Jaggers”, disse Mike, limpando o nariz na pele do chapéu dessa vez, “de maneira geral, creio”.

O Sr. Jaggers de repente ficou muito bravo. “Veja, eu o avisei antes”, ele disse, atirando o dedo indicador na cara do cliente, que estava apavorado, "que se você alguma vez presumisse falar dessa forma aqui, lhe tornaria um exemplo. Seu canalha dos infernos, como ousa dizer isso a MIM?".

O cliente parecia assustado, mas confuso também, como se estivesse inconsciente do que havia feito.

"Tonto!", disse o atendente, em voz baixa, aplicando-lhe um cutucão com o cotovelo. "Cabeça mole! Precisava dizer isso cara a cara?"

"Bem, vou lhe perguntar, seu idiota desastrado", disse meu guardião, com muita severidade, "mais uma vez e pela última, o que o homem que você trouxe aqui está preparado para jurar?".

Mike olhou duramente para meu guardião, como se ele estivesse tentando aprender uma lição através de seu semblante, e respondeu, lentamente: "Jurar pelo caráter, ou em tê-lo tido em sua companhia na noite em questão sem nunca tê-lo deixado".

"Bem, cuidado. Em que posição social se encontra esse homem?"

Mike olhou para seu chapéu, olhou para o chão, olhou para o teto, e olhou para o funcionário, e até mesmo olhou para mim, antes de começar a responder de maneira nervosa: "Nós o vestimos como" – quando meu guardião explodiu:

"O quê? É VERDADE?"

("Tonto!", acrescentou o funcionário novamente, com outro cutucão.)

Depois de olhar à sua volta, impotente, Mike animou-se e começou novamente:

"Ele está vestido de maneira respeitável, um vendedor de tortas. Como se fosse um confeiteiro."

"Ele está aqui?", perguntou meu guardião.

"Deixei-o", respondeu Mike, "nos degraus de entrada da esquina".

"Diga que passe em frente à janela para que eu possa vê-lo."

A janela indicada era a do escritório. Nós três fomos até ela, atrás da persiana, e depois de um tempo vimos o cliente passar como se acidentalmente, com um indivíduo alto, que parecia um assassino, vestindo um terno curto de linho branco e chapéu de papel. O confeiteiro inocente não estava nada sóbrio e tinha um olho roxo já no estágio de recuperação amarelado, que estava pintado para disfarçar.

"Diga-lhe para levar sua testemunha embora já", disse meu guardião para o funcionário, com extremo desgosto, "e pergunte a ele o que espera trazendo uma criatura como essa".

Meu guardião então me levou para sua própria sala, e enquanto almoçava, em pé, com uma lancheira e um cantil de vinho xerez (parecia ameaçar seu próprio sanduíche enquanto o comia), disse-me sobre o que havia preparado para mim. Eu deveria ir para o "Albergue de Barnard", aos aposentos para jovens do Sr. Pocket, onde uma cama havia sido enviada para minha acomodação. Eu deveria permanecer ali com o Sr. Pocket até segunda-feira. Na segunda-feira, eu deveria acompanhá-lo à casa de seu pai para visitá-lo, para ver se eu gostava. Além disso, disse-me quanto seria minha mesada – era muito generosa – e meu guardião tirou de uma de suas gavetas os cartões de certos comerciantes com quem eu deveria ter para tratar de todos os tipos de trajes, e de algumas outras coisas de que eu viesse a necessitar. "Creio que achará bom o valor, Sr. Pip", disse meu guardião, cujo cantil de xerez cheirava como um barril inteiro, uma vez que ele já o bebera completamente, "mas terei permissão para verificar suas contas, e para interrompê-lo, caso julgue que você está encrencado com a polícia. É claro que acabará cometendo erros, de alguma forma, mas não será culpa minha".

Depois de ter ponderado um pouco a respeito desse sentimento encorajador, perguntei ao Sr. Jaggers se poderia chamar uma carruagem. Ele disse que não valia a pena, pois eu estava bastante próximo a meu destino. Wemmick poderia me acompanhar, se eu desejasse.

Então fiquei sabendo que Wemmick era seu funcionário, trabalhando na sala ao lado. Outro funcionário foi chamado lá de cima para substituí-lo enquanto ele estivesse fora, e assim o acompanhei pela rua, depois de trocar um aperto de mão com meu guardião. Encontramos mais um grupo de pessoas esperando lá fora, mas Wemmick abriu espaço entre eles dizendo, de maneira fria, porém determinada: "Digo-lhes já que não adianta, ele não terá nada a dizer a nenhum de vocês", e logo nos livramos deles, e caminhamos lado a lado.

Capítulo XXI

Observando o Sr. Wemmick enquanto caminhávamos para ver seu aspecto à luz do dia, achei-o mordaz, de estatura bastante baixa, o rosto quadrado com aspecto de madeira, cuja expressão parecia ter sido esculpida de maneira imperfeita com um cinzel cego. Havia algumas marcas em seu rosto que poderiam ter sido covinhas, caso o material fosse mais macio, e o instrumento mais afiado, mas que eram apenas vincos. O cinzel havia criado três ou quatro dessas tentativas de embelezamento em seu nariz, mas havia desistido delas sem qualquer esforço de suavizá-las. Julguei que fosse solteiro por causa de suas vestes puídas, e ele parecia ter passado por muitos lutos consideráveis, pois usava pelo menos quatro anéis de viúvo, além de um broche retratando uma dama e um salgueiro-chorão, com um túmulo e uma urna sobre ele. Também notei vários anéis e sinetes pendurados na corrente de seu relógio, como se tivesse muitas recordações de amigos perdidos. Seus olhos eram brilhantes, pequenos, ávidos e negros, e os lábios, largos e manchados. Devia ter, segundo me parecia, entre quarenta e cinquenta anos.

"Então, nunca esteve em Londres antes?", Wemmick perguntou-me.

"Não", eu disse.

"Já fui novato aqui também", disse o Sr. Wemmick. "Estranho pensar nisso agora!"

"Já está bem familiarizado agora?"

"Ora, sim", disse o Sr. Wemmick. "Já sei como funciona."

"É um lugar muito perverso?", perguntei, mais para dizer qualquer coisa do que pela informação em si.

"Você pode ser traído, roubado e assassinado em Londres. Mas existem muitas pessoas em qualquer lugar que poderão fazer o mesmo a você."

"Se houver problemas entre vocês", eu disse, para suavizar um pouco a situação.

"Oh! Não sei sobre problemas", respondeu o Sr. Wemmick, "não costuma ter muito problema por aqui. Eles só acontecem se quiserem alguma coisa com isso".

"Isso é ainda pior."

"Você acha?", respondeu o Sr. Wemmick. "Acho que acaba dando no mesmo, creio."

Ele usava seu chapéu na parte de trás da cabeça e olhava bem reto, caminhando com indiferença, como se não houvesse nada nas ruas que pudesse chamar sua atenção. Sua boca lembrava a boca de uma caixa de correspondência, e assim seu sorriso parecia mecânico. Havíamos chegado ao topo de Holborn Hill quando compreendi que ele não estava sorrindo, mas que era uma espécie de aparência automática.

"Você sabe onde o Sr. Matthew Pocket mora?", perguntei ao Sr. Wemmick.

"Sim", ele respondeu, apontando com a cabeça na direção. "Em Hammersmith, oeste de Londres."

"É longe?"

"Bem! Digamos que cinco milhas."

"Conhece-o?"

"Ora, você é um belo de um interrogador!", disse o Sr. Wemmick, olhando para mim com ar de aprovação. "Sim, conheço-o. Conheço-o!"

Havia um ar de tolerância ou depreciação na pronúncia dessas palavras que me deixaram bastante desanimado, e eu ainda olhava para o lado, buscando no bloco de seu rosto qualquer sinal favorável ao assunto, quando ele disse que havíamos chegado ao Albergue de Barnard. Meu desânimo não foi aliviado pelo aviso, pois eu supunha que o estabelecimento fosse um hotel mantido pelo Sr. Barnard, comparado ao qual o Javali Azul em nossa cidade seria uma mera taberna. Eis que agora eu descobria que Barnard era apenas um espírito desencarnado, ou uma lenda, e que seu albergue era uma concentração imunda de edificações nojentas apertadas em uma esquina malcheirosa que servia como um antro para gatos.

Entramos nesse belo lugar por uma portinhola e fomos atirados por um corredor de entrada para uma pequena praça melancólica que me parecia um cemitério plano. Achei suas árvores muito deprimentes, os pardais ali muito deprimentes, os gatos muito deprimentes, e as construções muito deprimentes (havia cerca de meia dúzia delas). Notei que as janelas dos conjuntos de quartos em que as casas eram divididas possuíam persianas e cortinas em péssima condição, vasos de flores estragadas, vidros rachados, deteriorações pulverulentas e improvisações horríveis. Enquanto "Aluga-se", "Aluga-se", "Aluga-se" apareciam à minha frente em quartos vazios, como se nenhum miserável novo viesse se hospedar ali, a vingança da alma de Barnard apaziguava-se tão demoradamente pelo suicídio gradual dos ocupantes e de seus sepultamentos pecaminosos embaixo das pedras. Uma mortalha largada com fuligem e fumaça cobria essa criação abandonada de Barnard, com cinzas espalhadas sobre a cabeça, sofrendo a penitência e a humilhação como um mero buraco empoeirado. Isso era somente o que minha vista podia alcançar, enquanto podridão seca e podridão úmida e todas as podridões silenciosas que apodrecem em telhados e porões abandonados – podridão de ratos, camundongos, insetos e de estábulos logo à mão – dirigiam-se vagamente a meu sentido olfativo, e gemiam: "Experimente a Mistura de Barnard".

Essa percepção de minhas grandes esperanças foi tão imperfeita que olhei com tristeza para o Sr. Wemmick. "Ah!", ele disse, equivocado, "esse retiro lembra-lhe o interior. Acontece a mim também".

Ele me conduziu a um canto, depois às escadas. Subimos um lance delas – que me pareciam estar lentamente se desfazendo em um monte de serragem até que um dia os hóspedes do andar de cima olhariam por suas portas sem meios de poder descer – a um conjunto de quartos no andar de cima. SR. POCKET, JR. estava pintado na porta, e havia uma plaquinha na caixa de correspondência que dizia: "Volto logo".

"Ele mal podia esperar que você viesse tão logo", o Sr. Wemmick explicou. "Não precisa mais de mim?"

"Não, obrigado", eu disse.

"Como cuido do dinheiro", o Sr. Wemmick observou, "deveremos nos encontrar logo em breve. Bom dia".

"Bom dia."

Estendi minha mão, e o Sr. Wemmick inicialmente olhou para ela como se eu estivesse pedindo algo. Então olhou para mim e disse, corrigindo-se: "Certamente. Sim. Tem o hábito de trocar apertos de mão?".

Fiquei bastante confuso, pensando que isso estava fora de moda em Londres, mas disse que sim.

"Perdi o costume!", disse o Sr. Wemmick – "exceto agora. Muito prazer, certamente, em conhecê-lo. Bom dia!".

Depois que trocamos o aperto de mão, e ele se foi, abri a janela das escadas e quase perdi a cabeça, pois os cordões haviam apodrecido, e a janela caiu como uma guilhotina. Felizmente isso aconteceu muito rápido, e não tive tempo de colocar minha cabeça para fora. Depois de ter me safado, fiquei contente com a vista nebulosa do Albergue pela sujeira encrustada na janela, e em ficar ali olhando para fora, pesaroso, dizendo a mim mesmo que Londres era de fato superestimada.

A ideia do Sr. Pocket quanto ao significado de "logo" era diferente da minha, pois quase fiquei louco olhando para fora por meia hora, e escrevi meu nome com o dedo diversas vezes sobre a sujeira de todos os painéis da janela, até que ouvi passos na escada. Gradualmente, surgiam à minha frente o chapéu, a cabeça, o lenço no pescoço, o colete, as calças e as botas de um membro da sociedade de posição semelhante à minha. Tinha um saco de papel embaixo de cada braço, uma tigela de morangos em uma mão, e estava sem fôlego.

"Sr. Pip?", ele disse.

"Sr. Pocket?", eu disse.

"Minha nossa!", ele exclamou. "Sinto muitíssimo, mas eu sabia que havia uma carruagem vindo do interior ao meio-dia, e pensei que você chegaria nela. O fato é que estava fora por sua causa, não que seja qualquer desculpa, pois pensei, vindo do interior, que você gostaria de um pouco de fruta depois do almoço, e fui até o Mercado de Covent Garden para comprar o que há de melhor."

Por questões particulares, senti que meus olhos iam pular para fora de minha cabeça. Agradeci-lhe por sua atenção de maneira desordenada e comecei a pensar que estava sonhando.

"Minha nossa!", disse o Sr. Pocket Jr. "Essa porta sempre emperra!"

Como ele logo foi transformando sua fruta em geleia ao lutar com a porta com os sacos de papel debaixo dos braços, pedi que me permitisse segurá-los. Ele os soltou com um sorriso agradável e brigou com a porta como se fosse uma fera selvagem. Ela cedeu tão subitamente afinal que ele tropeçou para cima de mim, e eu tropecei para cima da outra porta, e nós dois caímos no riso. Mas eu ainda sentia que meus olhos iam pular para fora de minha cabeça.

"Por favor, entre", disse o Sr. Pocket Jr. "Deixe-me mostrar-lhe o caminho. Está um tanto vazio, mas espero que você possa aguentar bem até segunda-feira. Meu pai achou que você ficaria melhor comigo do que com ele até lá, e que talvez pudesse aproveitar para conhecer Londres. Estou certo de que ficaria muito contente em levá-lo para conhecer a cidade. Quanto a nossas refeições, não creio que as achará ruins, pois virão de nossa cafeteria aqui e (é preciso acrescentar) deverão ser pagas por você, conforme as explicações do Sr. Jaggers. Quanto à nossa acomodação, não chega perto de ser maravilhosa, porque eu preciso ganhar meu próprio sustento, e meu pai não tem nada a me dar, e eu não aceitaria, caso tivesse. Essa é nossa sala de estar, somente cadeiras, mesas e tapete, coisas desse tipo, você vê, que é o que eles puderam trazer da casa. A toalha, as colheres e os galheteiros também não são créditos meus, pois vêm da cafeteria. Esse é meu quartinho, um tanto mofado, mas tudo em Barnard é mofado. Esse é seu quarto, a mobília foi alugada para essa ocasião, mas creio que servirá ao propósito. Se precisar de qualquer coisa, eu mesmo buscarei para você. Os cômodos são isolados, e deveremos estar sozinhos juntos, mas não deveremos brigar, é preciso dizer. Mas, minha nossa, peço-lhe perdão, você está segurando essa fruta esse tempo todo. Por favor, deixe-me segurar esses sacos. Estou até envergonhado."

Parado em frente ao Sr. Pocket Jr., entregando-lhe seus sacos, um, dois, vi surgir em seus olhos o mesmo reconhecimento que eu sabia ter nos meus, e ele disse, recuando:

"Deus do céu, você é o menino perambulando!"

"E você", eu disse, "é o jovem cavalheiro pálido!".

Capítulo XXII

O jovem cavalheiro pálido e eu ficamos parados, um na frente do outro, a contemplar-nos, no Albergue de Barnard, até que ambos caímos no riso. "Imagine isso, você!", ele disse. "Imagine isso, você!", eu disse. E então ficamos nos olhando novamente, e rimos mais uma vez. "Bom!", disse o jovem cavalheiro pálido, estendendo a mão de maneira bem-humorada: "Agora está tudo acabado, espero, e seria muito generoso de sua parte se me perdoasse por ter batido em você daquela maneira".

Interpretei de sua fala que a intenção do Sr. Herbert Pocket (pois Herbert era o nome do jovem cavalheiro pálido) ainda se confundia com sua execução. Mas dei uma resposta modesta e trocamos um aperto de mão amigável.

"Você não havia recebido a fortuna ainda naquela época?", perguntou-me Herbert Pocket.

"Não", eu disse.

"Não", ele repetiu, concordando. "Ouvi dizer que aconteceu recentemente. Eu mesmo estava em busca de boa fortuna naquela época."

"Verdade?"

"Sim. A Senhorita Havisham havia me chamado para ver se poderia gostar de mim. Mas não poderia, de todo modo, não gostou."

Achei que seria respeitoso observar que aquilo me admirava.

"Mau gosto", disse Herbert, rindo, "porém um fato. Sim, ela havia me chamado para uma visita experimental, e se eu obtivesse êxito suponho que receberia uma fortuna. Talvez eu me tornasse aquilo lá... de Estella".

"O que quer dizer?", perguntei, subitamente sério.

Ele estava arrumando sua fruta em um prato enquanto conversávamos, o que distraía sua atenção, e fora a causa de seu lapso ao dizer a palavra. "Noivo", ele explicou, ainda ocupado com a fruta.

"Comprometido. Nubente. O que seja. Qualquer palavra desse tipo." "Como suportou a decepção?", perguntei. "Bah!", ele respondeu, "eu não me importei muito. Ela é uma medrosa".

"A Senhorita Havisham?"

"Não poderia negar, nesse caso, mas estava me referindo a Estella. É uma garota difícil, arrogante e caprichosa em grande medida, e foi criada pela Senhorita Havisham para causar o sentimento de vingança em todos os sujeitos do sexo masculino."

"Qual é sua relação com a Senhorita Havisham?"

"Nenhuma", ele respondeu. "Foi adotada, só isso."

"Por que haveria de causar o sentimento de vingança em todos os sujeitos do sexo masculino? Que vingança?"

"Meu Deus, Sr. Pip!", ele disse. "Você não sabe?"

"Não", eu disse.

"Céus! É uma longa história, vamos esperar até a hora do jantar. Agora deixe-me tomar a liberdade de lhe fazer uma pergunta. Como apareceu lá, naquele dia?"

Contei-lhe, e ele prestou atenção até o fim, e então caiu no riso de novo, e perguntou-me se eu havia ficado dolorido no dia seguinte. Não lhe perguntei se ele ficara, pois já me convencera perfeitamente de suas respostas naquele ponto.

"Sr. Jaggers é seu guardião, sim?", ele continuou.

"Sim."

"Você sabe que ele é o empresário e advogado da Senhorita Havisham e que ela confia somente nele?"

Isso estava me levando (eu podia sentir) para um terreno perigoso. Respondi, de maneira constrangida que não tentei disfarçar, que havia visto o Sr. Jaggers na casa da Senhorita Havisham no mesmo dia de nossa luta, mas nunca em qualquer outro momento. E que eu acreditava que ele não se lembrava de ter me visto lá também.

"Ele foi tão gentil em se predispor como seu guardião a meu pai, e então conversou com meu pai para fazer a proposta. É claro que ele conheceu meu pai por intermédio da Senhorita Havisham. Meu pai é primo da Senhorita Havisham, não que isso implique em qualquer relacionamento estreito entre eles, pois ele é um péssimo cortesão e não a satisfaria."

Herbert Pocket tinha um jeito franco e tranquilo que o tornava muito cativante. Eu jamais conhecera ninguém assim até então, e jamais conheci desde então, que se expressasse a mim, de maneira tão intensa, em sua aparência e tom, uma incapacidade tão natural de fazer algo dissimulado e maldoso. Havia algo incrivelmente esperançoso em suas maneiras gerais, e algo que ao mesmo tempo me sussurrava que ele jamais seria bem-sucedido ou rico. Não consigo explicar. Fiquei tomado por tal noção pela primeira vez quando nos sentamos para jantar, mas não consigo explicar como.

Ele ainda era um cavalheiro pálido e jovem, e tinha certa languidez adquirida que se misturava a seu ânimo e vivacidade que não parecia indicar qualquer qualidade natural. Não tinha o rosto bonito, mas era mais que bonito: era extremamente amigável e alegre. Sua figura ainda era um tanto desengonçada, como nos dias em que os nós de meus dedos haviam tomado tais liberdades para com ele, mas parecia que seria sempre leve e jovem. Se o trabalho do Sr. Trabb ficaria mais gracioso nele do que em mim, é de se questionar. Mas tenho consciência de que ele vestia suas roupas velhas muito melhor do que eu vestia meu terno novo.

Como ele era muito comunicativo, senti que timidez de minha parte seria uma reação ruim e inapropriada para nossa idade. Então contei-lhe minha pequena história, e enfatizei minha proibição em perguntar quem era meu benfeitor. Em seguida mencionei que como eu havia sido criado por um ferreiro no campo e que conhecia muito pouco a respeito da polidez, ficaria muitíssimo contente se ele me ajudasse quando visse que eu estava desorientado ou equivocado.

"Com prazer", ele respondeu, "embora eu arrisque dizer de antemão que você não precisará de muita ajuda. Creio que estaremos quase sempre juntos e que eu gostaria de banir qualquer comedimento desnecessário entre nós. Você me faria a gentileza de me chamar logo pelo meu nome de batismo, Herbert?"

Agradeci-lhe e disse que o faria. Informei-lhe, em troca, que meu nome de batismo era Philip.

"Não gosto de Philip", ele disse, sorrindo, "porque soa como um menino de virtudes morais de algum livro de ortografia, que era tão preguiçoso que caiu dentro de um lago, ou tão gordo que não conseguia ver nada, ou tão avarento que escondeu seu bolo até os ratos comerem, ou tão determinado a invadir um ninho de pássaros que foi devorado por ursos que viviam próximo à vizinhança. Vou dizer o que eu preferiria. Estamos em boa harmonia, você já foi um ferreiro – se importaria?".

"Não me importaria com nada que você propusesse", respondi, "mas não o compreendo".

"Poderia chamá-lo de Handel? Há uma bela peça musical de Handel, chamada O Ferreiro Harmonioso."

"Eu adoraria."

"Então, caro Handel", ele disse, virando-se, ao abrir a porta, "aqui está o jantar, e peço-lhe que sente à cabeceira da mesa, porque você está pagando pelo jantar".

Não aceitei me sentar à cabeceira, então ele se sentou, e ficamos um de frente para o outro. Foi um jantar simples e agradável – à época, me parecia um grande Banquete para o Prefeito – e havia ainda um prazer adicional em ser desfrutado sob aquelas circunstâncias de independência, sem pessoas velhas, e com toda a cidade de Londres à nossa volta. Isso novamente foi elevado por uma certa característica cigana que havia no banquete, pois a mesa era, como o Sr. Pumblechook teria dito, luxuosa – completamente equipada pela cafeteria – a parte adjacente à sala de estar tinha um caráter comparativamente pouco apetecível e esquivo, impondo ao garçom o hábito de perambular, colocando as tampas no chão (nas quais tropeçou), a manteiga derretida na poltrona, o pão na estante de livros, o queijo no compartimento para carvão, e a galinha cozida na cama do cômodo ao lado – onde encontrei um tanto de sua salsinha e manteiga em estado de congelamento quando fui dormir. Tudo isso tornou o banquete muito agradável, e quando o garçom não estava lá para me olhar meu prazer era completo.

Havíamos avançado um pouco com o jantar, quando lembrei Herbert de sua promessa em me contar sobre a Senhorita Havisham.

"É verdade", ele respondeu. "Vou me redimir de uma vez. Deixe-me introduzir o assunto, Handel, mencionando que em Londres não se costuma colocar a faca na boca – por causa de acidentes – e que enquanto o garfo é reservado para essa função não é necessário enfiá-lo dentro da boca mais que o necessário. Não tem muita importância, mas é melhor fazer como todo mundo. Além disso, a colher não costuma ser colocada sobre a mão, mas embaixo. Isso tem duas vantagens. Você consegue chegar melhor à sua boca (que, afinal, é o objeto), e você economiza bastante na hora de abrir as ostras, no que diz respeito ao cotovelo direito."

Ele ofereceu essas sugestões amistosas de maneira tão divertida que ambos rimos e quase não me senti corado.

"Muito bem", ele continuou, "no que diz respeito à Senhorita Havisham. A Senhorita Havisham, você deve saber, foi uma criança mimada. Sua mãe morreu quando ela era bebê, e seu pai nunca lhe negou nada. Seu pai era um homem do interior, que vivia em uma área remota, e era cervejeiro. Não sei por que se considera algo superior ser cervejeiro, mas não há discussões de que embora não se possa ser requintado como padeiro, pode-se ser requintadíssimo como cervejeiro. Vemos isso diariamente".

"Ainda assim, um cavalheiro não pode manter uma taberna, pode?", perguntei.

"De maneira nenhuma", respondeu Herbert, "mas uma taberna pode manter um homem. Bem! O Sr. Havisham era muito rico e orgulhoso. E assim também era sua filha".

"A Senhorita Havisham era filha única?", arrisquei.

"Espere um pouco, estou chegando a isso. Não, ela não era filha única, tinha um meio-irmão. Seu pai se casou novamente em segredo – com sua cozinheira, acho."

"Achei que era um homem orgulhoso", eu disse.

"Meu caro Handel, ele era sim. Casou-se com sua segunda esposa em segredo porque era orgulhoso, e algum tempo depois ela morreu. Quando ela morreu, pelo que sei, ele primeiro contou à sua filha o que tinha feito, e então o filho se tornou parte da família e passou a residir na casa que você conheceu. Quando o filho cresceu, tornou-se descontrolado, extravagante, desobediente – tudo que há de ruim. Finalmente, seu pai o deserdou, mas amoleceu quando estava morrendo, deixando-o em boa situação, ainda que não tão boa quanto à da Senhorita Havisham. Beba mais uma taça de vinho, e perdoe-me, mas a sociedade como um grupo não espera que alguém seja tão seriamente respeitável ao esvaziar a própria taça e apoiar sua borda sobre o nariz."

Era o que eu estava fazendo, tamanha era minha concentração na história que ele contava. Agradeci-lhe e pedi desculpas. Ele disse: "Imagine", e continuou.

"A Senhorita Havisham tornara-se então herdeira, e você deve imaginar que passou a ser desejada como grande partido. Seu meio-irmão tinha posses grandes novamente, mas endividou-se e em outro ataque de loucura desperdiçou tudo outra vez. Havia maiores diferenças entre ele e ela do que havia entre ele e seu pai, e suspeita-se que ele nutrisse um rancor profundo e mortal contra ela por ter influenciado a fúria de seu pai. Agora chego à parte cruel da história – só faço uma breve interrupção, caro Handel, para observar que o guardanapo não deve ser colocado dentro do copo."

Por que motivo eu estava tentando enfiar o meu dentro do copo não sou capaz de dizer. Só sei que me encontrava em perseverança de uma causa muito maior fazendo grandes esforços para comprimi-lo dentro daqueles limites. Novamente lhe agradeci e pedi desculpas, e outra vez ele respondeu, da maneira mais alegre possível: "Imagine, não foi nada!", e continuou.

"Apareceu na cena – digamos nas corridas, nos bailes públicos ou em qualquer lugar que você imaginar – certo homem, que dormiu com a Senhorita Havisham. Nunca o vi (pois isso aconteceu vinte e cinco anos atrás, antes que você e eu tivéssemos nascido), mas ouvi meu pai mencionar que era um homem vistoso, o tipo de homem ideal para ela. Mas esse homem não poderia, senão por ignorância ou preconceito, ser confundido com um cavalheiro, meu pai afirma categoricamente, porque, de acordo com seu princípio, nenhum homem que não seja um cavalheiro verdadeiro no fundo do coração o poderia ser em suas maneiras desde que o mundo é mundo. Ele diz que nenhum verniz pode esconder as ranhuras da madeira, e que quanto mais verniz se coloca, mais se percebe suas ranhuras. Bem! Esse homem perseguiu a Senhorita Havisham e declarou que seria devoto a ela. Creio que ela não tenha mostrado muita susceptibilidade na época, mas toda a susceptibilidade que ela possuía de certo surgiu naquele momento, e ela passou a amá-lo apaixonadamente.

Não há dúvida de que ela o idolatrava muito. Ele exercia sua afeição de maneira tão sistemática que obteve dela grandes somas de dinheiro, além de induzi-la a comprar a parte do irmão da cervejaria (que havia sido, em um momento de fraqueza, deixada a ele pelo pai) por um valor imenso, sob o pretexto de que quando ele fosse seu marido, ele deveria manter e gerenciar tudo. Seu guardião não era conselheiro da Senhorita Havisham na época, e ela era arrogante demais e estava apaixonada demais para ser aconselhada por qualquer pessoa. Seus parentes eram pobres e aproveitadores, com exceção de meu pai. Ele era bem pobre, mas não era oportunista nem ciumento. Sendo o único independente entre eles, ele a avisou que ela estava indo longe demais por aquele homem e que estava se sujeitando demais a seu poder. Ela aproveitou a primeira oportunidade que teve para furiosamente mandar meu pai embora da casa, na presença do noivo, e meu pai nunca mais a viu desde então."

Pensei nela dizendo: "Matthew virá me ver finalmente quando eu estiver morta sobre aquela mesa", e perguntei a Herbert se seu pai era tão avesso a ela.

"Não é isso", ele respondeu, "mas ela o acusou na frente de seu noivo de estar desapontado com a esperança de a bajular para seu próprio benefício, e, caso ele a visitasse agora, isso pareceria verdade – até mesmo para ele – e mais ainda para ela. Voltando ao homem, para terminar. O dia do casamento estava marcado, os trajes comprados, a celebração toda planejada, e as pessoas foram convidadas. O dia chegou, mas o noivo não. Escreveu uma carta".

"Que ela recebeu", interrompi-o, "quando estava se vestindo para o casamento? Às vinte para as nove?".

"Precisamente nesse horário", disse Herbert, acenando com a cabeça, "horário esse em que depois todos os relógios pararam. O que houve além do rompimento cruel do casamento não posso lhe dizer porque não sei. Quando ela se recuperou de uma doença terrível que a acometeu, largou o lugar todo às traças, como você mesmo constatou, e ela nunca mais viu a luz do dia".

"É essa a história toda?", perguntei, refletindo.

"É tudo o que sei, e seriamente só sei esse tanto, e juntando as peças por mim mesmo, porque meu pai sempre evita o assunto e, até mesmo quando a Senhorita Havisham convidou-me para visitá-la, não me disse mais nada além do mínimo necessário que eu deveria compreender. Mas me esqueci de uma coisa. Supôs-se que o homem em que ela equivocadamente depositou sua confiança agiu em conchavo com seu meio-irmão, isto é, que houve uma conspiração entre os dois e que compartilharam os ganhos."

"Admira-me que ele não tenha casado com ela e ficado com toda sua fortuna", eu disse.

"Talvez ele já fosse casado, e sua punição cruel pode ter sido parte do plano de seu meio-irmão", disse Herbert. "Mas veja! É uma suposição."

"O que houve com os dois homens?", perguntei, depois de refletir sobre o assunto.

"Sucumbiram ainda a mais profunda vergonha e humilhação – se é que isso era possível – e ruína."

"Estão vivos?"

"Eu não sei."

"Você disse há pouco que Estella não era parente da Senhorita Havisham, mas sim adotada. Adotada quando?"

Herbert deu de ombros. “Para mim Estella sempre existiu, desde que ouvi falar da Senhorita Havisham. Não sei mais nada. E agora, Handel, há um total acordo entre nós. Tudo o que sei sobre a Senhorita Havisham você também sabe”.

“E tudo o que sei”, eu retorqui, “você sabe”.

“Acredito nisso piamente. Não pode haver competição ou confusão entre nós dois. E quanto à condição sob a qual você obtém o seu avanço na vida – a saber, que você não deve questionar ou discutir sobre a quem você é grato – esteja certo de que isso jamais será infringido, ou abordado ainda, por mim, ou por qualquer pessoa de minhas relações.”

Na realidade, ele disse isso com tanta delicadeza que eu considerei o assunto encerrado, embora eu devesse permanecer debaixo do teto de seu pai por anos e anos ainda. Contudo, o declarou com tanto peso, também, que senti que ele havia, assim como eu, compreendido perfeitamente que a Senhorita Havisham era minha benfeitora.

Não me ocorreu antes que ele havia abordado o tema com o propósito de esclarecê-lo de uma vez por todas, mas estávamos tão leves e tranquilos por ter conversado sobre ele que agora percebia ser o caso. Estávamos muito alegres e sociáveis, e eu lhe perguntei, ao longo da conversa, o que fazia. Ele respondeu: “Sou capitalista – trabalho com seguros de navios”. Suponho que ele tenha me visto analisar o cômodo em busca de algum símbolo naval, ou capital, pois acrescentou: “Na cidade”.

Eu tinha grandes impressões sobre a riqueza e a importância dos seguradores de navios na cidade, e comecei a pensar com espanto que eu havia atirado esse jovem sujeito segurador ao chão, ferido seu olho de empreendedor e cortado sua cabeça de negociante. Mas novamente, para meu alívio, tive aquela estranha impressão de que Herbert Pocket jamais seria bem-sucedido ou rico.

“Não ficarei satisfeito em simplesmente empregar meu capital no seguro de navios. Desejo adquirir algumas ações de seguro de vida e entrar para a diretoria. Também desejo fazer algumas coisinhas no setor minerador. Nenhuma dessas coisas deverá interferir com o transporte de milhares de toneladas por minha própria conta. Creio que deverei trabalhar com comércio”, ele disse, encostando-se na cadeira, “nas Índias Orientais, com sedas, xales, temperos, tintas, medicamentos e madeiras preciosas. É um ofício interessante”.

“E os lucros são altos?”, eu perguntei.

“Tremendamente!”, ele disse.

Hesitei novamente e comecei a pensar que suas esperanças eram ainda maiores que as minhas.

“Também penso em comercializar”, ele disse, colocando os dedos polegares nos bolsos de seu colete, “com as Índias Ocidentais, açúcar, tabaco e rum. E também com o Ceilão, especialmente presas de elefantes”.

“Você vai precisar de muitos navios”, eu disse.

“Uma bela frota”, ele respondeu.

Consideravelmente subjugado pela magnificência dessas transações, perguntei-lhe onde os navios segurados por ele costumavam realizar comércio no momento em sua maior parte.

“Ainda não comecei a segurar”, ele respondeu. “Estou buscando a minha volta.”

De alguma forma, aquela busca parecia fazer mais sentido com o Albergue de Barnard. Eu fiz (em tom de convicção): “Ah-h!”.

“Sim. Estou trabalhando com contabilidade, mas observando à minha volta.”

“Trabalhar com contabilidade é lucrativo?”, perguntei.

“Para quem? Você quer saber para quem está trabalhando com isso?”, ele perguntou, como resposta.

“Sim, para você.”

“Ora, não, não para mim.” Disse isso com ar de alguém que está cuidadosamente considerando a questão. “Não diretamente lucrativo. Isso é, não paga nada, e preciso me manter.”

Isso não parecia nada lucrativo, e balancei minha cabeça de maneira a insinuar que seria difícil acumular muito capital através dessa forma de renda.

“Mas a questão é que”, disse Herbert Pocket, “você pode observar à sua volta. Isso é que é a grande sacada. Você trabalha no escritório de contabilidade, sabe, e observa à sua volta”.

Pareceu-me, de uma só vez, que havia uma implicação singular sobre isso, que era que você não poderia estar fora do escritório de contabilidade e observar à sua volta ao mesmo tempo. Mas submeti-me, silenciosamente, à sua experiência.

“Então chega o momento”, disse Herbert, “em que você vê a grande oportunidade. E você a experimenta, investe naquilo e gera seu capital, e ali está o grande feito! Quando você finalmente obtém seu capital, não há nada a fazer, senão empregá-lo”.

Essa maneira de se comportar era a mesma do encontro no jardim, a mesma. Sua maneira de suportar sua pobreza, também, correspondia exatamente à sua maneira de suportar sua derrota. Parecia-me que ele recebia os golpes e bofetadas agora com a mesma conduta de quando as havia recebido de mim então. Era evidente que ele não tinha nada além do mínimo necessário, pois tudo o que eu observava era algo enviado para minha estadia da cafeteria ou de algum outro lugar.

Porém, tendo obtido sua fortuna em sua cabeça, ele era tão modesto a respeito disso que me senti bastante grato a ele por não ser arrogante. Isso era uma característica agradável adicional à sua maneira naturalmente agradável, e demo-nos muitíssimo bem. À noite, saímos para caminhar pelas ruas, e fomos ao teatro mediante o pagamento de meia-entrada. No dia seguinte fomos à igreja na Abadia Westminster, e à tarde caminhamos pelos parques, e questionei quem colocava a ferradura em todos os cavalos que ali estavam, e gostaria que Joe o fizesse.

Fazendo um cálculo modesto, parecia fazer muitos meses, naquele domingo, que eu havia deixado Joe e Biddy. O espaço interposto entre mim e eles participava daquela percepção de expansão, e nosso pântano parecia estar extremamente longe. Parecia de fato uma combinação impossível, de ordem geográfica, social, solar e lunar o fato de que eu estivesse em nossa velha igreja em meus trajes de domingo no domingo anterior.

Contudo, no burburinho das ruas de Londres tão intensamente iluminadas à noite, havia tristes sugestões de autorreprimenda por eu ter me distanciado tanto da pobre e velha cozinha, e no calar da noite os passos de um porteiro impostor e incompetente perambulando pelo Albergue de Barnard sob o pretexto de vigiá-lo tocaram profundamente meu coração.

Na segunda-feira pela manhã, às oito e quarenta e cinco, Herbert foi ao escritório de contabilidade para trabalhar – e para observar à sua volta, também, suponho – e eu lhe fiz companhia.

Ele deveria sair dentro de uma ou duas horas para levar-me a Hammersmith, e eu deveria esperá-lo. Parecia-me que os ovos dos quais os jovens seguradores eram chocados ficavam encubados em poeira e calor, como os ovos de avestruz, a julgar pelos lugares a que esses gigantes inexperientes dirigiam-se em uma segunda-feira pela manhã. Da mesma forma, o escritório de contabilidade onde Herbert trabalhava também não parecia, a meus olhos, um bom observatório, uma vez que localizava-se no segundo andar ao fundo de um pátio, com aparência suja em todos os sentidos e dava para o outro lado do segundo andar, em vez da rua.

Esperei até que chegasse meio-dia e fui até a Central de Câmbio e vi homens com aspecto doente sentados abaixo dos painéis sobre navios, que acreditei serem comerciantes, embora eu não pudesse compreender por que motivo estavam tão desanimados. Quando Herbert chegou, fomos almoçar em um célebre restaurante que eu então considerei incrível, mas agora acredito que fosse a enganação mais infame da Europa, e onde não pude deixar de notar, até mesmo na época, que havia muito mais molho nas toalhas de mesa, nas facas e nas roupas dos garçons do que no próprio bife. Depois dessa refeição oferecida por um preço razoável (considerando a gordura, que não foi cobrada), voltamos ao Albergue de Barnard, pegamos minha pequena valise e tomamos uma diligência para Hammersmith. Chegamos em Hammersmith por volta de duas ou três da tarde e precisamos caminhar bem pouco até a casa do Sr. Pocket. Após levantar o trinco do portão, passamos direto para um pequeno jardim em frente ao rio, onde os filhos do Sr. Pocket estavam brincando. E a menos que eu me engane a respeito de um ponto em que meus interesses e preocupações não tinham importância, vi que os filhos do Sr. e da Sra. Pocket não estavam crescendo ou sendo educados, mas na realidade estavam criando-se desorientadamente.

A Sra. Pocket estava sentada no jardim em uma cadeira embaixo de uma árvore, lendo, com as pernas esticadas sobre outra cadeira, e as duas babás da Sra. Pocket estavam paradas enquanto as crianças brincavam.

"Mamãe", disse Herbert, "esse é o jovem Sr. Pip". Com isso, a Sra. Pocket recebeu-me com aparente honra e amabilidade.

"Mestre Alick e Senhorita Jane", chamou uma das babás a duas das crianças, "se vocês pularem contra os arbustos, vão cair no rio e se afogar, e o que dirá seu pai então?".

Ao mesmo tempo, essa mesma babá pegou o lenço da Sra. Pocket, dizendo: "Já é pelo menos a sexta vez que você derruba esse lenço, Senhora!".

Com isso, a Sra. Pocket riu, dizendo: "Obrigada, Flopson", e, acomodando-se em somente uma cadeira agora, continuou sua leitura. Seu semblante imediatamente assumiu uma expressão franzida e atenta, como se ela estivesse lendo havia uma semana, mas antes que pudesse ter lido meia dúzia de linhas fitou-me e disse: "Espero que sua mãe esteja bem, sim?". A inesperada pergunta colocou-me em tamanha dificuldade que comecei a dizer, do jeito mais absurdo, que se havia uma pessoa que eu não tinha dúvida de que estava passando muito bem, era ela, e que ficaria muito grata e mandaria seus cumprimentos, até que a babá me salvou.

"Bom!", exclamou, pegando o lenço, "já é a sétima vez! O que está ACONTECENDO essa tarde, Senhora?". A Sra. Pocket recebeu seu artigo, inicialmente com o olhar de surpresa inexprimível, como se nunca o tivesse visto antes, e então com uma risada de reconhecimento, dizendo: "Obrigada, Flopson", e esqueceu-se de mim, continuando a ler.

Descobri, agora que me sinto à vontade para contar, que não havia menos que seis pequenos Pockets ali, em vários estágios de desorientação.

Eu mal havia chegado ao total de minha soma quando ouvi o sétimo, como se estivesse pelo ar, chorando lamentosamente.

"Mas veja se não é Baby!", disse Flopson, parecendo muito surpresa. "Vá logo, Millers."

Millers, que era a outra babá, entrou para a casa, e aos poucos o choro da criança foi silenciado e parou, como se fosse um jovem ventríloquo com algo na boca. A Sra. Pocket não parava de ler, e eu estava curioso quanto ao título do livro.

Estávamos esperando, eu supunha, para que o Sr. Pocket viesse a nós. De toda forma, esperávamos ali, e tive a oportunidade de observar o singular fenômeno familiar que sempre que qualquer uma das crianças se aproximava da Sra. Pocket em sua brincadeira, tropeçava e caía em cima dela – que sempre se surpreendia momentaneamente, eles lamentavam mais e mais. Fiquei perplexo em perceber essa circunstância inesperada, e não pude evitar especular sobre isso, até que em seguida Millers desceu com o bebê, que foi entregue às mãos de Flopson, e ela estava prestes a entregá-lo à Sra. Pocket, quando também tropeçou sobre a Sra. Pocket, com o bebê e tudo, e foi agarrada por Herbert e por mim.

"Minha nossa, Flopson!", disse a Sra. Pocket, desviando os olhos por um momento, "todo mundo está desorientado!".

"Minha nossa, verdade, Senhora!", respondeu Flopson, muito corada. "O que você tem aí?"

"O que eu tenho aqui, Flopson?", perguntou a Sra. Pocket.

"Ora, é um tamborete!", exclamou Flopson. "E se você deixá-lo debaixo da saia desse jeito como evitar que todo mundo tropece? Aqui! Pegue o bebê, Senhora, e dê-me seu livro."

A Sra. Pocket fez conforme sugeriu e inabilmente ninou o bebê no colo, enquanto as outras crianças brincavam em volta. Dessa vez durou pouco tempo, quando a Sra. Pocket deu ordens sumárias para que eles fossem todos levados para dentro da casa para tirar um cochilo.

Assim, fiz a segunda descoberta da noite nessa primeira ocasião, de que os cuidados dos pequenos Pockets consistiam em tropeçar e se deitar alternadamente.

Sob essas circunstâncias, quando Flopson e Millers levaram as crianças para dentro da casa, como um rebanho de ovelhas, e o Sr. Pocket saiu para me conhecer, não fiquei muito surpreso em descobrir que o Sr. Pocket era um cavalheiro com a expressão facial um tanto perplexa, com os cabelos grisalhos bagunçados, como se não pudesse manter nada em ordem.

Capítulo XXIII

O Sr. Pocket disse que estava contente em me ver, e esperava que eu não lamentasse vê-lo. "Pois não sou", ele acrescentou, com o sorriso do filho, "uma figura assustadora". Era um homem jovem, apesar de seu aspecto confuso e dos cabelos grisalhos, e seu jeito parecia bastante natural. Uso a palavra natural, no sentido de ser espontâneo. Havia algo de cômico em sua maneira angustiada, o que seria de certo ridículo, não fosse por sua própria percepção de sê-lo. Depois de conversar um pouco comigo, disse à Sra. Pocket, com contração intensa de ansiedade das sobrancelhas, que eram negras e belas: "Belinda, espero que tenha recebido o Sr. Pip bem!". E ela levantou os olhos do livro, dizendo: "Sim". Ela então sorriu para mim, parecendo estar distraída, e perguntou-me se eu gostava do sabor de água de flor de laranjeira. Como a pergunta não tinha relação, próxima ou remota, com qualquer outro assunto, passado ou futuro, considero que a tenha lançado, assim como suas abordagens anteriores, por motivos de conversação geral.

Descobri, dentro de algumas horas, e posso mencionar logo, que a Sra. Pocket era filha única de um cavaleiro acidentalmente morto, que havia inventado por si mesmo a convicção de que seu falecido pai teria recebido o título de baronete não fosse a oposição determinada de uma certa pessoa por motivos inteiramente pessoais – não me lembro de quem era, se é que eu soube – do soberano, do primeiro-ministro, do chanceler, do arcebispo de Canterbury, quem quer que seja, e havia insistido com os nobres da terra sobre a veracidade desse fato suposto. Creio que ele havia se nomeado cavaleiro por atacar a gramática inglesa na ponta da caneta, em uma petição desesperada feita em velino, na ocasião da colocação da primeira pedra de alguma edificação, e por ter entregado a espátula ou a argamassa a algum personagem real. Seja como for, ele havia estabelecido que a Sra. Pocket deveria ser criada, desde o berço, como uma dama que, por sua natureza, deveria se casar com alguém que tivesse um título, e que fosse protegida de adquirir qualquer conhecimento doméstico plebeu.

A vigilância e o afastamento sobre a jovem dama foram tão bem-sucedidos por esse pai judicioso que ela cresceu intensamente decorativa, mas perfeitamente indefesa e inútil. Com seu caráter assim formado de maneira tão feliz, no primeiro desabrochar de sua juventude, encontrou o Sr. Pocket: que também se encontrava no desabrochar de sua juventude e não havia de fato decidido se deveria subir às alturas de Woolsack ou ao telhado, por si mesmo, com uma esquadria. Como decidir por um ou pelo outro era só uma questão de tempo, ele e a Sra. Pocket haviam agarrado o tempo pelos cabelos (quando, a julgar por seu comprimento, pareceriam precisar de um corte), e haviam se casado sem a ciência do pai. O pai judicioso, sem nada a conceder ou a reter senão sua bênção, havia elegantemente entregado o dote a eles depois de certo esforço, e informou ao Sr. Pocket que sua esposa era "um tesouro digno de príncipes". O Sr. Pocket havia investido no tesouro do Príncipe através de maneiras mundanas desde então, e supõe-se que isso lhe tenha trazido pouco interesse. Contudo, a Sra. Pocket era, em geral, o objeto de um tipo estranho de piedade respeitosa porque não havia se casado com alguém que possuía um título, ao passo que o Sr. Pocket era o objeto de um tipo estranho de reprimenda benevolente porque ele nunca obtivera nenhum.

O Sr. Pocket levou-me para dentro da casa e me mostrou meu quarto: era um cômodo agradável e mobiliado de maneira que eu pudesse usá-lo com conforto como minha própria sala de estar. Ele então bateu nas portas de dois outros cômodos semelhantes e me apresentou a seus ocupantes, chamados Drummle e Startop. Drummle, um jovem com aspecto idoso, de estrutura pesada, estava assobiando. Startop, mais jovem na idade e em seu aspecto, estava lendo com a cabeça apoiada na mão, como se temesse que sua cabeça fosse explodir pelo choque demasiado intenso do conhecimento.

Era tão perceptível que tanto o Sr. quanto a Sra. Pocket tinham o ar de quem estava nas mãos de outra pessoa, que me questionei sobre quem estava de fato em posse da casa e deixara-me viver ali, até que me dei conta de que esse poder desconhecido vinha dos criados. Acontecia de maneira sutil, talvez, no que diz respeito a ficar longe de problemas, mas me parecia um tipo de vida caro, pois os criados consideravam uma obrigação que deviam a eles mesmos comerem e beberem do bom e do melhor e receber, com frequência, companhia no andar de baixo. Permitiam que o Sr. e a Sra. Pocket se servissem de uma mesa generosa, embora sempre me parecesse, claramente, que a melhor parte da casa para as refeições fosse a cozinha – sempre se supondo que o hóspede era capaz de se defender, pois, antes mesmo de completar uma semana ali, uma senhora da vizinhança, desconhecida da família, escreveu para dizer que havia visto Millers estapear o bebê. Isso atormentou muitíssimo a Sra. Pocket, que desatou a chorar ao receber o bilhete, dizendo que era algo extraordinário que os vizinhos não fossem capazes de cuidar da própria vida.

Aos poucos aprendi, principalmente com Herbert, que o Sr. Pocket havia sido educado, distintamente, em Harrow e em Cambridge, mas que quando teve a felicidade de se casar com a Sra. Pocket, muito jovem, havia prejudicado suas perspectivas futuras e aceitado o ofício de afiador. Depois de afiar numerosas lâminas cegas – das quais era extraordinário que seus donos, quando influentes, sempre prometiam ajudá-lo com alguma promoção, mas sempre esqueciam de fazê-lo quando as lâminas saíam do rebolo – ele se cansara daquele trabalho miserável e se mudara para Londres. Lá, depois de perder, gradualmente, suas maiores esperanças, passara a "ler" para muitas pessoas que não tiveram a oportunidade ou que a negligenciaram, e havia recondicionado vários outros textos para ocasiões especiais. Depois, voltou-se à compilação e correção literária, e por esses meios, somados a alguns recursos pessoais, ainda mantinha aquela casa.

O Sr. e a Sra. Pocket tinham uma vizinha bajuladora. Era uma senhora viúva de natureza tão compreensiva que concordava com todos, abençoava a todos e distribuía sorrisos a todos, de acordo com as circunstâncias. O nome dela era Sra. Coiler, e eu tive a honra de conduzi-la até a sala de jantar no dia de minha chegada. Ela deu a entender, nas escadas, que era um golpe à querida Sra. Pocket que o querido Sr. Pocket precisasse receber cavalheiros para realizar leituras. Isso não se estendia a mim, ela disse, com um irrompimento de amor e confiança (no momento, eu a havia conhecido em menos de cinco minutos). Se todos fossem como eu, seria totalmente diferente.

"Mas a querida Sra. Pocket", disse a Sra. Coiler, "depois de sua decepção anterior (não que isso fosse culpa do Sr. Pocket), necessita de muito luxo e elegância".

"Sim, senhora", eu disse, para interrompê-la, pois eu temia que ela começasse a chorar.

"E ela tem uma natureza tão aristocrática."

"Sim, senhora", eu disse, novamente, com o mesmo objetivo de antes.

"É difícil", disse a Sra. Coiler, "ter o tempo e a atenção do querido Sr. Pocket desviados da querida Sra. Pocket".

Não pude deixar de pensar que poderia ser mais difícil se o tempo e a atenção do açougueiro fossem desviados da querida Sra. Pocket, mas eu não disse nada, e na verdade eu já tinha bastante a fazer em observar timidamente as maneiras de meus companheiros.

Passei a saber, através do que se passava entre a Sra. Pocket e Drummle enquanto eu prestava atenção à minha faca e garfo, colher, copos e outros instrumentos de autodestruição, que Drummle, cujo nome de batismo era Bentley, era na verdade o segundo herdeiro de um título de baronete. Em seguida, descobri que o livro que eu havia visto a Sra. Pocket ler no jardim era somente sobre títulos, e que ela sabia a data exata em que seu avô teria sido incluído no livro, se tivesse sido. Drummle não dizia muito, mas em seu jeito comedido (parecia-me um sujeito rabugento) falou como um dos eleitos e reconheceu a Sra. Pocket como mulher e irmã. Ninguém além de eles mesmos e a Sra. Coiler, a vizinha bajuladora, mostrou qualquer interesse nessa parte da conversa, e parecia-me doloroso a Herbert, mas parecia que duraria bastante tempo até que a página fosse virada com a menção de um problema doméstico. Com efeito, o problema era que a cozinheira havia perdido a carne. Para minha inexprimível surpresa, eu então, pela primeira vez, via a Sr. Pocket aliviar a própria mente passando por uma demonstração que me pareceu extraordinária, mas que não causou impressão em mais ninguém, e com a qual logo me acostumei, como os outros. Ele abaixou a faca para fatiar e o garfo – estava concentrado no fatiamento, no momento – colocou as duas mãos nos cabelos bagunçados e parecia fazer um esforço extraordinário para levantar seu próprio corpo pelo cabelo. Depois de fazer isso, sem êxito, silenciosamente continuou fazendo o que estava fazendo antes.

A Sra. Coiler então mudou de assunto e começou a me bajular. Fiquei lisonjeado por alguns momentos, mas sua adulação foi tão excessiva que logo o prazer acabou. Ela tinha um jeito traiçoeiro de se aproximar de mim quando fingia estar genuinamente interessada nos amigos e no lugar que eu deixara para trás que se assemelhava ao movimento da língua bipartida de uma cobra. E quando tentou se aproximar de Startop, de maneira descontraída, ou de Drummle, eu os invejei bastante por estarem do outro lado da mesa.

Depois que as crianças foram apresentadas, a Sra. Coiler fez mais comentários amáveis a respeito de seus olhos, narizes e pernas – uma maneira sagaz de melhorar seus humores. Havia quatro garotinhas e dois garotinhos, além do bebê que poderia ser qualquer um dos dois, e do próximo sucessor do bebê, que ainda não tinha sexo. Foram trazidos por Flopson e Millers, como se dois policiais subalternos estivessem recrutando crianças, e essas fossem candidatas, enquanto a Sra. Pocket olhava para os jovens nobres que poderiam ter sido como se ela mesma pensasse que um dia já havia tido o prazer de conhecê-los, mas sem saber direito o que fazer com eles.

"Aqui! Dê-me seu garfo, Senhora, e pegue o bebê", disse Flopson.

"Não o pegue assim ou vai bater sua cabeça embaixo da mesa."

Assim aconselhada, a Sra. Pocket pegou-o de outra forma, batendo sua cabeça em cima da mesa, causando a todos os presentes um impacto imenso.

"Nossa, nossa! Dê-me-o de volta, Senhora", disse Flopson, "e Senhorita Jane, venha dançar para o bebê, ande!".

Uma das garotinhas, uma pequena criança que parecia ter prematuramente se encarregado das outras pessoas, deixou seu assento a meu lado e dançou para o bebê, aproximando-se e distanciando-se até que esse parou de chorar e passou a rir. Então todas as crianças riram, e o Sr. Pocket (que nesse meiotempo havia tentado se levantar pelos cabelos duas vezes) riu e todos passamos a rir e estávamos muito contentes.

Flopson, dobrando o bebê em todas as articulações como uma boneca holandesa, colocou-o com segurança no colo da Sra. Pocket e lhe deu o quebra-nozes para brincar. Recomendava, ao mesmo tempo, que a Sra. Pocket se atentasse ao fato de que o cabo daquele instrumento podia machucar-lhe os olhos, e subitamente ordenou que a Senhorita Jane olhasse o bebê. Em seguida, as duas babás deixaram o cômodo, e tiveram uma discussão barulhenta nas escadas com um pajem que havia servido a mesa durante o jantar e que havia claramente perdido na mesa de jogo metade de seus botões.

Senti-me muito desconfortável quando a Sra. Pocket começou uma discussão com Drummle a respeito de dois baronetes, enquanto ela comia uma fatia de laranja infundida em açúcar e vinho, esquecendo-se do bebê em seu colo, que fazia as coisas mais terríveis com o quebra-nozes. Depois de um tempo, a pequena Jane, percebendo que sua cabecinha estava em perigo, deixou seu assento lentamente, e através de vários pequenos artifícios foi capaz de afastar a perigosa arma do bebê. A Sra. Pocket, terminando sua laranja no mesmo momento, desaprovou o ato de Jane, dizendo-lhe:

"Sua criança atrevida, como ousa? Vá se sentar agora mesmo!"

"Mamãezinha querida", ceceou a garotinha, "o bebê podia ter acccertado ssseusss olhinhosss."

"Como ousa me dizer isso?", interveio a Sra. Pocket. "Vá para sua cadeira agora mesmo!"

A dignidade da Sra. Pocket era tão estarrecedora, que me senti bastante constrangido, como se eu mesmo tivesse feito algo para causar aquilo.

"Belinda", protestou o Sr. Pocket, do lado oposto da mesa, "como você pode ser tão insensata? Jane apenas interferiu para proteger o bebê".

"Não permito que ninguém se intrometa em nada", disse a Sra. Pocket. "Admira-me, Matthew, que você esteja me expondo a uma afronta dessa."

"Deus do Céu!", exclamou o Sr. Pocket, em um surto de intenso desespero. "Agora os bebês devem ser esmagados pelo quebra-nozes até a morte, e ninguém os deve salvar?"

"Não aceito que Jane se intrometa", disse a Sra. Pocket, lançando um olhar majestoso à pequena inocente ofensora. "Acho que sei a posição de meu pobre avô. Jane, francamente!"

O Sr. Pocket colocou as mãos pelos cabelos novamente, e dessa vez realmente ergueu a si mesmo alguns centímetros de sua cadeira. "Escute isso!", ele exclamou descontroladamente a todos ali. "Os bebês devem ser mortos por quebra-nozes por causa das posições dos pobres avôs das pessoas!" E então soltou os cabelos e permaneceu sentado em silêncio.

Todos nós olhamos constrangidos para a toalha da mesa enquanto isso acontecia. Seguiu-se uma pausa, durante a qual o honesto e irrepreensível bebê tentou pular e balbuciar para Jane, que me parecia ser a única pessoa da família (sem contar os criados) com quem ele tinha algum laço.

"Sr. Drummle", disse a Sra. Pocket, "você poderia chamar Flopson? Jane, sua coisinha desobediente, vá se deitar. Agora, bebezinho lindo, venha com a mamãe!".

O bebê era a essência da honestidade e protestava com toda sua força.

Ele se dobrou da maneira errada no braço da Sra. Pocket, exibindo um par de sapatinhos de tricô e tornozelos com covinhas aos convidados em vez de seu rostinho rechonchudo e foi levado dali no ápice de sua revolta. E ganhou a batalha, no fim das contas, pois o vi através da janela, alguns minutos depois, sendo acariciado pela pequena Jane.

As outras cinco crianças foram deixadas para trás, à mesa de jantar, uma vez que Flopson tinha um compromisso pessoal, e eles não eram responsabilidade de ninguém mais. Eu então tive ciência das relações entre eles e o Sr. Pocket, que foram exemplificadas da seguinte maneira. O Sr. Pocket, com aquele aspecto normal de confusão em seu semblante e os cabelos bagunçados, olhou para eles por alguns minutos, como se não pudesse entender como podiam comer e dormir naquele estabelecimento e o porquê de a natureza não os ter hospedado na casa de outras pessoas. Então, de maneira distante, como se fosse um missionário, fez-lhes algumas perguntas – como por que motivo o pequeno Joe tinha um furo em seu babado, ao que ele disse "Papai, Flopson ia remendá-lo quando encontrar tempo para isso", e como a pequena Fanny tinha feito aquela ferida no dedo, ao que ela respondeu "Papai, Millers ia colocar uma compressa se não se esquecesse". Ele então se derreteu em afago paternal e deu-lhes um xelim para cada um, ordenando que fossem brincar, e depois, enquanto eles saíram, com grande esforço para se levantar pelos cabelos, encerrou o irremediável assunto.

À noite, havia barcos de remo no rio. Como Drummle e Startop tinham um barco cada um, resolvi arranjar um e derrotá-los. Eu era muito bom na maioria dos exercícios que os meninos do interior costumavam praticar, mas como eu tinha consciência de que me faltava a elegância de estilo próprio para o Tâmisa – sem falar de outras águas – eu logo tratei de me colocar sob a tutela de um dos vencedores de regata que navegava perto da gente, a quem meus novos companheiros me apresentaram. Essa autoridade prática me deixou muito confuso ao dizer que eu tinha braços de ferreiro. Se ele pudesse saber o quanto ele se aproximou de perder seu aluno ao fazer esse elogio, duvido que o teria feito.

Havia uma bandeja com o jantar quando chegamos em casa, à noite, e acho que nós todos teríamos aproveitado se não fosse por uma ocorrência doméstica bastante desagradável. O Sr. Pocket estava bem-humorado até que uma criada entrou e disse: "Se possível, senhor, eu gostaria de lhe falar".

"Falar com seu patrão?", disse a Sra. Pocket, cuja dignidade se inflamava novamente. "Como pode pensar em algo desse tipo? Fale com Flopson. Ou fale comigo – em algum outro momento."

"Perdoe-me, senhora", respondeu a criada, "gostaria de falar imediatamente com o patrão".

Em seguida, o Sr. Pocket saiu da sala e fizemos o melhor que pudemos até que ele retornasse.

"Que bonito, Belinda!", disse o Sr. Pocket, voltando com o semblante expressivo de dor e desespero. "Lá está a cozinheira deitada inconsciente, bêbada, no chão da cozinha, com um monte de manteiga fresca pronta no armário para ser vendida como gordura!"

A Sra. Pocket imediatamente se mostrou muito amistosa, dizendo: "Isso é coisa daquela odiosa da Sophia!".

"O que quer dizer com isso, Belinda?", quis saber o Sr. Pocket.

"Sophia lhe disse", falou a Sra. Pocket. "Eu não a vi com meus próprios olhos e a escutei com meus próprios ouvidos entrando na sala agora mesmo pedindo para lhe falar?"

"Mas ela não me levou lá para baixo, Belinda", respondeu o Sr. Pocket, "e me mostrou a mulher e o monte de manteiga também?".

"E você a defende, Matthew", disse a Sra. Pocket, "por essa malandragem?".

O Sr. Pocket produziu um suspiro desanimado.

"Será que eu, neta do vovô, não sou nada nesta casa?", perguntou a Sra. Pocket. "Além do mais, a cozinheira sempre foi uma mulher íntegra e respeitosa, e disse de modo muito natural quando veio trabalhar conosco que sentia que eu havia nascido para ser uma duquesa."

Havia um sofá onde o Sr. Pocket estava, e ele caiu sobre ele como se fosse um gladiador ferido. Ainda com a mesma atitude, ele disse, com a voz fraca: "Boa noite, Sr. Pip", então julguei que deveria ir para a cama e deixá-lo.

Capítulo XXIV

Depois de dois ou três dias, quando eu já havia me estabelecido em meu quarto e ido e voltado de Londres várias vezes, e já havia pedido tudo que eu necessitava de meus fornecedores, o Sr. Pocket e eu fizemos uma longa caminhada juntos. Ele sabia mais da carreira que eu intencionava seguir do que eu mesmo, pois dizia que o Sr. Jaggers lhe havia dito que eu não era nato para qualquer profissão, e que eu deveria ser bem educado para meu futuro se eu pudesse "me manter" como a média dos rapazes em circunstâncias prósperas. Eu concordei, é claro, pois não sabia nada do contrário.

Ele me aconselhou a frequentar alguns lugares em Londres para adquirir parte dos princípios básicos que me faltavam e que eu deveria deixar nas mãos dele as funções da explicação e da direção de todos os meus estudos. Ele esperava que com ajuda especializada eu não encontraria muita coisa que me desencorajasse, e logo seria capaz de dispensar qualquer ajuda além da dele. Por sua maneira de dizer aqui, e muito mais de propósitos semelhantes, fez-se digno de confiança de modo admirável, e eu posso afirmar que ele sempre foi muito zeloso e digno no cumprimento de seu acordo comigo, de tal maneira a me tornar zeloso e digno em cumprir meu acordo com ele. Se tivesse mostrado indiferença como mestre, não tenho dúvida de que eu teria retornado à atitude como aluno. Ele não me deu nenhum pretexto desse tipo, então fizemos justiça um ao outro. Eu também nunca o considerei como alguém que tinha qualquer característica ridícula em si mesmo – ou qualquer coisa além de seriedade, honestidade e bondade – em sua comunicação de tutela comigo.

Quando esses pontos foram esclarecidos e realizados de tal forma que passei a trabalhar arduamente, ocorreu-me que se eu pudesse manter meu quarto do Albergue de Barnard, minha vida variaria de maneira satisfatória, e meus modos não seriam nada ruins à companhia de Herbert. O Sr. Pocket não protestou contra essa decisão, mas explicou que antes que eu desse qualquer passo, deveria me submeter a meu tutor. Senti que essa delicadeza se originava da reflexão de que o plano pouparia a Herbert algumas despesas, então fui a Little Britain e compartilhei meu desejo com o Sr. Jaggers.

“Se eu pudesse comprar a mobília que alugo nesse momento”, eu disse, “e mais uma ou duas coisinhas, me sentiria praticamente em casa lá.”

“Faça isso!”, disse o Sr. Jaggers, com uma risada breve. “Eu disse que você ia se dar bem. Bem! De quanto precisa?”

Eu disse que não sabia quanto.

“Vamos lá!”, interveio o Sr. Jaggers. “Quanto? Cinquenta libras?"

"Ah, não, nada perto disso."

"Cinco libras?", perguntou o Sr. Jaggers.

A diferença era tão grande que respondi, decepcionado: "Ah, um pouco mais que isso".

"Mais que isso, é?", interveio o Sr. Jaggers, parado, esperando minha resposta, com as mãos nos bolsos, a cabeça inclinada, fitando a parede atrás de mim. "Quanto mais?"

"É difícil precisar uma quantia", eu disse, hesitante.

"Vamos lá!", falou o Sr. Jaggers. "Vamos ver. Duas vezes cinco será suficiente? Três vezes cinco será suficiente? Quatro vezes cinco será suficiente?"

Disse que achava que seria perfeito.

"Quatro vezes cinco será perfeito, certo?", disse o Sr. Jaggers, franzindo as sobrancelhas. "Agora, quatro vezes cinco é o quê?"

"O que eu acho de quatro vezes cinco?"

"Ah!", disse o Sr. Jaggers, "quanto?"

"Suponho que você tenha vinte libras", eu disse, sorrindo.

"Não se preocupe com o que eu tenho ou deixo de ter, amigo", observou o Sr. Jaggers, balançando a cabeça em demonstração de sabedoria e contradição. "Quero que você as tenha."

"Vinte libras, é claro."

"Wemmick!", disse o Sr. Jaggers, abrindo a porta do escritório. "Pegue uma ordem por escrito do Sr. Pip e lhe pague vinte libras."

Essa maneira intensa de fazer negócios me marcou intensamente, e não de maneira boa. O Sr. Jaggers nunca ria, mas usava botas grandes, brilhantes que rangiam, e, portando-se com as botas e sua cabeça avantajada inclinada para baixo e as sobrancelhas franzidas, esperando uma resposta, ele às vezes fazia as botas rangerem, como se elas rissem de maneira seca e desconfiada. Como ele estava de saída, e Wemmick era dinâmico e falante, eu disse a Wemmick que eu não entendia bem o jeito do Sr. Jaggers.

"Diga isso a ele, e ele achará que o está elogiando", respondeu Wemmick, "ele não quer que você entenda seu jeito. Ah!", pois eu parecia surpreso, "não é nada pessoal. É profissional mesmo: somente profissional".

Wemmick estava à escrivaninha, almoçando – e mastigando ruidosamente – um biscoito seco e duro, cujo farelo ele atirava de vez em quando por sua boca em forma de fenda, como se estivesse colocando cartas na caixa de correspondência.

"Sempre me parece", disse Wemmick, "como se ele tivesse armado uma armadilha e a estivesse sempre vigiando. Quando você menos espera – bum – você foi pego!".

Sem comentar que armadilhas não estavam entre as melhores coisas da vida, eu disse que supunha que ele era habilidoso.

"Extremamente", disse Wemmick, "como a Austrália". Apontando com a caneta para a porta do escritório para indicar que a Austrália, para efeito de comparação naquele caso, era o ponto simetricamente oposto no planeta. "Se houvesse algo mais extremo", acrescentou Wemmick, aproximando a caneta do papel, "ele o seria".

Então, eu disse que supunha que seus negócios fossem bons, e Wemmick disse: "Ex-ce-len-te!". Em seguida perguntei se havia muitos funcionários, ao que ele respondeu:

"Não vemos muitos funcionários porque só tem um Jaggers, e as pessoas não querem lidar com ele indiretamente. Somos quatro somente. Gostaria de vê-los? Você é um de nós, creio."

Aceitei a oferta. Quando o Sr. Wemmick havia colocado todo o biscoito na boca e me entregado meu dinheiro de um cofre, cuja chave ele guardava em algum lugar pelas costas e tirava de seu colarinho como um rabinho de ferro, subimos as escadas. A casa era escura e estropiada, e os ombros engordurados que haviam deixado uma marca na sala do Sr. Jaggers pareciam ter se movido para cima e para baixo pelas escadas durante anos. Na parte da frente do primeiro andar, um funcionário que parecia um cruzamento entre um cobrador de impostos e um caçador de ratos – um homem grande, ofegante e inchado – tinha sua atenção voltada a três ou quatro pessoas de aparência surrada, que ele tratava com tanta informalidade quanto todo mundo que contribuía com os cofres do Sr. Jaggers parecia ser tratado. "Reunindo as provas", disse o Sr. Wemmick, quando saímos, "para o tribunal". Em uma sala ali perto, um funcionário que parecia um cachorrinho terrier rechonchudo com seus cabelos balançando (parecia que haviam esquecido de tosá-lo quando filhote) estava igualmente ocupado com um homem de vista fraca, que o Sr. Wemmick me apresentou como o fundidor que mantinha sua panela sempre funcionando, e que derreteria qualquer coisa que eu desejasse – e que transpirava tanto que parecia estar testando seu ofício nele mesmo. Na sala dos fundos, um homem com os ombros encolhidos e o rosto sofrido envolto em uma flanela suja, vestido em roupas pretas antigas que pareciam ter sido engomadas estava inclinado sobre seu trabalho de passar a limpo as anotações dos outros dois sujeitos, para a utilização do próprio Sr. Jaggers.

Era esse o estabelecimento. Quando descemos as escadas novamente, Wemmick conduziu-me à sala de meu guardião, dizendo: "Essa você já conhece".

"Por favor", eu disse, quando as duas figuras horrendas com o olhar malicioso espasmódico chamaram minha atenção novamente, "que retratos são esses?".

"Esses?", disse Wemmick, subindo em uma cadeira e em seguida assoprando a poeira das cabeças horríveis, trazendo-as para baixo. "Tratam-se de duas celebridades. Clientes famosos aqui que nos promoveram um bocado de crédito. Esse camarada (ora, você deve ter descido da estante à noite e se postou perto do tinteiro, para ficar com essa mancha na sobrancelha, seu danado!) assassinou seu patrão, e, considerando que não foram encontradas evidências, até que seu plano foi bom."

"Parece-se com ele?", perguntei, recuando da figura brutal, enquanto Wemmick cuspia em sua sobrancelha e a esfregava com a manga.

"Se se parece com ele? É ele em pessoa, sabe. A moldagem foi feita em Newgate, logo depois que ele foi preso. Você tinha uma afeição especial por mim, não tinha, Velho Esperto?", disse Wemmick. Ele então explicou essa invocação afetuosa, tocando-lhe o broche que representava a dama e o salgueiro-chorão na tumba, dizendo: "Ele fez isso para mim, especificamente!".

"Essa dama é alguém importante?", eu perguntei.

"Não", respondeu Wemmick. "Somente parte de seu jogo. (Você gostava do seu joguinho, não gostava?) Não, lembra um pouco uma dama no caso, Sr. Pip, exceto uma – e ela não era desse tipo esguia, e você não a teria cuidando da urna, a menos que houvesse algo para beber dentro dela." Como a atenção de Wemmick estava direcionada ao broche, ele abaixou a figura de gesso, e esfregou o broche com seu lencinho de bolso.

"E a outra criatura teve o mesmo destino?", perguntei. "Tem o mesmo olhar."

"Você tem razão", disse Wemmick. "É o olhar autêntico. Como se uma narina fosse suspensa pela crina de um cavalo e por um pequeno gancho. Sim, ele teve o mesmo destino, é um destino bem natural aqui, garanto-lhe. Falsificou testamentos, essa lâmina o fez, se é que não colocou os supostos testadores para dormir também. Você era um cavalheiro, porém" – Sr. Wemmick passara a fazer invocações novamente. "E você dizia que sabia escrever em grego. Sim, seu convencido. Que mentiroso! Nunca conheci alguém tão mentiroso quanto você!" Antes de colocar seu velho amigo sobre a prateleira novamente, Wemmick tocou o maior de seus anéis de viúvo e disse: "Mandou comprar isso para mim apenas no dia anterior".

Enquanto colocava a outra figura no lugar e descia da cadeira, pensei, por acaso, que todas as suas joias pessoais vinham de fontes como aquelas. Como não mostrou nenhuma reserva em relação ao assunto, tomei a liberdade de lhe fazer tal pergunta, quando parou a meu lado, limpando o pó das mãos.

"Oh, sim", ele respondeu, "todos esses são presentes dessa espécie. Um dá origem ao outro, sabe, é assim. E eu sempre os aceito. São curiosidades. E propriedades. Podem não ter muito valor, mas, no fim das contas, têm algum valor e são portáveis. Isso não significa muito para você com sua grande perspectiva, mas minha estrela-guia é sempre 'Conquiste propriedades portáveis'".

Quando elogiei sua visão, ele prosseguiu, dizendo, de maneira amigável:

"Se em algum momento você não tiver nada melhor para fazer, venha me ver em Walworth, posso lhe oferecer uma cama, e ficaria muito honrado. Não tenho muito a lhe mostrar além de duas ou três curiosidades que creio que você goste de ver, e eu gosto muito de meu jardinzinho e de minha casa de veraneio."

Respondi que ficaria contente em aceitar sua hospitalidade.

"Obrigado", ele disse, "então vamos considerar que está combinado, quando for conveniente a você. Você almoçou alguma vez com o Sr. Jaggers?".

"Ainda não."

"Bem", disse Wemmick, "ele há de lhe oferecer vinho, e bom vinho. Eu lhe ofereci ponche, e não um ponche ruim. E agora vou lhe dizer uma coisa. Quando for almoçar com o Sr. Jaggers, repare em sua governanta".

"Há algo de incomum?"

"Bem", disse Wemmick, "verá uma fera domada. Não muito incomum, você dirá. Eu respondo que depende da ferocidade original da fera e da dose de domesticagem. Não hei de diminuir sua consideração sobre os poderes do Sr. Jaggers. Fique de olho".

Disse-lhe que faria isso, com todo o interesse e curiosidade que sua recomendação despertava. Quando eu estava de saída, ele me perguntou se eu gostaria de dedicar cinco minutos vendo o Sr. Jaggers "em ação".

Por várias razões, e principalmente porque eu não sabia o que o Sr. Jaggers estaria fazendo quando estivesse "em ação", respondi que sim. Penetramos pela cidade e chegamos a um tribunal policial cheio, onde uma mulher parente de sangue (no sentido criminoso) do morto, com uma atração especial por broches, estava em pé no bar, desconfortavelmente mastigando alguma coisa, enquanto meu guardião a examinava ou indagava – não sei qual das duas coisas – e atacava a ela, aos juízes e a todos os presentes com admiração. Se qualquer pessoa, de qualquer classe social, dissesse uma palavra que ele desaprovava, ele exigia imediatamente que a pessoa fosse "levada". Se alguém faltasse com a admissão de algo, ele diria "eu vou arrancar isso de você!" e se alguém admitisse algo, ele diria: "Agora o peguei!". Os juízes tremiam pelo simples movimento de mordida em seu dedo. Ladrões e caçadores de ladrões ouviam suas palavras com medo e arrebatamento, e se encolhiam quando um pelo da sobrancelha do Sr. Jaggers virava em sua direção. De qual lado ele estava eu não saberia dizer, pois me parecia que ele estava triturando o lugar todo com um moinho. Só sei que quando saí da sala na ponta dos pés, ele não estava do lado da bancada de juízes, pois fazia as pernas do velho cavalheiro, que liderava, tremerem embaixo da mesa, através de suas denúncias de seu comportamento como representante da lei britânica e da justiça naquela cadeira naquele dia.

Capítulo XXV

Bentley Drummle, que era um sujeito tão rabugento que até mesmo levava um livro para o lado pessoal como se o autor tivesse algum prejuízo, não encarava um novo conhecido nos melhores dos ânimos. De aparência, movimento e compreensão pesados – o semblante letárgico de seu rosto, a língua grande e embaraçosa que parecia se refastelar em sua boca da mesma forma que ele o fazia em um cômodo – ele era preguiçoso, reticente e desconfiado. Vinha de uma família rica de Somersetshire, que havia alimentado essa combinação de qualidade até que chegaram à descoberta de que era maior de idade e nada além de um tolo. Assim, Bentley Drummle havia chegado ao Sr. Pocket quando era uma cabeça mais alto que o próprio sujeito, e meia dúzia de cabeças-duras a mais que a maioria dos sujeitos.

Startop havia sido mimado por uma mãe permissiva e ficou em casa quando deveria ter ido à escola, mas era apegado a ela de maneira devota e a admirava além da conta. A delicadeza de seus traços era feminina, e ele era – "como você pode ver, embora nunca a tenha visto", disse-me Herbert – "a cara da mãe dele". Era muito natural que eu gostasse mais dele do que de Drummle, e que, até mesmo nas primeiras noites em que saímos para velejar, ele e eu devêssemos remar de volta para casa lado a lado, de um barco para o outro, enquanto Bentley Drummle viesse atrás sozinho, sob as ribanceiras por entre os juncos. Ele sempre se rastejava como alguma criatura anfíbia incomodada até mesmo quando a maré o poderia ter colocado no caminho certo mais rapidamente, e eu sempre penso nele vindo atrás de nós no escuro ou dos remansos, quando nossos barcos penetravam o pôr do sol ou a luz do luar no leito do rio.

Herbert era meu companheiro e amigo mais próximo. Presenteei-lhe com metade de minha posse do barco, que era a ocasião de ele sempre descer a Hammersmith, e minha meia-posse de um de seus quartos geralmente me conduzia a Londres. Costumávamos caminhar entre os dois pontos durante horas. Ainda tenho um carinho pela estrada (embora ela não seja mais tão agradável quanto antes), produzido por sua natureza impressionável da juventude não experimentada e da esperança.

Quando eu completei um mês ou dois com a família Pocket, o Sr. e a Sra. Camilla apareceram. Camilla era irmã da Sra. Pocket. Georgiana, que eu tinha visto na casa da Senhorita Havisham na mesma ocasião, também apareceu. Ela era uma prima – uma mulher solteira dispéptica, que considerava sua rigidez uma religião, e seu fígado uma adoração. Essas pessoas odiavam-me com ódio oriundo de ganância e decepção. De fato, eles bajulavam minha prosperidade com requinte de crueldade. Em relação ao Sr. Pocket, como se fosse um bebê grande sem noção de seus próprios interesses, demonstravam a tolerância complacente que eu já os escutara expressar. A Sra. Pocket era tratada com desprezo, mas admitiam que a pobrezinha havia se decepcionado bastante na vida porque essa ideia os fazia sentirem-se um tanto bem em relação a si mesmos.

Era esse o contexto no qual eu estava inserido e fora educado. Logo contraí hábitos caros e comecei a gastar uma quantia de dinheiro que dentro de alguns poucos meses antes teria me parecido quase fabulosa, mas entre o bem e o mal não falhava em meus estudos. Não havia qualquer outro mérito nisso do que em ter juízo o suficiente para conhecer minhas próprias deficiências. Entre o Sr. Pocket e Herbert aprendi rápido, e com um ou com o outro sempre por perto para me dar um empurrãozinho necessário e para tirar os obstáculos de meu caminho eu teria sido tão idiota quanto Drummle se tivesse aproveitado menos.

Não via o Sr. Wemmick havia semanas quando pensei em lhe escrever um bilhete para propor ir à sua casa certa noite. Ele respondeu que adoraria me receber, e que me esperaria no escritório às seis horas. Então, lá fui eu, e o encontrei, colocando a chave de seu cofre nas costas quando o relógio batia as horas.

"Que tal ir caminhando até Walworth?", ele disse.

"Certamente", eu respondi, "se você aprovar".

"Muitíssimo", foi a resposta de Wemmick, "pois fiquei com as pernas embaixo da escrivaninha o dia todo e adoraria esticá-las. Bem, vou lhe contar o que teremos para o jantar, Sr. Pip. Temos carne ensopada, preparada em casa, e galinha assada fria, que vem de uma loja. Creio que está macia, pois o dono da loja fez parte do júri em alguns de nossos casos outro dia, e nós o liberamos sem dificuldades. Lembrei-lhe sobre isso ao comprar a galinha e disse: "Escolha-me uma boa, velho Briton, porque se tivéssemos escolhido mantê-lo no banco de júri por um ou dois dias mais, poderíamos tê-lo feito tranquilamente". Ao que ele respondeu: "Deixe-me presentear-lhe com a melhor galinha da loja". "É claro que o deixei. Afinal de contas, configura-se como propriedade portável. Você não teria problemas com a presença de um velho parente, espero?"

Realmente achei que estava se referindo à galinha, até que ele acrescentou: "Porque tenho um velho parente hospedado em minha casa". Eu então respondi o que a boa conduta exigia.

"Então ainda não almoçou com o Sr. Jaggers?", ele prosseguiu enquanto caminhávamos.

"Ainda não."

"Ele me contou essa tarde quando soube que você vinha. Creio que você receberá um convite amanhã. Vai convidar seus colegas também. São três, é isso?"

Embora não fosse meu hábito contar Drummle como um de meus amigos íntimos, respondi: "Sim".

"Bem, ele vai chamar o bando todo" – não me senti nada lisonjeado pela palavra escolhida – "e independentemente do que ele lhe dê será bom para você. Não espere variedade, mas excelência. E tem outra coisa estranha em sua casa", continuou Wemmick, após uma pausa, como se o comentário pudesse ser compreendido pela governanta, "ele nunca deixa uma porta ou janela ser fechada à noite".

"Ele nunca foi roubado?"

"É exatamente isso!", respondeu Wemmick. "Ele diz e repete em alto e bom-tom: 'Quero ver quem é o homem que há de me roubar'. Imagine se já não o ouvi, centenas de vezes, não uma, dizer aos ladrões frequentes na frente de nosso escritório: 'Você sabe onde eu moro, agora, nenhuma tranca é usada lá. Por que não tenta dar uma amostra de seu trabalho por lá? Vamos lá! Não está tentado?'. Nenhum homem deles, senhor, foi corajoso o suficiente para ao menos tentar, por amor ou dinheiro".

"Têm tanto medo dele assim?", perguntei.

"Têm medo dele", disse Wemmick. "É isso mesmo. Não que ele não seja habilidoso, até mesmo ao desafiá-los. Nada de pratarias, senhor. Tudo metal Brittania, cada colher".

"E eles não ganhariam muito", observei, "até mesmo se eles...".

"Ah! Mas ele ganharia muito", disse Wemmick, interrompendo-me, "e eles sabem disso. Ele teria suas vidas em sua mão, e a vida de muitos deles. Ele teria tudo o que desejasse. E é impossível dizer o que não poderia conseguir se o desejasse".

Comecei a refletir sobre a grandiosidade de meu guardião, quando Wemmick observou:

"Quanto à ausência de prataria, é só sua profundidade natural, sabe, um rio tem sua profundidade natural, assim como ele tem sua profundidade natural. Veja sua corrente de relógio. É realmente genuína".

"É muito pesada", eu disse.

"Pesada?", repetiu Wemmick. "Creio que sim. E seu relógio de repetição é de ouro, e vale cem libras e que vale cada centavo. Sr. Pip, existem cerca de setecentos ladrões nesta cidade que sabem sobre o relógio, nenhum homem, mulher ou criança entre eles que não seria capaz de identificar um elo que fosse daquela corrente, e que a largaria como se estivesse em brasa se compelidos a tocá-lo."

Inicialmente, ao ouvir aquele discurso e depois com uma conversa de natureza mais geral, o Sr. Wemmick e eu nos distraímos do tempo e da estrada até que ele deu a entender que havíamos chegado ao distrito de Walworth.

Parecia uma união de ruas escuras, valas e pequenos jardins, com o aspecto de um local recluso bastante entediante. A casa do Sr. Wemmick era pequena, feita de madeira e ficava no meio de trechos de jardim. Sua parte superior era recortada e pintada como uma fortificação rodeada de espingardas.

"Eu mesmo o fiz", disse Wemmick. "Bonito, não é?"

Elogiei bastante. Acho que era a menor casa que eu já havia visto em minha vida. Suas janelas eram as mais esquisitas janelas, com estilo gótico (de longe, essa era a parte mais falsa), e a porta gótica quase pequena demais para se passar.

"Esse mastro é verdadeiro, sabia", disse Wemmick, "e aos domingos eu hasteio uma bandeira de verdade. E agora olhe para cá. Depois de ter cruzado essa ponte, eu faço assim, cortando a comunicação com o resto de terra".

A ponte era uma tábua que cruzava um abismo de quatro pés de largura e dois de profundidade. Mas era muito agradável ver o orgulho com que içava a ponte agilmente, sorrindo, com real satisfação, não apenas mecanicamente.

"Às nove horas, toda noite, horário de Greenwich", disse Wemmick, "a espingarda dispara. Lá está ela, veja! E quando a escutar creio que dirá que é uma Stinger".

A peça de artilharia a que se referia estava montada sobre uma fortificação separada, feita de treliças. Era protegia do tempo por um pedaço de lona pequeno e engenhoso como se fosse um guarda-chuva.

"Então, na parte de trás", disse Wemmick, "fora de vista para não impedir a ideia das fortificações – pois isso é um princípio para mim, se você tem uma ideia, mantenha-se constante a ela e não a deixe – não sei se você compartilha da mesma opinião".

Eu disse que certamente.

"Na parte de trás, há um porco, e também galinhas e coelhos. Então eu faço minha cerca, veja, e cultivo pepinos. Você poderá julgar durante o jantar que tipo de vegetal sou capaz de cultivar. Então, senhor", disse Wemmick, sorrindo novamente, mas de maneira séria ao mesmo tempo, balançando a cabeça, "se supusesse que este lugar fosse sitiado, suas provisões manter-me-iam por um bocado de tempo".

Ele então me conduziu a um pavilhão a cerca de cem metros dali, mas cujo caminho dava tantas voltas que parecia levar muito tempo para chegar lá. Ali, nossos copos já estavam postos. Nosso ponche se mantinha resfriado em um lago ornamental, em cuja margem o pavilhão se erguia. Esse trecho de água (com uma ilha no meio que poderia ser a salada do jantar) tinha forma circular, e ele havia construído uma fonte ali, que, quando você acionava um pequeno moinho tirando a rolha de um tubo, jorrava com tanta força que o dorso da sua mão poderia ficar bastante molhado.

"Sou meu próprio engenheiro, meu próprio carpinteiro, meu próprio encanador, meu próprio faz-tudo", disse Wemmick, ao receber meus elogios. "Bem, é uma coisa boa, sabe? Leva embora as teias de aranha de Newgate e agrada ao Velho. Você não se importa em ser logo apresentado ao Velho, se importa? Não seria incômodo?"

Expressei a devida prontidão, e com isso entramos no castelo. Lá, encontramos, sentado perto do fogo, um homem velho com um casaco de flanela: limpo, alegre, confortável e bem-cuidado, mas extremamente surdo.

"Pai Velho", disse Wemmick, trocando um aperto de mão cordial e brincalhão com ele, "como estamos?".

"Bem, John, estou bem!", respondeu o velho.

"Esse é o Sr. Pip, Pai Velho", disse Wemmick, "e eu gostaria muito que pudesse ouvir seu nome. Acene com a cabeça, Sr. Pip, ele gosta disso. Acene com a cabeça, por favor, como se piscasse com um olho!"

"Esta é a bela moradia de meu filho, senhor", exclamou o velho, enquanto eu acenava tanto quanto possível. "É um lugar muitíssimo agradável, senhor. Este local e belos trabalhos realizados aqui deverão ser conservados pelo país, quando meu filho se for, para que todos possam desfrutá-los."

"Você é tão orgulhoso daqui quanto Punch, não é, Velho?", disse Wemmick, contemplando o homem, com o rosto duro realmente suavizado, "aqui está um aceno para você", fazendo um aceno tremendo, "agora outro", fazendo um aceno ainda maior, "você gosta disso, não é? Se não estiver cansado, Sr. Pip, embora eu saiba que isso é exaustivo para estranhos, poderia fazer mais um aceno? Não imagina o quanto isso lhe agrada".

Acenei diversas vezes, e ele estava muito animado. Deixamo-no ocupado com a alimentação das galinhas, e nos sentamos para beber nosso ponche embaixo da pérgola, onde Wemmick me disse, enquanto fumava seu cachimbo, que se havia levado muitos anos para levar a propriedade ao presente nível de perfeição.

"Pertence a você, Sr. Wemmick?"

"Ah, sim", disse Wemmick, "fui conseguindo aos poucos. Tudo meu, por Deus!"

"De verdade? E creio que o Sr. Jaggers a admire?"

"Nunca a viu", disse Wemmick. "Nunca ouviu falar. Nunca viu o Velho. Nunca ouviu falar dele. Não, o escritório é uma coisa. A vida pessoal é outra. Quando vou ao escritório, deixo o Castelo para trás, e quando venho para o Castelo deixo o escritório para trás. Se não lhe desagrada de algum modo, far-me-á um favor em fazer o mesmo. Não gostaria de falar de assuntos profissionais aqui."

É claro que senti que minha boa-fé seria importante em seu pedido. Uma vez que o ponche estava muito gostoso, sentamo-nos, bebendo e conversando até as nove horas. "Está chegando a hora do disparo", disse Wemmick então, abaixando seu cachimbo. "É uma alegria para o Velho."

Voltando para dentro do Castelo, encontramos o Velho aquecendo o atiçador de fogo, com olhos ávidos, como uma medida preliminar à performance dessa grande cerimônia noturna. Wemmick ficou parado com seu relógio na mão até que chegasse o momento em que ele pegaria o atiçador incandescente do Velho e voltaria à Fortificação. Pegou-o e saiu, e nesse momento a Stinger disparou com um estrondo que balançou aquela pequena caixa maluca de chalé como se fosse se despedaçar, fazendo cada copo e xícara tilintar. Com isso, o Velho – que, creio eu, teria voado de sua poltrona se não estivesse se segurado com os braços – gritava, radiante: "Disparou! Eu ouvi!". E eu fiz que sim com a cabeça sem parar até que, sem nenhum exagero, não pudesse mais vê-lo.

Durante o intervalo entre esse momento e o jantar, Wemmick dedicou-se a me mostrar sua coleção de curiosidades. Eram, em sua maioria, de caráter doloso, abrangendo uma caneta com a qual uma falsificação havia sido cometida, uma ou duas navalhas, alguns tufos de cabelo e várias confissões manuscritas durante o período de condenação – às quais o Sr. Wemmick atribuía valor particular, usando suas próprias palavras, "todas elas são mentirosas, senhor". Estavam agradavelmente dispersas entre amostras de porcelana e vidro várias ninharias feitas pelo proprietário do museu, e algumas tampas de tabaco entalhadas pelo Velho. Estavam todas à mostra naquele aposento do Castelo ao qual eu fui inicialmente conduzido e que servia não somente como uma sala de estar geral mas como cozinha também, se é que eu posso julgar pela panela na lareira, e uma peça de bronze sobre a lareira feita para a suspensão de um espeto giratório.

Havia uma menina muito arrumada a serviço que estava cuidando do Velho durante o dia. Quando ela colocou a toalha de mesa para o jantar, a ponte foi abaixada para que ela pudesse sair, e ela se retirou para ir dormir. O jantar estava divino. E embora o Castelo estivesse tão sujeito à podridão da madeira de modo que cheirava a nozes estragadas, e embora não fosse má ideia manter o porco à maior distância, fiquei genuinamente contente com o entretenimento oferecido. Também não havia nada de ruim em meu pequeno quarto na torre, além do teto tão fino a me separar da bandeira cujo mastro parecia que eu estava equilibrando na testa a noite inteira quando me deitei na cama.

Wemmick levantou bem cedo no dia seguinte, e creio que o ouvi limpando minhas botas. Depois disso, se dedicou aos cuidados do jardim, e o vi de minha janela gótica fingindo ocupar o Velho, acenando a ele da maneira mais devota possível. Nosso café da manhã foi tão bom quanto a ceia, e às oito e meia, precisamente, partimos para Little Britain. Aos poucos, Wemmick ficou mais seco e mais ríspido conforme caminhamos, e sua boca voltou ao formato de caixa de correspondência. Finalmente, quando chegamos a seu escritório e ele tirou a chave de seu colarinho, parecia esquecido de sua propriedade de Walworth como se o castelo, a ponte levadiça, a pérgola, o lago, a fonte e o Velho tivessem todos explodido para o espaço juntos pelo último disparo da Stinger.

Capítulo XXVI

Aconteceu como Wemmick havia dito que aconteceria, que eu teria uma oportunidade em breve de comparar a residência de meu guardião com a de seu caixa e escrevente. Meu guardião estava em sua sala, lavando as mãos com seu sabonete perfumado quando cheguei ao escritório vindo de Walworth, e ele me chamou e deu o convite para mim e meus amigos, que Wemmick havia me preparado para receber. "Sem cerimônia", ele estipulou, "e nada de trajes finos, e fica marcado para amanhã". Perguntei-lhe aonde deveríamos ir (pois eu não tinha ideia de onde ele morava) e, acredito que por objeção geral em admitir qualquer tipo de coisa, ele respondeu: "Encontrem-me aqui e os levarei para casa comigo". Aproveito essa oportunidade para observar que ele se lavava depois de ter com seus clientes, como se fosse um cirurgião ou dentista. Ele tinha um guarda-roupa em sua sala equipado para isso que cheirava a sabonete perfumado como uma loja de perfumes. Havia uma toalha em forma de rolo pendurada na porta de dentro do guarda-roupa. Ele então lavava as mãos e as enxugava e secava nessa toalha sempre que chegava do tribunal de polícia ou quando um cliente deixava a sala. Quando eu e meus amigos nos encontramos com ele às seis horas no dia seguinte, ele parecia estar ocupado com um caso de aspecto mais complexo que de hábito, pois o vimos com a cabeça enfiada dentro do guarda-roupa, não somente lavando as mãos mas também o rosto, além de fazer gargarejo. E depois que fez tudo isso e se enxugara na toalha de rolo pegou seu canivete e raspou as unhas para se livrar do caso por completo antes de colocar o casaco.

Havia algumas pessoas rondando a rua como de hábito quando saímos. Estavam evidentemente ansiosas para falar com ele, mas havia algo tão conclusivo no halo de sabonete perfumado que o circundava que acabaram por desistir e ir embora. Conforme caminhávamos em direção a oeste, ele era reconhecido repetidamente por alguém na multidão das ruas, e sempre que isso acontecia ele aumentava o volume de sua voz para falar comigo, mas ele nunca reconheceu qualquer pessoa ou percebeu que alguém o reconhecia.

Conduziu-nos a Gerrard Street, no Soho, a uma casa ao sul da rua. Era bastante majestosa em seu estilo, mas com extrema urgência de pintura e janelas sujas. Tirou sua chave e abriu a porta, e todos nós entramos em um saguão de pedras, desmobiliado, escuro e pouco usado. Então, subimos uma escadaria marrom, chegando a uma série de cômodos marrom-escuros no primeiro andar. Havia guirlandas esculpidas nos painéis das paredes, e enquanto ele parou ali para nos receber pensei saber com que tipo de círculo elas se pareciam.

O jantar foi servido no melhor desses cômodos. O segundo era seu quarto de vestir, e o terceiro seu quarto. Ele nos contou que a casa toda lhe pertencia, mas que raramente usava mais do que aqueles cômodos que estávamos vendo. A mesa foi posta de maneira confortável – não havia nenhuma prataria, é claro – e ao lado de sua cadeira havia um elevador de comida espaçoso, com grande variedade de garrafas e decantadores, além de quatro pratos com frutas para a sobremesa.

Percebi, ao longo do tempo, que ele mantinha tudo à mão e entregava tudo aos outros por si mesmo.

Havia uma estante de livros no cômodo. Vi, pelas lombadas dos livros, que eram sobre lei criminal, evidências, biografia criminal, julgamentos, atos do parlamento e coisas do tipo. A mobília era toda maciça e de boa qualidade, assim como a corrente de seu relógio. Tinha uma aparência oficial, contudo, e não tinha nada meramente decorativo para se ver. Em um canto ficava uma mesinha com papéis e um abajur, fazendo parecer que ele trazia para casa seu escritório consigo nesse aspecto também e que trabalhava noite afora.

Como ele mal havia batido o olho em meus três companheiros até então – pois ele e eu caminhávamos juntos – ficou parado no tapete próximo à lareira, depois de tocar o sino, e os examinou. Para minha admiração, ele imediatamente pareceu interessado principalmente, se não somente, em Drummle.

"Pip", ele disse, colocando sua mão enorme sobre meu ombro, conduzindo-me à janela, "não sei quem é quem. Quem é Spider?".

"Spider?", perguntei.

"O sujeito manchadinho, esparramado e mal-humorado."

"Esse é Bentley Drummle", respondi, "o outro com o rosto delicado é Startop".

Sem dar a menor atenção a "o outro com o rosto delicado", ele respondeu: "Bentley Drummle é seu nome, é? Gostei do aspecto dele".

Ele logo começou a conversar com Drummle: sem parecer se incomodar com suas respostas curtas e reticentes, mas aparentemente motivado por essas respostas para lhe arrancar algumas palavras. Fiquei olhando os dois quando a governanta veio e bloqueou minha visão com o primeiro prato da refeição.

Era uma mulher de aproximadamente quarenta anos, mas talvez a tenha achado mais jovem do que realmente era. Era bem alta, sua estrutura era ligeira e flexível, bastante pálida, seus olhos eram grandes e esmaecidos, e com boa quantidade de cabelos esvoaçantes. Não sei dizer se era afetada por alguma doença coronária que deixava seus lábios entreabertos, como se ela estivesse ofegante, e seu rosto carregava uma expressão curiosa de imprevisibilidade e palpitação, mas eu sei que havia assistido a Macbeth no teatro, uma ou duas noites antes, e que seu rosto me parecia perturbado pelo ar flamejante, como os rostos que eu vira levitando do caldeirão das bruxas.

Ela serviu o prato, encostou no braço de meu guardião discretamente com um dedo para avisá-lo que o jantar estava pronto e desapareceu. Tomamos nossos lugares em volta da mesa, e meu guardião deixou Drummle em um de seus lados e Startop no outro. Era um prato requintado aquele que a governanta havia colocado na mesa, e comemos um pedaço de um carneiro igualmente bem selecionado depois, e então uma ave de primeira qualidade. Molhos, vinhos, todos os acompanhamentos que desejássemos, e todos da melhor qualidade, foram servidos por nosso anfitrião pelo elevador de comidas, e quando eles passavam por toda a mesa ele sempre os colocava de volta no elevador. Da mesma forma, ele nos entregou pratos, facas e garfos limpos para cada prato servido, e jogou os usados em duas cestas no chão próximas à sua cadeira. Nenhum criado além da governanta apareceu. Ela serviu todos os pratos, e eu sempre enxergava em seu rosto um rosto pairando sobre o caldeirão. Anos depois, fiz uma associação pavorosa daquela mulher com um rosto sem qualquer semelhança natural a ela além do cabelo esvoaçante passando por trás da tigela de bebida flamejante em um quarto escuro.

Induzido a prestar atenção especial na governanta, tanto por sua aparência marcante quanto pelo aviso de Wemmick, observei que sempre que ela estava no cômodo mantinha os olhos fixos e atentos em meu guardião, e que ela tirava as mãos de todos os pratos que colocava na frente dele, hesitante, como se temesse que ele a chamasse de volta e quisesse lhe falar quando ela estava próxima a ele, se tivesse algo a dizer. Imaginei que podia detectar na maneira dele uma consciência disso e intenção em deixá-la sempre em suspense.

O jantar transcorreu muito bem, e embora meu guardião parecesse seguir em vez de produzir assuntos, eu sabia que ele tratava de arrancar nossa parte mais fraca. De minha parte, notei que eu estava expressando minha tendência à abundância, a apoiar Herbert, e a me gabar de minhas grandes esperanças, antes mesmo que eu percebesse ter aberto a boca. Isso estava acontecendo a todos nós, mas mais ainda com Drummle: o desenvolvimento de sua inclinação para rodear os outros de maneira rancorosa e desconfiada foi arrancado dele antes de terminarmos o peixe.

Não foi nesse momento, mas quando chegamos ao queijo é que nossa conversa desviou para nossos feitos no remo, e Drummle foi ridicularizado por sempre ficar para trás à noite remando daquela maneira anfíbia típica dele. Com isso, Drummle disse a nosso anfitrião que ele preferia o nosso lugar à nossa companhia, e que no que dizia respeito a talento ele era mais que nosso mestre, e quanto a força, que poderia nos dispersar como se fôssemos palha. De alguma maneira invisível, meu guardião o feriu com ferocidade quanto a essa zombaria e passou a descobrir e a medir seu braço para mostrar como era musculoso, e todos nós começamos a descobrir e a medir nossos braços de maneira ridícula.

A governanta, nesse momento, estava limpando a mesa. Meu guardião, sem prestar atenção nela, mas com a lateral do rosto que ela não podia ver, estava encostado na cadeira mordendo a lateral de seu dedo indicador, mostrando interesse em Drummle, o que, para mim, era um tanto inexplicável. Subitamente, bateu sua mão enorme sobre a mão da governanta, como se fosse uma armadilha, quando ela a esticava pela mesa. Ele fez isso de maneira tão repentina e rápida que todos nós paramos nossa tola comparação.

"Se vocês querem falar de força", disse o Sr. Jaggers, "vou lhes mostrar um punho. Molly, mostre seu punho a eles".

Sua mão, presa sob a dele, estava sobre a mesa, mas ela já tinha colocado a outra mão para trás. "Patrão", ela disse, com a voz baixa. Seus olhos atentos e suplicantes fixos nele. "Não."

"Vou lhes mostrar um punho", repetiu o Sr. Jaggers, com determinação implacável. "Molly, mostre seu punho a eles."

"Patrão", ela murmurou novamente. "Por favor!"

"Molly", disse o Sr. Jaggers, sem olhar para ela, mas obstinadamente olhando para o lado oposto do cômodo, "mostre a eles seus dois punhos. Mostre-os. Vamos!".

Ele tirou a mão de cima da dela e virou o punho dela sobre a mesa. Ela tirou a outra mão das costas e colocou-a ao lado da outra. O segundo punho era bastante desfigurado – tinha cicatrizes profundas por todas as partes. Quando mostrou os punhos, desviou os olhos do Sr. Jaggers, e os virou olhando para cada um de nós cautelosamente.

"Isso é força", disse o Sr. Jaggers, traçando friamente os tendões do punho com seu dedo indicador. "Pouquíssimos homens têm a força que essa mulher tem no punho. É extraordinária a força da pegada dessas mãos. Tive a oportunidade de avaliar muitas mãos, mas nunca vi nenhuma mão mais forte nesse sentido, de homem ou de mulher."

Enquanto ele dizia essas palavras de maneira lenta e depreciativa, ela continuou olhando para cada um de nós em uma ordem peculiar. Quando ele acabou, ela olhou para ele novamente. "É só isso, Molly", disse o Sr. Jaggers, acenando levemente com a cabeça. "Já foi admirada, agora pode ir." Ela recolheu as mãos e saiu da sala, e o Sr. Jaggers, tirando os decantadores de seu elevador, encheu uma taça e passou o vinho adiante.

"Às nove e meia, senhores", ele disse, "precisam ir. Peço que façam o melhor uso que puderem de seu tempo. Fico contente em ver todos vocês. Sr. Drummle, um brinde a você."

Se seu objetivo em distinguir Drummle fosse fazê-lo se destacar mais, funcionou perfeitamente bem. Em estado de triunfo mal-humorado, Drummle mostrou sua depreciação taciturna em relação ao restante de nós, de maneira cada vez mais ofensiva, até que ele ficou extremamente intolerável. Ao longo de todos os estágios, o Sr. Jaggers o seguiu com o mesmo interesse esquisito. Ele na verdade parecia servir como um efeito de maior sabor no vinho do Sr. Jaggers.

Em nossa falta de discrição, tipicamente inexperiente, ouso dizer que bebemos demais e sei que falamos demais. Ficamos inflamados com um ato grosseiro de desprezo de Drummle sobre sermos liberais demais em relação a nosso dinheiro. Isso levou à minha observação, com mais zelo do que critério, de que se tratava de falta de tato da parte de Drummle, a quem Startop havia emprestado dinheiro em minha presença fazia apenas cerca de uma semana.

"Bem", interveio Drummle, "ele terá seu dinheiro pago".

"Não quero dizer que não será", eu disse, "mas poderia segurar sua língua antes de falar sobre nós e nosso dinheiro, eu acredito".

"Você acredita!", respondeu Drummle. "Ah, Deus!"

"Arrisco a dizer", continuei, com a intenção de ser muito severo, "que você não emprestaria o dinheiro a qualquer um de nós se precisássemos".

"Você está certo", disse Drummle. "Não lhe emprestaria seis centavos. Não emprestaria seis centavos a ninguém."

"Muito mesquinho pegar dinheiro emprestado sob essas circunstâncias, devo dizer."

"Você deve dizer", repetiu Drummle. "Ah, Deus!"

Isso foi incômodo demais – mais ainda porque eu percebia que não estava fazendo progresso contra sua estupidez grosseira – a ponto de eu dizer, apesar dos esforços de Herbert para que eu parasse.

"Vamos, Sr. Drummle, já que estamos falando sobre isso, vou lhe dizer o que aconteceu entre mim e Herbert aqui, quando você pegou aquele dinheiro emprestado."

"Eu não quero saber o que aconteceu entre você e o Herbert aí", resmungou Drummle. E eu acho que ele acrescentou, rosnando mais baixo, que nós dois deveríamos ir para o inferno.

"Vou lhe dizer, contudo", eu disse, "quer queira, quer não. Dissemos que enquanto você colocava o dinheiro no bolso muito contente em tê-lo conseguido, você parecia estar se divertindo imensamente com sua fraqueza por tê-lo emprestado".

Drummle caiu na gargalhada e ficou rindo na nossa cara, com as mãos nos bolsos e os ombros levantados, expressando claramente que aquilo era realmente verdade, e que ele nos desprezava como se fôssemos uns jumentos.

Nesse momento, Startop interveio em seu favor, embora com muito mais piedade do que eu havia demonstrado, e lhe pediu para que fosse mais agradável. Sendo Startop um jovem sujeito vivaz e alegre, e Drummle exatamente o contrário, esse estava sempre disposto a ressentir aquele com uma afronta pessoal direta. Ele agora contestava de maneira áspera e estúpida, e Startop tentava deixar a discussão de lado com gracinhas que nos faziam rir. Ressentindo esse pequeno êxito mais do que tudo, Drummle, sem qualquer ameaça ou aviso, arrancou as mãos dos bolsos, abaixou seus ombros, vituperou, pegou uma taça grande e a teria atirado na cabeça de seu adversário se não fosse pela prontidão hábil de nosso anfitrião em agarrá-la no momento em que foi levantada para esse propósito.

"Cavalheiros", disse o Sr. Jaggers, abaixando a taça calculadamente, puxando seu relógio de repetição de ouro por sua corrente maciça: "Lamento muitíssimo, mas já são nove e meia".

Com essa indireta, todos nos levantamos para sair. Antes de chegarmos à porta, Startop chamava Drummle animadamente por "meu velho", como se nada tivesse acontecido. Mas "meu velho" estava tão longe de responder, que nem mesmo caminhou de volta a Hammersmith no mesmo lado da rua, então Herbert e eu, que ficamos na cidade, os vimos descer a rua em lados opostos. Startop na frente, e Drummle um pouco para trás, pelas sombras das casas, assim como seu hábito de ficar para trás no barco.

Como a porta ainda não estava fechada, deixei Herbert ali por um momento e subi as escadas correndo novamente para dizer uma palavrinha a meu guardião. Encontrei-o em seu quarto de vestir rodeado por sua galeria de botas, já determinado a se livrar de nós, lavando as mãos com devoção.

Eu lhe disse que havia subido de novo para lhe dizer que sentia muito se algo desagradável havia acontecido e que eu esperava que ele não me culpasse pelo ocorrido.

"Imagine!", ele disse, lavando o rosto agora, falando por entre as gotas de água, "não foi nada, Pip. Eu gosto daquele Spider, contudo".

Ele havia se voltado para mim agora e se sacudia, assoprava e se secava com a toalha.

"Fico contente que o senhor goste dele", eu respondi, "mas eu não gosto".

"Não, não", meu guardião assentiu, "você não tem nada o que ver com ele. Fique longe dele o quanto puder. Mas eu gostei do sujeito, Pip, ele é do tipo verdadeiro. Ora, se eu fosse vidente...".

Desviando o rosto da toalha, olhou-me nos olhos.

"Mas eu não sou vidente", ele disse, deixando a cabeça cair nas dobras da toalha, secando as duas orelhas. "Você sabe o que eu sou, não sabe? Boa noite, Pip."

"Boa noite, senhor."

Dentro de um mês depois desse incidente, a estadia de Spider com o Sr. Pocket terminou definitivamente, e, para o grande alívio de todos os residentes, exceto da Sra. Pocket, ele voltou para casa para sua família.

Capítulo XXVII

"CARÍSSIMO SR. PIP:

Escrevo em nome do Sr. Gargery para avisá-lo que este irá para Londres em companhia do Sr. Wopsle e ficaria muito contente se tivesse a permissão para vê-lo. Ele chegará ao Hotel de Barnard na terça-feira pela manhã, às nove horas. Caso não esteja de acordo, por favor envie um recado. Sua pobre irmã está no mesmo estado em que se encontrava quando partiu. Falamos sobre você na cozinha todas as noites e imaginamos o que você está falando e fazendo. Se estiver tomando sua liberdade com tal proposição, perdoe-me, pelo amor dos velhos tempos. Sem mais, caro Sr. Pip, de sua sempre grata e afeiçoada criada,

BIDDY.

P.S. Ele me pediu que eu escrevesse essas palavras especialmente: que divertido. Ele disse que você entenderá. Espero e não duvido que estará de acordo em vê-lo, embora seja agora um cavalheiro, pois você tem um bom coração, e ele é um homem inestimável. Li tudo para ele, exceto essa última frase, e ele me pediu muito especialmente para que eu escrevesse mais uma vez: que divertido.”

Recebi essa carta por correio na segunda-feira pela manhã, e portanto sua chegada seria no dia seguinte. Deixe-me confessar com que sentimentos exatamente esperei a chegada de Joe.

Não foi com prazer, embora eu fosse ligado a ele por tantos laços. Não, com considerável perturbação, um tanto de humilhação e uma sensação profunda de incongruência. Se eu pudesse tê-lo mantido longe mediante o pagamento de alguma quantia de dinheiro, eu certamente o teria feito. Minha maior tranquilidade era que ele estava vindo para ficar no Albergue de Barnard, e não em Hammersmith, e consequentemente não estaria no caminho de Bentley Drummle. Protestei um pouco pelo fato de ele ser visto por Herbert ou por seu pai, pelos quais eu nutria respeito, mas eu sentia uma sensibilidade muito intensa quanto a ele ser visto por Drummle, por quem eu sentia desprezo. Assim, ao longo da vida, nossos maiores atos de fraqueza e mesquinhez são geralmente cometidos por causa das pessoas que mais desprezamos.

Eu havia começado a decorar os quartos de maneira bastante desnecessária e inapropriada, e esses embates com Barnard se provaram muito caros. Nessa época, os quartos estavam muito diferentes em relação a como os havia encontrado, e eu apreciava a honra de ocupar algumas páginas ilustres nos livros de um tapeceiro vizinho. Havia ido tão longe nos últimos tempos que até comecei a fazer um menino usar botas – de cano alto – em servidão à escravidão a quem me dedicava todos os dias. Pois, depois que eu criara o monstro (a partir dos restos da família de minha lavadeira), e o vestira com um casaco azul, um colete amarelo-canário, gravata branca, calças cor creme, além das botas já mencionadas, precisei encontrar algo para ele fazer e muito o que comer, e com esses dois requisitos terríveis ele assombrou minha existência.

Esse fantasma vingativo foi comandado para estar ativo na terça-feira pela manhã no saguão (media dois pés quadrados, de acordo com o que foi cobrado pelo tapeceiro), e Herbert sugeriu algumas coisas para o café da manhã que pensou que agradariam a Joe. Embora eu me sentisse sinceramente grato a ele por ser tão interessado e atencioso, tinha uma leve sensação esquisita de desconfiança de que, se Joe estivesse vindo para vê-lo, ele não teria sido tão solícito.

Contudo, fui à cidade na segunda-feira à noite para me aprontar para receber Joe, acordei cedinho e fiz a sala de estar e a mesa de café da manhã assumirem a mais esplêndida aparência. Infelizmente, garoava pela manhã, e nem mesmo um anjo poderia ter escondido o fato de que Barnard derramava lágrimas de fuligem por fora da janela, como um varredor gigante e fraco.

Quando o momento se aproximava, eu sentia vontade de sair correndo, mas o Vingador, de acordo com as ordens, estava no saguão, e logo ouvi os passos de Joe nas escadas. Eu sabia que era Joe, por sua maneira desajeitada de subir as escadas – suas botas sociais eram grandes demais para ele – e pelo tempo que ele levou para ler os nomes nos outros andares enquanto subia. Quando ele parou fora de nossa porta, eu pude ouvir seu dedo traçando as letras pintadas com meu nome, e depois ouvi sua respiração distintamente pelo buraco da fechadura. Finalmente, ele bateu uma vez, e Pepper – esse era o nome comprometedor do menino vingativo –

anunciou "Sr. Gargery!". Pensei que ele nunca terminaria de limpar seus pés, e que eu precisaria tirá-lo do capacho, mas enfim ele entrou.

"Joe, como você está, Joe?"

"Pip, como CÊ tá, Pip?"

Com seu rosto honesto reluzente e brilhante, e seu chapéu colocado no chão entre nós, pegou minhas duas mãos e as esfregou de cima a baixo, como se eu fosse o modelo mais novo de uma bomba d'água.

"Eu estou contente em vê-lo, Joe. Dê-me seu chapéu."

Mas Joe, pegando-o cuidadosamente com as duas mãos, como se houvesse um ninho de passarinho dentro, não queria se separar daquela parcela de propriedade, persistindo em falar por cima dele da maneira mais incômoda possível.

"Como você cresceu", disse Joe, "e tá forte, e esse aspecto de cavalheiro". Joe refletiu um pouco antes de encontrar a palavra: "Tenho certeza de que é uma honra para o seu rei e seu país".

"E você, Joe, você está muito bem."

"Graças a Deus", ele disse, "estou igual a todos. E sua irmã, ela não está pior que antes. E Biddy, ela está sempre correta e prestativa. E todos os seus amigos não estão piores nem melhores. Exceto Wopsle, que decaiu um tanto".

Todo esse tempo (ainda com as mãos protegendo o ninho de passarinho com muito cuidado), Joe girava os olhos pelo cômodo e pela estampa florida de meu roupão sem parar.

"Decaiu, Joe?"

"Ora, sim", disse Joe, abaixando a voz, "deixou a igreja e passou a se dedicar ao teatro. Foi isso que o trouxe a Londres comigo. E seu desejo era...", disse Joe, colocando o ninho de passarinho embaixo do braço esquerdo por um momento, apalpando, ao mesmo tempo, em busca de algum ovo, com o direito. "Se não for nenhuma ofensa, quero lhe entregar isso."

Peguei o que Joe me entregou e vi que se tratava do programa amassado de um pequeno teatro metropolitano, anunciando sua primeira apresentação, naquela mesma semana, do "célebre, renomado, amador e interiorano Roscius, ator cujo excelente desempenho na maior tragédia de nosso Bardo Nacional causou ultimamente grande sensação nos círculos dramáticos locais".

"Você esteve na apresentação, Joe?", eu perguntei.

"Estive", disse Joe, com ênfase e pompa.

"Foi uma grande sensação?"

"Ora", disse Joe, "sim, certamente havia um monte de cascas de laranja. Principalmente quando ele vê um fantasma. Embora eu pergunte a você, senhor, se foi um ato calculado para manter um homem trabalhando com boa vontade ficar continuamente intervindo entre ele e o fantasma com 'Amém!'. Um homem pode ter passado por algum incidente ruim e estado na igreja", disse Joe, abaixando o tom de voz, aplicando-lhe um toque contestador e afetivo, "mas isso não é motivo para mandá-lo embora em um momento desses. O que eu quero dizer é que se o fantasma do próprio pai de um homem não pode exigir sua atenção, o que poderá, então, Senhor? Ainda mais quando seu luto é tão insignificante que o peso das penas pretas é o bastante para causar sua expulsão, tente manter a situação o quanto possível".

Um efeito de quem acabou de ver um fantasma do semblante de Joe me informou que Herbert havia entrado na sala. Eu então apresentei Joe a Herbert, que estendeu sua mão, mas Joe recuou e se agarrou no ninho de passarinho.

"Seu criado, Senhor", disse Joe, "e espero que você e Pip..." aqui seu olho caiu sobre o Vingador, que estava colocando umas torradas sobre a mesa, expressando, claramente, uma intenção tão intensa em fazer daquele jovem cavalheiro parte da família que eu franzi o cenho, deixando-o ainda mais confuso. "Eu quero dizer, vocês dois cavalheiros, espero que vocês consigam se manter saudáveis nesse lugar fechado. Para o presente momento, pode ser um albergue muito bom, de acordo com as avaliações de Londres", disse Joe, sigilosamente, "e acredito que suas qualidades se mantenham, mas eu não manteria um porco sequer aqui dentro – não se caso eu desejasse engordá-lo com saúde para depois comê-lo".

Depois de feito esse depoimento lisonjeiro sobre os méritos de nossa moradia e de mostrar sua tendência casual de me chamar por "senhor", Joe, convidado a sentar-se à mesa, olhou a seu redor em busca de um lugar apropriado onde colocar seu chapéu, como se só pudesse colocá-lo em lugares muito especiais, e finalmente depositou-o em um canto extremo do friso da lareira, do qual veio a cair a todo momento.

"Deseja chá ou café, Sr. Gargery?", perguntou Herbert, que sempre fazia as honras pela manhã.

"Obrigado, Senhor", respondeu Joe, duro da cabeça aos pés. "Aceito o que você preferir."

"Que tal café?"

"Obrigado, Senhor", respondeu Joe, evidentemente desanimado com a proposta, "uma vez que você é tão gentil em escolher o café, não hei de contrariar sua opinião. Mas não acha que é um pouco estimulante?"

"Digamos chá, então", disse Herbert, servindo-o.

Nesse momento, o chapéu de Joe tombou da lareira, e ele levantou de sua cadeira para pegá-lo, colocando-o exatamente no mesmo lugar.

Como se fosse uma mera questão de boa educação que o chapéu pudesse cair outra vez.

"Quando chegou à cidade, Sr. Gargery?"

"Foi ontem à tarde?", perguntou Joe, depois de tossir no dorso da mão, como se tivesse tido tempo de pegar um resfriado desde sua chegada. "Não, não foi. Foi sim. Sim. Foi ontem à tarde", concluiu: com aspecto misto de sabedoria, alívio e imparcialidade.

"Já viu um pouco de Londres?"

"Ora, sim, Senhor", disse Joe, "eu e Wopsle fomos direto ver a fábrica de sapatos. Mas não achamos muita semelhança com os cartazes vermelhos nas portas das lojas, quero dizer", acrescentou Joe, tentando se explicar, "como se tivesse sido desenhado de modo muito arquitetural".

Creio que Joe tivesse realmente alongado a palavra (que me trazia à mente uma lembrança expressiva de alguma arquitetura que eu conheço) em perfeito coro, se não fosse por sua atenção providencialmente atraída por seu chapéu, que estava tombando. Para falar a verdade, isso exigia dele constante atenção, e agilidade dos olhos e das mãos, de maneira muito parecida com aquela de um jogador de críquete. Ele fez um lance extraordinário com o chapéu, mostrando grande habilidade. Ora corria em direção a ele e o agarrava antes que caísse, ora parando na metade do caminho, batendo-o e fazendo-o voar por várias partes da sala e pelo papel de parede até que sentisse que o pegara com segurança e por fim derrubando-o dentro de uma bacia, onde tomei a liberdade de enfiar as mãos.

Quanto ao colarinho de sua camisa e de seu casaco, eram questões desconcertantes para compreender – mistérios insolucionáveis, os dois. Por que haveria um homem de se incomodar a esse ponto antes de se considerar completamente vestido? Por que ele julgaria necessário ser purificado pelo sofrimento de seus trajes formais? Então ele entrou em estados meditativos, com o garfo no meio do caminho entre seu prato e sua boca e seus olhos se moviam entre direções estranhas. Acometiam-lhe tosses surpreendentes, sentava-se muito longe da mesa, deixava mais comida do que comia de fato, e fingia que não tinha derrubado, de modo que fiquei muito contente quando Herbert nos deixou para ir à cidade.

Eu não tinha nem bom-senso, nem boa vontade de saber que isso era tudo culpa minha e que se eu fosse mais calmo com Joe, Joe teria ficado mais calmo comigo. Senti-me impaciente com ele e de mau humor, condição pela qual Joe começou a empilhar brasas sobre minha cabeça.

"Nós dois estamos sozinhos agora, senhor", Joe começou.

"Joe", interrompi-o, irritado, "como pode me chamar de senhor?"

Joe olhou para mim por um breve instante com algo que lembrava reprovação. Apesar de sua gravata extraordinariamente absurda, além de seus colarinhos, eu estava consciente de uma espécie de dignidade no olhar.

"Nós dois estamos sozinhos agora", continuou Joe, "e eu não tenho intenções ou possibilidades de ficar mais tempo, vou concluir agora – pelo menos começar – mencionando o que me levou a essa presente honra. Pois se", disse Joe, com seu velho ar de explicação esclarecedora, "meu único desejo não fosse ser útil a você, eu não teria tido a honra de compartilhar da comida na companhia e residência de cavalheiros".

Minha aversão àquele olhar era tamanha que não protestei contra seu tom.

"Bom, senhor", Joe prosseguiu, "foi assim. Eu estava no Barqueiros uma noite dessas, Pip"; sempre que ele ficava afetuoso me chamava de Pip, e sempre que tinha uma recaída de polidez me chamava de senhor; "quando Pumblechook lá chegou com sua charrete. Daquele mesmo jeito", disse Joe, enveredando por um novo caminho, "de pentear meu cabelo para o lado errado às vezes, horrível, caminhar para cima e para baixo pela cidade como se fosse ele o seu amigo de infância e como se você o considerasse um parceiro".

"Maluquice. Você é que era, Joe."

"E eu acredito piamente nisso, Pip", disse Joe, maneando com a cabeça levemente, "embora não signifique muita coisa agora, senhor. Bem, Pip, esse mesmo Pumblechook, cujos trejeitos são tidos como arrogantes, vem até mim no Barqueiros (onde um cachimbo e um quartilho de cerveja aliviam o homem trabalhador, senhor, e não estimulam demais), e disse assim: 'Joseph, Senhorita Havisham deseja lhe falar'".

"Senhorita Havisham, Joe?"

"'Ela deseja', foram as palavras de Pumblechook, 'falar com você'." Joe se sentou e elevou o olhar para o teto.

"Sim, Joe? Continue, por favor."

"No dia seguinte, senhor", disse Joe, olhando para mim como se eu estivesse muito distante dali, "depois de me lavar fui ver a Senhorita A".

"Senhorita A., Joe? Senhorita Havisham?"

"Eu quero dizer, senhor", respondeu Joe, com o ar de formalidade jurídica, como se estivesse fazendo seu testamento, "Senhorita A., ou Havisham. Ela se expressou da seguinte maneira: 'Sr. Gargery. Você tem se correspondido com o Sr. Pip?'. Como tinha lido uma carta sua, pude responder 'Tenho'. (Quando me casei com sua irmã, senhor, eu disse 'Aceito'. E quando respondi à sua amiga, disse 'Tenho'.) 'Você pode dizer a ele, então', ela disse, 'que Estella veio para casa e ficaria contente em vê-lo'".

Senti meu rosto queimar ao olhar para Joe. Espero que uma das causas remotas para a ardência possa ter sido minha consciência de que se eu soubesse da razão para me visitar, eu poderia ter incentivado-o mais.

"Biddy", prosseguiu Joe, "quando cheguei em casa e pedi para que lhe escrevesse, vacilou um pouco. Biddy disse 'eu sei que ele ficará muito feliz em saber disso pessoalmente, é feriado, se quiser vê-lo, vá!'. Agora concluí, senhor", disse Joe, se levantando da cadeira, "e, Pip, desejo-lhe sempre bem e que sempre prospere mais e mais".

"Mas você não vai embora já, vai Joe?"

"Sim, vou", disse Joe.

"Mas vai voltar para o almoço, Joe?"

"Não vou", disse Joe.

Nossos olhares se cruzaram e todo o "senhor" se dissipou daquele coração amoroso quando ele me deu sua mão.

"Pip, meu velho, a vida é feita de tantas despedidas fundidas, como posso dizer, e um homem é ferreiro, e outro homem é funileiro, outro é ourives e outro ainda é caldeireiro. Divisões entre eles surgirão e deverão ser aceitas tal como são. Se houve qualquer equívoco hoje, a culpa é toda minha. Você e eu não somos dois sujeitos a estarem juntos em Londres, nem em qualquer outro lugar além do espaço privado, conhecido e sabido por amigos. Não quer dizer que eu seja orgulhoso, mas que eu quero o que é certo, e nunca mais me verá nestes trajes. Eu não sou eu nestes trajes. Eu não sou eu fora da ferraria, da cozinha ou do pântano. Você não poderia encontrar metade de meus defeitos se pensasse em mim, em meu uniforme da ferraria, segurando meu martelo ou até meu cachimbo. Você não poderia encontrar metade dos equívocos em mim se, supondo que desejasse me ver, espiasse pela janela da ferraria e visse Joe, o ferreiro, ali, perto da velha bigorna, com o velho avental queimado, se dedicando ao trabalho de sempre. Sou bastante entediante, mas espero que eu tenha acertado alguma coisa, ou quase, com isso finalmente. E então DEUS o abençoe, querido e velho Pip, Deus o abençoe!"

Eu não havia me enganado em imaginar que havia nele uma dignidade elementar. O estilo de seu traje não tinha mais sentido quando ele disse tais palavras do que agora que está no céu. Ele me tocou levemente na testa e saiu. Assim que me recuperei suficientemente, corri atrás dele e o procurei pelas ruas adjacentes, mas ele já não estava mais ali.

Capítulo XXVIII

Estava claro que eu precisava retornar à nossa cidade no dia seguinte, e nas primeiras sugestões de meu arrependimento ficou de fato claro para mim que eu precisava ficar na casa de Joe. Mas quando havia reservado meu assento na diligência do dia seguinte, e havia ido e voltado da casa do Sr. Pocket, não estava de maneira alguma convencido a respeito do último ponto e comecei a inventar razões e desculpas para me hospedar no Javali Azul. Eu seria um incômodo na casa de Joe. Eu não era esperado, e minha cama não estaria pronta. Eu estaria mais longe da casa da Senhorita Havisham, e ela era minuciosa e poderia não gostar. Nenhum trapaceiro em todo o planeta é tão trapaceiro do que quando se trapaceia a si mesmo, e com esses pretextos me enganei. É realmente curioso. É um tanto razoável que eu inocentemente aceitasse uma moeda falsa fabricada por outrem, mas conscientemente estimar a moeda espúria feita por mim mesmo é outra coisa! Um estranho obsequioso, sob a pretensão de guardar as minhas notas de dinheiro por segurança, apropria-se delas e, em troca, entrega-me cascas de nozes, mas o que é seu truque de mãos comparado ao meu, quando eu dobro minhas próprias cascas de nozes e as entrego a mim mesmo como notas de dinheiro?

Decidido a me hospedar no Javali Azul, minha cabeça estava bastante perturbada pela indecisão de levar ou não o Vingador. Era tentador pensar naquele dispendioso mercenário arejando suas botas publicamente no arco do pátio do Javali Azul. Era quase solene imaginá-lo aparecendo casualmente no alfaiate, confundindo as ideias desrespeitosas do menino de Trabb. Por outro lado, o menino de Trabb poderia conseguir ficar íntimo dele e lhe contar coisas, ou, como um miserável irresponsável e desesperado como eu sabia que ele era, poderia vaiá-lo na High Street. Minhas protetoras, também, poderiam ouvir falar dele e não aprová-lo. Assim, resolvi deixar o Vingador para trás.

Foi na diligência da tarde que eu havia reservado um assento e, como agora chegara o inverno, eu não deveria chegar a meu destino até duas ou três horas após o anoitecer. Nosso horário em Cross Keys estava marcado para duas horas. Cheguei no local com quinze minutos de antecedência, auxiliado pelo Vingador – se é que eu posso ligar essas palavras com alguém que nunca me auxiliava, se pudesse evitá-lo.

Na época era habitual levar os condenados para as docas de diligência. Como eu havia com frequência escutado falar deles como passageiros externos, e havia, mais de uma vez, visto-os na estrada balançando as pernas com grilhões sobre o teto da diligência, eu não tinha qualquer causa para me abismar quando Herbert, encontrando-me no pátio, se aproximou e me disse que havia dois condenados em minha diligência. Mas eu tinha um motivo que era antigo agora para vacilar automaticamente quando ouvia a palavra "condenado".

"Não se incomoda com eles, Handel?", perguntou Herbert.

"Ah, não!"

"Parecia que você não gostava deles."

"Não posso fingir que gosto deles, e suponho que você não goste deles em especial. Mas não me incomodam."

"Veja! Ali estão", disse Herbert, "saindo do Bar. Que coisa degradante de se ver!".

Eles estavam tratando com seus guardas, suponho, pois havia um carcereiro com eles, e os três vinham enxugando a boca nas mãos. Os dois condenados estavam algemados um ao outro, e tinham grilhões nas pernas – grilhões de um tipo que eu reconheci muito bem. Vestiam roupas que eu conhecia muito bem. Seu carcereiro tinha um cinturão de pistolas e carregava um porrete com o cabo grosso embaixo do braço. Mas estava entendido com eles e os manteve ao seu lado, olhando para a frente, vendo os cavalos sendo atrelados; tinha o ar de quem considerava os condenados como uma espécie de exposição, ainda não aberta oficialmente, e de qual ele era o curador. Um dos homens era mais alto e mais robusto que o outro e parecia, logicamente, de acordo com os métodos misteriosos do mundo, tanto para condenados quanto para homens livres, ter recebido o uniforme menor. Seus braços e pernas eram como grandes alfineteiras naquele formato, e todo o seu traje o disfarçava em grande medida, mas eu conhecia seu olho entreaberto de longe. Ali estava o homem que eu vira no bando do Três Barqueiros Alegres em um sábado à noite e que havia me derrubado com sua arma invisível.

Não era difícil de saber com certeza que até o momento ele não me reconhecera, era como se me visse pela primeira vez na vida. Olhou-me enviesadamente, e seu olho logo examinou a corrente de meu relógio, e então ele cuspiu, e disse algo ao outro condenado. E então eles riram e giraram fazendo as algemas tilintarem, e olharam para outra coisa. Aquele número grande estampado em suas costas, como se eles fossem portas na rua, sua consistência exterior áspera, desajeitada e suja, como se eles fossem animais inferiores, suas pernas com os grilhões, humildemente adornadas com seus lencinhos de bolso, e o jeito com que todas as pessoas presentes olhavam para eles e recuavam tornavam-nos (como Herbert disse) um espetáculo altamente desagradável e indigno.

Mas essa não era a parte pior. Disseram que a parte de trás da diligência estava reservada para uma família mudando-se de Londres, e que não havia mais lugares para os dois presos além do assento em frente que ficava atrás do cocheiro. Nesse momento, um cavalheiro impaciente, que havia reservado o quarto lugar daquele assento, comportou-se com grande violência e disse que era uma violação de contrato misturá-lo com aquele tipo de gente perversa, e que era tóxico e pernicioso e infame e vergonhoso, e não sei mais o quê. Nesse momento, a diligência estava pronta, e o cocheiro impaciente. Nós estávamos todos nos preparando para subir quando os presos haviam se aproximado com seu carcereiro – traziam com eles aquele cheiro estranho de cataplasma de pão, lã grossa, fio de corda e pedra que acompanha a presença do condenado.

“Não se ofenda, senhor”, pediu o carcereiro ao passageiro impaciente. “Eu vou me sentar ao seu lado. Vou colocá-los perto do corredor. Não hão de incomodá-lo, senhor. Nem perceberá sua presença."

"E não me culpe", reclamou o condenado que reconheci. "Não quero ir. Estou bastante disposto a ficar para trás. No que depender de mim, qualquer um pode ficar com meu lugar."

"Ou com o meu", disse o outro, asperamente. "Eu não perturbaria nenhum de vocês se eu pudesse fazer como desejo." Os dois então riram e começaram a quebrar nozes e a cuspir suas cascas. Assim como creio que eu gostaria de fazer também, se estivesse em seu lugar e me sentisse tão desprezado.

Depois de certo tempo, votou-se que nada se poderia fazer pelo cavalheiro impaciente, e que ele deveria escolher ficar ou sair da diligência. Portanto, ele permaneceu em seu lugar, não sem reclamar, o carcereiro se sentou ao seu lado, os condenados se instalaram da melhor maneira que podiam, e o condenado que reconheci se sentou atrás de mim, respirando próximo de meu pescoço.

"Adeus, Handel!", Herbert gritou quando partimos. Pensei que era uma grande sorte, que ele houvesse encontrado outro nome para mim além de Pip.

É impossível expressar com que intensidade podia sentir a respiração do condenado, não apenas na parte de trás de minha cabeça mas ao longo de toda a espinha. A sensação era de estar sendo tocado na medula com algum ácido pungente e penetrante, de modo que me sentia extremamente perturbado. Ele parecia respirar muito mais que qualquer outra pessoa, além de fazer barulho enquanto respirava. Eu tinha consciência de que meu ombro estava erguido de um lado em minha tentativa de me encolher como defesa.

O tempo estava péssimo, e os dois amaldiçoavam o frio que fazia. Não estávamos muito longe e já nos encontrávamos todos letárgicos, e quando passamos pelo Albergue Metade do Caminho, caímos no sono, tremíamos e ficamos em silêncio. Eu adormeci refletindo se deveria devolver suas duas libras esterlinas a essa criatura antes de perdê-lo de vista e sobre como eu deveria fazer aquilo. Enquanto caía para a frente como se fosse mergulhar entre os cavalos, despertei com o medo e refleti a respeito da questão novamente.

Mas eu devo tê-la abandonado muito antes do que imaginara, pois, embora eu não pudesse reconhecer nada na escuridão e com as luzes irregulares e as sombras de nossos lampiões, percebi que nos aproximávamos do pântano pelo vento úmido e gelado que soprava contra nós. Encolhendo-se para se esquentar e para se proteger do vento, os condenados estavam mais perto de mim do que antes. As primeiras palavras que os ouvi trocar quando ganhei consciência foram aquelas de meu próprio pensamento: "Duas notas de uma libra".

"Como ele as conseguiu?", perguntou o condenado que eu nunca havia visto.

"Como eu poderia saber?", respondeu o outro. "Ele as tinha guardadas em algum lugar de alguma forma. Seus amigos lhe deram, creio."

"Eu gostaria", disse o outro, vituperando o frio amargamente, "que estivessem aqui".

"As duas notas de uma libra ou os amigos?"

"As duas notas de uma libra. Venderia todos os amigos que já tive um dia por uma delas e acho que seria um ótimo negócio. Bem? E ele diz..."

"Ele diz...", continuou o condenado que eu reconhecera, "que tudo foi dito e feito em meio minuto, atrás de uma pilha de madeira no estaleiro. 'Você vai ser solto?' Sim, eu ia. Será que encontraria aquele menino que o alimentara e guardara seu segredo, e lhe daria duas notas de uma libra? Sim, eu o faria. E o fiz."

"Que grande idiota", resmungou o outro. "Eu as teria gastado com um vassalo, com comidas e bebidas. Creio que ele não tinha experiência. Quer dizer então que ele não sabia nada sobre você?"

"Nadinha. Bandos e navios diferentes. Ele foi a julgamento novamente por ter fugido da prisão e foi condenado à prisão perpétua."

"E não foi essa – honra! – a única vez que você trabalhou nessa parte do país?"

"A única vez."

"Qual seria sua opinião do lugar?"

"O lugar mais bestial. Bancos de lama, neblina, pântano, trabalho. Trabalho, pântano, neblina e bancos de lama."

Ambos execraram o lugar com linguajar forte e gradualmente pararam de resmungar, e não havia mais nada a ser dito.

Depois de ouvir esse diálogo, eu deveria certamente ter descido e ficado sozinho na escuridão da estrada, porém tinha certeza de que o homem não suspeitava de minha identidade.

Na verdade, eu não só mudara muito de maneira natural mas também me vestia de maneira diferente agora, e as circunstâncias eram tão diferentes que não era nada provável que ele pudesse me reconhecer sem algum tipo de ajuda acidental. Porém, a coincidência de estarmos juntos naquela diligência era estranha o suficiente para me encher de pavor de que alguma outra coincidência poderia trazer meu reconhecimento pela menção de meu nome. Por esse motivo, resolvi descer assim que chegamos à cidade a fim de me manter longe de seus ouvidos. Esse truque executei com êxito. Minha pequena valise estava no compartimento sob meus pés.

Eu precisava apenas girar uma dobradiça para tirá-la dali. Atirei-a ao chão diante de mim, desci e fiquei perto do primeiro lampião nas primeiras pedras na calçada da cidade. Quanto aos condenados, seguiram seu caminho com a diligência, e eu sabia em que ponto eles seriam deixados no rio sorrateiramente. Em minha imaginação eu podia ver o barco com sua tripulação de condenados esperando por eles nas escadas cobertas por limo, novamente ouvi o áspero "Ao mar!" como se a ordenar um cachorro, outra vez eu vi a perversa Arca de Noé parada na água escura.

Não poderia dizer que sentia medo, pois meu medo era um todo indefinido e vago, mas eu sentia grande pavor. Ao caminhar ao hotel, senti que algum receio, que excedia muitíssimo a mera apreensão de um reconhecimento doloroso ou desagradável, fazia-me tremer. Estou certo de que não possuía uma forma distinta, e que era, por alguns minutos, o ressurgimento do terror que sentia quando criança.

A cafeteria do Javali Azul estava vazia, e eu não somente pedira meu jantar mas me sentara para comer quando o garçom me reconheceu. Assim que pediu desculpas por seu lapso de memória, me perguntou se deveria pedir para Boots chamar Pumblechook.

"Não", eu respondi, "não mesmo".

O garçom (foi ele que havia mencionado o Grande Protesto dos Comerciantes no dia em que me tornei aprendiz) parecia surpreso, e tomou a primeira oportunidade de colocar uma cópia velha e suja de um jornal local tão propositadamente em minha frente que o peguei e li o seguinte parágrafo:

"Nossos leitores ficarão sabendo, não sem interesse, em referência ao recente e visionário engrandecimento de um jovem artífice de ferro desta vizinhança (que assunto, aliás, para a caneta mágica de nosso ainda não universalmente reconhecido conterrâneo TOOBY, o poeta de nossas colunas!) que o primeiro benfeitor, companheiro e amigo do jovem era um indivíduo altamente respeitado não completamente estranho ao comércio de milho e sementes, e cuja edificação, eminentemente cômoda e prática está situada a menos de cem milhas de distância da High Street. Não é independente de nossos sentimentos pessoais que o consideramos o mentor de nosso jovem Telêmaco, uma vez que é bom saber que nossa cidade deu origem ao fundador da fortuna desse. É preciso que a Sabedoria local franza o cenho ou que os olhos reluzentes da Beleza local questionem a quem pertence essa fortuna? Acreditamos que Quintin Matsys era o Ferreiro da Antuérpia." VERB. SAP.

Tenho a convicção, baseado em ampla experiência, de que se nos dias de minha prosperidade eu tivesse ido ao Polo Norte eu deveria ter encontrado alguém ali, esquimós ou algum homem civilizado errante, que teria me contado que Pumblechook era meu primeiro benfeitor e o fundador de minha fortuna.

Capítulo XXIX

Logo cedo eu me levantei e saí. Ainda era cedo demais para ir à casa da Senhorita Havisham, então vaguei pelo campo, até o lado da cidade da Senhorita Havisham – que não era o lado de Joe. Eu poderia ir até lá no dia seguinte – pensando sobre minha benfeitora, criava imagens reluzentes de seus planos para mim.

Ela havia adotado Estella, e tinha adotado a mim também, e não era possível que sua intenção não fosse nos juntar. Ela reservara a mim a tarefa de restaurar a casa destruída, deixar entrar luz do sol nos quartos escuros, colocar os relógios para funcionar e aquecer as lareiras frias, desfazer as teias de aranha, acabar com os insetos – em suma, fazer todas as ações extraordinárias do Cavaleiro de um romance, e me casar com a Princesa. Eu havia parado para olhar a casa enquanto passava. E suas paredes de tijolo vermelho queimado as janelas tampadas, e a trepadeira vigorosa enganchando até nas chaminés com seus ramos e tendões, como se com seus braços musculosos e idosos tivesse criado um mistério rico e atraente do qual eu era o herói. Estella era a inspiração para isso, e seu cerne, é claro. Porém, embora tivesse me dominado com grande intensidade, embora minha imaginação e minha esperança estivessem depositadas nela, embora sua influência em minha vida e caráter infantil fosse todo-poderosa, eu não atribuíra, até mesmo naquela manhã, a ela qualquer qualidade além das que ela possuía de fato. Menciono isso agora com um propósito definido porque é o fio condutor que percorre esse péssimo labirinto. De acordo com minha experiência, a noção convencional de um amante pode não ser sempre verdadeira. A verdade absoluta é que quando eu amei Estella com o amor de um homem, amei-a simplesmente porque a achava irresistível. Finalmente, eu sabia, para meu próprio sofrimento, muitas vezes, se não sempre, que eu a amava contra a racionalidade, contra promessas, contra a paz, contra a felicidade, contra todo abatimento que pudesse existir. Por fim, eu a amei, todavia soubesse disso, e eu não tinha capacidade de me controlar como se acreditasse com devoção que ela era a perfeição humana.

Eu então planejei minha caminhada para chegar ao portão de meu horário de outrora. Depois que toquei o sino com a mão vacilante, virei as costas ao portão, enquanto tentava recuperar meu fôlego e manter meus batimentos cardíacos moderados. Ouvi a porta lateral se abrindo, e passos em direção ao pátio. Mas fingi não ouvir, até mesmo quando o portão girou em suas dobradiças enferrujadas.

Sendo, por fim, tocado no ombro, me assustei e me virei. Assustei-me mais ainda quando vi que estava diante de um homem vestido com roupa cinza. O último homem que eu esperava ver naquele lugar de porteiro à porta da Senhorita Havisham.

"Orlick!"

"Ah, jovem patrão, há maiores mudanças do que as suas. Mas entre, entre. É contra as ordens que recebo deixar o portão aberto."

Eu entrei e ele fechou o portão e o trancou, retirando a chave.

"Sim!", ele disse, virando, depois de me conduzir obstinadamente para dentro da casa. "Aqui estou!"

"Como chegou aqui?"

"Eu vim", ele respondeu, "com minhas pernas. Trouxe minha mala em um carrinho".

"Está aqui por bem?"

"Não estou aqui para o mal, jovem patrão, suponho."

Eu não tinha tanta certeza daquilo. Tive tempo para pensar em uma maneira de responder a ele enquanto ele me fitava, desde meus pés, passando pelas pernas, braços, até chegar no rosto.

"Então deixou a ferraria?", eu perguntei.

"Isso aqui lhe parece uma ferraria?", respondeu Orlick, lançando o olhar por toda a minha volta com ar de ofensa. "Parece?"

Perguntei-lhe havia quanto tempo deixara a ferraria de Gargery.

"Todos os dias são iguais aqui", ele respondeu, "de modo que não posso calcular. Contudo, vim aqui de vez em quando desde que você partiu".

"Isso é óbvio, Orlick."

"Ah!", disse ele, asperamente. "Então deve ser um pesquisador."

Nesse ponto já estávamos dentro da casa, onde descobri que seu quarto ficava ao lado da porta lateral, com uma janelinha que dava para o pátio. Em sua pequena proporção, não era muito diferente do tipo de lugar geralmente reservado para os porteiros de Paris. Havia algumas chaves penduradas na parede, às quais ele agora acrescentava a chave do portão, e sua cama com uma colcha de retalhos ficava atrás de uma pequena divisória ou alcova. A aparência geral ali era de desmazelamento, confinamento e pacatez, como uma gaiola para um ratinho humano, enquanto ele, espreitando sombrio e grave na sombra em um canto perto da janela, parecia o ratinho humano para quem esse lugar era destinado – e de fato o era.

"Nunca vi este quarto antes", observei, "mas havia um porteiro aqui antes".

"Não, ele disse, "não até que se soube que não havia proteção no local, e passou a ser considerado perigoso, com condenados da gentalha andando por aí. E então fui recomendado ao local como um homem que poderia fornecer a outro homem o que ele merece, e eu aceitei. É mais fácil que abanar ou martelar. Sim, está carregada".

Meus olhos haviam sido atraídos por uma arma com a coronha de metal sobre a lareira, e seus olhos seguiram os meus.

"Bem", eu disse, desejando encerrar a conversa, "devo subir e ter com a Senhorita Havisham?".

"Mas como eu haveria de saber?", ele retrucou, primeiro se espreguiçando e então se sacudindo, "minhas ordens terminam aqui, jovem patrão. Eu dou uma batida neste sino com este martelo aqui, e você vai pelo corredor até encontrar alguém".

"Estão me esperando, creio?"

"Como eu haveria de saber, mais uma vez?", ele disse.

Com isso, entrei pelo longo corredor em que havia passado com minhas botas grossas, e ele soou o sino. No fim do corredor, enquanto o sino ainda reverberava, encontrei Sarah

Pocket, que parecia agora ter se tornado inteiramente verde e amarela por minha causa.

"Ah!", ela disse. "Você, Sr. Pip?"

"Sim, Senhorita Pocket. Fico contente em lhe dizer que o Sr. Pocket e toda a família se encontram bem."

"Eles estão mais sensatos?", disse Sarah, balançando a cabeça de maneira desanimada, "é melhor que estejam mais sensatos do que bem. Ah, Matthew, Matthew! Sabe o caminho, senhor?".

Suficientemente, pois eu havia subido toda a escadaria no escuro mais de uma vez. Subi-a agora, com botas mais leves que as de outrora, e bati na porta da Senhorita Havisham à velha maneira. "A batida de Pip", ouvi-a dizer, imediatamente. "Entre, Pip."

Ela estava em sua cadeira perto da velha bancada, na velha penteadeira, com as duas mãos cruzadas sobre sua bengala, e o queixo pousado sobre elas. Os olhos parados no fogo. Sentada próxima a ela, com o sapato branco, que nunca havia sido usado, em sua mão, e a cabeça abaixada, pois olhava o sapato, estava uma dama elegante que eu nunca havia visto antes.

"Entre, Pip", a Senhorita Havisham continuou murmurando, sem olhar à sua volta ou para cima, "entre, Pip, como você está, Pip? Agora beije minha mão como se eu fosse uma rainha, hein? E então?".

Olhou para mim de repente, apenas movimentando os olhos, repetindo de maneira soturna e brincalhona ao mesmo tempo – "E então?".

"Eu ouvi, Senhorita Havisham", eu disse, um tanto perplexo, "que a senhora gentilmente desejou que eu viesse vê-la, e então o fiz de imediato".

"E então?"

A dama que eu nunca vira antes levantou os olhos e olhou para mim maliciosamente, e então percebi que aqueles olhos eram os olhos de Estella. Mas ela estava tão diferente, tão mais bela, tão mais feminina, admirável em todos os quesitos, havia feito tanto progresso que, comparativamente, eu parecia não ter feito nenhum. Imaginei, ao olhar para ela, que eu resvalara, impotente, à aspereza e vulgaridade de quando era menino. Puxa, a sensação de distância e disparidade me dominou, e ela sentiu o quanto se tornara inacessível.

Ela estendeu sua mão a mim. Eu gaguejei algo sobre o prazer que sentia em vê-la novamente e sobre ter esperado por aquilo, por muito e muito tempo.

"Acha que ela mudou muito, Pip?", perguntou-me a Senhorita Havisham, com o olhar ansioso, batendo com a bengala na cadeira entre elas, como um sinal para que eu me sentasse ali.

"Quando entrei, Senhorita Havisham, pensei que não havia nada de Estella no rosto dela, mas agora ela curiosamente se transformou na velha."

"O quê? Não vai dizer velha Estella, vai?" A Senhorita Havisham interrompeu. "Ela era orgulhosa e insultante, e você queria ficar longe dela. Não se lembra?"

Disse, confuso, que aquilo fazia muito tempo, que não sabia das coisas então, e algo do tipo. Estella sorriu em perfeita compostura e disse que não tinha dúvida de que eu estava certo e que ela fora muito desagradável.

"Ele mudou?", Senhorita Havisham perguntou a ela.

"Muitíssimo", respondeu Estella, olhando para mim.

"Menos áspero e ordinário?", disse a Senhorita Havisham, brincando com o cabelo de Estella.

Estella riu e olhou para o sapato que segurava na mão, riu novamente, fitou-me e abaixou o sapato. Ela ainda me tratava como um menino, mas ela me seduzia.

Sentamo-nos naquele quarto onírico entre as influências antigas e estranhas a que eu fora submetido tão intensamente, e eu soube que ela acabava de chegar da França e que estava a caminho de Londres. Orgulhosa e caprichosa como antes, trazia essas características de maneira tão subjugadas à sua beleza que era impossível e artificial – ou foi o que pensei – separá-la de sua beleza. Na realidade, era impossível dissociar sua presença de todas aquelas vis aspirações por dinheiro e requinte que haviam perturbado minha infância, de todas aquelas aspirações descontroladas que primeiramente me envergonharam de minha casa e de Joe, de todas aquelas visões de seu rosto que eu imaginava no fogo incandescente, nos golpes da bigorna, saindo da escuridão da noite para olhar pela janela de madeira da ferraria e depois sumir. Em suma, era impossível para mim separá-la, seja no passado ou no presente, de minha parte mais íntima.

Ficou combinado que eu passaria o resto do dia lá e voltaria ao hotel à noite, e a Londres no dia seguinte. Depois de conversarmos por um tempinho, a Senhorita Havisham ordenou que fôssemos, os dois, caminhar no jardim abandonado: no caminho, ela disse que eu deveria rodar com ela por um tempo, como fazíamos outrora.

Então Estella e eu saímos para o jardim pelo portão através do qual eu havia me desviado ao encontro do cavalheiro jovem e pálido, Herbert, agora. Eu, tremendo por dentro e venerando até a barra de seu vestido; ela, bastante serena, certamente não venerando a barra de minhas roupas. Conforme nos aproximamos do lugar do encontro, ela parou e disse:

"Eu devo ter sido uma criaturazinha peculiar para me esconder e assistir à luta naquele dia, mas o fiz e apreciei muito."

"Você me recompensou muito."

"É mesmo?", ela respondeu, de maneira casual, como se não se recordasse. "Lembro que senti grande objeção pelo seu adversário porque eu achei ruim que ele fosse trazido aqui para me incomodar com sua companhia."

"Ele e eu somos grandes amigos agora."

"São? Acho que me lembro, contudo, que você estudava com o pai dele?"

"Sim."

Admiti, relutante, pois me parecia algo um pouco infantil, e ela já me tratava como um menino suficientemente.

"Desde a mudança de seu destino e de perspectivas, você mudou suas companhias", disse Estella.

"Naturalmente", eu disse.

"E necessariamente", ela acrescentou, com o tom arrogante, "o que era adequado para você antes seria bastante inadequado para você agora".

Em minha consciência, duvido muito que ainda tivesse qualquer resquício de intenção de visitar Joe, mas se eu tivesse essa observação acabou com ela.

"Você não tinha ideia de sua iminente fortuna naquela época?", disse Estella, com um leve aceno da mão, fazendo referência à época da luta.

"Nem um pouco."

O ar de plenitude e superioridade com que ela caminhava ao meu lado, e o ar de juventude e submissão com que eu caminhava ao seu eram tão contrastantes que eu podia sentir com intensidade. Isso teria me magoado mais se eu não tivesse percebido que era eu a origem daquilo por estar tão separado e próximo a ela ao mesmo tempo.

O jardim estava infestado e malcheiroso demais para caminhar com tranquilidade, e depois que demos uma ou duas voltas, ou até três, ali, saímos novamente para o pátio da cervejaria. Mostrei-lhe com detalhes o lugar onde eu a vira caminhando sobre os barris, no primeiro dia havia tanto tempo, e ela disse, com o olhar frio e indiferente àquela direção: "Eu fiz isso?". Lembrei-a em que parte da casa havia saído e me oferecido carne e bebida, e ela disse: "Eu não lembro". "Não lembra que me fez chorar?", eu perguntei. "Não", ela disse, balançando a cabeça e olhando à sua volta. Eu acredito verdadeiramente que o fato de ela não se lembrar e não se importar nem um pouco me fez chorar novamente, por dentro – e esse é o choro mais doloroso de todos.

"Você precisa saber", disse Estella, com ar de superioridade em relação a mim como uma mulher magnífica e bela o seria, "que eu não tenho coração, quando se trata de alguma relação com minha memória".

Comecei a falar alguma coisa no sentido de que eu tomava a liberdade para duvidar daquilo. Que eu sabia muito bem. Que não poderia haver uma beleza como aquela sem coração.

"Ah! Eu não tenho coração algum para receber uma facada ou uma bala, não tenho dúvida", disse Estella, "e é claro que se ele parasse de bater eu deixaria de existir. Mas você sabe o que quero dizer. Não há qualquer ternura aqui, não... Compaixão, sentimento... Bobagens".

O que era aquilo que sobrecarregava minha mente enquanto ela estava parada e olhava atentamente para mim? Algo que eu vira na Senhorita Havisham? Não. Em alguns de seus olhares e gestos, havia um toque de semelhança com a Senhorita Havisham que pode ser frequentemente percebido em crianças, que é adquirido dos adultos com quem eles convivem ou com quem vivem reclusas, e que depois que a infância passa produz notável semelhança de expressão ocasional entre os rostos que são completamente diferentes. E ainda assim eu não podia relacioná-la à Senhorita Havisham. Olhei de novo, e embora ela ainda olhasse para mim a impressão havia passado.

O que era?

"É verdade", disse Estella, não exatamente franzindo o cenho (pois sua testa era lisinha), mas com um toque sombrio em seu rosto, "se devemos ficar tanto tempo juntos, é melhor que você acredite nisso de uma vez por todas. Não!", interrompeu-me outra vez, com arrogância, quando abri a boca para falar. "Eu nunca entreguei minha ternura a ninguém. Jamais o fiz."

Em seguida, estávamos na cervejaria, por tanto tempo fora de uso, e ela apontou para a galeria no alto por onde eu a havia visto sair naquele primeiro dia, e disse que se lembrava de ter estado ali em cima e de ter me visto lá embaixo, assustado. Conforme meus olhos seguiam sua mão pálida, tive aquela sensação vaga que eu não conseguia compreender. Senti um pavor involuntário, fazendo-a pousar a mão sobre meu braço. Naquele mesmo instante, o fantasma passou e desapareceu.

O que era?

"Qual é o problema?", perguntou-me Estella. "Está assustado de novo?"

“Eu deveria estar se acreditasse no que acabou de me dizer”, respondi, para encerrar aquilo.

“Então não acredita? Muito bem. Está dito, de qualquer forma. A Senhorita Havisham logo o estará esperando em seu velho posto, embora eu ache que isso deveria ser deixado de lado agora, com seus outros antigos pertences. Vamos dar mais uma volta no jardim, e depois entramos. Vamos! Hoje você não derramará lágrimas por minha crueldade. Você será meu pajem e oferecer-me-á seu ombro.”

Seu belo vestido havia se arrastado pelo chão. Agora o segurava em uma mão, e com a outra tocava meu ombro, levemente, enquanto caminhávamos. Caminhamos em volta do jardim abandonado mais duas ou três vezes, e para mim estava todo florido. Se as ervas daninhas verdes e amarelas nas fissuras do velho muro fossem as flores mais preciosas que já desabrocharam, não poderia ter me regalado com uma lembrança mais estimada.

Não havia diferença de anos entre nós para afastá-la de mim. Éramos próximos em anos, embora, naturalmente, a idade lhe fosse mais favorável que a mim, mas o ar de inacessibilidade que sua beleza e sua maneira lhe causavam atormentava-me em meio a meu prazer, e com grande certeza eu sentia que nossa benfeitora nos havia escolhido para estarmos juntos. Menino, menino!

Finalmente, entramos para a casa, e então ouvi, com surpresa, que meu guardião havia vindo visitar a Senhorita Havisham a negócios e voltaria para o almoço. Os velhos e gélidos ramos de candelabro no cômodo onde a mesa apodrecida estava posta haviam sido acesos enquanto estávamos fora, e a Senhorita Havisham estava sentada em sua cadeira esperando por mim.

Foi como empurrar a cadeira para o passado quando começamos o velho circuito vagaroso em volta das cinzas do banquete nupcial. Mas naquele cômodo fúnebre, com aquela figura do túmulo encostado na cadeira com o olhar fixo nela, Estella parecia mais reluzente e bela que antes, e eu estava sob feitiço ainda mais poderoso.

O tempo voou de modo que o horário de nosso almoço se aproximou, e Estella nos deixou para se arrumar. Tínhamos parado perto do centro da grande mesa, e a Senhorita Havisham, com um de seus braços esquálidos esticados para fora da cadeira, apoiou aquela mão cerrada sobre a toalha amarelada. Como Estella olhou para trás antes de passar pela porta, a Senhorita Havisham lhe soprou um beijo com aquela mão, com intensidade tão voraz que fazia jus a seu gênero nefasto.

Então, como Estella tinha nos deixado a sós, ela se virou para mim, e disse, sussurrando:

"Ela não está bela, graciosa e crescida? Você a admira?"

"Todos que a veem devem admirá-la, Senhorita Havisham."

Ela passou um braço em volta de meu pescoço e puxou minha cabeça para perto da sua ao se sentar na cadeira. "Ame-a, ame-a, ame-a! Como ela o trata?"

Antes que eu pudesse responder (se é que eu podia responder uma pergunta tão difícil), ela repetiu: "Ame-a, ame-a, ame-a! Se ela o tratar bem, ame-a. Se ela o ferir, ame-a. Se ela destroçar seu coração, e quanto mais velho e mais forte, mais profundo será, ame-a, ame-a, ame-a!".

Eu nunca havia presenciado tal ardor de paixão quanto aquele empregado nessas últimas palavras. Podia sentir os músculos de seu braço magro em volta de meu pescoço incharem com a veemência que a dominara.

“Escute-me, Pip! Eu a adorei para ser amada. Eu a criei e eduquei para ser amada. Eu a transformei no que ela é para que pudesse ser amada. Ame-a!”

Disse a palavra tantas vezes quanto necessário, e não havia dúvida de que ela estava agindo com sinceridade, mas se a palavra repetida tivesse sido ódio em vez de amor, desespero, vingança, morte catastrófica, não soaria de seus lábios mais como uma maldição.

“Vou lhe contar”, ela disse, no mesmo sussurro apressado e apaixonado, “o que é amor de verdade. É devoção cega, abnegação incondicional, submissão completa, confiança e crença contra si mesmo e contra o mundo todo, é entregar seu coração e sua alma inteira ao torturador, como eu fiz!”.

Quando ela disse isso, e ao grito agudo que se seguiu, segurei-a pela cintura. Pois ela se levantara da cadeira, em seu vestido que parecia uma mortalha, e se atirou para a frente, como se quisesse bater contra a parede e cair morta.

Tudo isso aconteceu em poucos segundos. Quando a puxei de volta para a cadeira, percebi um aroma familiar e, ao me virar, vi meu guardião no cômodo.

Ele sempre trazia consigo (acho que ainda não mencionei isso) um lencinho de bolso feito de seda suntuosa de proporções majestosas, que era de grande valor para ele em sua profissão. Eu o vi apavorar um cliente ou testemunha desdobrando esse lencinho com grande cerimônia como se fosse imediatamente assoar o nariz, e então pausava, como se soubesse que não teria tempo para fazê-lo antes de o cliente ou a testemunha se comprometer, e o comprometimento acontecia em seguida, quase naturalmente. Quando o vi no cômodo, ele segurava seu lencinho cheio de significado nas duas mãos, e nos olhava. Quando seu olhar encontrou o meu, ele disse, abertamente, durante uma pausa silenciosa naquela atitude: "De fato? Isso é singular!", e então fez uso do lencinho com aquele efeito incrível.

Senhorita Havisham o vira no mesmo momento que eu, e sentia (como todo mundo) medo dele. Ela tentou se conter com muito esforço, e gaguejou que ele estava pontual como sempre.

"Pontual como sempre", ele repetiu, vindo em nossa direção. "Como vai, Pip? Gostaria que eu a levasse para dar uma volta, Senhorita Havisham? Uma voltinha? E então você está aqui, Pip?"

Disse-lhe quando havia chegado e que a Senhorita Havisham havia pedido para que eu viesse visitar Estella. Ao que ele respondeu: "Ah! Uma dama muito bela!". Então empurrou a Senhorita Havisham em sua cadeira à sua frente, com uma de suas mãos descomunais, e a outra no bolso das calças, como se o bolso estivesse cheio de segredos.

"Muito bem, Pip! Com que frequência já visitou Estella antes?", ele disse quando parou.

"Com que frequência?"

"Ah! Quantas vezes? Dez mil vezes?"

"Ah! Certamente não tantas."

"Duas?"

"Jaggers", interveio a Senhorita Havisham, para meu grande alívio, "deixe Pip em paz e leve-o para almoçar".

Ele fez como ordenado, e nós descemos a escadaria escura tateando pelo caminho. Ainda enquanto estávamos atravessando pelo pátio para a edificação separada nos fundos, ele me perguntou com que frequência eu havia visto a Senhorita

Havisham comer e beber, oferecendo-me uma escala ampla de opções, como sempre, entre cem vezes e uma.

Refleti e respondi: "Nunca".

"E nunca a verá, Pip", ele interveio, com um sorriso preocupado. "Ela nunca se permite ser vista fazendo qualquer uma dessas coisas, desde que passou a viver dessa maneira. Ela perambula pela noite e pega sua comida."

"Por favor, senhor", eu disse, "posso lhe fazer uma pergunta?"

"Pode", ele respondeu, "e eu poderei recusar respondê-la. Faça sua pergunta".

"O sobrenome de Estella. É Havisham ou...?", eu não sabia o que acrescentar.

"Ou o quê?", ele disse.

"É Havisham?"

"É Havisham."

Com isso chegamos à mesa do almoço, onde ela e Sarah Pocket esperavam por nós. O Sr. Jaggers se sentou à cabeceira, Estella em sua frente, e eu em frente à minha amiga verde e amarela. Almoçamos muito bem e fomos servidos por um criado que eu nunca havia visto em qualquer de minhas visitas, mas que, pelo que sei, havia estado naquela casa misteriosa o tempo todo. Depois do almoço, uma garrafa de vinho do porto foi colocada diante de meu guardião (evidentemente entendia de safra), e as duas damas nos deixaram.

Nunca vi em nenhum outro lugar nada que se igualasse à reticência determinada que o Sr. Jaggers apresentava debaixo daquele teto, nem mesmo nele. Ele guardava seus olhares para si e mal dirigiu os olhos ao rosto de Estella uma vez que fosse durante o jantar. Quando ela falou com ele, ele escutou e respondeu no devido momento, mas nunca, de acordo com o que pude perceber, olhou para ela. Por outro lado, ela olhava para ele com frequência, com interesse e curiosidade, se não com desconfiança, mas o rosto dele nunca mostrava nem mesmo consciência. Ao longo do jantar, ele sentiu um contentamento cruel em deixar Sarah Pocket mais verde e mais amarela ainda ao fazer referências às minhas esperanças, mas, como eu disse, ele não mostrava qualquer consciência e até parecia que ele extorquia – e extorquia de fato, embora eu não saiba como – essas referências de minha inocente pessoa.

E quando ele e eu fomos deixados sozinhos, ele se sentou com ar de tranquilidade em consequência da informação que possuía, que era de fato demais para mim. Ele interrogava o próprio vinho quando não tinha mais nada nas mãos. Segurou-o entre ele mesmo e a vela, provou, curtiu por toda a boca, engoliu e olhou de novo para a taça, cheirou, provou, bebeu, encheu a taça, e a interrogou novamente, até que eu fiquei muito nervoso, como se soubesse que o vinho estava lhe dizendo algo desfavorável sobre mim. Três ou quatro vezes eu pensei, sem sucesso, em começar a conversar, mas sempre que ele percebia que eu ia perguntar alguma coisa, ele olhava para mim com os óculos na mão, o vinho na boca, como se para me mostrar que não adiantaria, pois ele não responderia.

Eu acredito que a Senhorita Pocket achava que a minha simples presença a colocava em risco de ficar louca, e talvez a ponto de tirar sua touca – que era horrível, como um esfregão de musselina – e cobrindo o chão com seus cabelos, que seguramente nunca haviam crescido em sua cabeça. Ela não apareceu quando nós, depois, subimos para o quarto da Senhorita Havisham, e nós quatro jogamos uíste. No intervalo, a Senhorita Havisham, de um jeito fantástico, havia colocado algumas das joias mais belas de sua penteadeira nos cabelos, no peito e nos braços de Estella, e eu vi até meu guardião olhar para ela por baixo de suas sobrancelhas, e levantá-las um pouco, quando o encanto dela estava diante dele, com seu rico vigor de luz e cor.

Sobre a maneira e o grau com que ele tomou para si nossos trunfos e foi capaz, com as cartas ruins que tinha nas mãos, nas quais a glória de nossos reis e rainhas era completamente baseada, não vou dizer nada. Nem sobre o que eu sentia quanto ao fato de ele olhar para nós três como enigmas óbvios e pobres que ele havia decifrado muito tempo antes. O que me fez sofrer foi a incompatibilidade entre sua fria presença e meus sentimentos em relação a Estella. Não é que eu soubesse que eu jamais poderia suportar falar com ele sobre ela, que eu soubesse que eu jamais poderia suportar ouvi-lo ranger suas botas diante dela, que eu soubesse que eu jamais poderia suportar vê-lo lavar suas mãos para se livrar dela. Era que minha admiração estaria a um ou dois passos dele, era que meus sentimentos estariam no mesmo lugar com ele, isso era a circunstância agonizante.

Jogamos até as nove horas, e então ficou combinado que quando Estella viesse a Londres eu deveria ser avisado de sua chegada e encontrá-la na diligência, e então eu me despedi dela, toquei sua mão e a deixei.

Meu guardião estava no quarto vizinho ao meu no Javali Azul. Tarde da noite, as palavras da Senhorita Havisham, "Ame-a, ame-a, ame-a!", soavam em meus ouvidos. Adaptei-as para minha própria repetição, e dizia para meu travesseiro: "Eu a amo, eu a amo, eu a amo!" centenas de vezes. Então, senti uma explosão de gratidão tomar conta de mim, que ela estava destinada para mim, o velho menino ferreiro. Então, pensei que se ela não estava, como eu receava, nem um pouco arrebatadoramente grata por aquele destino ainda, quando começaria a se interessar por mim? Quando eu despertaria seu coração que estava ainda mudo e adormecido?

Ah, Deus! Pensei que essas eram emoções elevadas e grandiosas. Mas nunca pensei que havia qualquer coisa baixa e pequena em manter a distância de Joe, porque eu sabia que ela o desprezaria. Apenas um dia depois, Joe trouxe lágrimas a meus olhos, mas logo elas se foram. Deus me perdoe, mas se foram.

capítulo XXX

Depois de refletir bastante sobre o assunto enquanto eu estava me vestindo no Javali Azul pela manhã, resolvi contar para meu guardião que duvidava de que Orlick fosse o tipo de sujeito adequado para preencher uma posição de confiança na casa da Senhorita Havisham. "Ora, é claro que não é o tipo de sujeito adequado, Pip", disse meu guardião, confortavelmente satisfeito com antecedência com a informação geral, "porque o sujeito que preenche essa posição de confiança nunca é esse tipo de sujeito". Parecia que ele ficava um tanto feliz em saber que essa posição em especial não era ocupada excepcionalmente por esse tipo de sujeito, e ele escutou com ar de satisfação quando eu dizia a ele o que sabia sobre Orlick. "Muito bom, Pip", ele observou, quando eu terminei, "vou até lá agora mesmo acertar as contas com nosso amigo". Bastante alarmado com essa ação sumária, achei que devesse demorar um pouco e até sugeri que poderia ser difícil de lidar com nosso amigo. "Ah, não, não será", disse meu guardião, fazendo uma pontinha em seu lenço de bolso com perfeita confiança: "Quero vê-lo discutir sobre isso comigo".

Enquanto íamos juntos para Londres na diligência do meio-dia, e enquanto eu tomava meu café da manhã morrendo de medo de Pumblechook aparecer, a ponto de mal conseguir segurar minha xícara, tive a oportunidade de dizer que eu gostaria de passear um pouco e que iria à frente pela estrada de Londres enquanto o Sr. Jaggers estava ocupado, se ele pudesse informar o cocheiro que eu voltaria para meu lugar quando me alcançassem. Isso me possibilitou voar do Javali Azul logo depois do café da manhã. Dando uma volta de uma ou duas milhas pelo campo aberto ao fundo da edificação de Pumblechook, entrei novamente na High Street, um pouco além dessa armadilha, e me senti relativamente seguro.

Era interessante estar naquela cidade velha e silenciosa mais uma vez, e não era desagradável de me perceber ali subitamente reconhecido e encarado. Um ou dois comerciantes até correram de suas lojas e desceram um pouco a rua até poderem me ver, e então saíam correndo, como se tivessem se esquecido de alguma coisa e passavam por mim frente a frente – ocasiões essas em que eu não sei se eles ou eu fingia pior, eles por não terem feito nada ou eu por não ter visto o que faziam. Ainda assim, minha posição era distinta, e eu não me sentia completamente insatisfeito, até que o destino me jogou no caminho do canalha sem limites, o menino de Trabb.

Lançando os olhos ao longo da rua, em certo ponto de meu trajeto, observei o menino de Trabb se aproximando, batendo em si mesmo com um saco azul vazio. Julgando que uma contemplação serena e inconsciente dele seria mais apropriado e mais provável de acalmar sua mente perversa, avancei com condizente expressão da fisionomia e já me parabenizava pelo meu sucesso, quando de repente os joelhos do menino de Trabb bateram um no outro, seu cabelo se arrepiou e seu chapéu caiu, todos os membros se chacoalharam violentamente, e ele, cambaleando pela rua, gritava para os transeuntes: "Segure-me! Estou com tanto medo!", dissimulava estar em tal paroxismo de terror e remorso causado pela dignidade de minha presença. Quando passei por ele, seus dentes bateram ruidosamente, e com todo gesto de humilhação ele se atirou na poeira do chão.

Era algo difícil de se presenciar, mas ainda não era nada. Não havia caminhado nem duzentos metros quando, para meu mais inexprimível terror, espanto e indignação, vi mais uma vez o menino de Trabb se aproximando. Ele vinha virando uma esquina bem estreita. Seu saco azul estava pendurado no ombro, uma honesta atitude reluzia em seus olhos, uma determinação de seguir adiante até a loja de Trabb com agilidade era indicada pelo seu modo de andar. Com um susto tomou consciência de mim e foi acometido com gravidade como antes, mas dessa vez seus movimentos eram giratórios, e ele cambaleava, dando voltas a meu redor com os joelhos muito instáveis e as mãos para o ar como se suplicasse por misericórdia. Seus sofrimentos eram saudados com a maior alegria por uma concentração de espectadores, e eu me senti bastante perplexo.

Eu ainda não tinha avançado muito rua abaixo além do correio, quando de novo vi o menino de Trabb vindo por um beco. Dessa vez, ele estava completamente mudado. Vestia o saco azul da mesma maneira que eu vestia meu sobretudo e se portava de maneira pomposa pela calçada em minha direção do outro lado da rua, acompanhado por um grupo de jovens encantados a quem ele exclamava, de quando em vez, acenando com as mãos: "Não conheço você!". As palavras não podem expressar os agravos e ofensas que o menino de Trabb infligiu a mim quando passou a meu lado, puxou seu colarinho, virou o cabelo, colocou um braço na cintura e sorriu, maliciosa e extravagantemente, remexendo os cotovelos e o corpo, falando de maneira arrastada a seus seguidores:

"Não conheço você, não conheço você, por minha vida, não conheço você!" Os seus desgraçados companheiros logo começaram a cacarejar e a me perseguir pela ponte com seus cacarejos. Seus gritos lembravam os de alguma ave triste que tivesse me conhecido quando eu era um ferreiro e culminaram na minha saída da cidade em desgraça, tendo sido, por assim dizer, expulso por eles na direção do campo aberto.

Mas a menos que eu tivesse tirado a vida do menino de Trabb naquela ocasião, eu não vejo o que eu poderia ter feito além de resistir. Ter lutado com ele na rua ou ter tirado o melhor sangue de seu coração e nada menos teria sido fútil e humilhante. Além do mais, ele era um menino que muitos homens não poderiam ferir, uma serpente inatacável que, quando encurralada em um canto, fugia por baixo das pernas do capturador, ganindo, desdenhosa. Eu escrevi, contudo, ao Sr. Trabb no dia seguinte para dizer que o Sr. Pip recusar-se-ia, no futuro, a se relacionar com alguém que se esquecia de seus deveres à sociedade, como empregar um menino que estimulava o ódio em toda e qualquer mente respeitável.

A diligência, trazendo o Sr. Jaggers, chegou em seu devido momento, e eu tomei meu assento em forma de caixa, chegando a salvo em Londres... Mas não são, pois meu coração não estava comigo. Assim que cheguei, enviei um bacalhau e um barril de ostras para Joe, de fundo penitencial (como reparação por não ter ido pessoalmente) e então me dirigi ao Albergue de Barnard.

Encontrei Herbert almoçando carne fria e feliz em receber-me. Depois de mandar o Vingador embora para a cafeteria para buscar uma adição para o almoço, senti que naquela noite precisava abrir o peito a meu amigo e companheiro. Como confiança estava fora de questão com o Vingador que estava no saguão, que poderia simplesmente ser considerado uma antessala para o buraco da fechadura, despachei-o para o teatro. Seria difícil encontrar uma prova melhor da gravidade de minha escravidão àquele mestre do que as movimentações degradantes a que precisei recorrer para mantê-lo ocupado. Chegava ao extremo de às vezes enviá-lo à esquina do Hyde Park para verificar que horas eram.

Quando o almoço acabou e permanecemos sentados com os pés sobre o guarda-fogo, eu disse a Herbert: "Meu caro Herbert, tenho algo importante para lhe contar".

"Meu caro Handel", ele respondeu. "Estimo e respeito sua confiança."

"Diz respeito a mim mesmo, Herbert", eu disse, "e a uma outra pessoa".

Herbert cruzou os pés, olhou para o fogo com a cabeça inclinada para um lado, e depois de assim ficar, em vão, por algum tempo, olhou para mim, pois não continuei.

"Herbert", eu disse, colocando a mão sobre o joelho: "Eu adoro... eu amo Estella".

Em vez de ficar petrificado, Herbert respondeu de maneira natural: "Exatamente. E então?"

“E então, Herbert? É só isso que tem a dizer? E então?”

“O que acontecerá depois, eu quero dizer?”, disse Herbert. “É claro que eu sabia disso.”

“Como soube?”, eu disse.

“Como eu sei, Handel? Ora, através de você.”

“Eu nunca lhe contei.”

“Contar-me! Você nunca me contou que foi cortar o cabelo, mas eu percebi. Você sempre a adorou, desde que o conheço. Trouxe a sua adoração e sua valise com você juntos. Contar-me! Ora, você sempre me contou, o tempo todo. Quando você me contou sua história, me contou claramente que começou a adorá-la na primeira vez que a viu, quando você era muito jovem, aliás.”

“Muito bem, então”, eu disse, a quem isso era novidade, e uma novidade muito bem-vinda. “Nunca deixei de amá-la. E ela voltou uma criatura mais bonita e mais elegante. E eu a vi ontem. Se eu já a amava antes, agora a amo em dobro.”

“Sorte a sua, Handel”, disse Herbert, “que você tenha sido escolhido para ela e a ela destinado. Sem invadir o território proibido, nós podemos arriscar dizer que não pode haver dúvidas sobre esse fato. Já tem alguma ideia da opinião de Estella sobre essa questão de adoração?”.

Balancei a cabeça com tristeza. “Ah! Ela está a milhares de milhas de distância de mim”, eu disse.

“Paciência, meu caro Handel: há bastante tempo, bastante tempo. Mas tem algo mais a dizer?”.

“Tenho vergonha de dizê-lo”, respondi, “e ainda assim não é pior dizer do que pensar isso. Você me considera um sujeito de sorte. É claro que sou. Eu era um menino ferreiro ontem mesmo. Eu sou... O que devo dizer que sou hoje?”

"Digamos que um bom sujeito, se estiver procurando uma frase", respondeu Herbert, sorrindo, batendo sua mão por cima da minha. "Um bom sujeito, com impetuosidade e hesitação, coragem e acanhamento, energia e sonhos, curiosamente misturados."

Parei por um momento para considerar se havia realmente essa mistura em meu caráter. De modo geral, eu de maneira alguma reconhecia a análise, mas achei melhor não discutir.

"Quando perguntou de que posso ser chamado hoje, Herbert", continuei, "quero dizer, o que tenho em meus pensamentos. Você diz que eu tenho sorte. Eu sei que não fiz nada para me erguer em minha vida, e que o destino sozinho me ergueu, e isso é ter muita sorte. E ainda assim quando eu penso em Estella..." ("E quando é que você não pensa, hein?" Lançou Herbert, com os olhos no fogo, o que achei um tanto gentil e compreensivo da parte dele.)

"Então, meu caro Herbert, não posso lhe dizer quanto vulnerável e incerto eu me sinto, e quanto exposto estou a centenas de possibilidades. Evitando o território proibido, como você fez agora mesmo, eu ainda posso dizer que todas as minhas esperanças dependem da constância de uma pessoa (em nomear qualquer pessoa). E na melhor das hipóteses como é indefinido e insatisfatório sabê-la apenas com vaguidão!" Ao dizer isso, aliviei meu coração daquilo que havia sempre estado lá, mais ou menos, embora sem dúvida em grande medida desde o dia anterior.

"Muito bem, Handel!" Herbert respondeu, com sua maneira alegre e esperançosa, "parece-me que no abatimento de uma doce paixão estamos olhando os dentes do cavalo dado com uma lupa. Da mesma forma, parece-me, se concentrarmos nossa atenção nessa análise, que nós acabamos deixando de lado uma das melhores qualidades do animal. Você não me disse que seu guardião, o Sr. Jaggers, lhe falou no começo, que você não estava sendo dotado com esperanças apenas? E mesmo se não tivesse lhe dito isso, embora seja um grande *se*, eu admito, você poderia acreditar que de todos os homens de Londres o Sr. Jaggers é o homem que manteria suas relações com você a menos que tivesse certeza do chão em que pisa?".

Eu disse que não podia negar que esse era um argumento forte. Eu disse isso (as pessoas geralmente o fazem, em casos assim) como uma concessão bastante relutante à verdade e à justiça, como se quisesse negá-lo!

"Eu acho que foi um argumento forte", disse Herbert, "e acho que você ficaria perplexo em imaginar algo mais forte. Quanto ao resto, você precisa esperar o tempo de seu guardião, e ele o de seus clientes. Você terá vinte e um anos muito antes do que imagina, e então talvez você chegará a algum esclarecimento maior. De qualquer forma, estará mais perto de recebê-lo, pois há de ver afinal de contas".

"Quanta esperança você tem!", eu disse, reconhecendo e admirando seu jeito positivo.

"Preciso ter", disse Herbert, "pois não tenho muito além disso. Preciso reconhecer, logo, que o bom-senso do que eu acabei de dizer não é originalmente meu, mas de meu pai. A única observação que o ouvi fazer a respeito de sua história foi a observação final: 'A coisa está decidida e feita, caso contrário o Sr. Jaggers não estaria participando disso'. E agora antes que eu diga qualquer coisa sobre meu pai, ou sobre o filho de meu pai, e pague confiança com confiança, quero me fazer seriamente desagradável com você por um momento – positivamente repulsivo".

"Você não vai conseguir", eu disse.

"Ah, sim, conseguirei!", ele disse. "Um, dois, três, e agora começo. Handel, meu caro amigo" – embora falasse em seu tom leve como de habitual, parecia muito sério, "desde que começamos a conversar com os pés sobre o guarda-fogo, venho pensando que Estella não pode ser uma condição para sua herança, uma vez que nunca foi mencionada a você por seu guardião. Estou certo em entender que, pelo que você me contou, ele nunca a mencionou a você, direta ou indiretamente, de forma alguma? Nunca nem sugeriu, por exemplo, que seu patrão poderia ter opiniões quanto a seu casamento basicamente?".

"Nunca."

"Bem, Handel, não sinto que as uvas estejam verdes, por minha alma e em nome de minha honra! Uma vez que não está ligado a Estella, não pode se afastar dela? Eu disse que eu seria desagradável."

Virei minha cabeça para o lado, pois, com afobação e arrebatamento, como os ventos do velho pântano vindos do mar, um sentimento como aquele que havia me refreado na manhã em que deixei a ferraria, quando a névoa subia com solenidade, e quando coloquei minha mão sobre a direção do caminho do vilarejo atingia meu coração novamente. Ficamos em silêncio por um momento.

"Sim, mas meu caro Handel", Herbert prosseguiu, como se estivesse falando antes, e não quieto, "o que torna tudo isso muito sério é que deitou raízes no peito de um menino a quem a natureza e as circunstâncias tornaram tão romântico. Pense na criação dela, e pense na Senhorita Havisham. Pense no que ela é de fato (agora estou sendo repulsivo e você me abomina). Isso poderá derrubá-lo".

"Sei disso, Herbert", eu disse, com a cabeça ainda virada, "mas eu não consigo controlar".

"Não pode se afastar?"

"Não. Impossível!"

"Você não pode tentar, Handel?"

"Não. Impossível!"

"Bem!", disse Herbert, levantando-se com um chacoalho como se estivesse adormecido, e então mexendo no fogo, "agora, vou me esforçar para me fazer agradável novamente!".

E então ele caminhou em volta da sala e sacudiu as cortinas, colocou as cadeiras em seus lugares, arrumou os livros e mais o que havia fora do lugar, olhou para o saguão, espiou pela fechadura, fechou a porta e voltou para sua cadeira diante do fogo, onde se sentou, abraçando a perna esquerda com os dois braços.

"Eu ia dizer uma coisinha, Handel, a respeito de meu pai e do filho de meu pai. Receio que quase não seja necessário para o filho de meu pai observar que o estabelecimento de meu pai não é particularmente brilhante no quesito manutenção."

"Há sempre tanto quanto necessário, Herbert", eu disse, para dizer algo animador.

"Ah, sim! Essas são as palavras do varredor, também, acredito, com sua maior aprovação, e também a loja de peixes da rua de trás. Seriamente, Handel, pois o assunto já é grave o suficiente, você sabe, tão bem quanto eu. Suponho que houve um tempo em que meu pai não havia desistido de tudo, mas se houve algum dia ficou no passado. Posso lhe perguntar se você alguma vez teve a oportunidade de observar, lá na sua cidade, que as crianças de casamentos não exatamente adequados são sempre as mais ansiosas para se casarem?"

Essa era uma pergunta tão singular, que lhe perguntei, por minha vez: "É mesmo?".

"Eu não sei", disse Herbert, "é isso que eu quero saber. Porque esse é decididamente o nosso caso. Minha pobre irmã Charlotte, logo abaixo de mim, morreu antes de completar catorze anos, era um exemplo curioso. A pequena Jane também. Em seu desejo em se estabelecer matrimonialmente, você poderia supor que ela tivesse passado sua curta existência na contemplação perpétua da felicidade doméstica. De bata, o pequeno Alick já arranjou toda sua união com uma jovem muito adequada de Kew. E é verdade, acho que todos estamos comprometidos, exceto o bebê."

"Então você está?", eu disse.

"Estou", disse Herbert, "mas é segredo".

Prometi que guardaria o segredo e implorei para que me contasse os detalhes. Ele havia falado com tanta sensatez e delicadeza de minha fraqueza que eu queria saber algo sobre sua força.

"Posso saber o nome dela?", eu perguntei.

"O nome é Clara", disse Herbert.

"Mora em Londres?"

"Sim, talvez eu deva mencionar", disse Herbert, que havia se tornado curiosamente cabisbaixo e tímido, desde que entramos no interessante tema, "que ela está bastante abaixo das noções familiares absurdas de minha mãe. Seu pai tinha relação com o mantimento dos navios. Acho que ele era uma espécie de comissário".

"O que ele faz agora?", eu perguntei.

"Está inválido agora", respondeu Herbert.

"Vivendo...?"

"No primeiro andar", disse Herbert. O que não foi o que eu queria dizer, pois intencionava perguntar quais eram seus meios de sustento. "Mas nunca o vi, pois ele sempre fica em seu quarto lá em cima, desde que conheci Clara. Mas eu o ouço constantemente. Ele faz barulhos tremendos, gritos, e ele prega no chão com algum objeto pavoroso." Ao olhar para mim e então rir com sinceridade, Herbert voltou, momentaneamente, à sua habitual maneira.

"Não espera vê-lo?", perguntei.

"Ah, sim, sempre espero vê-lo", respondeu Herbert, "porque eu nunca o ouço sem esperar vê-lo despencando pelo teto. Mas eu não sei quanto tempo as vigas vão aguentar".

Depois de rir de maneira espontânea, ficou tímido mais uma vez, e me disse que no momento que começasse a receber algum capital, sua intenção se casar com a jovem dama. Ele acrescentou uma proposição evidente, causando desânimo: "Mas você não pode se casar, sabe, enquanto está olhando à sua volta".

Enquanto contemplávamos diante do fogo, e eu refletia sobre a dificuldade de se obter esse capital às vezes, enfiei as mãos nos bolsos. Um pedaço de papel dobrado no fundo de um deles chamou minha atenção. Abri-o e verifiquei que se tratava da programação do teatro que eu havia recebido de Joe sobre o célebre, renomado, amador e interiorano Roscius. "Bendito seja", acrescentei, involuntariamente, em voz alta, "é hoje!"

Isso fez com que mudássemos de assunto, e decidimos, às pressas, ir assistir à peça. Assim, depois que me comprometi em consolar e ajudar Herbert em seu caso amoroso por meios praticáveis e impraticáveis também, e depois que Herbert me dissera que sua prometida já me conhecia pela minha reputação e que eu deveria ser apresentado a ela, trocamos um aperto de mãos caloroso por nossa confiança mútua, assopramos nossas velas, apagamos o fogo, trancamos a porta e saímos em busca do Sr. Wopsle e do reino da Dinamarca.

Capítulo XXXI

Ao chegarmos à Dinamarca, encontramos o rei e a rainha desse país elevados em duas poltronas sobre uma mesa, realizando uma corte. Toda a nobreza da Dinamarca estava presente. Consistia em um menino nobre usando botas de camurça de algum ancestral gigantesco, um nobre venerável com o rosto sujo, parecendo ter saído dos plebeus tarde da vida, e o cavalheiro dinamarquês com um pente no cabelo cujas pernas estavam vestidas em seda branca, apresentando aparência totalmente feminina. Meu conterrâneo talentoso permaneceu parado, triste, à parte de tudo, com os braços cruzados, e eu pensei que seus cachos e sua testa poderiam ser mais verossímeis.

Várias pequenas e curiosas circunstâncias ocorreram durante a história. O falecido rei do país não só parecia perturbado por uma tosse na hora de sua morte mas também a levara consigo para o túmulo e a trouxera de volta. O fantasma real carregava um manuscrito fantasmagórico envolto em seu bastão, ao qual ele parecia se referir ocasionalmente, e isso também com um pouco de ansiedade e tendência em perder seu ponto de referência físico, características essas sugestivas de um estado de mortalidade. Foi isso, eu imaginei, que levou a galeria a aconselhar o Fantasma a "se virar!" – uma recomendação que ele achou extremamente ruim. Assim como era de se notar que aquele espírito majestoso, que embora sempre que aparecesse com ar de quem parecia estar fora por muito tempo e ter andado uma distância imensa, perceptivelmente vinha de uma parede contígua muito próxima. Isso fez com que seus assombros fossem recebidos com desdém. A rainha da Dinamarca, uma dama realmente gordinha, embora sem dúvida historicamente descarada, era considerada pelo público como alguém que portava muito bronze. Seu queixo estava preso ao diadema por um filete metálico largo (como se ela estivesse padecendo de uma terrível dor de dente), sua cintura envolta por outro, e cada um dos braços era envolto por mais um filete, de modo que ela era chamada abertamente por "Os Tambores". O menino nobre com as botas do ancestral era inconsistente, representando, como se em um só fôlego, ele mesmo, um velejador experiente, um ator a passeio, um coveiro, um clérigo, e a pessoa da maior importância em uma partida de esgrima da corte, de cujo olho experiente e boa discriminação, julga os melhores golpes. Isso levou o público à tolerância com ele aos poucos, e mesmo – quando se descobriu que ele dava as ordens sacras, recusando-se a executar o serviço fúnebre – a uma indignação geral que tomou a forma de arremessos de cascas de nozes. Por fim, Ophelia era uma presa de uma louca tão lenta e musical que quando, com o passar do tempo, ela tinha tirado seu cachecol de musselina branca, dobrado-o e enterrado-o, um homem rabugento que ficou refrescando seu impaciente nariz em uma barra de ferro em frente a uma fileira da galeria, resmungou: "Pronto, agora o bebê foi dormir, vamos jantar!". O que era, no mínimo, inapropriado.

Para meu infeliz conterrâneo, todos esses incidentes culminaram em um efeito divertido. Sempre que o príncipe indeciso precisava fazer uma pergunta ou colocar um questionamento, o público o ajudava. Como, por exemplo, a respeito de se era mais nobre a mente passar por sofrimento, alguns gritavam que sim, outros que não, e alguns se deixavam levar por ambas as opiniões e diziam: "Faça cara ou coroa", e aparecia uma boa polêmica.

Quando ele perguntou o que sujeitos como ele poderiam fazer rastejando entre a terra e os céus, foi estimulado por gritos altos de "Muito bem!". Quando ele apareceu com a meia desalinhada (seu desalinho se expressava, como de hábito, por uma dobra muito bem-feita na parte de cima, que eu suponho que seja obtida com a ajuda de um ferro de passar), começaram a conversar na galeria sobre a palidez de sua perna, e se porventura era ocasionada pelo susto que o fantasma lhe dera. Quando pegou sua flauta doce, muito semelhante a uma pequena flauta preta que havia sido tocada na orquestra e então devolvida atrás do palco, ele foi unanimemente requisitado a tocar Rule Britannia. Quando ele recomendou que o músico não gesticulasse tanto, o homem rabugento disse: "E você também, não, você é muito pior que ele!". E eu sinto acrescentar que gargalhadas saudavam o Sr. Wopsle em cada uma dessas ocasiões.

Mas suas melhores provações aconteceram no cemitério, que tinha a aparência de uma floresta antiga, com uma espécie de lavanderia eclesiástica de um lado, e um portão de portagem do outro. Quando o Sr. Wopsle, com uma grande capa preta, foi visto entrar pela portagem, o coveiro foi advertido, de maneira amigável: "Cuidado! Há um agente funerário vindo aí para ver como você está fazendo seu trabalho!". Creio que seja bem-sabido em um país constitucional que o Sr. Wopsle não poderia ter devolvido o crânio depois de moralizar sobre o mesmo, sem tirar o pó de seus dedos com um guardanapo branco que trazia no peito, mas mesmo essa ação inocente e indispensável não passou sem o comentário: "Garçom!" A chegada do corpo para o sepultamento (em uma caixa preta vazia com a tampa aberta) era sinal de alegria geral, que era ainda exacerbada pela descoberta, entre os carregadores, de um indivíduo sujeito a identificação. A alegria acompanhou o Sr. Wopsle por sua luta travada com Laertes na beira do fosso da orquestra e do túmulo, e não diminuiu até que ele tivesse derrubado o rei da mesa e o matado, gradualmente, com os pés para cima.

Havíamos tentado, em vão, aplaudir o Sr. Wopsle no início. Mas os esforços eram fracos demais para continuarmos. Então nos sentamos, lamentando por ele, embora ríssemos de orelha a orelha. Eu ri o tempo todo, ainda que relutante. A coisa toda era muito engraçada, embora eu tivesse a impressão latente de que havia algo decididamente belo na maneira de falar do Sr. Wopsle, não pela velha amizade, receio, mas porque era muito lenta, muito melancólica, subia e descia muito, e muito diferente da maneira com que qualquer homem em qualquer circunstância natural da vida ou da morte se expressava a respeito de qualquer coisa. Quando a tragédia acabou, e que haviam gritado seu nome, eu disse a Herbert: "Vamos embora logo ou é possível que o encontremos".

Descemos as escadas com toda a pressa que podíamos, mas não fomos rápidos o suficiente. Parado à porta havia um judeu com as sobrancelhas pesadas e artificiais, que chamou minha atenção enquanto avançávamos, e que disse, quando chegamos perto:

"Sr. Pip e amigo?"

Foram confirmadas as identidades do Sr. Pip e amigo.

Sr. Waldengarver", disse o homem, "ficaria feliz em ter a honra".

"Waldengarver?", eu repeti – quando Herbert cochichou em meu ouvido: "Provavelmente Wopsle".

"Ah!", eu disse. "Sim. O senhor nos conduzirá?"

"A alguns passos, por favor." Quando chegamos a um corredor lateral, ele se virou e perguntou: "O que acharam dele? Fui eu que o vesti".

Eu não achava nada de sua aparência, apenas que parecia um agente funeral. Com a adição de um grande sol ou estrela pendurada em seu pescoço por uma fita azul, que lhe conferia a aparência de estar segurado por algum Departamento Contra o Fogo. Mas eu disse que o achei muito bem.

"Quando ele veio para o túmulo", disse nosso condutor, "mostrou sua bela capa. Mas, a julgar pela asa, pareceu-me que quando ele visse o fantasma na casa da rainha, ele poderia ter feito melhor com suas meias".

Assenti, modestamente, e então passamos por uma porta basculante um pouco suja, entrando em um cômodo que parecia uma caixa quente. Ali estava o Sr. Wopsle se despindo de suas vestimentas dinamarquesas, e só havia espaço para o vermos um por cima do ombro do outro, deixando a abertura, ou tampa, da caixa, completamente aberta.

"Cavalheiros", disse o Sr. Wopsle. "Fico orgulhoso em vê-los. Espero, Sr. Pip, que me perdoe por tê-lo chamado. Tive a alegria de conhecê-lo no passado, e o teatro sempre teve seu crédito reconhecido entre os nobres e abastados."

Enquanto isso, o Sr. Waldengarver, transpirando demasiadamente, tentava se despir de seu casaco principesco.

"Tire as meias, Sr. Waldengarver", disse o dono daquela propriedade, "ou há de rasgá-las. Rasgue-as e terá de gastar trinta e cinco xelins. Shakespeare nunca foi honrado com meias melhores que essas. Fique quieto em sua cadeira agora e deixe-as comigo".

Com isso, ele se ajoelhou e começou a espoliar sua vítima, que, depois que a primeira meia foi retirada, teria certamente desabado em sua cadeira caso houvesse espaço para isso.

Eu estava com medo, até esse momento, de dizer qualquer coisa sobre a peça. Mas então o Sr. Waldengarver olhou-nos complacente, e disse:

"Cavalheiros, o que vocês acharam ali na frente?"

Herbert disse, atrás de mim (ao mesmo tempo que me cutucava): "Excelente".

Eu também disse: "Excelente".

"O que acharam de minha interpretação do personagem, cavalheiros?", disse o Sr. Waldengarver, quase, se não bastante, com ar de superioridade.

Herbert disse, atrás de mim (novamente me cutucando): "Sólido e concreto".

Então eu disse, audacioso, como se eu mesmo tivesse pensado naquilo e precisasse insistir nas palavras: "Sólido e concreto".

“Fico feliz em receber sua aprovação, cavalheiros”, disse o Sr. Waldengarver, com ar de dignidade, embora estivesse de castigo contra a parede no momento, segurando-se em sua cadeira.

“Mas vou lhe dizer uma coisa, Sr. Waldengarver”, disse o homem ajoelhado, “na qual se equivocou na interpretação. Preste atenção! Eu não me importo se disserem o contrário, mas digo-lhe isso. Você se equivoca em sua interpretação de Hamlet quando exibe suas peras de perfil. O último Hamlet que vesti cometeu os mesmos erros em sua interpretação durante o ensaio, até que eu consegui fazer com que colocasse uma pastilha vermelha em cada uma de suas canelas e, então, durante o ensaio (que foi o último) fui lá para a frente, na parte de trás do fosso, e sempre que sua interpretação o impelia a ficar de perfil eu gritava: ‘Não estou vendo as pastilhas!’. E à noite sua leitura foi encantadora”.

O Sr. Waldengarver sorriu para mim, como se quisesse dizer “um fiel servidor – deixo sua loucura para lá”. E então disse, em voz alta: “Minha visão é um tanto clássica e meticulosa para eles aqui, mas hão de melhorar, hão de melhorar”.

Herbert e eu dissemos, ao mesmo tempo: “Oh, sem dúvida disso”.

“Vocês observaram, cavalheiros”, disse o Sr. Waldengarver, “que havia um homem na galeria que tentou zombar do trabalho – quero dizer, da atuação?”.

Nós simplesmente respondemos que achávamos ter percebido o homem.

Eu acrescentei: “Ele estava bêbado, certamente”.

“Ah, não, meu caro senhor”, disse Wopsle, “bêbado não. Seu patrão teria cuidado disso, senhor. Seu patrão não permitiria que estivesse bêbado”.

"Conhece o patrão?", eu perguntei.

O Sr. Wopsle fechou os olhos e abriu-os novamente, ambos os movimentos com muito vagar. "Vocês devem ter visto, cavalheiros", ele disse, "um asno ignorante e descarado, com a garganta irritada e o semblante expressivo de baixa perversidade, que passou – não vou dizer que manteve – pelo rôle (se me permitem usar uma expressão francesa) de Cláudio, rei da Dinamarca. Esse é seu patrão, cavalheiros. Essa é a profissão!"

Sem saber exatamente se eu deveria ficar meramente sentido pelo Sr. Wopsle se ele estivesse desesperado, senti tanta pena dele naquela situação que aproveitei a oportunidade quando ele se virou para colocar os suspensórios, o que nos arremessou para fora da caixa, para perguntar a Herbert o que ele achava em convidá-lo para jantar. Herbert disse que seria gentil fazê-lo, e então fiz o convite, e ele se dirigiu ao Barnard conosco, agasalhado até os olhos, e fizemos o melhor que podíamos para ele, sentados até as duas da manhã, falando de seu sucesso e de seus planos. Não me lembro deles em seus pormenores, mas tenho uma lembrança geral de que ele começou ressuscitando o tema do teatro, para finalmente aniquilá-lo, assim como sua morte o deixaria completamente abandonado sem qualquer possibilidade ou esperança.

Fui para a cama por fim, sentindo-me muito desanimado, pensando em Estella com tristeza, e sonhei que minhas esperanças haviam sido todas canceladas, e que eu tinha que pedir a mão de Clara, de Herbert, em casamento, ou interpretar Hamlet para o Fantasma da Senhorita Havisham diante de vinte mil pessoas, sem saber ao menos vinte palavras do texto.

Capítulo XXXII

Um dia, quando eu estava ocupado com meus livros e com o Sr. Pocket, recebi um bilhete do correio, cujo mero envelope me deixou extremamente trêmulo, pois, embora eu nunca houvesse visto a caligrafia que o endereçava, adivinhei de que mão vinha. Não tinha qualquer tipo de cabeçalho, como Caro Sr. Pip, ou Caro Pip, ou Caro Senhor, ou Caro Qualquer Coisa, mas dizia o seguinte:

Devo chegar em Londres no dia depois de amanhã, na diligência do meio-dia. Acredito que ficou combinado que você deverá me encontrar. De qualquer forma, a Senhorita Havisham teve tal impressão, e escrevo em conformidade a isso. Ela manda saudações.

Atenciosamente,

ESTELLA.

Se houvesse tempo, eu teria provavelmente encomendado vários trajes para a ocasião. Mas não havia. Contentei-me com aqueles que possuía portanto. Meu apetite desapareceu completamente, e eu não fiquei em paz ou tranquilo até que o dia chegasse. Não que sua chegada me deixasse em paz ou tranquilo, pois, quando chegou, fiquei pior do que nunca e passei a assombrar a estação na Wood Street, em Cheapside, antes mesmo de a diligência partir do Javali Azul, em nossa cidade. Mesmo sabendo disso perfeitamente bem, ainda sentia que não era seguro deixar a estação fora de minha visão por mais de cinco minutos por vez. E nessa condição insensata permaneci a primeira meia hora de uma vigília de quatro ou cinco horas, quando Wemmick veio a meu encontro.

"Alô, Sr. Pip", ele disse, "como vai? Pouco poderia imaginar que aqui fosse sua região".

Expliquei que estava esperando para encontrar com alguém que chegaria na diligência e questionei sobre o Castelo e o Velho.

"Ambos prosperando, obrigado", disse Wemmick, "especialmente o Velho. Ele está em total vigor. Completará oitenta e dois anos no próximo aniversário. Estou pensando em disparar a espingarda oitenta e duas vezes, se a vizinhança não reclamar e se aquele meu canhão aguentar. Porém, isso não é assunto para Londres. Aonde pensa que vou?".

"Ao escritório?", eu disse, pois ele estava virado para aquela direção.

"Próximo dali", respondeu Wemmick. "Vou a Newgate. Estamos trabalhando em um caso de um banqueiro no momento, e estou descendo a rua para espiar a cena da ação, e lá devo dar uma ou duas palavrinhas com nosso cliente."

"O seu cliente cometeu roubo?", perguntei.

"Por Deus, não", respondeu Wemmick, de modo muito áspero. "Mas está sendo acusado de tê-lo feito. Assim como poderia acontecer comigo ou com você. Qualquer um de nós poderia ser acusado disso, sabe."

"Porém, nenhum de nós está sendo", observei.

"Sim!", disse Wemmick, tocando-me no peito com o dedo indicador esticado. "Você é inteligente, Sr. Pip! Gostaria de dar uma olhada em Newgate? Está com tempo livre?"

Eu tinha tanto tempo livre que a proposta foi recebida como um alívio, apesar de sua incompatibilidade com meu desejo latente de ficar com os olhos fixos na estação. Murmurando que eu iria ver se haveria tempo de ir com ele, fui até o balcão e determinei com o atendente a maior precisão e muito de sua boa paciência qual seria o momento mais cedo em que a diligência poderia ser esperada – o que eu já sabia antes, assim como ele.

Voltei ao Sr. Wemmick e, fingindo consultar meu relógio e me surpreender com a informação ali verificada, aceitei sua proposta.

Chegamos a Newgate em poucos minutos e passamos pelo alojamento onde alguns grilhões estavam pendurados nas paredes desmobiliadas entre o regulamento da prisão. Naquela época, as prisões eram bastante negligenciadas, e o período de exagerada reação consequente de todos os erros públicos – e que sempre acaba sendo a punição mais pesada e longa – ainda estava muito longe. Então os criminosos não eram alojados ou alimentados melhor que os soldados (sem mencionar os pobres), e raramente colocavam fogo nas prisões com o objetivo perdoável de melhorar o sabor de sua sopa. Era horário de visita quando Wemmick me levou para dentro, e um funcionário circulava com a cerveja, e os presos, atrás das grades em pátios, compravam cerveja e conversavam com amigos. Era uma cena que indicava desleixo, desordem e tristeza.

Chamou-me a atenção o fato de que Wemmick caminhava entre os presos do modo que um jardineiro caminharia entre as plantas. Isso passou pela minha cabeça pela primeira vez quando ele viu um broto novo que havia aparecido naquela noite e disse: "O que, Capitão Tom? É você aí? Ah, é verdade!" e também "Por acaso é Black Bill que vejo atrás do reservatório de água? Ora, não o vejo há dois meses, como vai?". Da mesma forma que parava perto das grades para ouvir sussurros ansiosos, sempre individualmente, Wemmick, com sua boca de caixa de correspondência em estado imóvel olhava para eles enquanto falavam como se estivesse prestando atenção especial ao progresso que haviam feito desde a última observação até que saíssem com todo vigor para serem julgados.

Ele era muito popular, e eu descobri que ele era responsável pelo departamento familiar do negócio do Sr. Jaggers, embora algo da condição do Sr. Jaggers pairasse sobre ele também, o que o impedia de transgredir certos limites. Seu reconhecimento pessoal de cada cliente sucessivo se dava por um aceno da cabeça e no ajuste do chapéu com as duas mãos para depois comprimir a boca e colocar as mãos nos bolsos. Em uma ou duas situações houve dificuldade a respeito ao aumento de seus honorários, e então o Sr. Wemmick, recuando tanto quanto possível da quantia insuficiente de dinheiro apresentada, dizia, "não presta, meu garoto. Apenas obedeço ordens. Não posso aceitar. Não faça isso com um subordinado. Se você não pode arranjar a quantia, meu garoto, é melhor se dirigir a um outorgante, existem muitíssimos na profissão, sabe, e o que não vale a pena para um pode valer para outro. É essa minha recomendação a você, falando como um subordinado. Não tente medidas inúteis. Por que você faria isso? Bom, quem é o próximo?".

Assim, caminhamos pela estufa de Wemmick, até que ele se voltou para mim e disse: "Veja o homem com quem vou trocar um aperto de mãos". Eu teria prestado atenção nele, mesmo que ele não me avisasse, uma vez que não havia troca de aperto de mãos com ninguém até o momento.

Logo depois disso, um homem robusto e ereto (que posso visualizar agora mesmo enquanto escrevo) vestindo uma sobrecasaca desgastada verde-oliva, com uma palidez peculiar que se espalhava por sua compleição avermelhada, e olhos que ficavam ziguezagueando enquanto ele tentava fixá-los em um ponto, veio a um canto entre as grades e colocou a mão no chapéu – cuja superfície era ensebada e engordurada como a de uma sopa fria – saudando Wemmick como um militar, de maneira séria e brincalhona ao mesmo tempo.

"Coronel, a você!", disse Wemmick, "como vai, Coronel?".

"Tudo bem, Sr. Wemmick."

"Tudo o que podia ser feito foi feito, mas a evidência contra nós era demasiadamente forte, Coronel."

"Sim, demasiadamente, senhor – mas não me importa."

"Não, não", disse Wemmick, friamente. "Você não se importa." E então, voltando-se para mim, "Serviu Sua Majestade, esse homem. Foi um soldado de linha de frente e obteve sua dispensa."

Eu disse: "É verdade?"; e o olhar do homem se dirigiu a mim, e então examinou minha cabeça e tudo à minha volta, depois ele colocou a mão sobre os lábios e riu.

"Creio que não estarei mais aqui na segunda-feira, senhor", ele disse a Wemmick.

"Talvez", respondeu meu amigo, "mas não há como saber".

"Estou feliz de ter tido a chance de lhe dizer adeus, Sr. Wemmick", disse o homem, esticando a mão entre as duas grades.

"Obrigado!", disse Wemmick, apertando-lhe as mãos. "Igualmente, Coronel."

"Se aquilo que eu portava comigo fosse real, Sr. Wemmick", disse o homem, relutante em largar sua mão, "eu deveria ter-lhe pedido o favor de usar outro anel – como agradecimento a suas atenções".

"Aceitarei sua intenção pela ação", disse Wemmick. "A propósito, você era um belo conhecedor de pombos." O homem olhou para o céu. "Soube que o senhor tinha uma notável criação de pombos-volteadores. Poderia encarregar algum amigo para que me trouxesse um par deles caso não tenha mais uso para eles?"

"Está feito, senhor."

"Certo", disse Wemmick, "vão se encarregar deles. Boa tarde, Coronel. Adeus!". Trocaram mais um aperto de mãos, e, conforme caminhamos, Wemmick me disse: "Um moedeiro, um bom trabalhador. O relatório do registrador será feito hoje, e ele certamente será executado na segunda-feira. Embora, veja, um par de pombos é propriedade portável da mesma forma". Com isso, ele olhou para trás e acenou com a cabeça a essa planta morta, e então lançou os olhos a seu redor enquanto caminhava em direção à saída do pátio, como se estivesse a considerar qual vaso ficaria melhor no lugar do outro.

Ao sairmos da prisão pelo alojamento, descobri que a grande importância de meu guardião era apreciada tanto pelos carcereiros quanto por aqueles sob sua custódia. "Bem, Sr. Wemmick", disse o carcereiro, nos mantendo entre os dois portões de pontas e cravos de ferro, cuidadosamente trancando um antes de destrancar o outro, "o que o Sr. Jaggers há de fazer sobre aquele assassinato à beira d'água? O julgará homicídio culposo ou o quê?".

"Por que não pergunta a ele?", respondeu Wemmick.

"Ah, sim, isso!", disse o carcereiro.

"Bem, é assim que as coisas são com eles aqui, Sr. Pip", observou Wemmick, voltando-se para mim com sua boca de caixa de correspondência esticada. "Eles não se importam em perguntar algo sobre mim, o subordinado, mas nunca os flagrará fazendo qualquer pergunta a meu patrão."

"Esse jovem cavalheiro é um dos aprendizes ou contratados do seu escritório?", perguntou o carcereiro, sorrindo a respeito do humor do Sr. Wemmick.

"Lá vai ele de novo, está vendo?", exclamou Wemmick, "Eu disse! Faz uma nova pergunta ao subordinado antes que a primeira tenha secado! Bem, suponha que o Sr. Pip seja um deles, e então?".

"Ora, então", disse o carcereiro, sorrindo novamente, "ele sabe como o Sr. Jaggers é".

"Sim!", exclamou Wemmick, subitamente aumentando o tom de voz para com o carcereiro de maneira brincalhona, "você é tão burro quanto uma de suas próprias chaves quando tem de lidar com meu patrão, você sabe que é. Deixe-nos sair, seu velho espertalhão, ou farei com que o Sr. Jaggers o processe por prisão ilegal".

O carcereiro riu, nos desejou bom dia, e permaneceu rindo de nós por entre os cravos de ferro da cancela quando descemos os degraus para a rua.

"Preste atenção, Sr. Pip", disse Wemmick, gravemente, em meu ouvido, pegando em meu braço de modo confidencial: "Eu não sei se o que o Sr. Jaggers faz está à altura em que se mantém. Ele é sempre muito altivo. Sua altura constante já é uma parte de suas imensas habilidades. Aquele Coronel não ousaria dizer adeus a ele, assim como aquele carcereiro não ousaria lhe perguntar sobre suas intenções a respeito de um caso. Portanto, entre sua altura e eles, há seu subordinado – você percebe? – e assim ele os tem na mão, corpo e alma".

Eu fiquei muitíssimo impressionado, e não pela primeira vez, pela sutileza de meu guardião. Para dizer a verdade, eu desejava genuinamente, e não pela primeira vez, que eu tivesse tido algum outro guardião de menores habilidades.

O Sr. Wemmick e eu nos separamos no escritório em Little Britain, onde suplicantes da atenção do Sr. Jaggers pairavam como de hábito, e eu voltei a meu relógio na rua da estação com cerca de três horas pela frente. Passei o tempo todo pensando em quão estranho era que eu fosse abarcado em toda essa mácula de prisão e crime, que, em minha infância no pântano solitário em uma noite de inverno, eu tivesse tido meu primeiro contato com ela, que reapareceria em duas ocasiões, começando como uma mancha que desbota, mas não sai, e que deveria, dessa nova maneira, permear meu destino e evolução. Enquanto minha mente trabalhava nisso, pensei na bela Estella, orgulhosa e requintada, vindo em minha direção, e pensei com absoluta aversão no contraste que havia entre a prisão e ela. Desejei que Wemmick nunca tivesse me encontrado ou que eu não tivesse sucumbido e ido com ele, para que, justo nesse dia entre todos os outros do ano, eu não tivesse Newgate impregnada em mim e em minhas roupas. Bati os pés no chão tentando me livrar do pó da prisão enquanto me movia para a frente e para trás e chacoalhei minhas roupas, exalando seu ar de meus pulmões. Eu me sentia tão contaminado, lembrando-me de quem estava para chegar, que a diligência chegou logo no fim das contas, e eu ainda não estava livre da sujeira da consciência da estufa do Sr. Wemmick quando vi seu rosto pela janela da diligência e sua mão acenando para mim.

O que era aquela sombra sem nome que novamente passara em minha frente por um instante?

Capítulo XXXIII

Em seu traje de pele para viagens, a beleza de Estella parecia mais delicada do que nunca, até mesmo para mim. Sua maneira estava mais conquistadora do que ela jamais se importara em ser, e pensei ver a influência da Senhorita Havisham em sua mudança.

Ficamos parados no pátio enquanto ela apontava sua bagagem para mim, e quando essa foi coletada por completo lembrei-me – pois tinha me esquecido de tudo além dela naquele momento – de que não sabia nada sobre seu destino.

"Vou a Richmond", ela me disse. "Aprendi que existem duas Richmonds, uma em Surrey e outra em Yorkshire, e que a minha é a de Surrey. A distância é de dez milhas. Vou receber uma carruagem, e você deve me levar. Essa é minha bolsa, e você deverá pagar minhas despesas. Ah, você precisa pegar minha bolsa! Não temos escolha, você e eu, além de obedecer às instruções. Não somos livres para seguir nossos próprios planos, nem você, nem eu."

Ao olhar para mim enquanto me entregava a bolsa, tive a esperança de que suas palavras tivessem um sentido subjacente. Ela as pronunciava de maneira esnobe, mas não sem prazer.

"Será preciso chamar a carruagem, Estella. Deseja ficar aqui e descansar um pouco?"

"Sim, vou descansar um pouco aqui e beber um pouco de chá, e você deverá cuidar de mim enquanto isso."

Ela passou o braço por dentro do meu, como deveria ser feito, e eu pedi a um garçom que observava a diligência como um homem que nunca tinha visto nada igual em toda sua vida para que nos levasse a um salão privativo. Em seguida, ele puxou um guardanapo, como se fosse um novelo mágico sem o qual ele não poderia encontrar seu caminho para subir as escadarias, e nos conduziu a um buraco negro do estabelecimento, equipado com um espelho pequenino (um artigo bastante supérfluo, considerando-se as proporções do buraco), uma galheta para anchovas e alguns tamancos. Quando protestei quanto a um recanto tão isolado, ele nos levou para outro salão com uma mesa de jantar para trinta pessoas onde havia, na grelha da lareira, uma folha chamuscada de um livro didático sob uma grande quantidade de cinza. Depois de meu olhar para aquela conflagração já extinta e de balançar a cabeça, ele anotou meu pedido, que era apenas "Um pouco de chá para a dama", e saiu do salão bastante desanimado.

Eu estava, e estou, ciente de que o ar nesse lugar, em sua forte combinação de lugar e sopa, poderia ter levado alguém a pressupor que o departamento de transportes não estava indo muito bem, e que o intrépido proprietário estava cozinhando os cavalos para servir o departamento. Contudo, o salão significava o mundo para mim, uma vez que Estella estava ali. Pensava que com ela eu poderia ser feliz ali para sempre. (Observe que eu não estava nada feliz ali naquele momento e sabia muito bem disso.)

"Aonde vai, em Richmond?", perguntei a Estella.

"Vou viver", ela disse, "a um alto custo, com uma senhora lá, que tem o poder – ou diz que tem – de me levar pelos lugares e me apresentar a pessoas e apresentar pessoas a mim".

"Supunho que ficará contente com a variedade e a admiração?"

"Sim, suponho."

Ela respondeu de maneira tão desinteressada, que eu disse: "Você fala sobre si mesma como se falasse sobre outra pessoa".

"Onde você aprendeu a maneira como eu falo sobre outras pessoas? Vamos, vamos", disse Estella, sorrindo encantadoramente, "você não espera que eu vá para a escola com você. Eu devo falar à minha própria maneira. Como você está indo com o Sr. Pocket?".

"Eu vivo bastante aprazivelmente lá, pelo menos." Parecia-me que eu estava perdendo uma oportunidade.

"Pelo menos?", repetiu Estella.

"Tão aprazivelmente quanto possível em qualquer lugar, longe de você."

"Seu bobinho", disse Estella, sem perder a compostura. "Como pode dizer uma bobagem dessas? Seu amigo, Sr. Matthew, creio, é superior ao resto de sua família?"

"Muito superior certamente. Não é inimigo de ninguém."

"Não diga nada que não seja verdade", interveio Estella, "pois odeio esse tipo de homem. Mas ele é de fato imparcial e superior a pequenos atos de ciúmes e mágoas, ouvi falar. É isso mesmo?".

"Estou certo de que você tem toda razão."

"Mas não tem toda razão de dizê-lo a respeito do resto de sua família", disse Estella, acenando com a cabeça para mim com uma expressão que fora outrora grave e animadora, "pois aflige a Senhorita Havisham com relatos e insinuações desfavoráveis a você. Eles o observam, deturpam o que você faz, escrevem cartas sobre você (anônimas, às vezes), e você é o tormento e a ocupação de suas vidas. Você mal pode imaginar o ódio que essas pessoas nutrem por você".

"Não me fazem nenhum mal, creio?"

Em vez de me responder, Estella caiu na gargalhada. Isso era muito excepcional para mim, e olhei para ela com considerável perplexidade. Quando ela parou – e ela não havia rido pausadamente, mas com verdadeira animação – eu disse, com minha maneira acanhada:

"Espero que eu possa supor que você não se divertiria se eles me fizessem algum mal."

"Não, pode ter certeza disso", disse Estella. "Pode ter certeza de que se rio é porque eles fracassam. Ah, essas pessoas com a Senhorita Havisham, e as torturas por que elas passam!" Ela gargalhou novamente, e até mesmo depois que ela havia me contado por que ria, sua risada era muito singular para mim, pois eu não duvidava de que era genuína, e contudo parecia demasiada para a ocasião. Eu pensei que deveria realmente haver algo de que eu não sabia. Ela pressentiu meu pensamento, e respondeu.

"Não é fácil nem mesmo para você", disse Estella, "saber a satisfação que me dá em ver essas pessoas sendo contrariadas ou a sensação agradável que eu sinto quando eles são tratados como ridículos. Pois você não foi criado naquela casa estranha desde bebê. Eu fui. Você não teve seu juízo aguçado pelas intrigas que eles faziam contra você, confuso e indefeso, sob a máscara da piedade e da pena e de qualquer coisa que seja suave e acalentadora. Eu tive. Você não abriu, aos poucos, seus olhos de criança, até eles se arregalarem mais e mais a ponto de você descobrir a impostora de uma mulher que calcula suas provisões de paz de espírito para quando ela acorda no meio da noite. Eu sim".

Estella não gargalhava nesse momento, nem invocava essas lembranças de algum lugar superficial. Eu não teria sido a causa daquele olhar, nem por todas as minhas esperanças.

"Há duas coisas que posso lhe dizer", disse Estella. "Primeiro, apesar do provérbio que diz que água mole em pedra dura tanto bate até que fura, você pode ficar tranquilo sabendo que essas pessoas jamais irão – jamais iriam, em centenas de anos – prejudicar a sua reputação com a Senhorita Havisham de qualquer maneira, independentemente do que seja. Segundo, eu tenho uma dívida com você como a causa de eles se ocuparem tanto sendo maldosos em vão, e minha mão se estende a você por isso."

Ao dar-me a mão, brincando, pois seu humor negativo havia sido apenas momentâneo, segurei-a e trouxe-a para os lábios. "Seu bobinho", disse Estella, "você não compreende? Ou você beija minha mão com o mesmo espírito em que uma vez lhe deixei beijar meu rosto?".

"Que espírito era?", eu perguntei.

"Preciso pensar um pouco. Um espírito de desdém pelos criados e bajuladores."

"Se eu disser que sim, posso beijar seu rosto novamente?"

"Você deveria ter pedido antes de tocar minha mão. Mas sim, se você quiser."

Inclinei-me, e seu rosto plácido parecia de uma estátua. "Bom", disse Estella, planando para longe de mim no momento em que toquei seu rosto, "você deve se certificar de que eu beba um pouco de chá e de que eu chegue a Richmond".

Sua inversão para esse tom como se nossa associação nos fosse imposta, como se fôssemos meras marionetes, causoume dor. Mas tudo em nossa relação causava-me dor. Fosse qual fosse seu tom para comigo, eu não poderia depositar nenhuma confiança nela, bem como não poderia erguer esperança nenhuma, e, todavia, eu continuei, sem confiança ou esperança. Por que repetir mil vezes? Sempre foi assim.

Toquei a campainha para o chá, e o garçom, reaparecendo com seu novelo mágico, trouxe, de pouco em pouco, cerca de cinquenta acompanhamentos para a bebida, mas nada de chá. Uma bandeja, xícaras, pires, pratos, facas e garfos (incluindo os utensílios para trinchar), colheres (várias), saleiro, um tímido bolinho confinado com a maior precaução sob uma tampa de ferro pesada, Moisés escondido entre os juncos, representado por um pedaço de manteiga macia sobre uma grande quantidade de salsinha, um pão pálido com a cabeça pulverizada com açúcar, duas provas das barras das grelhas do fogão da cozinha sobre pedaços triangulares de pão, e, finalmente, uma grande urna familiar, que o garçom trouxe cambaleante, expressando, em sua fisionomia, fardo e sofrimento. Depois de uma ausência prolongada nessa fase do entretenimento, ele finalmente voltou com uma caixinha preciosa contendo raminhos. Estavam imersos em água quente, e, tirando uma xícara do grupo de aparato ali, extraiu não sei o que para Estella.

Depois de paga a conta, sem me esquecer do garçom e do cavalariço, considerando a camareira – em suma, a casa toda subornada por desdém e hostilidade, e a bolsa de Estella estando muito mais leve – entramos em nossa próxima carruagem e partimos. Entrando em Cheapside e chacoalhando até Newgate Street, logo chegamos sob os muros dos quais sentia tanta vergonha.

"Que lugar é esse?". Estella me perguntou.

Fazendo-me de tolo como se não reconhecesse o lugar inicialmente, acabei lhe dizendo. Ao olhar pela janela, ela colocou a cabeça para dentro de volta, murmurando "Desgraçados!". Eu não teria confessado minha visita por nada.

"O Sr. Jaggers", eu disse, tentando responsabilizar outra pessoa, "tem a reputação de saber dos segredos desse lugar melhor do que qualquer outro homem em Londres".

"Ele sabe mais dos segredos de todos os lugares, creio", disse Estella, em voz baixa.

"Está acostumado a vê-lo, suponho?"

"Acostumei-me a vê-lo com intervalos irregulares desde quando posso me lembrar. Mas não o conheço melhor agora do que quando eu podia lhe falar claramente. Qual é sua experiência particular com ele? Tem boas relações?"

"Uma vez habituada à sua maneira desconfiada", eu disse, "deu muito certo".

"Vocês são íntimos?"

"Jantei com ele em sua residência."

"Imagino", disse Estella, encolhendo-se, "que deva ser um lugar curioso".

"É um lugar curioso, sim."

Eu deveria ter sido cauteloso ao falar de meu guardião de maneira tão aberta até mesmo com ela. Mas teria continuado com o assunto até descrever o jantar na Gerrard Street se não tivéssemos nos deparado com um clarão de gás. Parecia, enquanto durou, que estava todo aceso e vivo com aquela sensação inexplicável que eu tinha sentido antes. E quando acabou fiquei bem atordoado por um tempo como se o relâmpago ainda estivesse ali.

Então mudamos de assunto, e falamos principalmente sobre o modo como estávamos viajando e sobre quais partes de Londres ficavam onde. A cidade grande era quase nova para ela, ela me disse, uma vez que nunca tinha deixado a vizinhança da Senhorita Havisham até ir para a França, e ela apenas passara por Londres, então, na ida e na volta. Perguntei a ela se meu guardião tinha se encarregado dela quando esteve aqui. Como resposta, ela disse, enfaticamente: "Deus me livre!", e nada mais.

Era impossível não perceber que ela queria me atrair, que se fazia de conquistadora e teria me conquistado até mesmo se se tratasse de uma tarefa árdua. Embora isso não me deixasse mais feliz, pois mesmo se ela não tivesse usado aquele tom de quem está sendo controlado por outrem, eu deveria ter sentido que ela segurava meu coração em sua mão porque deliberadamente havia escolhido fazê-lo e não porque ele havia lhe despertado qualquer ternura nela para esmagá-lo e jogá-lo fora.

Quando passamos por Hammersmith, mostrei a ela onde Matthew Pocket morava e disse que não era muito longe de Richmond, e que eu esperava vê-la de vez em quando.

"Ah, sim, você me verá, venha quando achar apropriado. Você será mencionado à família, na verdade já foi mencionado à família."

Perguntei se a família com quem ela se hospedaria era grande.

"Não, são somente duas pessoas, mãe e filha. A mãe é uma dama de certa posição, embora não seja contra aumentar sua renda."

"Admira-me a Senhorita Havisham ter se separado de você tão logo."

"Isso faz parte dos planos da Senhorita Havisham para mim, Pip", disse Estella, com um suspiro, como se estivesse cansada. "Devo escrever para ela constantemente, vê-la regularmente e contar como vou indo, eu e as joias, pois são quase todas minhas agora."

Era a primeira vez que ela me chamava por meu nome. É claro que ela o fez de propósito, e sabia que eu iria valorizá-lo.

Chegamos a Richmond muito rapidamente, e nosso destino ali era uma casa perto da vegetação, uma casa antiga e tranquila, onde os aros, a pólvora, os remendos, os casacos bordados, as meias dobradas, as pregas e as espadas tinham tido seus dias importantes havia muito tempo. Algumas árvores anciãs em frente à casa ainda eram cortadas de modo formal e artificial, como os aros, as perucas e as saias duras, mas seus lugares na grande procissão de mortos não estavam muito longe, e logo elas deveriam ocupá-los e seguir o caminho silencioso dos outros.

Um sino de timbre antigo – que ouso dizer em seu tempo havia dito constantemente para a casa: Aqui está a crinolina verde; Aqui está a espada com punho de diamante; Aqui estão os sapatos com saltos vermelhos e o solitário azul – soava com gravidade sob o luar, e duas criadas vermelhas vieram agitadas receber Estella. Suas caixas logo foram embora pela porta, ela me deu sua mão e um sorriso, dizendo boa noite, e foi embora da mesma forma. E parado eu continuei olhando para a casa, pensando na felicidade que eu sentiria se vivesse ali com ela, e sabendo que eu nunca estava feliz com ela, mas sempre angustiado.

Entrei na carruagem para voltar a Hammersmith e fiquei muito deprimido, e quando saí estava mais deprimido ainda. À nossa própria porta, encontrei Jane Pocket chegando em casa de uma festinha, escoltada por seu namoradinho, e eu invejei seu namoradinho, embora ele estivesse sob o domínio de Flopson.

O Sr. Pocket estava fora, discursando, pois era o palestrante mais encantador que havia a respeito da economia doméstica, e seus tratados sobre a administração de crianças e criados eram considerados os melhores livros a respeito do tema. Mas a Sra. Pocket estava em casa, e estava passando por certa dificuldade, pois o bebê havia sido ocupado com um estojo de agulhas para que ficasse quieto durante a ausência inexplicável de Millers (que tinha um parente que era membro da Infantaria). E havia mais agulhas faltando do que seria considerado sadio para um paciente de tão pouca idade, fosse para aplicá-las externamente, fosse para ingeri-las.

Como o Sr. Pocket fora merecidamente celebrado por seus melhores conselhos práticos e por ser dono de uma percepção clara e sensata das coisas, além de sua extrema sabedoria, tive, em meu estado deprimido, a ideia de pedir que aceitasse minhas confidências. Mas quando de súbito olhei para a Sra. Pocket, sentada lendo seu livro sobre títulos depois de estipular cama como um remédio soberano para o bebê, pensei: “Bom, deixe pra lá”.

Capítulo XXXIV

Como eu havia me acostumado gradualmente às minhas esperanças, eu havia, de maneira sensata, começado a perceber seus efeitos em mim mesmo e naqueles à minha volta. Sua influência em meu próprio caráter eu disfarçava de meu reconhecimento tanto quanto possível, mas eu sabia muito bem que não era completamente benéfica. Eu vivia em estado de desconforto crônico a respeito de meu comportamento com Joe. Minha consciência estava longe de confortável a respeito de Biddy.

Quando eu acordava no meio da noite, como Camilla, eu costumava pensar, com o humor desgastado, que eu seria mais feliz e melhor se nunca tivesse visto a Senhorita Havisham e tivesse chegado à vida adulta contente em ser sócio de Joe na honesta e velha ferraria. Muitas vezes à noite, quando eu me sentava sozinho olhando para o fogo, eu pensava, afinal não havia nenhum fogo como aquele da ferraria e da cozinha de casa.

Contudo, Estella estava tão intrínseca a toda a minha inquietação e apreensão que eu ficava realmente confuso quanto aos limites de minha própria participação em sua causa. Isso para dizer que, supondo que eu não tivesse obtido qualquer fortuna e ainda tivesse Estella em minha cabeça, não poderia me satisfazer em saber se de fato estaria em melhor estado. Bem, a respeito da influência de minha posição sobre as outras pessoas, eu não tinha problemas, e assim percebi – embora de maneira embaçada o bastante, talvez – que essa não era benéfica a ninguém, e, sobretudo, que não era benéfica a Herbert. Meus hábitos extravagantes levaram sua natureza simples a despesas que ele não podia pagar, corromperam a simplicidade de sua vida e perturbaram sua paz com ansiedades e arrependimentos. Eu não estava de maneira alguma arrependido por ter involuntariamente causado aos outros ramos da família Pocket a arte pobre que eles praticavam porque tais pequenezas eram sua inclinação natural e teriam sido invocadas por outra pessoa se eu as tivesse deixado adormecidas. Mas Herbert era um caso completamente diferente e geralmente me causava uma pontada de dor pensar que eu lhe havia feito mal ao encher seus cômodos parcamente mobiliados com trabalhos de tapeçaria incongruentes e ao colocar o Vingador de peito amarelo-canário à sua disposição.

Portanto, agora, como um jeito infalível de transformar pequenos confortos em grandes confortos, comecei a contrair grande quantidade de dívidas. Eu mal podia começar sem que Herbert também começasse, então logo ele me acompanhava. Como Startop sugeriu, nos candidatamos para as eleições de um clube chamado Os Tentilhões do Bosque, instituição cujo objetivo eu jamais adivinhei, a não ser que se tratava de membros que pagavam caro para jantar a cada quinzena, brigar sempre que possível entre si depois do jantar e fazer seis garçons se embebedarem nas escadarias. Eu sei que esses fins sociais gratificantes eram realizados de modo tão inevitável que Herbert e eu não compreendíamos não existir mais nada no primeiro brinde da sociedade além do seguinte discurso: "Cavalheiros, que a presente promoção de bons sentimentos sempre reine entre os Tentilhões do Bosque".

Os tentilhões gastavam todo o seu dinheiro com tolices (o hotel em que jantávamos ficava em Covent Garden), e o primeiro tentilhão que vi quando tive a honra de me integrar ao Bosque foi Bentley Drummle, na época se arrastando pela cidade com sua própria carruagem causando bastante estrago aos postes das esquinas da cidade. De vez em quando, ele se atirava para fora de sua equipagem por sobre o console; e o vi certa vez chegar à porta do Bosque dessa maneira involuntariamente – como carvão. Mas aqui eu estou me antecipando um pouco, pois eu não era um tentilhão, nem poderia ser, de acordo com as leis sagradas da sociedade, até que eu fosse maior de idade.

Em minha confiança em meus próprios recursos, eu teria coberto as despesas de Herbert de bom grado, mas Herbert era orgulhoso, e eu não podia propor algo do tipo a ele. Então ele começou a ter todo tipo de problemas e continuava olhando à sua volta. Quando nós aos poucos começamos a ficar acordados até tarde da noite fazendo companhia um para o outro, notei que ele olhava à sua volta com o olhar desanimado no café da manhã; que ele começou a olhar à sua volta com mais esperança perto do meio-dia; que ele despencava quando chegava para jantar; que ele conseguia tudo, menos obter seu capital por volta da meia-noite; que pelas duas horas da manhã ele ficava tão profundamente desanimado novamente a ponto de falar em comprar um rifle e ir às Américas com um propósito vago de forçar os búfalos a lhe darem sua fortuna.

Eu ficava em Hammersmith cerca de metade da semana, e quando eu estava em Hammersmith eu assombrava Richmond, indo e voltando. Herbert costumava ir a Hammersmith quando eu estava lá, e acho que nesses períodos seu pai percebia vagamente que a oportunidade pela qual ele procurava ainda não aparecera. Mas na tendência geral da família à queda, sua queda sobre alguma coisa era algo que se considerava certa. Enquanto isso, o Sr. Pocket ficava cada vez mais grisalho, e tentava, cada vez com maior frequência, se levantar pelos cabelos para se livrar de suas perplexidades. Enquanto a Sra. Pocket fazia toda a família tropeçar em seu tamborete, lia seu livro de títulos, perdia seu lencinho, contava-nos a respeito de seu avô e ensinava o bebê a como correr fazendo-o correr para a cama sempre que ela chamava sua atenção.

Como estou generalizando um período de minha vida com o objetivo de esclarecer meu trajeto diante de mim, eu não poderia fazê-lo melhor do que complementando a descrição de nossos modos e costumes no Albergue de Barnard.

Gastávamos tanto dinheiro quanto podíamos e recebíamos, em troca, tão pouco quanto as pessoas decidiam nos dar. Estávamos sempre mais ou menos desolados e a maior parte de nossos conhecidos se encontrava na mesma situação. Havia uma alegre história entre nós que dizia que nós estávamos constantemente nos divertindo, e uma verdade estrutural que dizia que nunca o fazíamos. Para a melhor de minhas crenças, nosso caso era nesse último aspecto bem comum.

Toda manhã, sempre com seu aspecto de frescor, Herbert ia à cidade para olhar à sua volta. Eu geralmente lhe fazia uma visita na escura sala dos fundos, na qual ele se unia a um frasco de tinteiro, um gancho para chapéu, uma caixa de carvão, uma caixa de barbante, um almanaque, uma escrivaninha, uma banqueta e uma régua. E eu não me lembro de tê-lo visto fazer outra coisa além de olhar à sua volta. Se todos nós fizéssemos o que assumíramos fazer, tão perfeitamente quanto Herbert fazia, poderíamos viver em uma República de Virtudes. Ele não tinha mais nada a fazer, pobre sujeito, exceto a uma certa hora, toda tarde, que era "ir ao Lloyd" – em cumprimento de uma cerimônia de ver seu patrão, creio. Nunca fazia nada além disso que tivesse ligação com o Lloyd que eu pudesse descobrir, exceto ir novamente. Quando sentiu que seu caso era extraordinariamente sério, e que ele precisava de fato encontrar uma oportunidade, ele ia para a Bolsa na hora de pico, entrando e saindo, como se fizesse uma espécie de dança country sombria, entre as reuniões de magnatas. "Pois", disse Herbert a mim, certa noite em que veio jantar em casa em uma dessas ocasiões especiais: "Acho que a verdade, Handel, é que essa oportunidade não vem, mas nós temos que ir buscá-la, e é isso o que tenho feito".

Se tivéssemos menos afeto um pelo outro, acho que teríamos nos odiado com regularidade toda manhã. Eu detestava os cômodos de modo que nem podia expressar isso naquele momento de arrependimento, e não podia aguentar a visão do uniforme do Vingador, que tinha a aparência mais cara e menos lucrativa então do que em qualquer outro momento das vinte e quatro horas do dia. E quanto mais nos afundávamos em dívidas mais parco ficava o café da manhã, e em certa ocasião na hora do café da manhã, tendo sido ameaçado (por carta) por um processo legal, "não completamente desvinculado", como meu jornal local dizia, "do ramo joalheiro", cheguei a ponto de agarrar o Vingador por seu colarinho azul, sacudindo-o até tirá-lo do chão, de modo que ele ficou completamente suspenso no ar como um cupido de botas, por presumir que gostaríamos de um pãozinho.

Em certos momentos, ou melhor, em momentos incertos, pois dependiam de nosso humor, eu dizia a Herbert, como se tivesse descoberto algo impressionante:

"Caro Herbert, estamos indo mal."

"Caro Handel", Herbert dizia a mim, com toda a sinceridade, "se você puder acreditar, eu ia dizer essas mesmas palavras, que coincidência estranha".

"Então, Herbert", eu respondia, "vamos analisar nossos negócios".

Nós sempre sentíamos profunda satisfação em fazer desse propósito um compromisso. Eu sempre pensei que aquilo era fazer negócio, essa era a maneira de confrontar a coisa, a maneira de pegar o inimigo pela goela. E sei que Herbert também pensava assim.

Pedíamos algo pra lá de especial para o jantar, com uma garrafa de alguma bebida igualmente extraordinária, para que nossas mentes pudessem estar bem nutridas para a ocasião, para assim poder resolver a situação da maneira apropriada. O jantar estando terminado, tirávamos um punhado de penas, uma quantidade absurda de tinta e boa quantidade de papel branco e pardo.

Pois havia algo de muito confortável em possuir material de escrita em abundância.

Eu então pegava uma folha de papel e escrevia no topo, com a caligrafia bonita “Memorando das dívidas de Pip”, Albergue de Barnard, e a data, cuidadosamente. Herbert também costumava pegar uma folha de papel e escrever semelhantes formalidades:

“Memorando das dívidas de Herbert.”

Cada um de nós então recorria a um monte de papéis a seu lado que haviam sido atirados nas gavetas, desgastados por ficarem dentro de bolsos, semiqueimados para acender velas, pendurados no espelho durante semanas e gastos por outras maneiras. O som de nossas penas em movimento nos revigorava em demasia, tanto que às vezes era difícil distinguir entre esse procedimento edificante e o pagamento das dívidas em si. No que diz respeito ao caráter meritoso, as duas coisas pareciam iguais.

Depois que escrevíamos um pouco, eu perguntava a Herbert como estava indo. Herbert provavelmente coçava a cabeça de modo pesaroso com a visão do acúmulo dos números.

“Estão aumentando, Handel”, Herbert dizia, “pela minha vida, eles estão aumentando”.

“Aguente firme, Herbert”, eu replicava, ocupando-me de minha própria caneta com grande assiduidade. “Olhe a coisa nos olhos. Olhe para o seu negócio. Encare-o.”

“Eu o faria, Handel, mas eles estão encarando a mim.”

Porém, meu modo determinado tinha esse efeito, e Herbert voltava ao trabalho. Depois de um tempo ele desistia de novo, sob o pretexto de que não tinha a conta do Cobbs, do Lobbs ou do Nobbs, fosse o caso qual fosse.

“Então, Herbert, estime. Estime em números redondos e anote.”

"Que sujeito de recursos você é!", meu amigo respondia, admirado. "De verdade, os seus poderes para o negócio são impressionantes."

Eu também achava. Eu me definia, nessas ocasiões, como um homem de negócios de reputação de primeira classe, ágil, decidido, energético, transparente, cabeça-fria. Quando eu acabava de colocar meus deveres na lista, comparava com aqueles das contas e ticava cada um. Sentia uma autoaprovação glamourosa cada vez que eu ticava, era muito... Quando não havia mais nada para ticar, eu dobrava todas as minhas contas de maneira uniforme, etiquetava cada uma no verso e as amarrava juntas em um maço simétrico. Então eu fazia o mesmo para Herbert (que dizia, modestamente, que não tinha meu tino para o negócio) e sentia que eu havia esclarecido seus negócios para ele.

Meus hábitos administrativos tinham outra característica brilhante, que eu chamava de "deixar uma margem". Por exemplo, supondo-se que as dívidas de Herbert fossem de cento e sessenta e quatro libras, quatro xelins e dois pence, eu dizia: "Deixe uma margem, coloque como duzentos". Ou supondo-se que minhas próprias dívidas fossem de quatro vezes esse valor, eu deixava uma margem e colocava como setecentos. Eu tinha muito grande consideração pela sabedoria dessa margem, mas tendo a reconhecer, olhando para trás, que era um dispositivo caro. Pois nós sempre contraíamos nova dívida imediatamente após alcançarmos a margem, e, às vezes, considerando-se a sensação de liberdade e solvência que ela gerava, nós íamos ainda mais longe, definindo uma nova margem.

Mas havia um silêncio calmo, sossegado e virtuoso consequente dessas análises de nossos negócios, que me causava, na época, uma opinião admirável sobre mim mesmo. Acalmado pelos meus exercícios, pelo meu método e os elogios de Herbert esgotados, eu me sentava com seu maço simétrico e os meus sobre a mesa diante de mim entre meus acessórios, eu me sentia como uma espécie de banco e não como uma pessoa física.

Fechávamos nossa porta principal nessas ocasiões solenes para que não corrêssemos o risco de sermos interrompidos. Estava absorto pelo meu estado solene certa noite, quando ouvimos uma carta chegar pela porta mencionada. "É para você, Handel", disse Herbert, saindo e voltando com ela na mão, "e espero que não seja nenhuma notícia ruim". Isso foi uma alusão ao selo e borda negros.

A carta estava assinada por Trabb & Co., e seu conteúdo dizia, simplesmente, que eu era um prezado senhor e que sentiam muito em me informar que a Sra. J. Gargery viera a óbito na segunda-feira, às seis e vinte da tarde, e que minha presença era exigida no sepultamento, a acontecer na segunda-feira seguinte, às três horas da tarde.

Capítulo XXXV

Era a primeira vez que um túmulo cruzava meu caminho, e o buraco que ele deixou no chão macio foi inacreditável. A figura de minha irmã em sua cadeira diante do fogo me assombrava noite e dia. Que o lugar pudesse continuar existindo sem ela era algo que minha cabeça não podia conceber. E embora ela raramente ou nunca estivesse em meus pensamentos na época agora me surgiam as mais estranhas ideias de que ela vinha em minha direção pela rua ou que ela batia em minha porta. Em meus cômodos também, a que ela jamais fora associada, logo surgia o vazio da morte e a perpétua sensação do som de sua voz ou de seu rosto ou corpo se virando para mim, como se ela ainda estivesse viva e estivesse presente ali com frequência.

Fosse qual fosse meu destino, eu mal conseguia me lembrar de minha irmã com muita ternura. Mas eu suponho que haja um choque de arrependimento que possa existir sem muita ternura. Sob sua influência (e talvez para compensar pelo desejo de um sentimento mais leve) fui acometido por uma violenta indignação contra o assaltante que a fizera sofrer tanto, e senti que com prova suficiente eu poderia ter perseguido Orlick por vingança ou qualquer outra pessoa até as últimas consequências.

Depois de escrever a Joe para oferecer minhas condolências e para garantir que eu estaria presente no sepultamento, passei os dias que o antecediam no curioso estado de espírito que mencionei. Saí cedo pela manhã, desci no Javali Azul com bastante tempo para caminhar até a ferraria.

O clima era de verão novamente, e, ao caminhar, as memórias de quando eu era uma pequena e indefesa criatura, quando minha irmã não me poupava, ganharam vida. Mas voltaram num tom gentil que acalmava até mesmo a dureza de Tickler. Pois agora o próprio cheiro das favas e do trevo sussurrava em meu coração que chegaria o dia em que seria bom para minha memória que os outros caminhando pelo sol se sentiriam tranquilos ao pensar em mim.

Finalmente, avistei a casa e vi que Trabb e Co. haviam preparado um evento fúnebre e se apossado de tudo. Duas pessoas deploravelmente absurdas, cada uma ostentosamente exibindo uma bengala coberta com bandagem preta – como se aquele instrumento pudesse possivelmente transmitir qualquer conforto a alguém – estavam postadas à porta da frente, e em uma delas reconheci o menino mensageiro demitido do Javali Azul por ter atirado um casal em um fosso na manhã de seu casamento em consequência de sua embriaguez, que o levou a julgar necessário montar em seu cavalo com os braços ao redor da cabeça do animal. Todas as crianças do vilarejo, e a maior parte das mulheres, estavam admirando as sentinelas negras e as janelas fechadas da casa e da ferraria. E quando me aproximei uma das duas sentinelas (o mensageiro) bateu na porta – sugerindo que eu estava cansado demais pelo sofrimento para obter forças para isso.

A outra sentinela negra (um carpinteiro, que havia certa feita comido dois gansos para ganhar uma aposta) abriu a porta e me conduziu à sala de visitas.

Ali, o Sr. Trabb ocupava a melhor mesa e pegara todas as folhas e realizava uma espécie de bazar de luto, com a ajuda de uma grande quantidade de alfinetes. No momento de minha chegada, ele tinha acabado de colocar o chapéu de alguém em um longo tecido negro, como um bebê africano e então estendeu a mão para pegar a minha. Mas eu, enganado por sua ação e confuso com a ocasião, troquei um aperto de mãos com ele com todas as sugestões de afeto.

O pobre Joe, enrolado em um pequeno manto preto amarrado com um grande laço sob seu queixo, estava sentado sozinho no canto da sala, onde, como figura principal do velório, ele havia sido evidentemente colocado por Trabb. Quando me curvei e lhe disse "Querido Joe, como você está?", ele respondeu: "Pip, meu velho, você a conheceu quando ainda era uma bela figura e", e agarrou minha mão, sem dizer mais nada.

Biddy, parecendo arrumada e modesta em seu vestido preto, ia silenciosamente de um lado para o outro, e era muito prestativa. Depois de falar com Biddy, como pensei que não se tratava de um momento para conversas, me sentei ao lado de Joe e ali comecei a imaginar em que parte da casa ela, minha irmã, estava. Como o ar do aposento estava com um cheiro sugestivo de bolo, olhei em volta, procurando pela mesa de lanche.

Era difícil enxergá-la até que se acostumasse com a escuridão, mas havia um bolo de ameixa cortado sobre a mesa, além de laranjas cortadas e sanduíches, biscoitos e dois decantadores que eu sabia muito bem que eram decorativos, mas que nunca haviam sido usados na vida. Um cheio de vinho do porto, e o outro com xerez. Parado perto dessa mesa, tive ciência de um Pumblechook obsequioso em um manto preto e várias metros de fita de chapéu, que ora se empanturrava e ora fazia movimentos prestativos para chamar minha atenção. Quando conseguiu, veio em minha direção (cheirando a xerez e pão) e disse, com a voz desanimada: "Me permite, caro senhor?", e fez aquilo novamente. Eu então notei o Sr. e a Sra. Hubble, essa em um canto em um paroxismo gentil e calado. Estávamos todos prestes a seguir o cortejo, e todos estávamos sendo amarrados em ridículos pacotes (por Trabb).

"O que eu quero dizer, Pip", Joe cochichou para mim, enquanto estávamos sendo, como dizia o Sr. Trabb, "formados" na sala, de dois em dois – e era tão pavoroso quanto uma preparação para algum tipo horrível de dança – "o que eu quero dizer, senhor, é como eu teria preferido levá-la à igreja por mim mesmo, com três ou quatro amigos que viriam para senão me ajudar com coração aberto e braços dispostos, mas acharam que os vizinhos desprezariam isso e achariam falta de respeito".

"Lencinhos de bolso, todos para fora!", gritou o Sr. Trabb a esse ponto, com a voz deprimida e profissional. "Lencinhos de bolso para fora! Estamos prontos!"

Então nós todos colocamos nosso lencinho no rosto, como se nosso nariz sangrasse, saindo de dois em dois, Joe e eu, Biddy e Pumblechook, Sr. e Sra. Hubble. Os restos de minha pobre irmã haviam sido trazidos pela porta da cozinha, e como é um ponto importante da cerimônia fúnebre que os seis carregadores estejam sufocados e vendados sob um terrível veludo preto com a borda branca o cortejo todo se assemelhava a um monstro cego com doze pernas humanas, se arrastando e mancando sob as instruções das duas sentinelas – o mensageiro e seu companheiro.

A vizinhança, porém, aprovava com vontade todos os preparativos, e nós fomos muito admirados ao passar pelo vilarejo. Os mais jovens e vigorosos corriam aqui e ali para nos passar e interceptar mais adiante. Nesses momentos, os mais exuberantes entre eles chamavam com entusiasmo quando emergíamos pela esquina onde nos esperavam: "Aí vêm eles!" "Aí vêm eles!"; e nos sentíamos de muitas formas menos animados. Nesse ínterim, fiquei muito irritado com o ignóbil do Pumblechook, que, atrás de mim, persistia, como se fosse um ato de delicadeza, em arrumar a fita de meu chapéu e em alisar meu manto. Meus pensamentos eram ainda mais dispersados pelo orgulho excessivo do Sr. e da Sra. Hubble, excessivamente presunçosos e vangloriosos por participarem de uma procissão tão distinta.

E agora a linha dos pântanos surgia nítida em nossa frente, com as velas dos barcos no rio crescendo sobre ele, e nos dirigimos ao cemitério, perto dos túmulos dos pais que nunca conheci, Philip Pirrip, falecido nesta paróquia, e também Georgiana, esposa do anterior. E ali minha irmã foi deitada, silenciosamente, na terra, enquanto as cotovias cantavam, e a leve brisa espalhava belas sombras de nuvens e árvores.

A respeito da conduta mundana de Pumblechook enquanto isso acontecia, não desejo dizer mais nada do que o fato de que ela toda se dirigia a mim. E que mesmo quando essas nobres passagens eram lidas, lembrando à humanidade como ela não havia trazido nada ao mundo e não poderia levar nada consigo, e como era fugidia como uma sombra e nunca durava muito tempo, ouvi-o pigarrear uma hesitação sobre o caso do jovem que viera de encontro à posse de uma grande fortuna. Quando voltamos, teve a audácia de me dizer que gostaria que minha irmã soubesse da honra que eu lhe havia prestado e de sugerir que ela teria considerado um preço razoável pela sua morte. Depois disso, ele bebeu o resto do xerez, e o Sr. Hubble bebeu o vinho do porto, e os dois passaram a conversar (o que desde então comecei a perceber que era comum nessas situações) como se fossem de raça completamente diferente daquela do finado e fossem especialmente imortais. Enfim, ele foi embora com o Sr. e a Sra. Hubble, para aproveitar a noite, eu tinha certeza, e para contar no Barqueiros Alegres que ele era o fundador de minha fortuna e meu primeiro benfeitor.

Depois que todos se foram, e quando Trabb e seus homens – mas não seu menino, eu o procurei – haviam enfiado suas fantasias em sacos, e se foram também, a casa parecia mais salubre. Logo em seguida, Biddy, Joe e eu fizemos uma refeição fria juntos. Mas nós comemos na sala de visitas, não na velha cozinha, e Joe estava demasiadamente preocupado com o que fazia com sua faca e garfo e o saleiro e tudo o mais, que havia muito constrangimento entre nós. Mas depois do jantar, quando o fiz pegar seu cachimbo, e depois que eu havia perambulado com ele pela ferraria, e já havíamos nos sentado juntos sobre um grande bloco de pedra lá fora, a situação melhorou. Percebi que depois do sepultamento Joe trocou de roupa como se para estabelecer um compromisso entre seu traje de domingo e seu traje de trabalho, no qual meu caro companheiro parecia natural, como o homem que era.

Ele ficou muito contente com meu pedido para dormir em meu pequeno quarto, e eu fiquei contente também. Pois senti que eu havia feito uma grande coisa ao lhe fazer esse pedido. Quando as sombras da noite já haviam coberto o céu, aproveitei para ir ao jardim com Biddy para conversar um pouco.

"Biddy", eu disse, "eu acho que você poderia ter me escrito sobre esses acontecimentos tristes".

"Acha mesmo, Sr. Pip?", Biddy disse. "Eu deveria ter escrito se soubesse disso."

"Não pense que desejo ser insensível, Biddy, quando digo que acho que você deveria ter pensado nisso."

"Acha mesmo, Sr. Pip?"

Ela estava tão quieta, e seu jeito era tão pacífico, benevolente e belo que não gostei de pensar em fazê-la chorar novamente. Depois de olhar um pouco em seus olhos abatidos enquanto ela caminhava a meu lado, desisti daquele assunto.

"Creio que será difícil para você continuar aqui agora, Biddy querida."

"Ah! Não posso ficar, Sr. Pip", disse Biddy, com tom de arrependimento, mas ainda com calma convicção. "Tenho conversado com a Sra. Hubble, e vou embora com ela amanhã. Espero que possamos cuidar do Sr. Gargery juntas, até que ele se organize."

"Como você vai viver, Biddy? Se precisar de di..."

"Como vou viver?", repetiu Biddy, subitamente, com um rubor momentâneo em seu rosto. "Digo-lhe, Sr. Pip. Vou tentar ocupar o lugar de professora na nova escola que acabou de ficar pronta aqui. Posso receber boas recomendações dos vizinhos e espero que eu seja produtiva e paciente e que ensine a mim mesma ao ensinar os outros. Você sabe, Sr. Pip", continuou Biddy, com um sorriso, ela levantou os olhos para me encarar, "as novas escolas não são como as antigas, mas eu aprendi muito com você naquela época, e tive tempo desde então para aprimorar-me".

"Eu acho que você sempre melhoraria, Biddy, sob quaisquer circunstâncias."

"Ah! Exceto no lado ruim de minha natureza humana", murmurou Biddy.

Era menos uma repreensão que um pensamento irresistível feito em voz alta. Bem! Achei melhor deixar aquele assunto também pra lá. Então caminhei mais um pouco com Biddy, olhando silenciosamente para seus olhos abatidos.

"Não soube dos detalhes da morte de minha irmã, Biddy."

"Não há muito o que dizer, pobrezinha. Ela havia passado por um de seus maus acessos – embora tivesse melhorado recentemente e não piorado – por quatro dias, quando se acalmou à noite, na hora do chá, e simplesmente disse: 'Joe'. Como ela não dizia nenhuma palavra havia muito tempo, eu corri e chamei o Sr. Gargery na ferraria. Ela fez sinais para mim dizendo que queria que ele se sentasse perto dela e queria que eu colocasse seus braços em volta do pescoço dele. Então coloquei-os, e ela deitou a cabeça no ombro dele, muito contente e satisfeita. E logo ela disse 'Joe' novamente e uma vez 'Perdão', e uma vez 'Pip'. E então ela nunca mais levantou a cabeça, e quase uma hora depois a colocamos em sua cama, porque percebemos que ela havia falecido."

Biddy chorava, o jardim ao crepúsculo, e a rua, e as estrelas que começavam a surgir, tudo estava borrado para mim.

"Não descobriram nada, Biddy?"

"Nada."

"Você sabe o que houve com Orlick?"

"Eu acharia, pela cor de suas roupas, que ele está trabalhando na pedreira."

"Então você o viu? Por que você está olhando para aquela árvore escura na rua?"

"Foi lá que eu o vi na noite em que ela morreu."

"Não foi a última vez também, foi, Biddy?"

"Não. Vejo-o ali desde que começamos a caminhar aqui. Não adianta", disse Biddy, colocando a mão sobre meu braço, pois eu estava prestes a sair correndo, "você sabe que eu não o enganaria, ele estava lá há menos de um minuto e agora sumiu".

Saber que ela ainda era perseguida por esse sujeito reavivou minha maior indignação e me senti revoltado. Disse-lhe isso e também que eu gastaria qualquer dinheiro ou faria qualquer coisa para mandá-lo embora daquela região. Aos poucos ela me conduziu a uma conversa tranquila e me falou sobre o quanto Joe me amava, e como Joe nunca reclamava de nada – ela não disse "de mim", não era necessário, eu entendia o que ela queria dizer – mas que sempre fazia sua obrigação de seu jeito, com a mão forte e a língua quieta, com bom coração.

"Na verdade, seria difícil falar sobre suas qualidades", eu disse, "e, Biddy, nós precisamos falar sobre essas coisas com frequência, pois eu virei para cá mais vezes agora, é claro. Não vou deixar o pobre Joe sozinho".

Biddy não dizia nada.

"Biddy, você não está me ouvindo?"

"Sim, Sr. Pip."

"Sem falar sobre me chamar de Sr. Pip, o que me parece de mau gosto, Biddy, por que está fazendo isso?"

“Por que estou fazendo isso?”, perguntou Biddy, timidamente.

“Biddy”, eu disse, de maneira a me impor virtuosamente. “Preciso lhe perguntar por que você faz isso.”

“Isso?”, disse Biddy.

“Vamos, não fique repetindo”, eu intervim. “Você não costumava repetir, Biddy.”

“Não costumava!”, disse Biddy. “Ah, Sr. Pip! Costumava!”

Bem! Achei melhor deixar mais um assunto pra lá. Depois de outro período de silêncio no jardim, mudei de ideia.

“Biddy”, eu disse, “fiz uma observação sobre vir para cá com maior frequência, para ver Joe, que você respondeu com silêncio. Tenha a bondade, Biddy, de me dizer por quê”.

“Você tem certeza, então, que virá vê-lo com frequência?”, perguntou Biddy, freando no estreito jardim, olhando para mim sob as estrelas com o olhar limpo e sincero.

“Ah, meu Deus!”, eu disse, forçado a desistir de Biddy, desesperado. “Essa é realmente uma face bem ruim da natureza humana! Não diga mais nada, faça o favor, Biddy. Isso me choca demais.”

Por essa razão irrefutável, mantive distância de Biddy durante o jantar, e quando subi para meu quartinho me despedi dela com tanta imponência quanto pude, em minha alma silenciosa, julgando compatível ao cemitério e ao evento daquele dia. Com a mesma frequência com que eu acordava durante a noite a cada quinze minutos, refleti sobre a indelicadeza, a injúria, a injustiça que Biddy havia me desferido.

Bem cedo eu ia partir. Bem cedo o fiz, e espiei, escondido, por uma das janelas de madeira da ferraria. Ali permaneci enquanto minutos se passavam. Fiquei olhando para Joe, já trabalhando com vigor de saúde e força em seu rosto que fazia parecer que o sol brilhante da vida brilhasse para ele.

"Adeus, querido Joe! Não, não as enxugue... Pelo amor de Deus, dê-me sua mão suja! Volto logo e com frequência."

"Nunca será cedo demais", disse Joe, "nem frequente demais, Pip!".

Biddy estava esperando por mim à porta da cozinha, com uma caneca de leite fresco e um pedaço de pão. "Biddy", eu disse, dando-lhe minha mão para me despedir, "não estou bravo, mas estou magoado".

"Não, não fique magoado", ela pediu de maneira bastante patética, "deixe que apenas eu fique magoada, se não tenho sido generosa".

Mais uma vez, a névoa se elevava enquanto caminhava. Se ela se dissipasse, como desconfio que aconteceu, significaria que eu não deveria retornar e que Biddy estava certa. Tudo o que posso dizer é que a névoa também estava certa.

Capítulo XXXVI

Herbert e eu íamos de mal a pior, aumentando nossas dívidas, analisando nossos negócios, deixando margens e fazendo outras transações parecidas. E o tempo passou, quer se queira, quer não, como costuma fazer, e eu me tornei maior de idade – em cumprimento da previsão de Herbert, que dizia que eu chegaria lá antes mesmo de saber onde estava.

O próprio Herbert havia se tornado maior de idade oito meses antes de mim. Como ele não tinha mais nada além de sua maioridade para atingir, o evento não causou grande estardalhaço no Albergue de Barnard. Mas estávamos ansiosos para meu aniversário de vinte e um anos, cheios de especulações e anseios, pois ambos havíamos considerado que meu guardião mal podia esperar para dizer alguma coisa definitiva sobre a ocasião.

Tomei a precaução de deixar a data de meu aniversário bem estabelecida em Little Britain.

No dia anterior, recebi uma carta oficial de Wemmick, informando-me que o Sr. Jaggers ficaria contente se eu pudesse encontrá-lo às cinco horas da tarde do dia especial. Dessa forma nos convenceu de que algo importante estava prestes a acontecer, e colocou-me em um estado de excitação atípico quando voltei ao escritório de meu guardião, com pontualidade exemplar.

No escritório da frente, Wemmick felicitou-me e esfregou a lateral de seu nariz incidentalmente com um pedaço de lenço de papel dobrado que me agradava. Mas não disse nada a respeito e me conduziu, com a cabeça, à sala de meu guardião. Era novembro, e meu guardião estava em pé diante do fogo com as costas apoiadas na lareira e as mãos sob as abas do casaco.

"Bem, Pip", ele disse, "devo chamá-lo de Sr. Pip hoje.

Parabéns, Sr. Pip".

Nós trocamos um aperto de mãos – seu aperto de mão era notavelmente curto – e eu o agradeci.

"Puxe uma cadeira, Sr. Pip", disse meu guardião.

Ao me sentar, vi que ele preservava sua atitude e que inclinava o cenho para suas botas e me senti em desvantagem, o que me lembrou então dos velhos tempos quando eu havia sido colocado sobre um túmulo. Os dois moldes de gesso sobre a prateleira não estavam longe dele, e pelas suas expressões parecia que faziam um esforço irritado de participar da conversa.

"Agora, meu jovem amigo", meu guardião começou, como se eu fosse uma testemunha no banco do tribunal, "quero dar uma palavrinha ou duas com você".

"É claro, senhor."

"Quanto você supõe", disse o Sr. Jaggers, se dobrando para a frente para olhar para o chão, e então jogando a cabeça para trás para olhar para o teto, "quanto você supõe que esteja gastando para viver, senhor?".

"Que", repetiu o Sr. Jaggers, ainda olhando para o teto, "esteja gastando para viver?". E então olhou em volta da sala, e pausou com o lencinho de bolso na mão, a caminho do nariz.

Eu havia analisado meus negócios com tanta frequência que havia destruído qualquer ideia mais vaga que eu pudesse ter de minha situação. Relutantemente, confessei que era de fato incapaz de responder à pergunta. Essa resposta pareceu agradar ao Sr. Jaggers, que disse "Foi o que pensei!" e assoou o nariz com ar de satisfação.

"Agora, lhe concedo uma pergunta, amigo", disse o Sr. Jaggers. "Tem algo que deseja me perguntar?"

"É claro que seria um grande alívio lhe fazer várias perguntas, senhor, mas me lembro de sua proibição."

"Faça uma", disse o Sr. Jaggers.

"Meu benfeitor me será desvendado hoje?"

"Não. Faça outra."

"Esse segredo me deverá ser revelado em breve?"

"Desista desse assunto por um momento", disse o Sr. Jaggers, "e pergunte outra coisa".

Olhei à minha volta, mas não parecia haver qualquer escapatória possível para a pergunta: "Tenho algo a receber, senhor?". Com isso, o Sr. Jaggers disse, triunfantemente: "Pensei que chegaríamos a esse ponto!". E chamou Wemmick para que lhe entregasse aquele pedaço de papel. Wemmick reapareceu, entregou-o e sumiu.

"Agora, Sr. Pip", disse o Sr. Jaggers, "atenção, por favor. Você tem usufruído com bastante liberdade aqui. O seu nome aparece com bastante frequência no livro-caixa de Wemmick. Mas você está endividado, creio?”.

“Receio que eu deva responder que sim, senhor.”

“Sabe que deve dizer que sim, não sabe?”, disse o Sr. Jaggers.

“Sim, senhor.”

“Não vou lhe perguntar o quanto deve, porque você não sabe também. E se soubesse não me diria, me diria menos. Sim, sim, meu amigo”, exclamou o Sr. Jaggers, com o dedo indicador em riste para me impedir quando fiz sinal de protesto. “É bastante provável que você pense que não o faria, mas o faria. Desculpe-me, mas sei mais que você. Agora pegue esse pedaço de papel. Pegou-o? Muito bem. Agora, desdobre-o e diga-me o que é.”

“É uma nota bancária”, eu disse, “para quinhentas libras”.

“É uma nota bancária”, repetiu o Sr. Jaggers, “para quinhentas libras. E uma bela quantia de dinheiro também, creio. Acha também?”.

“Como eu poderia não achar?”

“Ah! Mas responda à pergunta”, disse o Sr. Jaggers.

“Sem dúvida.”

“Você a considera, sem dúvida, uma bela quantia de dinheiro. Agora, essa quantia de dinheiro, Pip, pertence a você. É um presente a você no dia de hoje, com carinho por suas esperanças. E com essa bela quantia de dinheiro por ano, sem outra maior, você deverá viver até que o doador do total apareça. Isso significa que você deverá agora assumir as suas finanças inteiramente, e receberá de Wemmick cento e vinte e cinco libras por trimestre, até que venha a se comunicar com sua fonte e não mais com o mero agente. Como lhe disse antes, sou um mero agente. Executo minhas instruções e sou pago por isso.

Acho-as insensatas, mas não sou pago para dar qualquer informação sobre seus méritos."

Estava começando a expressar minha gratidão a meu guardião pelo grande ato de generosidade com o qual eu fora tratado, quando o Sr. Jaggers me interrompeu. "Não sou pago, Pip", ele disse, friamente, "para levar suas palavras a ninguém". E então recolheu as abas de seu casaco, como se recolhesse o assunto, e ficou encarando suas botas como se suspeitasse que elas planejassem algo contra ele.

Depois de uma pausa, fiz uma insinuação:

"Havia uma pergunta agora mesmo, Sr. Jaggers, que você me pediu para deixar de lado por um momento. Espero que não esteja cometendo nenhum erro em fazê-la novamente?"

"O que é?", ele disse.

Eu deveria ter imaginado que ele jamais me ajudaria, mas me admirou ter que refazer a pergunta de novo, como se fosse uma pergunta nova. "É provável", eu disse, depois de um pouco hesitar, "que meu patrão, a fonte de que o senhor falou, Sr. Jaggers, logo...". Nesse momento parei, delicadamente.

"Logo o quê?", perguntou o Sr. Jaggers. "Isso não é uma pergunta, sabe disso."

"Logo venha para Londres", eu respondi, depois de tentar encontrar as palavras certas, "ou venha me intimar para encontrá-lo em algum lugar?".

"Espere um pouco", respondeu o Sr. Jaggers, fixando seus olhos profundos e escuros pela primeira vez em mim, "precisamos voltar à noite em que nos conhecemos em seu vilarejo. O que eu lhe disse naquela noite, Pip?".

"Disse-me, Sr. Jaggers, que poderiam se passar anos até que a pessoa fosse revelada."

"Exatamente", disse o Sr. Jaggers, "essa é minha resposta".

Ao olharmos um para o outro, senti minha respiração acelerar em meu desejo profundo de lhe arrancar algo. Como senti que se acelerava cada vez mais e senti que ele percebeu que se acelerava, sabia que tinha cada vez menos chance de conseguir lhe arrancar qualquer coisa.

"Supõe que ainda leve anos, Sr. Jaggers?"

O Sr. Jaggers balançou a cabeça – não em resposta negativa, mas com a ideia negativa geral de que pudesse respondê-la de qualquer maneira – e os dois moldes de gesso com os rostos contraídos pareciam, quando desviei os olhos para olhar para eles, como se uma crise lhes tivesse acometido em sua atenção suspensa e estivessem prestes a espirrar.

"Vamos!", disse o Sr. Jaggers, aquecendo a parte posterior das pernas com as costas de suas mãos aquecidas. "Serei claro com você, meu amigo Pip. Essa é uma pergunta que não se deve fazer a mim. Entender-me-á melhor quando eu lhe disser que é uma pergunta que me compromete. Vamos lá! E direi ainda mais, vou dizer algo mais."

Ele abaixou tanto o cenho franzido para as botas que poderia esfregar suas panturrilhas durante essa pausa.

"Quando a pessoa lhe for revelada", disse o Sr. Jaggers, se endireitando, "você e ela resolverão o que tiverem de resolver. Quando a pessoa lhe for revelada, minha parte nesse negócio será interrompida e deixará de existir. Quando a pessoa lhe for revelada, não será mais necessário a mim saber mais nada sobre isso. E é tudo que tenho a dizer".

Olhamos um para o outro até que eu desviasse meus olhos, olhando pensativamente para o chão. Desse último discurso, tirei a conclusão de que a Senhorita Havisham, por alguma razão, ou sem razão qualquer, não havia confiado a ele seus planos para mim e Estella; e que ele se ressentia disso e sentia ciúmes. Ou que ele não tinha objeções contra esse projeto, e não queria ter nada a ver com ele. Quando levantei os olhos outra vez, percebi que ele estava olhando para mim de maneira sagaz o tempo todo, e continuava fazendo-o.

"Se isso é tudo, senhor", observei, "não tenho mais nada a dizer".

Ele assentiu e puxou seu relógio temido pelos ladrões e me perguntou onde eu jantaria. Respondi que em minha casa, com Herbert. Consequentemente, perguntei se ele nos daria a honra de sua companhia, e ele aceitou de pronto o convite. Mas ele insistiu em caminhar para casa comigo para que eu não tratasse de preparar nada além do normal para ele, e antes ele teria uma ou duas cartas para escrever e (é claro) de lavar as mãos. Então eu disse que iria ao escritório da frente para falar com Wemmick.

O fato era que quando coloquei as quinhentas libras no bolso, um pensamento passou pela minha cabeça e não era um pensamento novo. E me parecia que Wemmick era uma boa pessoa para me aconselhar sobre tal pensamento.

Ele já havia trancado o cofre e se preparava para ir para casa. Ele havia deixado sua escrivaninha, tirado seus castiçais gordurosos de escritório e os colocado ao lado dos apagadores sobre uma laje perto da porta, prontos para serem apagados. Ele havia arrumado a lareira, colocado o chapéu e seu sobretudo e batia no peito com a chave do cofre, como se fosse um exercício físico a ser feito depois do trabalho.

"Sr. Wemmick", eu disse, "eu quero saber sua opinião. Desejo muito ajudar um amigo".

Wemmick apertou sua boca de caixa de correspondência e balançou a cabeça, como se sua opinião fosse irrelevante contra qualquer fraqueza fatal daquela espécie.

"Esse amigo", eu prossegui, "está tentando se realizar em sua vida comercial, mas não tem dinheiro, e para ele esse início é difícil e desanimador. E eu quero, de alguma forma, ajudá-lo a começar".

"Com dinheiro?", disse Wemmick, em tom mais seco que serragem.

"Com dinheiro", eu respondi, pois a lembrança desconfortável daquele maço simétrico de papéis em casa passou por mim – "com dinheiro, e talvez com algum adiantamento de minhas esperanças".

"Sr. Pip", disse Wemmick, "eu gostaria de revisar com você, com meus dedos, se me permitir, os nomes das várias pontes até Chelsea. Vejamos: tem a de Londres, uma. Southwark, duas. Blackfriars, três. Waterloo, quatro. Westminster, cinco. Vauxhall, seis". Ele havia mencionado cada ponte por vez, com o cabo da chave do cofre na palma da mão. "Há seis pontes, certo, dentre as quais escolher".

"Não compreendo", eu disse.

"Escolha a sua ponte, Sr. Pip", respondeu Wemmick, "caminhe até sua ponte e arremesse o dinheiro dentro do Tâmisa pelo arco central da ponte escolhida e saberá, então, o fim dele. Ajude um amigo com esse dinheiro e saberá o fim dele também – mas será um fim menos agradável e lucrativo".

Eu poderia ter postado um jornal em sua boca ao alargá-la demasiadamente ao dizer isso.

"Isso é muito desalentador", eu disse.

"Era para ser", disse Wemmick.

"Então sua opinião é", eu perguntei, um pouco indignado, "que um homem nunca deve investir...". "Propriedade portável em um amigo?", disse Wemmick. "Certamente não deve fazê-lo. A menos que queira se livrar do amigo – e então será uma questão de quanta propriedade portável será necessária para se livrar dele."

"E isso", eu disse, "é sua opinião ponderada, Sr. Wemmick?".

"Essa", ele respondeu, "é minha opinião ponderada neste escritório".

"Ah!", eu disse, pressionando-o, pois pensei ter encontrado uma brecha aqui, "mas essa seria sua opinião em Walworth?".

"Sr. Pip", ele respondeu, com seriedade, "Walworth é um lugar, e este escritório é outro. Assim como o Velho é uma pessoa e o Sr. Jaggers outra. Não se deve confundi-los. Meus sentimentos relacionados a Walworth devem ficar em Walworth. Nada além de meus sentimentos oficiais deve ficar neste escritório".

"Muito bem", eu disse, muito aliviado, "então vou procurá-lo em Walworth, tenha certeza disso".

"Sr. Pip", ele respondeu, "será bem-vindo lá, em sua competência privada e pessoal".

Tivemos essa conversa em voz baixa, sabendo bem que os ouvidos de meu guardião eram os mais aguçados que existiam. Como ele agora surgira à porta, enxugando as mãos, Wemmick pegou seu sobretudo e ficou parado pronto para apagar as velas. Nós três nos dirigimos à rua juntos, e da soleira da porta Wemmick se voltou para um lado, e o Sr. Jaggers e eu para o outro.

Eu não pude deixar de desejar mais de uma vez naquela noite que o Sr. Jaggers tivesse um Velho na Gerrard Street, ou uma Stinger, ou alguma coisa qualquer, ou alguém capaz de relaxar seu cenho um pouco. Foi uma reflexão tão desconfortável em meu aniversário de vinte e um anos que atingir a maioridade em essência parecia pouco valer a pena em um mundo em que era necessário ser cuidadoso e suspeito com ele. Ele era mil vezes mais bem informado e mais esperto que Wemmick, e ainda assim eu preferiria mil vezes jantar com Wemmick em vez de jantar com ele. E o Sr. Jaggers não deixou melancólico apenas a mim, pois, depois que foi embora, o próprio Herbert disse, com os olhos fixos no fogo, que pensou ter cometido um crime e esquecido seus detalhes de tão desanimado e culpado que se sentia.

Capítulo XXXVII

Julgando que domingo era o melhor dia para saber dos sentimentos de Walworth do Sr. Wemmick, dediquei o domingo seguinte a uma peregrinação, à tarde, ao Castelo. Ao chegar ante às muralhas, encontrei a bandeira da União hasteada e a ponte levantada, mas intrépido dessa demonstração de desafio e resistência toquei a campainha no portão e fui recebido da maneira mais pacífica possível pelo Velho.

"Meu filho, senhor", disse o velho, depois de travar a ponte levadiça, "de fato tinha em mente que você poderia aparecer subitamente, e deixou um recado para lhe dizer que logo voltaria de sua caminhada vespertina. Ele é muito disciplinado com suas caminhadas, meu filho. Ele é muito disciplinado com tudo, meu filho".

Eu assenti como se o próprio Wemmick o tivesse feito, entramos e nos sentamos diante da lareira.

"Você conheceu meu filho, senhor", disse o velho, com sua voz aguda, enquanto aquecia suas mãos nas chamas, "em seu escritório, acredito?". Assenti. "Ah! Escutei falar que meu filho é um assistente maravilhoso em seu trabalho, estou certo, senhor?" Assenti com veemência. "Sim, é isso que escuto falar. Ele trabalha com direito?" Assenti com mais veemência ainda. "O que é ainda mais surpreendente em meu filho", disse o Velho, "pois não foi criado para as leis, mas para ser toneleiro de vinho."

E curioso para saber se o velho sujeito estava informado a respeito da reputação do Sr. Jaggers atirei o nome a ele. Ele me deixou em grandíssima confusão ao rir gostosamente e responder de maneira alegre: "Não, sem dúvida, você está certo". E até hoje não tenho a menor ideia do que ele quis dizer ou que piada ele achou que eu tinha feito.

Como eu não podia me sentar lá assentindo a ele perpetuamente, sem me empenhar em atrair seu interesse, gritei-lhe em forma de pergunta se sua própria missão na vida havia sido ser o "toneleiro de vinho". Como resultado por tentar dizer aquele termo várias vezes e dar palmadinhas no peito do velho sujeito para fazê-lo entender, finalmente obtive êxito em me fazer entender.

"Não", disse o Velho, "o galpão, o galpão. Primeiro, lá longe", ele parecia se referir à chaminé, mas acredito que queria se referir a Liverpool, "e então, aqui na cidade de Londres, aqui. Porém, por minha debilidade – pois tenho dificuldade em ouvir, senhor" – expressei por pantomima meu grande espanto.

"Sim, dificuldade em ouvir. Por essa debilidade, meu filho entrou em direito e se encarregou de mim, e ele, aos poucos, construiu essa elegante e bela propriedade. Mas voltando ao que você disse, sabe", continuou o velho, novamente rindo com gosto, "o que digo é que não, sem dúvida, você está certo".

Eu imaginava, modestamente, se minha grande ingenuidade teria me possibilitado dizer algo que o teria entretido metade dessa graça imaginária quando me sobressaltei com um súbito clique na parede de um lado da lareira e com uma pequena tabuleta de madeira que tombou misteriosamente com "JOHN" escrito sobre ela. O Velho, seguindo meus olhos, se exaltou com grande triunfo: "Meu filho chegou em casa!". E nós dois saímos rumo à ponte levadiça.

Valia qualquer quantia de dinheiro ver Wemmick me acenando do outro lado do fosso quando poderíamos ter apertado a mão um do outro por cima dele com grande facilidade. O Velho estava tão feliz em se ocupar da ponte levadiça que não ofereci ajuda, ficando, em vez disso, parado até que Wemmick tivesse atravessado e me apresentado à Senhorita Skiffins, uma dama de quem vinha acompanhado.

A Senhorita Skiffins tinha a aparência que lembrava madeira e era, assim como seu acompanhante, funcionária do ramo dos correios. Ela devia ser uns dois ou três anos mais jovem que Wemmick, e julguei que ela também possuía propriedades portáveis. O corte de seu vestido da cintura para cima, tanto na frente quanto atrás, fazia com que sua figura lembrasse uma pipa, e eu poderia dizer que seu vestido era definitivamente laranja demais, e suas luvas um pouco verdes demais. Mas parecia uma boa pessoa e mostrava grande consideração pelo Velho. Não demorou muito para eu descobrir que ela era uma visita frequente no Castelo, pois, quando estávamos entrando, elogiei Wemmick quanto a seu artifício genial que anunciava sua chegada ao Velho, e ele implorou-me para que eu voltasse minha atenção por um momento ao outro lado da lareira e depois desapareceu. Um momento depois, outro clique, e outra tabuleta de madeira se abriu com “Senhorita Skiffins” escrito nela. Então a Senhorita Skiffins se fechou e John se abriu, e então a Senhorita Skiffins e John se abriram ao mesmo tempo, e finalmente se fecharam ao mesmo tempo. Logo que voltou de sua operação com esses aparatos mecânicos, eu expressei minha grande admiração, e ele disse: “Bem, você sabe, os dois são agradáveis e úteis ao Velho. E por Deus, senhor, é algo que vale a pena mencionar: que de todas as pessoas a chegarem a esse portão, o segredo dessas trações só é conhecido pelo Velho, pela Senhorita Skiffins e por mim!”.

“E o Sr. Wemmick os desenvolveu”, acrescentou a Senhorita Skiffins, “com suas próprias mãos e raciocínio”.

Enquanto a Senhorita Skiffins tirava sua boina (manteve suas luvas verdes ao longo da noite como um sinal manifesto de que estava acompanhada), Wemmick me convidou para dar uma volta com ele pela propriedade para que eu visse a ilha durante o inverno. Pensando que ele havia feito isso para me dar a oportunidade de saber de seus sentimentos de Walworth, aproveitei a chance assim que saímos do Castelo.

Depois de pensar sobre o assunto com cautela, abordei-o como se eu nunca o tivesse mencionado antes. Informei Wemmick que eu estava ansioso a respeito de Herbert Pocket, e lhe contei como havíamos nos conhecido e sobre nossa luta. Falei brevemente a respeito da casa de Herbert e de seu caráter e sobre o fato de ele não ter qualquer recurso além daqueles que seu pai lhe fornecia, sendo esses incertos e tardios. Versei sobre as vantagens que eu havia obtido de sua companhia quando eu era imaturo e ignorante, e confessei que temia que eu tivesse lhe retribuído mal, e que ele poderia ter se dado melhor sem mim e minhas esperanças. Mantendo a Senhorita Havisham como pano de fundo, mas bem longe, ainda sugeri a possibilidade de ter competido contra ele em seus planos e a certeza de que possuía a alma generosa, muito acima de qualquer desconfiança maldosa, retaliação ou intenções. Por todas essas razões (eu disse a Wemmick), e porque ele era meu jovem companheiro e amigo, e porque eu nutria grande afeição por ele, desejava que minha boa sorte refletisse alguns raios nele, e portanto buscava conselhos em sua experiência e conhecimento sobre homens e negócios, em como eu poderia tentar da melhor forma com meus recursos ajudar Herbert a obter alguma renda – digamos, cem por ano, para manter suas esperanças e seu coração – e gradualmente comprar-lhe parte de alguma pequena sociedade. Implorei a Wemmick, ao fim, que entendesse que minha ajuda deveria acontecer sem que Herbert soubesse ou suspeitasse e que não havia mais ninguém no mundo a quem eu pudesse pedir o conselho. Terminei colocando minha mão sobre seu ombro, dizendo: "Não pude deixar de confiar em você, embora eu saiba que eu deva ser uma inconveniência a você, mas a culpa é toda sua por ter me trazido aqui".

Wemmick ficou em silêncio por um tempo e então disse, subitamente: "Bem, você sabe, Sr. Pip, preciso lhe dizer uma coisa. Isso é absurdamente bom da sua parte".

"Diga que me ajudará a ser bom, então", eu disse.

"Impossível", respondeu Wemmick, balançando a cabeça, "esse não é meu negócio".

"E também aqui não é seu escritório", eu disse.

"Você está certo", ele respondeu. "Acertou em cheio. Sr. Pip, vou refletir sobre o assunto, e creio que tudo o que deseja fazer poderá ser feito aos poucos. Skiffins (o irmão dela) é contador e agente. Vou procurá-lo e pedir que ele fale com você."

"Agradeço-lhe muitíssimo."

"Ao contrário", ele disse. "Eu agradeço a você, pois embora estejamos em competência privada e pessoal, ainda pode-se dizer que há algumas teias de Newgate por aí, e isso faz com que elas desapareçam."

Depois de conversarmos mais um pouco sobre o assunto, voltamos ao Castelo, onde encontramos a Senhorita Skiffins preparando o chá. O dever de fazer a torrada fora delegado ao Velho, e aquele excelente sujeito estava tão determinado em fazê-lo que ele me parecia estar correndo o risco de derreter os próprios olhos. Era uma refeição não apenas nominal aquela que estávamos prestes a fazer, mas uma vigorosa realidade. O Velho preparou uma pilha tão grande de torradas com manteiga que eu mal podia vê-lo por cima dela, uma vez que ele cozinhava sobre uma chapa de ferro atrelada à grelha superior, enquanto a Senhorita Skiffins preparava uma tigela tão grande de chá que o porco na parte de trás da casa deve ter ficado extremamente atiçado, expressando seu desejo, em participar da refeição.

A bandeira havia sido baixada, e a espingarda havia disparado, na hora correta, e me senti tão confortavelmente desconectado do resto de Walworth, como se o fosso tivesse trinta pés de largura e profundidade.

Nada perturbava a tranquilidade do Castelo, além da ocasional abertura de John e da Senhorita Skiffins, cujas portinholas eram uma presa a alguma debilidade espasmódica que me deixava desconfortável até que eu me acostumasse com aquilo. Deduzi da natureza metódica com que a Senhorita Skiffins fazia os preparativos, que ela fazia o chá lá todo domingo à noite, e também suspeitei que um broche clássico que ela usava, representando o perfil de uma mulher indesejável com o nariz muito reto e uma lua nova, era uma peça de propriedade portável que Wemmick lhe havia dado.

Comemos toda a torrada, bebemos o chá na mesma proporção, e foi um encanto ver como todos nós ficamos entusiasmados e melados depois. O Velho, em especial, poderia ter se passado por um velho chefe de tribo selvagem recém-besuntado. Depois de uma curta pausa para descansar, Skiffins – na ausência da pequena criada que, parecia, retirava-se para ficar com a família aos domingos à tarde – lavou os aparatos do chá, de um jeito leve e amador, como uma dama, sem nos fazer concessões. Ela então colocou as luvas novamente, e nós ficamos em volta da lareira, e Wemmick disse: "Agora, Pai Velho, nos despeje as notícias".

Wemmick explicou-me, enquanto o Velho foi buscar seus óculos, que isso era um costume e que dava ao velho grande satisfação ler as notícias em voz alta. "Não dou qualquer desculpa", disse Wemmick, "pois ele não é capaz de tantos prazeres – pronto, Velho Pai?".

"Certo, John, tudo bem", respondeu o Velho, vendo que falavam com ele.

"Apenas acene para ele de vez em quando quando ele levantar os olhos do jornal", disse Wemmick, "e ele ficará feliz como um rei. Somos todos ouvidos, Velho".

"Certo, John, tudo bem!", respondeu o velho, entusiasmado, tão ocupado e contente que chegava a ser encantador.

A leitura do Velho me lembrava das aulas da tia-avó do Sr. Wopsle, com uma peculiaridade mais agradável de que parecia vir através do buraco da fechadura. Como ele queria que as velas ficassem próximas a ele, e como ele estava sempre prestes a colocar ora sua cabeça, ora o jornal, sobre elas, exigia tanta cautela quanto uma fábrica de pólvora. Mas Wemmick estava igualmente incansável e gentil em sua vigilância, e o Velho continuou lendo, bastante inconsciente de seus muitos resgates. Sempre que ele olhava para nós, nós expressávamos o maior interesse e espanto e assentíamos até que ele continuasse.

Como Wemmick e a Senhorita Skiffins se sentavam lado a lado, e eu me sentava em um canto escuro, observei um alongamento lento e gradual da boca do Sr. Wemmick, o que era uma sugestão poderosa de estar colocando o braço, lenta e gradualmente, em volta da cintura da Senhorita Skiffins. Após algum tempo, vi sua mão passar para o outro lado da Senhorita Skiffins, mas naquele momento a Senhorita Skiffins o impediu, habilmente, com a luva verde, tirou o braço dele, como se fosse um acessório do vestido, e com a maior cautela pousou-o sobre a mesa em sua frente. A compostura da Senhorita Skiffins ao fazer isso foi uma das visões mais marcantes que eu já presenciei, e se julgasse o ato consistente à abstração da mente teria julgado que a Senhorita Skiffins o executara de maneira mecânica.

Depois de um tempo, notei o braço de Wemmick começando a desaparecer outra vez e gradualmente sumiu de vista. Um tempo depois, sua boca começou a se alargar. Depois de um intervalo de suspense de minha parte, o que foi bastante sedutor e quase doloroso, vi a mão dele surgir do outro lado da Senhorita Skiffins. Imediatamente, a Senhorita Skiffins o impediu com a habilidade de um plácido boxeador, tirou o espartilho ou a cinta como antes e colocou-o sobre a mesa em sua frente. Se supuséssemos que a mesa representa o caminho da virtude, justifico-me em declarar que durante o tempo todo da leitura do Velho, o braço de Wemmick se desviou do caminho da virtude e era redirecionado a ele pela Senhorita Skiffins.

Por fim, o Velho adormeceu levemente enquanto lia. Esse foi um momento em que Wemmick trouxe uma pequena chaleira, uma bandeja de copos, uma garrafa preta com uma rolha de porcelana, representando alguém importante do clero de aspecto corado e sociável. Com a ajuda desses aparatos, todos nós bebemos algo quente, incluindo o Velho, que logo despertou. A Senhorita Skiffins mexeu seu chá e observou que ela e Wemmick estavam bebendo do mesmo copo. É claro que eu sabia que não deveria oferecer acompanhar a Senhorita Skiffins até sua casa, e sob essas circunstâncias achei melhor ir primeiro. E o fiz, despedindo-me cordialmente do Velho depois de ter passado uma noite agradável.

Antes que a semana acabasse, recebi um bilhete de Wemmick, datado de Walworth, dizendo que esperava que eu houvesse feito algum progresso com aquele nosso assunto de âmbito privado e pessoal, e que ele ficaria feliz se eu pudesse visitá-lo para tratar daquilo.

Então fui a Walworth novamente, e depois outra vez, e outra ainda, e o encontrei na cidade várias vezes, mas nunca falava com ele sobre aquele assunto em ou perto de Little Britain. O desfecho foi que encontramos um jovem e digno comerciante ou corretor marítimo, estabelecido em seu negócio não havia muito tempo, que precisava de assistência de alguém inteligente e de capital, e que, em seu devido curso de tempo e recepção, precisaria de um sócio. Entre mim e ele, um contrato de confidencialidade, cujo sujeito era Herbert, foi assinado, e paguei a ele metade de minhas quinhentas libras e usei tantas outras para fazer outros pagamentos: alguns a vencer de acordo com as datas de minha renda: outros para a ocasião em que eu obtivesse minha fortuna. O irmão da Senhorita Skiffins conduziu a negociação. Wemmick acompanhou todo o processo, mas nunca apareceu.

O negócio todo foi tão astutamente administrado que Herbert não desconfiava nem um pouco de minha influência. Eu nunca hei de me esquecer de seu semblante radiante certo dia em que chegou em casa, à tarde, e me disse, como se fosse uma notícia poderosa, que encontrara acidentalmente certo Clarriker (esse era o nome do jovem comerciante), que Clarriker havia se mostrado bastante inclinado a ele e que ele acreditava que sua oportunidade enfim chegara. Dia após dia, conforme suas esperanças aumentavam e seu semblante ficava mais iluminado, ele deve ter pensado em mim como um amigo cada vez mais afeiçoado, pois eu tinha muita dificuldade em disfarçar minhas lágrimas de triunfo quando o via assim tão feliz. Com o tempo, o negócio foi realizado, ele entrou como sócio na Casa de Clarriker e depois de conversar comigo por uma noite inteira em uma descarga de prazer e sucesso, eu realmente chorei com meu coração quando fui dormir, pensando que minhas esperanças haviam feito algo de bom a alguém.

Um grande evento em minha vida, a reviravolta de minha vida agora se abria diante de mim. Mas antes de continuar a narrar e de apontar para todas as mudanças envolvidas preciso dedicar um capítulo a Estella. Não é muito para um tema que há tanto tempo preenchia meu coração.

Capítulo XXXVIII

Se aquela casa velha, tranquila, perto da vegetação em Richmond algum dia vier a ser assombrada após minha morte, será assombrada, sem dúvida, pelo meu fantasma. Oh, quantas e quantas noites e dias pelos quais o espírito dentro de mim assombrou aquela casa quando Estella ali vivia! Estivesse meu corpo onde fosse, meu espírito sempre perambulava, perambulava e perambulava por aquela casa.

A dama com quem Estella vivia, denominada Sra. Brandley, era viúva e tinha uma filha vários anos mais velha que Estella. A mãe parecia jovem, e a filha parecia velha. A pele da mãe era rosada, e a da filha amarela. A mãe era movida por trivialidades, a filha por teologia. Elas não tinham o que se pode chamar de boa situação e visitavam e eram visitadas por muitas pessoas. Pouca, se é que tanta, afinidade subsistia entre elas e Estella, mas o acordo estabelecido era de que elas lhe eram necessárias, e vice-versa. A Sra. Brandley havia sido amiga da Senhorita Havisham antes de sua reclusão.

Na casa da Sra. Brandley e fora da casa da Sra. Brandley, sofri todo tipo e nível de tortura que Estella poderia me causar. A natureza de meu relacionamento com ela, que me colocava em condições de familiaridade sem me colocar em condições de preferência, deixava-me perturbado. Ela me usava para provocar seus admiradores e utilizava a própria familiaridade existente entre mim e ela para esnobar constantemente minha devoção por ela. Se eu fosse seu secretário, funcionário, meio-irmão, parente pobre – se fosse o irmão mais novo de seu marido arranjado – eu não teria a sensação de estar tão longe de minhas esperanças quando estava perto dela. O privilégio de chamá-la pelo nome e ouvi-la chamando o meu, sob essas circunstâncias, tornou-se um fator agravante em minhas provações. E embora eu ache provável que isso tenha quase levado seus outros admiradores à loucura sei também, sem dúvida, que quase enlouqueceu a mim.

Seus admiradores eram incontáveis. Sem dúvida, meu ciúme tornava qualquer um perto dela um admirador, mas já existiam mais do que suficientes ainda sem contar esses.

Via-a com frequência em Richmond e ouvia falar dela com frequência na cidade, e eu costumava levá-la, juntamente com as Brandley, para o rio. Havia piqueniques, dias festivos, óperas, concertos, festas, todos os tipos de prazeres aos quais eu sempre a acompanhava – e todos significavam sofrimento para mim. Nunca passava ao menos uma hora de felicidade a seu lado, e ainda assim minha cabeça passava as vinte e quatro horas do dia insistindo na felicidade de tê-la a meu lado até a morte.

Durante essa fase de nosso relacionamento – que durou, como logo se poderá constatar, por um período que eu então julgava longo – ela habitualmente voltava àquele tom que expressava que nossa relação nos fora imposta. Outras vezes, ela deixava de usar esse e todos os outros tons e parecia sentir pena de mim.

"Pip, Pip", ela disse, certa noite, deixando o dito tom de lado, quando estávamos sentados, separados, diante de uma janela escura da casa em Richmond, "será que você nunca vai perceber?".

"O quê?"

"A mim."

"Perceber que não devo me sentir atraído por você, é isso, Estella?"

"Se é isso! Se não compreende o que quero dizer, você é cego."

Eu devo ter respondido que o amor era normalmente sabido por cedo, mas pela razão que sempre era impedido – e esse não era o menor de meus sofrimentos – por um sentimento que me dizia que era ganancioso me forçar a ela, quando ela sabia que não podia deixar de obedecer à Senhorita Havisham. Meu medo era sempre que esse pensamento de sua parte me colocasse em terrível desvantagem em relação a seu orgulho e me fizesse sujeito de uma luta rebelde em seu coração.

"De qualquer maneira", eu disse, "não tenho qualquer percepção neste exato momento, pois você escreveu para que eu viesse desta vez".

"É verdade", disse Estella, com o sorriso frio e indiferente que sempre me gelava.

Depois de ver o crepúsculo, por um tempo, ela continuou, dizendo:

"Chegou a hora em que a Senhorita Havisham deseja que eu a visite por um dia na Casa Satis. Você deve me levar e me trazer de volta, se desejar. Ela prefere que eu não viaje sozinha e não quer que eu leve minha criada, pois tem muito medo de ser assunto entre essas pessoas. Pode me levar?"

"Se posso levá-la, Estella!"

"Pode então? Depois de amanhã, por favor. Deve pagar todas as despesas de minha bolsa, ouviu a condição para que vá?"

"E devo obedecer", respondi.

Isso tudo foi a preparação que recebi para aquela visita ou para outras como ela. A Senhorita Havisham nunca me escreveu, nem jamais cheguei a ver sua caligrafia. Partimos dois dias depois, e a encontramos na sala onde a vi pela primeira vez, e não é necessário acrescentar que a Casa Satis permanecia igual.

Ela estava ainda mais aterrorizadoramente afeiçoada a Estella do que da última vez que as vira juntas. Repito a palavra de propósito, pois havia algo de aterrorizador na energia de seus olhares e abraços. Ela se fixava na beleza de Estella, em suas palavras, em seus gestos, e sentou-se mordendo seus próprios dedos trêmulos enquanto olhava para ela, como se estivesse devorando a bela criatura que havia criado.

Olhava de Estella para mim, com um olhar inquisitivo que parecia bisbilhotar meu coração e sondar suas feridas. "Como ela o está tratando, Pip, como está tratando você?", ela me perguntou de novo, com sua avidez de feiticeira, até mesmo na frente de Estella. Mas quando nos sentamos com a luz tremeluzente da noite, ela ficou ainda mais esquisita, pois, então, mantendo a mão de Estella dentro de seu braço e agarrado em sua própria mão, ela o arrancou, aproveitando-se do que

Estella havia lhe contado em suas cartas frequentes, os nomes e as condições dos homens que havia fascinado. E conforme a Senhorita Havisham tratava desse assunto com a intensidade de uma mente mortalmente ferida e doentia sentava-se com a outra mão sobre a bengala, e o queixo sobre ela, e seus olhos lívidos e brilhantes fixos em mim, o perfeito fantasma.

Nessa cena pude ver, embora me deixasse muito mal e amargo, a sensação de dependência e até de degradação que despertava – vi na situação que Estella fora destinada a se vingar dos homens em nome da Senhorita Havisham, e que não deveria ser entregue a mim até que tivesse satisfeito tal desejo por um tempo. Vi na situação uma razão para ter sido destinada a mim primeiro. Ao enviá-la para atrair, atormentar e causar problemas, a Senhorita Havisham a enviou com a maliciosa garantia de que estaria fora do alcance de todos os admiradores, e que todos que tentassem conquistá-la já eram tidos como perdedores. Vi que eu, também, estava atormentado pela depravação da ingenuidade, até mesmo quando o prêmio estava reservado a mim. Percebi nisso uma razão para eu ter sido deixado esperando por tanto tempo e a razão para meu benfeitor ter se recusado a se comprometer com o conhecimento formal de tal plano. Em resumo, vi nessa situação a Senhorita Havisham como eu via então bem ali, diante de meus olhos e como eu sempre a havia visto outras vezes anteriormente. E vi nessa situação a sombra distinta da casa escura e insalubre na qual sua vida se escondia do sol.

As luzes que iluminavam seu quarto eram colocadas em arandelas na parede. Eram altas em relação ao chão, e elas queimavam com a firme monotonia da luz artificial em um ar raramente renovado. Quando eu olhava em volta delas e para a melancolia que elas criavam, e para o relógio parado, para os artigos do vestido de noiva murchos e para sua própria figura pavorosa com seu reflexo fantasmagórico que o fogo fazia no teto e na parede, percebi em tudo a construção gerada pela minha mente repetida e lançada de volta a mim. Meus pensamentos atravessavam o grande aposento até o patamar onde a mesa estava posta; eu vi a mesma explicação escrita ali, nas cascatas de teias de aranha que cobriam o centro da mesa, no rastejar das aranhas sobre a toalha, nos rastros dos ratos que corriam, com o coração acelerado, por trás dos painéis, e nos avanços e recuos dos besouros pelo chão.

Na ocasião da visita, aconteceu de Estella e a Senhorita Havisham trocarem algumas palavras duras. Era a primeira vez que as vi divergirem a respeito de alguma coisa.

Estávamos sentados diante do fogo, conforme descrevi, e a Senhorita Havisham continuava com o braço de Estella dentro do seu, com a sua mão dentro da sua, quando Estella começou a se afastar lentamente. Ela havia mostrado certa impaciência orgulhosa mais de uma vez antes, e havia aguentado mais aquela feroz afeição do que aceitado ou retribuído.

"O quê?", disse a Senhorita, fulminando seu olhar nela, "você está cansada de mim?".

"Somente um pouco cansada de mim mesma", respondeu Estella, puxando seu braço, dirigindo-se em direção à lareira, onde ficou parada fitando o fogo.

"Fale a verdade, sua ingrata!", exclamou a Senhorita Havisham, batendo sua bengala vigorosamente contra o chão, "você está cansada de mim?".

Estella olhou para ela em sua perfeita compostura e mais uma vez fitou o fogo. Sua figura graciosa e seu belo rosto expressavam uma indiferença confiante em relação à ira da outra, que beirava a crueldade.

"Você é tão fria quanto uma pedra!", exclamou a Senhorita Havisham. "Coração frio, coração de pedra!"

"O quê?", disse Estella, preservando sua atitude de indiferença ao se encostar contra a lareira, apenas movendo os olhos. "Você está me repreendendo por ser fria?" Você?"

"Você não é?", foi a resposta feroz.

"Você deveria saber", disse Estella. "Sou aquilo que você fez de mim. Os elogios são todos seus, assim como a culpa. O sucesso é seu, o fracasso é seu, enfim eu sou sua."

"Oh, veja ela, veja ela!", exclamou a Senhorita Havisham, amargamente. "Veja ela, tão dura e ingrata dentro do lar onde foi criada! Onde eu a recebi neste peito odioso quando sangrava após os primeiros golpes, e onde dispensei anos de ternura a ela!"

"Pelo menos eu não me fiz parte do acordo", disse Estella, "pois se eu pudesse então caminhar e falar, quando foi feito, era tudo o que eu poderia fazer. Mas o que você queria? Você foi muito boa para mim, e lhe devo tudo. O que você queria?".

"Amor", respondeu a outra.

"Isso você tem."

"Não tenho", disse a Senhorita Havisham.

"Mãe por adoção", replicou Estella, sem jamais deixar de lado a graça fácil de sua atitude, sem jamais levantar a voz como a outra, sem jamais se render ao ódio ou à ternura – "mãe por adoção, eu disse que devo tudo a você. Tudo o que possuo é inteiramente seu. Tudo o que me proporcionou está a seu total dispor novamente. Além disso, não tenho mais nada. E se você me pedir para lhe dar o que nunca me deu, minha gratidão e dever não poderão fazer o impossível".

"Nunca lhe dei amor?", exclamou a Senhorita Havisham, virando-se encolerizada para mim. "Nunca lhe dei um amor ardente, pleno de ciúme o tempo todo e de dor aguda, enquanto ela fala dessa forma comigo? Deixe que me chame de louca, deixe que me chame de louca!"

"Por que eu a chamaria de louca?", respondeu Estella, "eu, logo eu? Há alguém vivo que conheça os seus propósitos metade tão bem quanto eu? Há alguém vivo que conheça a sua memória tão bem quanto eu? Eu, que me sentei dentro dessa mesma casa, no banquinho que agora mesmo se encontra a seu lado, aprendendo seus ensinamentos, olhando para seu rosto quando esse me causava estranheza e pavor!"

"E logo se esqueceu!", gemeu a Senhorita Havisham. "Tempos esquecidos!".

"Não, não esquecidos", interveio Estella, "não esquecidos, mas guardados com carinho em minha memória. Quando me encontrou fechada a seus ensinamentos? Quando me encontrou desatenta a seus ensinamentos? Quando me viu deixar entrar aqui", ela tocou seu peito com a mão, "qualquer coisa que você tenha excluído? Seja justa comigo".

"Tão orgulhosa, tão orgulhosa!", gemeu a Senhorita Havisham, afastando seu cabelo grisalho com as duas mãos.

"Quem me ensinou a ser tão orgulhosa?", respondeu Estella. "Quem me enalteceu quando eu aprendi minha lição?"

"Tão dura, tão dura!", gemeu a Senhorita Havisham, com o mesmo gesto de antes.

"Quem me ensinou a ser tão dura?", interveio Estella. "Quem me enalteceu quando eu aprendi minha lição?"

"Além de ser orgulhosa e dura comigo!", a Senhorita Havisham chegou a gritar, esticando os braços. "Estella, Estella, Estella... Ser orgulhosa e dura comigo!"

Estella olhou para ela por um momento com uma espécie de admiração calma, mas sem se deixar perturbar. Depois, passou a fitar o fogo novamente.

"Eu não posso imaginar", disse Estella, levantando os olhos depois de um momento de silêncio, "por que você deveria ser tão irracional quando eu venho vê-la depois de uma separação. Nunca esqueci de seus erros e de seus motivos. Nunca fui infiel a você ou a seus ensinamentos. Nunca mostrei qualquer fraqueza de que possa me sentir culpada".

"Seria fraqueza retribuir meu amor?", exclamou a Senhorita Havisham. "Mas sim, sim, ela denominaria fraqueza!"

"Começo a pensar", disse Estella, como se refletisse, depois de outro momento de admiração calma, "que eu quase entendo como isso está acontecendo. Se você tivesse criado sua filha adotiva completamente no confinamento escuro desses cômodos, e nunca a tivesse deixado saber da existência da luz do dia sob a qual ela nunca vira seu rosto, se tivesse feito isso, e então por algum motivo quisesse que ela entendesse a luz do dia e soubesse tudo sobre ela, você teria se sentido decepcionada e brava?".

A Senhorita Havisham, com a cabeça entre as mãos, se sentou gemendo baixinho, balançando-se na cadeira, sem dizer nada.

"Ou", disse Estella, "o que é mais próximo ao caso, se você a tivesse ensinado, desde o início de seu desenvolvimento, com sua mais poderosa energia e potencial, que havia luz do dia, mas que fora feita para ser sua inimiga e destruidora, e que ela sempre deveria evitá-la, pois ela havia destruído a você e iria fazer o mesmo com ela, se você tivesse feito isso, e então, por algum motivo, quisesse que ela gostasse naturalmente da luz do dia e ela não pudesse fazê-lo, teria se sentido decepcionada e brava?”.

A Senhorita Havisham se sentou escutando (ou pelo menos parecia fazê-lo, pois eu não podia ver seu rosto), mas ainda não dizia nada.

“Então”, disse Estella, “preciso ser aceita do jeito que fui criada. O sucesso não é meu, o fracasso não é meu, mas os dois juntos fizeram a mim”.

A Senhorita Havisham tinha se prostrado, mal consegui saber como, no chão por entre as relíquias desbotadas de seu traje nupcial com o qual estava espalhada. Aproveitei-me do momento – eu buscava por algum desde o início – para deixar o cômodo, depois de rogar pela atenção de Estella para ela com um movimento de minha mão. Quando eu saí, Estella ainda estava parada diante da grande lareira, do mesmo modo que estivera o tempo todo. O cabelo grisalho da Senhorita Havisham estava todo espalhado pelo chão entre os destroços nupciais e a visão era triste de se ver.

Foi com o coração deprimido que caminhei sob a luz das estrelas por uma hora ou mais, pelo pátio, pela cervejaria e pelo jardim em ruínas. Quando eu, enfim, tomei coragem para voltar ao cômodo, encontrei Estella sentada sobre o joelho da Senhorita Havisham, que costurava alguns daqueles trajes antigos de vestimenta que estavam caindo aos pedaços e dos quais tenho lembrado desde então por trapos esfarrapados de velhas faixas que vejo penduradas em catedrais. Depois, Estella e eu jogamos cartas, como antigamente, porém agora nós éramos hábeis, e jogávamos jogos franceses, e então a noite se esvaiu, e eu fui dormir.

Fiquei deitado naquela edificação separado do resto da casa. Era a primeira vez que eu me deitara na Casa Satis, e o sono se recusava a chegar. Mil Senhoritas Havishams me assombravam. Ela estava de um lado do meu travesseiro, do outro, na cabeceira, no pé da cama, atrás da porta semiaberta do quarto de vestir, dentro do quarto de vestir, no cômodo de cima, no cômodo de baixo, em todo lugar. Finalmente, quando a noite se arrastava para as duas horas, senti que eu não podia aguentar de maneira alguma aquele lugar como um lugar de descanso e precisava levantar. Então levantei, me vesti e saí pelo pátio, pelo corredor de pedra, planejando chegar à parte externa do pátio para caminhar por ali para aliviar minha mente. Mas eu mal havia chegado no corredor, e minha vela apagou, pois eu vi a Senhorita Havisham passando por ele, fantasmagórica, chorando baixinho. Eu a segui de longe e vi que subia as escadas. Ela trazia consigo uma vela, que ela provavelmente tirara de uma das arandelas de seu próprio quarto e, por sua luz, parecia um objeto sobrenatural. Parado ao pé das escadas, eu senti o ar bolorento do cômodo do banquete, sem que a visse abrir a porta, e a ouvi caminhando ali dentro. E então cruzando o próprio quarto, e novamente sem cessar o choro.

Depois de um tempo, tentei, na escuridão, tanto sair de lá quanto voltar, mas não conseguia fazer nenhum dos dois, até que alguns raios de sol penetraram ali dentro me mostrando onde colocar as mãos. Durante todo esse intervalo, sempre que eu ia até o pé das escadas, ouvia seus passos, via sua luz passar por cima e seu choro incessante.

Antes de partirmos no dia seguinte, não houve qualquer reapresentação de divergência entre ela e Estella ou em qualquer outra ocasião semelhante. E foram quatro ocasiões, se me lembro bem. As maneiras da Senhorita Havisham para com Estella também não mudaram de qualquer modo, exceto que eu acreditava que havia algo como medo misturado com as características anteriores.

É impossível virar essa página da vida sem colocar o nome de Bentley Drummle nisso. Se fosse, eu o teria feito, com prazer.

Certa vez quando os Tentilhões estavam reunidos em grande número, e quando o bom sentimento era promovido da maneira habitual pelo fato de ninguém concordar com ninguém, o Tentilhão presidente chamou o Bosque à ordem, uma vez que o Sr. Drummle ainda não havia brindado a uma dama, o que, de acordo com as solenes regras da sociedade, era a vez daquele bruto fazê-lo naquele dia. Pensei tê-lo visto lançar um olhar malicioso e feio para mim enquanto os decantadores eram passados pela mesa, mas como não havia qualquer afeição perdida entre nós, aquilo era tranquilamente possível. Qual não foi minha admiração e indignação quando ele solicitou que o grupo o prometesse a "Estella!".

"Quem é Estella?", eu disse.

"Deixe pra lá", retorquiu Drummle.

"Estella de onde?", eu disse. "É obrigado a dizer de onde ela é." O que ele de fato era, por ser um Tentilhão.

"De Richmond, rapazes", disse Drummle, ignorando-me, "sua beleza é sem-par".

De certo que aquele maldito, miserável idiota conhecia muito sobre belezas sem-par! Cochichei a Herbert.

“Conheço essa dama”, disse Herbert, por cima da mesa, depois que o brinde foi feito.

“Conhece?”, perguntou Drummle.

“E eu também”, acrescentei, com o rosto em chamas.

“Conhece?”, perguntou Drummle. “Ah, Deus!”

Essa foi a única réplica – exceto o barulho das taças e das louças – que aquela criatura pesada era capaz de fazer. Mas fiquei por demais inflamado com aquilo como se eu tivesse ouvido uma sagacidade e imediatamente corei em meu assento, dizendo que não podia senão considerar uma insolência da parte do honrado Tentilhão vir diante daquele Bosque – nós sempre conversávamos sobre vir diante do Bosque, como um toque de expressão clara e Parlamentar – propondo um brinde a uma dama sobre a qual ele não sabia nada. O Sr. Drummle, com isso, se inflamou, perguntando o que eu queria dizer com aquilo? Nesse momento lhe respondi de maneira extrema dizendo que acreditava que ele sabia onde eu poderia ser encontrado.

Se era possível, em um país cristão, continuar sem derramar uma gota de sangue depois disso era uma questão sobre a qual os Tentilhões divergiam. O debate aumentou de forma tão animada, de fato, que pelo menos mais seis estimados membros disseram a outros seis, durante a discussão, que eles acreditavam que sabiam onde eles poderiam ser encontrados. Contudo, ficou decidido, por fim (sendo o Bosque um Tribunal de Honra) que se o Sr. Drummle não trouxesse a mais simples declaração da dama, provando que ele tinha a honra de conhecê-la, o Sr. Pip deveria expressar seu pesar como um cavalheiro e Tentilhão por “ter sido traído de fato”. Marcou-se para o dia seguinte a apresentação (de modo que nossa honra não esfriasse pela demora), e no dia seguinte Drummle apareceu com uma curta e educada declaração escrita à mão por Estella de que ela havia tido a honra de dançar com ele várias vezes. Não me restou nenhum recurso além daquele que dizia que eu havia sido "traído de fato", e de, no geral, repudiar, como insustentável, a ideia de que eu pudesse ser encontrado em algum lugar. Drummle e eu então nos sentamos bufando um para o outro durante uma hora, enquanto o Bosque se ocupou da contradição indiscriminada, e finalmente a promoção de bons sentimentos foi declarada como vencedora por grande diferença.

Eu conto isso com suavidade, mas não foi nada suave para mim. Por eu não poder expressar adequadamente o sofrimento que me causou pensar que Estella mostraria qualquer tipo de preferência por um indivíduo desprezível, desajeitado, emburrado, muitíssimo abaixo da média. Até o presente momento, acredito poder aludir àquilo ao puro ardor de generosidade e imparcialidade de meu amor por ela, de modo que eu não podia suportar o pensamento de sua atração por aquele animal. Não há dúvida de que eu me sentiria péssimo, independentemente de quem ela preferisse. Mas alguém mais digno teria me causado outro tipo e nível de angústia.

Era fácil para mim descobrir, e eu de fato descobri logo, que Drummle havia começado a segui-la com atenção, e que ela o permitia fazê-lo. Um pouco depois, e ele sempre a perseguia, ele e eu nos cruzamos diariamente. Ele se manteve firme, de um jeito persistente e monótono, e Estella se manteve firme também. Ora o encorajando, ora o desencorajando, ora quase o bajulando, ora abertamente o desprezando, ora o conhecendo muito bem, ora mal lembrando quem ele era.

Spider, como o Sr. Jaggers, o chamava, estava habituado a aguardar, porém, e tinha toda a paciência de sua raça. Para além disso, ele tinha uma confiança imbecil em seu dinheiro e na grandeza de sua família, o que às vezes lhe era favorável – quase, quase tomando o lugar de sua concentração e de seu propósito determinado. Então Spider, obstinadamente seguindo Estella, espreitava muitos insetos ainda mais brilhantes e muitas vezes se desenrolava e caía na hora certa.

Em um certo baile em Richmond (esses bailes costumavam acontecer na maior parte dos lugares na época), onde Estella brilhava acima de todas as outras belezas, o infeliz do Drummle a perseguiu, e com tanta tolerância da parte dela que eu resolvi falar com ela sobre ele. Aproveitei a próxima oportunidade, que foi quando ela esperava pela Sra. Brandley para levá-la embora, e estava sentada longe dos outros entre algumas flores, pronta para ir embora. Eu estava com ela, pois quase sempre as acompanhava para ir e voltar de lugares assim.

"Está cansada, Estella?"

"Bastante, Pip."

"Deveria estar mesmo."

"Em vez disso, diga que eu não deveria estar, pois tenho que escrever uma carta à Casa Satis ainda antes de dormir."

"Contando sobre o triunfo desta noite?", eu disse. "Certamente, um belo fracasso, Estella."

"O que quer dizer? Não sabia que havia tido algum."

"Estella", eu disse, "olhe para aquele sujeito naquele canto ali, que está olhando para cá, para nós".

"Por que eu deveria olhar para ele?", respondeu Estella, com os olhos em mim e não nele. "O que há naquele sujeito naquele canto ali – usando as suas palavras – que eu deva querer olhar?"

"É verdade, é exatamente essa a pergunta que lhe quero fazer", eu disse. "Pois ele tem cercado você a noite toda."

"Traças, e todos esses tipos de criaturas horrendas", respondeu Estella, lançando um olhar em sua direção, "cercam velas acesas. Será que a vela consegue evitar que isso aconteça?".

"Não", eu respondi, "mas você não consegue evitar?".

"Bem!", ela disse, rindo, depois de um momento, "talvez. Sim. Como desejar".

"Mas, Estella, você está me escutando? Eu fico acabado em ver que você encoraja um homem tão desprezível quanto Drummle. Você sabe que ele é desprezível."

"E daí?", ela disse.

"Você sabe que ele é grosseiro por dentro e por fora. Um sujeito insatisfatório, mal-humorado, sombrio e estúpido."

"E daí?", ela disse.

"Você sabe que ele não possui nada além de dinheiro e uma linha ridícula de antecessores tontos, você sabe disso, não sabe?"

"E daí?", ela disse novamente, e cada vez que ela dizia isso, ela arregalava mais seus lindos olhos.

Para superar a dificuldade de passar daquelas três sílabas, eu as roubei dela e disse, repetindo com ênfase: "E daí? Então, é isso que acaba comigo".

Ora, se eu pudesse acreditar que ela daria preferência a Drummle com qualquer intenção de me deixar, me deixar mal, meu coração não teria se despedaçado assim, mas daquele jeito habitual dela, ela me deixou tão fora da questão que eu não podia acreditar em nada daquele tipo.

"Pip", disse Estella, olhando de relance por toda a sala, "não seja tolo sobre o efeito que isso tem em você. Pode ter efeito sobre os outros, e talvez essa tenha sido a intenção. Não vale a pena discutir".

"Sim, vale", eu disse, "porque eu não suporto que as pessoas digam 'ela desperdiça sua beleza e encantos com um simples sujeito grosseiro, o pior de todos'".

"Eu suporto", disse Estella.

"Ah! Não seja tão orgulhosa, Estella, e tão inflexível."

"Chama-me de orgulhosa e inflexível em um só fôlego!", disse Estella, abrindo as mãos. "E nem seu último fôlego me reprova por me rebaixar a um grosseirão!"

Não há dúvida de que você se rebaixa", eu disse, um tanto precipitadamente, "pois a vi lançando-lhe olhares e sorrisos nesta noite mesmo, do tipo que nunca lança a mim".

"Então você quer", disse Estella, virando-se de repente com o olhar fixo e sério, ou quem sabe estaria brava, "que eu o iluda e engane?".

"Você o ilude e engana, Estella?"

"Sim, e muitos outros também – todos, menos você. Aqui está a Sra. Brandley. Não direi mais nada."

E agora que concedi um capítulo inteiro ao tema que tanto ocupava meu coração, e tanto o fazia sofrer e sofrer, eu continuo, sem obstáculos, no evento que me impediu por ainda mais tempo, o evento que havia começado a ser preparado antes que eu soubesse que o mundo continha Estella, e nos dias em que sua inteligência infantil estava recebendo suas primeiras distorções das mãos destruidoras da Senhorita Havisham.

Na história oriental, a laje pesada prestes a cair sobre a base do estado na excitação da conquista, foi gradualmente extraída da pedreira, o túnel para a corda que vai fixá-la em seu lugar foi feito lentamente através dos níveis de rocha, a laje foi aos poucos levantada e encaixada no telhado, a corda passa por ela e pelas milhas de cavidade até o grande anel de ferro. Tudo ficando pronto depois de muito trabalho, quando chega a hora, o sultão foi acordado no meio da noite, e o machado afiado que deveria cortar a corda, soltando-a do grande anel de ferro foi posto em sua mão, ele golpeou com o machado, a corda estourou e se soltou, e o teto caiu. O mesmo aconteceu em meu caso, todo o trabalho, próximo ou longe, que levava ao fim, havia sido realizado. E em um instante o golpe foi dado, e o telhado de minha fortificação caiu sobre mim.

Capítulo XXXIX

Eu tinha vinte e três anos de idade. Nenhuma outra palavra havia sido dita para esclarecer a questão de minhas esperanças e meu vigésimo terceiro aniversário passou. Havíamos deixado o Albergue de Barnard há mais de um ano e morávamos em Temple. Nossos quartos ficavam em Garden Court, perto do rio.

O Sr. Pocket e eu tínhamos, há algum tempo, terminado nossas relações originais, embora continuássemos nos dando bem. Apesar de minha inabilidade para me fixar com qualquer coisa – que eu espero que tenha surgido por causa da posse irrequieta e incompleta com que eu dispunha de meus recursos – eu gostava de ler, e lia regularmente muitas horas por dia. Aquela questão com Herbert ainda estava em progresso, e tudo comigo continuava como no fim do capítulo anterior.

Os negócios de Herbert o tinham levado a Marselha. Eu estava sozinho e me sentia desanimado com isso. Desalentado e ansioso, carregando por muito tempo a esperança de que o amanhã ou a semana seguinte clareassem meu caminho, e por muito tempo, era com tristeza que eu sentia a falta do semblante animado e da resposta pronta de meu amigo.

O tempo estava terrível. Chuvoso e úmido, chuvoso e úmido, e lama, lama, lama, muita lama por todas as ruas. Dia após dia, um grande véu pairava sobre Londres desde o leste e continuava como se ali no leste existisse uma Eternidade de nuvem e vento. As rajadas de vento eram tão furiosas que as chapas de chumbo dos prédios altos da cidade foram arrancadas de seus telhados. E no interior árvores haviam sido desenraizadas, e as pás de moinhos foram levadas pelo vento. Relatos sombrios chegaram da costa, contando sobre naufrágios e mortes. Pancadas violentas de chuva haviam acompanhado essas rajadas de vento, e o dia que estava quase chegando ao fim quando me sentei para ler tinha sido o pior de todos.

Foram feitas alterações naquela parte de Temple desde aquela época. Agora ninguém se sente tão solitário lá quanto antes, e também não fica tão exposto ao rio. Nós morávamos no último andar daquela última casa, e o vento soprando forte pelo rio balançou a casa naquela noite, como disparos de um canhão ou arrebentação do mar. Quando a chuva chegou e bateu contra as janelas, eu pensei, levantando os olhos para elas, que se balançavam, que não seria difícil imaginar a mim mesmo em um farol durante uma tempestade. De vez em quando, a fumaça voltava pela chaminé, como se não suportasse sair em uma noite como aquelas, e quando eu abri as portas e olhei para baixo das escadas as velas das escadas se apagaram, e quando eu cobri meu rosto com as mãos e olhei através das janelas escuras (abri-las mesmo que só um pouco estava tão fora de questão diante daquele vento e daquela chuva), vi que as velas do pátio também haviam se apagado, e que as luminárias das pontes e da orla estremeciam, e que as brasas das barcaças no rio também estavam sendo levadas pelo vento como estilhaços incandescentes na chuva.

Eu lia com meu relógio sobre a mesa, com a intenção de fechar meu livro às onze horas. Ao fechá-lo, a Catedral de Saint Paul, e todos os relógios das igrejas na cidade – alguns conduzindo, outros acompanhando, outros seguindo – bateram aquele horário. O som foi curiosamente afetado pelo vento, e eu escutava e pensava em como o vento o atacava e cortava, quando ouvi passos nas escadas.

Não importa dizer que loucura me acometeu fazendo-me associá-los aos passos de minha finada irmã. Passou em um momento, e ouvi mais uma vez, e ouvi os passos hesitando ao subir. Lembrando então que as velas das escadas haviam sido apagadas, peguei minha luminária de leitura e fui até a ponta da escada. Quem quer que fosse que estivesse lá embaixo havia parado ao ver minha luz, pois estava tudo quieto.

"Há alguém aí embaixo, não há?", gritei, olhando para baixo.

"Sim", disse uma voz na escuridão abaixo.

"Que andar procura?"

"O último, Sr. Pip."

"Esse é meu nome. O que aconteceu?"

"Não aconteceu nada", respondeu a voz. E o homem subiu.

Eu fiquei com a luminária estendida perto do corrimão das escadas, e ele caminhou lentamente em direção à luz. Era uma luminária com foco, feita para iluminar um livro, e seu feixe de luz estava tão estreito que o capturou por apenas um mero instante, e então ele voltou para a escuridão. Naquele instante, eu havia visto um rosto estranho a mim, olhando para cima com o ar incompreensível de estar sendo tocado e satisfeito pela minha visão.

Acompanhando o homem com a luminária, eu compreendi que ele estava vestido, mas pouco, como um viajante pelo mar. Que ele tinha os cabelos longos e grisalhos. Que tinha por volta de sessenta anos. Que era um homem musculoso, com pernas fortes, e que estava com a pele queimada e endurecida pela exposição à intempérie. Quando ele chegou ao último ou penúltimo degrau, e a luz de minha luminária captou nós dois, vi, com uma espécie de espanto estúpido, que ele estendia suas duas mãos em minha direção, a mim continuamente.

"Por favor, o que deseja?", perguntei.

"O que desejo?", ele repetiu, hesitante. "Ah! Sim. Vou lhe explicar o que desejo, se me permitir."

"Deseja entrar?"

"Sim", ele respondeu, "desejo entrar, mestre".

Havia lhe feito a pergunta da maneira mais inóspita possível, pois me ressentia com o reconhecimento alegre e satisfeito que ainda brilhava em seu rosto. Ressentia-o porque parecia sugerir que ele esperava que eu lhe correspondesse. Mas o conduzi para dentro do quarto que eu havia acabado de deixar, e, colocando a luminária sobre a mesa, pedi-lhe tão civilmente quanto possível que se explicasse.

Ele olhou à sua volta com o aspecto extremamente estranho – um aspecto de prazer curioso, como se ele tivesse alguma parte das coisas que admirava então – e tirou sua sobrecasaca e o chapéu. Em seguida, vi que sua cabeça era enrugada e careca, e que todo o cabelo longo e grisalho crescia somente nas laterais. Mas não encontrei nada que o explicasse minimamente. Pelo contrário, vi-o logo depois mais uma vez estendendo as duas mãos em minha direção.

"O que significa isso?", eu disse, começando a achar que ele era maluco.

Ele parou de olhar para mim e lentamente passou a esfregar sua mão direita na cabeça. "É decepcionante para um homem", ele disse, com a voz rouca e entrecortada, "depois de ter esperado por tanto tempo e vindo de tão longe, mas não é sua culpa – não é culpa de nenhum de nós. Quero lhe falar por trinta segundos. Dê-me esses trinta segundos, por favor".

Ele se sentou em uma cadeira que ficava diante do fogo e cobriu sua testa com suas mãos enormes e bronzeadas, repletas de veias. Olhei para ele atentamente então, e recuei um pouco, mas eu não o reconhecia.

"Não há ninguém aqui", ele disse, olhando por cima do ombro, "certo?".

"Por que você, um estranho, entrando em meus cômodos a esta hora da noite, faz uma pergunta dessa?", eu disse.

"Você é valente", ele respondeu, balançando a cabeça para mim com afeto intencional, ao mesmo tempo incompreensível e irritante, "fico contente que você tenha crescido assim valente! Mas não tente me pegar. Você se arrependeria por isso depois".

Eu desisti da intenção que ele havia detectado, pois agora o reconhecia! Embora eu não conseguisse lembrar de nenhum traço que fosse, mas o reconhecia! Se o vento e a chuva tivessem levado embora os anos que haviam passado, tivessem espalhado todos os objetos interpostos, tivessem nos arrastado ao cemitério onde ficamos frente a frente pela primeira vez em alturas tão diferentes, eu não poderia reconhecer meu condenado melhor do que o reconhecia agora sentado em uma cadeira diante do fogo. Não era preciso tirar a lixa de seu bolso e mostrá-la a mim, não era preciso tirar o lenço de seu pescoço e torcê-lo em volta do pescoço, não era preciso abraçar a si mesmo com os dois braços e caminhar balançando-se pelo cômodo, olhando para trás para mim em busca de reconhecimento. Eu o reconheci antes que me desse qualquer uma dessas pistas, embora, um momento antes, eu não tivesse consciente de nem mesmo suspeitar vagamente de sua identidade.

Ele voltou para onde eu estava parado e, outra vez, estendeu as duas mãos. Sem saber o que fazer, pois, espantado, perdi minha tranquilidade, eu, relutante, lhe dei minhas duas mãos. Ele as agarrou vorazmente, ergueu-as aos lábios e as beijou, sem soltá-las.

"Você agiu de maneira nobre, meu garoto", ele disse. "Nobre, Pip! E eu nunca me esqueci!"

Percebendo certa mudança em sua conduta como se ele fosse até mesmo me abraçar, coloquei uma mão sobre seu peito e o afastei.

"Pare!", eu disse, "afaste-se! Se você é grato a mim pelo que lhe fiz quando era uma criança, espero que você tenha mostrado sua gratidão reparando o seu tipo de vida. Se você veio aqui para me agradecer, não era necessário. Ainda assim, seja como for que você tenha me encontrado, deve haver agora algo de bom no sentimento que o trouxe até aqui, e não vou repudiá-lo, mas você certamente deve entender que eu...".

Minha atenção estava tão fixada no jeito singular que ele me encarava que minhas palavras morreram sem que pudessem chegar a meus lábios.

"Você dizia", ele observou, quando nos confrontamos em silêncio, "que eu certamente devo entender. O que eu certamente devo entender?".

"Que não desejo renovar a chance de tanto tempo atrás de me relacionar com você, sob essas circunstâncias diferentes. Fico contente em acreditar que você se arrependeu e se recuperou. Fico contente em lhe dizer isso. Fico contente que, achando que mereço sua gratidão, você tenha vindo me agradecer. Mas nossos caminhos são caminhos diferentes, não há mais nada além disso. Você está molhado e parece exausto. Deseja beber algo antes de partir?"

Ele havia afrouxado seu lenço do pescoço e estava parado, observando-me intensamente mordendo uma ponta do lenço. "Creio que", ele respondeu, ainda com a ponta do lenço na boca e observador, "vou beber (e agradeço-lhe) algo antes de ir".

Havia uma bandeja pronta na mesa lateral. Trouxe-a para a mesa perto do fogo, e lhe perguntei o que gostaria de beber. Ele tocou uma das garrafas sem olhá-las ou dizer nada, e eu lhe preparei um pouco de rum quente e água. Tentei manter minhas mãos paradas ao fazer isso, mas seu jeito de me olhar, inclinado em sua cadeira com a ponta comprida e imunda de seu lenço entre os dentes – evidentemente esquecida – fez com que ficasse mais difícil controlar minha mão. Quando finalmente lhe entreguei o copo, fiquei muito admirado em ver que seus olhos estavam cheios de lágrimas.

Até então eu havia permanecido em pé para que ficasse bem entendido que desejava que ele fosse embora. Mas fui enternecido pelo aspecto terno do homem, e senti um toque de ressentimento. "Espero", eu disse, colocando, apressadamente, qualquer coisa em meu copo para beber, puxando uma cadeira para a mesa, "que você não ache que falei duramente com você agora. Ora! Não era minha intenção fazê-lo, e sinto muito se isso aconteceu. Desejo que esteja bem e feliz!".

Ao levar o copo a meus lábios, ele olhou para a ponta de seu lenço com surpresa, deixando-o cair de sua boca ao abri-la, e esticou a mão. Dei-lhe a minha, e ele então bebeu, e puxou sua manga por cima dos olhos e da testa.

"Como está vivendo?", perguntei.

"Fui criador de ovelhas, criador de gado, entre outras coisas também, lá no Novo Mundo", ele disse, "há milhares de quilômetros de águas bravas daqui".

"Espero que tenha se dado bem."

"Dei-me incrivelmente bem. Há outros que foram comigo e se deram bem também, mas ninguém se deu tão bem quanto eu. Fiquei famoso por isso."

"Fico contente em saber disso."

"Esperava que dissesse isso, meu menino."

Sem parar para tentar entender essas palavras ou o tom com que as pronunciara, voltei-me para um ponto que acabara de surgir em minha mente.

"Chegou a ver um mensageiro que você certa vez me enviou", indaguei, "desde que aceitou a incumbência?".

"Nunca o vi. Não era provável."

"Ele foi fiel e me trouxe as duas notas de uma libra. Eu era um menino pobre então, como você sabe, e para um menino pobre elas representavam uma fortuna. Mas, como você, tenho me dado bem desde então, e você deve me deixar pagar por elas. Pode ajudar outro menino pobre." Puxei minha carteira.

Ele me fitou enquanto eu colocava a carteira sobre a mesa e a abria, e ele me acompanhou enquanto eu separava duas notas de uma libra de dentro da carteira. Estavam limpinhas e novas, e eu as separei e entreguei a ele. Ainda me fitando, colocou uma sobre a outra, dobrou-as longitudinalmente, torceu-as, ateou-lhes fogo através de uma luminária e as deixou cair em forma de cinzas no cinzeiro.

"Posso ter a ousadia", ele disse então, com um sorriso que se confundia com um franzir de cenho, ou franzia o cenho e parecia estar sorrindo, "de lhe perguntar como você se deu bem desde que você e eu nos encontramos no pântano gelado e solitário?".

"Como?"

"Ah!"

Ele esvaziou seu copo, levantou e parou diante do fogo com sua mão escura e pesada sobre a cornija da lareira. Colocou um pé sobre as barras, para secá-lo e aquecê-lo, e a umidade começou a evaporar. Mas ele não olhava nem para o pé nem para o fogo. Fitava a mim continuamente. Foi só então que comecei a tremer.

Quando meus lábios se abriram para dar forma a algumas palavras que não tinham som, forcei-me a dizer-lhe (embora não o pudesse fazer distintamente) que eu havia sido escolhido para herdar certa propriedade.

"Poderia um verme como eu saber que propriedade é essa?", ele perguntou.

Eu hesitei: "Não sei".

"Poderia um verme como eu saber a quem pertence essa propriedade?", ele perguntou.

Hesitei novamente: "Não sei".

"Eu poderia adivinhar, imagino", disse o condenado, "a sua renda desde que se tornou maior de idade! Vamos ao primeiro algarismo. Cinco?".

Com meu coração batendo como um martelo pesado e desordenado, me levantei de minha cadeira, colocando a mão sobre seu encosto, olhando para ele com ferocidade.

"A respeito de um guardião", ele continuou. "Deve ter existido algum guardião, ou algo do tipo, enquanto você era menor de idade. Algum advogado, talvez. Vamos à primeira letra do nome desse advogado. Seria J?"

Toda a verdade sobre minha posição se esclareceu para mim, e suas decepções, perigos, desgraças, consequências de todos os tipos passaram pela minha frente tão velozmente que fui esmagado por eles e precisei me esforçar para respirar.

"Vamos supor", ele continuou, "que o empregador desse advogado cujo nome começa com a letra J, e poderia ser Jaggers, vamos supor que ele venha de outro país até Portsmouth e tenha parado por ali, e quisesse vir até aqui para ter com você. 'Porém, seja como for que você tenha me encontrado', você disse agora mesmo. Bem! Contudo, como o encontrei? Ora, escrevi de Portsmouth a uma pessoa em Londres para que me desse as informações de seu endereço. O nome dessa pessoa? Ora, Wemmick".

Eu não poderia pronunciar nenhuma palavra, ainda que fosse para salvar minha vida. Fiquei parado, com uma mão sobre o encosto da cadeira e a outra sobre o peito, onde parecia sufocar, fiquei parado assim, olhando ferozmente para ele, até que me agarrei à cadeira quando o quarto pareceu começar a girar rapidamente. Ele me agarrou, me puxou para o sofá, me colocou sobre as almofadas e se ajoelhou diante de mim, trazendo o rosto de que eu me lembrava tão bem agora, e diante do qual eu havia gritado, muito próximo ao meu.

"Sim, Pip, meu caro garoto, transformei-o em um cavalheiro! Fui eu que fiz isso! Jurei, na época, que assim que ganhasse um guinéu, esse guinéu chegaria a você. Jurei, depois, que assim que eu ficasse rico com minhas especulações, você ficaria rico. Vivi com dificuldades para que sua vida pudesse ser fácil. Trabalhei arduamente para que você não precisasse trabalhar. Quais eram as chances, meu caro? Estou lhe contando isso para que sinta ter alguma obrigação comigo? Nem um pouco. Conto-lhe para que saiba que aquele cão perseguido e horrível que lhe deve a vida levantou a cabeça de tal maneira que pudesse fazer de você um cavalheiro... E, Pip, você é esse cavalheiro!"

A repulsa que eu sentia por esse homem, o medo que eu sentia dele, a repugnância com a qual eu recuava não seriam piores ainda que ele fosse uma fera terrível.

"Olhe, aqui, Pip. Sou seu segundo pai. Você é meu filho, mais para mim que um filho. Eu guardei dinheiro somente para que você pudesse gastá-lo. Quando fui empregado como pastor de ovelhas e vivia em uma cabana solitária, sem ver rostos além daqueles das ovelhas até que quase chegasse a me esquecer dos rostos de homens e mulheres, conseguia me lembrar do seu. Derrubava minha faca várias vezes naquela cabana durante o almoço ou o jantar e dizia: 'Aqui está o menino novamente, olhando para mim enquanto eu como e bebo!'. Via-o lá várias vezes, de maneira tão nítida quanto no pântano brumoso. 'Que eu caia morto agora!'. Eu dizia toda vez – e saía ao ar livre para dizê-lo sob o céu aberto – mas se eu conseguir liberdade e dinheiro farei daquele menino um cavalheiro!'. Dito e feito. Ora, olhe para você, meu caro! Olhe para as suas acomodações, dignas de um lorde! Um lorde? Ah! Você pode comparar e apostar seu dinheiro com lordes e sairá vencedor!"

Em seu calor e triunfo, e percebendo que eu estava quase desmaiando, ele não fez comentários sobre o modo como recebi tudo aquilo. Era o único grão de alívio que eu tinha.

"Olhe aqui!", ele continuou, pegando o relógio de meu bolso e virando um anel que eu tinha no dedo para examiná-lo enquanto eu recuava de seu toque como se ele fosse uma cobra, "feito de ouro e belíssimo: digno de um cavalheiro, espero! Um diamante rodeado de rubis: digno de um cavalheiro, espero! Olhe para seus lençóis, finos e belos! Olhe para suas roupas, não há melhores que elas ainda! E seus livros também", examinando-os pelo quarto, "montando as estantes em centenas! E você os lê todos, não é? E vi que você os lia quando cheguei, rá, rá, rá! Deverá lê-los para mim, caro menino! E se eles estiverem escritos em língua estrangeira, que não compreendo, vou ficar tão orgulho quanto como se compreendesse".

Novamente, ele pegou minhas duas mãos e as colocou sobre os lábios, enquanto meu sangue corria gelado por minhas veias.

"Não se preocupe em falar, Pip", ele disse, depois de mais uma vez puxar a manga sobre os olhos e a testa enquanto fazia aquele estalo na garganta de que eu me lembrava muito bem – e ele parecia ainda mais terrível a mim, pois estava sendo sincero, "não pode fazer nada melhor do que ficar quieto, querido. Você não estava esperando por isso como eu, você não estava preparado para isso como eu. Mas você nunca pensou que pudesse ser eu?".

"Ah, não, não, não", eu respondi, "Nunca, nunca!".

"Bem, você viu que era eu, sozinho. Nenhuma alma além da minha própria e do Sr. Jaggers."

"Não havia mais ninguém?", perguntei.

"Não", ele disse, com o olhar admirado. "Quem mais poderia haver? E, querido menino, como você cresceu e ficou belo! Há olhares para você em algum lugar, hein? Não há olhares para você em algum lugar, em que você gosta de pensar?"

"Ah, Estella, Estella!"

"Eles hão de ser seus, querido menino, se o dinheiro puder comprá-los. Não que um cavalheiro como você, tão bem colocado como você, não possa conquistá-los sozinho, mas o dinheiro há de ajudar! Deixe-me terminar o que estava a dizer, querido. Daquela cabana onde eu trabalhava, meu mestre me deixou um pouco de dinheiro (ele morreu e havia sido como eu), consegui minha liberdade e fiquei por minha conta. Tudo o que resolvia fazer, fazia por você. 'Que eu caia morto', eu dizia, fizesse o que fizesse, 'se não for por ele!'. Tudo prosperou muito bem. Como o faço entender agora, fiquei famoso por isso. Foi o dinheiro que me foi deixado e os ganhos dos primeiros anos que eu enviei ao Sr. Jaggers – tudo para você – quando ele o procurou, concordando com meu pedido na carta."

Oh, quem dera ele nunca tivesse vindo! Que tivesse me deixado na ferraria – longe de estar contente, porém, por comparação, feliz!

"E então, caro menino, foi uma recompensa para mim, olhe aqui, saber, secretamente, que eu estava criando um cavalheiro. Os cavalos puro-sangue dos colonos poderiam lançar sua poeira por cima de mim enquanto eu caminhava. O que eu dizia? Eu dizia para mim mesmo: 'Eu estou criando um cavalheiro melhor do que vocês jamais serão!'. Quando um deles dizia para o outro: 'Ele foi um condenado há alguns anos e agora é um sujeito ignorante, embora tenha sorte', o que eu dizia? Eu dizia a mim mesmo: 'Se eu não sou um cavalheiro ou não possuo qualquer instrução, sou dono de um. Todos vocês possuem ações e terras. Quem de vocês possui um cavalheiro criado em Londres?' E assim me mantive forte. E assim mantive em minha mente o pensamento de que um dia eu viria a ver meu menino e me apresentar a ele, em sua própria terra."

Ele colocou a mão em meu ombro. Gelei em pensar que até onde eu sabia, sua mão poderia estar manchada de sangue.

“Não foi fácil, Pip, deixá-los e também não era seguro. Mas me mantive firme, e quanto mais difícil ficava, mais firme eu me tornava, pois eu estava determinado e já havia tomado a decisão. Finalmente, fui em frente. Meu caro menino, eu consegui!”

Tentei reorganizar meus pensamentos, mas eu estava atordoado. Todo esse tempo parecia para mim que eu acompanhava mais o vento e a chuva do que ele: até mesmo agora, eu não podia separar a voz dele das outras vozes, embora estivessem altas, e a dele baixa.

“Onde vou ficar?”, ele me perguntou, depois de um momento. “Preciso ficar em algum lugar, querido.”

“Para dormir?”, perguntei.

“Sim. E para dormir bastante e profundamente”, ele respondeu, “pois fui arremessado e encharcado pelo oceano durante meses a fio”.

“Meu amigo e companheiro”, eu disse, levantando do sofá, “está fora. Fique no quarto dele”.

“Ele não retornará amanhã, certo?”

“Não”, eu disse, respondendo quase mecanicamente, embora me esforçasse, “não retornará amanhã”.

“Porque, olhe aqui, querido menino”, ele disse, baixando a voz, colocando seu longo dedo sobre meu peito de maneira a me impressionar, “é preciso cautela”.

“O que quer dizer? Cautela?”

“Por Deus, é a morte!”

“O que é a morte?”

“Eu fui enviado à vida. Retornar é a morte. Ocorreram retornos demais nos últimos anos, e eu seria certamente enforcado se capturado.”

Nada mais era necessário: esse homem miserável, depois de me atormentar com seus grilhões de ouro e prata durante anos, havia arriscado sua vida por mim, e eu agora o tinha em minhas mãos! Se eu o tivesse amado em vez de detestá-lo, se tivesse me sentido atraído por ele por sua intensa admiração e afeição, em vez de ter me encolhido com a mais intensa repugnância, não teria sido pior. Pelo contrário, teria sido melhor, pois sua preservação teria naturalmente e carinhosamente chegado a meu coração.

Meu primeiro cuidado foi fechar as janelas para que nenhuma luz pudesse ser vista. E em seguida fechei e tranquei as portas. Enquanto isso, ele ficou à mesa bebendo rum e comendo biscoito.

E quando o vi fazê-lo, vi meu condenado no pântano fazendo sua refeição novamente. Quase me parecia que ele iria se inclinar em seguida para lixar seus grilhões.

Depois de ir ao quarto de Herbert e de fechar qualquer outra comunicação entre ele e as escadas além daquela para o cômodo onde havíamos conversado, perguntei-lhe se gostaria de ir para a cama. Ele disse que sim, mas pediu que eu lhe desse "algumas roupas de cavalheiro" para que colocasse no dia seguinte. Trouxe-lhe as roupas e deixei-as prontas para ele, e meu sangue novamente gelou quando ele mais uma vez me segurou com as duas mãos para me desejar boa noite.

Livrei-me dele sem saber ao certo como o havia feito, arrumei o fogo no cômodo em que havíamos estado juntos, e me sentei diante dele, com medo de ir para a cama. Por uma hora ou mais, continuei atordoado demais para conseguir pensar. E só quando comecei a pensar comecei a entender direito o quão miserável eu era, e como o navio no qual eu havia embarcado havia se despedaçado.

As intenções da Senhorita Havisham para mim eram todas um sonho. Estella não era destinada a mim. Eu fui tolerado na Casa Satis somente por conveniência, uma irritação para os parentes gananciosos, um boneco com o coração mecânico para servir como prática quando não havia mais nada disponível. Foram essas as primeiras dores que senti. Mas a dor mais aguda e profunda que senti havia sido pelo condenado, culpado por crimes que eu nem podia saber e sujeito a ser capturado naquele mesmo cômodo onde eu me sentara pensativo e a ser enforcado à porta de Old Bailey, onde eu havia abandonado Joe.

Eu não voltaria por Joe então, eu não teria voltado por Biddy, fosse qual fosse a circunstância. Simplesmente, suponho, porque o senso de minha própria imprestável conduta em relação a eles era maior que qualquer coisa. Nenhuma sabedoria na Terra poderia me dar o consolo que eu teria tido com sua simplicidade e lealdade. Mas eu jamais, jamais poderia desfazer o que eu havia feito.

Em cada rajada de vento e pancada de chuva, eu ouvia perseguidores. Por duas vezes, eu poderia jurar que havia alguém batendo na porta e cochichando lá fora. Com esse temor me dominando, comecei a imaginar ou lembrar que eu havia recebido avisos misteriosos da chegada daquele homem. Que, durante as semanas anteriores, eu havia passado por rostos na rua que pensei parecerem o rosto dele. Que tais semelhanças haviam ficado cada vez mais frequentes conforme ele, chegando do oceano, se aproximava. Que seu espírito perverso havia de alguma forma enviado esses mensageiros ao meu, e que então naquela noite de tempestade ele era tão bom quanto se dizia e estava comigo.

Enchendo-me de reflexões desse tipo, tive um pensamento de que eu o havia visto com meus olhos infantis como um homem desesperado e violento, que eu havia ouvido que outros condenados repetiam que ele havia tentado matá-los, que eu o havia visto no fundo do dique se debatendo e lutando como uma fera selvagem. Dessas recordações acometeu-me um terror meio despertado, à luz do fogo, de que poderia não ser seguro estar ali dentro trancado com ele no calar daquela noite selvagem e solitária. Esse pensamento se dilatou até preencher todo o cômodo e me impeliu a pegar uma vela para ir ver meu terrível fardo.

Ele havia envolvido sua cabeça com um lenço, e seu rosto estava impassível e ameaçador enquanto dormia. Mas ele estava dormindo, tranquilamente, embora tivesse uma pistola ao lado de seu travesseiro. Tendo me certificado disso, coloquei a chave de sua porta do lado de fora, cuidadosamente, e a girei antes de voltar e me sentar diante do fogo. Aos poucos fui escorregando da cadeira e me deitei no chão. Quando acordei sem ter perdido a percepção de minha infelicidade durante o sono, os relógios das igrejas do lado leste da cidade batiam cinco horas, as velas, assim como o fogo, haviam se apagado, e o vento e a chuva deixavam a escuridão ainda mais espessa e negra.

ESTE É O FIM DA SEGUNDA PARTE DAS ESPERANÇAS DE PIP.

Capítulo XL

Fiz muito bem em tomar as devidas precauções para garantir (tanto quanto pude) a segurança de meu terrível visitante, pois esse pensamento, insistente quando acordei, trouxe outros pensamentos, mantendo-os, de forma confusa, à distância.

A impossibilidade de mantê-lo escondido nos quartos era evidente. Não era possível fazê-lo, e a tentativa levantaria suspeitas inevitavelmente. É verdade, eu não tinha o Vingador a meu serviço então, mas uma velha impetuosa cuidava de mim, auxiliada por um saco de trapos vivo que ela chamava de sobrinha, e mantê-las longe do quarto seria o mesmo que incitá-las à curiosidade e ao drama. A vista das duas era ruim, o que eu sempre atribuí ao fato de cronicamente espiarem por buracos de fechadura, e elas estavam sempre disponíveis quando não desejadas. Na verdade, essa era sua única qualidade fixa, além do hábito de roubarem. De modo a não criar um mistério com elas, resolvi avisar, pela manhã, que meu tio havia chegado do interior sem avisar.

Assim eu havia decidido enquanto ainda tateava por meu caminho pela escuridão para encontrar uma vela. Sem encontrar nada, no fim das contas, precisei ir até a guarita ao lado e pedi para que o vigilante viesse com sua lanterna. Então, tateando pelas escadas escuras, esbarrei em alguma coisa, e essa coisa era um homem agachado em um canto.

Como o homem não respondeu quando lhe perguntei o que fazia ali, mas se esquivou de meu toque no silêncio, corri à guarita e supliquei que o vigilante viesse correndo, contando-lhe sobre o incidente na volta. Como o vento soprava tão forte quanto antes, nós preferimos não arriscar nossa lanterna reacendendo as lamparinas apagadas na escadaria, mas examinamos as escadas do começo ao fim e não encontramos ninguém. Então ocorreu-me como uma possibilidade de que o homem pudesse ter entrado em um dos quartos, então acendendo minha vela com a vela do vigilante deixei-o à porta, e examinei os quartos com cuidado, incluindo o quarto onde meu visitante dormia. Estava tudo silencioso e seguro de que não havia nenhum outro homem naqueles cômodos.

Fiquei perturbado com a ideia de que pudesse haver alguém à espreita nas escadas bem naquela noite, de todas as noites do ano, e perguntei ao vigilante, na esperança de conseguir uma explicação ao lhe entregar uma bebida à porta, se ele havia permitido a entrada de algum cavalheiro que tivesse visivelmente jantado fora. Sim, ele respondeu, em diferentes momentos da noite, três. Um vivia em Fountain Court, e os outros dois na própria rua, e vira os três indo embora. Novamente, o único outro homem que morava na casa da qual meus cômodos faziam parte estava passando algumas semanas no interior, e certamente não havia retornado durante a noite, porque ele vira sua porta com um cadeado quando subimos.

"Uma noite assim tão ruim, senhor", disse o vigilante, ao me devolver o copo, "pouquíssimas pessoas vieram até meu portão. Além dos três sujeitos sobre os quais lhe contei, não me lembro de nenhum outro desde cerca de onze horas, quando um estranho perguntou por você."

"Meu tio", eu murmurei. "Sim."

"Chegou a vê-lo, senhor?"

"Sim. Ah, sim."

"Também a pessoa com ele?"

"Pessoa com ele!", eu repeti.

"Julguei que houvesse alguém com ele", respondeu o vigilante. "A pessoa parou, quando ele parou para me fazer uma pergunta, e a pessoa entrou junto com ele."

"Que tipo de pessoa?"

O vigilante não havia reparado em especial. Ele achava que era um trabalhador, provavelmente. Trazia trajes marrons sob um casaco escuro. O vigilante deu menos atenção à questão do que eu, é claro, pois não tinha a razão que eu tinha para considerá-lo importante.

Quando me livrei dele, o que achei melhor fazer sem lhe dar maiores explicações, minha cabeça estava muito perturbada com essas duas circunstâncias combinadas. Embora fossem fáceis de serem solucionadas separadamente, como, por exemplo, alguém jantando fora ou em casa, que não tivesse chegado perto do portão do vigilante, poderia ter ido sem querer até minha escadaria e caído no sono ali mesmo – e meu visitante não identificado poderia ter trazido alguém consigo para lhe mostrar o caminho – ainda assim, juntos, pareciam algo terrível e suscetível a desconfiança e medo, que é o que as últimas horas haviam me causado.

Acendi meu fogo, que queimava com uma chama fraca e pálida naquele momento da manhã e comecei a pegar no sono ali. Pareceu-me que eu passara a noite toda cochilando quando os relógios bateram seis horas. Como ainda tinha uma hora e meia entre mim e a chegada da luz do dia, cochilei novamente, acordando incomodado, com conversas prolixas sobre nada em meus ouvidos. Imaginando um trovão quando o vento batia na chaminé e depois de um tempo caindo em sono profundo do qual fui tirado, assustado, pela chegada da luz do dia.

Todo esse tempo, eu jamais havia conseguido considerar minha própria situação, e eu ainda não conseguia então. Eu não tinha a capacidade de fazê-lo. Estava extremamente desanimado e chateado, mas de uma maneira indiscriminadamente incoerente. Quanto a fazer qualquer tipo de plano futuro, seria mais fácil criar um elefante. Quando abri as janelas e olhei para fora, vi a manhã úmida e erma, tudo no mesmo tom cinza. Quando caminhei de um cômodo para o outro, quando me sentei novamente, tremendo diante do fogo, esperando por minha lavadeira, pensei em minha desgraça, mas mal podia compreender o seu motivo ou por quanto tempo já vivia nela, ou em que dia da semana eu fizera aquela reflexão ou mesmo quem eu era ao fazê-la.

Enfim, a velha e a sobrinha chegaram – a segunda com a cabeça não muito diferente de uma vassoura empoeirada – e mostraram admiração ao me verem diante do fogo. A elas compartilhei sobre a chegada de meu tio durante a noite e que dormia então, e como os preparativos do café da manhã deveriam ser alterados por isso. Eu me lavei e me vesti enquanto elas faziam barulho com a mobília, levantando poeira, e então, em uma espécie de sonho ou sonambulismo, me encontrei sentado diante do fogo, esperando por ele para o café da manhã.

Pouco tempo depois, sua porta se abriu e ele saiu. Não consegui suportar olhar para ele e pensei que sua aparência era pior à luz do dia.

"Eu nem sei", eu disse, falando muito baixo quando ele se sentou à mesa, "de que nome chamá-lo. Falei que você é meu tio".

"Isso mesmo, querido menino! Chame-me de tio."

"Você tinha um nome, suponho, no navio?"

"Sim, querido menino. Chamavam-me de Provis."

"Deseja manter esse nome?"

"Ora, sim, querido menino, é tão bom quanto qualquer outro – a menos que você prefira outro."

"Qual é seu nome verdadeiro?" Perguntei, sussurrando. "Magwitch", ele respondeu, no mesmo tom. "Batizado Abel."

"Você foi criado para ser o quê?"

"Um verme, querido menino."

Ele respondeu com tal seriedade e usou a denominação como se realmente se referisse a uma profissão.

"Quando você veio a Temple ontem à noite", eu disse, pausando para pensar se realmente se tratava da noite anterior, pois parecia que muito tempo havia passado.

"Sim, querido menino?"

"Quando entrou pelo portão e pediu para que o vigilante lhe informasse o caminho até aqui, havia alguém com você?"

"Comigo? "Não, querido menino."

"Mas havia alguém lá?"

"Não percebi, particularmente", ele disse, incerto, "pois não conhecia o costume do local. Mas acho que havia uma pessoa, também, que entrou comigo".

"Você é conhecido em Londres?"

"Espero que não!", ele disse, passando uma linha imaginária com o dedo indicador que me deixou quente e enjoado.

"Já foi conhecido em Londres no passado?"

"Não muito, querido menino. Estive nas províncias principalmente."

"Você foi julgado em Londres?"

"Que vez?", ele disse, com o olhar intenso.

"Da última vez."

Ele assentiu. "Foi assim que conheci o Sr. Jaggers. Jaggers estava a meu favor."

Eu estava pronto para lhe perguntar por que havia sido acusado, mas ele tirou uma faca e a exibiu, dizendo: "E o que eu fiz já foi resolvido e está pago!". E começou a tomar seu café da manhã.

Ele comeu de maneira tão voraz que chegava a ser desagradável, e todos os seus atos eram grosseiros, barulhentos e gulosos. Ele perdera alguns de seus dentes desde que o vira comer no pântano, e conforme ele revirava a comida dentro da boca, virando a cabeça para os lados para passar a comida para os dentes mais fortes, sua semelhança com um velho cachorro faminto era terrível. Se eu tivesse começado a comer com apetite, ele teria acabado com minha fome, e eu ficaria sentado exatamente como estava – repelido por ele com aversão insuperável, olhando tristemente para a toalha.

"Eu sou um comilão, querido", ele disse, com um tipo de desculpa educada quando terminou sua refeição, "mas sempre fui. Se estivesse em minha natureza comer pouco, é provável que tivesse me encrencado menos. Da mesma forma, preciso de meu fumo. Quando fui contratado temporariamente como pastor do outro lado do mundo, creio que teria me transformado em uma ovelha triste e louca se não tivesse meu cachimbo".

Ao dizer isso, levantou-se da mesa, e colocando a mão por dentro do casaco que ele usava tirou um cachimbo pequeno preto e um punhado de tabaco solto do tipo chamado Cabeça de Negro. Depois de encher o cachimbo, colocou o excesso de tabaco de volta, como se seu bolso fosse uma gaveta. Ele então pegou uma brasa incandescente com as pinças e acendeu seu cachimbo. Depois se virou sobre o tapete com as costas viradas para o fogo e passou a sua ação favorita de esticar as duas mãos em minha direção.

"E esse", ele disse, embalando minhas mãos para baixo e para cima nas suas, enquanto puxava seu fumo – "e esse é o cavalheiro que eu criei! O verdadeiro e genuíno! Faz-me muito bem olhar para você, Pip. Tudo que eu peço é ficar ao seu lado e olhar para você, querido menino!".

Soltei minhas mãos das suas assim que consegui e percebi que eu estava começando a aceitar gradualmente a contemplação de minha condição. Aquilo que me acorrentava, e com que intensidade, tornou-se compreensível a mim quando ouvi sua voz rouca, e me sentei olhando para sua cabeça careca e engruvinhada com os cabelos grisalhos nas laterais.

"Não desejo ver meu cavalheiro caminhando nas ruas lamacentas, não pode haver lama em suas botas. Meu cavalheiro deve ter cavalos, Pip! Cavalos para montar, cavalos para atrelar e cavalos para seu criado montar e atrelar também. Como podem os colonos ter cavalos (e cavalos puro-sangue, por favor, meu Deus!) e meu cavalheiro londrino não? Não, não. Nós vamos lhes mostrar de que você é capaz, Pip, não vamos?"

Ele tirou do bolso uma caderneta grande e grossa, cheia de papéis, e a jogou em cima da mesa.

"Há algo aqui dentro que vale a pena gastar, querido. É seu. Tudo o que é meu é seu. Não tenha medo disso. Há ainda mais de onde isso tudo veio. Eu voltei ao velho país para ver meu cavalheiro gastar seu dinheiro como um cavalheiro. Isso será meu prazer. Meu prazer será vê-lo fazendo isso. E que se danem todos!", ele acabou dizendo, olhando à sua volta no cômodo ao estalar os dedos causando um barulho alto, "danem-se todos vocês, desde o juiz com sua peruca até o colono levantando a poeira, vou mostrar um cavalheiro melhor do que todos vocês juntos!"

"Pare!", eu disse, quase surtando com medo e desgosto. "Eu quero falar com você. Quero saber o que deve ser feito. Quero saber como você se manterá fora de perigo, quanto tempo há de ficar e que projetos tem em mente."

"Olhe aqui, Pip", ele disse, colocando a mão sobre meu braço de um jeito subitamente alterado e tênue, "antes de mais nada, olhe aqui. Esqueci de mim mesmo há meio minuto. O que eu disse foi baixo, essa é a verdade. Baixo. Olhe aqui, Pip. Olhe aqui. Não desejo ser baixo".

"Primeiro", eu continuei, em um suspiro, "que precauções devem ser tomadas para que você não seja reconhecido e capturado?".

"Não, querido menino", ele disse, com o mesmo tom de antes. "Isso não deve vir em primeiro lugar. Primeiro vem a baixeza. Eu não levei tantos anos para criar um cavalheiro, não sem saber o que lhe é devido. Olhe aqui, Pip. Eu fui baixo, essa é a verdade. Baixo. Olhe aqui, querido menino."

Alguma coisa assustadora e ridícula me fez cair em uma gargalhada nervosa, ao que respondi: "Eu olhei. Em nome de Deus, não fique tagarelando!".

"Sim, mas olhe aqui", ele persistia. "Querido menino, eu não vim de tão longe para ser baixo. Bem, vamos lá, querido menino. Você dizia..."

"Como estará protegido do perigo que o ameaça?"

"Bem, querido, o perigo não é tão grande. A menos que eu tenha sido denunciado, o perigo não significa muita coisa. Há Jaggers, Wemmick e você. Quem mais poderia me entregar?"

"Não há chances de alguém o ter identificado na rua?", eu disse.

"Bem", ele respondeu, "não muitas. Também não tenho a intenção de me anunciar nos jornais pelo nome de A.M., recém-chegado de Botany Bay, e anos já se passaram, quem se interessaria por isso? Ainda assim, olhe aqui, Pip. Se o perigo fosse cinquenta vezes maior, eu ainda viria vê-lo, saiba disso, da mesmíssima forma".

"E por quanto tempo há de ficar?"

"Quanto tempo?", ele disse, tirando seu cachimbo da boca, deixando o queixo cair ao me encarar. "Não voltarei. Vim para ficar."

"Onde vai viver?", perguntei. "O que há de fazer? Onde estará seguro?"

"Querido menino", ele respondeu, "há perucas que se podem comprar com dinheiro, há também o pó para os cabelos, e óculos, roupas pretas, calças curtas e tantas outras coisas.

Outros já fizeram isso com segurança antes, e o que outros fizeram anos atrás, outros podem fazer novamente. Quanto a onde e como viver, querido menino, dê-me sua própria opinião a respeito".

"Você está levando isso com tranquilidade agora", eu disse, "mas você estava muito sério ontem à noite quando jurou que era a Morte".

"E ainda juro que é a Morte", ele disse, colocando o cachimbo de volta na boca, "e Morte pela corda, a céu aberto não longe daqui, e é necessário que você compreenda bem que precisa ser assim. E o que acontece então, depois de feito? Cá estou! Voltar agora seria tão ruim quanto ficar, até pior. Além disso, Pip, estou aqui porque foi meu propósito fazer isso por você, por anos e anos. Quanto ao risco, sou um pássaro velho agora, que já se arriscou em todo tipo de armadilhas desde que ganhou penas e não tenho medo de me empoleirar sobre um espantalho. Se a Morte está escondida dentro dele, e está, quero que ela saia e eu hei de encará-la e somente então acreditarei nela. E agora deixe-me dar uma espiada em meu cavalheiro novamente".

Mais uma vez, ele me pegou com as duas mãos e me avaliou com o ar de admiração e propriedade, fumando com grande complacência enquanto isso.

Parecia-me que eu não poderia fazer nada melhor além de lhe garantir alguma acomodação tranquila nas proximidades para onde ele pudesse ir quando Herbert voltasse, o que eu esperava que fosse dentro de dois ou três dias. Estava claro para mim que era inevitável que Herbert viesse a saber do segredo, ainda que eu pudesse colocar fora de questão o alívio imenso que eu teria em compartilhar com ele. Mas isso não ficou tão claro com o Sr. Provis (resolvi chamá-lo assim), que deixou a decisão quanto à participação de Herbert para quando o visse e pudesse julgar sua fisionomia favoravelmente. "E até mesmo então, querido menino", ele disse, tirando do bolso uma pequena Bíblia engordurada e com fecho, "vamos fazê-lo jurar".

Declarar que meu pavoroso protetor levava consigo aquele pequeno livro pelo mundo apenas para fazer com que as pessoas prestassem juramentos em casos de emergência seria declarar o que eu nunca soubera, mas o que eu posso dizer é que eu nunca o vi usá-la para qualquer outra coisa. O livro em si parecia ter sido roubado de algum tribunal de justiça, e talvez o conhecimento de sua origem, combinado com sua própria experiência naquele sentido, lhe desse a confiança de seus poderes como um tipo de feitiço ou encanto legal. Na primeira ocasião em que ele a tirou do bolso, lembrei-me de quando me fizera jurar lealdade no cemitério muito tempo antes e como ele havia descrito a si mesmo como alguém que sempre jurava cumprir suas decisões em sua solidão.

Como ele estava no momento usando um traje de marinheiro, com o qual parecia que a qualquer momento mostraria um papagaio e alguns charutos, eu logo discuti com ele sobre que roupas deveria usar. Ele estimava muitíssimo sua crença nas virtudes das calças curtas como disfarce, e havia criado um traje para si mesmo, em sua imaginação, que o faria parecer alguém entre um decano e um dentista. Foi com considerável dificuldade que o convenci de que o traje de fazendeiro próspero seria melhor, e nós combinamos que ele cortaria seu cabelo curtinho e colocaríamos um pouco de pó. Por fim, como ele ainda não havia sido visto pela lavadeira ou por sua sobrinha, ele deveria ficar fora de suas vistas até que a mudança das roupas fosse realizada.

Parecia uma questão simples de decidir a respeito dessas precauções, mas em meu estado de atordoamento, para não dizer distração, levou tanto tempo que eu não terminei antes das duas ou três horas da tarde.

Ele deveria ficar fechado nos quartos enquanto eu estivesse fora, e não deveria abrir a porta sob nenhuma hipótese.

Como eu sabia que havia um alojamento aceitável na Essex Street, cujos fundos davam para Temple, e que ficava quase ao alcance de um grito de minha janela, eu primeiro fui até lá e tive muita sorte em conseguir reservar o segundo andar para meu tio, Sr. Provis. Eu então fui de loja em loja, comprando tudo o que seria necessário para sua transformação. Isso feito, dirigi-me, por conta própria, a Little Britain. O Sr. Jaggers estava em sua mesa, mas, ao me ver entrar, levantou-se imediatamente e ficou parado diante do fogo.

"Bem, Pip", ele disse, "tome cuidado".

"Sim, senhor", respondi. Pois no caminho havia pensado bem sobre o que diria.

"Não se comprometa", disse o Sr. Jaggers, "e não comprometa ninguém. Você entende, ninguém. Não me diga nada: não quero saber nada, não sou curioso".

É claro que eu sabia que ele sabia da chegada do homem.

"Eu somente desejo, Sr. Jaggers", eu disse, "me certificar de que o que ele me disse é verdade. Não tenho esperança de que não seja, mas pelo menos eu poderia verificar".

O Sr. Jaggers assentiu. "Mas você 'disse' ou 'informou'?", ele me perguntou, com a cabeça de lado, sem olhar para mim, olhando atento para o chão ao me escutar. "Disse que pareceria implicar uma comunicação verbal. Não é possível fazer uma comunicação verbal com um homem em Nova Gales do Sul, sabe."

"Direi informou, Sr. Jaggers."

"Bom."

"Fui informado de que uma pessoa chamada Abel Magwitch, de que ele é meu benfeitor há tanto tempo desconhecido por mim."

"Esse é o homem", disse o Sr. Jaggers, "em Nova Gales do Sul".

"E somente ele?", eu disse.

"E somente ele", disse o Sr. Jaggers.

"Eu não sou tão irracional, senhor, para pensar que você seja de qualquer modo responsável por meus erros e conclusões equivocadas, mas eu sempre supus que fosse a Senhorita Havisham."

"Como você diz, Pip", respondeu o Sr. Jaggers, virando os olhos friamente para mim, dando uma mordida no dedo indicador, "isso não é absolutamente minha responsabilidade".

"E ainda assim parecia que era ela, senhor", eu insisti com o coração despedaçado.

"Não há nenhuma evidência disso, Pip", disse o Sr. Jaggers, balançando a cabeça e juntando as barras de seu casaco. "Nada é como parece, é necessário haver evidências. Não há melhor regra."

"Não tenho mais nada a dizer", eu disse, com um suspiro, parado em silêncio por um instante. "Verifiquei minha informação e fim."

"E Magwitch, em Nova Gales do Sul – finalmente desvendando sua identidade", disse o Sr. Jaggers, "você compreenderá, Pip, com tamanha rigidez ao longo de toda a minha comunicação com você, eu sempre precisei aderir à perfeita linha dos fatos. Nunca houve o menor desvio da perfeita linha dos fatos. Você está ciente disso?"

“Muito bem, senhor.”

“Informei a Magwitch, em Nova Gales do Sul, quando me escreveu pela primeira vez, de Nova Gales do Sul, sobre a cautela de não esperar que eu me desviasse da perfeita linha dos fatos jamais. Também o informei sobre outro cuidado. Pareceu-me ter obscuramente sugerido em sua carta a ideia vaga de vir à Inglaterra para vê-lo. Avisei-o de que nunca mais gostaria de ouvir aquilo, e que ele não seria perdoado. Que ele estava expatriado até o fim de sua vida, e que sua aparição neste país seria considerada um ato criminoso, tornando-o sujeito da penalidade máxima da lei. Eu avisei Magwitch”, disse o Sr. Jaggers, olhando duramente para mim. “Escrevi-lhe a Nova Gales do Sul. Ele se guiou pela minha advertência, estou certo disso.”

“Sem dúvida”, eu disse.

“Fui informado por Wemmick”, continuou o Sr. Jaggers, me olhando ainda duramente, “que recebeu uma carta, de origem de Portsmouth, de um colono chamado Purvis, ou...”

“Ou Provis”, sugeri.

“Ou Provis – obrigado, Pip. Talvez seja Provis? Talvez você saiba que é Provis?”

“Sim”, eu disse.

“Você sabe que é Provis. Uma carta, vinda de Portsmouth, de um colono chamado Provis, pedindo-me seu endereço, em nome de Magwitch. Wemmick enviou-lhe os detalhes, que eu saiba, em resposta. Provavelmente foi através de Provis que você recebeu a explicação de Magwitch – em Nova Gales do Sul?”

“Sim, veio de Provis”, respondi.

“Bom dia para você, Pip”, disse o Sr. Jaggers, oferecendo sua mão, “fiquei contente em vê-lo. Se escrever a Magwith, em

Nova Gales do Sul, ou se se comunicar com ele através de Provis, tenha a bondade de mencionar que os detalhes e os recibos de nossa longa conversa serão enviados a você, juntamente com o saldo, pois ainda há saldo remanescente. Bom dia, Pip!”.

Trocamos um aperto de mãos, e ele me olhou duramente até me perder de vista. Eu me virei ao chegar à porta, e ele ainda me olhava, enquanto os dois moldes de gesso repugnantes sobre a prateleira pareciam tentar abrir suas pálpebras e forçar sua garganta volumosa a dizer: “Oh, que homem ele é!”.

Wemmick não estava, e ainda que estivesse em sua escrivaninha, não poderia ter feito nada por mim. Voltei diretamente a Temple, onde encontrei o pavoroso Provis bebendo rum com água e fumando Cabeça de Negro em segurança.

No dia seguinte, todas as roupas que eu encomendara chegaram, e ele as vestiu. Qualquer coisa que ele experimentava ficava pior (eu percebia com tristeza) do que o que vestia antes. Em minha perspectiva, havia algo nele que tornava impossível tentar qualquer disfarce. Quanto mais eu o vestia e quanto melhor o vestia, mais ele parecia um fugitivo desmazelado pelo pântano. Esse efeito de minha ansiosa fantasia era parcialmente atribuível, sem dúvida, a seu velho rosto e jeito, a que eu me habituava cada vez mais. Mas eu creio que ele arrastava uma das pernas como se ainda caminhasse com grilhões, e que da cabeça aos pés havia o condenado em cada célula daquele homem.

As influências de sua vida na cabana em isolamento eram visíveis também, e lhe davam um ar selvagem que nenhuma roupa poderia domar. Além disso havia as influências de sua vida marcada entre os homens, e, acima de tudo, sua consciência de que ele estava fugindo e se escondendo agora. Em todos os seus modos de se sentar e levantar, comer e beber, de matutar de maneira arrogante e resultante, de tirar seu canivete com cabo de chifre e de limpá-lo em sua perna e de cortar sua comida, de levar copos e xícaras leves aos lábios, como se fossem feitos de material pesado, de picar uma cunha do pão, e limpar o resto do molho em seu prato em movimentos circulares repetitivos, como se não quisesse desperdiçar nada, para então enxugar as pontas dos dedos na cunha de pão e engoli-la, nessas ações e em milhares de pequenos exemplos que não posso denominar, mas que surgiam a cada minuto do dia, havia o prisioneiro, o criminoso, o servo, tão claro quanto seria possível.

Havia sido sua própria ideia usar um pouco de pó, e eu havia concordado com o pó em troca das calças curtas. Mas eu posso comparar o efeito do pó, quando colocado no cabelo, a nada além do efeito provável de ruge nos cadáveres. Pois era terrível a maneira com que tudo aquilo que era preciso esconder, reaparecia sob aquela fina camada emprestada e parecia vir brilhando até o alto de sua cabeça. A ideia foi deixada de lado tão logo foi experimentada, e ele então usaria o cabelo grisalho cortado bem curto.

As palavras não podem expressar a sensação que eu tive, ao mesmo tempo, do mistério terrível que ele era para mim. Quando ele caía no sono à noite, com as mãos tensas agarradas aos braços da poltrona, e a cabeça careca marcada com rugas profundas caindo sobre o peito, eu me sentava e olhava para ele, imaginando as coisas que havia feito, incriminando-lhe com todos os crimes possíveis, até que um impulso crescia dentro de mim a ponto de fazer com que eu me levantasse e fugisse dele voando. A cada hora que passava, minha aversão a ele aumentava, e até acredito que eu teria me rendido a esse impulso quando as agonias de ser assombrado começaram, apesar de tudo que ele havia feito por mim e do risco que corria, não fosse a certeza de que Herbert logo retornaria. Certa feita, eu de fato me levantei subitamente da cama durante a noite e comecei a me vestir com minhas piores roupas, apressadamente, com a intenção de deixá-lo ali com tudo o que eu possuísse e de me alistar para ir à Índia como soldado.

Duvido que um fantasma pudesse me causar maior sofrimento, naqueles quartos solitários durante as longas noites e madrugadas, com o vento e a chuva rugindo violentamente. Um fantasma não poderia ser capturado ou enforcado por minha causa, e a consideração de que ele poderia, e o medo de que ele fosse não eram pequenos acréscimos ao terror que sentia. Quando ele não estava dormindo ou jogando um tipo de Paciência complicado com um maço de baralho esfarrapado que ele tinha – um jogo que eu nunca vira antes ou vi desde então, no qual ele gravava suas vitórias enfiando seu canivete no tampo da mesa – quando não estava envolvido por nenhuma dessas atividades, ele pedia para que eu lesse para ele: "Língua estrangeira, querido menino!". Enquanto eu o obedecia, ele, sem compreender uma só palavra, permanecia parado diante do fogo me analisando com ar de expositor, e eu o via, por entre os dedos da mão com a qual eu protegia meus olhos da luz, fazendo um apelo mudo à mobília para que notasse minha proficiência. O aluno imaginário perseguido pela criatura deformada que havia impiedosamente criado não era um homem mais infeliz que eu, perseguido pela criatura que havia me criado, e recuando dele com forte repulsa, que se tornava mais forte à medida que aumentava sua admiração e afeição por mim.

Escrevo, tenho consciência, como se isso tivesse durado um ano. Foram cerca de cinco dias. Esperando que Herbert chegasse a todo momento, eu não ousava sair, exceto quando eu levava Provis para tomar um ar fresco depois que escurecia. Depois de um tempo, certa noite, quando acabamos de jantar e eu havia adormecido, pois estava exausto – as noites haviam sido agitadas, e meu descanso fragmentado por pesadelos terríveis – fui despertado pelo passo bem-vindo nas escadas. Provis, que havia adormecido também, se assustou com o barulho que eu fiz, e em um segundo vi seu canivete brilhante em sua mão.

"Quieto! É Herbert!", eu disse. E Herbert chegou fazendo um estrondo, com o frescor de seiscentas milhas da França.

"Handel, meu caro, como vai, como vai, como vai? Parece que fiquei um ano fora! Ora, devo ter ficado mesmo, pois você está tão magro e pálido! Handel, meu... Alô! Perdão."

Ele parou seus movimentos rápidos e seu aperto de mãos comigo quando viu Provis. Provis, analisando-o com atenção minuciosa, empunhava o canivete com uma mão e procurava alguma coisa em outro bolso.

"Herbert, meu querido amigo", eu disse, fechando as portas duplas, enquanto Herbert ficou parado olhando, pensativo, "algo muito estranho aconteceu. Essa é uma visita minha".

"Tudo bem, querido menino!", disse Provis, se aproximando, com seu pequeno livro preto com fecho, e então se dirigindo a Herbert. "Pegue isso em sua mão direita. Que Deus termine a sua vida imediatamente se você alguma vez rompê-lo de qualquer forma que seja! Beije-o!".

"Faça como lhe pede", eu disse a Herbert. Então, Herbert, olhando para mim com um desconforto e espanto amistoso, obedeceu, e Provis imediatamente trocou um aperto de mãos com ele, dizendo: “Agora você está sob seu juramento, sabe? E nunca acredite no meu, se Pip não fizer de você um cavalheiro!”.

Capítulo XLI

Seria vã minha tentativa de descrever o espanto e a inquietação de Herbert, quando ele, eu e Provis nos sentamos diante do fogo, e lhe contei todo o segredo. Bastará dizer que vi meus próprios sentimentos no rosto de Herbert, e entre eles minha repugnância em relação ao homem que havia feito tanto por mim.

O que seria suficiente para separar aquele homem de nós, se não houvesse outra circunstância divisora, era seu triunfo com minha história. Salvo sua sensação incômoda de ter sido "baixo" em uma ocasião desde seu retorno – ponto que ele começou a esmiuçar para Herbert quando eu acabara minha revelação – ele não tinha percepção da possibilidade de eu ver qualquer problema com minha sorte. Sua ostentação por ter feito de mim um cavalheiro e de que havia vindo me ver para me ajudar com seus amplos recursos beneficiava tanto a mim quanto a ele. E que essa ostentação era extremamente agradável para nós dois e que nós deveríamos ambos nos orgulharmos foi a conclusão de que se convencia em sua cabeça.

“Embora, olhe aqui, colega de Pip”, ele disse a Herbert, depois de discorrer por um tempo. “Eu sei muito bem que certa vez desde que voltei, por trinta segundos, eu fui baixo. Eu disse a Pip, eu sei que fui baixo. Mas não se aflija com isso. Eu não transformei Pip em um cavalheiro, nem Pip há de transformá-lo em um cavalheiro sem que eu saiba o quanto é devido a vocês dois. Querido menino, e colega de Pip, vocês dois podem contar que sempre estarei gentilmente amordaçado. Amordaçado fiquei eu desde aqueles trinta segundos quando me deixei levar à baixeza, amordaçado estou no presente momento e sempre hei de estar.”

Herbert disse “certamente”, mas parecia não encontrar qualquer consolo específico com isso e continuou perplexo e consternado. Estávamos ansiosos para que ele fosse para sua acomodação e nos deixasse a sós, mas ele estava evidentemente com ciúmes de nos deixar juntos e se deixou ficar. Já era meia-noite quando o levei à Essex Street e o vi entrar com segurança em sua própria porta escura. Quando ela se fechou, experimentei o primeiro momento de alívio desde a noite de sua chegada.

Nunca totalmente liberto da incômoda lembrança do homem nas escadas, eu sempre olhava à minha volta ao levar meu visitante quando estava escuro, e ao trazê-lo de volta, e olhava à minha volta naquele momento também. Ainda que seja difícil evitar a desconfiança de estar sendo vigiado em uma grande cidade, quando a mente está consciente do perigo nesse aspecto, eu não conseguia me convencer de que nenhuma das pessoas em meu campo de visão se importava com meus movimentos. Os poucos que circulavam passavam em diversas direções, e a rua estava vazia quando voltei a Temple. Ninguém havia saído conosco pelo portão, ninguém entrou comigo pelo portão também. Ao cruzar a fonte, vi sua janela do fundo iluminada, com aspecto claro e silenciosa, e ao ficar parado por alguns instantes na entrada da edificação onde eu morava, antes de subir, Garden Court estava tão quieta e inerte quanto as escadarias quando subi.

Herbert recebeu-me com braços abertos, e nunca me senti tão abençoado por ter um amigo. Depois que ele falou algumas sábias palavras de consolo e motivação, nos sentamos para considerar a questão. O que eu devia fazer?

A cadeira que Provis ocupava ainda na mesma posição – pois ele tinha o hábito de se apoderar dos espaços de maneira aleatória, e de se mover, como se fosse um ritual, com seu cachimbo, seu Cabeça de Negro, seu canivete, seu maço de baralho, e não sei o que mais, como se tudo estivesse escrito em pedra – eu dizia que sua cadeira ainda estava na mesma posição de antes, e Herbert a ocupou, inconscientemente, mas em seguida deixou-a bruscamente, colocou-a de lado e se sentou em outra. Ele não teve nenhuma oportunidade para dizer depois disso que sentia aversão pelo meu guardião, nem eu para confessar a minha. Trocamos a confidência sem pronunciar uma sílaba.

"O que", eu perguntei a Herbert, quando ele estava a salvo na outra cadeira – "o que devo fazer?".

"Meu pobre e querido Handel", ele respondeu, com a cabeça apoiada na mão, "estou demasiadamente chocado para pensar".

"Eu também estava, Herbert, quando o golpe me atingiu inicialmente. Ainda assim, preciso fazer alguma coisa. Ele intenciona fazer várias novas despesas – cavalos, charretes e ostentações extravagantes de todos os tipos. Ele precisa ser impedido de algum jeito".

"Quer dizer que não pode aceitar..."

"Como eu poderia?", eu intervim, quando Herbert pausou. "Pense nele! Olhe para ele!"

Um arrepio involuntário passou por nós dois.

"Contudo, receio que a terrível verdade é que, Herbert, ele é apegado a mim, extremamente apegado. Você já viu um destino desse?"

"Meu pobre Handel", Herbert repetiu.

"Então", eu disse, "ainda que eu pare aqui, sem aceitar nem mais um centavo dele, pense no que ainda deverei a ele! E então: estou afundado em dívidas – afundado a meu ver, sem qualquer esperança agora – e não fui criado para qualquer ofício, não sei fazer nada".

"Ora, ora, ora!", Herbert protestou. "Não diga que não sabe fazer nada."

"O que é que sei fazer? Sei somente uma coisa que posso fazer que é virar soldado. E eu deveria ter feito isso, meu caro Herbert, se não tivesse a perspectiva de me aconselhar com sua amizade e afeto."

É claro que eu desabei aqui, e é claro que Herbert, apertando carinhosamente minha mão, fingiu não perceber.

"De qualquer forma, querido Handel", disse ele, depois de um tempo, "soldado não vai dar certo. Se renunciasse a essa proteção e favores, suponho que você o faria com uma vaga esperança de um dia pagar por tudo o que recebeu. Que não seja muito intensa, a esperança, caso vire soldado! Além do mais, é absurdo. Você ficaria infinitamente melhor na Casa de Clarriker, ainda que seja pequena. Estou tentando uma parceria, você sabe."

Pobre amigo! Pouco suspeitava da origem desse dinheiro.

"Mas há outra questão", disse Herbert. "Trata-se de um homem ignorante e determinado que há muito tempo tem uma ideia fixa. Mais que isso, ele me parece (talvez eu não esteja certo em meu julgamento) um homem de caráter desesperado e feroz."

"Eu sei que ele é", respondi. "Deixe-me contar a evidência que vi disso." E eu lhe disse o que não havia mencionado em minha narrativa, sobre aquele encontro com o outro condenado.

"Veja, então", disse Herbert, "pense nisso! Ele vem aqui, arriscando sua vida, para realizar sua ideia fixa. No momento da realização, depois de toda enrolação e espera, você tira seu chão, destrói sua ideia e faz dos ganhos dele algo sem valor. Você não vê nada que ele possa fazer com uma decepção assim?".

"Vejo, Herbert, e sonho com isso desde a noite fatal de sua chegada. Nada tem estado em meus pensamentos de maneira tão distinta quanto ele se fazer ser capturado."

"Então você pode contar com isso", disse Herbert, "que haveria grande perigo em ele fazer isso. Que ele tem poder sobre você enquanto permanecer na Inglaterra, e que seria essa sua atitude inconsequente se você o abandonasse".

Fiquei tão afetado pelo terror dessa ideia que pesava sobre mim desde o início, e sua realização fazia com que eu me considerasse, de alguma forma, seu assassino, que eu não poderia ficar em minha cadeira, e passei a andar de um lado para o outro. Eu disse a Herbert, enquanto isso, que até mesmo se Provis fosse reconhecido e capturado, ainda que não desejasse, que eu ficaria péssimo como a causa daquilo, mesmo se inocente. Sim, embora eu estivesse mais que péssimo tendo-o solto e perto de mim, e embora eu tivesse preferido muitíssimo ter trabalhado na ferraria todos os dias do que ter algum dia chegado àquilo!

Mas não havia como evitar aquela questão. O que eu devia fazer?

"A primeira coisa e a mais importante a ser feita", disse Herbert, "é tirá-lo da Inglaterra. Você terá de ir com ele, e então ele será induzido a ir".

"Mas se eu o levar daqui como posso evitar que ele retorne?"

"Meu bom Handel, não é óbvio que com Newgate na rua ao lado há de existir maior perigo em convencê-lo e deixá-lo imprudente aqui do que em qualquer outro lugar. Se um pretexto para afastá-lo pudesse ser criado por aquele outro condenado ou por qualquer outra coisa na vida dele, agora."

"Aí está, novamente!", eu disse, parando diante de Herbert com minhas mãos abertas estendidas, como se elas contivessem o desespero da causa. "Eu não sei nada da vida dele. Quase enlouqueci sentado aqui à noite vendo-o em minha frente, tão ligado à minha sorte e ao meu azar, e ainda tão desconhecido a mim, exceto como o miserável que me aterrorizou dois dias em minha infância!"

Herbert se levantou e enfiou seu braço dentro do meu, e nós passamos a caminhar lentamente pra lá e pra cá juntos, estudando o tapete.

"Handel", disse Herbert, parando subitamente, "você se sente convencido de que não pode extrair mais nenhum benefício dele, certo?".

"Completamente. É claro que, também, você se sentiria assim em meu lugar."

"E se sente convencido de que você deve romper relações com ele?"

"Herbert, você precisa me perguntar isso?"

"E você tem, é obrigado a ter, aquela ternura pela vida que ele arriscou por sua causa, a ponto de dever salvá-lo, e se possível impedi-lo de desperdiçar essa vida. Então você precisa levá-lo embora da Inglaterra antes de mexer um dedo para sair dessa encrenca. Feito isso, saia, por Deus, e então veremos o que fazer juntos, velho amigo."

Era consolador fazer esse acordo e continuar caminhando pra lá e pra cá só por ter essa questão resolvida.

"Agora, Herbert", eu disse, "quanto a tomar conhecimento da história dele... Há apenas um jeito que conheço. Preciso lhe perguntar diretamente".

"Sim. Pergunte-lhe", disse Herbert, "quando nos sentarmos para tomar o café da manhã" – ele havia dito, ao se despedir de Herbert, que viria tomar café da manhã conosco.

Com esse plano formado, fomos para a cama. Eu tive os sonhos mais tempestuosos e acordei cansado. Acordei também percebendo que recuperara o medo que perdera na noite anterior, o medo de ele ser encontrado e preso como fugitivo. Ao acordar, não perdi mais esse medo.

Ele chegou no horário marcado, tirou seu canivete e se sentou para fazer sua refeição. Estava cheio de planos "para que seu cavalheiro ficasse forte, como um verdadeiro cavalheiro", e pediu que eu começasse logo a usar a caderneta que ele deixara para mim. Ele considerava os quartos e sua própria acomodação como residências temporárias e me aconselhou a buscar imediatamente por uma "casa elegante" perto de Hyde Park onde pudesse "passar a noite". Quando acabou seu café da manhã e limpava sua faca na perna, eu disse a ele, sem preâmbulos:

"Depois que você foi embora ontem à noite, eu contei a meu amigo sobre a briga em que os soldados o encontraram no pântano quando chegamos. Você se lembra?"

"Se me lembro?", ele disse. "Creio que sim."

"Queríamos saber uma coisa sobre aquele homem – e sobre você. É estranho não saber mais nada sobre nenhum dos dois, especialmente sobre você, do que eu fui capaz de dizer ontem à noite. Essa não é uma boa hora como qualquer outra para sabermos um pouco mais?"

"Bom!", ele disse, depois de refletir. "Você está sob juramento, sabe disso, colega de Pip?"

"Certamente", respondeu Herbert.

"Para qualquer coisa que eu disser, você sabe", ele insistiu. "O juramento se aplica a tudo."

"Eu entendo que seja assim."

"E olhe aqui! Seja lá o que for que eu fiz, já está liquidado e pago", ele insistiu novamente. "Então que seja assim."

Ele tirou seu cachimbo preto e estava a ponto de enchê-lo com Cabeça de Negro quando, olhando para o emaranhado de tabaco, parecia pensar que aquilo poderia confundir o fio de sua narrativa. Ele colocou o tabaco de volta, enfiou seu cachimbo na flor de sua lapela, estendeu cada uma das mãos sobre os joelhos, e depois de olhar com fúria para o fogo por alguns momentos em silêncio olhou para nós e disse o que se segue.

Capítulo XLII

"Querido menino e colega de Pip. Não vou contar a vocês sobre minha vida como se fosse uma canção ou um livro de histórias. Mas de maneira curta e prática vou contá-la logo usando algumas poucas palavras do inglês. Na prisão e fora dela, na prisão e fora dela, na prisão e fora dela.

Pronto. Aí está. Essa é minha vida, praticamente, até que fui preso no navio depois que Pip virou meu amigo.

E fizeram tudo que existe comigo – exceto me enforcar. Fui trancafiado tal qual uma chaleira de prata. Fui levado para cá, levado para lá, de uma cidade para a outra, atado a troncos, açoitado, perseguido e coagido. Não sei mais sobre o lugar onde nasci do que vocês – se é que sei alguma coisa. Minha primeira lembrança é ter estado em Essex, roubando nabo para sobreviver. Alguém havia fugido de mim – um homem, um funileiro – e havia levado o fogo consigo, deixando-me com frio.

Eu soube que meu nome era Magwitch, batizado Abel. Como eu soube? Mais ou menos da mesma forma que sei que os nomes dos pássaros se chamam tentilhão, pardal, tordo. Eu poderia ter pensado que tudo era mentira, porém, sendo os nomes dos pássaros verdadeiros, supus que o meu também o era.

Até onde fui capaz de saber, não havia nem uma alma que visse o jovem Abel Magwitch, de longe ou de perto, que não sentisse medo dele e não o expulsasse ou capturasse. Fui capturado não sei quantas vezes a ponto de dizer que cresci na prisão.

Foi assim, e quando eu era uma pequena criatura esfarrapada digna de uma pena que nunca vi (não que eu me olhasse no espelho, pois não conhecia muitas casas mobiliadas), fiquei conhecido por ser insensível. 'Eis um belo de um insensível', eles diziam aos visitantes da prisão, apontando para mim. 'Pode-se dizer que foi feito para viver preso esse aí.' E então eles olhavam para mim, eu olhava para eles, e eles mediam minha cabeça, alguns deles – era melhor que tivessem medido meu estômago – e outros me davam folhetos que eu não podia ler e me faziam discursos que eu não conseguia compreender. Eles sempre me falavam sobre o Diabo. Mas que Diabo eu poderia fazer? Eu precisava colocar alguma coisa no estômago, não precisava? De qualquer maneira, estou ficando baixo, e eu sei o motivo. Querido menino e colega de Pip, não tenham medo de minha baixeza.

Vagando, mendigando, roubando, trabalhando às vezes quando eu podia – embora não tenha sido tão frequente quanto possam pensar, até que vocês me perguntem se estariam mais que prontos para me dar trabalho – um pouco caçador, um pouco trabalhador, um pouco condutor, um pouco ceifador, um pouco da maioria das coisas que não pagam e levam à encrenca, tornei-me um homem. Um soldado no deserto, em uma Parada para Viajantes, que se escondia até o queixo sob farrapos, me ensinou a ler. E um Gigante ambulante, que assinava seu nome por um centavo a cada vez, ensinou-me a escrever. Eu já não estava preso com tanta frequência quanto antes, mas passei boa parte da vida algemado.

Nas corridas de Epsom, questão de mais de vinte anos atrás, conheci um homem cujo crânio eu racharia com esse atiçador, como a garra de uma lagosta se eu o pegasse nessa lareira. Seu nome verdadeiro era Compeyson, e esse é o homem, querido menino, que você viu brigando comigo no dique, conforme você contou precisamente a seu colega depois que eu fui embora ontem à noite.

Se passava por um cavalheiro, esse Compeyson, e ele havia estudado em um colégio interno e era bem instruído. Ele era bom de lábia, e era bom nos modos com as pessoas de alto escalão. Também tinha boa aparência. Foi na noite antes da grande corrida, quando o encontrei no brejo, em uma cabana que eu conhecia. Ele e alguns outros estavam sentados entre algumas mesas quando entrei, e o proprietário da cabana (que me conhecia um pouco e gostava de esportes) o chamou e disse: 'Acho que esse é um homem que lhe serviria' – se referindo a mim.

Compeyson me olhou com grande atenção, e eu olhei para ele. Ele tinha um relógio e uma corrente com um anel, um broche e um belo conjunto de roupas.

'A julgar pelas aparências, você está sem sorte', disse-me Compeyson.

'Sim, mestre, nunca tive muita.' (Eu havia saído da Prisão de Kingston da última vez por vagabundagem. Não que não pudesse ter sido por outra coisa, mas foi por isso.)

'A sorte muda', disse Compeyson, 'talvez a sua vá mudar'.

E eu disse: 'Espero que sim. Preciso muito dela'.

'O que pode fazer?', perguntou Compeyson.

'Comer e beber', eu disse, 'se você encontrar o material necessário'.

Compeyson riu, olhou para mim atentamente mais uma vez, me deu cinco xelins e marcou comigo para a noite seguinte. Mesmo local.

Fui até Compeyson na noite seguinte, no mesmo local, e ele me contratou para ser seu comparsa e sócio. E qual era o negócio de Compeyson do qual me tornava sócio? O negócio de Compeyson consistia em fraudes, falsificação de caligrafia, lavagem de dinheiro roubado e coisas do tipo. Todos os tipos de armadilhas que Compeyson era capaz de armar em sua cabeça, tirar o corpo fora e receber um lucro, deixando outro homem levar a culpa por ele, tudo isso era o negócio de Compeyson. Ele não tinha mais coração que uma lixa, era gélido como a própria morte, e tinha a cabeça do Diabo que mencionei antes.

Havia outro sujeito comparsa de Compeyson, seu nome era Arthur – não de batismo, mas seu sobrenome. Ele estava em declínio e parecia uma sombra. Ele e Compeyson haviam se dado mal com uma senhora rica anos antes e haviam ganhado muito dinheiro com isso, mas Compeyson apostou, jogou e acabou com os impostos do rei. Então, Arthur, que estava morrendo, morria pobre e horrorizado, e a esposa de Compeyson (que Compeyson mais chutava do que outra coisa) sentia pena dele quando podia, e Compeyson não tinha pena de nada nem de ninguém.

Eu podia ter percebido a advertência pelo que aconteceu a Arthur, mas não o fiz. Não vou fingir que fui meticuloso – pois de que adiantaria, querido menino e colega? Então comecei a fazer os negócios com Compeyson e não passava de uma pobre ferramenta nas mãos dele. Arthur morava na parte de cima da casa de Compeyson (bem perto de Brentford), e Compeyson tinha um registro detalhado consigo quanto às refeições e ao alojamento, caso ele um dia viesse a se curar e pagar pelo que devia. Mas Arthur logo quitou sua dívida. Na segunda ou terceira vez que o vi, ele veio caindo aos pedaços à sala de Compeyson tarde da noite, vestindo apenas um pijama de flanela e o cabelo todo suado, e disse à esposa de Compeyson: 'Sally, ela na verdade está lá em cima comigo agora, e não posso me livrar dela. Ela está toda de branco', ele disse, 'com flores brancas no cabelo, e ela está ensandecida, tem uma mortalha sobre o braço e diz que há de me vestir com aquilo às cinco horas da manhã'.

Compeyson disse: 'Ora, seu tonto, você não sabe que o corpo dela está vivo? E como ela estaria lá em cima, sem passar pela porta ou pela janela e subir as escadas?'

'Eu não sei como ela está lá', disse Arthur, tremendo de medo em seu estado nervoso, 'mas ela está parada no canto ao pé da cama, extremamente enfurecida. E no lugar onde seu coração foi partido – você o partiu! – há gotas de sangue'.

Compeyson falava com vigor, mas ele sempre foi um covarde. 'Suba com esse homem doente delirante', ele disse à esposa, 'e, Magwitch, dê-lhe uma mão, está bem?'. Mas ele mesmo nem chegava perto.

A esposa de Compeyson e eu o levamos para cima novamente, e sua onda de fúria ficou mais terrível ainda. 'Ora, olhe para ela!', ele exclamou. 'Está sacudindo a mortalha para mim! Vocês não a veem? Olhem em seus olhos! Não é horrível vê-la assim tão brava?' Logo ele grita: 'Ela vai colocá-la em mim, e então será meu fim! Tirem isso dela, tirem isso dela!'. E então ele nos agarrou e continuou falando dela, respondendo para ela, até que comecei a acreditar que eu a via.

A esposa de Compeyson, acostumada a ele, lhe deu um pouco de álcool para que se acalmasse, e aos poucos ele se aquietou. 'Oh, ela se foi! Seu guardião veio buscá-la?', ele perguntou. 'Sim', disse a esposa de Compeyson. 'Vocês lhe disseram para trancá-la e prendê-la?' 'Sim.' 'E para tirar aquela coisa horrível dela?' 'Sim, sim, tudo certo'. 'Vocês são boas criaturas', ele disse, 'não me deixem, independentemente do que façam, e obrigado!'.

Ele descansou até que faltassem alguns minutos para as cinco, e então despertou assustado gritando, e gritava: 'Aqui vem ela! Ela pegou a mortalha novamente. Está a desdobrá-la. Está vindo do canto. Está vindo para a cama. Segurem-me, vocês dois – um de cada lado – não deixem que ela encoste em mim com isso. Hah! Ela errou. Não deixem que ela jogue a mortalha sobre meus ombros. Não deixem que ela me levante e me envolva com ela. Ela está me levantando. Segurem-me!'. E então ele se ergueu com muita força no ar e caiu morto.

Compeyson encarou aquilo como um benefício para ambos os lados. Ele e eu ocupamo-nos logo, e ele primeiro me fez jurar (sempre muito astuto) sobre meu próprio livro – este aqui preto e pequenino, o que fiz seu colega jurar.

Para não entrar nos pormenores do que Compeyson planejava e eu fazia – o que levaria uma semana – simplesmente lhes digo, querido menino e colega de Pip, que esse homem me envolveu de tal maneira que fez de mim seu escravo negro. Estava sempre endividado a ele, sempre em suas mãos, sempre trabalhando e me arriscando. Ele era mais jovem que eu, mas era hábil e sabia muito, e era quinhentas vezes superior a mim, e não tinha piedade. Minha patroa e eu passamos por bons bocados com... Espere! Ainda não falei dela."

Ele olhou à sua volta de modo confuso, como se tivesse perdido o ponto do livro de sua memória. Virou o rosto para a lareira, esticou as mãos tanto quanto podia sobre os joelhos, levantou-as e colocou-as outra vez sobre os joelhos.

"Não há necessidade de falar disso", ele disse, olhando à sua volta novamente. "A época com Compeyson foi quase tão difícil quanto o que eu havia passado antes. Dito isso, já disse tudo. Já lhes contei sobre quando fui julgado sozinho por má conduta enquanto estava com Compeyson?"

Respondi que não.

"Bom!", ele disse. "Eu fui, e fui condenado. Fui capturado por suspeita duas ou três vezes nos quatro ou cinco anos que isso durou. Mas faltava evidência. Finalmente, eu e Compeyson fomos ambos condenados por crime grave – acusados de colocar notas de dinheiro roubadas em circulação – e havia outras acusações ainda. Compeyson me disse 'Defesas separadas, nada de comunicação', e isso foi tudo. E eu tão pobre que vendi todas as roupas que tinha, exceto as que tinha no corpo antes de poder contratar Jaggers.

Quando fui colocado no banco de réus, percebi, antes de mais nada, como Compeyson parecia ser um cavalheiro, com seus cabelos cacheados e suas roupas pretas e lencinho de bolso brando, e que tipo ordinário de miserável eu parecia.

Quando a acusação foi entregue, e a evidência apresentada inicialmente, me dei conta de como tudo o que era colocado em minhas costas era pesado, e nas dele, leve. Quando a evidência foi entregue na caixa, percebi como era sempre eu que tinha de vir à frente e fazer o juramento. Como era sempre o macaco a quem se havia pagado, como eu sempre parecera que eu é que tinha inventado tudo e embolsado o lucro. Mas quando a defesa começou então eu vi com mais clareza o plano, pois o advogado de Compeyson disse 'Meu senhor e cavalheiros, aqui vocês têm, diante de si, lado a lado, duas pessoas que seus olhos podem separar muito bem. Um, mais jovem, bem-criado, que será referido como tal; outro, mais velho, de má educação, que será referido como tal; um, o mais jovem, raramente se é que alguma vez foi visto nessas transações, e nada além de suspeito; o outro, o mais velho, sempre visto nelas e sempre ao lado do crime. Vocês podem duvidar de que, se somente um deles está metido nisso, e, se os dois estiverem, qual deles é infinitamente pior?'. E assim por diante. E quando se trata de caráter não era Compeyson quem tinha estado na escola e não foram seus colegas nessa posição e naquela, e não era ele que era conhecido por testemunhas em clubes e associações do tipo e nada desvantajoso? E não era eu quem tinha sido julgado antes, e era conhecido vale acima e vale abaixo em Bridewells e prisões! E quando se trata de fazer discursos não era Compeyson quem podia falar com eles com o rosto caindo vez ou outra no lencinho branco – ah! E com versos em seu discurso também – e não era eu que só podia dizer: 'Cavalheiros, esse homem a meu lado é o maior tratante?'. E quando o veredito foi revelado não foi Compeyson que foi indicado à clemência por causa de seu bom caráter e companhia, desistindo de todas as informações que ele tinha contra mim, e não fui eu quem nunca ouviu nenhuma outra palavra além de culpado? E quando eu disse a Compeyson: 'Uma vez que eu saia deste tribunal, vou arrebentar essa sua cara!', não foi Compeyson que rogou ao juiz para que fosse protegido e conseguiu que se colacassem dois carcereiros entre nós? E quando recebemos nossa sentença não foi ele que pegou sete, e eu catorze anos, e não foi dele de quem o juiz sentiu pena porque ele poderia ter se recuperado muito bem, e não foi a mim que o juiz percebeu ser um velho criminoso de caráter violento, provável a só ir de mal a pior?"

Ele havia gradualmente chegado a um estado de grande excitação, mas se controlou, respirou fundo duas ou três vezes, engoliu o mesmo número de vezes e, esticando sua mão em direção a mim, disse, de maneira reconfortante: "Eu não vou ser baixo, meu querido menino!".

Ele havia ficado tão acalorado que tirou seu lencinho do bolso e secou seu rosto, a cabeça, o pescoço e as mãos antes de poder continuar.

"Eu dissera a Compeyson que arrebentaria sua cara, e jurei a Deus que arrebentaria a minha para que isso acontecesse. Ficamos no mesmo navio-prisão, mas eu não pude me aproximar dele por um bom tempo, embora eu tentasse. Finalmente cheguei por trás dele e dei um soco em sua bochecha para que ele se virasse e eu lhe desse uma surra, quando fui visto e agarrado. O muquifo naquele navio não era muito resistente para um mestre em muquifos que sabia nadar e mergulhar. Eu escapei para a costa, e estava escondido atrás das sepulturas lá, invejando a todos que estavam ali, quando vi meu menino pela primeira vez!"

Ele olhou para mim de maneira tão carinhosa que se tornou ainda mais repugnante, embora eu sentisse muita pena dele.

"Mas, meu menino, disseram-me que Compeyson estava solto pelo pântano também. Pela minha alma, eu acredito que talvez ele tenha escapado por puro pavor para se livrar de mim, sem saber que era eu que tinha fugido para a costa. Eu o cacei. Arrebentei seu rosto. 'E agora', eu digo, 'como a pior coisa que eu posso fazer, sem me importar comigo mesmo, vou arrastá-lo de volta'. E eu teria nadado até o navio, trazendo-o pelos cabelos, se necessário, e o enfiado de volta sem ajuda dos soldados.

É claro que ele novamente acabou se dando bem – ele tinha um caráter tão bom. Havia escapado porque ficara um tanto maluco por minha causa e por minhas intenções assassinas. Então sua punição foi leve. A mim colocaram grilhões, fui levado a julgamento de novo e condenado à prisão perpétua. Eu não fiquei até o fim de minha sentença, querido menino e colega de Pip, uma vez que me veem aqui."

Ele se enxugou novamente, como fizera antes, e então, lentamente, pegou seu emaranhado de tabaco do bolso, tirou o cachimbo do casaco, enchendo-o aos poucos, e depois começou a fumar.

"Ele está morto?", perguntei, depois de um tempo de silêncio.

"Quem está morto, querido menino?"

"Compeyson."

"Ele espera que eu esteja, se ele estiver vivo, fique certo disso", respondeu, com o olhar feroz. "Nunca mais ouvi nada a seu respeito."

Herbert estivera escrevendo com um lápis na capa de um livro. Ele discretamente empurrou o livro para mim enquanto Provis fumava com o olhar fixo no fogo, e eu li:

"O nome do jovem Havisham era Arthur. Compeyson é o homem que fingiu amar a Senhorita Havisham."

Fechei o livro e assenti levemente para Herbert, colocando o livro de lado. Mas nenhum de nós dois disse nada, ambos olhando para Provis enquanto ele fumava diante da lareira.

Capítulo XLIII

Por que eu deveria pausar para perguntar quanto de minha relutância em relação a Provis poderia ser levado até Estella? Por que eu deveria me demorar em minha estrada para comparar meu estado mental no qual eu tentara me livrar da mácula da prisão antes de encontrá-la na estação com o estado mental no qual eu agora refletia sobre o abismo entre Estella em seu orgulho e beleza e o foragido que eu acobertara? A estrada não seria mais tranquila por causa disso, o fim não seria nada melhor, ele não seria evitado, nem eu atenuado.

Um novo medo tomara conta de minha mente com sua narrativa. Ou ainda sua narrativa havia dado forma e propósito ao medo que já existia ali. Se Compeyson estivesse vivo e descobrisse seu retorno, eu não podia chegar a imaginar as consequências. Que Compeyson sentisse medo mortal dele, nenhum dos dois poderia saber melhor do que eu. E não era difícil imaginar que qualquer homem do tipo do homem que ele havia descrito não hesitaria em se livrar de um inimigo temido através do modo seguro de se tornar um informante.

Eu nunca havia mencionado e nunca mencionaria – foi o que decidi, ao menos – nada sobre Estella a Provis. Mas eu disse a Herbert que antes que eu pudesse ir para o exterior eu deveria ver tanto Estella quanto a Senhorita Havisham. Isso aconteceu quando fomos deixados a sós na noite em que Provis nos contou sua história. Resolvi ir a Richmond no dia seguinte, e então o fiz.

Ao me apresentar na casa da Sra. Brandley, a criada de Estella foi chamada para dizer que Estella havia ido ao interior. Para onde? À Casa Satis, como sempre. Não como sempre, eu disse, pois ainda não havia ido para lá sem mim. Perguntei quando voltaria. Havia um ar de hesitação em sua resposta que aumentou minha perplexidade, e a resposta foi que sua criada acreditava que só deveria voltar por um curto período de tempo. Não pude compreender nada dessa resposta, exceto que significava que eu não deveria compreendê-la, e voltei para casa novamente em completa decepção.

Outra consulta noturna com Herbert depois que Provis fora embora (eu sempre o levava para casa e sempre prestava muita atenção) nos conduziu à conclusão de que nada deveria ser dito sobre ir ao exterior até que eu voltasse da Senhorita Havisham. Nesse meio-tempo, Herbert e eu consideraríamos separadamente o que seria melhor dizer, se deveríamos planejar alguma mentira sobre sentir receio de que ele estivesse sendo espionado ou se eu, que nunca havia estado no exterior, deveria propor uma viagem. Nós dois sabíamos que eu tinha que propor alguma coisa e que ele consentiria. Concordamos que ele não deveria continuar vivendo daquele modo arriscado por muito mais tempo.

No dia seguinte tive a vileza de dissimular que eu prometera a Joe visitá-lo, mas eu era capaz de qualquer vileza que envolvesse Joe ou seu nome. Provis deveria ser extremamente cuidadoso enquanto eu estivesse fora, e Herbert deveria se encarregar como eu fazia. Eu deveria estar ausente por apenas uma noite e, quando retornasse, gratificar-se-ia por sua impaciência de me ver começar a viver como um cavalheiro em grande grau. Ocorreu-me, então, e como eu depois descobri e Herbert também, que seria mais fácil para ele fugir pela água, sob esse pretexto, como se para fazer compras ou algo do gênero.

Depois de abrir o caminho à minha visita à Senhorita Havisham, parti bem cedo pela manhã antes ainda do crepúsculo, e já me encontrava a campo aberto quando amanheceu, o dia engatinhando, parando, choramingando e estremecendo, envolto em pedaços de nuvens e sobras de névoa, como um mendigo. Quando chegamos ao Javali Azul depois de um tanto de garoa no caminho, quem eu vi saindo pelo portão, segurando um palito de dente olhando para a diligência, senão Bentley Drummle?

Como ele fingiu não me ver, fingi não o ver. Era um péssimo fingimento de ambos os lados, o pior, pois nós dois fomos à cafeteria onde ele havia acabado de tomar seu café da manhã enquanto eu pedia o meu. Era intoxicante vê-lo na cidade, pois eu sabia muito bem o que fazia lá.

Fingindo ler um jornal engordurado muito antigo, que não tinha quase nada de legível a respeito das notícias locais, como assuntos sobre café, produtos em conserva, molhos para peixe, molho para carne, manteiga derretida e vinho salpicado por todo canto, como se tivesse pegado um tipo de sarampo irregular, sentei-me à mesa enquanto ele esperava diante da lareira. Aos poucos, passei a considerar uma ofensa gravíssima que ele ficasse ali diante do fogo. E me levantei, determinado a usufruir de minha parte também. Eu precisava colocar minha mão atrás de suas pernas para pegar o atiçador quando cheguei à lareira para mexer nas brasas, mas ainda fingia não o reconhecer.

"Conheço-o!"

"Está me ignorando?", perguntou-me Drummle.

"Oh!", eu disse, segurando o atiçador. "É você? Como você está? Estava me perguntando se estaria bloqueando o fogo."

Com isso, comecei a mexer nas brasas com muito vigor, e assim plantei-me ao lado do Sr. Drummle, com meus ombros encolhidos e as costas viradas para o fogo.

"Você acabou de chegar?", perguntou-me Drummle, empurrando-me um pouco com seu ombro.

"Sim", eu disse, empurrando-o um pouco com meu ombro.

"Que lugar bestial", disse Drummle. "Seu lado do interior, creio?"

"Sim", assenti. "Soube que é muito parecido com Shropshire."

"Nem um pouco parecido", disse Drummle.

Nesse momento, o Sr. Drummle olhou para suas botas e depois para as minhas, e então o Sr. Drummle olhou para minhas botas e para as dele.

"Está aqui há muito tempo?", perguntei, determinado a não ceder nem um centímetro do calor.

"Tempo bastante para me cansar daqui", respondeu Drummle, fingindo bocejar, mas igualmente determinado.

"Vai ficar muito tempo?"

"Não sei dizer", respondeu o Sr. Drummle. "E você?"

"Não sei dizer", eu disse.

Aqui, senti um formigamento em meu sangue, que se o ombro do Sr. Drummle tivesse reivindicado um espaço equivalente a um fio de cabelo a mais, eu o teria atirado pela janela. Igualmente, que se meu próprio ombro fizesse a mesma reivindicação, o Sr. Drummle teria me atirado à caixa mais próxima. Ele assobiava um pouco. Também passei a assobiar.

"Grandes extensões de pântano por aqui, certo?", disse Drummle.

"Sim. E o que tem isso?", perguntei.

O Sr. Drummle olhou para mim, então para minhas botas, e disse "Oh!", e começou a rir.

"Está se divertindo, Sr. Drummle?"

"Não", ele disse, "não exatamente. Vou dar uma volta a cavalo. Quero explorar este pântano para me distrair. Dizem que existem aldeias afastadas por aí. Tabernas pequenas e interessantes... e ferreiros... e tal. Garçom!"

"Sim, senhor."

"Meu cavalo já está pronto?"

"Já foi trazido para a porta, senhor."

"Escute. Olhe aqui, senhor. A senhorita não há de montar hoje. O tempo não está bom."

"Muito bem, senhor."

"E não vou jantar porque vou jantar com a senhorita."

"Muito bem, senhor."

Então Drummle olhou de relance para mim, com uma espécie insolente de triunfo em sua grande papada que atingiu meu coração, ainda que ele fosse um grande idiota, mas fiquei enfurecido a ponto de desejar pegá-lo em meus braços (como dizem que o ladrão do livro de histórias faz com a velha) e fazê-lo se sentar sobre o fogo.

Uma coisa estava clara para nós dois, e era que, até que houvesse algum alívio, nenhum de nós poderia abrir mão do fogo. Ali nós ficamos, bem encolhidos diante da lareira, ombro com ombro, pé com pé, com as mãos para trás, sem ceder nem mesmo um centímetro. O cavalo estava visível lá fora na garoa, meu café da manhã sobre a mesa, o de Drummle fora levado. O garçom me sugeriu que o tomasse. Assenti, e mantivemo-nos ambos fincados no chão.

"Já esteve no bosque desde a última vez?", perguntou-me Drummle.

"Não", eu disse, "me enchi dos Tentilhões da última vez que lá estive".

"Foi quando tivemos uma divergência de opinião?"

"Sim", eu respondi secamente.

"Vamos lá, vamos lá! Eles o deixaram ir com bastante facilidade", desdenhou Drummle. "Você não deveria ter perdido a cabeça."

"Sr. Drummle", eu disse, "você não tem competência para dar conselhos sobre o assunto. Quando perco a cabeça (não que eu admita tê-lo feito na ocasião), eu não atiro taças".

"Pois eu sim", disse Drummle.

Depois de olhar para ele de relance uma ou duas vezes, em um estado crescente de ferocidade, eu disse:

"Sr. Drummle, não puxei essa conversa e não creio que seja uma conversa agradável."

"Tenho certeza de que não é mesmo", ele disse por cima dos ombros, com arrogância. "Não acho nada a respeito disso."

"E portanto", eu continuei, "com sua licença, sugiro que não tenhamos nenhum tipo de comunicação no futuro".

"É exatamente o que penso", disse Drummle, "e o que eu mesmo sugeriria ou faria, muito provavelmente, sem precisar sugerir. Mas não perca sua paciência. Já não a perdeu o bastante sem isso?”.

“O que quer dizer, senhor?”

“Garçom!”, disse Drummle, como se me respondesse.

O garçom reapareceu.

“Olhe aqui, senhor. Você compreende bem que aquela jovem senhorita não montará hoje e que jantarei com ela?”

“Muito bem, senhor!”

Quando o garçom sentiu que meu bule de chá esfriava depressa na palma de sua mão, olhou para mim suplicante, e saiu. Em seguida, Drummle, cuidadosamente de modo a não mexer o ombro próximo a mim, pegou um charuto de seu bolso e mordeu sua ponta, mas sem causar agitação. Engasgado e fervilhante como eu estava, senti que não poderíamos dizer mais nenhuma palavra ao menos sem incluir o nome de Estella, o que eu não poderia suportar ouvir dele. E então olhei friamente para a parede em minha frente, como se não houvesse ninguém ali presente, e forcei-me a ficar em silêncio. É impossível dizer por quanto tempo poderíamos ter permanecido nessa posição ridícula, mas com a chegada de três fazendeiros bem-sucedidos – chamados pelo garçom, imagino – que entraram no salão desabotoando seus sobretudos, esfregando as mãos, e diante dos quais, ao que eles se dirigiram à lareira, fomos obrigados a dar-lhes espaço.

Vi-o pela janela, agarrando a juba de seu cavalo, montando com seu jeito desajeitado e bruto, balançando de um lado para o outro e para a frente e para trás. Achei que tinha ido embora, quando voltou, pedindo fogo para o charuto que trazia na boca, pois havia se esquecido. Um homem vestindo um traje de cor marrom apareceu com o que ele pedia – eu não poderia dizer de onde vinha: se no pátio do albergue, ou da rua, ou de onde quer que fosse – e quando Drummle se inclinou de sua sela e acendeu o charuto, dando risada, puxando a cabeça em direção às janelas do salão, os ombros caídos e os cabelos bagunçados desse homem cujas costas estavam viradas para mim trouxeram-me à lembrança Orlick.

Extremamente irritado para me preocupar demais se era ele ou não, ou para encostar em meu café da manhã, lavei o rosto e as mãos para me livrar do clima e da viagem e parti em direção à casa velha e memorável a qual teria sido muito melhor nunca ter entrado, nunca ter visto.

Capítulo XLIV

Na sala onde ficava a cômoda, e onde as velas queimavam na parede, encontrei a Senhorita Havisham e Estella. A Senhorita Havisham estava sentada em um sofá próximo à lareira, e Estella, em uma almofada a seus pés. Estella tricotava, e a Senhorita Havisham observava. Ambas levantaram os olhos quando entrei, e ambas viram que eu estava alterado. Percebi isso pelo olhar que elas trocaram.

"E que vento", disse a Senhorita Havisham, "o traz aqui, Pip?".

Embora me fitasse, percebi que ela estava bastante confusa. Como Estella parou de tricotar por um momento, com os olhos em mim, e então voltou a fazê-lo, imaginei ter visto no movimento de seus dedos, tão nitidamente quanto se ela tivesse me dito no alfabeto de surdo-mudo, que ela percebia que eu havia descoberto quem meu verdadeiro benfeitor era.

"Senhorita Havisham", eu disse, "fui a Richmond ontem para conversar com

Estella e, descobrindo que algum vento a havia soprado para cá, o acompanhei”.

A Senhorita Havisham fazia sinais para que eu me sentasse pela terceira ou quarta vez, então peguei uma cadeira perto da penteadeira que sempre via ocupada por ela. Com todo aquele estrago a meus pés e à minha volta, me parecia um lugar natural para mim naquele dia.

“O que eu precisava dizer para Estella, Senhorita Havisham, vou dizer diante da senhora, dentro de um momento. Não ficarão surpresas nem insatisfeitas. Sinto-me tão infeliz quanto alguma vez já desejaram que eu me sentisse.”

A Senhorita Havisham continuou me encarando. Pude ver na ação dos dedos de Estella que ela ouvia o que eu dizia, mas não olhava para cima.

“Descobri quem é meu benfeitor. Não foi uma descoberta feliz, e não é possível que me enriqueça em termos de reputação, posição, fortuna, nada. Tenho motivos para não revelar mais nada sobre isso. Não se trata de um segredo meu, mas de outra pessoa.”

Como fiquei quieto por um tempo, olhando para Estella, considerando como prosseguir, a Senhorita Havisham repetiu: “Não se trata de um segredo seu, mas de outra pessoa. E então?”.

“Quando me fez vir aqui pela primeira vez, Senhorita Havisham, quando eu pertencia ao vilarejo longe daqui, do qual desejaria nunca ter saído, suponho que eu realmente tenha vindo como outro menino qualquer teria feito – como se fosse um criado, para satisfazer uma vontade ou capricho e para ser pago por isso, certo?”

“Sim, Pip”, respondeu a Senhorita Havisham, balançando a cabeça com firmeza. “Foi isso o que fez.”

"E que o Sr. Jaggers..."

"O Sr. Jaggers", disse a Senhorita Havisham, me interrompendo com seu tom de voz firme, "não teve nada a ver com isso nem sabia de nada. O fato de ele ser meu advogado e advogado de seu benfeitor é uma coincidência. Ele possui o mesmo tipo de relação com um grande número de pessoas, e isso poderia acontecer facilmente. Seja como for, aconteceu, e não foi causado por ninguém".

Qualquer um perceberia em seu rosto exausto que não havia, até aquele momento, qualquer supressão ou fuga de sua parte.

"Mas quando cometi o equívoco no qual permaneci por muito tempo, pelo menos você me levou a isso?", eu perguntei.

"Sim", ela respondeu, novamente assentindo com firmeza. "Eu o levei a isso."

"E isso foi gentil de sua parte?"

"Quem sou eu", exclamou a Senhorita Havisham, batendo com a bengala no chão, deixando-se levar pela fúria de modo tão repentino que Estella olhou para cima, surpresa – "quem sou eu, pelo amor de Deus, para precisar ser gentil?".

Fora uma reclamação muito frouxa a que eu fizera, e não era minha intenção fazê-la. Disse-lhe isso, enquanto ela permaneceu sentada, ruminando após seu acesso de fúria.

"Ora, ora, ora!", ela disse. "O que mais?"

"Eu fui generosamente pago por meus antigos serviços aqui", eu disse, de modo a acalmá-la, "como aprendiz, e fiz essas perguntas somente para minha própria informação. O que vem em seguida tem outro (e espero que mais imparcial) propósito. Ao alimentar meu equívoco, Senhorita Havisham, você castigou... ou brincou com... Talvez você possa me dizer qual termo expressa sua intenção sem que eu a ofenda – seus parentes egoístas?".

"Sim. Ora, eles teriam desejado isso! E você também. Qual foi minha história para que eu me desse ao trabalho de implorar a eles ou a você para que não desejassem assim! Vocês criaram suas próprias armadilhas. Não fui eu quem as criou."

Esperando até que ela ficasse em silêncio novamente – pois essa parte também ela dissera da maneira furiosa e repentina – continuei.

"Eu fui jogado entre uma família de seus parentes, Senhorita Havisham, e estive constantemente entre eles desde que fui para Londres. Sei que me iludi com eles assim como comigo mesmo. E eu seria falso e vulgar se não lhe dissesse, considere isso aceitável ou não, ou esteja inclinada a acreditar nisso ou não, que você se equivocou profundamente com o Sr. Matthew Pocket e com seu filho Herbert, se supõe que eles são alguma coisa além de generosos, corretos, abertos e incapazes de qualquer intriga ou maldade."

"Eles são seus amigos", disse a Senhorita Havisham.

"Eles se fizeram meus amigos", respondi, "quando supuseram que eu havia tomado o lugar deles, e quando Sarah Pocket, Senhorita Georgiana e Senhora Camilla não eram minhas amigas, creio".

O contraste deles com o restante parecia, felizmente, fazer bem à relação deles com ela. Ela olhou para mim com entusiasmo por um período de tempo, e então disse, bem baixinho:

"O que deseja para eles?"

"Somente", eu disse, "que você não os confunda com os outros. Eles podem ter o mesmo sangue, mas, acredite, não são da mesma natureza".

Ainda olhando para mim com entusiasmo, a Senhorita Havisham repetiu: "O que deseja para eles?"

"Não sou tão esperto, sabe", eu disse, em resposta, consciente de ter corado um pouco, "para poder esconder de você, mesmo que quisesse, que eu desejo algo. Senhorita Havisham, se pudesse dispor de dinheiro para fazer um grande serviço a meu amigo Herbert em sua vida, mas que, pela natureza do caso, deve ser feito sem a ciência dele, eu poderia lhe mostrar como".

"Por que isso deve ser feito sem sua ciência?", ela perguntou, com as mãos pousadas sobre a bengala para me examinar com mais atenção.

"Porque", eu disse, "eu comecei a realizar esse favor por mim mesmo, mais de dois anos atrás, sem sua ciência, e não desejo ser traído. Não posso explicar o motivo pelo qual não consigo concluí-lo. É parte de um segredo que pertence a outra pessoa, e não a mim".

Aos poucos, ela tirou os olhos de mim e passou a fitar o fogo. Depois de fitá-lo pelo que pareceu, no silêncio e pela luz da vela que aos poucos se esvaía, muito tempo, ela foi despertada pelo colapso de algumas brasas e, então, olhou para mim de novo – inicialmente, de um modo vazio – depois, com crescente concentração e atenção. Enquanto isso, Estella apenas tricotava. Quando a Senhorita Havisham fixou sua atenção em mim, ela disse, falando como se não tivesse havido qualquer intervalo em nosso diálogo:

"O que mais?"

"Estella", eu disse, voltando-me para ela, tentando controlar minha voz trêmula, "você sabe que eu amo você. Você sabe que te amo há muito tempo e que a amo muito".

Ao ser assim abordada, ela levantou os olhos e me encarou, e seus dedos continuaram trabalhando, e ela olhava para mim com a fisionomia impassível. Vi a Senhorita Havisham lançando o olhar para mim, e então para ela, e para mim novamente.

"Eu deveria ter lhe dito isso antes se não fosse por meu longo equívoco. Ele me induziu a esperar que a Senhorita Havisham quisesse nos destinar um ao outro. Embora eu pensasse que você não poderia fazer nada a respeito, eu me contive para não dizer nada. Mas agora é preciso dizer."

Conservando sua fisionomia impassível, com os dedos ainda tricotando, Estella balançou a cabeça.

"Eu sei", eu disse, em resposta à sua ação: "Eu sei. Não tenho esperanças de algum dia poder chamá-la de minha Estella. Ignoro o que possa vir a acontecer comigo em breve, o quão pobre poderei vir a ser ou para onde poderei ir. Contudo, eu a amo. Amo-a desde a primeira vez que a vi nesta casa".

Olhando para mim completamente impassível e com os dedos ocupados, ela balançou a cabeça mais uma vez.

"Teria sido cruel da parte da Senhorita Havisham, terrivelmente cruel, brincar com a suscetibilidade de um pobre menino e me torturar por todos estes anos com uma esperança vã e uma busca inútil se tivesse pensado na gravidade do que fez. Mas acho que não pensou. Acho que, ao resistir a suas próprias provações, ela se esqueceu das minhas, Estella."

Vi a Senhorita Havisham colocar sua mão sobre o coração e deixá-la ali, enquanto seus olhos se moviam de mim para Estella e de Estella para mim.

"Parecia-me", disse Estella, calmamente, "que existem sentimentos, fantasias – não sei como chamá-los – que não sou capaz de compreender. Quando você diz que me ama, sei o que quer dizer, como um conjunto de palavras. Mas nada além disso. Você não atinge meu coração, não me toca de nenhuma forma ali. Não me importo nem um pouco com o que você diz. Tentei alertá-lo sobre isso, não tentei?".

Eu respondi, infeliz: "Sim".

"Sim. Mas você não conseguia ouvir, pois acreditava que eu não queria dizer aquilo no fundo. Não foi isso?"

"Eu achei e tinha esperanças de que você não quisesse dizer aquilo. Você, tão jovem, tão inexperiente e bela, Estella! Certamente isso não faz parte da sua natureza."

"Está em minha natureza", ela respondeu. E então acrescentou, enfatizando bem as palavras: "É a natureza que se formou dentro de mim. Eu o diferencio muito das outras pessoas ao dizer tudo isso. Não posso fazer mais nada".

"Não é verdade", eu disse, "que Bentley Drummle está aqui na cidade buscando você?".

"É verdade, sim", ela respondeu, se referindo a ele com a indiferença de completo desprezo.

"Que você o encoraja, cavalga com ele, e que ele jantará com você hoje mesmo?"

Ela pareceu um tanto surpresa de que eu soubesse disso, mas novamente respondeu: "É verdade".

"Você não pode amá-lo, Estella!"

Seus dedos pararam de tricotar pela primeira vez, ao que ela retrucou furiosa: "O que eu lhe disse? Você ainda acha, apesar de tudo, que eu não quero dizer o que digo?".

"Você jamais se casaria com ele, Estella?"

Ela olhou em direção à Senhorita Havisham e refletiu por um momento, segurando seu trabalho de tricô. E então disse: "Por que não lhe dizer a verdade? Vou me casar com ele".

Deixei meu rosto cair em minhas mãos, mas consegui me controlar melhor do que o esperado, considerando meu sofrimento ao ouvi-la dizer aquelas palavras. Quando levantei o rosto novamente, o aspecto pálido estampado no rosto da Senhorita Havisham era tão intenso que fiquei impressionado até mesmo na extrema perturbação de meu sofrimento.

"Estella, querida Estella, não deixe que a Senhorita Havisham a conduza a esse erro fatal. Distancie-se de mim para sempre – você já o fez, eu sei muito bem disso – mas se entregue a alguém mais digno que Drummle. A Senhorita Havisham a entrega a ele com o maior desprezo e injúria que poderiam ser causados aos tantos homens melhores que ele que a admiram e aos poucos que realmente a amam. Entre esses poucos, pode haver um que talvez a ame tanto quanto ele, embora ele não a tenha amado por tanto tempo quanto eu. Case-se com esse e poderei ao menos suportar a situação por você!"

Minha sinceridade despertou uma surpresa nela de modo que pareceria que eu a havia tocado com piedade se ela pudesse me considerar ao menos inteligível em seus pensamentos.

"Vou", ela disse novamente, com a voz mais suave, "me casar com ele. Os preparativos para o casamento já estão sendo feitos, e devo me casar em breve. Por que você menciona dessa maneira maldosa o nome de minha mãe adotiva? A decisão é minha".

"Sua decisão, Estella, lançar-se a um homem bruto?"

"A quem eu deveria me lançar?", ela interveio, com um sorriso. "Eu deveria me lançar a um homem que logo perceberia (se as pessoas percebem mesmo essas coisas) que não sinto nada por ele? Pronto! Está feito. Vai dar tudo certo comigo, assim como com meu marido. Quanto a me conduzir ao que você chama de erro fatal, a Senhorita Havisham preferiria que eu esperasse e não me casasse ainda. Mas estou cansada da vida que tenho levado, que tem muito pouco encanto para mim, e estou disposta a mudá-la. Não diga mais nada. Nunca vamos nos compreender."

"Um homem bruto e cruel, um imbecil!", argumentei em desespero.

"Não ache que serei uma bênção a ele", disse Estella. "Não hei de ser. Vamos lá! Aqui está minha mão. Vamos nos despedir assim, menino romântico – ou homem romântico?"

"Ah, Estella!", respondi, enquanto minhas lágrimas amargas escorriam em sua mão, independentemente do quanto tentava contê-las. "Mesmo que eu permanecesse na Inglaterra e pudesse manter minha cabeça erguida diante dos outros, como poderia vê-la como esposa de Drummle?"

"Besteira", ela respondeu – "besteira. Isso há de passar logo".

"Jamais, Estella!"

"Há de tirar-me de seus pensamentos dentro de uma semana."

"Tirá-la de meus pensamentos! Você faz parte de minha existência, parte de mim. Você está em cada palavra que leio desde que vim aqui pela primeira vez, aquele menino ordinário e áspero cujo pobre coração você feriu, já naquela época. Você está em cada paisagem com que me deparei desde então – no rio, no velejar dos navios, no pântano, nas nuvens, na luz, na escuridão, no vento, nos bosques, no mar, nas ruas. Você é a encarnação de toda fantasia graciosa que eu já pude conhecer. As pedras com as quais as edificações mais robustas de Londres foram feitas não são mais reais ou mais impossíveis de serem deslocadas por suas mãos do que sua presença e influência são e serão para mim. Estella, até minha última hora de vida, você não tem escolha senão continuar fazendo parte de meu caráter, parte do pouco de bom que existe em mim, parte do mal. Mas, com essa separação, a associo apenas com o que há de bom, e serei fiel a esse sentimento, sempre, pois você deve ter me feito mais bem do que mal, ainda que eu possa sentir essa profunda angústia agora. Oh, Deus a abençoe, Deus a perdoe!"

Não sei dizer qual era a intensidade da infelicidade que me fez colocar essas palavras para fora. A exaltação cresceu dentro de mim, como se fosse sangue brotando de dentro de uma ferida que então se punha a jorrar. Trouxe sua mão a meu lábio por um momento prolongado, e então a deixei. Mas mesmo depois me lembrei – e em seguida com motivos mais fortes – de que enquanto Estella olhava para mim meramente espantada e incrédula o espectro da Senhorita Havisham, com a mão ainda sobre o coração, parecia tranquilo em seu estado terrível de pena e remorso.

Tudo feito, tudo acabado! Tanta coisa estava feita e acabada que quando passei pelo portão para ir embora a luz do dia parecia ter um tom mais escuro em relação àquele de quando eu chegara. Por um tempinho, escondi-me entre algumas ruelas e caminhos e então decidi ir a Londres a pé. Pois eu havia naquele momento me acalmado a ponto de considerar que eu não poderia voltar ao albergue e ver Drummle lá, que não suportaria me sentar na diligência e ouvir alguém falar comigo, que eu não poderia fazer nada que me fizesse minimamente bem além de me cansar.

Já passava da meia-noite quando cruzei a Ponte de Londres. Caminhando pelas passagens estreitas das ruas que naquela época tendiam a oeste próximo à margem do rio em Middlesex, meu acesso mais rápido a Temple era pela margem do rio, passando por Whitefriars. Não esperavam por mim até o dia seguinte, mas eu tinha minhas chaves, e, caso Herbert já tivesse ido dormir, eu poderia ir para cama sem precisar perturbá-lo.

Como acontecia raramente de eu entrar por aquele portão de Whitefriars depois que Temple já havia fechado, e como eu estava sujo de lama e exausto, não achei ruim o porteiro noturno me examinar com mais atenção quando segurei o portão aberto para passar. Para ajudar a lembrá-lo, mencionei meu nome.

"Eu não estava certo de que era você, senhor, mas achei que fosse. Há um bilhete para você, senhor. O mensageiro que o trouxe disse que seria bom que você o lesse aqui com minha lanterna."

Muito surpreso pela informação, peguei o bilhete. Estava endereçado a Philip Pip, Esquire, e no envelope estavam as palavras "POR FAVOR, LEIA AQUI". Abri o bilhete enquanto o porteiro segurava sua lanterna, e li dentro, a caligrafia de Wemmick:

"NÃO VÁ PARA CASA."

Capítulo XLV

Saindo pelo portão de Temple assim que li o aviso, caminhei como pude até Fleet Street, e lá peguei uma carruagem e fui até Hummums, em Covent Garden. Naquela época, conseguia-se uma cama lá a qualquer horário da noite, e o camareiro, deixando-me entrar por sua portinhola, acendeu a vela próxima à sua prateleira e me conduziu diretamente para o próximo quarto de sua lista. Era uma espécie de catacumba no pavimento térreo, no fundo, e ali havia um monstro tirânico na forma de cama com quatro colunas, ocupando o lugar inteiro, que colocava uma de suas pernas arbitrariamente dentro da lareira e outra na entrada, apertando o pequeno miserável lavatório como se fizesse aquilo de maneira virtuosa e divina.

Como eu havia pedido por uma lamparina, o camareiro conduzira-me para dentro, antes de me deixar o velho e bom candeeiro constituinte daqueles tempos virtuosos – um objeto como o fantasma de uma bengala, que logo se quebrava assim que era tocado e que nada era capaz de acender, e que era colocado em confinamento solitário no fundo de uma grande lata, perfurada com buracos redondos que lançavam formas tensas nas paredes.

Quando me deitei na cama, sentindo dor nos pés, exausto e deprimido, percebi que não conseguia fechar meus próprios olhos mais do que eu conseguia fechar os olhos daquele Argos idiota. E então, na escuridão e no silêncio absoluto da noite, nós nos encaramos.

Que noite triste! Tão inquieta, deprimente e longa! Havia um odor inóspito no quarto de fuligem fria e poeira quente, e quando olhei para os cantos do dossel acima de mim pensei em quantas moscas azuis oriundas do açougue, lacrainhas do mercado e larvas do campo deveriam estar ali paradas, esperando pelo próximo verão. Isso me levou a especular se alguma delas poderia cair, e então imaginei que algo caía de leve sobre meu rosto – um pensamento repentino desagradável, vindo a sugerir outras aproximações mais desaprováveis em minhas costas. Depois de passar um tempo acordado, aquelas vozes extraordinárias que proliferam no silêncio começaram a ficar audíveis. O armário sussurrava, a lareira suspirava, o pequeno lavatório estalava, e uma corda do violão soava de vez em quando sobre a cômoda. Quase ao mesmo tempo, os olhos da parede ganharam uma nova expressão, e em cada uma das vezes eu via escrito em cada um dos círculos que me encaravam NÃO VÁ PARA CASA.

Fossem quais fossem as fantasias e os barulhos noturnos que se amontoavam em mim, eles nunca deixavam de lembrar: NÃO VÁ PARA CASA. A frase se entremeava com qualquer pensamento que eu tivesse, como uma dor em alguma parte do corpo. Não muito antes, eu havia lido nos jornais sobre como um cavalheiro desconhecido havia chegado a Hummums durante a noite e ido dormir, e havia se matado, sendo encontrado pela manhã coberto de sangue. Passou pela minha cabeça que ele deveria ter ocupado aquela mesma catacumba onde eu me encontrava, saí da cama para garantir que não havia qualquer marca vermelha ali, e então abri a porta para olhar pelo corredor e me animar com a companhia da luz ao longe, perto da qual eu sabia que o camareiro cochilava. Mas esse tempo todo por que eu não voltava para casa? E o que havia acontecido em casa? E quando eu deveria voltar para casa? E me perguntava se Provis estava a salvo em casa. Todas essas perguntas fervilhavam de tal forma em minha mente que se poderia pensar que não havia mais espaço nela para mais nenhum assunto. Mesmo quando eu pensava em Estella, e como nós havíamos nos separado naquele dia para todo o sempre, e quando eu me lembrava de todas as circunstâncias de nossa separação, e todos os olhares e tons de voz, e a ação de seus dedos enquanto tricotava – até nesses momentos eu era perseguido, aqui e ali, e em todo lugar, pelo aviso "Não vá para casa". Quando finalmente peguei no sono, em completa exaustão mental e física, o aviso se tornou um verbo extremamente sombrio que eu deveria conjugar. Modo imperativo, presente simples: Não vá você para casa, não vá ele para casa, não vamos nós para casa, não vão vocês para casa, não vão eles para casa. E então possivelmente: eu não posso e não consigo ir para casa, eu não poderia, eu não conseguiria, eu não iria, e eu não deveria ir para casa, até que senti que estava começando a me distrair e virei a cabeça no travesseiro e olhei para os grandes círculos na parede novamente.

Eu havia deixado instruções para que fosse despertado às sete horas, pois estava claro que eu precisava me encontrar com Wemmick antes de ver qualquer outra pessoa. E igualmente claro estava que esse era um caso em que apenas seus sentimentos de Walworth poderiam ser levados em conta. Foi um alívio deixar o quarto onde a noite havia sido tão deplorável, e não precisei de uma segunda batida na porta para me levantar daquela cama desconfortável.

Às oito horas avistei as ameias do Castelo. Uma vez que a pequena criada estava entrando no forte naquele exato momento com dois pães quentes, passei pelo portão dos fundos e cruzei a ponte em sua companhia, e me aproximei de Wemmick assim, sem aviso, enquanto ele fazia chá para ele e para o Velho. Uma porta aberta me permitiu ver o Velho em sua cama.

"Alô, Sr. Pip!", disse Wemmick. "Voltou para casa, então?"

"Sim", respondi, "mas não fui para casa".

"Tudo bem", ele disse, esfregando as mãos. "Eu deixei um bilhete para você em cada um dos portões de Temple para garantir. Por que portão você entrou?"

Respondi-lhe.

"Vou passar pelo outro ao longo do dia e destruir o bilhete", disse Wemmick, "é uma boa ideia não deixar nenhum indício documental se possível porque não se sabe quando pode ser usado. Vou tomar uma liberdade com você. Você se importaria de tostar essa linguiça para o Velho P.?".

Respondi que ficaria contente em fazê-lo.

"Então você pode continuar seu trabalho, Mary Anne", disse Wemmick à pequena criada, "e assim ficamos a sós, certo, Sr. Pip?", ele acrescentou, dando uma piscadela, quando ela se foi.

Agradeci-lhe por sua amizade e pelo aviso, e nosso discurso prosseguiu em voz baixa, enquanto eu tostava a linguiça do Velho, e ele passava manteiga no pão do Velho.

"Agora, Sr. Pip, você sabe", disse Wemmick, "você e eu nos entendemos bem. Estamos em nossa competência privada e pessoal e já estivemos envolvidos em uma transação confidencial antes. Sentimentos oficiais são uma coisa. Aqui estamos extraoficialmente".

Assenti, cordialmente. Eu estava tão nervoso que eu já havia colocado fogo na linguiça do Velho como se fosse uma tocha, e precisei apagá-la.

"Eu ouvi, sem querer, ontem de manhã", disse Wemmick, "quando estava em um lugar aonde já o levei uma vez – mesmo entre mim e você, não é bom mencionar nomes quando se pode evitar".

"Melhor não mesmo", eu disse. "Compreendo."

"Ouvi, nesse lugar, sem querer, ontem de manhã", disse Wemmick, "que certa pessoa não completamente desassociada de buscas coloniais, e não destituída de propriedades portáveis... Eu não sei quem poderia ser de fato... Não daremos nome a essa pessoa".

"Não é necessário", eu disse.

"... Havia causado certa agitação em certa parte do mundo aonde muitas boas pessoas vão, nem sempre para satisfazer suas próprias inclinações, e não completamente desassociadas das custas do governo." Ao observar seu rosto, causei belos fogos de artifício com a linguiça do Velho, perturbando tanto minha própria atenção quanto a de Wemmick, pelo que pedi desculpa.

"... Desaparecendo daquele lugar, sem que ninguém mais tenha falado de suas redondezas. Do que", disse Wemmick, "conjecturas foram levantadas e teorias formadas. Também ouvi que você em seu quarto em Garden Court, Temple, havia sido espiado e poderia ser espiado novamente".

"Por quem?", perguntei.

"Eu não acho bom falar disso", disse Wemmick, de modo evasivo. "Isso poderia causar conflitos com as responsabilidades oficiais. Ouvi isso como ouvi em minha vida outras coisas curiosas no mesmo local. Não lhe digo isso como uma informação recebida. Ouvi, apenas."

Ele pegou o garfo para torradas e a linguiça de mim enquanto falava, e organizou o café da manhã do Velho com cuidado em uma bandeja. Antes de colocá-la em sua frente, foi ao quarto do Velho com um pano branco limpo e o amarrou sob o queixo do homem, segurou-o para que se levantasse e colocou sua touca de dormir de lado, conferindo-lhe um ar jovial. Ele então pôs o café da manhã em sua frente com muito cuidado, dizendo: "Tudo certo, né, Velho P.?". Ao que o Velho alegre respondeu: "Tudo certo, John, meu menino, tudo certo!". Como parecia haver um acordo tácito de que o Velho não estava em condição apresentável e deveria, portanto, ser considerado invisível, fingi ignorar completamente esses eventos.

"Essa espionagem a mim em meu quarto (que eu certa vez tive motivo para suspeitar de que acontecia)", eu disse a Wemmick, quando ele voltou, "é inseparável da pessoa a quem você se referiu, certo?".

Wemmick parecia muito sério. "Eu não poderia jurar isso, até onde sei. Quero dizer, eu não poderia jurar dizer que é isso a princípio. Mas ou é, ou será, ou corre grande risco de ser isso."

Como eu vi que ele estava impedido de dizer o quanto podia, por lealdade a Little Britain, e como eu sabia com gratidão a ele o quanto ele havia se esforçado para dizer tudo o que dissera, eu não podia pressioná-lo. Mas eu lhe disse, depois de um tempo de reflexão perto da lareira, que eu gostaria de lhe fazer uma pergunta, sujeita à sua resposta ou à falta dela, conforme ele julgasse certo, e certo de que sua atitude seria correta. Ele fez uma pausa no café da manhã, cruzou os braços e, beliscando as mangas de sua camisa (sua noção de conforto em casa era se sentar sem um casaco), ele assentiu uma vez para que eu fizesse a pergunta.

"Você já ouviu falar de um homem de mau caráter, cujo nome verdadeiro é Compeyson?"

Ele respondeu com outro aceno da cabeça, assentindo.

"Ele está vivo?"

Outro aceno.

"Ele está em Londres?"

Ele assentiu mais uma vez, comprimiu sua boca de caixa de correspondência demasiadamente, assentiu pela última vez e continuou a tomar seu café da manhã.

"Bem", disse Wemmick, "se sua pergunta estiver terminado", o que ele enfatizou e repetiu para me orientar, "chegamos a meu ato depois de ouvir o que ouvi. Fui a Garden Court para procurá-lo. Sem sucesso, fui à casa de Carriker para procurar o Sr. Herbert".

"E o encontrou?", eu perguntei, ansioso.

"E o encontrei. Sem mencionar nomes ou entrar em detalhes, dei a entender que se ele soubesse de qualquer pessoa – Tom, Jack ou Richard – nos seus cômodos ou imediações, que tirasse Tom, Jack ou Richard do caminho enquanto você estava fora."

"Ele deve ter ficado extremamente confuso quanto ao que fazer, certo?"

"Ele ficou confuso quanto ao que fazer, porque eu lhe dei minha opinião sobre não achar seguro tirar Tom, Jack ou Richard e levá-lo para mais longe no momento. Sr. Pip, vou lhe dizer uma coisa. Sob as presentes circunstâncias, não existe nenhum lugar como uma grande cidade, uma vez que você se encontra nela. Não fique desprotegido agora. Fique por perto. Espere que as coisas deem uma afrouxada antes de experimentar outros ares, até mesmo estrangeiros."

Agradeci-lhe pelo seu conselho valioso e lhe perguntei o que Herbert havia feito.

"O Sr. Herbert", disse Wemmick, "depois de ficar em choque por meia hora, elaborou um plano. Contou a mim em segredo que está cortejando uma jovem dama cujo pai, como não tenho dúvida de que você já sabe, está acamado. Cujo pai, que era comissário, jaz em uma cama em frente a uma janela curva onde ele pode ver navios indo e vindo do rio. É provável que conheça a jovem dama, sim?".

"Não pessoalmente", respondi.

A verdade era que ela havia se colocado contra mim por eu ser uma companhia cara que não fazia nenhum bem a Herbert quando Herbert propôs apresentar-me a ela pela primeira vez. Ela recebeu a proposta com tão pouca veemência que Herbert se sentiu obrigado a confiar a mim o caso, considerando que seria melhor esperar um pouco antes de conhecê-la. Quando comecei a avançar com os projetos de Herbert sorrateiramente, fui capaz de suportar isso com uma filosofia positiva: ele e sua noiva, de sua parte, não haviam de estar, o que é natural, ansiosos para introduzir uma terceira pessoa nos encontros, e dessa forma, embora eu tivesse segurança de que eu havia subido na estima de Clara, e embora a jovem dama e eu há muito tempo trocássemos frequentes mensagens e lembranças através de Herbert, eu nunca a havia visto. Porém, não perturbei Wemmick com esses detalhes.

"A casa com a janela curva", disse Wemmick, "sendo perto do rio, mais precisamente do trecho entre a ponte de Londres e Limehouse, chamada de Pool, até Greenwich, e sendo mantida, aparentemente, por uma viúva muito respeitável que é dona do pavimento superior mobiliado que está para alugar, o Sr. Herbert assim me disse, o que você achou dela como uma moradia temporária para Tom, Jack ou Richard? Bem, eu pensei muito sobre isso, por três razões que vou lhe contar. É o seguinte. Primeiro: fica completamente fora de sua região, e bem longe do burburinho geral das ruas, grandes ou pequenas. Segundo: sem ir lá, você sempre poderia saber da segurança de Tom, Jack ou Richard através de Herbert. Terceiro: depois de um tempo, e quando for prudente, se você quiser colocar Tom, Jack ou Richard em qualquer embarcação estrangeira, ali está ele – pronto".

Muito consolado por essas considerações, agradeci a Wemmick diversas vezes e pedi que continuasse.

"Bem, senhor! O Sr. Herbert se lançou à tarefa com vontade, e às nove horas da noite anterior ele recebera Tom, Jack ou Richard – quem quer que fosse, nem você nem eu quer saber – com êxito. Nas velhas acomodações compreendeu-se que ele fora intimado a Dover, e, de fato, ele fora levado até a estrada que levava a Dover e então fez meia-volta. Agora, outra grande vantagem de tudo isso é que tudo foi realizado sem você, e quando, e se qualquer pessoa se preocupasse com seu paradeiro, saber-se-á que você estava a tantas milhas de distância e ocupado com outras coisas. Isso desvia a suspeita e causa confusão, e por essa mesma razão recomendei que, mesmo que você voltasse na noite anterior, não voltasse para casa. Isso causa ainda mais confusão, e você precisa de confusão."

Wemmick, tendo terminado seu café da manhã, olhou para o relógio e começou a vestir o casaco.

"E agora, Sr. Pip", ele disse, com as mãos ainda por dentro das mangas, "é provável que eu tenha feito tudo o que podia fazer, mas se eu puder fazer mais – do ponto de vista de Walworth e em competência estritamente privada e pessoal – ficarei contente em fazê-lo. Aqui está o endereço. Não deve haver nenhum mal em ir lá hoje à noite e ver com seus próprios olhos que está tudo bem com Tom, Jack ou Richard, antes de você ir para casa – o que é outra razão para você não ter ido para casa ontem à noite. Mas depois que voltar para casa não volte para lá. Tenho certeza de que será muito bem-vindo, Sr. Pip"; suas mãos agora estavam fora das mangas, e eu as apertava, "e deixe-me, para terminar, ressaltar um ponto importante. Ele colocou as mãos sobre meus ombros e acrescentou em um sussurro solene: "Aproveite essa noite para conseguir sua propriedade portável. Você não sabe o que pode acontecer com ele. Não deixe que nada aconteça às propriedades portáveis".

Bastante desesperado em fazer Wemmick compreender-me quanto a esse ponto, contive-me.

"Não há mais tempo", disse Wemmick, "preciso ir. Se você não tinha nada mais importante para fazer do que ficar aqui até a noite, é isso que eu sugeriria que fizesse. Você parece muito preocupado, e lhe faria bem passar um dia perfeitamente calmo com o Velho – ele logo despertará – e comer um pouco de... você se lembra do porco?".

"É claro", eu disse.

"Bem, e um pouco dele. Aquela linguiça que você tostou era dele, e ele era em todos os sentidos um porco de primeira. Não deixe de experimentá-lo, nem que seja em nome da velha amizade. Até logo, Pai Velho!", gritou alegremente.

"Tudo certo, John, tudo certo, meu menino!", gritou o Velho lá de dentro.

Eu logo adormeci em frente à lareira de Wemmick, e o Velho e eu aproveitamos a companhia um do outro para dormir ali aproximadamente o dia todo. Comemos lombo de porco no jantar e verduras cultivadas na propriedade. E eu assentia ao Velho com boa vontade ainda que sonolento. Quando já escurecera bastante, deixei o Velho preparando o fogo para as torradas e deduzi, pelo número de xícaras de chá, e pelos seus olhares em direção às duas pequenas portas na parede, que a Senhorita Skiffins era aguardada.

Capítulo XLVI

Já passava das oito horas quando saí, o ar estava perfumado, mas não de maneira desagradável, pelas lascas e pela serragem dos construtores de barcos e fabricantes de mastros, remos e moitões pela longa orla. Todo o trecho de Pool do Tâmisa que passa por baixo da Ponte era território desconhecido para mim, e quando cheguei perto do rio percebi que o ponto que procurava não era onde eu deveria estar. Era qualquer coisa, menos fácil de encontrar. Era chamado de Mill Pond Bank, em Chinks's Basin, e eu não tinha outra referência até Chinks's Basin além do caminho de Cordas de Old Green Copper.

Não importa mencionar as embarcações encalhadas sendo consertadas em docas secas por onde me perdi, os cascos velhos caindo aos pedaços, aquele lodo e o limo e outros resíduos trazidos pela maré, os estaleiros de construção e de demolição, as âncoras enferrujadas, afundadas cegamente no solo, ainda que por muito tempo sem uso, as montanhas de tonéis e madeiras acumulados, quantas cordas que não eram aquelas que levavam a Old Green Copper. Depois de várias tentativas para chegar ao destino sendo fracassadas, aproximando-me e distanciando-me sem querer, inesperadamente cheguei a uma esquina, que levava a Mill Pond Bank. Era um lugar fresco, considerando-se todas as circunstâncias, onde o vento do rio tinha espaço suficiente para soprar, e havia duas ou três árvores ali, e também o toco de um moinho de vento e os caminhos de corda de Old Green Copper – cuja forma longa e estreita eu podia traçar à luz do luar, juntamente a uma série de estruturas de madeira colocadas sobre o chão, que pareciam com um monte de ancinhos de feno que haviam envelhecido e perdido seus dentes.

Escolhendo uma casa com a frente de madeira e três andares com janelas curvas (não janelas salientes, que são outra coisa) dentre as poucas casas estranhas em Mill Pond Bank, olhei para a placa na porta e li Sra. Whimple. Sendo aquele o nome que eu buscava, bati, e uma senhora idosa de aparência agradável e bem-aventurada atendeu. Contudo, ela foi em seguida deposta por Herbert, que me conduziu, silenciosamente, até a sala e fechou a porta. Era uma sensação estranha ver seu rosto conhecido que se ligava à casa naquele lugar e região estranha, e percebi que eu olhava para ele da mesma forma que olhava para a cristaleira de canto com suas peças de vidro e porcelana, para as conchas sobre a lareira, para as gravuras na parede, representando a morte do Capitão Cook, o lançamento de uma embarcação e sua majestade, rei George III, usando uma peruca de cocheiro, calças de couro e botas de cano longo no terraço do Castelo de Windsor.

"Está tudo bem, Handel", disse Herbert, "e ele está bem contente, embora ansioso para vê-lo. Minha querida menina faz companhia ao pai, e se quiser esperar até que ela desça vou apresentá-lo a ela, e então subiremos. É o pai dela".

Eu ouvira um grito alarmante vindo de cima, o que provavelmente transparecia em minha fisionomia.

"Receio que ele seja um desses velhos malandros", disse Herbert, sorrindo, "mas nunca o vi. Sente cheiro de rum? Ele sempre tem rum consigo".

"Rum?", eu perguntei.

"Sim", respondeu Herbert, "e você pode supor como ameniza sua gota. Ele insiste, também, em manter todos os mantimentos lá em cima, em seu quarto, e em servi-los. Ele guarda-os em prateleiras acima de sua cabeça e pesa-os todos. Seu quarto deve se parecer com uma mercearia".

Enquanto ele falava, o grito se transformou em um rugido mais longo, e então parou totalmente.

"O que mais pode ser a consequência", disse Herbert, explicando, "se ele quer cortar o queijo? Um homem que tem gota na mão direita – e em todo outro lugar do corpo – não pode esperar cortar um queijo de Gloucester duplo sem se machucar".

Ele parecia ter se machucado muito, pois logo gritou furiosamente mais uma vez.

"Ter Provis como hóspede no pavimento superior é uma bênção para a Sra. Whimple", disse Herbert, "pois, obviamente, as pessoas, em geral, não aguentam o barulho. Um lugar interessante, Handel, não acha?".

Era realmente um lugar interessante, mas curiosamente muito bem-cuidado e limpo.

"A Sra. Whimple", disse Herbert, quando fiz essa observação, "é uma dona de casa exemplar, e verdadeiramente não sei o que minha Clara faria sem seu suporte maternal. Pois Clara não tem mãe, Handel, e nenhum parente no mundo além do velho Gruffandgrim".

"É claro que esse não é o nome dele, não é, Herbert?"

"Não, não", disse Herbert, "é assim que eu o chamo. Seu nome é Sr. Barley. Mas que bênção é para o filho de meu pai e de minha mãe amar uma moça que não tem parentes, e que nunca poderá se incomodar, ou a alguém com problemas familiares!".

Herbert havia me contado, em outras ocasiões, e agora me lembrava que conhecera a Senhorita Clara Barley quando ela estava terminando seus estudos em um estabelecimento em Hammersmith, e que como ela havia sido necessitada para cuidar de seu pai, ele e ela haviam confiado seu afeto à materna Sra. Whimple, por quem o afeto havia sido adotado e controlado com a mesma bondade e reserva desde então. Era entendido que nada de natureza mais terna poderia ser confiado ao Velho Barley, uma vez que ele era completamente incapaz de lidar com qualquer assunto mais psicológico que a gota, o rum e com os mantimentos de bordo.

Como nós estávamos conversando em voz baixa enquanto o grito do Velho Barley vibrava pela viga que passava pelo teto, a porta do quarto se abriu, e uma moça muito bela, pequena, de olhos escuros, com aproximadamente vinte anos de idade, entrou com uma cesta em sua mão, a qual Herbert pegou, carinhosamente, a fim de aliviar-lhe, e apresentou, corando, como Clara. Ela era de fato muito encantadora e poderia se passar por uma fada prisioneira, a quem aquele Ogro Agressivo, o Velho Barley, pressionava para seu benefício.

"Olhe aqui", disse Herbert, mostrando-me a cesta, com um sorriso piedoso e carinhoso, depois que conversamos um pouco, "aqui está o jantar da pobre Clara, servido toda noite. Aqui está sua porção de pão, e aqui a de queijo, e aqui seu rum – que eu bebo. Esse é o café da manhã do Sr. Barley para amanhã, para ser preparado. Duas costeletas de carneiro, um pouco de lentilha, um pouco de farinha, sessenta gramas de manteiga, uma pitada de sal, e tudo isso de pimenta-do-reino. É tudo cozido junto lentamente e levado para ele quente, e é ótimo para a gota, imagino!".

Havia algo tão natural e conquistador no jeito resignado de Clara ao olhar para aqueles mantimentos com cuidado quando Herbert os apontava, e algo tão confiante, amável e inocente em seu jeito modesto de se render aos braços de Herbert, e algo tão gentil nela, precisando tanto de proteção em Mill Pond Bank, em Chink's Basin, e no Caminho de Cordas de Old Green Copper, com o Velho Barley rosnando pelas vigas – que eu não teria desfeito o compromisso entre ela e Herbert por nenhum dinheiro na caderneta que eu nunca tinha aberto.

Eu olhava para ela com prazer e admiração, quando de repente o grito aumentou e se transformou em um berro novamente, ouvimos um som de queda assustador, como se um gigante com uma perna de madeira tentasse enfiá-la pelo telhado para nos pegar. Com isso, Clara disse a Herbert: "Papai está me chamando, querido!" e saiu correndo.

"Aí está um velho tubarão sem escrúpulos!", disse Herbert. "O que você acha que ele quer agora, Handel?"

"Não sei", respondi. "Algo para beber?".

"É isso!", exclamou Herbert, como se minha sugestão tivesse grandíssimo mérito. "Ele deixa sua birita pronta misturada em um pequeno barril sobre a mesa. Espere um pouco e você escutará Clara erguendo-o para beber um pouco. Aí vai!". Ouvimos outro berro com um tremor prolongado no fim. "Bem", disse Herbert, quando o silêncio prevaleceu, "ele está bebendo. Bem", disse Herbert, depois que o grunhido ressoou mais uma vez através da viga, "ele se deitou novamente!".

Clara voltou logo depois, e Herbert me acompanhou para o pavimento superior para ver nossa incumbência. Ao passarmos pela porta do Sr. Barley, ouvi-o murmurando com a voz rouca ali dentro, em uma melodia que subia e descia como o vento, o seguinte refrão, no qual eu troco bons desejos por algo bem contrário:

"Olá! Deus o abençoe, aqui está o velho Bill Barley. Aqui está o velho Bill Barley, Deus o abençoe. Aqui está o velho Bill Barley deitado de costas, em nome de Deus. Deitado de costas como um linguado morto à deriva, aqui está o velho Billy Barley, Deus o abençoe. Olá! Deus o abençoe!"

Esforçando-se para se consolar, Herbert me informou que o invisível Barley conversava consigo mesmo dia e noite. Frequentemente, enquanto estava claro, conversava e, ao mesmo tempo, mantinha um olho no telescópio que fora instalado em sua cama para que pudesse observar o rio.

Em dois pequenos quartos no topo da casa, frescos e arejados, onde o Sr. Barley ficava menos audível do que lá embaixo, encontrei Provis sentado confortavelmente. Ele não demonstrava nenhum alarme e não parecia sentir nada que valesse a pena mencionar. Mas notei que ele estava mais suave – de uma maneira indefinível, pois eu não poderia dizer como, e nunca também pude depois me lembrar quando tentei, mas era certo.

A oportunidade que o dia de descanso havia me proporcionado para refletir havia resultado em minha completa decisão de não dizer nada a ele a respeito de Compeyson. Até onde eu sabia, sua animosidade em relação a esse homem poderia levá-lo a procurá-lo e tentar destruí-lo. Assim, quando Herbert e eu nos sentamos com ele perto da lareira, perguntei-lhe, antes de mais nada, se ele confiava no julgamento de Wemmick e em suas fontes de informação.

"Sim, sim, querido menino!", ele respondeu, assentindo com a cabeça de maneira séria, "Jaggers sabe".

"Então, eu conversei com Wemmick", eu disse, "e vim lhe dizer das precauções e cuidados que ele me recomendou".

Isso eu fiz com precisão, com a reserva que acabei de mencionar. E disse a ele como Wemmick havia ouvido, na prisão de Newgate (ou de policiais ou de prisioneiros, isso eu não poderia dizer), que ele estava sob suspeita, e que meus aposentos haviam sido espionados, como Wemmick havia recomendado que ele ficasse perto por um tempo, e que eu ficasse longe dele. E o que Wemmick havia falado sobre levá-lo ao exterior. Acrescentei que obviamente, quando chegasse a hora, eu iria com ele, ou deveria ir logo em seguida, o que fosse mais seguro de acordo com o julgamento de Wemmick. Não toquei no assunto que deveria se seguir. Na verdade, eu também não estava nem um pouco resolvido ou confortável sobre aquilo em minha cabeça agora que eu o via daquele jeito mais suave e em perigo manifestado por minha causa. Quanto a alterar meu jeito de viver aumentando minhas despesas, perguntei-lhe se, nas circunstâncias agitadas e difíceis, não seria simplesmente ridículo, se é que não seria pior.

Isso ele não podia negar, e, na realidade, foi muito razoável, do início ao fim. Seu retorno era um risco, ele disse, e ele sempre soubera que seria arriscado. Ele não faria nada para torná-lo um risco desesperado, e ele tinha pouquíssimo a temer por sua segurança recebendo tão boa ajuda.

Herbert, que olhava o fogo e refletia, disse, nesse momento, que algo havia passado pelos seus pensamentos a partir da sugestão de Wemmick que poderia valer a pena seguir. "Nós dois somos bons remadores, Handel, e poderíamos levá-lo rio abaixo por nós mesmos na hora certa. Nenhuma embarcação seria então contratada para esse propósito, e nenhum barqueiro também. Isso ajudaria a evitar qualquer possibilidade de suspeita e qualquer possibilidade valeria a pena. Não importa a estação. Você não acha que seria uma coisa boa se você começasse logo a deixar um barco no píer de Temple e passasse a remá-lo pelo rio? Você adota esse hábito e então quem perceberá ou se importará? Faça isso vinte ou cinquenta vezes, e não haverá nada de especial em fazê-lo vinte e uma ou cinquenta e uma."

Gostei do plano, e Provis ficou bastante entusiasmado também. Concordamos que seria colocado em execução e que Provis nunca deveria nos reconhecer se passássemos por baixo da ponte e remássemos por Mill Pond Bank. Mas depois nós concordamos que ele deveria abaixar a persiana naquela parte de janela que dava para o leste, sempre que nos visse e que estivesse tudo certo.

Terminando nossa conversa, com tudo acertado, me levantei para ir, observando a Herbert que ele e eu não deveríamos voltar para casa juntos, e que eu iria meia hora antes. "Não me agrada deixá-lo aqui", eu disse a Provis, "embora não possa duvidar de que você está mais seguro aqui do que perto de mim. Adeus!"

"Querido menino", ele respondeu, entrelaçando as mãos, "eu não sei quando poderemos nos encontrar novamente, e não gosto da palavra adeus. Diga boa noite!".

"Boa noite! Herbert fará a intermediação entre nós com regularidade, e quando a hora chegar tenha certeza de que estarei pronto. Boa noite, boa noite!"

Nós achamos melhor que ele ficasse em seu quarto e o deixamos no patamar das escadas em frente à sua porta, segurando uma lamparina sobre o corrimão para iluminar nosso caminho na descida. Olhando para trás para ele, pensei na primeira noite de seu retorno, quando nossas posições estavam invertidas, e quando eu mal poderia supor que meu coração pudesse ficar tão pesado e inquieto ao me separar dele como fazia agora.

O Velho Barley estava grunhindo e praguejando quando passamos novamente por sua porta, e não parecia que havia parado ou que pararia. Quando chegamos ao pé das escadas, perguntei a Herbert se Provis havia mantido seu nome. Ele respondeu que certamente não havia, e que o hóspede se chamava Sr. Campbell. Ele também explicou que o máximo que se sabia sobre o Sr. Campbell lá era que ele (Herbert) tinha sido confiado ao Sr. Campbell e sentia grande interesse pessoal de que ele fosse bem-cuidado e vivesse uma vida reclusa. Então, quando fomos para a sala onde a Sra. Whimple e Clara estavam sentadas para trabalhar, eu não disse nada de meu interesse pelo Sr. Campbell, guardando para mim mesmo.

Quando eu havia me despedido da menina bela, gentil, de olhos escuros e da mulher maternal que não havia sobrevivido à sua simpatia honesta com um pequeno caso de amor verdadeiro, senti que o Caminho de Cordas de Old Green Copped havia se tornado um lugar completamente diferente. O Velho

Barley poderia ser tão velho quanto as colinas e poderia praguejar como uma tropa inteira de soldados, mas havia juventude e confiança e esperança suficiente em Chinks's Basin para encher o lugar por completo, até transbordar. E então pensei em Estella, e em nossa despedida, e fui para casa com tristeza.

Estava tudo silencioso em Temple como sempre. As janelas dos cômodos daquele lado, ultimamente ocupado por Provis, estavam escuras e quietas, e não havia ninguém vagando em Garden Court. Passei pela fonte duas ou três vezes antes de descer os degraus entre mim e minha casa, mas eu estava completamente só. Herbert, que veio até minha cama quando entrou – pois fui direto para a cama, desanimado e cansado – relatou-me a mesma coisa. Abrindo uma das janelas depois disso, ele olhou para fora em direção à Lua e me disse que a calçada estava tão solenemente despovoada quanto qualquer catedral naquele mesmo horário.

No dia seguinte, me preparei para pegar o barco. Logo estava tudo arranjado, e o barco foi trazido para o píer de Temple e colocado onde eu pudesse alcançá-lo dentro de um ou dois minutos. Então, comecei a sair para me exercitar: às vezes sozinho, às vezes com Herbert. Frequentemente passava frio, enfrentava chuva, granizo, mas ninguém me notava muito depois que já havia saído algumas vezes. No início, ficava acima da Ponte Blackfriars, mas conforme as horas da maré mudavam remava em direção à Ponte de Londres. Era chamada de Velha Ponte de Londres na época, e em certos momentos da maré havia uma corrente e uma queda de água que lhe davam má reputação. Mas eu sabia muito bem como sair "em disparada" logo depois e então começava a remar por entre as embarcações do Pool do Tâmisa até chegar a Erith. Na primeira vez que passei por Mill Pond Bank, Herbert e eu puxávamos um par de remos e, tanto na ida quanto na volta, vimos as persianas do lado leste se abaixando. Era raro Herbert ir lá menos que três vezes por semana, e ele nunca me trazia uma única palavra de informação que fosse minimamente alarmante. Ainda assim, eu sabia que havia motivo para alarme e não podia me livrar da ideia de estar sendo espionado. Uma vez recebida, a ideia passava a assombrar. Seria difícil calcular de quantas pessoas inocentes eu suspeitei de me espionarem.

Em resumo, eu vivia com medo pelo homem precipitado que se escondia. Herbert me disse às vezes que ele achava agradável ficar parado em uma de nossas janelas depois de anoitecer, quando a maré descia, e pensar que ela fluía com tudo o que trazia em direção a Clara. Mas eu pensei, com medo, que fluía em direção a Magwitch, e que qualquer ponto preto em sua superfície poderia representar seus perseguidores, movendo-se rapidamente, silenciosos e certos de o capturarem.

Capítulo XLVII

Algumas semanas se passaram sem que nada mudasse. Esperamos por Wemmick, e ele não dava qualquer sinal. Se eu nunca o tivesse conhecido fora de Little Britain e nunca tivesse tido o privilégio de colocar os pés em seu Castelo, eu poderia ter duvidado dele, mas nem por um momento o fiz, conhecendo-o como eu o conhecia.

Meus negócios do dia a dia começaram a tomar um aspecto melancólico, e eu fui pressionado por mais de um credor. Até eu mesmo comecei a sentir a necessidade por dinheiro (quero dizer dinheiro vivo em meu bolso), e passei a aliviá-la convertendo em dinheiro alguns artigos de joalheria facilmente prescindíveis. Mas eu estava bastante determinado que seria uma fraude maldosa pegar mais dinheiro de meu guardião naquele estado de pensamentos e planos incertos. Assim, eu havia lhe enviado a caderneta de Herbert intacta para que ele a tivesse consigo, e senti uma espécie de satisfação – fosse falsa ou verdadeira, não posso dizer – em não ter lucrado de sua generosidade desde que se revelara a mim.

À medida que o tempo passava, mais crescia minha impressão de que Estella havia se casado. Com medo da confirmação disso, embora não fosse nada menos que uma convicção, evitei os jornais e implorei para que Herbert (a quem eu havia confiado as circunstâncias em nossa última conversa) nunca me falasse dela. Por que motivo eu guardava esse último pequeno fragmento em trapos de esperança abandonada de todas as formas? Como eu haveria de saber? Por que você mesmo, lendo isso, não cometeu uma inconsistência diferente no ano passado ou na semana passada?

Eu vivia uma vida infeliz. E sua ansiedade dominante, superando todas as outras ansiedades, como uma montanha alta acima de uma cordilheira, nunca desaparecia de meu campo de visão. Ainda assim não havia nenhuma causa nova para temores. Embora eu me levantasse de manhã como sempre, com um medo recente de que ele fosse descoberto, embora eu me sentasse escutando, com medo, a esperar pelo passo de Herbert à noite, embora fosse mais rápido que de costume e carregado de notícias perversas – por tudo isso, e por muito mais no mesmo sentido, as coisas continuaram em seu caminho. Condenado à passividade e ao estado constante de inquietação e suspense, eu remava meu barco, esperando, esperando, esperando como podia.

Havia estados da maré em que, ao descer o rio, eu não podia voltar pelos arcos de redemoinho violentos e estorninhos da velha Ponte de Londres. Então, deixava meu barco em um cais perto da alfândega para que fosse trazido depois ao píer de Temple. Eu não era avesso a isso, uma vez que fazia de mim e de meu barco um incidente de um homem comum ali à margem do rio. Dessa ocasião desprezível ocorreram dois encontros, que passo agora a contar.

Certa tarde, no fim do mês de fevereiro, cheguei à margem da alfândega no entardecer. Eu havia descido até Greenwich com fluxo natural da maré e voltado com a maré. Havia sido um belo dia de sol. Porém, havia se tornado nebuloso assim que o sol se pôs, e eu havia precisado improvisar meu caminho de volta entre as embarcações, tomando muito cuidado. Tanto na ida quanto na volta, eu havia visto o sinal em sua janela. Tudo certo.

Como era uma noite úmida e fria, e eu sentia frio, pensei em regalar-me com um jantar imediatamente, e como eu teria horas de desalento e solidão à minha frente se voltasse para Temple pensei em ir ao teatro depois. O teatro onde o Sr. Wopsle havia conquistado seu triunfo questionável ficava perto do rio (agora já não fica em parte alguma) e a esse teatro decidi ir. Eu sabia que o Sr. Wopsle não havia obtido êxito em reviver o drama, mas que, ao contrário, havia participado de seu declínio. Haviam falado dele de maneira abominável nos cartazes como um Negro Fiel contracenando com uma menininha nobre e um macaco. E Herbert o havia visto como um tártaro predatório de propensão à comicidade, com o rosto vermelho tal qual um tijolo e um chapéu ultrajante cheio de sinos.

Jantei em um local em que Herbert e eu costumávamos chamar de churrascaria geográfica, onde havia mapas do mundo nas bordas dos canecos de cerveja, a cada meio metro de toalha de mesa, e mapas de molhos em cada uma das facas – até hoje é difícil encontrar uma única churrascaria dentro dos domínios da prefeitura que não seja geográfica – e senti meu cansaço ao cochilar sobre migalhas, olhando para o gás e cozinhando na atmosfera quente das refeições. Depois de um tempo, me levantei e fui ao teatro.

Lá, encontrei um contramestre virtuoso a serviço de sua majestade – um homem excelente, embora eu achasse que suas calças estavam justas demais em alguns lugares e largas demais em outros – que puxava todos os chapéus dos homenzinhos para cima de seus olhos, embora ele fosse muito generoso e corajoso, e que não queria saber de ninguém pagando impostos, ainda que fosse muito patriota. Ele trazia um saco de dinheiro em seu bolso, como um pudim envolto por um pano, e com essa propriedade casou-se com uma jovem do ramo de mobílias para quartos, com grande regojizo, e toda a população de Portsmouth (nove habitantes, de acordo com o último censo) apareceu na praia para esfregar suas próprias mãos, trocar apertos de mão com as outras pessoas e cantar "Encha! Encha!". Um certo marujo de pele escura, porém, que não enchia ou fazia qualquer coisa que lhe era proposta, cujo coração fora declarado abertamente (pelo contramestre) como sendo tão negro quanto seu rosto, propôs que os outros dois marujos colocassem toda a humanidade em dificuldades, o que foi tão bem-feito (a família do marujo tinha considerável influência política) que levou metade da apresentação para que as coisas fossem acertadas, e então tudo aconteceu através de um pequeno merceeiro honesto que usava um chapéu branco, perneiras pretas e um nariz vermelho, que entrou em um relógio, com uma grelha, ouvindo, saindo, derrubando por trás com a grelha todos aqueles que ele não podia refutar com o que havia ouvido. Isso fez com que o Sr. Wopsle (de quem nunca se havia ouvido falar) viesse com uma estrela, vestindo uma jarreteira, como um representante de grande poder direto do almirantado para dizer que os marujos deveriam ser presos imediatamente, e que ele havia trazido ao contramestre a Union Jack, como um pequeno reconhecimento por seus serviços públicos. O contramestre, abatido pela primeira vez, enxugou os olhos respeitosamente na bandeira, e então animando-se e se dirigindo ao Sr. Wopsle como Excelentíssimo pediu permissão para levá-lo pela barbatana. O Sr. Wopsle, oferecendo sua barbatana com graciosa dignidade, foi imediatamente empurrado a um canto empoeirado enquanto todo mundo dançava uma dança de marinheiro, e naquele canto observando o púbico com um olho infeliz deu-se conta de mim.

A segunda peça era a última grande pantomima cômica de Natal, em cuja primeira cena me entristeceu o fato de suspeitar que eu descobrira o Sr. Wopsle com terríveis calças de lã vermelhas sob um semblante luminoso extremamente aumentado e franjas vermelhas chocantes envolvido com a fabricação de relâmpagos em uma mina, demonstrando grande covardia quando seu mestre gigantesco veio para casa (de voz muito rouca) para jantar. Mas ele depois de um tempo se apresentou sob circunstâncias mais dignas, pois o Gênio do Amor Juvenil, precisando de sua ajuda – por causa da brutalidade paternal de um fazendeiro ignorante que se opunha à escolha amorosa de sua filha, deixando o objeto cair, de propósito, em um saco de farinha da janela do primeiro andar – intimou um encantador judicioso, e ele, vindo das Antípodas bastante cambaleante, depois de uma jornada aparentemente violenta, provou ser o Sr. Wopsle com um chapéu de copa alta e um trabalho necromântico em um volume embaixo do braço. Como o negócio de seu encantador na Terra era principalmente ouvir o que lhe diziam, o que cantavam, ser rechaçado e assistir aos exibicionismos de fogos de várias cores, ele tinha bastante tempo livre. E eu observei, com grande surpresa, que ele dedicava esse tempo a olhar em minha direção como se estivesse distraído em sua própria admiração.

Havia algo tão singular no brilho crescente do olho do Sr. Wopsle, e ele parecia estar pensando em tantas coisas ao mesmo tempo e a ficar cada vez mais confuso que eu não podia compreender nada. Sentei-me pensativo muito tempo depois que ele havia subido às nuvens em uma grande caixa de relógio, mas continuava sem compreender. Eu ainda pensava naquilo quando saí do teatro uma hora depois e o encontrei esperando por mim perto da porta.

"Como vai?", eu disse, trocando um aperto de mãos com ele ao virarmos a esquina juntos. "Eu vi que você me viu."

"Vi você, Sr. Pip!", ele respondeu. "Sim, é claro que o vi. Mas quem mais estava lá?"

"Quem mais?"

"É algo muito estranho", disse o Sr. Wopsle, e novamente seu olhar parecia se perder, "e ainda assim eu podia jurar que era ele".

Ficando alarmado, pedi que o Sr. Wopsle me explicasse o que queria dizer.

"Se eu o teria notado a princípio se você não estivesse lá", disse o Sr. Wopsle, começando a se perder mais uma vez, "não tenho certeza, mas ainda acho que teria".

Involuntariamente, olhei à minha volta, uma vez que estava acostumado a olhar à minha volta quando ia para casa, pois essas palavras misteriosas me deixaram arrepiado.

"Ah! Ele não pode estar à vista", disse o Sr. Wopsle. "Ele saiu antes de eu ir embora. Eu o vi saindo."

Como eu tinha motivos para desconfianças, até cheguei a suspeitar desse pobre ator. Suspeitei que ele planejasse me ludibriar para que eu admitisse alguma coisa. Então lancei um olhar a ele enquanto caminhávamos juntos, mas sem dizer nada.

"Eu tive o pensamento ridículo de que ele devia estar com você, Sr. Pip, até que vi que você não tinha qualquer ciência de que ele estava lá, sentado atrás de você como um fantasma."

Meu arrepio anterior me subiu pela espinha novamente, mas eu estava decidido em não falar ainda, pois suas palavras estavam consistentes com o fato de que ele desejava me induzir a associar essas referências a Provis. É claro que eu tinha certeza absoluta de que Provis não havia estado lá.

"Ouso dizer que você está espantado comigo, Sr. Pip, na verdade, vejo que está. Mas isso também é muito estranho! Você não poderá acreditar no que vou lhe dizer. Eu mesmo mal poderia acreditar, se você me dissesse o mesmo."

"Verdadeiramente?", eu disse.

"Não, verdadeiramente. Sr. Pip, você se lembra, há muito tempo, em certo Natal, quando você era uma pequena criança, que eu jantei na casa de Gargery, e alguns soldados vieram à porta levar um par de algemas para consertar?"

"Lembro-me muito bem."

"E você lembra que havia uma perseguição com dois condenados, que nós fomos com eles, e que Gargery o colocou em suas costas, que eu assumi a liderança, e você me seguiu tanto quanto pôde?"

"Lembro-me muito bem de tudo." Melhor do que ele pensava – com exceção do último detalhe.

"E você lembra que nós chegamos ao dique com os dois, e que eles lutavam e que um deles estava gravemente machucado e que havia tido o rosto destruído pelo outro?"

"Vejo tudo em minha frente agora mesmo."

"E que os soldados acenderam as tochas e colocaram os dois no centro, e que nós os vimos serem levados pelo pântano escuro com as tochas brilhando em nossa frente – e atenção a essa parte – com as tochas brilhando em nossa frente, quando tudo o que havia à nossa volta era o breu da noite?"

"Sim", eu disse. "Eu me lembro de tudo isso."

"Então, Sr. Pip, um desses dois prisioneiros estava sentado atrás de você hoje à noite. Pude vê-lo por cima de seu ombro."

"Calma!", eu pensei. Perguntei-lhe então: "Qual dos dois você acha que viu?".

"Aquele que havia sido ferido", ele respondeu prontamente, "e eu posso jurar que o vi! Quanto mais eu penso nele, mais certeza eu tenho de tê-lo visto".

"Isso é muito curioso!", eu disse, com a melhor simulação possível para que aquilo parecesse não representar nada a mim. "Realmente muito curioso!"

Não consigo expressar a inquietação que essa conversa causou em mim ou o horror peculiar que senti em pensar em Compeyson sentado atrás de mim "como um fantasma". Pois se ele havia saído de meus pensamentos ainda que por um breve período de tempo desde que Provis passara a se esconder, era naqueles momentos que ele estava mais próximo de mim, e pensar que eu estava tão inconsciente e com a guarda tão baixa depois de toda minha cautela era como se eu tivesse fechado cem portas para mantê-lo longe, e então o tivesse encontrado a meu lado.

Eu não poderia duvidar também de que ele estava lá, pois eu estava lá, e isso, ainda que parecesse causar pouco perigo entre nós, o perigo estava sempre próximo e ativo.

Eu fiz algumas perguntas ao Sr. Wopsle, como "Quando esse homem entrou?". Ele não sabia me dizer. Disse que me viu e então o viu por cima de meu ombro. Só depois que o viu por um tempo começou a identificá-lo. Mas disse que inicialmente o associou a mim, de forma vaga, e que de alguma forma sabia que ele tinha alguma ligação comigo nos tempos do velho vilarejo. Como ele estava vestido? Arrumado, mas não chamativo, ele achava, e de preto. "Seu rosto estava de alguma forma desfigurado?"

Não, ele acreditava que não. Eu também acreditava que não, embora em meu estado de preocupação eu não tivesse prestado atenção especial às pessoas atrás de mim, achei provável que um rosto todo desfigurado teria chamado minha atenção.

Depois que o Sr. Wopsle havia me contado tudo o que podia lembrar ou que eu pudesse arrancar dele, que eu lhe havia oferecido um lanche apropriado e que o cansaço da noite chegou, nos despedimos. Entre meia-noite e uma da manhã cheguei a Temple, e os portões estavam fechados. Não havia ninguém perto de mim quando entrei e fui para minha casa.

Herbert já havia chegado, e nós tivemos uma conversa muito séria perto da lareira. Mas não havia nada a ser feito além de informar a Wemmick o que eu tinha descoberto naquela noite e lhe reforçar que esperávamos por seu conselho. Como pensei que poderia comprometê-lo se fosse ao Castelo demasiadamente, notifiquei-lhe por correspondência.

Escrevi antes de ir para a cama e então saí e postei a carta. Mais uma vez, não havia ninguém perto de mim. Herbert e eu concordamos que não podíamos fazer nada mais além de sermos muito cautelosos. O que na verdade nós éramos muito – mais cautelosos que antes, se é que isso era possível – e de minha parte nunca me aproximei de Chinks's Basin, exceto quando de barco, e então eu olhava para Mill Pond Bank como olharia para qualquer outra coisa.

Capítulo XLVIII

O segundo dos dois encontros a que me referi no capítulo anterior aconteceu cerca de uma semana depois do primeiro. Novamente, eu havia deixado meu barco no cais sob a ponte. Era uma hora mais cedo que o habitual durante a tarde e, indeciso sobre onde jantar, eu havia caminhado até Cheapside, e caminhava por ali certamente a pessoa mais agitada em toda a multidão daquele lugar cheio, quando uma mão enorme foi colocada sobre meu ombro por alguém que passava por mim. Era a mão do Sr. Jaggers, e ele a entrelaçou por dentro de meu braço.

"Já que estamos indo na mesma direção, Pip, podemos caminhar juntos. Para onde vai?"

"A Temple, acho", eu disse.

"Você não sabe?", disse o Sr. Jaggers.

"Bem", eu respondi, feliz em pelo menos uma vez fazer com que ele se esforçasse para me interrogar: "Eu não sei, ainda não decidi".

"Vai jantar?", perguntou o Sr. Jaggers. "Não se importa em admitir isso, suponho?"

"Não", respondi, "não me importo em admitir isso".

"E não tem nenhum compromisso?"

"Também não me importo em admitir que não tenho compromisso."

"Então", disse o Sr. Jaggers, "vamos jantar comigo".

Eu ia dar qualquer desculpa, mas ele acrescentou: "Wemmick também irá". Então transformei minha desculpa em aceitação – as poucas palavras que eu tinha pronunciado serviam como início de qualquer uma das duas coisas – e nós seguimos a Cheapside e fomos em direção a Little Britain, e os acendedores de lamparinas, mal encontrando espaço suficiente no chão para colocar suas escadas no meio do burburinho do fim de tarde, pulavam para cima e para baixo e corriam lá e cá, abrindo mais olhos vermelhos na névoa que se formava do que meu candeeiro de Hummums havia aberto seus olhos exangues na parede fantasmagórica.

No escritório em Little Britain houve a mesma escrita de cartas de sempre, a mesma lavagem de mãos de sempre, o mesmo apagar de velas de sempre, o mesmo fechamento do cofre de sempre que encerravam o dia de trabalho. Ao ficar parado ao lado da lareira do Sr. Jaggers, sua chama flamejante fazia com que os dois moldes sobre a prateleira parecessem jogar um jogo diabólico de esconde-esconde comigo, ao mesmo tempo que o par de grandes velas grosseiras de escritório que iluminavam o Sr. Jaggers sem muita intensidade enquanto ele escrevia em um canto eram decoradas com papéis de bobinas sujos, como se em memória de um grande número de clientes enforcados.

Fomos a Gerrard Street, os três juntos, em uma carruagem. E assim que chegamos lá o jantar foi servido. Embora eu não devesse fazer, ali, qualquer alusão aos sentimentos de Walworth de Wemmick, ainda que vagamente, não faria qualquer objeção em apanhá-lo, de vez em quando, olhando-me de maneira amigável. Mas não deveria fazê-lo. Ele olhava para o Sr. Jaggers sempre que tirava os olhos da mesa, e estava seco e distante de mim como se existissem dois Wemmicks, e esse fosse o Wemmick mau.

"Enviou aquele bilhete da Senhorita Havisham ao Sr. Pip, Wemmick?", o Sr. Jaggers perguntou, assim que começamos a jantar.

"Não, senhor", respondeu Wemmick, "estava pronto para ser enviado quando você chegou com o Sr. Pip no escritório. Aqui está". Ele o entregou a seu chefe em vez de a mim.

"É um bilhete de duas linhas, Pip", disse o Sr. Jaggers, entregando-o a mim, "enviado a mim da parte da Senhorita Havisham, uma vez que ela não tinha certeza de seu endereço. Ela me disse que deseja vê-lo para tratar de um pequeno assunto de negócios que você mencionou a ela. Você vai vê-la?".

"Sim", eu disse, lançando o olhar no bilhete, que dizia exatamente aquilo que ele dissera.

"Quando pensa em ir?"

"Tenho um compromisso urgente", eu disse, lançando o olhar a Wemmick, que colocava um pouco de peixe em sua boca de caixa de correspondência, "que me impede de saber ao certo quando. Mas logo, acho".

"Se o Sr. Pip tem a intenção de ir logo", disse Wemmick ao Sr. Jaggers, "ele não precisa escrever uma resposta, certo?"

Recebendo essa informação como uma intimação de que eu não deveria me demorar, resolvi que iria no dia seguinte, e lhes informei. Wemmick bebia uma taça de vinho e olhou com ar de satisfação sombria para o Sr. Jaggers, mas não para mim.

"Então, Pip! Nosso amigo, Spider", disse o Sr. Jaggers, "fez o que era necessário. Ganhou a partida".

Tudo o que pude fazer foi assentir.

"Ah! Ele é um sujeito que promete – à sua própria maneira – mas não pode ter tudo assim. O mais forte há de vencer no fim, mas o mais forte deverá ser encontrado primeiro. Se ele se virasse e a vencesse..."

"Certamente", eu interrompi, sentindo esquentar o rosto e o coração, "você não acredita seriamente que ele seja um patife o suficiente para isso, Sr. Jaggers?".

"Eu não disse isso, Pip. É apenas uma hipótese. Se ele se virasse e a vencesse, ele poderia ter a força a seu lado, se fosse uma questão de intelecto, ele certamente não o faria. Seria apenas um palpite dar a opinião sobre o que aconteceria com um sujeito desse tipo nessas circunstâncias, porque existem duas probabilidades iguais de resultado."

"Posso perguntar quais são elas?"

"Um sujeito como nosso amigo Spider", respondeu o Sr. Jaggers, "ou bate ou recua. Ele pode recuar e resmungar, ou recuar e não resmungar, mas ou ele bate ou recua. Pergunte a Wemmick qual é sua opinião".

"Ou bate ou recua", disse Wemmick, sem se dirigir a mim em absoluto.

"Então vamos brindar à Sra. Bentley Drummle", disse o Sr. Jaggers, pegando um decantador de vinho selecionado de sua mesa de cabeceira e enchendo a taça de cada um e então a sua, "e que a questão de supremacia possa ser resolvida para a satisfação da dama! Pois para a satisfação da dama e do cavalheiro nunca será possível. Agora, Molly, Molly, Molly, Molly, como você está lenta hoje!".

Ela estava a seu lado quando ele se dirigiu a ela, que colocava um prato sobre a mesa. Quando ela tirou as mãos do prato, deu um ou dois passos para trás, murmurando, nervosa, alguma desculpa. E certo movimento de seus dedos, quando ela falou, chamou minha atenção.

"O que houve?", perguntou o Sr. Jaggers.

"Nada. Somente o assunto sobre o qual falávamos", eu disse, "que era um tanto doloroso para mim".

O movimento de seus dedos era igual à ação de tricotar. Ela ficou parada olhando para seu mestre, sem entender se ela podia se retirar ou se ele tinha mais alguma coisa a dizer a ela e a chamaria de volta caso se retirasse. Seu olhar era muito atento. Tive a certeza de ter visto exatamente aqueles olhos e mãos em alguma situação memorável recente.

Ele pediu que ela se retirasse, e ela se retirou rapidamente da sala. Mas ela continuou parada em minha frente nitidamente como se ainda estivesse lá. Eu olhei para aquelas mãos, eu olhei para aqueles olhos, eu olhei para aqueles cabelos esvoaçantes, comparei-os a outras mãos, outros olhos, outros cabelos que eu conhecia, e com aqueles que seriam depois de vinte anos de uma convivência com um marido bruto e uma vida turbulenta. Olhei novamente para aquelas mãos e aqueles olhos da governanta, e pensei no sentimento inexplicável que me arrebatara da última vez que caminhara – não sozinho – naquele jardim malcuidado e pela cervejaria deserta. Pensei como o mesmo sentimento voltara quando vi o rosto olhando para mim, e uma mão acenando a mim da janela da diligência, e como ele havia voltado e me acertado como um raio quando passei em uma carruagem – não sozinho – por um súbito clarão em uma rua escura. Pensei em como uma simples ligação havia ajudado essa identificação no teatro, e em como essa ligação, que não existia antes, havia sido fixada para mim agora, quando eu passava por acaso rapidamente do nome de Estella para os dedos com os movimentos da costura e os olhos atentos. E senti certeza absoluta de que essa mulher era a mãe de Estella.

O Sr. Jaggers havia me visto com Estella, e não devia ter deixado de perceber os sentimentos que eu não fazia questão de esconder. Ele assentiu quando eu disse que o assunto era doloroso para mim, bateu em minhas costas, passou o vinho novamente e continuou com seu jantar.

A governanta só apareceu mais duas vezes, e então seu tempo na sala foi muito curto, e o Sr. Jaggers foi seco com ela. Mas suas mãos eram as mãos de Estella, e seus olhos eram os olhos de Estella, e se ela tivesse reaparecido cem vezes eu não poderia ter mais nem menos certeza de que minha convicção estava certa.

Foi uma noite entediante, pois Wemmick bebia seu vinho, quando lhe era servido, como se tratasse de negócios – assim como trataria de seu salário quando esse lhe fosse adiantado – e com os olhos em seu chefe sentou-se em estado de perpétua disposição para ser interrogado. Quanto à quantidade de vinho, sua boca de caixa de correspondência estava tão indiferente e pronta quanto qualquer caixa de correspondência para receber sua quantidade de cartas. De meu ponto de vista, ele era o gêmeo mau o tempo todo, e somente externamente era como aquele Wemmick de Walworth.

Nós terminamos cedo e saímos juntos. Mesmo quando estávamos tateando pelo estoque de botas do Sr. Jaggers para pegarmos nossos chapéus, senti que o gêmeo bom estava logo atrás e que ele não tinha ido nem meia dúzia de metros em direção a Walworth pela Gerrard Street até que percebi que eu estava andando de braços dados com o gêmeo bom, e que o mau havia se dissipado pelo ar da noite.

"Bem!", disse Wemmick, "acabou! Ele é um homem maravilhoso, sem igual, mas sinto que preciso me resguardar quando janto com ele – e janto mais confortavelmente quando estou aberto".

Senti que isso era uma boa definição para o caso, e lhe disse isso.

"Não contaria isso a ninguém além de você", ele respondeu. "Eu sei que o que dizemos entre nós fica entre nós."

Perguntei-lhe se alguma vez já havia visto a filha adotiva da Senhorita Havisham, Sra. Bentley Drummle. Ele disse que não. Para evitar ser bruto demais, falei então sobre o Velho e sobre a Senhorita Skiffins. Ele pareceu um tanto dissimulado quando mencionei a Senhorita Skiffins, parando no meio da rua para assoar o nariz, com uma rotação da cabeça e um exagero do movimento com ar latente de vaidade.

"Wemmick", eu disse, "lembra-se de me dizer, antes de eu ir à casa do Sr. Jaggers pela primeira vez, para prestar atenção à governanta?".

"Eu lhe disse isso?", ele respondeu. "Ah, eu disse mesmo. Que eu vá para o inferno", ele acrescentou, subitamente. "Sei que o disse. Creio que ainda não estou completamente aberto."

"Você a chamou de fera domada."

"E de que a chamaria?"

"Da mesma forma. Como o Sr. Jaggers a domou, Wemmick?"

“Isso é um segredo. Ela já está com ele há muitos anos.”

“Eu gostaria que você me contasse sua história. Tenho um interesse especial em saber sobre ela. Você sabe que o que dizemos entre nós fica entre nós.”

“Bem!”, Wemmick respondeu. “Não sei sua história, isto é, não sei ela toda. Mas lhe direi o que sei. Estamos em nossa competência privada e pessoal, é claro.”

“É claro.”

“Muitos e muitos anos atrás, essa mulher foi a julgamento em Old Bailey por assassinato e foi absolvida. Ela era uma mulher muito bela e jovem, e acredito que trazia um pouco de sangue cigano nas veias. De qualquer forma, causou muita turbulência quando aconteceu, como você pode imaginar.”

“Mas ela foi absolvida.”

“O Sr. Jaggers estava em seu favor”, prosseguiu Wemmick, com o olhar muito expressivo, “e trabalhou no caso de maneira bastante impressionante. Foi um caso desesperado, e comparando-se a hoje, ele estava começando sua carreira e causou grande admiração em todos, aliás pode-se dizer até mesmo que foi o que lhe fez bem-sucedido. Ele a defendeu junto ao serviço de polícia, dia após dia, argumentando até mesmo contra qualquer mandado de prisão, e durante o julgamento em que não pôde defendê-la por si mesmo fez o papel de advogado e – todo mundo sabia – colocou todo o sal e a pimenta. A pessoa assassinada era uma mulher – uma mulher com bons dez anos a mais, maior e muito mais forte. Era um caso de ciúme. As duas levavam uma vida imoral, e essa mulher aqui na Gerrard Street havia sido casada quando muito jovem, juntou os trapos (como nós dizemos) com um homem também de hábitos imorais, e era a fúria em pessoa no que diz respeito a ciúme. A mulher assassinada – que era mais apropriada ao homem, certamente, no que diz respeito à idade – foi encontrada morta em um celeiro perto de Hounslow Heath. Havia acontecido uma luta violenta, talvez uma briga. Ela estava machucada, arranhada, retalhada, a haviam segurado pelo pescoço e, finalmente, a enforcaram. Bem, não havia evidência razoável para implicar qualquer pessoa nisso além dessa mulher, e na impossibilidade de ela ter sido capaz de tê-lo feito o Sr. Jaggers encerrou o caso. Esteja certo", disse Wemmick, tocando na manga de minha roupa, "que ele nunca, na época, falou das forças de sua mão, embora o faça de vez em quando agora".

Eu havia contado a Wemmick que ele nos mostrara os punhos dela na noite em que jantamos.

"Bem, senhor!", Wemmick continuou, "aconteceu – aconteceu, você não vê? – que essa mulher foi vestida de maneira tão engenhosa desde que foi presa, que ela parecia muito mais frágil do que era de fato. Principalmente suas mangas, que são sempre lembradas por terem sido ajeitadas de maneira tão hábil que seus braços pareciam bastante delicados. Ela só tinha dois ferimentos – o que não é nada para uma mendiga – mas as costas de sua mão estavam dilaceradas, e a pergunta era: teriam sido unhas? Bem, o Sr. Jaggers mostrou que ela havia lutado no meio de um monte de silveiras mais baixas que o nível de seu rosto, mas que ela não podia passar por elas sem que suas mãos esbarrassem nelas. E pequenos fragmentos de silveiras foram de fato encontrados em sua pele e entregues como prova, assim como se constatou que as silveiras em questão, após exame das mesmas, haviam quebrado ao serem atravessadas, e que havia fragmentos também em seu vestido e pequenas marcas de sangue sobre eles aqui e ali. Mas o ponto mais ousado da defesa foi o seguinte: haviam tentado armar, para provar seu ciúme, que ela estava sob grande suspeita de ter, na época do assassinato, matado, de maneira desenfreada, a criança que ela tinha com esse homem – por volta de três anos de idade – para se vingar dele. O Sr. Jaggers disse o seguinte: 'Nós dizemos que essas não são marcas de unha, mas marcas de silveiras, e mostramo-lhes as silveiras. Vocês dizem que são marcas de unha, e levantaram a hipótese de que ela matou a criança. Vocês devem aceitar todas as consequências dessa hipótese. Pelo que sabemos, ele pode ter matado a criança, e a criança tentando se segurar nela pode tê-la arranhado. E então? Não a está julgando pelo assassinato da criança. Por que não? Quanto a esse caso, se quiserem insistir nos arranhões, nós dizemos que, até onde sabemos, vocês podem ser responsáveis por eles, assumindo como hipótese do argumento que vocês não os inventaram?'. Para resumir, senhor", disse Wemmick, "o Sr. Jaggers sozinho era demais para o júri, e eles acabaram cedendo".

"E ela virou sua criada desde então?"

"Sim, mas não somente isso", disse Wemmick, "ela virou sua criada imediatamente depois de sua absolvição, domada como a vê agora. Desde então ela aprendeu uma coisa ou outra a respeito de seus deveres, mas ela foi domada desde o início".

"Você se lembra do sexo da criança?"

"Diziam que era uma menina."

"Não tem mais nada a me dizer esta noite?"

"Nada. Recebi sua carta e a destruí. Nada."

Despedimo-nos cordialmente, e eu fui para casa, com novas

ideias para alimentar meus pensamentos, ainda que não tivesse me aliviado dos antigos.

capítulo XLIX

Colocando o bilhete da Senhorita Havisham no bolso, uma vez que ele poderia me servir como credencial para reaparecer tão cedo na Casa Satis, caso sua geniosidade a levasse a expressar qualquer surpresa em me ver, parti novamente no dia seguinte ao da diligência. Mas eu desci na Estalagem Halfway, tomei meu café da manhã ali, e caminhei o resto da distância desejando entrar na cidade discretamente por caminhos menos frequentados e sair da mesma maneira.

A luz mais intensa do dia já estava dando lugar à noite quando passei pelos pátios tranquilos que ecoavam os sons da High Street logo atrás. Os cantos de ruínas onde os velhos monges tinham seus refeitórios e jardins, e onde os muros robustos agora serviam como humildes barracos e estábulos, encontravam-se quase tão silenciosos quanto os velhos montes em seus túmulos.

Os sinos da catedral soavam mais tristes e longínquos para mim do que nunca antes ao atravessar apressado para evitar que fosse visto. Dessa forma, o som do velho órgão chegava a meus ouvidos como música fúnebre, e as gralhas, pairando sobre a torre cinza, balançando-se nas altas árvores despidas do jardim do mosteiro, pareciam me gritar que o lugar havia mudado e que Estella havia partido para sempre.

Uma senhora idosa, que eu havia visto antes como uma das criadas que viviam na casa anexa do outro lado do pátio, abriu o portão. A vela acesa havia sido colocada no corredor escuro, como outrora, e eu a peguei e subi as escadas sozinho. A Senhorita Havisham não estava em seu próprio quarto, mas sim no quarto maior do outro lado do patamar das escadas. Olhando para a porta, depois de bater, em vão, a vi sentada próxima à lareira em uma cadeira rota, perto e depois perdida na contemplação das cinzas do fogo.

Fazendo como havia feito com frequência, entrei, e fiquei parado encostado na lareira, onde ela podia me ver quando levantasse os olhos. Ela tinha um ar de completa solidão, que teria me deixado penalizado caso ela não tivesse me causado, deliberadamente, uma dor ainda mais profunda do que eu poderia dizer. Enquanto fiquei ali, solidário a ela, e pensando em como, com o passar do tempo, eu também tivesse me tornado uma parte do destino arruinado daquela casa, seus olhos me encontraram. Ela me encarou e disse, em voz baixa: "Isso é real?".

"Sou eu, Pip. O Sr. Jaggers me entregou seu bilhete ontem, e não perdi tempo."

"Obrigada. Obrigada."

Ao trazer outra cadeira rota para perto do fogo e me sentar, reparei em uma nova expressão em seu rosto, como se ela estivesse com medo de mim.

“Eu quero”, ela disse, “ir em busca daquele sujeito que você mencionou a mim quando esteve aqui pela última vez e mostrar-lhe que não sou feita de pedra. Mas talvez você nunca possa acreditar, agora, que exista qualquer coisa humana em meu coração”.

Depois que eu pronunciei algumas palavras de consolo, ela esticou sua mão direita, trêmula, como se fosse me tocar. Mas se interrompeu antes que eu compreendesse sua ação ou soubesse como recebê-la.

“Você disse, falando de seu amigo, que poderia me dizer como fazer algo de útil e bondoso. Algo que você gostaria que fosse feito, não é?”

“Algo que eu gostaria muito que fosse feito.”

“O que é?”

Comecei a explicar-lhe sobre a história secreta da parceria. Eu não havia me aprofundado muito quando julguei, pela sua aparência, que ela estava pensando em mim de modo que divagava, e não no que eu dizia de fato. Isso me parecia, pois, quando eu parava de falar, muito tempo se passava até que ela demonstrasse que tinha consciência do fato.

“Você para”, ela me perguntou com o mesmo ar temeroso de antes, “porque me odeia tanto a ponto de não aguentar conversar comigo?”.

“Não, não”, eu respondi, “como você pode pensar isso, Senhorita Havisham? Parei porque pensei que você não estava prestando atenção no que eu dizia”.

“Talvez eu não estivesse”, ela respondeu, colocando uma mão sobre a cabeça. “Comece novamente, e deixe-me olhar para outra coisa. Calma! Agora me conte.”

Ela colocou a mão em cima da bengala do jeito decidido que ela fazia as coisas às vezes e olhou para o fogo com uma expressão intensa de quem se forçava a se concentrar. Prossegui com minha explicação, e lhe disse o quanto eu esperava concluir a transação com meus próprios recursos, mas como me sentia decepcionado nesse aspecto. Essa parte do assunto (lembrei-lhe) envolvia questões que não podiam fazer parte da explicação, pois eram segredos significativos de outra pessoa.

"Então!", ela disse, assentindo com a cabeça, sem olhar para mim. "E de quanto dinheiro precisa para completar a aquisição?"

Eu sentia medo de pronunciá-la, pois soava como uma grande quantia.

"Novecentas libras."

"Se eu lhe der o dinheiro para esse propósito, você guardará meu segredo assim como guarda o seu próprio?"

"Com a mesma fidelidade."

"E sua consciência estará mais tranquila?"

"Muito mais."

"Você está muito infeliz agora?"

Ela fez essa pergunta ainda sem olhar para mim, mas com um tom inusitado de solidariedade. Eu não podia responder no momento, pois minha voz estava embargada. Ela apoiou o braço esquerdo sobre a bengala e lentamente deitou a cabeça sobre ele.

"Estou mais que feliz por você, Senhorita Havisham, mas tenho outras inquietações que vão além de sua ciência. São esses os segredos que citei."

Depois de um tempo, ela levantou a cabeça e olhou novamente para o fogo.

"É nobre da sua parte me dizer que tem outras causas para sua infelicidade, mas é verdade?"

"Mais do que eu gostaria."

"Só posso ajudá-lo ajudando a seu amigo, Pip? Considerando que isso seja feito, não há nada que eu possa fazer por você mesmo?"

"Nada. Agradeço-lhe por perguntar. Agradeço-lhe ainda mais pelo tom da pergunta. Mas não há nada."

Em seguida, ela se levantou de sua cadeira e olhou pelo cômodo degradado, em busca de materiais para escrever. Não havia nenhum ali, e ela tirou do bolso um conjunto de tabuletas de marfim amareladas, cujas molduras eram de ouro manchado, e escreveu sobre elas com um lápis que ficava em um estojo de ouro manchado pendurado em seu pescoço.

"Você ainda tem amizade com o Sr. Jaggers?"

"Bastante. Jantei com ele ontem."

"Isso aqui é uma ordem para que ele lhe pague essa quantia de dinheiro, para que seja disponibilizada para seu amigo sem sua responsabilidade. Eu não guardo nenhum dinheiro aqui, mas se você preferir que o Sr. Jaggers não saiba de nada sobre o assunto o enviarei a você."

"Obrigado, Senhorita Havisham, não faço qualquer objeção a receber o dinheiro através dele."

Ela leu a mim o que havia escrito. E sua forma era objetiva e clara, e evidentemente intencionava absolver-me de qualquer suspeita de estar me beneficiando com o dinheiro. Peguei as tabuletas de sua mão, que tremia novamente, e tremeu mais ainda quando ela segurou a corrente que prendia o lápis e a colocou em minha mão. Tudo isso ela fez sem olhar para mim.

"Meu nome está na primeira página. Se você puder, algum dia, escrever abaixo de meu nome 'Eu a perdoo', embora muito tempo depois de meu coração partido ter se transformado em pó, por favor, faça isso!"

"Oh, Senhorita Havisham", eu disse. "Eu posso fazer isso agora mesmo. Aconteceram equívocos dolorosos. E minha vida tem sido um equívoco cego e ingrato, e desejo demasiadamente ser perdoado e aconselhado por ter sido amargo com você."

Ela virou seu rosto para mim pela primeira vez desde que começara a desviá-lo, e, para meu espanto, posso até dizer, terror, caiu de joelhos a meus pés, com suas mãos dobradas erguidas a mim do jeito que, quando seu pobre coração era jovem e doce e inteiro, devia ter feito ao erguê-las aos céus ao lado de sua mãe.

Vê-la com os cabelos brancos e o rosto envelhecido a meus pés causou-me um choque por todo o corpo. Eu pedi que se levantasse, e dei-lhe apoio para ajudá-la, mas ela só pressionou a minha mão que estava mais próxima de seu toque, colocou a cabeça sobre ela e caiu no choro. Eu nunca a havia visto derramar uma lágrima antes e, na esperança de que o alívio lhe fizesse bem, inclinei-me sobre ela sem dizer palavra. Ela não estava mais ajoelhada, mas estava caída no chão.

"Ah!", ela exclamou com desespero. "O que foi que eu fiz?" O que foi que eu fiz?"

"Se quer dizer, Senhorita Havisham, o que é que você fez para me magoar, deixe-me responder-lhe. Muito pouco. Eu a teria amado sob quaisquer circunstâncias. Ela já se casou?"

"Sim."

Era uma pergunta desnecessária, pois uma nova desolação naquela casa desolada havia me dito isso.

"O que foi que eu fiz?" O que foi que eu fiz?". Ela torcia as mãos e apertava os cabelos, e então caía em prantos, repetindo: "O que foi que eu fiz?".

Eu não sabia como responder ou como confortá-la. Que ela havia cometido um ato grave ao pegar uma criança impressionável para transformá-la naquilo em que seu ressentimento feroz, rejeição e orgulho ferido encontrassem vingança, disso eu sabia muitíssimo bem. Que, ao repelir a luz do dia, ela havia repelido tantíssimo mais, que, em reclusão, ela havia se isolado de milhares de influências naturais e curativas, que, sua mente, ruminando solitária, havia adoecido como acontece, deve acontecer e acontecerá com todas as mentes que insurgem contra a ordem designada pelo Criador, disso eu também sabia muitíssimo bem. E poderia eu olhar para ela sem piedade, vendo sua punição na ruína em que se encontrava, em profunda inaptidão para viver neste planeta no qual ela existia, na vaidade do sofrimento que se tornara uma monomania, como a vaidade da penitência, a vaidade do remorso, a vaidade do desmerecimento, e outras vaidades monstruosas que têm representado maldições neste mundo?

"Até o momento em que você falou com ela naquele dia, e até o momento em que eu visse em você um espelho que me indicava o que eu mesma senti um dia, eu não sabia o que havia feito realmente. O que foi que eu fiz? O que foi que eu fiz?". E novamente, mais vinte, cinquenta vezes, ela perguntava o que havia feito.

"Senhorita Havisham", eu disse, quando ela parou de chorar, "você pode me tirar de sua cabeça e de sua consciência. Mas Estella é um caso diferente, e se puder algum dia desfazer qualquer pedacinho do equívoco que cometeu ao afastá-

-la de sua verdadeira natureza, será melhor do que lamentar por cem anos".

"Sim, sim, eu sei disso. Mas, Pip... meu querido!". Havia um toque de compaixão feminina e sincera em seu novo afeto por mim. "Meu querido! Acredite nisso: quando ela foi entregue a mim, eu desejava salvá-la do sofrimento que eu experimentara. A princípio, só desejava isso."

"Bem, bem!", eu disse, "eu espero que sim".

"Mas conforme ela cresceu e se tornou muito bela, gradualmente lhe causei o pior, e com meus elogios, minhas joias, e meus ensinamentos, e com essa minha figura sempre diante dela, um aviso para que seguisse minhas lições, eu acabei roubando seu coração e coloquei gelo em seu lugar."

"Melhor seria", eu não pude evitar dizer, "tê-la deixado com seu coração natural, mesmo que para ser ferido e partido".

Com isso, a Senhorita Havisham olhou para mim distraída por um momento, e então caiu em prantos novamente, perguntando-se o que é que havia feito.

"Se soubesse de toda a minha história", ela implorava, "teria pena de mim e me compreenderia melhor".

"Senhorita Havisham", eu respondi, da forma mais delicada que pude, "creio que posso dizer que conheço sua história, e a conheço desde a primeira vez que deixei esta região. Inspirou-me grande compaixão, e creio que a compreendo, bem como suas influências. O que se passou entre nós, me permite qualquer pretexto para lhe fazer uma pergunta relacionada a Estella? Não sobre seu presente, mas sobre seu passado, sobre quando chegou aqui?".

Ela estava sentada no chão, com os braços sobre a cadeira rota, e a cabeça inclinada sobre eles. Olhou para mim de cima a baixo quando eu disse isso e então respondeu: "Continue".

"Qual é a filiação de Estella?"

Ela balançou a cabeça.

"Você não sabe?"

Ela balançou a cabeça novamente.

"Mas o Sr. Jaggers a trouxe aqui ou a enviou para cá?"

"Trouxe-a."

"Você poderia me dizer como isso aconteceu?"

Ela respondeu em um sussurro cauteloso: "Eu estava fechada nestes aposentos havia muito tempo (não sei por quanto tempo, você sabe o horário que os relógios marcam aqui), quando eu lhe disse que queria ter uma menininha para criar, amar e salvar de um destino como o meu. Eu o havia visto pela primeira vez quando o chamei para deixar este lugar desabitado para mim, pois tinha lido sobre ele nos jornais antes de me isolar do mundo. Ele disse que procuraria uma criança órfã. Certa noite, ele a trouxe para cá enquanto dormia, e lhe dei o nome de Estella".

"Eu poderia saber qual era a idade dela então?"

"Dois ou três anos. Ela mesma não sabe de nada, além de que ficou órfã e que eu a adotei."

Eu estava tão convicto de que aquela mulher era sua mãe que nem precisava de uma evidência para estabelecer o fato em minha cabeça. Mas, para qualquer pessoa, pensei, a ligação que existia ali era clara e objetiva.

O que mais eu poderia esperar prolongando essa conversa? Eu já conseguira o que desejava em nome de Herbert, a Senhorita Havisham havia me contado tudo o que sabia sobre Estella, eu havia dito e feito tudo o que podia para tranquilizar minha consciência. Não importa como nos despedimos, o fato é que nos despedimos.

O crepúsculo caía quando desci e saí para o ar livre.

Eu chamei a mulher que havia aberto o portão quando entrei e a avisei que não a perturbaria tão logo, mas que daria uma volta pelo lugar antes de ir embora. Fiz isso porque eu tinha um pressentimento de que eu nunca mais voltaria a estar ali, e senti que a luz do dia que morria naquele momento era perfeita para minha última visão.

Pela vastidão dos barris por onde eu havia caminhado muito tempo antes, e sobre os quais a chuva havia caído por anos, fazendo-os apodrecerem em muitos lugares, deixando pântanos diminutos e poças de água nos barris que ficavam nas pontas, cheguei ao jardim malcuidado. Caminhei por todo ele. Pelos cantos onde Herbert e eu havíamos travado nossa luta, pelos caminhos onde Estella e eu caminháramos. Tudo tão frio, tão solitário, tão triste!

Passando pela cervejaria ao retornar, levantei a tranca enferrujada de uma pequena porta que dava para o jardim e caminhei por ali. Eu ia sair pela porta do lado oposto – nada fácil de ser aberta dessa vez, pois a madeira úmida começara a empenar, as dobradiças estavam cedendo, e o umbral estava sobrecarregado com a infestação de fungo – quando virei a cabeça para olhar para trás. Uma lembrança infantil ganhou vida com força extraordinária no momento desse ato insignificante, e eu imaginei ter visto a Senhorita Havisham pendurada na viga. A impressão era tão forte que fiquei sob a viga tremendo da cabeça aos pés até me dar conta de que se tratava de minha imaginação – embora eu tenha estado ali por apenas um instante.

A tristeza do lugar e do tempo, e o grande terror de sua ilusão, ainda que momentâneo, fizeram com que eu fosse dominado por um deslumbramento indescritível ao passar pelos portões de madeira onde eu havia certa feita arrancado meus cabelos depois que Estella arrancara meu coração. Passando em seguida para o pátio da frente, hesitei entre chamar a mulher para que destrancasse o portão do qual ela tinha a chave e antes de mais nada subir as escadas para me certificar de que a Senhorita Havisham estava tão sã e salva quanto eu a havia deixado. Decidi pela segunda opção e subi.

Olhei para dentro do quarto onde eu a havia deixado e a vi sentada na cadeira rota perto da lareira de costas para mim. No momento em que eu estava me retirando em silêncio para ir embora, vi uma grande chama elevando-se. No mesmo momento, a vi correndo em minha direção, gritando, com um redemoinho de fogo que brilhava em torno dela, elevando-se a uma altura mínima do dobro de sua altura.

Eu vestia um sobretudo com capa, e sobre meu braço tinha outro casaco grosso. Tirei-os, coloquei-os sobre ela, derrubei-a ao chão e a envolvi com eles, e puxei a grande toalha da mesa para o mesmo propósito, e com ela arrastei o monte de podridão que havia ali, e todas as coisas feias que se abrigavam ali, e ficamos no chão lutando como inimigos desesperados, e quanto mais eu a envolvia, mais furioso ficava seu grito e sua ânsia de se soltar. Só me dei conta de tudo isso pelo resultado, e não por qualquer coisa que eu tenha sentido, pensado ou soubesse ter feito. Eu não me dei conta de nada até que estivéssemos no chão perto da grande mesa e que fragmentos de cinza ainda acesos pairassem pelo ar esfumaçado, que um momento antes haviam sido seu vestido de noiva desbotado.

Então olhei à minha volta e vi os besouros e as aranhas agitados correndo pelo chão, e os criados aproximando-se da porta com gritos ofegantes. Eu ainda a segurava com toda a força que podia, como se ela fosse um prisioneiro que pudesse escapar, e eu duvido que eu até mesmo soubesse quem ela era, ou por que motivo lutávamos, ou que ela estava em chamas, ou que as chamas haviam se apagado até ter visto os fragmentos de cinza que haviam sido suas vestimentas não mais acesas, mas caindo como uma chuva negra à nossa volta.

Ela estava inconsciente, e eu estava com medo de movê-la ou até mesmo de tocá-la. Foram em busca de socorro, e eu a segurei até que chegassem, como se eu imaginasse (creio que o fiz), sem qualquer racionalidade, que se eu a soltasse, o fogo recomeçaria e a consumiria. Ao me levantar, quando o médico se aproximou dela juntamente com outras pessoas, fiquei espantado em perceber que minhas duas mãos estavam queimadas, pois eu não tinha consciência daquilo através do tato.

Depois de ser examinada, disseram que ela havia se ferido gravemente, mas que isso não era nada irremediável. O perigo consistia principalmente do choque nervoso. De acordo com as orientações do médico, sua cama foi levada àquele cômodo e colocada sobre a grande mesa, que, por acaso, era apropriada para cuidar de seus ferimentos. Quando a vi novamente, uma hora depois, ela estava deitada de fato onde eu a havia visto bater sua bengala e a ouvido dizer que ela se deitaria um dia.

Embora cada vestígio de seu vestido tivesse sido queimado, como eles me disseram, ainda havia algo de sua aparência de noiva apavorante, pois eles haviam coberto seu pescoço com algodão branco e, ela estava deitada com um lençol branco frouxamente cobrindo tudo, o ar fantasmagórico de algo que havia sido e já não era mais continuava com ela.

Descobri, questionando os criados, que Estella estava em Paris, e o médico me prometeu que escreveria para ela da próxima vez que enviasse as correspondências. Encarreguei-me da família da Senhorita Havisham, intencionando me comunicar somente com o Sr. Matthew Pocket para deixá-lo à vontade para fazer o que quisesse quanto a informar ao restante. Isso eu fiz no dia seguinte, por Herbert, assim que cheguei à cidade.

Houve um momento naquela noite em que ela falou serenamente sobre o que havia acontecido, embora com certa vivacidade excessiva. Perto da meia-noite ela começou a divagar, e depois disso sua fala passou à repetição inumerável, em voz baixa e solene, de "O que foi que eu fiz?". E então "Quando ela chegou, eu desejava salvá-la do sofrimento que eu experimentara". E então "Pegue o lápis e escreva abaixo de meu nome 'Eu a perdoo!'". Ela nunca mudou a ordem dessas três frases, mas ela às vezes deixava uma palavra de fora em uma delas, nunca adicionando outra palavra, sempre deixando uma interrupção e passando para a palavra seguinte.

Como eu não podia fazer nada para ajudar e tinha, mais perto de casa, aquele motivo urgente de ansiedade e medo, de que nem mesmo suas divagações me faziam esquecer, decidi, durante a noite, que partiria cedo pela manhã, caminhando cerca de uma milha para pegar a diligência fora da cidade. Em torno das seis horas da manhã, portanto, inclinei-me sobre ela e beijei-a nos lábios, exatamente no momento em que eles diziam, sem parar ao serem tocados "Pegue aquele lápis e escreva abaixo de meu nome 'Eu a perdoo'".

Capítulo L

Refizeram o curativo de minhas mãos duas ou três vezes durante a noite, e novamente pela manhã. Meu braço esquerdo estava bastante queimado até o cotovelo, e mais superficialmente até o ombro. Doía muito, mas as chamas haviam vindo naquela direção, e eu me sentia grato por não ter sido pior. Minha mão direita não estava queimada a ponto de não conseguir mexer meus dedos. Estava envolta em curativo, é claro, mas de forma muito menos inconveniente em relação à minha mão e braço esquerdos, que estavam em uma tipoia, e eu só conseguia vestir meu casaco como se fosse um manto, solto nos ombros e apertado no pescoço. Meus cabelos haviam sido atingidos pelo fogo, mas não minha cabeça ou rosto.

Depois que Herbert foi a Hammersmith e esteve com seu pai, ele voltou a nossos aposentos e dedicou o dia a cuidar de mim. Ele era o mais gentil de todos os enfermeiros e, de acordo com os horários orientados, tirou os curativos, mergulhou-os em um líquido frio, que já ficava pronto, e os recolocava sobre os ferimentos, com uma ternura paciente a que fiquei profundamente grato.

A princípio, deitado quieto no sofá, achei dolorosamente difícil, posso até dizer, impossível, me livrar da sensação do clarão das chamas, sua rapidez e barulho, e do cheiro forte de queimado. Se eu cochilasse por um minuto, acordava com os gritos da Senhorita Havisham e com sua imagem correndo em minha direção com o fogo em sua volta nas alturas. O sofrimento mental era muito mais difícil de sustentar do que qualquer dor física que eu havia sofrido, e Herbert, percebendo isso, fez tudo o que pôde para manter minha atenção em outra coisa.

Nenhum de nós dois falou sobre o barco, mas nós dois pensávamos nele. Isso ficou evidente pelo fato de evitarmos o assunto, e pelo nosso consentimento – sem consentimento de fato – de que a recuperação de minhas mãos seria uma questão de horas e não de semanas.

Minha primeira pergunta quando vi Herbert fora, é claro, foi se estava tudo bem pelo rio abaixo. Como ele respondeu que sim, com total confiança e animação, não voltamos ao assunto até o fim do dia. Mas então, enquanto Herbert trocava os curativos, se guiando mais pela luz do fogo do que pela luz do dia, que vinha de fora, voltou ao assunto espontaneamente.

"Estive com Provis ontem à noite, Handel, por duas boas horas."

"Onde estava Clara?"

"Pobrezinha!", disse Herbert. "Passou a noite toda para cima e para baixo com Gruffandgrim. Ele não parava de bater no chão assim que ela saía de seu campo de visão. Todavia, duvido que ele ainda dure muito tempo. Ainda mais com todo esse rum e pimenta – e pimenta e rum – acredito que as batidas estão chegando ao fim."

"E então se casará, Herbert?"

"Como eu poderia cuidar de minha pequena de outra forma? Estique o braço no encosto do sofá, meu caro, e vou me sentar aqui para tirar o curativo de forma tão gradual que você nem perceberá quando sair. Eu estava falando de Provis. Sabe, Handel, que ele está melhorando?"

"Eu disse a você que achava que ele estava mais suave da última vez que o vi."

"Disse, sim. E está de fato. Ele estava mais falante ontem à noite, e contou-me mais de sua vida. Você se lembra de quando ele nos contou aqui sobre uma mulher com quem teve grandes problemas... Estou machucando-o?"

Eu havia me mexido, mas não por causa de seu toque. Foram suas palavras.

"Eu havia me esquecido disso, Herbert, mas me lembro agora que você mencionou."

"Bem! Falou dessa parte de sua vida, e que parte sombria foi essa. Quer que eu lhe conte? Ou iria preocupá-lo nesse momento?"

"Conte-me, é claro. Cada palavra."

Herbert se inclinou para olhar para mim mais de perto, como se minha resposta tivesse sido mais apressada ou ansiosa do que ele poderia esperar. "Sua cabeça está tranquila?", ele disse, tocando-a.

"Praticamente", eu disse. "Conte-me o que Provis disse, caro Herbert."

"Parece que", disse Herbert, "... isso aqui é o que se considera tirar um curativo graciosamente, e agora vem o curativo frio, fará com que recue a princípio, meu pobre amigo, não é? Mas ficará confortável logo... Parece que a mulher era uma mulher jovem, e ciumenta, e vingativa... Vingativa, Handel, até o último grau".

"A que último grau?"

"Assassinato... Está frio demais nessa parte sensível?"

"Eu não sinto nada. Como ela matou? Quem ela matou?"

"Ora, o ato pode não ter merecido uma palavra tão horrível", disse Herbert, "mas ela foi julgada por isso, e o Sr. Jaggers a defendeu, e foi a reputação dessa defesa que fez com que Provis viesse a saber de seu nome. Outra mulher mais forte foi a vítima, e houve uma briga em um celeiro. Quem começou, ou se foi justo ou injusto, é incerto. Mas como acabou certamente não o é. Pois a vítima foi encontrada estrangulada".

"A mulher foi considerada culpada?"

"Não, ela foi absolvida... Pobre Handel, o machuquei!"

"Não é possível ser mais gentil, Herbert. Sim? O que mais?"

"Essa mulher inocentada e Provis tiveram uma criança, uma pequena criança, de quem Provis gostava ao extremo. Na mesma noite em que o objeto do ciúme dela foi estrangulado como lhe disse, a jovem se apresentou a Provis por um momento e jurou que mataria a criança (que estava em sua posse) e que ele nunca mais a veria novamente. E então ela sumiu... Pronto, o braço está confortavelmente de volta à tipoia, e agora só falta a mão direita, que é bem mais fácil. Eu consigo fazer isso melhor com essa luz do que com luz mais forte, pois minha mão fica mais firme quando não vejo suas pobres queimaduras com muita nitidez... Não crê que sua respiração tenha sido afetada, meu caro? Parece que sua respiração está acelerada demais."

"Talvez, Herbert. A mulher cumpriu o juramento?"

"Agora vem a parte mais sombria da vida de Provis. Sim, cumpriu."

"Isto é, ele diz que ela cumpriu."

"Ora, é claro, meu caro", respondeu Herbert, em tom de surpresa, inclinando-se mais uma vez para me olhar mais de perto. "É ele que diz tudo. Não tenho outra fonte de informação."

"Não, é claro que não."

"Agora se", continuou Herbert, "ele tinha maltratado ou tratado bem a mãe da criança, Provis não diz. Mas ela havia compartilhado quatro ou cinco anos de sua vida miserável conforme ele nos descreveu aqui mesmo em frente a esta lareira, e ele parece ter sentido pena dela, e também indulgência. Assim, com medo de que ele pudesse ser chamado para depor sobre essa criança assassinada e ser considerado culpado por sua morte, ele se escondeu (ainda que sofresse pela criança), manteve-se à sombra, como ele diz, fora do caminho e longe do julgamento, e só foi mencionado vagamente como um homem chamado Abel, causa do ciúme entre as mulheres. Depois da absolvição, ela desapareceu, e assim ele perdeu a criança e a mãe da criança".

"Quero perguntar se..."

"Um momento, meu caro, e já vou acabar. Aquele gênio perverso, Compeyson, o pior dos canalhas entre muitos, sabendo que ele queria ficar longe na época e conhecendo suas razões para fazê-lo, é claro que depois se aproveitou do que sabia para chantageá-lo, deixá-lo mais pobre e para fazê-lo trabalhar para ele ainda mais. Ficou claro ontem à noite que esse ponto intensificou a animosidade de Provis."

"Queria saber", eu disse, "e em particular, Herbert, se ele lhe disse quando isso aconteceu?".

“Em particular? Deixe-me lembrar, então, o que ele disse sobre isso. A expressão que usou foi ‘vinte anos atrás, e logo em seguida me envolvi com Compeyson’. Quandos anos você tinha quando o encontrou no pequeno cemitério?”

“Acho que sete.”

“Sim. Isso tinha acontecido havia três ou quatro anos, então, ele disse, e você o fez lembrar da pequena garota que ele perdeu tão tragicamente, que teria cerca de sua idade.”

“Herbert”, eu disse, depois de ficar um instante em silêncio, em tom ansioso, “você me vê melhor com a luz da janela ou do fogo?”

“Do fogo”, respondeu Herbert, aproximando-se novamente.

“Olhe para mim.”

“Estou olhando para você, meu caro.”

“Toque-me.”

“Estou lhe tocando, meu caro.”

“Não crê que estou com febre ou que minha cabeça esteja muito confusa por causa do acidente de ontem à noite?”

“N-não, meu caro”, disse Herbert, depois de me avaliar por um tempo.

“Você está agitado, mas está como sempre.”

“Sei que estou como sempre. E que o homem que nós estamos escondendo rio abaixo é o pai de Estella.”

Capítulo LI

Que propósito eu tinha em vista ao demonstrar tanto entusiasmo em rastrear e provar a filiação de Estella? Não sei dizer. Em breve veremos que a questão não estava diante de mim de forma nítida até ser colocada diante de mim por uma cabeça mais sábia que a minha.

Mas depois que Herbert e eu tivemos nossa tão importante conversa, fui tomado pela convicção frenética de que eu precisava investigar sobre o assunto – que eu não deveria deixá-lo pra lá, mas sim, deveria ter com o Sr. Jaggers para saber a verdade completa. Eu realmente não sei se sentia que fazia isso por Estella ou se ficava satisfeito em transferir ao homem cuja preservação tanto me preocupava alguns raios do interesse romântico que há tanto tempo me cercava. Talvez a segunda possibilidade seja mais possível de ser verdade.

De qualquer modo, eu mal pude esperar para ir a Gerrard Street naquela noite. As demonstrações de Herbert de que, se eu o fizesse, eu seria provavelmente acamado e considerado inútil, quando a segurança de nosso fugitivo dependia de mim, eram suficientes para conter minha impaciência. Repetindo diversas vezes que acontecesse o que acontecesse eu veria o Sr. Jaggers no dia seguinte, depois de um tempo concordei em ficar quieto, receber os cuidados de meus ferimentos e ficar em casa. No dia seguinte, logo cedo, saímos juntos, e na esquina de Giltspur Street com Smithfield, me separei de Herbert para que fosse à cidade, e me dirigi a Little Britain.

Em ocasiões periódicas, o Sr. Jaggers e Wemmick revisavam as contas do escritório e verificavam os recibos, organizando tudo. Nessas ocasiões, Wemmick levava seus livros e papéis à sala do Sr. Jaggers, e um dos funcionários do andar de cima descia para ficar no escritório da frente. Ao encontrar esse funcionário no lugar de Wemmick naquela manhã, percebi o que estava se passando, mas não lamentei que o Sr. Jaggers e Wemmick estivessem juntos, uma vez que Wemmick veria por si mesmo que eu não diria nada que o comprometesse.

Minha chegada, com o braço na tipoia e o casaco solto sobre os ombros, favoreceu meu objetivo. Embora eu tivesse enviado ao Sr. Jaggers um breve relato do acidente, assim que cheguei à cidade precisei lhe contar todos os detalhes então. E a singularidade da ocasião deixou nossa conversa menos seca e difícil, e menos rigorosamente guiada pelas regras da evidência do que antes. Enquanto eu descrevia o desastre, o Sr. Jaggers ficou parado, como de hábito, diante da lareira. Wemmick se inclinava em sua cadeira, encarando-me com as mãos nos bolsos das calças, e a caneta atravessada na boca de caixa de correspondência. Os dois moldes de gesso brutais, sempre inseparáveis em minha mente dos processos oficiais, pareciam considerar se não estavam sentindo cheiro de fogo naquele presente momento.

Quando terminei minha narrativa, e as perguntas se esgotaram, apresentei-lhes a autorização da Senhorita Havisham para receber as novecentas libras para Herbert. Os olhos do Sr. Jaggers pareciam ficar mais profundos em sua cabeça quando lhe entreguei as tabuletas, mas ele logo as passou para Wemmick, instruindo-lhe a emitir o cheque para que o assinasse. Ao mesmo tempo que isso acontecia, olhei para Wemmick enquanto ele escrevia, e o Sr. Jaggers, equilibrando-se e balançando-se em suas botas bem engraxadas, olhava para mim. "Desculpe-me, Pip", ele disse, quando eu coloquei o cheque em meu bolso depois de ele o ter assinado, "por não podermos fazer nada por você".

"A Senhorita Havisham teve a bondade de me perguntar", eu respondi, "se ela não poderia fazer nada por mim, e eu lhe disse que não".

"Cada um sabe de sua própria vida", disse o Sr. Jaggers. E vi os lábios de Wemmick se movimentarem como se dissesse "propriedades portáveis".

"Eu não teria dito a ela que não, se eu fosse você", disse o Sr. Jaggers, "mas cada homem sabe de sua própria vida".

"A vida de cada homem", disse Wemmick, reprovando-me, "é a propriedade portável".

Como achei que chegara o momento para falar sobre o tema que trazia no coração, eu disse, virando-me ao Sr. Jaggers:

"Porém, eu perguntei algo à Senhorita Havisham, senhor. Pedi que me falasse um pouco a respeito de sua filha adotiva, e ela me contou tudo o que sabia."

"É mesmo?", disse o Sr. Jaggers, curvando-se para a frente para olhar suas botas e voltando a ficar ereto. "Ah! Eu não creio que teria feito isso se eu fosse a Senhorita Havisham. Mas é ela que sabe de sua própria vida."

"Sei mais da história da filha adotiva da Senhorita Havisham do que a própria Senhorita Havisham. Conheço a mãe dela."

O Sr. Jaggers olhou para mim inquisitivamente, e repetiu: "Mãe?".

"Vi a mãe dela há menos de três dias."

"É mesmo?", falou o Sr. Jaggers.

"E o senhor também a viu. E a viu ainda mais recentemente."

"É mesmo?", falou o Sr. Jaggers.

"Talvez eu saiba mais da história de Estella do que você", eu disse. "Conheço o pai dela também."

Uma certa maneira de parar do Sr. Jaggers – ele tinha muito autocontrole para mudar seu comportamento, mas não pôde evitar parar com um ato indefinível de atenção – garantiu-me que ele não sabia quem era o pai. Eu tinha forte suspeita disso pelo relato de Provis (como Herbert havia repetido) de que ele ficava à sombra, que juntei ao fato de que ele só veio a se tornar cliente do Sr. Jaggers cerca de quatro anos depois, quando não tinha nenhuma razão para se identificar. Contudo, não conseguia ter certeza desse desconhecimento da parte do Sr. Jaggers antes, embora agora tivesse.

"Então! Conhece o pai da jovem dama, Pip?", disse o Sr. Jaggers.

"Sim", respondi, "seu nome é Provis... de Nova Gales do Sul".

Até mesmo o Sr. Jaggers se espantou quando eu disse aquelas palavras. Era o espanto mais discreto que podia escapar de um homem, o espanto mais cuidadosamente reprimido e logo abafado, mas ele se espantou, ainda que disfarçasse tirando seu lencinho do bolso. Não sei dizer como Wemmick recebeu a notícia, pois eu tinha medo de olhar para ele naquele momento para impedir que a sagacidade do Sr. Jaggers detectasse que havia qualquer tipo de comunicação desconhecida dele entre nós.

"E quanto a essa evidência, Pip", perguntou o Sr. Jaggers, friamente, pausando com o lencinho em direção ao nariz, "Provis sustenta a afirmação?".

"Não sustenta", eu disse, "e nunca a afirmou, e não tem ciência ou acredita que sua filha esteja viva".

Pela primeira vez, aquele lencinho de bolso falhou em seu intento. Minha resposta foi tão inesperada que o Sr. Jaggers colocou o lencinho de volta no bolso sem completar a representação usual, dobrou os braços e olhou para mim com atenção austera, ainda que seu rosto permanecesse imóvel.

Então lhe contei tudo o que sabia e como sabia. Com a única reserva de que deixei que ele deduzisse que eu sabia através da Senhorita Havisham o que eu de fato sabia através de Wemmick. Fui de fato muito cauteloso quanto a isso. Também não olhei em direção a Wemmick até que terminasse de contar o que tinha a contar, e fiquei por um tempo em silêncio sustentando o olhar do Sr. Jaggers. Quando finalmente virei os olhos para Wemmick, vi que ele tinha tirado a caneta da boca de caixa de correspondência, e estava concentrado olhando para a mesa diante dele.

"Ah!", disse o Sr. Jaggers, finalmente, aproximando-se dos papéis que havia sobre a mesa. "Em que item você estava, Wemmick, quando o Sr. Pip chegou?"

Mas não pude aceitar que se livrasse de mim daquele modo, e lhe fiz um apelo fervoroso, quase ofendido, para que ele fosse mais franco e agisse como um homem comigo. Lembrei-lhe das falsas esperanças a que eu havia sido levado a confiar, ao longo do tempo que elas duraram e à descoberta que havia feito: e mencionei o perigo que pesava sobre meu espírito. Declarei que me considerava certamente digno de um mínimo de confiança de sua parte em troca da confiança que há pouco lhe atribuíra. Disse que não o culpava ou suspeitava nem desconfiava dele, mas que queria garantia de que ele me falava a verdade. E se me perguntasse por que o queria e por que eu achava que tinha algum direito àquilo, diria a ele que ainda que ele pouco se importasse com aqueles pobres sonhos, que eu tinha amado Estella intensamente e por muito tempo, e que embora a tivesse perdido eu precisaria viver em luto, qualquer coisa que lhe dissesse respeito me era ainda mais importante que qualquer outra coisa no mundo. E vendo que o Sr. Jaggers ficou parado quieto e em silêncio, e aparentemente bastante perseverante diante desse apelo, voltei-me a Wemmick e disse: "Wemmick, sei que você é um homem que tem bom coração. Conheço sua casa agradável, seu velho pai e todas as maneiras inofensivas e brincalhonas com que você equilibra sua vida de negócios. E eu lhe suplico que diga uma palavra por mim ao Sr. Jaggers e lhe mostre que, considerando todas as circunstâncias, ele precisa ser mais aberto comigo!"

Nunca vi dois homens entreolharem-se de maneira tão estranha quanto o Sr. Jaggers e Wemmick depois desse discurso. Inicialmente, fui tomado pela apreensão de que Wemmick pudesse ser imediatamente despedido de seu posto, mas o receio se dissipou assim que vi o Sr. Jaggers relaxar com algo próximo a um sorriso e Wemmick ficar mais ousado.

"O que significa tudo isso?", perguntou o Sr. Jaggers. "Você com um pai velho e com maneiras agradáveis e brincalhonas?"

"Ora!", respondeu Wemmick. "Se eu não os trago aqui, o que importa?"

"Pip", disse o Sr. Jaggers, tocando meu braço, sorrindo abertamente, "esse homem deve ser o impostor mais manhoso de toda a cidade de Londres".

"Nem um pouco", respondeu Wemmick, cada vez mais atrevido. "Acho que você é outro."

Mais uma vez eles trocaram aquele olhar estranho, cada um aparentemente ainda desconfiado de que o outro o enganasse.

"Você tem uma casa agradável?", disse o Sr. Jaggers.

"Desde que não interfira com os negócios", respondeu Wemmick, "que seja. Agora olhe para você, senhor, não me admiraria se você estivesse planejando e idealizando uma casa agradável para si mesmo um dia desses quando estiver cansado de todo esse trabalho".

O Sr. Jaggers assentiu com a cabeça retroativamente duas ou três vezes e de fato suspirou. "Pip", ele disse, "nós não vamos conversar sobre 'pobres sonhos', você sabe mais dessas coisas do que eu, uma vez que tem uma experiência muito mais recente dessa espécie. Mas quanto a outra questão... Vou levantar uma hipótese. Atenção! Não estou admitindo nada".

Ele esperou que eu declarasse que entendia que ele dizia expressamente que não estava admitindo nada.

"Bem, Pip", disse o Sr. Jaggers, "suponhamos. Suponha que uma mulher, sob as circunstâncias que você mencionou, escondesse seu filho ou filha e fosse obrigada a comunicar o fato a seu consultor legal, e ele lhe indicasse que precisava saber, visando a extensão de sua defesa, tudo sobre a criança. Suponha que, ao mesmo tempo, ele tivesse sido confiado por uma senhora rica para adotar e criar uma criança".

"Estou acompanhando, senhor."

"Suponha que ele morasse em um ambiente perverso, e que todas as crianças que via eram destinadas, em grande número, à morte. Suponha que ele visse crianças com frequência serem julgadas no banco de réus, onde eram erguidas para que pudessem ser enxergadas, suponha que ele sabia, como um hábito, que essas crianças eram presas, chicoteadas, transportadas, negligenciadas, rejeitadas, qualificadas de todos os modos que servissem ao carrasco e que, ao crescer, fossem enforcadas. Suponha que quase todas as crianças que ele visse em seu dia a dia ele tivesse razões para considerar como simples ovas, que se transformariam em peixes que chegariam à sua rede – para serem processadas, defendidas, renegadas, tornadas órfãs, molestadas de alguma maneira."

"Estou acompanhando, senhor."

"Suponha, Pip, que houvesse uma única linda criança dentre esse monte de crianças que pudesse ser salva, cujo pai se acreditava morto, e não ousaria causar qualquer agitação, e a cuja mãe o consultor legal tivesse o poder de dizer: 'Eu sei o que você fez e como fez. Você agiu assim e assim, fez isso e aquilo outro para desviar suspeitas. Eu a rastreei a todo momento e posso dizer a todo mundo. Deixe a criança, a menos que seja necessária para absolvê-la, e então será apresentada. Dê-me a criança em minhas mãos, e farei o melhor que puder para libertá-la. Se você for salva, sua criança será salva também. Se você for condenada, ainda assim a criança estará a salvo'. Suponha que isso fosse feito, e que a mulher fosse inocentada."

"Compreendo-o perfeitamente."

"Mas compreende que não estou admitindo nada?"

"Que não está admitindo nada." E Wemmick repetiu: "Nenhuma confissão".

"Suponha, Pip, que o fervor e o terror da morte tivessem abalado a cabeça dessa mulher e que quando ela foi absolvida estava assustada demais diante do mundo, e procurou seu advogado por asilo. Suponha que ele tenha dado a ela asilo e que tenha controlado sua antiga natureza, selvagem e violenta, sempre que via um indício de sua irrupção, assegurando seu poder sobre ela como fizera antes. Compreende essa suposição imaginária?"

"Perfeitamente."

"Suponha que a criança tenha crescido e se casado por dinheiro. Que a mãe ainda estivesse viva. Que o pai ainda estivesse vivo. Que a mãe e o pai, sem ter ciência um do outro, morassem a poucas milhas, metros, jardas um do outro. Que o segredo ainda fosse um segredo, a menos que você o espalhasse pelo vento. Suponha esse caso com muita cautela."

"Certo."

"Peço a Wemmick para supor esse caso com muita cautela."

E Wemmick respondeu: "Certo".

"Em favor de quem você revelaria esse segredo? Do pai? Não acho que ele seria muito melhor que a mãe. Da mãe? Creio que se ela tivesse cometido esse ato, estaria mais segura onde estivesse. Da filha? Creio que não adiantaria muito estabelecer a filiação para conhecimento de seu marido e arrastá-la de volta à desgraça depois de ter escapado por vinte anos, de onde seguramente viveria a vida toda. Mas acrescente ao caso o fato de que você a tivesse amado, Pip, e a tivesse feito o sujeito desses 'pobres sonhos' que vive, vez ou outra, na cabeça dos demais homens do que você provavelmente pensa, então lhe digo que seria melhor para você – e muito logo quando tiver pensado bem no assunto – decepar essa mão esquerda enfaixada com sua mão direita e depois passar o cutelo para Wemmick para que a decepasse também."

Olhei para Wemmick, cujo semblante estava muito sério. Ele tocava seus lábios com o dedo indicador de maneira muito grave. Eu fiz o mesmo. O Sr. Jaggers fez o mesmo. "Bem, Wemmick", disse o último, então, mantendo seu modo habitual, "em que item você estava quando Pip chegou?".

Fiquei parado por um momento enquanto eles trabalhavam e observei que aqueles olhares estranhos que eles haviam trocado anteriormente se repetiram diversas vezes, com a diferença de que agora os dois pareciam desconfiados, para não dizer cientes, de terem se mostrado em um ângulo de fraqueza e pouco profissional. Por isso, suponho, eles estavam agora inflexíveis um com o outro. O Sr. Jaggers agindo de modo extremamente autoritário, e Wemmick justificando-se obstinadamente sempre que havia qualquer motivo para isso, por menor que fosse. Eu nunca os havia visto em condições tão ruins, pois em geral se davam muito bem um com o outro na realidade.

Porém, os dois ficaram alegremente aliviados com a oportuna chegada de Mike, o cliente do chapéu de pele que tinha o hábito de limpar o nariz com a manga da roupa, que eu havia visto no primeiro dia em que adentrei aquele recinto. O indivíduo, que, por sua própria conta ou por conta de algum membro de sua família, parecia estar sempre encrencado (o que ali significava Newgate) viera contar que sua filha mais velha fora acusada por suspeita de roubo. Enquanto ele compartilhava essa circunstância melancólica com Wemmick, com o Sr. Jaggers parado em pé magistralmente diante da lareira sem participar da situação, uma lágrima cintilou no olho de Mike.

"O que você quer?", perguntou Wemmick, com a mais profunda indignação. "Por que está aqui choramingando?"

"Não ia vir, Sr. Wemmick."

"Mas veio", disse Wemmick. "Como ousa? Não está em condições de vir a este escritório se não consegue vir sem chorar como um bebezinho. O que quer?"

"Um homem não pode evitar seus sentimentos, Sr. Wemmick", implorou Mike.

"Seus o quê?", perguntou Wemmick, bastante tomado pela fúria. "Diga novamente!"

"Agora olhe aqui, homem", disse o Sr. Jaggers, dando um passo à frente, apontando para a porta. "Saia daqui. Não quero sentimentos aqui. Saia."

"Bem-feito", disse Wemmick. "Saia."

E então o pobre Mike humildemente se retirou, e o Sr. Jaggers e Wemmick pareceram reestabelecer sua boa relação e passaram a trabalhar de novo com ar de frescor, como se tivessem acabado de almoçar.

Capítulo LII

De Little Britain parti, com meu cheque no bolso, até o irmão da Senhorita Skiffins, o contador. E o irmão da Senhorita Skiffins, o contador, foi à Casa de Clarriker, e trouxe Clarriker até mim, assim tive a satisfação de concluir o negócio. Foi a única coisa boa que eu havia feito, e a única coisa que concluí desde que fora informado sobre minhas grandes esperanças.

Depois que Clarriker me informou, na ocasião, que os negócios da Casa estavam progredindo com estabilidade, e que ele agora poderia estabelecer uma pequena filial a leste, que era muito necessária para a expansão do negócio e que Herbert, em sua nova capacidade de sócio, iria até lá se encarregar de tudo, descobri que eu deveria estar preparado para me separar de meu amigo, ainda que meus próprios negócios estivessem mais consolidados. E agora, na verdade, eu sentia como se minha última âncora estivesse se soltando e que eu logo estaria ao sabor dos ventos e das ondas.

Mas havia a recompensa da alegria com que Herbert viria para casa à noite e me falaria dessas mudanças, mal podendo imaginar que não me dizia nada que eu não soubesse, e faria esboços do ar dele conduzindo Clara Barley à terra das Mil e Uma Noites, e de mim me juntando a eles (com uma caravana de camelos, creio) e de todos nós subindo o Nilo e vendo maravilhas. Sem ser otimista quanto à minha própria parte nesses planos incríveis, senti que o caminho de Herbert estava se abrindo rapidamente, e que bastava o velho Bill Barley agarrar-se à sua pimenta e ao seu rum para que sua filha logo estivesse estabelecida na vida.

Era agora o mês de março. Meu braço esquerdo, embora não apresentasse sintomas ruins, levou, no curso natural das coisas, tanto tempo para melhorar que eu ainda não conseguia colocar o casaco. Meu braço direito estava razoavelmente restabelecido. Desfigurado, mas prestável.

Em uma segunda-feira pela manhã, quando Herbert e eu tomávamos café, recebi a seguinte carta de Wemmick pelo correio.

"Walworth. Queime assim que ler. No início dessa semana, digamos quarta-feira, você poderá fazer aquilo que você sabe, se se sentir disposto a tentar. Agora queime essa carta."

Depois que a mostrei a Herbert e a coloquei no fogo – mas não antes de a memorizarmos – consideramos o que fazer. Pois é claro que o fato de eu estar incapacitado não podia ser deixado pra lá.

"Pensei nisso repetidas vezes", disse Herbert, "e acho que conheço um jeito melhor de pegar um barqueiro no Tâmisa. Vamos pegar Startop. Um bom sujeito, habilidoso, amigo, animado e honrado."

Eu havia pensado nele mais de uma vez.

"Mas quanto contaria a ele, Herbert?"

"É necessário contar-lhe muito pouco. Deixe-o supor que se trata de um mero sujeito esquisitão, mas secreto, até que amanheça. Então lhe diga que há uma razão urgente para embarcar Provis e o levar embora. Você vai com ele?"

"Sem dúvida."

"Aonde?"

Parecia-me, nas muitas considerações ansiosas que eu havia feito a respeito daquele ponto, que era quase indiferente o porto a que se dirigiriam – Hamburgo, Roterdã, Antuérpia – o lugar pouco importava, contanto que ele estivesse fora da Inglaterra. Qualquer navio a vapor estrangeiro que aparecesse em nossa frente serviria. Eu sempre havia me proposto a levá-lo no barco comigo, certamente bem além de Gravesend, que era um lugar crítico para buscas e investigações caso alguma suspeita fosse levantada. Como os navios a vapor estrangeiros deixariam Londres mais ou menos na hora da maré alta, nosso plano era descer o rio com uma maré anterior e ficar em algum lugar tranquilo até que pudéssemos pegar um deles. O horário em que um viria para onde estávamos, fosse onde fosse, podia ser calculado com bastante precisão se buscássemos as informações com antecedência.

Herbert concordou com tudo isso, e partimos imediatamente depois do café da manhã em busca de informações. Ficamos sabendo que um navio a vapor para Hamburgo provavelmente serviria melhor a nosso propósito enquanto conduzíamos nossos pensamentos especialmente a essa embarcação. Mas nós anotamos que outros navios a vapor deixariam Londres com a mesma maré, e ficamos satisfeitos em saber a forma e a cor de cada um deles. Nós então nos separamos por algumas horas: eu, para conseguir logo os passaportes conforme necessário. Herbert, para ver Startop em seu alojamento. Nós dois fizemos o que precisávamos fazer sem eventuais problemas, e quando nos encontramos novamente à uma hora informamos um ao outro que tudo havia dado certo. Eu, de minha parte, estava preparado com os passaportes. Herbert vira Startop e estava mais que pronto para se juntar a nós.

Combinamos que os dois deveriam usar um par de remos, e eu conduziria o barco. Nosso objetivo ficaria resguardado e quieto; uma vez que a velocidade não era nossa meta, poderíamos ir suficientemente longe. Combinamos que Herbert não deveria vir para casa jantar antes de ir a Mill Pond Bank naquela noite, que ele não deveria aparecer lá absolutamente na noite seguinte, terça-feira. Que ele deveria preparar Provis para descer algumas escadas perto da casa, na quarta-feira, quando nos visse nos aproximando, não antes disso. Que todos os preparativos com ele deveriam estar concluídos na segunda-feira à noite, e que ele não deveria ser informado de nada além disso até que o embarcássemos.

Depois que essas precauções ficaram bem-entendidas entre nós dois, fui para casa.

Ao abrir a porta da frente de nossa casa com minha chave, encontrei uma carta na caixa endereçada a mim. Uma carta muito suja, porém não mal-escrita. Ela havia sido entregue pessoalmente (durante minha ausência, é claro) e seu conteúdo dizia o seguinte:

"Se você não tem medo de vir até o velho pântano esta noite ou amanhã à noite às nove horas e de vir à pequena comporta perto do forno de cal, é melhor que venha. Se você deseja informações a respeito de seu tio Provis, é melhor que venha e não conte a ninguém, sem perder tempo. Venha sozinho. Traga a carta."

Minha mente já estava bastante sobrecarregada antes de receber aquela carta. Eu não sabia o que fazer. E o pior era que eu precisava me decidir logo ou perderia a diligência da tarde, que me levaria a meu destino a tempo para aquela noite. Não pude considerar ir no dia seguinte, pois seria muito perto do horário da fuga. E novamente, até onde eu sabia, a informação que eu havia recebido poderia ser importante para a fuga em si.

Se eu tivesse tido tempo suficiente para decidir, creio que ainda assim teria ido. Quase sem ter tempo para isso – e meu relógio me mostrava que a diligência partiria dentro de meia hora – decidi ir. Eu certamente não deveria ter ido, se não fosse pela alusão a meu tio Provis. Aquilo, com a chegada da carta de Wemmick na preparação conturbada da manhã, mudou o ponteiro da balança.

É tão difícil compreender claramente o conteúdo de quase qualquer carta, quando se está com muita pressa, que eu precisei ler aquela misteriosa epístola novamente duas vezes, antes que sua ordem para que se mantivesse secreta penetrasse em minha mente. Cedendo com o mesmo automatismo, deixei um bilhete a lápis para Herbert, contando-lhe que como eu partiria em breve, sem saber por quanto tempo, havia decidido ir voltar correndo para me certificar de que a Senhorita Havisham estava melhorando. Eu mal tive tempo de pegar meu sobretudo, trancar a casa e chegar na hora na bilheteria da diligência através dos atalhos. Se eu tivesse pegado uma carruagem e ido pelo caminho normal, eu teria perdido a diligência. Fazendo como fiz, peguei-a assim que saiu do pátio. Quando me dei por mim, percebi que eu era o único passageiro dentro da diligência, sacudindo com os joelhos afundados em palha, uma vez que eu não estava em mim mesmo desde o recebimento da carta, pois essa havia me deixado desnorteado, o que resultou na correria da manhã. A correria e o alvoroço da manhã haviam sido demasiados, pois, ainda que eu tivesse esperado longa e ansiosamente por Wemmick, sua pista havia me surpreendido. E então eu começava a questionar a mim mesmo sobre o que eu fazia dentro da diligência e, sem dúvida, se eu tinha razão suficiente para estar lá e para considerar se eu deveria descer naquele mesmo momento e voltar, e encontrar motivos para argumentar contra dar atenção a comunicações anônimas, e, em resumo, a passar por todas essas fases de contradição e indecisão que creio serem estranhas a apenas pouquíssimas pessoas. Ainda assim, a alusão a Provis pelo nome dominava tudo em mim. Racionalizei como eu já havia racionalizado sem saber – se aquilo era racionalizar – caso qualquer mal viesse a lhe acontecer por eu não ir, como eu poderia ser capaz de perdoar a mim mesmo!

Já havia escurecido quando nós chegamos, e a viagem pareceu longa e monótona para mim, que conseguia ver muito pouco dela ali dentro, além de não conseguir sair de meu estado de incapacidade. Evitando o Javali Azul, me hospedei em um albergue de menor reputação no centro e pedi um jantar. Enquanto o preparavam, fui à Casa Satis e pedi para ter com a Senhorita Havisham. Ela ainda estava muito doente, ainda que considerassem que estava um pouco melhor.

Meu albergue fora no passado uma casa eclesiástica, e eu jantei em uma sala comum pequena de formato octogonal, como uma fonte. Como não consegui cortar meu jantar, o velho proprietário, que tinha a cabeça careca e lustrosa, cortou para mim. Isso nos levou a conversar, e ele era bom o suficiente para entreter-me com minha própria história – é claro que com a versão popular em que Pumblechook era meu primeiro benfeitor e fundador de minha fortuna.

"Você conhece esse jovem?", eu perguntei.

"Se o conheço!", repetiu o proprietário. "Desde que ele não tinha altura alguma."

"Ele costuma voltar a esta vizinhança?"

"Sim, ele volta", disse o proprietário, "a seus grandes amigos, de vez em quando, e ignora o homem que fez dele o que é hoje".

"Que homem é esse?"

"Esse de quem falei", disse o proprietário. "Sr. Pumblechook."

"Ele é ingrato a mais alguém?"

"Sem dúvida ele seria, se pudesse", respondeu o proprietário, "mas ele não consegue. E por quê? Porque Pumblechook fez tudo para ele".

"Pumblechook diz isso?"

"Diz isso?", respondeu o proprietário. "Nem precisa dizer."

"Mas diz isso?"

"Transformaria o sangue de um homem em vinagre de vinho branco ouvi-lo falar disso, senhor", disse o proprietário.

Eu pensei: "Porém, caro Joe, você nunca diz nada disso. Martirizado e amado Joe, você nunca reclama. Nem você, doce Biddy!".

"Seu apetite foi afetado pelo seu acidente", disse o proprietário, lançando o olhar para meu braço enfaixado por baixo do casaco. "Experimente um pedaço mais tenro."

"Não, obrigado", respondi, deixando a mesa para postar-me diante da lareira. "Não posso comer mais nada. Por favor, pode levar."

Eu nunca havia sido atingido de maneira tão aguda por minha ingratidão a Joe quanto através do impostor descarado do Pumblechook. Quanto mais falso ele era, mais verdadeiro era Joe. Quanto mais cruel, mais nobre era Joe.

Meu coração estava profunda e merecidamente humilhado enquanto eu meditava diante do fogo por uma hora ou mais. A batida do relógio me despertou, mas não da tristeza ou do remorso, e me levantei e apertei o casaco em volta de meu pescoço, e então saí. Eu havia procurado a carta em meus bolsos antes para que eu pudesse examiná-la novamente, mas não a encontrava e senti-me desconfortável em pensar que eu a devia ter deixado cair pela palha da diligência. Eu sabia muito bem, contudo, que o lugar marcado era a casa da comporta perto do forno de cal no pântano, às nove horas. Fui então em direção ao pântano sem perder tempo.

Capítulo LIII

Era uma noite muito escura, embora a lua cheia começasse a subir quando deixei a cidade, me dirigindo ao pântano. Abaixo da linha escura da noite havia uma faixa clara no céu, tão estreita que mal podia conter a grande Lua avermelhada. Em alguns minutos, ela se elevara acima daquele campo claro por entre as montanhas de nuvens acumuladas.

Havia um vento melancólico, e o pântano era um lugar lúgubre. Um estranho o consideraria insuportável, e até mesmo para mim era tão opressivo que hesitei, metade de mim inclinada a ir embora. Mas eu o conhecia bem e poderia encontrar meu caminho em uma noite muito mais escura, e não tinha qualquer desculpa para voltar, uma vez que já me encontrava ali. Portanto, tendo chegado contra minha disposição, decidi seguir em frente da mesma forma.

A direção que tomei não era aquela onde ficava minha velha casa, nem aquela na qual eu havia perseguido os condenados. Minhas costas estavam voltadas aos Hulks distantes conforme eu caminhava e, embora eu conseguisse ver as velhas luzes ao longe nas restingas de areia, eu os via por cima de meu ombro. Eu conhecia o forno de cal tão bem quanto a velha Fortificação, mas eles ficavam a milhas de distância um do outro, de modo que se se acendesse uma luz em cada um deles naquela noite, haveria uma longa faixa branca horizontal entre os dois pontos de luz.

A princípio, precisei fechar alguns portões conforme passava por eles, e de vez em quando precisava ficar imóvel enquanto os gados que estavam parados nos montinhos do caminho se levantavam e cambaleavam por entre o mato e os juncos. Mas depois de um tempo parecia-me que todo o pântano pertencia a mim.

Passou-se mais meia hora até que eu me aproximasse do forno. A cal queimava lentamente com um odor sufocante e letárgico, mas o fogo estava aceso e abandonado, não havia nenhum homem à vista. Ao lado havia uma pequena pedreira. Ela ficava exatamente em meu trajeto, e haviam trabalhado nela o dia todo, pois eu vi ferramentas e carrinhos de mão aqui e ali.

Chegando novamente ao nível do pântano, que era atravessado pelo caminho rústico, vi uma luz na casa da comporta. Apertei o passo e bati na porta com a mão. Esperando que alguém atendesse, olhei à minha volta percebendo como a comporta estava abandonada e quebrada, e como a casa, de madeira coberta com telhas, não seria resistente contra as intempéries por muito mais tempo, se é que ainda resistia então, e como a lama e o lodo eram cobertos por limo, e como o vapor asfixiante do forno me perseguia como se fosse um fantasma.

E até então nenhuma resposta. Bati novamente. Ainda nada. Tentei mover o trinco.

Ele cedeu, e a porta abriu. Olhando lá dentro, vi uma vela acesa em cima da mesa, um banco e um colchão sobre uma cama dobrável. Como havia uma galeria acima, gritei: "Tem alguém aí?". Mas ninguém respondeu. Então olhei as horas em meu relógio e descobri que já passavam das nove. Chamei novamente: "Tem alguém aí?". Ainda sem obter resposta, saí pela porta, hesitante sobre o que fazer.

Começava a chover forte. Sem conseguir ver nada além do que eu já havia visto antes, voltei para a casa e fiquei parado na marquise próxima à porta, olhando para a noite. Enquanto eu considerava que alguém deveria ter estado lá há pouco e logo deveria estar de volta, ou a vela que queimava não estaria queimando, passou pela minha cabeça olhar se o pavio era longo. Dei meia-volta para fazê-lo e, levantando a vela em minha mão, ela foi apagada por algum movimento forte, e quando dei por mim compreendi que eu havia sido pego por um laço forte, passado pela minha cabeça sem que eu pudesse ver.

"Bom", disse uma voz abafada como se fizesse uma promessa: "Peguei você!".

"O que é isso?", exclamei, com esforço. "Quem é? Socorro, socorro, socorro!"

Meus braços estavam apertados nas laterais de meu corpo, mas a pressão em meu braço ferido era excruciante. Às vezes, a mão de um homem forte, às vezes o peito de um homem forte era apertado contra minha boca para calar meus gritos, e com uma respiração quente sempre perto de mim eu lutava em vão no escuro enquanto eu era amarrado firmemente contra a parede. "E agora", disse a voz abafada com outra promessa, "grite mais uma vez e você estará acabado!".

Fraco e enjoado pela dor que sentia em meu braço ferido, desnorteado pelo susto, e ainda consciente de quão facilmente essa ameaça podia ser colocada em execução, desisti e tentei aliviar meu braço, por menos que fosse. Mas estava apertado demais. Senti como se, por já ter tido a experiência de me queimar antes, eu agora estava sendo cozido.

A supressão repentina da noite e sua substituição pela escuridão avisavam-me que o homem havia fechado a janela. Depois de tatear seu entorno por um tempo, ele encontrou o pedaço de pedra e de aço que queria, e começou a friccionar para fazer fogo. Forcei minha vista sobre as faíscas que caíam por cima do pavio, sobre o qual ele respirava com o fósforo na mão, mas eu só podia ver seus lábios e a ponta azul do fósforo, e ainda assim intermitentemente. O pavio estava úmido – nada de se admirar – e todas as faíscas se apagavam.

O homem não tinha pressa e riscava repetidamente com a pedra e o pedaço de aço. Como as faíscas caíam grossas e cintilantes à sua volta, pude ver suas mãos e traços de seu rosto, e percebi que ele estava sentado e debruçado em uma mesa, mas nada além disso. Depois de um tempo vi seus lábios azuis novamente, respirando sobre o pavio, e então uma chama se acendeu e eis que reconheci Orlick.

Não sei dizer quem eu esperava que fosse. Eu não havia pensado nele. Vendo-o, senti que eu estava em apuros certamente, e então fixei meus olhos nele.

Ele acendeu a vela com o fósforo aceso com muito cuidado, deixando o fósforo cair para então pisar nele. Ele então colocou a vela longe dele sobre a mesa para que pudesse me enxergar, se sentou com os braços cruzados e olhou para mim. Dei-me conta de que eu estava atado a uma escada perpendicular maciça a alguns centímetros de distância da parede, fixada ali para acessar a galeria acima.

"Bem", ele disse, depois de nos observarmos por um tempo, "peguei você".

"Desate-me. Solte-me!"

"Ah!", ele respondeu, "vou soltá-lo. Vou deixá-lo ir para a Lua, para as estrelas. Tudo em seu tempo".

"Por que me fez vir até aqui?"

"Você não sabe?", ele disse, com o olhar funesto.

"Por que me atacou no escuro?"

"Porque eu queria fazer tudo por mim mesmo. Uma pessoa sozinha guarda um segredo melhor que duas. Ah, inimigo, inimigo!"

Seu prazer com o espetáculo que eu proporcionava, enquanto ele se mantinha sentado com os braços cruzados sobre a mesa, balançando a cabeça e se abraçando, tinha uma perversidade que me fazia tremer. Enquanto eu o observava em silêncio, ele colocou a mão em um canto a seu lado e pegou uma arma com a coronha de cobre.

"Conhece isso?", ele perguntou, como se mirasse-a em mim. "Sabe onde já a viu antes? Fale, seu cachorro!"

"Sim," respondi.

"Você me custou aquele lugar. Isso mesmo. Fale!"

"O que mais eu poderia fazer?"

"Você fez isso, e já seria suficiente, sem nada mais. Como você ousou se meter entre mim e uma dama de quem eu gostava?"

"Quando eu fiz isso?"

"Quando não fez? Foi você que sempre criou uma reputação ruim ao Velho Orlick para ela."

"Você mesmo a criou, é seu mérito Eu não poderia lhe causar nada de mal se você não tivesse causado nenhum mal a si mesmo."

"Você é um mentiroso. E você faria qualquer coisa, gastaria o dinheiro que fosse necessário para me expulsar daqui, não é?", ele disse, repetindo minhas palavras a Biddy, na última conversa que tive com ela. "Bom, vou lhe dizer uma coisinha. Nunca teria valido tanto a pena me mandar embora daqui quanto valerá esta noite. Ah! Ainda que gastasse vinte vezes a quantia de dinheiro que você tem até o último centavo!" Ao balançar a cabeça pesada em minha direção, rosnando como um tigre, senti que falava a verdade.

"O que você vai fazer comigo?"

"Eu vou", ele disse, batendo forte com o punho na mesa, levantando-se para aumentar ainda mais a força com que batia: "Eu vou tirar sua vida!"

Ele se inclinou para a frente em minha direção, abriu a mão e a estendeu por cima da boca como se salivasse por minha vida. E então se sentou novamente.

"Você sempre esteve no caminho do Velho Orlick desde que era criança. E vai sair do caminho dele hoje à noite. Ele não terá mais de lidar com você. Você está morto."

Eu senti que havia chegado à beirada de meu túmulo. Por um breve momento eu busquei furiosamente por uma oportunidade de fugir dali, mas não havia como.

"Mais do que isso", ele disse, dobrando os braços sobre a mesa novamente: "Não vou deixar nenhum restinho de você, nem mesmo um osso. Vou colocar seu corpo em um forno – conseguiria carregar dois de você nas costas – e deixar que as pessoas suponham o que desejarem sobre você, elas nunca saberão de nada".

Minha mente, com uma agilidade inconcebível acompanhou todas as consequências de uma morte dessas. O pai de Estella acreditaria que eu o teria abandonado, seria capturado, morreria acusando-me. Até mesmo Herbert duvidaria de mim quando comparasse a carta que deixei a ele com a informação de que eu não teria ficado mais que um momento apenas à porta da Senhorita Havisham. Joe e Biddy nunca saberiam o quanto eu me sentia arrependido naquela noite e ninguém saberia o quanto eu havia sofrido, como eu desejava ser sincero, a agonia que eu tinha sentido. A iminência da morte era horrível, mas pior que a morte era o medo de deixar uma reputação ruim depois da morte. E meus pensamentos eram tão rápidos que eu me vi desprezado pelas gerações futuras – os filhos de Estella, e seus filhos ainda – enquanto as palavras daquele miserável ainda estavam em minha boca.

"Agora, seu cachorro", ele disse, "antes de eu te matar como qualquer outro animal, que é o que pretendo fazer e o motivo pelo qual o amarrei, vou olhar bem para você e lhe dar uma boa cutucada. Ah, inimigo!".

Passou pela minha cabeça gritar por ajuda mais uma vez, embora poucos soubessem melhor que eu sobre a situação isolada daquele local e a desesperança de conseguir qualquer ajuda. Mas enquanto ele ficou ali sentado me olhando perversamente me senti apoiado por ódio e desprezo tamanhos a ponto de selarem meus lábios. Acima de tudo, decidi que eu não lhe imploraria, e que eu morreria tentando criar resistência a ele até meu limite. Tranquilizado pelo pensamento de que todo o resto dos homens está reduzido a esse extremo catastrófico, humildemente pedindo perdão, como eu fazia, aos Céus, com o coração derretido, como eu estava, pelo pensamento de que eu não havia me despedido e nunca agora poderia me despedir daqueles que me eram queridos ou poderia me explicar a eles, ou pedir por sua clemência por meus erros terríveis – ainda assim, se eu pudesse matá-lo, mesmo que morrendo, eu ainda o teria feito.

Ele tinha bebido, e seus olhos estavam vermelhos e injetados. Ao redor de seu pescoço havia uma garrafa de metal pendurada, como eu via com frequência carregar sua carne e bebidas em outros tempos. Ele trouxe a garrafa aos lábios e sorveu o líquido com voracidade, e eu senti o cheiro forte de bebida que brilhava em seu rosto.

"Cachorro!", ele disse, dobrando os braços novamente. "O Velho Orlick vai lhe dizer uma coisinha. Foi você que fez aquilo com a bruxa da sua irmã."

Novamente, minha mente, em sua agilidade inconcebível, havia esgotado toda a questão do ataque à minha irmã, sua doença e sua morte antes de seu discurso vagaroso e hesitante formar aquelas palavras.

"Foi você, seu bandido", eu disse.

"Digo-lhe que foi sua culpa – tudo aconteceu por sua causa", ele interveio, pegando sua arma e dando um golpe com sua coronha no espaço vazio entre nós dois. "Aproximei-me dela pelas costas, como fiz com você esta noite. Bati nela! E deixei-a morrer, e se existisse um forno perto dela como há um perto de você agora ela não teria sobrevivido. Mas não foi o Velho Orlick que fez isso. Foi você. Você era favorecido, e ele era maltratado e espancado. O Velho Orlick maltratado e espancado, certo? Agora você paga por isso. Você fez isso, agora você paga."

Ele bebeu mais um trago e ficou ainda mais violento. Pude perceber pelo jeito de virar a garrafa, que estava quase vazia. Percebi claramente que ele estava se preparando, com a ajuda do conteúdo daquela garrafa, para dar um fim a mim. Eu sabia que cada gota que havia ali era uma gota de minha vida. Eu sabia que quando eu fosse transformado em parte daquele vapor que há muito pouco pairara sobre mim, como meu próprio fantasma que servia como um alerta, ele faria o que tinha feito no caso de minha irmã – ele correria até a cidade e seria visto se arrastando por lá bebendo pelas tabernas. Minha mente ágil o perseguiu pela cidade, pintou uma imagem da rua onde ele estava e contrastou suas luzes e vida com o pântano solitário e o vapor que passava furtivamente ali no qual eu havia me dissolvido.

Eu não só poderia ter resumido anos e anos enquanto ele dizia uma dúzia de palavras, mas o que ele dizia representava imagens a mim e não somente palavras. Naquele estado agitado e exaltado de meu cérebro, eu não conseguia pensar em nenhum lugar sem visualizá-lo ou nas pessoas sem vê-las. É impossível exagerar na vivacidade dessas imagens, e ainda assim eu estava tão atento, o tempo todo, a ele – e quem não estaria atento a um tigre pronto para dar o bote! – que eu percebia até mesmo os movimentos mais insignificantes de seus dedos.

Depois que ele bebeu o segundo trago, ele se levantou do banco no qual estava sentado e empurrou a mesa para o lado. Então pegou a vela e cobrindo-a com sua mão assassina para me iluminar mais, postou-se em minha frente, olhando para mim com prazer.

"Seu cachorro, vou lhe dizer mais uma coisinha. Foi o Velho Orlick que o fez cair nas escadas aquela noite."

Visualizei as escadas com as lamparinas apagadas. Visualizei as sombras dos corrimões pesados projetadas pela lanterna do vigilante na parede. Visualizei os cômodos que eu nunca mais veria, aqui, uma porta entreaberta, ali, uma porta fechada, todas as mobílias também.

"E por que o Velho Orlick estava lá? Vou lhe dizer mais uma coisinha, cachorro. Você e ela praticamente conseguiram me expulsar dessa região de modo que não fui capaz de conseguir um sustento fácil, e encontrei novos companheiros e patrões. Alguns deles escrevem minhas cartas quando eu quero que eles escrevam – você está ouvindo? – escrevem minhas cartas, cachorro! Escrevem com cinquenta caligrafias diferentes, não são sonsos como você, que só sabe escrever com uma. Eu estou determinado em mente e disposição a acabar com sua vida desde que você esteve aqui no funeral de sua irmã. Não encontrei uma oportunidade segura de fazê-lo, e então o vigiei para saber das suas rotinas. Pois o Velho Orlick dizia a si mesmo: 'De uma forma ou de outra, hei de pegá-lo!'. Que nada! Quando o procurei, encontrei seu tio Provis, hein?"

Mill Pond Bank e Chinks's Basin, e as Cordas de Old Green Copper, tudo tão óbvio e simples! Provis em seu aposento, o sinal cujo emprego já não tinha sentido, a bela Clara, a senhora boa e maternal, o velho Bill Barley acamado, tudo fluindo, como a correnteza ágil de minha vida em direção ao mar!

"Você e seu tio também! Ora, eu o conheci na casa de Gargery quando era um cachorro tão pequeno que eu poderia tê-lo esmagado entre esse dedo e o polegar, e o deixado morrer em qualquer canto (como pensei em fazer, às vezes, perambulando entre os tocos de árvores aos domingos), antes ainda de encontrar seu tio. Não, não tinha! Mas o Velho Orlick soube que seu tio Provis havia usado os grilhões que o Velho Orlick encontrara, lixado-os, nesse mesmo pântano há tantos anos atrás, e o que ele guardou consigo até o dia em que golpeou sua irmã com eles, como um animal, como pretende fazer com você, hein? Quando soube disso, hein?"

Em sua provocação selvagem, ele aproximou tanto a chama da vela de mim que eu virei meu rosto para escapar dela.

"Ah!", ele exclamou, rindo, depois de repetir a ação mais uma vez, "a criança queimada tem medo do fogo! O Velho Orlick sabe que você se queimou, o Velho Orlick sabe que você estava escondendo seu tio Provis, você não consegue passar a perna no Velho Orlick, e ele sabia que você viria esta noite! Agora vou lhe contar mais uma coisinha, seu cachorro, e acabamos por aqui. Existem pessoas que conseguem passar a perna em seu tio Provis, assim como o Velho Orlick conseguiu fazer com você. Ele precisa ter cuidado com elas depois de perder seu sobrinho! Ele precisa ter cuidado com elas quando ninguém conseguir encontrar nenhum fiapo das roupas de seu parente querido e nem um osso de seu corpo. Há quem não possa e não irá de fato permitir que Magwitch – sim, eu sei o nome dele! – sobreviva em seu território, pessoas que têm informação sobre ele quando ele vivia em outras terras, de onde ele não poderia ou deveria ter fugido sem colocá-las em perigo. Talvez sejam elas que são capazes de escrever com cinquenta caligrafias diferentes e que não são sonsas como você, que só escreve com uma. Cuidado com Compeyson, com Magwitch e com a forca!".

Ele aproximou a chama da vela de mim novamente, soltando fumaça em meu rosto e cabelo, cegando-me por um instante, e virou suas costas largas para mim para colocar a vela de volta sobre a mesa. Fiz uma oração em pensamento e pensava em Joe, Biddy e Herbert antes de ele se virar em minha direção.

Havia um espaço vazio de cerca de um metro entre a mesa e a parede. Dentro desse espaço, ele se curvava para a frente e para trás. Sua grande força parecia se intensificar ainda mais que antes ao se curvar com as mãos soltas pesadamente em suas laterais e sua expressão carrancuda em minha direção. Não me restava qualquer esperança. Apesar da fúria de minha ansiedade interior e da fúria incrível das imagens que passavam agilmente no lugar de meus pensamentos, eu ainda pude compreender com clareza que, a menos que ele tivesse resolvido que eu deveria padecer com certeza dentro de alguns momentos, longe de qualquer consciência humana, ele nunca teria me dito o que havia dito.

Subitamente, ele parou, tirou a rolha de sua garrafa e a atirou para longe. Embora fosse leve, ouvi-a cair como um pedaço de chumbo. Ele engoliu secamente, inclinando a garrafa aos pouquinhos, e então deixou de olhar para mim. Derramou as últimas gotas de álcool na palma de sua mão e as lambeu. Com um acesso súbito de violência e difamações horríveis, ele atirou a garrafa para longe e se inclinou. E eu vi em sua mão um martelo de pedra com o cabo longo e maciço.

Minha determinação não me abandonou, pois, sem pronunciar uma palavra em vão que fosse para apelar a ele, gritei a plenos pulmões e comecei a lutar com toda a minha força. Somente conseguia mexer minha cabeça e minhas pernas, mas ainda assim com toda a força, até então desconhecida, que havia dentro de mim. No mesmo instante, ouvi resposta aos meus gritos, vi vultos e um feixe de luz pela porta, escutei vozes e tumulto, e vi Orlick emergir do meio de uma briga entre homens, como se fosse água rolando, dar um salto sobre a mesa e fugir pela noite afora.

Depois de um lapso de consciência, percebi que eu estava deitado no chão, sem as ataduras, no mesmo lugar, com a cabeça sobre os joelhos de alguém. Meus olhos estavam fixos na escada encostada na parede, quando recobrei a consciência – pois pude vê-la antes de abrir os olhos – e então, ao recobrar a consciência, eu soube que estava no mesmo lugar em que estava quando a perdera.

Despreocupado demais inicialmente até mesmo para olhar à minha volta e me certificar de quem havia me ajudado, eu fiquei deitado olhando a escada, quando um rosto apareceu entre mim e ela. Era o rosto do menino de Trabb!

"Eu acho que ele está bem!", disse o menino de Trabb, com gravidade na voz, "só está pálido, no entanto!".

Com essas palavras, o rosto daquele que me ajudava olhou para o meu, e vi que quem me ajudava era...

"Herbert! Meu bom Deus!"

"Devagar", disse Herbert. "Gentilmente, Handel. Não se agite demais."

"E nosso velho camarada, Startop!" Exclamei, e ele se inclinou sobre mim.

"Lembre-se daquele assunto com que ele vai nos ajudar", disse Herbert, "e fique calmo".

A lembrança me fez pular, embora eu logo caísse novamente por causa da dor que sentia no braço. "O tempo não passou, Herbert, passou? Que dia é hoje? Há quanto tempo estou aqui?" Pois senti uma apreensão estranha e forte de que eu estivera deitado lá por muito tempo: um dia e uma noite... dois dias e noites... até mais.

"O tempo não passou. Ainda é segunda-feira à noite."

"Graças a Deus!"

"E você tem o dia todo amanhã, terça-feira, para descansar", disse Herbert. "Mas você não para de gemer, querido Handel. Está ferido? Consegue ficar em pé?"

"Sim, sim", eu disse, "consigo caminhar. Nada está machucado, somente este braço que fica latejando.

Tiraram as bandagens e fizeram o que puderam. Estava extremamente inchado e inflamado, e eu mal podia suportar que o tocassem. Mas eles rasgaram seus lencinhos para fazer novas bandagens e, cautelosamente, o colocaram de volta na tipoia, até que pudéssemos ir à cidade e arranjar uma loção calmante para passar. Em pouco tempo, havíamos fechado a porta da casa da comporta, escura e vazia, e passávamos pela pedreira em nosso caminho de volta. O menino de Trabb – um homem maior que Trabb a essa altura – foi em nossa frente com uma lanterna, que era a luz que eu vira através da porta. Mas a Lua estava boas duas horas mais alta no céu em relação à última vez que a vira, e a noite, embora chuvosa, estava muito mais clara. O vapor branco do forno passava por nós enquanto caminhávamos, e da mesma forma com que havia feito uma oração em pensamento antes, nesse momento agradecia.

Convencendo Herbert a me contar como ele viera me resgatar – o que, a princípio, ele havia se recusado a fazer, insistindo para que eu ficasse quieto – eu soube que, na pressa, havia deixado a carta cair, aberta, em nossa casa, onde ele, chegando para trazer consigo Startop, que ele havia encontrado na rua, a viu, muito tempo depois de minha partida. Seu tom o deixou incomodado, mais ainda por causa da inconsistência entre ela e a do bilhete apressado que eu lhe havia deixado. Uma vez que seu incômodo só aumentava em vez de diminuir, depois de quinze minutos de reflexão, ele partiu em direção à diligência com Startop, que se ofereceu para acompanhá-lo e para perguntar quando a próxima diligência partiria. Depois de saber que a diligência da tarde havia partido e que seu incômodo se transformava em um alarme positivo, conforme os obstáculos apareciam, ele decidiu seguir a diligência do correio. Então ele e Startop chegaram ao Javali Azul, com total certeza de que eu estaria lá ou, ao menos, encontrariam algo que os levasse a mim. Mas não sendo esse o caso dirigiram-se à Senhorita Havisham, onde me perderam de vez. Em seguida, voltaram ao hotel (sem dúvida mais ou menos na hora em que eu ouvia a versão local popular de minha própria história) para se arrumarem e procurar alguém que os guiasse pelo pântano. Entre os vadios parados na entrada do Javali Azul, encontraram, por acaso, o menino de Trabb – fazendo jus a seu velho hábito de estar onde não deveria – e o menino de Trabb havia me visto passar, vindo da Senhorita Havisham, em direção ao lugar onde eu jantaria. Então o menino de Trabb virou seu guia, e com ele foram à casa da comporta, embora tivessem ido pela cidade, o que eu tinha evitado. Conforme eles seguiam em frente, Herbert refletiu que eu poderia, no fim das contas, ter sido levado lá para fazer alguma tarefa genuína e útil para a segurança de Provis, e, considerando que, nesse caso, uma interrupção poderia ser prejudicial, deixou seu guia e Startop na beira da pedreira e seguiu sozinho, rodeando a casa duas ou três vezes, se esforçando para se certificar se estava tudo bem lá dentro. Como ele não conseguia ouvir nada além de sons variados e uma voz potente e grossa (isso acontecia enquanto minha mente trabalhava sem parar), ele passou a até duvidar se eu mesmo estava lá dentro, quando eu, de súbito, gritei muito alto, e ele respondeu aos gritos e entrou correndo, acompanhado logo pelos outros dois.

Quando eu disse a Herbert o que havia acontecido dentro da casa, ele quis ir imediatamente a um juiz da cidade, mesmo sendo muito tarde da noite, e conseguir um mandado de prisão. Mas eu já havia considerado que fazer uma coisa assim nos deteria ali e nos obrigaria a voltar, e isso poderia ser fatal a Provis. Não havia como desfazer essa dificuldade, e nós desistimos de qualquer pensamento que envolvesse perseguir Orlick naquele momento. Então, sob aquelas circunstâncias, consideramos prudente tratar do assunto de maneira tranquila com o menino de Trabb, que, tenho certeza, teria ficado muito desapontado se soubesse que sua intervenção havia me salvado do forno de cal. Não que o menino de Trabb tivesse uma natureza perversa, mas tinha demasiada vivacidade guardada em si, e era de sua constituição desejar variedade e emoção às custas de qualquer pessoa. Quando nos despedimos, dei-lhe dois guinéus (que pareceram atender suas expectativas) e lhe disse que lamentava muitíssimo por ter tido uma opinião negativa a seu respeito (o que não lhe causou qualquer impressão).

Como quarta-feira estava próxima, decidimos retornar a Londres naquela noite, os três na diligência do correio para assim garantir que estaríamos longe dali quando a aventura daquela noite começasse a passar de boca a boca. Herbert arranjou um frasco grande da loção para meu braço, e aplicando-a em meus ferimentos ao longo de toda a noite consegui suportar a dor durante a viagem. Já era dia quando chegamos a Temple, e fui direto para a cama, ali ficando o dia todo.

Meu medo, enquanto estava ali deitado, de cair e de estar incapacitado para o dia seguinte era tão aflitivo que me admira eu não ter ficado incapacitado por ele mesmo. Isso teria acontecido, juntamente ao desgaste mental que eu havia sofrido, se não fosse pela tensão forçada que o dia seguinte representava. Eu estava muito ansioso, oprimido por essas consequências, cujos resultados eram tão impenetráveis, ainda que iminentes.

Nenhuma precaução poderia ter sido mais óbvia do que evitar qualquer forma de comunicação com ele naquele dia. Porém, isso fazia com que minha inquietação aumentasse ainda mais. Eu me assustava com qualquer passo e barulho, acreditando que ele havia sido descoberto e capturado, e que o mensageiro chegava para me dar a notícia. Convenci a mim mesmo de que eu sabia que ele tinha sido capturado. De que existia algo mais em minha mente além de medo e pressentimento. De que de fato isso havia ocorrido e eu tinha uma consciência misteriosa disso. Conforme o dia passou, e nenhuma notícia ruim chegou, e o dia acabava e a noite caía, meu medo ofuscante de ficar incapacitado antes que o dia seguinte chegasse me dominava. Meu braço queimado latejava, minha cabeça queimada latejava, e eu imaginava que estava começando a perder a foco. Contava até números altos para me certificar de mim mesmo e repetia passagens de prosa e verso que conhecia. Às vezes, como uma simples fuga de uma mente fatigada, eu cochilava por um momento e esquecia, e então eu dizia a mim mesmo, assustado: "Pronto, está vindo, e eu estou delirando!".

Eles me deixaram bem calmo o dia todo, meu braço, sempre enfaixado, e me davam bebidas refrescantes. Sempre que eu adormecia, eu acordava com aquela noção que eu sentira na casa da comporta, que muito havia se passado e a oportunidade de salvá-lo se esvaído. Aproximadamente à meia-noite, saí da cama e fui ter com Herbert, com a convicção de que eu havia dormido por vinte e quatro horas, e que quarta-feira havia passado. Esse foi o último esforço, esgotado, de minha inquietação, uma vez que depois disso dormi profundamente.

A quarta-feira nascia quando olhei pela janela. As luzes piscantes sobre as pontes já tinham empalidecido, e o sol que nascia parecia um pântano de fogo no horizonte. O rio, ainda escuro e misterioso, perpassava as pontes que assumiam um tom de cinza gélido, com um ponto aqui e ali de calor como um toque do céu flamejante. Ao olhar pela aglomeração de telhados, com as torres das igrejas e os pináculos penetrando o dia excepcionalmente claro, o sol nasceu, e um véu parecia ser erguido do rio, e milhões de faíscas apareciam por suas águas. De mim, também, um véu parecia ter sido erguido, e eu me senti forte e disposto.

Herbert continuava dormindo em sua cama, e nosso velho companheiro de estudos dormia no sofá. Eu não conseguia trocar minhas roupas sem ajuda, mas acendi o fogo, que ainda queimava, e preparei café para eles. Logo eles também se levantaram fortes e dispostos, e nós recebemos pelas janelas o ar fresco da manhã, e olhamos a maré que ainda corria em nossa direção.

"Quando der nove horas", disse Herbert, alegremente, "procure por nós, e você, em Mill Pond Bank, trate de se aprontar!"

Capítulo LIV

Era um daqueles dia de março quando o sol brilha quente, e o vento sopra gelado: quando é verão no sol e inverno na sombra. Trazíamos nosso casaco conosco, e eu trazia também uma bolsa. De todas as minhas posses mundanas, não levei nada além de alguns itens necessários que enchiam a bolsa. Aonde eu poderia ir, o que eu poderia fazer ou quando eu poderia voltar eram questões desconhecidas a mim. Eu também não me afligia com elas, pois tudo girava em torno da segurança de Provis. Eu só me questionei por um momento, ao passar pela porta e olhar para trás, sob quais circunstâncias alteradas eu veria aqueles cômodos novamente, se é que o faria.

Descemos sem pressa pelo píer de Temple, e ficamos ali perambulando, como se ainda não tivéssemos nos decidido se entraríamos na água. É claro que eu havia cuidado para que o barco estivesse pronto e tudo estivesse em ordem. Depois de uma curta demonstração de indecisão, que não havia ninguém para testemunhar, além de dois ou três anfíbios que viviam ali no píer de Temple, embarcamos e soltamos a âncora. Herbert à proa, eu ao leme. Nesse momento a maré estava alta – eram oito e meia.

Nosso plano era o seguinte. Com a maré começando a baixar às nove, e nos acompanhando até as três, nós pretendíamos continuar depois que ela virasse e remar contra ela até o anoitecer. Nós deveríamos chegar então longe, abaixo de Gravesend, entre Kent e Essex, onde o rio é amplo e solitário, onde os habitantes da costa somam pouquíssimos e há albergues aqui e ali, dentre os quais poderíamos escolher algum para descansar. Lá, passaríamos a noite toda. O navio a vapor para Hamburgo e o barco a vapor para Rotterdam sairiam de Londres às nove horas da manhã de quinta-feira. Nós saberíamos a que horas esperá-los de acordo com onde estivéssemos e pararíamos o primeiro deles para que, assim, se por qualquer incidente não conseguíssemos embarcar, teríamos uma segunda chance. Nós conhecíamos bem as características que distinguiam os navios.

O alívio em estar finalmente atuando na execução do propósito era tão intenso para mim que senti dificuldade em acreditar no estado em que eu me encontrava apenas algumas horas antes. O ar fresco, a luz do sol, o movimento do rio e o próprio rio fluindo – o caminho que corria conosco, parecendo se solidarizar a nós, nos motivar e encorajar – refrescaram-me com uma nova esperança. Senti-me envergonhado por ter tão pouca serventia no barco, mas poucos eram melhores remadores que meus dois amigos, e eles remavam com um movimento tão regular que poderia durar o dia todo.

Naquela época, o tráfego dos navios a vapor no Tâmisa era muito menor que hoje em dia, e os barcos pequenos eram muito mais numerosos. Quanto a barcaças, barcos carvoeiros e navios costeiros, havia, talvez, tantos quanto agora. Mas no que diz respeito a navios a vapor, grandes e pequenos, nem a décima ou vigésima parte da quantidade de hoje em dia. Como era cedo, havia muitos remadores indo e vindo pra cá e pra lá naquela manhã, e muitas barcaças descendo com a maré. A navegação do rio entre as pontes, em um barco aberto, era muito mais fácil e comum naqueles dias. E nós seguimos em frente agilmente entre muitos botes e barcaças.

Logo chegamos à Velha Torre de Londres, ao velho Mercado de Billingsgate com suas barcas de ostras e holandeses, à Torre Branca e ao Portão dos Traidores, e nos encontrávamos entre fileiras de embarcações. Ali estavam os navios a vapor de Leith, Aberdeen e Glasgow, carregando e descarregando com mercadores, parecendo estar imensamente acima do nível da água quando passamos próximo a eles, e ali havia barcos carvoeiros aos montes, com os carvoeiros colocando estrados sobre o deque como contrapesos para as quantidades de carvão que eram levantadas e colocadas então dentro das embarcações.

E ali, em seu ancoradouro, estava o navio a vapor do dia seguinte com destino a Rotterdam, ao qual prestamos especial atenção, e também o navio com destino a Hamburgo, cujos gurupés cruzamos. E agora eu, sentado na popa, podia ver, com o coração acelerado, Mill Pond Bank e o píer de Mill Pond.

“Ele está lá?”, disse Herbert.

“Ainda não.”

“Certo! Ele não deve descer até que nos veja. Consegue ver seu sinal?”

"Não muito bem daqui, mas acho que vejo. Agora o vejo! Remem. Calma, Herbert. Remem!"

Tocamos o píer levemente por um momento, logo ele estava a bordo, e partimos novamente. Ele trazia um fardão naval e uma bolsa preta de lona. Parecia o navegador do rio que meu coração desejava.

"Querido menino!", ele disse, passando o braço pelo meu ombro, enquanto se sentava. "Fiel e querido menino, muito bem. Obrigado, obrigado!"

Novamente, entre as fileiras de embarcações, entrando e saindo, desviando das correntes enferrujadas, das amarras de cânhamo esfiapadas e dos sinalizadores flutuantes que oscilavam, passando por um momento entre fragmentos de cestas, lascas de madeira dispersas, restos de carvão flutuantes, subindo e descendo, sob a figura de John de Sunderland fazendo um discurso ao vento (como fazem muitos Johns) e de Betsy de Yarmouth com a postura firmemente formal e seus olhos salientes que ficavam cinco centímetros para fora de sua cabeça, subindo e descendo, martelos sendo usados em pátios de construção de navios, serras usadas em madeiras, motores barulhentos operando coisas desconhecidas, bombas sendo empregadas em vazamentos de embarcações, cabrestantes girando, embarcações começando a navegar, criaturas marítimas incompreensíveis lançando maldições por cima das muralhas aos estivadores inquiridos, subindo e descendo, chegando, finalmente, às águas límpidas do rio, onde os marujos podem lançar suas proteções, não mais pescando em águas turbulentas e onde as velas enfeitadas podem se ondular com o vento.

No píer onde ele havia embarcado, e desde então, eu olhava desconfiado a qualquer sinal de que podíamos ser suspeitos.

Nós certamente não havíamos, e naquele momento não estávamos sendo acompanhados ou seguidos por qualquer barco. Se tivéssemos sendo seguidos por algum barco, eu teria ido para a margem e esperado que seguissem em frente ou que declarassem seu propósito. Mas nós mantivemos o nosso sem qualquer incômodo.

Ele segurava seu fardão e parecia, como eu disse, uma peça natural da situação. Era singular (mas talvez a vida miserável que levara pudesse justificar isso) o fato de ele ser o menos ansioso entre nós. Não é que ele estivesse indiferente, pois ele me disse que esperava viver para ver seu cavalheiro se tornar um dos melhores cavalheiros de um país estrangeiro. Ele não estava disposto a ficar passivo ou resignado, era assim que eu entendia. Mas ele não tinha a menor noção do perigo com que poderíamos nos deparar no meio do caminho. Quando ele se deparava com o perigo, ele o enfrentava, mas era preciso que viesse de fato para que ele se incomodasse.

"Se você soubesse, querido menino", ele me disse, "o que significa sentar aqui ao lado de meu querido menino e fumar depois de uma rotina cercado por quatro paredes, você me invejaria. Mas você não entende o que é isso".

"Eu creio que conheço os prazeres da liberdade", eu respondi.

"Ah", ele disse, balançando a cabeça com ênfase. "Mas você não os conhece como eu. Você precisaria ter ficado sob trancas e chaves, querido menino, para conhecê-los como eu... Mas não desejo ser baixo."

Ocorreu-me como era inconsistente que, por qualquer ideia fixa, ele pudesse ter colocado sua liberdade em perigo, e até mesmo sua vida. Mas refleti que talvez liberdade sem perigo esteja longe demais de todos os hábitos de sua existência para ser para ele o que seria para outro homem. Eu não estava muito longe, uma vez que ele disse depois de fumar um pouco:

"Veja, querido menino, quando eu estava lá do outro lado do mundo, eu sempre olhava para este lado. E começou a ficar entediante permanecer lá, pois eu estava ficando rico. Todo mundo conhecia Magwitch, e Magwitch podia ir e vir, e ninguém se incomodava com ele. Aqui eles não são tão fáceis comigo, querido menino... Não seriam caso soubessem onde estou."

"Se tudo correr bem", eu disse, "você estará perfeitamente livre e seguro novamente dentro de algumas horas".

"Bem", ele respondeu, respirando fundo, "espero que sim".

"E crê que sim?"

Ele colocou a mão na superfície da água por sobre a borda do barco e disse, sorrindo com um ar calmo que não era estranho para mim:

"Sim, suponho que sim, querido menino. Nós ficaríamos surpresos se ficássemos mais tranquilos e descontraídos do que estamos no momento. Mas, a brisa que sopra pela água é tão suave e agradável, talvez, que me faz pensar... Eu estava pensando enquanto fumava agora mesmo que não podemos ver para além das próximas horas assim como não podemos ver o fundo deste rio onde coloco minha mão. Assim como também não podemos segurar sua maré bem como sua água. E ela escorre pelos meus dedos e se vai, você vê?", disse, com as gotas de água pingando da mão.

"Mas pelo seu semblante creio que você está um pouco desanimado", eu disse.

"Nem um pouco, querido menino! É porque a água corre tão silenciosa e ondula à frente do barco como se cantarolasse uma melodia de domingo. Talvez eu esteja ficando um tanto velho também."

Ele colocou seu cachimbo na boca com uma expressão impassível e permaneceu sentado, sereno e contente como se já estivesse fora da Inglaterra. Todavia, ele era aberto a uma simples palavra de aconselhamento como se vivesse em terror constante, pois, quando paramos à margem do rio para trazer algumas garrafas de cerveja para a viagem, quando ele estava saindo, sugeri que achava mais seguro que ele ficasse onde estava, e ele respondeu: "Acha mesmo, querido menino?", e se sentou novamente.

O ar parecia mais frio perto do rio, mas era um dia ensolarado, e o brilho do sol trazia bastante alegria. A maré fluía com força, e eu cuidei para aproveitá-la ao máximo, e nossa remada regular fazia com que nos deslocássemos muito bem. Imperceptivelmente, aos poucos, conforme a maré baixava, afastávamo-nos mais e mais dos bosques e colinas mais próximos em direção às margens barrentas, mas ainda acompanhávamos a maré quando passamos por Gravesend. Como nossa incumbência estava envolvida por seu fardão, passei, de propósito, a uma distância de um ou dois barcos pela alfândega flutuante e, então, para voltar à corrente, lado a lado com dois navios de emigrantes, passando por baixo de um grande transporte com tropas no castelo de proa que olhavam para baixo para nós. E logo a maré começou a abrandar, e o dispositivo que segurava a âncora a se movimentar, e em seguida tudo em volta começou a balançar, e os navios que se aproveitavam da nova maré para subir em direção ao pool começaram a surgir em frota, e nós nos mantínhamos, tanto quanto possível, perto das margens e fora da correnteza da maré nesse momento, afastando-nos com cuidado dos baixios e dos bancos de areia.

Nossos remadores se mantinham tão bem-dispostos por conta de ocasionalmente se deixarem levar pela maré por um minuto ou dois que quinze minutos era tempo suficiente de descanso para eles. Chegamos à margem do rio por entre algumas pedras escorregadias enquanto comíamos e bebíamos o que trazíamos conosco e olhávamos à nossa volta. O lugar me lembrava nossa região pantanosa, plana e monótona, com o horizonte escuro, enquanto o rio sinuoso girava e girava, e as grandes boias de sinalização giravam e giravam, e todo o resto parecia encalhado e estagnado. Agora o último navio da frota virava na última curva a que nos dirigíamos, e a última barcaça verde, carregada com palha, com uma vela marrom, o seguia. E algumas embarcações de lastro, que tinham a forma das primeiras imitações de barcos grosseiras feitas por crianças, estavam profundamente encrustadas à lama da margem. E um pequeno farol rasteiro sobre pilastras parecia desamparado na lama sobre estacas e escoras, e as estacas lodosas saindo pela lama, e os marcos vermelhos de referência e de maré saindo pela lama, e uma velha plataforma e uma edificação sem telhado enfiadas na lama, e tudo à nossa volta era somente estagnação e lama.

Remamos em frente, novamente, e chegamos até onde conseguimos. Tinha ficado muito difícil então, mas Herbert e Startop se mantinham fortes, e remaram, remaram e remaram até o sol se pôr. Nesse momento, o rio havia nos elevado um pouco, e assim era possível ver por cima da margem. O sol estava vermelho ao fundo do horizonte, por entre uma névoa púrpura, que logo se tornava mais e mais escura, e ali estava o pântano solitário e plano, e mais adiante podíamos ver os montes, até os quais parecia não haver mais vida, exceto aqui e ali, em primeiro plano, uma gaivota melancólica.

Como a noite caía rapidamente, e como a Lua, não mais cheia, não se elevaria cedo do céu, fizemos uma rápida deliberação, curta, pois claramente nosso objetivo seria parar no primeiro albergue que encontrássemos. Então, eles passaram a remar novamente enquanto eu buscava algo como um abrigo. E assim seguimos, falando pouco, por quatro ou cinco milhas entediantes. Estava muito frio e um navio carvoeiro que vinha em nossa direção, com seu fogo fumegante e flamejante, pareceu como um abrigo confortável. A noite estava escura nesse momento, bem como estaria até o amanhecer, e o pouco de luz que possuíamos parecia vir mais do rio do que do céu, uma vez que os remos, ao serem mergulhados na água, refletiam algumas estrelas.

Nesse momento lúgubre, todos nós nos encontrávamos evidentemente possuídos pela ideia de que estávamos sendo perseguidos. A formação da maré fazia com que a água batesse com força contra a margem em intervalos irregulares, e sempre que ouvíamos um barulho, um ou outro de nós, sem exceção, se assustava e olhava naquela direção. Aqui e ali, a correnteza havia abrandado e formado um pequeno riacho perto da margem, e nós todos ficávamos desconfiados de lugares assim e os olhávamos nervosos. Às vezes, um de nós dizia, com a voz baixa, "O que foi aquela ondulação?" ou "É um barco ali ao longe?", e depois nós permanecíamos em um silêncio mortal, e sentávamo-nos impacientemente pensando na intensidade do barulho que os remos faziam nas cavilhas.

Depois de um tempo, nós percebemos uma luz e um telhado, e logo depois corremos por uma pequena passagem de pedras das redondezas. Deixando o resto no barco, pisei fora dele e descobri que a luz vinha de uma janela de um albergue. Era um lugar muito sujo, e ouso dizer que era frequentado por aventureiros envolvidos com contrabandos mas havia um bom fogo na cozinha, ovos, bacon e vários tipos de bebida. Além disso, havia dois quartos com duas camas – "assim mesmo como estão", disse o proprietário. Não havia mais ninguém ali além do proprietário, sua esposa e um sujeito grisalho, o "Marujo" da pequena passagem de pedras, que estava sujo de lama e engordurado como se também fosse um sinalizador de maré baixa.

Com esse assistente, desci até o barco novamente, e nós todos descemos à margem, e trouxemos os remos, o leme e o croque do barco, e tudo o mais, e o tiramos da água para passar a noite. Fizemos uma refeição muito boa perto do fogo na cozinha, e então atribuímos os quartos: Herbert e Startop ficariam em um; eu e nossa incumbência, no outro. Descobrimos que o ar fora cuidadosamente retirado de ambos os quartos, como se fosse fatal para a vida, e havia mais roupas sujas e caixas de chapéus embaixo das camas do que eu poderia imaginar que a família possuía. Mas nós consideramos que estávamos em boa situação, contudo, pois seria impossível encontrar um lugar mais solitário.

Enquanto nos reconfortávamos perto do fogo depois de nossa refeição, o Marujo – que estava sentado no canto e usava um par de sapatos gigantescos, que ele tinha exibido enquanto comíamos nossos ovos com bacon, como relíquias interessantes que ele havia arranjado alguns dias antes dos pés de um marinheiro afogado que fora encontrado na margem do rio – perguntou-me se nós tínhamos visto um barco mercante de quatro remos subindo com a maré. Quando eu lhe disse que não, ele disse que eles deveriam ter descido, então, embora "tivessem subido, sim", ao partir.

"Devem ter mudado de ideia por um motivo ou outro", disse o Marujo, "e descido".

Um barco mercante de quatro remos, você disse?", eu perguntei.

"Quatro", disse o Marujo, "e dois sujeitos só sentados".

"Eles desceram aqui?"

"Eles vieram com um jarro de oito litros para encher de cerveja. Eu ficaria feliz em envenenar a cerveja por mim mesmo", disse o Marujo, "ou colocar alguma substância forte dentro".

"Por quê?"

"Eu sei por que", disse o Marujo. Falava com a voz viscosa, como se uma grande quantidade de lama tivesse passado por sua garganta.

"Ele acha", disse o proprietário, "um homem dubiamente meditativo com os olhos claros, que parecia confiar muito em seu Marujo – "ele acha que eles eram o que não eram de fato".

"Eu sei o que eu acho", observou o Marujo.

"Você acha que eram da alfândega, Marujo?", disse o proprietário.

"Sim", disse o Marujo.

"Então você está errado, Marujo."

"Estou?"

Nas possibilidades infinitas de significado de sua resposta e de sua confiança sem limites em sua perspectiva, o Marujo tirou um de seus sapatos gigantescos, olhou dentro dele, batendo-o, fazendo algumas pedrinhas caírem no chão da cozinha, e os calçou novamente. Fez isso com o ar de um marujo que tinha tanta razão que podia fazer qualquer coisa.

"Ora, o que você deduz que eles fizeram com seus botões, então, Marujo?", perguntou o proprietário, vacilando um pouco.

"O que fizeram com seus botões?", respondeu o Marujo. "Atiraram-nos ao rio. Engoliram-nos. Plantaram-nos para colherem algum vegetal. O que fizeram com seus botões!"

"Não seja insolente, Marujo", protestou o proprietário, de maneira melancólica e patética.

"Um oficial da alfândega sabe o que fazer com seus botões", disse o Marujo, repetindo a palavra desprezível com grande desdém, "quando se colocam entre ele e sua própria luz. Quatro remadores e dois sujeitos sentados não perambulam por aí simplesmente, subindo com uma maré e descendo com a outra, tanto a favor quanto contra a correnteza sem que a alfândega esteja envolvida nisso". Depois de dizer isso, deixou o recinto com desdém. E o proprietário, sem mais ninguém com quem discutir, achou impraticável continuar o assunto.

A conversa deixou-nos todos desconfortáveis, e a mim muito desconfortável. O vento sombrio murmurava pela casa, a maré batia na margem do rio, e eu tive o sentimento de que estávamos encurralados e ameaçados. Um barco mercante perambulando por aí de maneira tão inusitada a ponto de atrair sua atenção era uma circunstância ruim da qual eu não conseguia me livrar. Depois que fiz Provis ir dormir, saí com meus dois companheiros (Startop nesse momento já estava a par da situação) e fizemos outra deliberação. Se deveríamos continuar na casa até que chegasse o primeiro horário do navio a vapor, que era por volta de uma da tarde ou se deveríamos partir logo de manhã. De maneira geral, julgamos que seria melhor ficar onde estávamos até uma hora ou duas antes do navio a vapor, e então seguir atrás dele e navegar facilmente com a maré. Tendo tomado essa decisão, voltamos para a casa e fomos dormir.

Deitei-me sem despir a maior parte de minhas roupas e dormi bem por algumas horas. Quando acordei, o vento havia aumentado, e a placa do albergue (O Navio) rangia e batia com estrondo tão forte que me assustava. Levantando-me em silêncio, pois minha incumbência dormia profundamente, olhei pela janela. Ela dava para a passagem de pedras onde havíamos encostado nosso barco, e, conforme meus olhos se adaptaram à luz da Lua encoberta, vi dois homens olhando para ele. Eles passaram abaixo da janela, sem olhar para mais nada, e não desceram até o desembarcadouro, que eu via que estava vazio, mas entraram pelo pântano em direção ao norte.

Meu primeiro impulso foi chamar Herbert e lhe mostrar os dois homens indo embora. Mas ao refletir por um momento, antes de entrar em seu quarto, que ficava no fundo da casa e era adjacente ao meu, sobre o fato de ele e Startop terem tido um dia mais pesado que o meu e estarem cansados, impedi-me. Voltando à janela, eu podia ver os dois homens se deslocando pelo pântano. Com aquela iluminação, porém, perdi-os de vista e, sentindo muito frio, deitei-me para pensar sobre o assunto e adormeci novamente.

Levantamo-nos cedo. Ao caminharmos pra lá e pra cá, os quatro juntos, antes do café da manhã, julguei que seria certo lhes contar o que havia visto.

De novo, nossa incumbência foi quem ficou menos ansioso que todo o restante. Era muito provável que os homens pertencessem à alfândega, ele disse, em voz baixa, e que eles não soubessem sobre nós. Tentei convencer a mim mesmo de que era isso mesmo – pois, de fato, poderia tranquilamente ser o caso. Contudo, propus que ele e eu deveríamos caminhar juntos até um ponto distante onde pudéssemos enxergar e que o barco nos alcançaria até ali ou até o ponto mais próximo que fosse possível aproximadamente ao meio-dia. Considerando-se essa uma boa precaução, logo depois do café da manhã ele e eu partimos sem avisar a ninguém do albergue.

Ele fumava seu cachimbo enquanto caminhávamos e, às vezes, parava para me dar um tapinha no ombro. Poderia-se supor que era eu quem estava em perigo, não ele, e que ele me acalmava. Falamos muito pouco. Ao nos aproximarmos do ponto, implorei que ele ficasse em um lugar abrigado, enquanto eu continuava para fazer o reconhecimento, pois tinha sido naquela direção que os homens haviam passado durante a noite. Ele concordou, e eu continuei sozinho. Não havia nenhum barco ali, ou qualquer barco encostado ali perto, ou qualquer sinal de que se tivesse embarcado ali. Mas a maré estava alta, e poderia haver, com certeza, pegadas sob a água.

Quando ele olhou ao longe do local onde estava e viu que eu acenava com o chapéu para que ele viesse, ele veio a mim, e ali esperamos. Às vezes nos deitávamos à margem do rio, enrolados em nossos casacos, às vezes caminhávamos para nos aquecer, até que vimos o barco chegando. Embarcamos facilmente e remamos até o rastro do navio a vapor. Naquele momento faltavam dez minutos para a uma hora, e nós começamos a procurar sinal de fumaça do navio.

Mas já era uma e meia quando vimos o sinal de sua fumaça e, logo depois, vimos a fumaça de outro navio a vapor que vinha logo atrás. Como eles vinham em alta velocidade, preparamos nossas duas bolsas e aproveitamos para nos despedirmos de Herbert e de Startop. Nós havíamos trocado um aperto de mão cordial, e nem o meu nem o de Herbert foram secos, quando vimos um barco mercante de quatro remos surgir subitamente da margem, mas um pouco à frente em relação à nossa posição, e remar em direção ao mesmo rastro.

Ainda havia uma boa extensão entre nós e o navio a vapor por causa das curvas do rio, mas agora ele estava visível e nos aproximávamos. Gritei a Herbert e a Startop para que eles ficassem à frente da correnteza, para que o navio visse que esperávamos por ele, e eu ordenei que Provis ficasse sentado bem quieto, envolto em seu fardão. Ele respondeu alegremente "Confie em mim, querido menino", e se sentou como uma estátua. Nesse meio-tempo, o barco mercante, que estava sendo conduzido com habilidade, havia passado por nós, deixando que nos aproximássemos e ficássemos a seu lado. Deixando espaço suficiente somente para os remos, mantiveram-se a nosso lado, à deriva quando nos púnhamos à deriva, remando quando remávamos. Dos dois sujeitos sentados, um segurava os cabos do leme e olhava para nós com atenção – assim como todos os remadores. O outro sujeito sentado estava envolvido, assim como Provis, e parecia se encolher e sussurrar alguma instrução ao piloto enquanto nos encarava. Nenhuma palavra foi pronunciada em nenhum dos barcos.

Startop percebeu, depois de alguns minutos, qual dos navios a vapor vinha primeiro, e me disse: "Hamburgo", em voz baixa, enquanto nos mantínhamos sentados um de frente para o outro. Ele se aproximava com muita velocidade, e o barulho de suas pás tornava-se cada vez mais alto. Eu senti que sua sombra dominava-nos completamente, quando o barco mercante acenou para nós. Eu respondi, acenando.

"Você tem um condenado foragido aí", disse o homem que segurava os cabos. "Esse homem, enrolado no fardão. Seu nome é Abel Magwitch, ou Provis. Eu prendo esse homem e solicito que se renda e que você colabore."

No mesmo momento, sem dar qualquer instrução audível à sua tripulação, ele direcionou seu barco contra o nosso. Quando nos demos conta, eles já haviam acelerado subitamente, puxado os remos e se aproximado transversalmente, agarrando a nossa borda. Isso causou grande comoção a bordo do navio a vapor, e eu os ouvi chamando, e ouvi as instruções para que parassem as pás, e ouvi que haviam parado, mas sentia que o barco mercante vinha em nossa direção impiedosamente. No mesmo momento, vi o piloto do barco mercante colocar a mão sobre o ombro de seu prisioneiro, e vi que ambos os barcos balançavam com a força da maré, e vi que todas as mãos a bordo no navio a vapor se agitavam freneticamente. Contudo, no mesmo momento, vi o prisioneiro se levantar, se inclinar sobre seu capturador e puxar o fardão do pescoço do sujeito que se encolhia no barco mercante. No mesmo momento, ainda, vi que o rosto sendo descoberto era o rosto de outro condenado de muito tempo atrás. Ainda no mesmo momento, vi o rosto recuar com terror que jamais esquecerei, e ouvi um grito alto vindo do navio a vapor e um barulho de mergulho, sentindo o barco afundar sob meus pés.

Em apenas um instante, senti que lutava contra mil moinhos e mil relâmpagos de luz. No próximo instante, eu fui colocado a bordo do barco mercante. Herbert estava lá, Startop estava lá. Mas nosso barco desaparecera, e os dois condenados desapareceram.

Com os gritos vindos do navio a vapor e os sopros furiosos do navio a vapor e sua arremetida e nossa arremetida, eu não pude, a princípio, distinguir o céu da água ou a margem da outra margem, mas a tripulação do barco mercante se corrigiu com rapidez e, remando à frente com agilidade, se inclinou sobre os remos, todos olhando para a água silenciosa e avidamente à popa. Depois de um tempo, um objeto escuro foi visto na água, vindo em nossa direção com a maré. Ninguém disse nada, mas o piloto estendeu a mão, e todos remaram no outro sentido, conduzindo o barco diretamente para o objeto. Ao se aproximar dele, vi que era Magwitch, nadando, mas não nadava tranquilamente. Ele foi puxado para dentro do barco e imediatamente preso com algemas e grilhões.

O barco mercante se mantinha estável, e em silêncio, e todos voltaram a encarar a água com avidez. Mas o navio a vapor para Rotterdam então surgia, e aparentemente sem compreender o que havia ocorrido vinha em grande velocidade. Depois que ele se aproximou, acenou e parou, os dois navios a vapor começaram a se afastar de nós, e nós subíamos e descíamos com a água turbulenta. Continuava-se olhando para a água muito tempo depois de ela já ter acalmado e de os dois navios terem partido, mas todo mundo se encontrava desesperançoso.

Depois de um tempo, desistimos, e paramos na costa em direção ao albergue de onde viéramos, onde fomos recebidos com grande surpresa. Lá, eu pude providenciar alguns consolos para Magwitch – já deixara de ser Provis – que havia sido ferido seriamente no peito e na cabeça.

Ele me disse que acreditava ter ido parar embaixo da quilha do navio a vapor e batido a cabeça quando subiu. O ferimento no peito (que tornou sua respiração extremamente dolorosa) ele acreditava ter batido na lateral do barco mercante. Ele acrescentou que não desejava dizer o que poderia ter feito ou não a Compeyson, mas que, no momento que colocara a mão em seu fardão para revelar sua identidade, o vilão havia cambaleado para cima e para trás e levado os dois a cair na água quando o puxaram (Magwitch) subitamente de nosso barco, e que o esforço do sujeito que o capturara para segurá-lo havia feito nosso barco virar. Ele me disse, sussurrando, que haviam afundado violentamente de braços enganchados, e que haviam lutado embaixo da água, e que ele havia se desvencilhado e começado a fugir nadando.

Eu nunca tive nenhuma razão para duvidar da verdade absoluta do que ele me contou então. O oficial que pilotava o barco mercante deu o mesmo relato de sua queda na água.

Quando pedi permissão ao oficial para trocar as roupas molhadas do prisioneiro por itens que eu poderia comprar no albergue, ele me deu permissão imediatamente, apenas observando que ele deveria ficar com tudo que o prisioneiro tivesse consigo. Então a caderneta que havia estado em minha posse certa vez passou às mãos do oficial. Depois ele deixou que eu acompanhasse o prisioneiro até Londres, mas recusou a mesma graça a meus dois amigos.

O Marujo do albergue foi instruído a respeito do local onde o homem afogado havia caído e encarregado de buscar pelo corpo nos lugares mais prováveis de emergir. Seu interesse em recuperá-lo pareceu a mim ter aumentado muito quando ouviu que o homem afogado usava meias. É provável que tenha precisado de cerca de uma dúzia de homens para vesti-lo completamente, e que essa pode ter sido a razão de os diferentes artigos de seu vestuário estarem em diferentes estágios de deterioração.

Nós ficamos no albergue até que a maré abaixasse, e então Magwitch foi levado até o barco mercante e colocado a bordo. Herbert e Startop voltariam para Londres por terra, assim que possível. Nossa despedida foi dolorosa, e quando me sentei ao lado de Magwitch senti que aquele era meu lugar dali por diante enquanto ele vivesse.

Até então minha repugnância em relação a ele havia se dissipado por completo, e naquela criatura perseguida, ferida e algemada, que segurava minha mão, eu só podia ver um homem que intencionara ser meu benfeitor, e que tivera sentimentos de afeto, gratidão e generosidade em relação a mim com boa constância ao longo de uma série de anos. Eu só podia ver nele um homem melhor do que eu havia sido para Joe.

Sua respiração ficava mais difícil e dolorosa conforme a noite caía e, com frequência, ele não conseguia segurar um gemido ou outro. Tentei fazer com que ele descansasse sobre o braço que eu conseguia usar, em uma posição confortável, mas era aterrorizador pensar que eu não conseguia me sentir mal genuinamente por sua condição, uma vez que sua morte seria incondicionalmente uma melhor opção. Eu não duvidava de que existiam pessoas em número suficiente, ainda vivas, capazes e dispostas a identificá-lo. Eu não esperava que ele fosse tratado com leniência. Ele, que havia sido apresentado sob a luz mais desfavorável em seu julgamento, que havia fugido da prisão e sido julgado novamente, que havia retornado do exílio sob a pena de prisão perpétua, e que havia causado a morte do homem que era a causa de sua prisão.

Enquanto retornávamos em direção ao sol poente que havíamos deixado para trás no dia anterior, e como a corrente de nossas esperanças parecia estar toda retrocedendo, agora eu lhe dizia do sofrimento que me causava pensar que ele havia voltado para casa por minha causa.

"Querido menino", ele respondeu, "fico muito contente em ter me arriscado. Vi meu menino, e ele pode ser um cavalheiro sem precisar de mim".

Não. Eu havia pensado sobre aquilo enquanto estávamos ali sentados lado a lado. Não. Com exceção de algumas inclinações próprias, eu entendia a sugestão de Wemmick então. Eu previ que, sendo condenado, suas posses seriam entregues à Coroa.

"Olhe aqui, querido menino", ele disse, "é melhor que não se saiba que um cavalheiro pertence a mim neste momento. Só venha me ver como se viesse por acaso para fazer companhia a Wemmick. Sente-se onde eu possa vê-lo quando eu for julgado, pela última de tantas vezes, e não lhe peço mais nada".

"Eu nunca deixarei de estar ao seu lado", eu disse, "enquanto me for permitido vê-lo. E se Deus permitir serei tão leal a você quanto você foi a mim!".

Senti sua mão tremer ao segurar a minha, e ele virou seu rosto para o outro lado ao se deitar no fundo do barco, e eu ouvi aquele velho barulho em sua garganta, mais suave agora, como todo o resto dele. Foi uma coisa boa ele ter tocado nesse ponto, pois isso chamou minha atenção para o fato de que eu poderia não ter pensado naquilo até que fosse tarde demais: que ele nunca precisaria saber como suas esperanças de me enriquecer haviam se deteriorado.

Capítulo LV

Ele foi levado ao Tribunal de Polícia no dia seguinte, e teria sido imediatamente submetido a julgamento se não fosse necessário chamar um velho oficial do navio-prisão, de onde ele havia certa vez escapado, para confirmar sua identidade. Ninguém duvidava dela. Mas Compeyson, que intencionava depor a esse respeito, estava rolando pelas águas do rio, e o fato é que não havia naquele momento nenhum oficial de prisão em Londres que pudesse oferecer a evidência exigida. Eu havia me dirigido diretamente ao Sr. Jaggers, em sua residência, quando cheguei à noite, para pedir sua assistência profissional, e o Sr. Jaggers em nome do prisioneiro não admitiria nada. Esse era o único recurso, pois ele me disse que o caso seria concluído em cinco minutos quando a testemunha aparecesse, e que não havia poder algum na Terra que poderia impedi-la de ser contrária a nós.

Eu compartilhei com o Sr. Jaggers meu plano de esconder de Magwitch o destino de sua riqueza. O Sr. Jaggers estava ranzinza e bravo comigo por tê-la deixado "escorrer por entre meus dedos", e disse que nós precisaríamos apresentar uma petição logo, logo e tentar a qualquer custo recuperar uma parte dela. Mas ele não escondeu de mim que, embora pudessem existir muitos casos em que não havia confisco certo, não havia circunstâncias nesse caso para torná-lo um desses. Eu compreendi isso muito bem. Eu não era parente do criminoso ou ligado a ele por qualquer laço evidente. Ele não tinha em mãos nada por escrito ou qualquer determinação a meu favor antes de sua captura, e fazê-lo agora seria inútil. Eu não tinha direito a nada, e finalmente decidi, e sempre depois disso voltei a essa decisão, que meu coração jamais adoeceria com a tarefa sem esperança de tentar estabelecer algum.

Parecia haver razão para supor que o informante afogado havia esperado por uma recompensa que seria parte do que fosse confiscado e havia obtido informações precisas sobre os negócios de Magwitch. Quando seu corpo foi encontrado, a muitas milhas do local de sua morte, e tão terrivelmente desfigurado que só foi reconhecido pelo conteúdo que trazia no bolso, bilhetes ainda legíveis dobrados em uma carteira que carregava consigo.

Entre esses bilhetes havia o nome de uma casa de operações bancárias em Nova Gales do Sul, onde havia uma quantia de dinheiro e o título de certas terras de considerável valor. Essas duas informações de relevância estavam em uma lista que Magwitch entregou ao Sr. Jaggers quando estava preso contendo as posses que ele supunha que eu deveria receber. Sua ignorância, pobre amigo, no fim das contas, lhe foi benéfica.

Ele nunca duvidou de que minha herança estivesse bem segura com a assistência do Sr. Jaggers.

Depois de três dias de delonga, durante a qual a acusação da coroa aguardou que se apresentasse uma testemunha do navio-prisão, a testemunha apareceu e o caso foi concluído sem dificuldades. Ele seria submetido a julgamento nas próximas sessões do tribunal, que aconteceriam um mês depois.

Foi nesse período sombrio de minha vida que Herbert voltou para casa certa noite, um tanto abatido, e disse:

"Meu caro Handel, temo que eu logo precise deixá-lo."

Como seu sócio já havia me avisado para que eu me preparasse, fiquei menos surpreso do que ele imaginava.

"Perderíamos uma grande oportunidade se eu adiasse minha ida ao Cairo, e receio de fato que precise ir, Handel, exatamente no momento que você mais precisa de mim."

"Herbert, eu sempre vou precisar de você porque sempre o amarei. Mas essa necessidade não é maior agora do que em qualquer outro momento."

"Você ficará tão solitário."

"Eu não tenho tempo para pensar nisso", eu disse. "Você sabe que eu estou sempre com ele tanto quanto possível, e que eu ficaria com ele o dia todo, se pudesse. E quando estou longe dele você sabe que meus pensamentos permanecem com ele."

O terrível estado em que ele se encontrava estava tão estarrecedor para nós dois que não podíamos nos referir a isso com palavras mais claras.

"Meu caro amigo", disse Herbert, "que a perspectiva de nossa separação – pois é realmente iminente – seja minha justificativa para incomodá-lo com você mesmo. Já pensou em seu futuro?"

"Não, pois tenho medo de pensar em qualquer futuro."

"Mas o seu não pode ser deixado de lado. Na verdade, meu querido Handel, ele não pode ser deixado de lado. Eu gostaria que você começasse a pensar nele agora. Digo isso como amigo. Pense comigo."

"Farei isso", eu disse.

"Nessa nossa filial, Handel, precisaremos ter um..."

Eu vi em sua sutileza que ele estava evitando a palavra correta, então eu disse: "um escriturário".

"Um escriturário. E eu espero que não seja completamente improvável que ele seja promovido (como aconteceu a um escriturário que você conhece) a sócio. Bem, Handel, resumindo, meu querido menino, você aceita?"

Havia algo encantadoramente gentil e cativante na maneira como, depois de dizer "Bem, Handel", como se fosse a introdução solene de um discurso de negócios, ele desistira do tom, esticara sua mão de maneira honesta e falara como um estudante.

"Clara e eu falamos sobre isso toda hora", Herbert continuou, "e a querida criaturinha me implorou apenas essa noite, com lágrimas nos olhos, para lhe dizer que, se você vier viver conosco quando nos casarmos, ela fará tudo o que puder para fazê-lo feliz, e para convencer o amigo de seu marido de que ele é seu amigo também. Nós vamos nos dar tão bem, Handel!".

Eu agradeci a ela de coração e a ele de coração, mas disse que não podia ainda ter certeza de poder aceitar aquela oferta tão gentil. Primeiramente, eu estava muito preocupado para ser capaz de pensar no assunto com clareza. Em segundo lugar... Sim! Em segundo lugar, havia algo vagamente latente em meus pensamentos que será expressado muito próximo ao fim desta pequena narrativa.

“Mas se você pensasse, Herbert, que você poderia, sem causar qualquer prejuízo ao seu negócio, deixar a questão em aberto por um tempo...”

“Pelo tempo que for preciso”, exclamou Herbert. “Seis meses, um ano!”

“Não tanto tempo assim”, eu disse. “Dois ou três meses no máximo.”

Herbert estava muito feliz quando trocamos um aperto de mão a respeito disso, e disse que poderia agora tomar coragem para me dizer que ele acreditava que partiria no fim da semana.

“E Clara?”, eu perguntei.

“E a querida criaturinha”, respondeu Herbert, “permanecerá religiosamente ao lado de seu pai enquanto ele viver, mas não viverá muito mais. A Sra. Whimple confiou a mim que ele já está quase partindo”.

“Sem querer dizer algo insensível”, eu disse, “seria melhor se partisse”.

“Receio que eu deva concordar”, disse Herbert, “e então voltarei para a querida criaturinha e a levarei discretamente à igreja mais próxima. Não se esqueça! Minha querida abençoada não tem família, querido Handel, nunca buscou por suas origens, e não tem noção de quem seja seu avô. Que sorte para o filho de minha mãe!”.

No sábado da mesma semana, me despedi de Herbert, repleto de boas esperanças, mas triste e pesaroso por ele me deixar, enquanto ele entrava em uma das diligências que se dirigiam ao porto. Entrei em uma cafeteria para escrever um bilhete a Clara, dizendo-lhe que ele havia partido, deixando todo seu amor por diversas vezes, e então fui para meu lar solitário, se é que ele merecia esse nome, pois agora não era um lar para mim, e eu não tinha um lar em nenhum lugar.

Nas escadas encontrei Wemmick, descendo, depois de machucar os nós dos dedos, sem sucesso, em minha porta. Eu não o via sozinho desde a desastrosa ocasião da tentativa de fuga, e ele havia vindo, em competência privada e pessoal, para me dizer algumas palavras para explicar o fracasso.

"O falecido Compeyson", disse Wemmick, "conseguiu aos poucos descobrir metade dos negócios agora realizados, e foi através da conversa de alguns de seus amigos em dificuldades (alguns deles sempre em dificuldades) que ouvi o que ouvi. Mantive-me atento, fingindo-me distraído, até que ouvi que ele estava ausente, e pensei que seria o melhor momento para tentar a fuga. Não posso, senão, supor agora que era parte de seu princípio, como um homem muito perspicaz, habitualmente enganar seus próprios instrumentos. Você não me culpa por isso, espero, Sr. Pip? Estou certo de que tentei lhe ser útil, do fundo de meu coração".

"Estou tão certo disso quanto você pode estar, Wemmick, e obrigado, sinceramente, pelo seu interesse e amizade."

"Obrigado, muito obrigado. É um trabalho difícil", disse Wemmick, coçando a cabeça, "e lhe garanto que não caía em uma armadilha dessas havia muito tempo. O que mais me importa é o sacrifício de tanta propriedade portável. Céus!".

"E eu penso, Wemmick, no pobre proprietário dessa propriedade."

"Sem dúvida", disse Wemmick. "É claro que não pode haver objeções de sua parte a lamentar por ele, e eu mesmo pagaria para libertá-lo. Mas o que eu vejo é isso. Uma vez que o finado Compeyson sabia com antecedência a respeito de seu retorno e estava tão determinado a capturá-lo, não creio que ele poderia ter sido salvo. Por outro lado, a propriedade portável poderia certamente ter sido salva. Essa é a diferença entre propriedade e proprietário, você percebe?"

Convidei Wemmick para subir e beber um copo de grogue antes de voltar a Walworth. Ele aceitou. Enquanto bebia sua dose moderada, disse, sem preâmbulos, depois de parecer um tanto irrequieto:

"O que você acha de minha intenção de tirar uma folga na segunda-feira, Sr. Pip?"

"Ora, eu suponho que você não tenha tirado folga alguma nos últimos doze meses."

"Doze anos, provavelmente", disse Wemmick. "Sim. Vou tirar uma folga. Mais que isso. Vou passear. Mais que isso. Vou lhe convidar para passear comigo."

Eu estava pronto para me desculpar por não passar de uma companhia ruim naquele momento quando Wemmick se antecipou:

"Sei de seus compromissos", ele disse, "e sei que está desanimado, Sr. Pip. Mas se você pudesse me fazer esse favor seria uma gentileza para mim. Não será um passeio longo, passaremos apenas a manhã. Digamos que lhe ocupe (incluindo o café da manhã no passeio) das oito ao meio-dia. Você não poderia fazer um esforço e conseguir esse tempinho?".

Ele havia feito tanto por mim tantas vezes que isso não seria praticamente nada em comparação. Eu disse que poderia conseguir – conseguiria – e ele ficou tão contente com meu consentimento que fiquei contente também. A seu pedido, combinei de chamá-lo no Castelo às oito e meia da manhã de segunda-feira, e então nos separamos.

Pontual para meu compromisso, toquei no portão do Castelo na segunda-feira pela manhã e fui recebido pelo próprio Wemmick, que me pareceu mais formal que nunca e usava um chapéu mais elegante. Lá dentro havia dois copos de rum com leite e dois biscoitos. O Velho devia estar se levantando, pois, olhando por um ângulo em direção a seu quarto, observei que sua cama estava vazia.

Depois de nutridos com o rum com leite e biscoitos e de saída para a caminhada bem alimentados, fiquei consideravelmente surpreso em ver Wemmick pegar uma vara de pesca e colocá-la sobre o ombro. "Ora, nós não vamos pescar!", eu disse. "Não", respondeu Wemmick, "mas gosto de ter uma comigo".

Achei aquilo estranho, porém não disse nada, e partimos. Fomos em direção a Camberwell Green, e quando estávamos pelas redondezas Wemmick disse, de repente:

"Olha só! Uma igreja!"

Não havia nada de muito surpreendente naquilo, mas fiquei surpreso mais uma vez quando ele disse, como se tivesse sido acometido por uma brilhante ideia.

"Vamos entrar!"

Entramos. Wemmick deixou sua vara de pesca no alpendre, e nós olhamos tudo à nossa volta. Enquanto isso, Wemmick enfiou as mãos nos bolsos de seu casaco e tirou um papel de dentro de um deles.

"Olha só!", ele disse. "Aqui estão dois pares de luvas! Vamos vesti-las!"

Como as luvas eram luvas brancas infantis, e como a sua boca de caixa de correspondência estava esticada ao máximo, fui dominado por forte desconfiança. Essa desconfiança se fortaleceu e se tornou certeza quando observei o Velho entrar pela porta lateral, escoltando uma dama.

"Olha só!", disse Wemmick. "Aqui está a Senhorita Skiffins! Vamos nos casar!"

A donzela discreta estava vestida como de hábito, embora nesse momento estivesse ocupada em substituir seu par de luvas verdes infantis por um par de luvas brancas. O Velho, da mesma forma, estava ocupado na preparação de um sacrifício diante do altar de Himineu. O velho sujeito, porém, experimentava tanta dificuldade em vestir seu par de luvas que Wemmick achou necessário encostá-lo contra um pilar e por trás desse puxar as luvas enquanto eu segurava o Velho pela cintura, de modo que a resistência fosse igual e segura. Por causa desse plano genial, as luvas entraram com perfeição.

O sacristão e o clérigo apareceram e nós então fomos dispostos em ordem no balcão fatal. Fiel à ideia de parecer fazer tudo improvisadamente, ouvi Wemmick dizer a si mesmo, enquanto tirava algo do bolso de seu colete antes de a cerimônia começar: "Olha só! Uma aliança!".

Eu fiz o papel de patrono, ou padrinho, ao noivo, enquanto uma pequena e coxa ajudante da igreja, usando um gorro macio como o de um bebê, fez o papel de madrinha da Senhorita Skiffins. A responsabilidade de dar a mão da noiva foi delegada ao Velho, o que deixou o clérigo involuntariamente escandalizado, e aconteceu da seguinte maneira: quando ele perguntou "quem entrega essa mulher a esse homem?", o Velho, sem ter a menor ideia do momento da cerimônia a que chegáramos, manteve-se parado, sorrindo amigavelmente a observar os dez mandamentos. E com isso o clérigo perguntou mais uma vez: "QUEM entrega essa mulher a esse homem?". Como o Velho estava ainda em estado de admirável inconsciência, o noivo gritou, em sua voz costumeira: "Bom,

Velho, você sabe quem entrega?". Ao que o Velho respondeu, com grande vivacidade, antes de dizer que era ele: "Tudo certo, John, tudo certo, meu menino!".

E o clérigo fez uma pausa tão sombria nesse momento que tive minhas dúvidas se nós veríamos aquele casamento acontecer de fato naquele dia.

Foi concluído, contudo, e quando estávamos saindo da igreja, Wemmick tirou a tampa da fonte batismal, colocou suas luvas dentro, e a tampou novamente. A Sra. Wemmick, mais atenta ao futuro, colocou suas luvas brancas em seu bolso e vestiu novamente as verdes.

"Bom, Sr. Pip", disse Wemmick, triunfantemente, colocando a vara sobre o ombro ao sair, "alguém imaginaria que isso seria uma festa de casamento?"

O café da manhã havia sido encomendado em uma pequena e agradável taberna, a cerca de uma milha à frente além do gramado, e havia uma mesa de bilhar na sala, caso sentíssemos vontade de nos descontrairmos depois da solenidade. Foi agradável observar que a Sra. Wemmick não repelia mais o braço de Wemmick quando este se conformava a seu corpo, mas permanecia sentada em uma cadeira de espaldar alto encostada na parede, como um violoncelo dentro do estojo, e se submetia a ser abraçada como aquele instrumento melodioso teria feito.

O café da manhã estava excelente, e quando qualquer um à mesa recusava qualquer coisa, Wemmick dizia: "Fornecido por contrato, sabe, não tenha medo de experimentar!". Brindei ao novo casal, brindei ao Velho, brindei ao Castelo, cumprimentei a noiva ao me despedir e fui tão agradável quanto pude.

Wemmick acompanhou-me à porta e, novamente, trocamos um aperto de mão, e eu lhe desejei felicidades.

"Obrigado!", disse Wemmick, esfregando as mãos. "Ela é uma ótima criadora de aves, você não tem ideia. Você precisa experimentar alguns ovos e julgar por si mesmo. E digo, Sr. Pip!", chamando-me novamente, falando em voz baixa: "Isso é um sentimento que pertence exclusivamente a Walworth, por favor".

"Eu compreendo. Não deve ser mencionado em Little Britain", eu disse.

Wemmick assentiu. "Depois do que você deixou escapar outro dia, é melhor que o Sr. Jaggers não saiba de nada. Poderá achar que seu cérebro está derretendo ou algo do tipo."

Capítulo LVI

Ele ficou na prisão muito doente durante todo o intervalo entre sua submissão ao julgamento e as sessões. Ele havia quebrado duas costelas, e essas haviam ferido um de seus pulmões, e ele respirava com dificuldade, que aumentava a cada dia que passava. Era como consequência de seu ferimento que ele falava tão baixo, a ponto de mal poder ser escutado. Assim, acabava falando muito pouco. Mas estava sempre pronto para me ouvir. E era meu primeiro dever dizer a ele, e ler para ele, o que eu sabia que ele deveria escutar.

Estando doente demais para permanecer na prisão comum, ele foi removido, depois do primeiro dia ou segundo, para a enfermaria. Isso me proporcionou oportunidade de estar com ele, o que não poderia ter feito de outra maneira. E se não fosse por seu estado teriam-lhe colocado grilhões, pois era considerado um fugitivo implacável dentre outras coisas.

Embora o visse todos os dias, era apenas por curto período de tempo, assim o espaço de tempo regular e recorrente de nossa separação era longo o suficiente para que eu notasse em seu semblante qualquer mudança, por menor que fosse, em seu estado. Não me lembro de alguma vez ter visto qualquer mudança para melhor. Ele se esgotava aos poucos, tornando-se mais fraco e pior, dia após dia, desde o dia em que a porta da prisão fechou atrás dele.

O tipo de submissão ou resignação que ele mostrava era de um homem cansado. Eu às vezes tinha a impressão, por sua maneira ou por uma ou duas palavras sussurradas que lhe escapavam, que ele refletia sobre a possibilidade de ter sido um homem melhor sob melhores circunstâncias. Mas ele nunca se justificava por alguma insinuação nesse sentido ou tentava distorcer o passado de sua forma eterna.

Aconteceu em duas ou três ocasiões durante minha presença que sua reputação havia sido citada por essa ou aquela pessoa que o atendia. Havia um indício de sorriso em sua fisionomia então, e ele virou seus olhos para mim com o olhar confiante, como se tivesse confiança de que eu tivesse visto nele algum sinal mínimo de salvação, mesmo que fosse muito tempo antes, quando eu era criança. Quanto a todo o resto, ele era humilde e penitente, e nunca o vi reclamar de nada.

Quando chegou o momento das sessões, o Sr. Jaggers entrou com um pedido para que seu julgamento fosse adiado até as sessões seguintes. Fez isso obviamente com a garantia de que ele poderia não sobreviver por tanto tempo, e o pedido foi recusado. O julgamento começou logo, e, quando ele foi colocado no cancelo, ficou sentado em uma cadeira. Não houve objeção alguma à minha aproximação ao cancelo, pela parte de fora ou a segurar sua mão que ele esticava para mim.

O julgamento foi muito curto e simples. Tudo o que podia ser dito a seu favor foi dito – como ele havia adquirido hábitos de trabalho e prosperado licita e honradamente. Mas nada poderia desdizer o fato de que ele havia voltado e que estava ali na presença do juiz e do júri. Era impossível julgá-lo por isso e fazer outra coisa que não fosse acusá-lo.

Naquela época, era costume (de acordo com o que aprendi durante minha experiência nessas sessões) dedicar o último dia à leitura das sentenças e causar um efeito final com a leitura da sentença de morte. Se não fosse pela imagem indelével de minha lembrança que agora me detém, eu mal podia acreditar, até mesmo ao escrever estas palavras, que eu vi trinta e dois homens e mulheres serem colocados diante do juiz para receberem essa sentença juntos. O primeiro dos trinta e dois era ele. Sentado, de modo a conseguir respirar o suficiente para se manter vivo.

A cena toda aparece diante de mim com as cores vivas do momento, até mesmo as gotas de chuva de abril nas janelas do tribunal, cintilando os raios de sol de abril. Cercado no cancelo, e eu mais uma vez parado na parte de fora, no canto, segurando sua mão, havia trinta e dois homens e mulheres. Alguns resistentes, outros aterrorizados, outros soluçando e chorando, outros cobrindo o rosto, outros olhando para a frente de maneira triste. Ouviam-se gritos das mulheres entre os condenados. Mas esses foram calados e um momento de quietude se sucedeu. Os xerifes, com suas grandes correntes e ramalhetes e outras bugigangas cívicas, os monstros, os pregoeiros, os assistentes, uma grande galeria repleta de gente – um grande público espectador como de teatro – todos assistiam enquanto os trinta e dois e o juiz eram solenemente confrontados. Então o juiz se dirigiu a eles. Entre as criaturas miseráveis diante dele a quem ele deveria se dirigir individualmente estava alguém que quase desde sua infância havia sido considerado um ofensor das leis, que, após repetidas prisões e punições, havia recebido a longa sentença do exílio por um número de anos e que, sob circunstâncias de grande violência e atrevimento, havia fugido e sido condenado novamente ao exílio pelo resto da vida. O desgraçado do homem parecia por um momento ter se convencido de seus erros, deixando as situações dos antigos crimes e passando a viver uma vida pacífica e honesta.

Mas em um momento fatal, cedendo a tais tendências e paixões, a indulgências que haviam por tanto tempo lhe tornado um flagelo aos olhos da sociedade, ele havia desistido de seu refúgio de descanso e arrependimento e voltado ao país do qual ele havia sido banido. Tendo sido denunciado depois de um tempo, ele havia temporariamente conseguido se evadir dos oficiais de justiça, mas sendo capturado depois de um tempo em tentativa de fuga ele teria resistido à captura e havia – só ele sabia se deliberadamente ou pela cegueira de sua intrepidez – causado a morte de seu informante, de quem toda sua carreira era conhecida. A punição prevista pelo seu retorno ao país que o havia banido previa sua morte, e como seu caso era grave ele deveria se preparar para morrer.

O sol batia nas grandes janelas do tribunal através das gotas de chuva escorrendo pelo vidro e fazia um grande feixe de luz entre as trinta e duas pessoas e o juiz, unindo-os, e talvez lembrando alguns dos espectadores como ambos se apresentavam, com absoluta igualdade, ao juiz supremo que conhece todas as coisas e não pode cometer erros. Levantando-se por um momento, um rosto indistinto naquele feixe de luz, um prisioneiro disse: "Meu Deus, eu recebi uma sentença de morte do Todo-Poderoso, mas me curvo diante da sua", e voltou a se sentar. Houve certa agitação, e o juiz continuou com o que tinha a dizer ao restante. Então foram todos formalmente fadados à morte, e alguns deles precisaram ser amparados, outros passaram a caminhar com o olhar extenuado de bravura, e alguns poucos assentiram à galeria, e dois ou três deles trocaram um aperto de mãos, e outros saíram mastigando fragmentos das ervas que haviam arrancado dali. Ele foi o último a sair porque precisava ser assistido para se levantar da cadeira com vagar. E ele segurou minha mão enquanto todos os outros eram levados e enquanto todos os espectadores (alisando suas vestes, como fariam na igreja ou em outros lugares) apontavam um criminoso ou outro, e na maior parte das vezes a ele e a mim.

Eu sinceramente esperava e rezava para que ele morresse antes de o relatório oficial ser apresentado, mas, no receio de que ele sobrevivesse, comecei naquela noite a escrever uma petição à Secretaria Interna do Estado, explicitando o que sabia sobre ele e como ele havia retornado por minha causa. Escrevi-a tão fervorosa e pateticamente quanto pude. E quando havia terminado e enviado escrevi outras petições a autoridades que eu esperava serem os mais piedosos e até enviei uma carta à Coroa. Por vários dias e noites desde sua condenação eu não descansei, exceto quando adormecia em minha cadeira, mas ainda completamente concentrado nesses apelos. E depois que enviei as petições não conseguia me manter longe dos locais para onde as havia enviado, pois sentia que trariam mais esperança e menos desespero quando eu estivesse por perto. Nessa inquietação irracional e perturbação de espírito eu vagava pelas ruas à noite, por entre os escritórios e edifícios onde eu havia deixado as petições. Até hoje, as ruas desgastantes a oeste de Londres em noites frias e empoadas de primavera, com suas séries de mansões austeras e introvertidas, e suas longas fileiras de luzes são melancólicas a mim por causa dessa associação.

As visitas diárias que eu podia fazer a ele ficaram mais curtas, e ele era mantido com maior rigor. Vendo, ou fantasiando, que eu era suspeito pela possibilidade de lhe trazer veneno, eu pedia para ser revistado antes de me sentar ao lado de sua cama e dizia ao guarda que estava sempre lá que eu estava disposto a fazer qualquer coisa para lhe garantir a sinceridade de meu intuito. Ninguém era duro com ele ou comigo. Havia um dever a ser cumprido, e era cumprido, mas sem severidade. O guarda sempre me garantia que seu estado era pior, e outros prisioneiros doentes que estavam na cela, e outros prisioneiros que atendiam esses prisioneiros doentes (malfeitores, mas não incapazes de gentileza, graças ao bom Deus!) sempre concordavam com o relatório.

Conforme os dias passaram, eu percebi mais e mais que ele permanecia deitado placidamente olhando para o teto branco, com o rosto ausente de luz até que alguma palavra o iluminasse por um instante e depois ia embora. Às vezes ele era bastante ou quase incapaz de falar, e então me respondia apertando minha mão de leve, e eu passei a compreender muito bem o que queria dizer.

O número de dias passados chegara a dez quando vislumbrei uma chance maior nele do que antes. Seus olhos estavam virados em direção à porta e se iluminaram quando entrei.

"Querido menino", ele disse, quando me sentei em sua cama. "Achei que você estava atrasado. Mas eu sabia que não poderia estar."

"Está bem na hora", eu disse. "Eu esperei ao portão."

"Você sempre espera ao portão, não é, querido menino?"

"Sim. Para não perder nenhum instante."

"Obrigado, querido menino, obrigado. Deus o abençoe! Você nunca me abandonou, querido menino."

Pressionei sua mão em silêncio, pois eu não podia me esquecer que havia intencionado abandoná-lo no passado.

"E a melhor parte de tudo", ele disse, "você tem sido mais agradável comigo desde que pairou sobre mim essa nuvem escura do que quando o sol brilhava. É a melhor parte".

Ele estava deitado com a barriga para cima, respirando com dificuldade. Fizesse o que fizesse, e me amasse como me amava, a luz deixava seu rosto mais uma vez, e um véu descia sobre seu olhar plácido fixado no teto branco.

"Você está com muita dor hoje?"

"Eu não reclamo de nenhuma dor, querido menino."

"Você nunca reclama."

Ele dissera então suas últimas palavras. Ele sorriu e eu compreendi seu toque para pedir que eu levantasse minha mão e a colocasse sobre seu peito. Fiz isso, e ele sorriu novamente, colocando suas duas mãos sobre a minha.

O tempo permitido correu enquanto ficamos assim. Mas olhando à minha volta vi que o diretor da prisão estava parado a meu lado, e este me disse, sussurrando: "Você ainda não precisa ir". Agradeci-lhe profundamente e perguntei: "Posso falar com ele se ele puder ouvir?".

O diretor se afastou e acenou para que o guarda se afastasse também. A mudança, ainda que feita sem nenhum barulho, levantou o véu que cobria aquele plácido olhar que Magwitch dirigia ao teto branco, e ele olhou com mais carinho.

"Caro Magwitch, eu preciso lhe dizer agora, finalmente. Você compreende o que eu digo?"

Uma leve pressão em minha mão.

"Você teve uma filha, a quem amou e perdeu."

Uma forte pressão em minha mão.

"Ela sobreviveu e encontrou amigos poderosos. Ela ainda está viva. É uma dama e muito bela. E eu a amo!"

Com seu último esforço débil, que teria sido completamente impotente se eu não tivesse cedido e auxiliado, ele levou minha mão aos lábios. E então gentilmente a moveu para seu peito outra vez, colocando suas mãos sobre a minha. O olhar plácido para o teto branco voltou, e foi embora, e sua cabeça caiu calmamente sobre o peito.

Consciente, então, do que havíamos lido juntos, pensei nos dois homens que foram ao templo para rezar e eu soube que não havia palavras melhores que eu poderia dizer em seu leito, além de "Óh, Senhor, tenha piedade dele, que é um pecador!"

Capítulo LVII

Agora que eu fora deixado completamente sozinho, anunciei minha intenção de deixar a casa em Temple assim que meu contrato de aluguel permitisse e de, nesse ínterim, sublocá-la. Logo coloquei placas nas janelas, pois eu estava endividado e mal tinha dinheiro, e comecei a me sentir seriamente alarmado por causa do estado de meus negócios. Eu precisava na verdade escrever que deveria ter ficado alarmado se tivesse a energia e concentração suficientes para me ajudar a desanuviar a percepção de qualquer verdade para além do fato de que eu estava adoecendo gravemente. A tensão recente sobre mim havia me possibilitado adiar a doença, mas não mandá-la embora. Eu sabia que estava me dominando, e sabia muito pouco além disso, e nem chegava a me preocupar em saber.

Durante um ou dois dias, eu fiquei deitado no sofá, ou no chão – em qualquer lugar, dependendo de onde eu caísse –

com a cabeça pesada e os membros doloridos, sem qualquer objetivo ou força. E então chegou certa noite que me parecia muitíssimo longa e fervilhava com ansiedade e medo, e depois, pela manhã, tentei me sentar na cama e, pensando bem, percebi que não conseguia me sentar.

Será que eu realmente tinha estado em Garden Court na calada da noite, tateando no escuro em busca do barco que eu supunha estar lá? Será que eu tinha caído em mim mesmo duas ou três vezes nas escadas petrificado de medo sem saber como eu tinha saído da cama? Será que eu havia me encontrado de fato acendendo a lamparina, possuído pela ideia de que ele subira as escadas e que as luzes estavam todas apagadas? Será que eu havia sido inexplicavelmente molestado pela distraída conversa, risada e gemido de alguém e suspeitado, levemente, que era eu mesmo que produzia aqueles sons? Será que havia existido um forno de ferro em um canto escuro do quarto, e que uma voz havia gritado, repetidas vezes, que a Senhorita Havisham estava sendo queimada ali dentro? Essas eram coisas com as quais eu tentava me conciliar e encontrar alguma ordem enquanto permanecia deitado em minha cama pela manhã. Mas o vapor de um forno de cal se interpunha entre mim e eles, desorganizando tudo, e foi através do vapor que finalmente eu vi dois homens olhando para mim.

"O que deseja?", hesitei, assustado. "Não o conheço."

"Bom, senhor", respondeu um deles, curvando-se e tocando-me no ombro, "essa é uma questão que logo será resolvida, ouso dizer, mas você está preso".

"Quanto é a dívida?"

"Cento e vinte e três libras, quinze xelins e seis pence. É a conta do joalheiro, eu acho."

"O que deve ser feito?"

"É melhor vir à minha casa", disse o homem. "Tenho uma casa muito boa."

Tentei me levantar e me vestir. Quando voltei a vê-los, eles estavam parados um pouco longe da cama, olhando para mim. Eu permanecia deitado.

"Vocês veem minha situação", eu disse. "Eu os acompanharia se pudesse, mas na verdade não consigo. Se me levarem daqui, acredito que morrerei no caminho."

Talvez eles tenham respondido ou argumentado sobre o assunto, ou tentado me encorajar a acreditar que eu estava melhor do que pensava. Uma vez que eles ficaram em minha memória somente por esse fio tênue, eu não sei o que eles fizeram, somente que eles desistiram de me levar dali.

Que eu tinha febre e que fiquei debilitado, que eu sofri muitíssimo, que eu com frequência perdia a razão, que o tempo parecia infinito, que eu confundia existências impossíveis com minha própria identidade, que eu era um tijolo na parede da casa e, ainda assim, implorava para que me tirassem do lugar vertiginoso onde os construtores haviam me colocado, que eu era uma peça de aço de um motor enorme, chocando e rodando sobre um abismo e, ainda assim, implorava para que eu mesmo fizesse o motor parar, e que minha parte fosse retirada a marteladas, que eu passei por essas fases da doença, sei de tudo isso porque me lembro e de alguma forma sabia disso na época. Que eu às vezes lutava com pessoas de verdade, acreditando que elas eram assassinas e que eu subitamente compreendia que elas queriam me fazer o bem, e eu então afundava, exausto, em seus braços, causando-lhes dificuldades para me colocar deitado, disso eu também sabia na época. Mas, acima de tudo, eu sabia que havia uma tendência constante em todas essas pessoas – que, quando eu estava muito doente, apresentavam todos os tipos de transformações extraordinárias do rosto humano, que se dilatavam em proporções muito grandes – acima de tudo, eu sabia que havia uma tendência extraordinária em todas essas pessoas de, mais cedo ou mais tarde, se assemelharem com Joe.

Depois que passei pelo pior ponto de minha doença, comecei a notar que enquanto todas as suas características mudavam, havia uma que não o fazia. Quem quer que se aproximasse de mim acabava se parecendo com Joe. Eu abria meus olhos à noite e via, na grande cadeira ao lado de minha cama, Joe. Eu abria meus olhos de dia e, sentado próximo à janela, fumando seu cachimbo à sombra da janela aberta, ainda via Joe. Pedia uma bebida fresca, e a mão querida que a entregava a mim era a de Joe. Eu me afundava em meu travesseiro depois de bebê-la, e o rosto que olhava com tanta esperança e carinho para mim era o rosto de Joe.

Finalmente, um dia, tomei coragem e perguntei: "Você é Joe?".

E a voz querida e familiar respondeu: "É claro, meu velho".

"Oh, Joe, você parte meu coração! Olhe bravo para mim, Joe. Bata em mim, Joe. Diga-me que sou um ingrato. Não seja tão bom comigo!"

Pois Joe havia de fato colocado a cabeça sobre meu travesseiro junto à minha, o braço em volta de meu pescoço do jeito alegre que eu conhecia.

"Pois, querido Pip, meu velho", disse Joe, "você e eu fomos sempre amigos. E quando você estiver bem para sair para dar uma volta será muito divertido!".

Depois disso, Joe dirigiu-se à janela e ficou parado com as costas viradas para mim, enxugando os olhos. E como minha fraqueza extrema me impedia de me levantar e ir em sua direção fiquei ali deitado, sussurrando penitentemente: "Oh, Deus, o abençoe! Oh, Deus, abençoe esse bom cristão!".

Os olhos de Joe estavam vermelhos quando ele veio para perto de mim novamente, mas eu segurava sua mão, e sentíamo-nos, os dois, felizes.

"Quanto tempo, querido Joe?"

"O que quer dizer, Pip, há quanto tempo você está doente, meu velho?"

"Sim, Joe."

"É fim de maio agora, Pip. Amanhã é primeiro de junho."

"E você esteve aqui comigo todo esse tempo, querido Joe?"

"Praticamente, meu velho. Pois, como eu disse a Biddy quando a notícia de sua doença foi trazida em uma carta, pelo carteiro, que antes era solteiro e agora é casado, ainda que lhe paguem pouco pelo tanto que caminha e pelos sapatos de couro que gasta, mas riqueza não é um objetivo para ele, e o casamento era o grande desejo de seu coração."

"É tão gostoso ouvi-lo, Joe! Mas vou interrompê-lo para falar de Biddy."

"Pois é", disse Joe, "como você poderia estar entre estranhos e como você e eu sempre fomos amigos, uma visita em um momento desses não seria necessariamente inaceitável. E com relação a Biddy, suas palavras foram: 'Vá vê-lo, não perca tempo'. Essas", disse Joe, concluindo, com ar judicial, "foram as palavras de Biddy. 'Vá vê-lo', Biddy disse, 'não perca tempo'. Resumindo, eu não estaria mentindo", Joe acrescentou, depois de uma reflexão séria, "se eu lhe dissesse que as palavras dessa jovem foram 'Não perca nem mesmo um segundo'".

Nesse momento, Joe parou e me disse que só deveriam falar comigo moderadamente e que eu deveria comer um pouco e com a frequência recomendada, independentemente de minha vontade, e que eu deveria obedecer a tudo o que ordenasse. Então beijei sua mão e fiquei deitado quietinho, enquanto ele passou a redigir uma carta a Biddy, enviando meu carinho.

Era evidente que Biddy havia ensinado Joe a escrever. Enquanto fiquei deitado olhando para ele, comecei, em meu estado frágil, a chorar novamente sentindo o prazer em ver o orgulho com que ele escrevia sua carta. O estrado de minha cama, despido de suas franjas, havia sido levado, comigo em cima, à sala, pois era o cômodo maior e mais arejado, e o tapete havia sido removido, e a sala era mantida limpa e salubre noite e dia. Sobre minha própria escrivaninha, enfiada em um canto, coberta com pequenos frascos, Joe se encontrava sentado realizando sua grande empreitada, primeiro escolhendo uma caneta do porta-canetas como se fosse uma grande caixa de ferramentas, arregaçando as mangas, como se fosse soldar uma alavanca ou uma marreta. Joe precisou se segurar à mesa com força com seu cotovelo esquerdo e colocar a perna direita bem estendida para trás antes que pudesse começar. E quando começou, enfim, fazia cada traço descendente tão lentamente que parecia ter dois metros de comprimento, ao passo que a cada traço ascendente que ele fazia eu podia ouvir a caneta fazendo um grande ruído. Ele tinha a curiosa impressão de que o tinteiro estava a seu lado, quando na verdade não estava, e assim constantemente mergulhava sua caneta no espaço vazio e parecia muito satisfeito com o resultado.

De vez em quando, ele tropeçava em algum entrave ortográfico, mas de modo geral ele se saiu muito bem na verdade.

E depois de assinar seu nome e de remover uma mancha no papel, transferindo-a para o topo de sua cabeça com seus dois dedos indicadores, ele se levantou e ficou hesitante próximo à escrivaninha, analisando os efeitos de seu desempenho de diferentes pontos de vista com uma satisfação sem limites.

Como eu não queria deixar Joe desconfortável falando demais, mesmo se eu fosse capaz de fazê-lo, posterguei a pergunta sobre a Senhorita Havisham até o dia seguinte. Ele balançou a cabeça quando lhe perguntei se ela havia se recuperado.

"Ela morreu, Joe?"

"Ora, veja, meu velho", disse Joe, em tom de protesto, de maneira a dizer aos poucos o que me contava, "eu não iria tão longe, porque é demais, mas ela não está..."

"Viva, Joe?"

"Isso está mais próximo de como se encontra", disse Joe, "ela não está viva".

"Ela resistiu muito, Joe?"

"Depois que você adoeceu, praticamente o que você poderia considerar (se fosse considerar) uma semana", disse Joe, ainda determinado, por minha causa, a me contar gradualmente.

"Querido Joe, você soube o que aconteceu à sua fortuna?"

"Bem, meu velho", disse Joe, "parece-me que ela havia disposto da maior parte dela, o que quero dizer, para a Senhorita Estella. Mas ela havia redigido um pequeno codicilo de próprio punho um ou dois dias antes do acidente, deixando a fortuna de quatro mil ao Sr. Matthew Pocket. E por que, supõe você, sobre todas as coisas, Pip, que ela tenha deixado a fortuna de quatro mil a ele? 'Por causa do relato de Pip a seu respeito, o referido Matthew'. Biddy me disse que foi isso que ela escreveu", disse Joe, repetindo o jargão legal como se sentisse prazer em fazê-lo, "'relato de Pip a seu respeito, o referido Matthew'. E uma fortuna de quatro mil, Pip!".

Eu nunca descobri de onde Joe deduzira que as quatro mil libras representavam uma fortuna, mas me parecia que fazia a quantia parecer maior, e ele tinha um prazer manifesto em insistir que era uma fortuna.

O relato me causou grande alegria, uma vez que arrematava a única coisa boa que eu havia feito. Perguntei a Joe se ele havia escutado sobre qualquer outro parente que havia recebido algum legado.

"A Senhorita Sarah", respondeu Joe, "recebeu vinte e cinco libras por ano para comprar comprimidos pelo fato de ser biliosa. A Senhorita Georgiana, vinte libras. A Sra. ... como é o nome daquela besta selvagem com corcundas, velho?".

"Camelo?", respondi, imaginando por que razão quisera saber.

Joe assentiu. "A Sra. Camelos", que depois de um tempo compreendi que ele se referia a Camilla, "ela recebeu cinco libras para comprar candeeiros para se animar um pouco ao acordar durante a noite".

A precisão dessas considerações foi suficientemente óbvia para mim, para sentir confiança nas informações de Joe. "E agora", disse Joe, "você ainda não está forte, meu velho, para receber mais uma enxurrada de notícias hoje. O Velho Orlick invadiu uma casa".

"De quem?", perguntei.

"Não, eu admito que as maneiras dele tendem a ser estrondosas", disse Joe, reticente, "ainda assim, a casa de um homem inglês é seu Castelo, e castelos não devem ser invadidos, salvo em tempos de guerra. E, sejam quais forem seus defeitos, ele era um comerciante de milho e grãos no fundo".

"Então foi a casa de Pumblechook que foi invadida?"

"Isso mesmo, Pip", disse Joe. "E levaram sua caixa registradora, levaram seu dinheiro, beberam seu vinho, comeram sua comida, estapearam seu rosto, puxaram seu nariz, o amarraram na perna de sua cama e lhe deram uma dúzia de socos, e encheram sua boca com flores para impedi-lo de gritar. Mas ele reconheceu Orlick, e Orlick está na prisão do condado."

Com essas abordagens, chegamos à conversa sem restrições. Demorei para ganhar força, mas consegui, aos poucos, ficar menos fraco, e Joe ficou comigo, e eu imaginei que era novamente o pequeno Pip.

Pois o carinho de Joe era tão graciosamente proporcional às minhas necessidades que eu era uma criança em suas mãos. Ele sentava e conversava comigo com a antiga confiança e simplicidade, e da mesma maneira protetora de outrora, e assim eu de certa forma acreditava que toda a minha vida desde os dias da velha cozinha era uma criação mental da febre que se fora. Ele fazia tudo para mim, exceto o trabalho doméstico, para o qual ele havia contratado uma mulher muito gentil depois de acertar as contas com a lavadeira logo que chegou. "E eu lhe juro, Pip", ele dizia com frequência para justificar sua liberdade, "encontrei-a esvaziando o colchão reserva como se fosse um barril de cerveja, colocando as penas em um balde para vender. E ela iria esvaziar o seu depois, com você deitado sobre ele, e então colocaria carvões aos poucos na sopeira e nas travessas de legumes, e o vinho e as bebidas em suas galochas".

Só imaginávamos o dia em que eu sairia para dar uma volta assim como imaginávamos o dia em que eu me tornaria aprendiz. E quando o dia chegou, e trouxeram uma carruagem aberta para a entrada da casa, Joe me agasalhou, me carregou até ela em seus braços e me colocou lá dentro, como se eu ainda fosse uma pequena criatura desprotegida a quem ele havia doado as riquezas de sua grande natureza com abundância.

Depois que Joe entrou e se sentou a meu lado, nós partimos pelo campo, onde a rica folhagem do verão já podia ser vista nas árvores e no gramado, e os aromas doces do verão enchiam o ar. O dia, ao acaso, era um domingo, e quando olhei a beleza ao meu redor e pensei em como tudo havia crescido e mudado, e como as pequenas flores silvestres se desenvolviam, e o canto dos pássaros ficava mais forte, durante os dias e durante as noites, sob o sol e sob as estrelas enquanto eu, pobre sujeito, permanecia deitado, queimando e rolando pela cama, a mera lembrança de ter queimado e rolado acometera-me como uma perturbação de minha tranquilidade. Mas quando ouvi os sinos dominicais e olhei à minha volta mais um pouco e via a beleza que se expandia, sentia que eu não estava perto de estar suficientemente grato – que eu estava fraco demais ainda até mesmo para isso – e deitei minha cabeça no ombro de Joe, como havia feito muito tempo antes quando ele havia me levado à Exposição ou a qualquer outro lugar, e sentia que era demasiado para meus sentidos ainda jovens.

Depois de um tempinho, consegui me recompor um pouco, e nós conversamos como costumávamos conversar, deitados na grama da velha Fortificação. Joe não havia mudado em nada. Exatamente aquilo que ele era através de meus olhos outrora ele ainda continuava a ser, exatamente tão fiel e correto.

Quando voltamos, e ele me ergueu e me carregou – com tanta facilidade! – pelo pátio e escadas acima, pensei naquela ocasião do dia do Natal, quando ele me carregou pelo pântano. Ainda não havíamos feito nenhuma alusão à mudança de minha fortuna, e eu também não sabia o quanto de minha história mais recente Joe conhecia. Duvidava tanto de mim naquele momento e confiava tanto nele, que não conseguia decidir se deveria mencionar a questão a ele quando ele mesmo não o fazia.

"Você soube, Joe", perguntei a ele naquela noite, depois de refletir um tanto sobre o assunto, enquanto ele fumava seu cachimbo na janela, "quem era meu benfeitor?".

"Ouvi", respondeu Joe, "que não era a Senhorita Havisham, meu velho".

"Soube quem era?"

"Bem! Ouvi que era uma pessoa que enviou a pessoa que lhe entregou as notas de dinheiro no Barqueiros Alegres, Pip."

"Isso mesmo."

"Incrível!", disse Joe, no tom mais plácido possível.

"Ouviu dizer que ele está morto, Joe?", perguntei, depois de um tempo, com crescente acanhamento.

"Quem? Aquele que lhe entregou o dinheiro, Pip?"

"Sim."

"Eu acho", disse Joe, depois de pensar por um bom tempo, olhando de modo vago pela janela, "que ouvi dizer que ele havia ido a algum lugar assim, de modo geral, nessa direção".

"Ouviu dizer alguma coisa sobre suas circunstâncias, Joe?"

"Não particularmente, Pip."

"Se quisesse escutar, Joe", comecei, quando Joe se levantou e veio até o sofá.

"Olhe aqui, meu velho", disse Joe, curvando-se sobre mim. "Sempre melhores amigos, não somos, Pip?"

Senti vergonha em lhe responder.

"Muito bom, então", disse Joe, como se eu tivesse respondido. "Tudo bem, estamos de acordo. Então por que entrar em assuntos, meu velho, que entre sujeitos como nós dois são sempre desnecessários? Temos assuntos suficientes entre nós dois, sem que haja necessidade desses outros. Deus! E pensar na pobre da sua irmã e seus ataques de fúria! E você não se lembra de Tickler?"

"Claro que sim, Joe."

"Olhe aqui, meu velho", disse Joe. "Eu fiz o que pude para deixar você e Tickler separados, mas meu poder nem sempre era completamente equivalente à minha vontade. Pois quando sua irmã decidia pegá-lo, não é só", disse Joe, com o modo argumentativo de sua preferência, "que ela pegava a mim também, se eu me colocasse contra ela, mas que ela agia com mais fúria com você. Percebi isso. Não é puxando as barbas de um homem, nem o sacudindo uma ou duas vezes (o que sua irmã fazia com bastante prazer), que você pode fazer um homem renunciar à punição de uma criancinha. Mas quando essa criancinha é punida com mais fúria por causa dessa puxada das barbas ou sacudidas, então o tal homem naturalmente diz a si mesmo: 'Que bem você está fazendo? Garanto-lhe que eu vejo o mal', diz o homem, 'mas não vejo o bem. Eu apelo a você, senhor, portanto, para mostrar o bem'".

"O homem diz isso?", observei, enquanto Joe me esperava falar. "O homem diz isso", Joe assentiu. "E ele está certo, esse homem?"

"Querido Joe, ele sempre está certo."

"Bom, meu velho", disse Joe, "então respeito suas palavras. Se ele está certo (se bem que em geral está mais provavelmente errado), ele está certo ao dizer o seguinte: supondo que você guardasse algum assunto qualquer para você mesmo quando era uma criancinha, guardou-o principalmente porque sabia que o poder que J. Gargery tinha em separar você de Tickler não era completamente equivalente à sua vontade. Assim sendo, não pense mais sobre essas coisas entre pessoas como nós dois, e não deixemos passar comentários sobre assuntos desnecessários. Biddy causou bastante problema a si mesma antes de minha partida (pois eu sou extremamente imbecil) para que eu visse isso sob essa ótica, e fazendo-o para que pudesse deixar o assunto de lado. Essas duas coisas", disse Joe, bastante encantado com seu próprio raciocínio lógico, "sendo feitas, agora um amigo sincero lhe diz o seguinte: você não precisa exagerar nisso, mas precisa fazer sua ceia, beber seu vinho e sua água e ser colocado debaixo dos lençóis".

A delicadeza com que Joe colocava o assunto de lado e a doçura e gentileza com que Biddy – que com sua perspicácia feminina havia me compreendido tão logo – o havia preparado para compreender tudo isso marcou-me profundamente. Mas se Joe sabia de minha pobreza então e sobre como minhas grandes esperanças haviam todas se dissolvido, como as névoas de nosso próprio pântano antes de o sol nascer, eu não podia dizer.

Outra coisa em Joe que eu não conseguia saber quando começou a acontecer, mas que eu logo compreendi não com pouco pesar era o seguinte: conforme eu melhorei e fiquei mais forte, Joe ficava menos confortável comigo. Em minha fraqueza e completa dependência dele, o pobre sujeito falava comigo em seu antigo tom, chamando-me por apelidos antigos, o caro "velho Pip, meu velho", que agora soavam como música para meus ouvidos. Eu também me havia deixado levar pelas velhas maneiras, mas feliz e grato por ele me deixar fazê-lo.

Mas, imperceptivelmente, embora eu os segurasse com força, Joe começou a renunciar àquele tom, e embora eu me admirasse a princípio logo comecei a entender que a causa daquilo se encontrava em mim e que a culpa era toda minha.

Ah! Será que eu havia dado a Joe razão para duvidar de minha constância e para pensar que na prosperidade eu me tornaria frio com ele e o rejeitaria? Será que eu tinha dado qualquer motivo ao coração inocente de Joe para sentir instintivamente que conforme eu me fortalecia, sua influência sobre mim se enfraquecia, e que era melhor que ele a afrouxasse a tempo e me libertasse antes que eu mesmo me retirasse com violência?

Foi na terceira ou quarta ocasião de minha caminhada em Temple Gardens apoiado no braço de Joe que percebi essa mudança acontecer com muita clareza. Havíamos ficado sentados sob o sol quente e agradável, observando o rio, quando eu disse, por acaso, ao me levantar:

"Veja, Joe! Consigo andar com bastante firmeza. Agora, veja, vou voltar caminhando sem apoio."

"Mas não exagere, Pip", disse Joe, "porém ficarei contente em vê-lo capaz disso, senhor".

A última palavra me atingiu com força, mas como eu poderia protestar? Não caminhei nem mesmo até o portão dos jardins e então fingi que estava mais fraco do que de fato e pedi que Joe me amparasse. Ele o fez, mas estava pensativo.

Eu, de minha parte, também estava pensativo, pois como eu poderia impedir essa crescente mudança em Joe que era uma grande perplexidade para meus sentimentos arrependidos. Que eu sentia vergonha em lhe dizer exatamente qual era minha situação e a que ponto havia chegado, não desejo esconder. Mas espero que minha relutância não fosse completamente desmerecida. Ele teria apreciado me ajudar com suas pequenas economias, eu sabia, e eu sabia que ele não deveria fazê-lo, e que eu não deveria permitir que ele fizesse aquilo.

Era uma noite introspectiva para nós dois. Mas antes de eu ir dormir decidi que esperaria até o dia seguinte – que era domingo – e começaria meu novo percurso com a semana que se iniciava. Na segunda-feira pela manhã, eu conversaria com Joe a respeito dessa mudança, deixaria de lado esse último resquício de acanhamento, e lhe contaria o que passava em meus pensamentos (a esse respeito eu ainda não havia refletido) e o porquê de eu não ter decidido ir ter com Herbert, e assim a mudança estaria feita para sempre. Como eu me serenava, Joe se serenava, e parecia que ele havia chegado à mesma decisão que eu como forma de se solidarizar a mim.

Passamos um domingo calmo, fomos até o campo e passeamos por lá.

"Sinto-me grato por ter estado doente, Joe", eu disse.

"Querido Pip, meu velho, você está quase recuperado, senhor."

"Foi uma experiência memorável para mim, Joe."

"Igualmente para mim, senhor", Joe respondeu.

"Passamos um tempo juntos, Joe, de que nunca hei de me esquecer. Passamos tempos juntos antes, eu sei, de que não me esqueci por um tempo. Mas desse jamais me esquecerei."

"Pip", Joe disse, parecendo um tanto precipitado e perturbado, "nós nos divertimos. E, prezado senhor, o que aconteceu entre nós aconteceu."

À noite, depois que tínhamos ido para a cama, Joe veio a mim, da mesma forma como havia feito durante minha recuperação. Ele me perguntou se eu tinha certeza de que estava tão bem quanto pela manhã.

"Sim, caro Joe, praticamente."

"E está se sentindo cada vez mais forte, meu velho?"

"Sim, caro Joe, estou firme."

Joe deu uma batidinha na manta sobre meus ombros com sua mão grande e gentil, e disse, no que me pareceu um tom rouco de sua voz: "Boa noite!".

Quando me levantei pela manhã, mais revigorado e forte ainda, estava completamente determinado em conversar com Joe, sem delongas. Conversaria com ele antes do café da manhã. Vestir-me-ia logo e iria a seu quarto de modo a surpreendê-lo, pois era o primeiro dia em que eu acordava cedo. Fui até seu quarto, e ele não estava lá. Não só isso, mas sua mala não estava mais lá.

Corri até a mesa do café da manhã onde encontrei uma carta. Seu breve conteúdo dizia:

Sem desejar ser intrometido, parti, uma vez
que você se encontra recuperado novamente,
querido Pip, e ficará melhor sem JO.
P.S.: Para sempre melhores amigos

Junto à carta havia o recibo da dívida e das despesas pelas quais eu havia sido preso. Até aquele momento, eu havia suposto que meu credor havia retirado ou suspendido os processos até que eu estivesse completamente recuperado. Eu jamais sonhara que Joe pagaria aquela quantia. Mas Joe o havia feito, e o recibo estava em seu nome.

O que me restava, então, senão segui-lo à velha ferraria e a fazer-lhe minha revelação e mostrar-lhe meu arrependimento, e assim poder aliviar minha mente e meu coração daquele segundo ponto que eu havia começado como algo vago que latejava em meus pensamentos e que havia se tornado um propósito consolidado?

O propósito era que eu deveria ir ter com Biddy e lhe mostrar quão humilde e arrependido eu voltara, que eu lhe contaria agora que havia perdido tudo porque um dia havia esperado tanto, que lhe lembraria de minhas velhas confidências na época em que me senti infeliz pela primeira vez. E então eu lhe diria: "Biddy, eu acho que um dia você gostou muito de mim, quando meu coração errante, ainda que vagasse para longe de você, ficava mais tranquilo e melhor com você do que jamais esteve desde então. Se você puder gostar de mim metade do que gostava então, se você puder me aceitar com todos os meus defeitos e decepções que caíram sobre mim, se você puder me receber como uma criança perdoada (e, de fato, Biddy, estou muito arrependido, e preciso tanto de uma voz acalentadora quanto de uma mão carinhosa), eu espero que eu mereça você um pouco mais do que antes – não muito, mas um pouco. E, Biddy, fica a seu critério dizer se eu devo trabalhar na ferraria com Joe ou tentar uma ocupação diferente por estas terras, ou se devo partir para um lugar longínquo onde haja uma oportunidade que deixei de lado quando me foi oferecida até que eu soubesse sua resposta. E agora, querida Biddy, se puder me dizer que me acompanhará por este mundo, você certamente o tornará melhor para mim, e a mim, um melhor homem para ele, e eu vou tentar tornar o mundo melhor para você".

Era esse meu propósito. Depois de três dias passados de minha recuperação, voltei para casa para colocá-lo em execução. E o modo com que prosperei é tudo o que me resta a contar.

Capítulo LVIII

As novidades a respeito de minha grande fortuna que tinha sofrido uma grande queda chegaram à minha terra e seus arredores antes de mim. Descobri que o Javali Azul já sabia da notícia e descobri que essa causou grande mudança na atitude do Javali. Se por um lado o Javali havia cultivado boa opinião sobre mim com desvelo caloroso quando obtivera minha fortuna, por outro o Javali se tornou extremamente frio sobre o assunto agora que eu perdera a fortuna.

Anoitecia quando cheguei, muito cansado pela jornada que eu fazia com tanta facilidade antes. O Javali não podia me acomodar em meu quarto habitual, que estava ocupado (provavelmente por alguém dotado de esperanças), e só poderia me dar um quarto muito sem graça que dava para os pombos e para as diligências do correio no pátio. Mas dormi tão bem naquele quarto quanto nas melhores acomodações que o Javali já havia me proporcionado, e a qualidade de meus sonhos foi praticamente igual à dos sonhos no melhor dos quartos.

Logo cedinho, enquanto preparavam meu café da manhã, passei pela Casa Satis. Havia placas no portão e em pedaços de tapete pendurados para fora da janela anunciando a venda a leilão dos móveis e pertences domésticos na semana seguinte. A casa em si seria vendida como material de construção antigo e, então, seria demolida. LOTE 1, estava escrito em letras tortas caiadas sobre a cervejaria; LOTE 2, naquela parte da edificação principal que estivera fechada por tanto tempo. Outros lotes estavam marcados em outras partes da estrutura, e a hera havia sido arrancada dali para dar espaço às placas, e grande parte dela encontrava-se empoeirada e já murcha. Cruzando momentaneamente o portão aberto, olhando à minha volta com a sensação desconfortável de um estranho que não possui nenhuma familiaridade com o lugar, vi o leiloeiro caminhando sobre os tonéis, relacionando-os para a informação do compilador do catálogo, com a caneta na mão, fazendo da cadeira de rodas uma mesa temporária, a mesma cadeira que eu havia empurrado com tanta frequência ao som de Old Clem.

Quando voltei para a sala de café da manhã no Javali, encontrei o Sr. Pumblechook conversando com o proprietário. O Sr. Pumblechook (cuja aparência não melhorara após sua experiência noturna) esperava por mim e se dirigia a mim nos seguintes termos:

"Meu jovem, lamento vê-lo tão mal. Mas o que mais poderia ser esperado? O que mais poderia ser esperado?"

Ao estender sua mão com ares de quem perdoa com magnificência, e como eu estava fragilizado pela doença e ainda incapaz de discutir, tomei-a nas minhas.

"William", disse o Sr. Pumblechook ao garçom. "Coloque um bolinho sobre a mesa. Veja aonde chegamos! Aonde chegamos!"

Sentei-me fazendo uma careta para tomar meu café da manhã. O Sr. Pumblechook ficou parado ao meu lado e me serviu o chá – antes que eu pudesse encostar na chaleira – com o ar de benfeitor que estava determinado em ser fiel até o fim.

"William", disse o Sr. Pumblechook, choroso. "Coloque o sal sobre a mesa. Em tempos mais felizes", dirigindo-se a mim, "creio que você preferia açúcar? E misturava com leite? Isso mesmo. Açúcar e leite. William, traga o agrião".

"Obrigado", eu disse, secamente. "Mas não como agrião."

"Você não come", respondeu o Sr. Pumblechook, suspirando e balançando a cabeça várias vezes, como se já esperasse por aquilo, e como se a falta de consumo de agrião tivesse ligação consistente com a minha situação ruim. "Verdade. Os simples frutos da terra. Não, não precisa trazer agrião, William."

Continuei tomando meu café da manhã, e o Sr. Pumblechook continuou parado próximo a mim, encarando-me como um peixe, com sua respiração ruidosa, como sempre foi.

"Pouco mais que pele e osso!", pensou o Sr. Pumblechook, em voz alta. "E ainda assim quando ele partiu daqui (diga-se de passagem, com minha bênção), e eu estendi diante dele minhas humildes provisões, como a abelha, ele era tão rechonchudo!"

Isso me lembrou da incrível diferença entre a maneira servil com a qual ele havia oferecido sua mão em minha prosperidade, dizendo "Eu posso?" e a clemência ostentosa com a qual ele agora exibia os mesmos cinco dedos rechonchudos.

"Ah!", ele continuou, passando-me o pão e a manteiga. "E vai visitar Joseph?"

"Por Deus", eu disse, explodindo sem querer, "o que lhe importa aonde vou? Deixe a chaleira em paz".

Foi o pior caminho que eu poderia ter escolhido tomar, pois essa era a oportunidade que Pumblechook buscava.

"Sim, meu jovem", ele disse, largando a asa do artigo em questão, recuando um ou dois passos para trás, falando como se desejasse ser ouvido pelo proprietário e pelo garçom à porta, "deixarei o bule em paz. Você está certo, meu jovem. Pela primeira vez, você está certo. Esqueço-me de mim quando me dedico ao seu café da manhã, ao desejar que seu corpo, desgastado pelos efeitos debilitantes de prodigalidade, seja estimulado pela nutrição saudável de seus antepassados. E ainda assim", disse Pumblechook, virando-se para o proprietário e para o garçom, apontando para mim com o braço estendido, "era com ele que eu brincava tantas vezes nos dias felizes de sua infância! Não me digam que não pode ser, lhes garanto que é ele!".

Um baixo murmúrio era ouvido como resposta dos dois. O garçom parecia estar particularmente afetado.

"Foi ele", disse Pumblechook, "que eu levei para passear em minha charrete. Foi ele que eu vi ser criado com as mãos. Ele, cuja irmã era casada com meu sobrinho, cujo nome era Georgiana Maria, o nome de sua mãe, deixe que ele negue isso se puder!".

O garçom parecia convencido de que eu não poderia negá-lo, e que aquilo dava ao caso uma aparência ruim.

"Meu jovem", disse Pumblechook, virando a cabeça para mim, como fazia antigamente, "você irá visitar Joseph. O que importa para mim, você me pergunta, aonde você vai? Eu lhe digo, Senhor, que irá visitar Joseph".

O garçom tossiu, como se modestamente me convidasse a esquecer aquilo.

"Bem", disse Pumblechook, e tudo isso com o ar irritante de quem defendia pela causa da virtude o que era perfeitamente convincente e conclusivo: "Vou lhe dizer o que deve dizer a Joseph. Aqui está presente o proprietário do Javali, conhecido e respeitado nesta cidade, e aqui está William, cujo pai era chamado Potkins, se não me engano".

"Não se engane, senhor, é isso mesmo", disse William.

"Em sua presença", prosseguiu Pumblechook, "vou lhe dizer, meu jovem, o que dizer a Joseph. Você dirá: 'Joseph, hoje mesmo vi o primeiro benfeitor e fundador de minha fortuna. Não darei nome aos bois, Joseph, mas ele foi convidado a vir à cidade, e eu o vi'".

"Eu juro que não o vejo aqui", eu disse.

"Diga isso então", interveio Pumblechook. "Digamos que você diga isso e até mesmo Joseph provavelmente ficará surpreso."

"Nisso você se engana quanto a ele", eu disse, "eu o conheço melhor".

"Isso é o que você diz", Pumblechook continuou, "'Joseph, eu vi o homem, e ele não deseja o mal a você nem a mim. Ele conhece seu caráter, Joseph, e está familiarizado com sua teimosia e ignorância, e ele conhece meu caráter, Joseph, e sabe que sou ingrato. Sim, Joseph, você diz", aqui Pumblechook balançou a cabeça e a mão em minha direção, "'ele sabe de minha completa deficiência no que se refere à básica gratidão humana. Ele sabe, Joseph, como ninguém. Você não sabe, Joseph, pois não teve oportunidade de fazê-lo, mas ele sim'".

Ainda que idiota verboso como era, realmente me admirou que ele tivesse coragem de falar daquela maneira comigo.

"Você diz: 'Joseph, ele me enviou uma mensagem, que agora repetirei a você. É que, como eu estava mal, ele viu a mão de Deus. Ele reconheceu essa mão quando o viu, e ficou tudo muito claro. Essa mão direcionou sua escrita, Joseph. Pagou com ingratidão a seu primeiro benfeitor e fundador de sua fortuna. Mas o homem disse que não se arrepende do que fez, Joseph. Absolutamente. Foi a coisa certa a se fazer, e foi gentil de sua parte, foi benevolente de sua parte, e ele faria novamente se necessário'."

"Que pena", eu disse, com desdém, enquanto terminava meu café da manhã interrompido, "que esse homem não disse o que ele havia feito e o que faria novamente".

"Proprietário do Javali!" Pumblechook agora se dirigia ao proprietário, "e William! Não me oponho ao que digam, em qualquer parte da cidade, se esses forem seus desejos, que foi correto fazer isso, que foi generoso fazer isso, que foi benevolente fazer isso, e que eu faria isso novamente".

Com essas palavras o impostor trocou um aperto de mão com os dois com ar afetado, e saiu, deixando-me muito mais espantado do que satisfeito pelas virtudes daquele indefinido "isso". Eu não demorei muito para sair de lá também, e quando desci a High Street vi-o discursando (sem dúvida da mesma forma) à porta de seu estabelecimento a um grupo seleto, que me honrou com olhares adversos enquanto eu passava do outro lado da rua.

Mas foi muito mais agradável voltar a Biddy e a Joe, cuja grande indulgência brilhava com mais intensidade que antes, se é que isso era possível, em contraste com o impostor sem-vergonha. Dirigi-me a eles lentamente, pois minhas pernas estavam fracas, mas tinha a sensação crescente de alívio conforme eu me aproximava deles, e a sensação de deixar a arrogância e a falsidade cada vez mais para trás.

O clima em junho estava delicioso. O céu estava azul, as cotovias voavam alto por cima dos milhos ainda verdes. Achei toda aquela região muitíssimo mais bela e tranquila do que jamais havia achado. Muitas imagens prazerosas da vida que eu levaria ali e da mudança positiva que traria a meu próprio caráter quando eu tivesse a meu lado um espírito para me guiar, cuja fé simples e sabedoria pura eu já conhecia, encantavam-me. Elas despertaram em mim uma emoção doce, pois meu coração estava sensível pelo meu retorno, e uma mudança acabava de se passar, de modo que eu me sentia como alguém que caminhava com dificuldade descalço, voltando para casa de uma longa viagem, de uma viagem de muitos anos de duração.

Eu nunca vira antes a escola onde Biddy ministrava aulas, mas o pequeno cruzamento por onde eu entrava no vilarejo, por sua tamanha tranquilidade, fez com que eu passasse por ali. Fiquei decepcionado em descobrir que era feriado aquele dia. Não havia crianças ali, e a casa de Biddy estava fechada. A esperança de vê-la, ocupada em seus afazeres diários, antes que ela me visse, estava em minha cabeça e logo se desfez.

Mas a ferraria estava bem perto dali, e caminhei por entre doces limoeiros verdes ouvindo o som do martelo de Joe. Muito tempo depois de que eu deveria tê-lo ouvido e muito tempo depois de que eu imaginei tê-lo ouvido, percebi que era tudo imaginação, pois estava tudo em silêncio. Os limoeiros estavam lá, e os espinhos brancos estavam lá, e as castanheiras estavam lá, e suas folhas sussurravam harmoniosamente quando prestei atenção nelas. Mas o som do martelo de Joe não se misturava à brisa estival.

Quase com medo, sem saber por que, de ver a ferraria, acabei por vê-la e vi que estava fechada. Não havia qualquer indício de fogo ou das faíscas, nenhum barulho de foles, tudo fechado, tudo quieto.

Mas a casa não estava vazia, e a sala de visitas parecia estar sendo usada, pois as cortinas brancas esvoaçavam sobre a janela, e essa estava aberta e decorada com flores. Fui lentamente em sua direção, com a intenção de observar as flores, quando Joe e Biddy apareceram à minha frente, de braços dados.

Inicialmente, Biddy soltou um grito, como se achasse que se tratava de uma aparição, mas logo ela estava nos meus braços. Chorei ao vê-la, e ela chorou ao me ver. Eu, porque ela estava tão revigorada e encantadora, ela, porque eu estava tão exausto e pálido.

"Mas, querida Biddy, como você está elegante!"

"Sim, querido Pip."

"E, Joe, como você está elegante!"

"Sim, querido Pip, meu velho."

Olhei para os dois, observando um e depois o outro, e então:

"Estou me casando hoje!", gritou Biddy, em uma explosão de alegria, "e estou me casando com Joe!".

Eles haviam me levado até a cozinha e deitado minha cabeça sobre a velha mesa de madeira de pinheiro. Biddy segurou uma de minhas mãos em seus lábios, e o toque restaurador de Joe permaneceu pousado sobre meu ombro. "Pois ele não estava forte o suficiente, querida, para ser surpreendido", disse Joe. E Biddy disse: "Eu deveria ter pensado nisso, Joe, querido, mas eu estava feliz demais". Eles dois estavam tão radiantes em me ver, tão orgulhosos em me ver, tão emocionados com minha chegada, tão satisfeitos por eu ter vindo sem querer para completar seu dia!

Meu primeiro pensamento foi de extrema gratidão por nunca ter dito nada sobre aquela última esperança frustrada a Joe. Quantas vezes, enquanto ele me fazia companhia enquanto eu estava doente, ela não havia chegado a meus lábios! Quão irrevogável seu conhecimento teria sido se ele tivesse continuado comigo por mais uma hora!

"Querida Biddy", eu disse, "você tem o melhor marido de todo o mundo, e se pudesse tê-lo visto próximo à minha cama, você teria... Mas não, você não poderia amá-lo mais do que já o ama".

"Não, realmente não poderia", disse Biddy.

"E, querido Joe, você tem a melhor esposa do mundo todo, e ela o fará tão feliz quanto você merece ser, querido, bom, nobre Joe!"

Joe olhou para mim enquanto seus lábios tremiam e colocou a manga da camisa, de modo franco, em cima dos olhos.

"E tanto Joe quanto Biddy, os dois, vocês estiveram na igreja hoje, e estão em caridade e amor com toda a humanidade, e quero que recebam meu humilde agradecimento por tudo o que fizeram por mim, porque fui ingrato demais. E quando eu disser que vou partir, dentro de uma hora, pois logo partirei para o estrangeiro, porque eu nunca me sentirei descansado até que tenha trabalhado pelo dinheiro que vocês pagaram para me manter fora da prisão e possa um dia devolvê-lo a vocês. Não pensem, querido Joe e querida Biddy, que se eu pudesse devolvê-lo mil vezes mais, eu poderia pensar em descontar um só centavo da dívida que tenho com vocês ou que eu o faria se pudesse!"

Os dois ficaram derretidos com essas palavras, e ambos suplicaram para que eu não dissesse mais nada.

"Mas eu digo mais. Querido Joe, espero que você tenha filhos para amar, e que um rapazinho se sente nesse canto da lareira em uma noite de inverno e que ele lhe traga recordações de outro rapazinho que se foi embora daqui para sempre. Não diga a ele, Joe, que fui um ingrato. Não diga a ele, Biddy, que fui egoísta e injusto, somente digam a ele que eu honrava os dois, porque vocês eram tão bons e honestos, e que, como seu filho, eu disse que seria natural a ele que se tornasse um homem muito melhor do que eu me tornei."

"Eu não vou", disse Joe, por trás da manga, "dizer a ele nada dessa espécie, Pip. Nem Biddy o fará. Nem ninguém".

"E agora, embora eu saiba que vocês dois já o fizeram em seu coração, por favor, digam-me que me perdoam! Por favor, deixem-me escutar essas palavras, para que eu possa levar o som delas comigo, e que eu possa ser capaz de acreditar que vocês podem confiar em mim e ter uma opinião melhor sobre mim em algum momento do futuro!"

"Oh, querido Pip, meu velho", disse Joe. "Deus sabe que eu o perdoo, se é que tenho algo a perdoar!"

"Amém! E Deus sabe que eu também o perdoo!", ecoou Biddy.

"Agora, deixem-me subir para meu velho quartinho para descansar por alguns minutos sozinho. E então, depois de comer e beber com vocês, acompanhem-me até o poste com a placa indicadora de direção, queridos Joe e Biddy, antes de nos despedirmos!"

Eu vendi tudo o que tinha e guardei tanto quanto podia para fazer uma composição a meus credores – que me deram tempo suficiente para quitar minhas dívidas com eles – e saí para ir ter com Herbert. Dentro de um mês eu havia deixado a Inglaterra, e dentro de dois meses eu me tornara escriturário na Clarriker e Cia., e ainda, dentro de quatro meses, assumi minha primeira responsabilidade individual. Pois a viga sobre o teto da sala de Mill Pond Bank havia parado de tremer sob os rugidos do velho Bill Barley e encontrava-se em tranquilidade, e Herbert havia viajado para se casar com Clara, e eu fiquei sozinho encarregado da filial do Oriente até que ele voltasse com ela.

Muitos anos se passaram até que virei sócio da empresa, mas eu vivia feliz com Herbert e sua esposa, de modo frugal, pagava minhas dívidas e mantinha contato constante com Biddy e Joe. Somente quando me tornei o terceiro sócio da empresa, Clarriker entregou-me a Herbert, mas declarou, então, que o segredo da parceria com Herbert estava há tanto tempo em sua consciência que ele precisava contar. E então ele contou, e Herbert ficou muito tocado e admirado, e meu querido companheiro e eu não tivemos nossa amizade afetada por esse longo segredo. Não posso deixar que se suponha que a empresa fosse muito boa e que ganhássemos muito dinheiro. Não estávamos fazendo grandes negócios, mas tínhamos um bom nome, trabalhávamos pelos nossos lucros e tínhamos êxito. Nós devíamos muito à diligência e disposição sempre alegre de Herbert, que eu com frequência questionava como eu havia concebido aquela noção antiga de sua inaptidão, até que um dia eu fui iluminado pela reflexão de que, apesar da inaptidão nunca ter sido uma característica dele em absoluto, ela havia sido minha.

Capítulo LIX

Por onze anos, eu não vi Joe e Biddy com meus próprios olhos – embora eles estivessem ambos com frequência em minha imaginação no Oriente – quando, depois de uma noite em dezembro, uma hora ou duas após anoitecer, coloquei minha mão de leve na tranca da porta da velha cozinha. Toquei-a tão lentamente que não fui ouvido, e olhei para dentro dela sem ser visto. Ali, fumando seu cachimbo naquele antigo lugar perto da lareira, sadio e forte como sempre, embora um pouco grisalho, estava Joe, e ali, cercado por suas pernas, sentado em um banquinho olhando para o fogo estava eu, novamente!

"Nós lhe demos o nome de Pip por sua causa, meu velho", disse Joe, deliciado, quando coloquei outro banquinho ao lado da criança (mas não baguncei seus cabelos), "e esperamos que ele pudesse crescer um pouco como você, e achamos que ele se parece com você".

Achei o mesmo também, e levei-o para fora para passear na manhã seguinte, e conversamos muito, compreendendo um ao outro com perfeição. E o levei ao cemitério e o coloquei sentado sobre um túmulo, e ele me mostrou ali do alto a pedra que era consagrada à memória de Philip Pirrip, falecido nesta paróquia, e também Georgiana, esposa do supracitado.

"Biddy", eu disse, quando conversei com ela depois do jantar, enquanto sua filhinha dormia em seu colo, "você precisa dar Pip a mim um dia desses, ou pelo menos emprestá-lo a mim."

"Não, não", disse Biddy, carinhosamente. "Você precisa se casar."

"Herbert e Clara dizem isso também, mas não acho que isso vá acontecer, Biddy. Estou tão bem estabelecido na casa deles que não acho provável. Já sou um velho solteirão."

Biddy olhou para baixo para a filha, levou sua mãozinha aos lábios, e então colocou a boa mão maternal com que havia tocado a criança sobre a minha. Havia algo naquela ação, na pressão leve da aliança de Biddy que dizia muita coisa.

"Querido Pip", disse Biddy, "está certo de que não se aflige mais por causa dela?"

"Ah, não... acho que não, Biddy."

"Conte-me, como a uma velhíssima amiga. Esqueceu-a totalmente?

"Minha querida Biddy, não me esqueci de nada em minha vida que tenha tido grande importância, e muito pouco daquilo que teve alguma importância. Mas aquele pobre sonho, como eu costumava me referir a ele, já passou, Biddy... passou completamente!"

Contudo, eu sabia, ao dizer aquelas palavras, que eu secretamente intencionava revisitar o lugar na antiga casa naquela noite, sozinho, por causa dela. Sim, ainda assim. Por causa de Estella.

Eu havia escutado dizer que ela vivia infeliz, e que havia se separado de seu marido, que a tratava com muita crueldade, e que tinha construído a reputação de ser uma combinação de orgulho, avareza, brutalidade e crueldade. E escutara dizer depois sobre a morte de seu marido, por causa de um acidente consequente de seu mau tratamento a um cavalo. Essa libertação havia lhe ocorrido há cerca de dois anos e, pelo que eu sabia, ela não havia se casado novamente.

Como o jantar na casa de Joe acontecia cedo, tive tempo de sobra, sem precisar me apressar na conversa com Biddy, para caminhar até o antigo lugar antes de anoitecer. Mas como fiz hora no caminho para observar algumas coisas e lembrar dos velhos tempos já era noite quando cheguei ali.

Não havia qualquer casa ali agora, nem cervejaria, nenhuma edificação restara além do muro do velho jardim. O espaço vazio havia sido fechado com uma cerca simples e, olhando por cima dela, vi que um pouco da velha hera havia criado novas raízes e crescia verde em pequenos montes de ruína. Como o portão da cerca estava entreaberto, empurrei-o e entrei.

Havia uma névoa fria e prateada que cobrira a tarde, e a Lua ainda não havia se erguido a ponto de dissipá-la. Mas as estrelas brilhavam através da névoa, a Lua subia, e a noite ainda não estava escura. Eu podia me lembrar de cada traço de cada parte da antiga casa, e onde a cervejaria ficava. E onde ficavam os portões, e os tonéis. E o fiz, e ao olhar ao longo da aleia triste no jardim, vislumbrei um vulto solitário ali.

O vulto mostrava-se consciente de minha presença enquanto eu me aproximava. Ele se movia em minha direção, mas parou imóvel. Ao me aproximar mais um pouco, vi que era o vulto de uma mulher. E ao me aproximar mais um pouco ainda ela estava prestes a se virar, e parou, e deixou que eu me chegasse mais próximo. Então, hesitou, como se estivesse muito surpresa, e chamou meu nome, e eu gritei:

"Estella!"

"Estou muito mudada. Admira-me que você me reconheça."

O vigor de sua beleza de fato se esvaíra, mas sua majestade indescritível e seu charme permaneceram. Esses atrativos a seu respeito eu já havia visto antes. O que eu nunca vira era o brilho triste e brando de seus olhos, outrora cheios de orgulho. O que eu nunca vira era o toque amigável de sua mão, outrora insensível.

Sentamo-nos em um banco que havia por perto, e eu disse: "Depois de tantos anos, é estranho que venhamos a nos encontrar novamente, Estella, aqui onde nós nos conhecemos! Você volta aqui sempre?"

"Nunca voltei desde aquela época."

"Nem eu."

A Lua começou a se elevar, e eu pensei no olhar plácido em direção ao teto branco daquele que se fora. A Lua começou a subir, e pensei na pressão em minha mão quando eu dissera as últimas palavras que ele ouvira na terra.

Estella foi quem quebrou o silêncio que pairava entre nós.

"Com frequência esperei e intencionei voltar, mas tantas circunstâncias me impediram. Pobre, pobre e velha casa!"

A névoa prateada foi tocada pelos primeiros raios da Lua, e alguns desses raios tocaram as primeiras lágrimas que caíam de meus olhos. Estella não percebeu que eu os vira e se concentrava em apreciá-los, dizendo, baixinho:

“Você ficou imaginando, enquanto caminhava por aqui, como chegou a essa situação?”

“Sim, Estella.”

“A terra pertence a mim. É a única posse de que não abri mão. Todo o resto foi tirado de mim, pouco a pouco, mas a terra eu mantive. Foi objeto da única resistência determinada em que me empenhei em todos estes tristes anos.”

“Pretende construir alguma coisa aqui?”

“No fim das contas, sim. Vim aqui para me despedir antes que mude muito. E você”, ela disse, com um tom que mostrava interesse em um viajante, “ainda está vivendo no exterior?”.

“Ainda.”

“E vai bem, certo?”

“Trabalho bastante para viver dignamente, e portanto, sim, vou bem.”

“Penso em você com frequência”, disse Estella.

“É mesmo?”

“Com muita frequência ultimamente. Por muito tempo mantive longe de mim a lembrança que joguei fora quando ignorava seu valor. Mas desde que meu dever deixou de ser incompatível com a admissão dessa lembrança dei-lhe um espacinho em meu coração.”

“Você sempre teve seu espaço guardado em meu coração”, eu respondi.

E então ficamos em silêncio novamente. Até que ela falou.

“Mal podia eu pensar”, disse Estella, “que eu alguma vez me despediria de você ao me despedir desse lugar. E estou contente em fazê-lo.”

“Contente por nos separarmos novamente, Estella? Para mim, a separação é algo doloroso. Para mim, a lembrança de nossa última separação foi muito triste e dolorosa...”

“Mas você me disse”, respondeu Estella, séria: ‘Deus a abençoe, Deus a perdoe!’. E se pôde dizer isso para mim na época você não hesitará em dizê-lo a mim agora... Agora que o sofrimento tornou-se mais forte que todo o ensinamento e ensinou-me a compreender o que era seu coração. Fui curvada e fui partida, mas – espero – para tomar uma forma melhor. Seja gentil e bom comigo, como foi antes, e diga-me que seremos amigos”.

“Nós somos amigos”, eu disse, levantando-me e inclinando-me sobre ela, quando ela se levantou também.

“Continuaremos amigos, ainda que distantes”, disse Estella.

Peguei sua mão na minha e saímos daquele lugar em ruínas. E, assim como a névoa da manhã havia se elevado muito tempo antes, quando eu deixara a ferraria, a névoa da noite se elevava então, e em toda sua vasta extensão de luz serena revelava-me que eu não via mais nenhum vestígio de outra separação de Estella.